Knaur.

Knaur.

Im Knaur Taschenbuch sind bereits folgende Titel der Autorin erschienen:
Ein Ort für die Ewigkeit
Das Lied der Sirenen
Schlussblende
Abgekupfert
Echo einer Winternacht
Ein kalter Strom

Über die Autorin:
Val McDermid wuchs in Schottland auf und lebt heute in Manchester. Wie die Opfer in diesem herausragenden Thriller zählt auch sie zu den international profiliertesten Spannungsautoren. Seit sie mit *Das Lied der Sirenen* 1995 den Gold Dagger Award gewann, widmet sich die ehemalige Literaturdozentin und langjährige Journalistin hauptberuflich nur noch dem psychologischen Nervenkitzel.

Val McDermid

Die Erfinder des Todes

Roman

Aus dem Englischen von
Doris Styron

Knaur Taschenbuch Verlag

Die englische Originalausgabe erschien unter dem Titel
»Killing the Shadows« bei HarperCollins, London.

Besuchen Sie uns im Internet:
www.knaur.de

Vollständige Taschenbuchausgabe September 2005
Knaur Taschenbuch. Ein Unternehmen der Droemerschen
Verlagsanstalt Th. Knaur Nachf., München

Umschlaggestaltung: ZERO Werbeagentur, München
Umschlagabbildung: FinePic, München
Satz: Ventura Publisher im Verlag
Druck und Bindung: Clausen & Bosse, Leck
Printed in Germany
ISBN-13: 978-3-426-63184-3
ISBN-10: 3-426-63184-9

2 4 5 3 1

Für B. B. – denn nur zu zweit
lassen sich die Felsbrocken auf dem Weg
überwinden.

i

Der dichte Nebel zieht vom stahlgrauen Wasser des Firth of Forth herauf wie eine Wand aus Kumuluswolken. Er verschlingt die hellen Lichter der Trendhotels und schicken Restaurants, der neuesten Spielwiese dieser Großstadt. Er wird eins mit den Schattengestalten der Seeleute aus dem Hafen, die früher ihre Heuer für billiges Bier und für Huren verschleuderten, deren Gesichter so hart wie die Hände ihrer Kunden waren. Der Dunst steigt den Hügel zur New Town hinauf, wo er von dem geometrischen Raster des vornehmen georgianischen Viertels in Blöcke zerschnitten wird, bevor er in die Senke der Princess Street Gardens hinuntergleitet. Die wenigen noch spät heimwärts schwankenden Nachtschwärmer beschleunigen ihre Schritte, um der feuchten Umklammerung zu entgehen. Als der Nebel die schmalen, auf verschiedenen Ebenen verlaufenden Straßen und die gewundenen Gassen der Old Town erreicht, ist er nicht mehr so bedrohlich dicht. Er hat sich in ätherische, blasse Schwaden aufgelöst, aus denen manche als Touristenfallen bekannte Gebäude wie unheimliche Schemen aufragen. Plakate, die Veranstaltungen des kürzlich abgehaltenen Fringe-Festivals ankündigen, lösen sich bereits von der Wand, tauchen wie grelle Gespenster im Blickfeld auf und verschwinden wieder. In einer solchen Nacht versteht man, was Robert Louis Stevenson dazu anregte, sich den Seltsamen Fall des Dr. Jekyll und Mr. Hyde *auszudenken. Obwohl sein Buch in London spielt, sieht man doch auf jeder Seite unverwechselbar die schaurige Atmosphäre Edinburghs vor sich.*

Hinter den rußgeschwärzten Fassaden der Royal Mile liegen die alten Mietshäuser mit ihren öden Hinterhöfen. Im achtzehnten Jahrhundert entsprachen sie unseren heutigen Sozialwohnungen – überfüllt mit den Besitzlosen der Stadt, Heimstatt der Säufer und Laudanumsüchtigen, Bleibe der armseligsten Huren und Gassenkinder. Als spiele sich die grausame Szene des schrecklichen Alptraums von damals an diesem Abend noch einmal ab, liegt am oberen Ende der steilen Steintreppe, die als Abkürzung von der High Street über den Abhang von The Mound hinunterführt, die Leiche einer Frau. Ihr kurzes Kleid ist hochgezogen, die schlecht gearbeiteten Nähte sind bei dem Angriff aufgeplatzt.

Hätte sie geschrien, als sie überfallen wurde, wäre ihr Schrei im Nebelschleier erstickt worden. Eines steht fest. Sie wird nie wieder schreien. Ihre Kehle gleicht einem klaffend roten, grinsend aufgerissenen Mund. Und wie zum Hohn sind die glänzenden Schlingen der Eingeweide über ihre linke Schulter gelegt.

Der Drucker, der auf dem Heimweg von der Spätschicht über die Leiche stolperte, kauert am Hofeingang, so dicht neben der Lache seines Erbrochenen, dass der eklige, von der schweren, feuchten Luft niedergedrückte Gestank ihn würgen lässt. Er hat auf seinem Handy die Polizei angerufen, aber die paar Minuten Wartezeit erscheinen ihm wie eine Ewigkeit. Der Blick in die Hölle hat sich seinem inneren Auge unauslöschbar eingeprägt.

Plötzlich blitzt Blaulicht vor ihm auf, zwei Polizeiautos fahren zügig am Rinnstein vor. Er hört schnelle Schritte, dann ist er nicht mehr allein. Zwei uniformierte Polizeibeamte helfen ihm vorsichtig auf die Beine. Sie führen ihn zu ihrem Wagen, wo sie ihm auf den Rücksitz helfen. Zwei andere sind in den Hof hinuntergegangen, aber das undeutliche Geräusch ihrer Schritte wird fast sofort von dem klammen Dunst verschluckt. Nur noch das Knacken des Polizeifunkgeräts und das Zähneklappern des Druckers sind zu hören.

Dr. Harry Gemmell kauert neben der Leiche, seine behandschuhten Finger betasten Dinge, an die Detective Inspector Campbell

Grant nicht einmal denken mag. Statt den Gerichtsmediziner zu beobachten, schaut Grant zu den Kollegen von der Spurensicherung in ihren weißen Overalls hinüber. Sie suchen beim Schein tragbarer Lampen den Bereich um die Leiche ab. Der Nebel scheint Grant bis in die Knochen zu dringen, er fühlt sich wie ein alter Mann.

Schließlich brummt Gemmell etwas, steht auf und streift die blutbefleckten Latexhandschuhe ab. Er schaut auf seine klobige Sportuhr und nickt zufrieden. »Ja«, sagt er, »der achte September, tatsächlich.«

»Und was heißt das, Harry?«, fragt Grant missmutig. Er ärgert sich, wenn er daran denkt, was jetzt gleich wieder kommt – Gemmells Lieblingsspiel nämlich, die Polizisten zu zwingen, dass sie ihm alles einzeln aus der Nase ziehen.

»Euer Mann hier, der scheint Spaß am Imitieren zu haben. Sieh mal, ob du es selbst rauskriegst, Cam. Am Hals sind Abdrücke, die darauf hinweisen, dass sie mit den Händen erwürgt wurde, obwohl ich glaube, dass der Schnitt durch die Kehle die Todesursache war. Aber die Verletzungen verraten, worum es geht.«

»Willst du mir damit irgendeinen Hinweis geben, Harry? Außer dass du mir einen guten Grund lieferst, mein Essen wieder loszuwerden?«, erkundigt sich Grant.

»1888 in Whitechapel, 1999 in Edinburgh.« Gemmell zieht eine Augenbraue hoch. »Ist wohl an der Zeit, die Spezialisten für Täterprofile heranzuziehen, Cam.«

»Was schwafelst du da, Harry?« Grant fragt sich, ob Gemmell etwas getrunken haben könnte.

»Ich glaube, Cam, du hast da einen Nachahmungstäter vor dir. Du solltest wohl nach einem schottischen Ripper suchen.«

Kapitel 1

Dr. Fiona Cameron stand dicht am Rand von Stanage Edge und beugte sich vor – dem Wind entgegen. Der einzige unnatürliche Tod, über den sie sich hier Gedanken machen müsste, wäre zur Abwechslung mal ihr eigener, und auch das nur dann, wenn sie leichtsinniger wäre, als sie es je sein könnte. Aber angenommen, sie passte einen Moment nicht genau auf und rutschte auf dem nassen Sandstein aus, so würde sie kopfüber zehn bis fünfzehn Meter in die Tiefe stürzen. Ihr Körper würde wie eine Plastikpuppe auf den vorstehenden Felskanten aufschlagen, Knochen und Haut wären zerschmettert und zerfetzt.

Sie würde wie ein Mordopfer aussehen.

Nein danke, dachte Fiona und ließ sich vom Wind von der Klippe zurückdrängen, so dass sie außer Gefahr war. Nicht ausgerechnet hier. Dies war der Pilgerort, zu dem sie kam, um sich alle Gründe ins Gedächtnis zu rufen, warum sie sich zu dem Menschen entwickelt hatte, der sie war. Immer allein kam sie jedes Jahr drei- oder viermal hierher, wenn sie das Bedürfnis hatte, sich in ihre Erinnerungen zu versenken. Auf dieser öden Moorfläche wäre es unmöglich, die Gesellschaft eines anderen lebenden, atmenden Menschen neben sich zu ertragen. Hier war nur Platz für zwei, für Fiona und ihren Geist, ihre andere Hälfte, die in diesem Moor an ihrer Seite ging.

Merkwürdig, dachte sie. Es gab so viele Gegenden, wo sie viel öfter mit Lesley gewesen war. Aber überall hatten sich dort ihrem Bewusstsein fremde, störende Stimmen und die Gegenwart anderer

Menschen eingeprägt. Hier jedoch konnte sie Lesley spüren, ohne abgelenkt zu werden. Sie konnte ihr Gesicht vor sich sehen, lachend und offen oder verschlossen vor konzentrierter Anstrengung, wenn sie eine schwierige Kletterstrecke bewältigte. Sie hörte ihre Stimme, die ihr ernst etwas anvertraute oder laut und aufgeregt über eine gelungene Leistung berichtete. Sie glaubte fast, den schwachen Duft ihrer Haut riechen zu können, wie damals, wenn sie zusammen beim Picknick saßen.
Hier mehr als irgendwo sonst wurde Fiona klar, welches Licht in ihrem Leben gelöscht worden war. Sie schloss die Augen und ließ Lesleys Bild vor sich aufsteigen. Es war ihr Ebenbild, die gleichen kastanienbraunen Haare, dunkelbraunen Augen und gewölbten Augenbrauen, die gleiche Nase. Alle hatten über ihre Ähnlichkeit gestaunt. Nur ihre Münder waren verschieden, Fionas breit mit vollen Lippen, Lesleys ein kleiner Herzmund, die Unterlippe voller als die obere.
Hier hatten auch die Gespräche stattgefunden, die letztendlich dazu geführt hatten, dass Lesley aus ihrem Leben gerissen wurde. Dies war der Ort, wo Fiona sich schließlich noch immer Vorwürfe machte und nicht vergessen konnte, was ihrem Leben fehlte.
Als ihre Augen feucht wurden, riss sie sie auf, um den Wind als Vorwand für die Tränen zu haben. Die Zeit der Verletzlichkeit war vorbei. Sie war hier, sagte sie sich mahnend, um Abstand zu den Opfern zu gewinnen. Sie blickte über die braunen Wedel des Adlerfarns im Hathersage Moor hinüber zum klobigen Daumen des Higger Tor und weiter, drehte sich wieder um und schaute auf einen Wolkenstreifen, aus dem sich weiter hinten Regen auf das Bamford Moor ergoss. Bei diesem Wind, schätzte sie, hatte sie gerade noch zwanzig Minuten Zeit, bevor der Regen Stanage Edge erreichte. Sie lockerte die Schultern, damit der Rucksack bequemer saß. Es war Zeit loszugehen.
Sie hatte Hathersage mit einem Frühzug von King's Cross Station und dann mit einem Nahverkehrszug etwas nach zehn erreicht. Den steilen Anstieg auf High Neb hatte sie zügig geschafft, hatte genossen, wie ihre Muskeln sich dehnten und wie sie die Spannung

ihrer Waden und die Festigkeit ihrer Oberschenkelmuskulatur spürte. Nach der letzten Kletterstrecke war sie ans Nordende von Stanage Edge gekommen, hatte sich, bevor sie an den flachen Sandsteinplatten entlang weiterging, außer Atem gegen den Felsen gelehnt und einen großen Schluck aus ihrer Wasserflasche genommen. Die Verbindung zu ihrer Vergangenheit hatte ihr mehr Halt gegeben als alles, was sie sonst kannte. Und der Wind im Rücken versetzte sie in Hochstimmung und befreite ihre Gedanken von der ärgerlichen Gereiztheit, mit der sie am Morgen aufgewacht war. Ihr war gleich klar gewesen, dass sie, wenn sie sich nicht damit abfinden wollte, dass ihre Schultern bis zum Abend völlig verkrampften und der Schmerz sich in Wellen über den Hals bis zum Kopf ausbreitete, an diesem Tag aus London herausmusste.
Der einzige Termin in ihrem Kalender war ein Gespräch mit einem ihrer Doktoranden, und das hatte sich leicht mit einem Anruf vom Zug aus regeln lassen. Hier oben auf den Mooren konnte sie kein Schmierfink der Boulevardpresse finden, kein Kameramann würde sein Objektiv auf sie richten und sie fragen, was die allwissende »Candid« Cameron über die Ereignisse vor Gericht zu sagen hatte. Sie konnte natürlich nicht mit Sicherheit davon ausgehen, dass sich ihre Erwartungen erfüllen würden. Aber gestern Abend hatte sie in den Nachrichten gehört, dass der sensationelle Prozess gegen den Mörder von Hampstead Heath wegen juristischer Formalitäten nach dem zweiten Verhandlungstag immer noch nicht in Gang gekommen war, und ihr Gefühl sagte ihr, dass die Pressemeute am Ende des heutigen Tages nach Blut schreien würde. Und sie war die perfekte Waffe, um der Polizei eine Wunde beizubringen. Aus verschiedenen Gründen war es besser, die Finger davon zu lassen.
Während ihrer Zusammenarbeit mit der Polizei hatte sie sich nie um die Aufmerksamkeit der Presse bemüht, aber diese war ihr trotzdem hartnäckig auf den Fersen geblieben. Fiona hasste es fast so sehr, wie ihre Kollegen sich darüber ärgerten, wenn ihr Gesicht in den Zeitungen groß herausgebracht wurde. Noch schlimmer als der Verlust an Intimsphäre war es, dass ihr Bekanntheitsgrad ihrem Ruf als Wissenschaftlerin eher geschadet hatte. Wenn sie

heute in Fachzeitschriften veröffentlichte und Beiträge zu Büchern schrieb, wusste sie, dass ihre Arbeit skeptischer als früher betrachtet wurde, einfach weil sie ihre Fähigkeiten und ihr Fachwissen auf eine Weise praktisch angewandt hatte, über die die Puristen die Nase rümpften.

Die stillschweigende Ablehnung hatte sich noch verstärkt, als ein Boulevardblatt aufgedeckt hatte, dass sie mit Kit Martin zusammenlebte. Man konnte sich aus der Sicht des Universitäts-Establishments für eine ernst zu nehmende Psychologin, die die Polizei bei der Ergreifung von Wiederholungstätern wissenschaftlich unterstützte, kaum einen ungeeigneteren Partner vorstellen als gerade den bekanntesten Verfasser von Thrillern über Serienkiller im Land. Wäre das, was ihre Kollegen von ihr dachten, Fiona wichtig genug gewesen, hätte sie ihnen vielleicht erklärt, dass sie nicht Kits Romane liebte, sondern den Mann, der sie schrieb, und dass sie zu Beginn ihrer Beziehung gerade wegen seines Berufs viel vorsichtiger gewesen war als sonst. Aber da niemand es gewagt hatte, sie direkt darauf anzusprechen, beschloss sie, nicht in diese Falle der Selbstrechtfertigung zu tappen.

Beim Gedanken an Kit verlor sich ihre schlechte Laune. Dass sie den einzigen Mann gefunden hatte, der es schaffte, sie vor ihrer Neigung zur Selbstbeobachtung und Verschlossenheit zu retten, war ein Segen, den sie immer wieder wie ein Wunder bestaunte. Die Allgemeinheit würde wohl seine charmante Tarnung als knallharter Typ, die er in der Öffentlichkeit hervorkehrte, nie durchschauen, aber sie hatte hinter seiner rasiermesserscharfen Intelligenz so viel Großzügigkeit, Achtung und Einfühlungsvermögen entdeckt, wie sie es schon nicht mehr erhofft hatte. Durch die Beziehung zu Kit hatte sie endlich eine Art Frieden gefunden, der die Dämonen von Stanage Edge meistens von ihr fernhielt.

Im Weitergehen sah sie auf die Uhr. Sie war gut vorwärts gekommen. Wenn sie dasselbe Tempo beibehielt, würde sie noch Zeit haben, um im Fox-Houses-Pub etwas zu trinken, bevor sie mit dem Bus nach Sheffield zurückkehren und dann den Zug nach London nehmen würde. Sie hatte fünf Stunden an der frischen Luft genossen, fünf Stunden, in denen sie kaum einem anderen menschlichen Wesen begegnet war, und das reichte, um ihr wieder Kraft zu geben. Bis zum nächsten Mal, dachte sie grimmig.

Im Zug war es ruhiger, als sie erwartet hatte. Fiona hatte einen Doppelsitz für sich, und der Mann, der ihr gegenübersaß, schlief bereits zehn Minuten hinter Sheffield ein, so dass sie Platz hatte, ihre ganzen Sachen auf dem Tisch auszubreiten. Das war ihr sehr recht, denn sie hatte mehr als genug Arbeit dabei, um sich die Fahrt über zu beschäftigen. Sie hatte eine Vereinbarung mit dem Wirt eines Pubs in der Nähe des Bahnhofs. Er kümmerte sich um ihr Handy und ihren Laptop, wenn sie wandern ging, und dafür bekam er signierte Exemplare der Erstausgaben von Kits Büchern. Es war sicherer als ein Schließfach am Bahnhof und auf jeden Fall billiger.

Fiona klappte ihren Laptop auf und schloss ihn ans Handy an, damit sie ihre E-Mails empfangen konnte. Auf dem Bildschirm wurden fünf neue Nachrichten angekündigt. Sie lud sie herunter und zog den Laptopstecker wieder heraus. Zwei Nachrichten von Studenten und eine von einem Kollegen in Princeton, der sie bat, ihm Daten zur Verfügung zu stellen, die sie zu gelösten Vergewaltigungsfällen gesammelt hatte. Nichts, das nicht bis morgen früh warten konnte. Sie öffnete die vierte Nachricht, sie war von Kit.

Von: Kit Martin <KMWriter@trashnet.com>
An: Fiona Cameron <fcameron@psych.ulon.ac.uk>
Betrifft: Abendessen heute

Hoffe, du hast einen schönen Tag in den Bergen gehabt. Hab einiges geschafft, 2500 Wörter bis zum Tee heute Nachmittag.

Im Bailey ist alles genau so gelaufen, wie du es vermutet hast. Auf die weibliche Intuition kann man sich eben verlassen! (Nicht ernst gemeint, ich weiß, dass deine fundierte

Auffassung sich auf das gesamte wissenschaftliche Beweismaterial stützt ...) Jedenfalls dachte ich, Steve werde ein bisschen Aufheiterung vertragen können, hab mich mit ihm zum Abendessen verabredet. Wir gehen ins St. John's in Clerkenwell und haben vor, jede Menge totes Tier zu essen, wahrscheinlich wirst du nicht dazukommen wollen. Wenn du trotzdem Lust hast, wär's prima. Sonst hab ich zum Mittagessen Risotto mit Lachs und Spargel gemacht, im Kühlschrank ist noch genug davon.
Hab dich lieb.

Fiona lächelte. Das war so typisch für Kit. Solange alle etwas Gutes zu essen hatten, war die Welt in Ordnung. Dass Steve Aufmunterung brauchte, überraschte sie nicht. Niemand bei der Kriminalpolizei findet es lustig, wenn in seinem Fall alles schief läuft, besonders nicht bei einem, der so viel öffentliche Aufmerksamkeit erregt hatte wie der Mord von Hampstead Heath. Aber für Detective Superintendent Steve Preston war das Scheitern gerade bei diesem Fall wohl noch bitterer als bei den meisten anderen. Fiona wusste nur allzu gut, wie viel bei dieser Anklage auf dem Spiel gestanden hatte, und obwohl sie für Steve persönlich Mitgefühl empfand, fand sie, der Metropolitan Police geschehe es verdammt noch mal ganz recht.
Sie klickte die nächste Nachricht an, die sie als die interessanteste bis zum Schluss aufgehoben hatte.

Von: Salvador Berrocal <Sberroc@cnp.mad.es>
An: Dr. Fiona Cameron <fcameron@psych.ulon.ac.uk>
Betrifft: Bitte um Beratung

Sehr geehrte Frau Dr. Cameron,
ich bin Chef der Abteilung Kriminalpolizei des Cuerpo Nacional de Policia in Madrid. Ich leite häufig Untersuchungen von Mordfällen. Ihren Namen habe ich von einem Kollegen beim New Scotland Yard, einem Experten für Deliktver-

knüpfung und das Erstellen geografischer Täterprofile. Bitte verzeihen Sie, dass ich so formlos und direkt an Sie herantrete. Ich wende mich mit der Bitte an Sie, uns in einer sehr dringenden Angelegenheit zu beraten. In Spanien haben wir sehr wenig Erfahrung mit Serienmördern, und deshalb fehlen uns fachspezifisch gebildete Psychologen, die mit der Polizei zusammenarbeiten können.

In Toledo hat es innerhalb von drei Wochen zwei Morde gegeben, und wir glauben, dass sie beide von demselben Täter begangen wurden. Aber es ist unklar, ob es eine Verbindung zwischen den Fällen gibt, und wir brauchen zur Untersuchung dieser Verbrechen jemanden mit entsprechender Fachkenntnis. Ich habe gehört, dass Sie auf dem Gebiet der Verbrechensanalyse und der Untersuchung von Querverbindungen Erfahrung haben, was meiner Ansicht nach von großem Nutzen für uns sein könnte.

Bitte lassen Sie mich wissen, ob Sie grundsätzlich bereit wären, uns bei der Lösung dieser Mordfälle zu unterstützen. Sie dürfen sicher sein, dass wir Ihnen eine angemessene Entschädigung für Ihre Mitarbeit bieten werden.

Ich würde mich freuen, bald von Ihnen zu hören.

Hochachtungsvoll

Major Salvador Berrocal

Cuerpo Nacional de Policia

Fiona verschränkte die Arme und starrte auf den Bildschirm. Sie wusste, dass zu dieser vorsichtigen Anfrage zwei Leichen gehörten, die wahrscheinlich verstümmelt und vor dem Tod gequält worden waren. Vermutlich hatte auch ein Element sexueller Gewalt bei den Überfällen eine Rolle gespielt. Davon konnte sie mit einiger Sicherheit ausgehen, denn mit gewöhnlichen Mordfällen kam die Kriminalpolizei sonst überall durchaus zurande, ohne die fachmännische Hilfe in Anspruch zu nehmen, die nur sie und eine Hand voll anderer Experten zuverlässig liefern konnten. Wenn neue Bekannte Fionas von diesem Aspekt ihrer Arbeit erfuhren, erschauerten sie meist und fragten, wie sie es aushalte, mit so entsetzlichen Fällen zu tun zu haben.

Ihre Standardantwort war ein Achselzucken, wobei sie sagte: »Irgendjemand muss es doch machen. Dann ist es schon besser, jemand wie ich, der sich auskennt, tut es. Niemand kann die Toten wieder lebendig machen, aber manchmal kann vermieden werden, dass ihnen noch mehr Lebende folgen.«

Sie wusste, das war eine etwas zu glatte Antwort, die sorgfältig darauf abzielte, weitere Fragen abzuwehren. In Wirklichkeit hasste sie die unvermeidliche Konfrontation mit dem gewaltsamen Tod, die durch ihre Zusammenarbeit mit der Polizei zu einem Teil ihres Lebens geworden war, vor allem auch wegen der Erinnerungen, die sie in ihr weckte. Sie wusste mehr darüber, was man dem menschlichen Körper alles antun und welche Qualen die Psyche aushalten kann, als sie sich je gewünscht hätte. Aber solche Begegnungen waren unausweichlich, und weil sie ihr immer viel abverlangten, nahm sie einen neuen Auftrag stets erst dann an, wenn sie das Gefühl hatte, sich von dem letzten direkten Kontakt mit den Opfern eines Serienmörders genug erholt zu haben.

Es war fast vier Monate her, seit Fiona an einer Mordserie gearbeitet hatte. Ein Mann in Merseyside hatte im Verlauf von achtzehn Monaten vier Prostituierte umgebracht. Die Polizei hatte, zum Teil aufgrund von Fionas Datenanalyse, die sie mit einer ihrer Doktorandinnen erstellt hatte, die Verdächtigenliste so reduzieren können, dass mit Hilfe der gerichtsmedizinischen Ergebnisse weiterermittelt werden konnte. Jetzt hatte man einen Mann angeklagt, der schon wegen dreier der vier Tötungsdelikte in Gewahrsam war, und dank der Übereinstimmung der DNS-Struktur war man ziemlich sicher, dass er verurteilt werden würde.

Seit damals war ihr einziges Beratungsprojekt in Zusammenarbeit mit der Polizei eine langfristig angelegte Studie über rückfällige Einbrecher für die schwedischen Behörden. Sie fand also, es sei an der Zeit, sich mal wieder die Hände schmutzig zu machen, und klickte auf <beantworten>.

Von: Fiona Cameron <fcameron@psych.ulon.ac.uk>
An: Salvador Berrocal <sberroc@cnp.mad.es>
Betrifft: Anfrage wegen Beratung

Sehr geehrter Major Berrocal,
danke für die Einladung als Beraterin des Cuerpo Nacional de Policia zu arbeiten. Prinzipiell bin ich bereit, Ihre Anfrage wohlwollend zu prüfen. Bevor ich jedoch sicher weiß, ob ich Ihnen helfen kann, müsste ich mehr über die Einzelheiten wissen als das, was Sie mir in Ihrer E-Mail mitteilen. Am besten wäre es, wenn Sie mir eine Kurzbeschreibung der Umstände beider Mordfälle sowie eine Zusammenfassung der pathologischen Befunde und eventueller Zeugenaussagen geben könnten. Ich kann Spanisch verhältnismäßig gut lesen, so dass Sie die Dokumente im Interesse einer zügigen Bearbeitung nicht für mich übersetzen lassen müssen. Natürlich werde ich alles, was Sie mir mitteilen, vollständig vertraulich behandeln.
Aus Sicherheitsgründen schlage ich vor, dass Sie die Dokumente über mein Faxgerät zu mir nach Hause schicken.

Fiona gab ihre private Fax- und Telefonnummer an und schickte die E-Mail ab. Im besten Fall würde sie dazu beitragen können, weitere Morde zu verhindern, und nützliche Daten für ihre laufenden Forschungsprojekte bekommen. Im schlimmsten Fall würde sie eine gute Ausrede dafür haben, sich aus den Nachwirkungen des schief gelaufenen Hampstead-Heath-Prozesses herauszuhalten. Irgendein spanisches Individuum – oder genauer zwei – hatten einen hohen Preis dafür gezahlt, dass »Candid« Cameron nicht in die Schlagzeilen geraten würde.

Kapitel 2

Fiona trat zum Klang von REM mit einem Song vom »sad professor«, den niemand mag, über die Schwelle. Wie meistens hatte Kit ein halbes Dutzend CDs in den Player seines Arbeitszimmers gelegt, die Zufallswiedergabetaste gedrückt und war ausgegangen, obwohl noch ein paar Stunden Spielzeit übrig waren. Er konnte Stille nicht ausstehen. Sie hatte dies sehr früh in ihrer Beziehung erfahren, als sie mit ihm zum Wandern in ihr geliebtes Derbyshire gefahren war und entsetzt feststellte, dass er seinen Rucksack mit Kassetten für seinen Walkman füllte. Mehr als einmal war sie nach Hause gekommen und hatte in der leeren Wohnung aus Kits Arbeitszimmer Musik gehört, während im Wohnzimmer der Fernseher laut plärrte und das Radio in der Küche einen verrückten Kontrapunkt gegen den Krach setzte. Je lauter das Getöse, desto leichter schien es für ihn, in sein Reich der Phantasie zu entfliehen. Für Fiona, die Stille brauchte, um sich auf alles auch nur im geringsten Kreative konzentrieren zu können, war dies ein völlig unbegreifliches Paradoxon.

Als sie besprachen, ob sie zusammenleben wollten, hatte Fiona auf einem ruhigen Ort zum Arbeiten bestanden, egal, was für eine Immobilie sie kaufen würden. Schließlich hatten sie ein schmales, hohes Haus in Tufnell Park erworben, dessen früherer Besitzer ein Rockmusiker war. Er hatte das Dachgeschoss zu einem schalldichten Studio umgebaut, ein perfektes Nest für Fiona, in das sie sich vor Kits lauter Geräuschkulisse verkriechen konnte. Es gab dort sogar einen Futon für die Nächte vor einem Abgabetermin, in denen Kit bis zum frühen Morgen durchschreiben musste. Manchmal hatte sie großes Mitgefühl mit ihren schon lange leidenden Nachbarn. Sie mussten dem Februar, wenn unvermeidlich das Ende eines Buches mit den nächtlichen Radiohead-Sitzungen nahte, mit Angst und Schrecken entgegensehen.

Fiona ließ ihre Taschen fallen und ging in Kits Arbeitszimmer im Erdgeschoss, um die Musik abzustellen. Gesegnete Stille senkte sich wie Balsam auf sie herab. Sie ging nach oben in ihr Schlafzimmer, zog ihre Wanderklamotten aus und schlüpfte in ihre Hauskleidung. Dann stieg sie die zwei restlichen Treppen zu ihrem Büro hinauf und spürte in den Beinmuskeln die Nachwirkung des Kletterns in den Bergen. Das Erste, was sie wahrnahm, war das blinkende Licht des Anrufbeantworters. Fünfzehn Nachrichten. Sie hätte wetten können, dass sie alle von Journalisten kamen, und hatte keine Lust, sich das anzuhören, und schon gar nicht zu antworten. In dieser Angelegenheit war sie fest entschlossen, keinen einzigen Kommentar abzugeben, der gedreht und gewendet und für andere Zwecke ausgeschlachtet werden konnte.

Als sie ihren Laptop auf den Schreibtisch abstellte, sah sie, dass Major Berrocal sich beeilt hatte. Ein Papierstoß füllte unübersehbar und anklagend die Faxablage. Sie unterdrückte einen Seufzer, nahm die Blätter an sich, glättete automatisch die Ecken und ging wieder hinunter.

Wie Kit versprochen hatte, stand ihr Essen im Kühlschrank. Sie fragte sich flüchtig, wie viele seiner Fans wohl für möglich hielten, dass ein und derselbe Mann Szenen von solch eindringlicher Brutalität verfasste, dass sie seinen Kritikern Alpträume verursachten, und danach zur Entspannung Feinschmeckergerichte für seine Liebste kochte. Wahrscheinlich wäre ihnen die Vorstellung lieber, dass er seine Abende damit verbrachte, in Hampstead Heath kleinen, haarigen Tieren die Köpfe abzubeißen. Fiona lächelte bei dem Gedanken und goss sich, während sie wartete, bis der Risotto warm war, ein Glas kalten Sauvignon ein. Dann nahm sie am Küchentisch Platz und legte die spanischen Faxe mit einem Bleistift zurecht. Sie sah auf die Uhr und beschloss sich die Nachrichten anzusehen, bevor sie sich daranmachte, die Polizeiberichte in der fremden Sprache zu entziffern.

Die donnernde Erkennungsmelodie zur Einleitung der Spätnachrichten ertönte wie üblich zur Begrüßung. Die Kamera zoomte das ernste Gesicht des Nachrichtensprechers heran. »Guten Abend. Die Schlagzeilen. Der Mann, der des Mordes von Hampstead Heath angeklagt wurde, ist auf freiem Fuß, nachdem die Richterin der Polizei unkorrekte Ermittlungsmethoden vorgeworfen hatte.«

So weit die erste Meldung, die Fiona ohne Überraschung zur Kenntnis nahm. »Die Friedensverhandlungen im Nahen Osten sind kurz vor dem Abbruch, obwohl der US-Präsident sich persönlich eingeschaltet hat. Und der Rubel verliert nach einem weiteren Bankenskandal in Russland drastisch an Wert.«

Auf dem Bildschirm erschien jetzt hinter dem Kopf des Sprechers statt des Senderlogos der Platz vor dem Central Criminal Court. »Im Old Bailey kam heute auf Anordnung der Richterin der Mann frei, der der brutalen Vergewaltigung und des Mordes an Susan Blanchard angeklagt war. Richterin Mary Delaney sagte, es könne keinen Zweifel geben, dass die Metropolitan Police Francis Blake durch eine Aktion, die ›schon fast einer Hexenjagd‹ gleichkäme, in eine Falle gelockt habe. Obwohl es keine stichhaltigen Beweise gegen Mr. Blake gab, habe man sich auf ihn als den Mörder festgelegt. Ich gebe nun ab an unsere Korrespondentin Danielle Rutherford, die heute im Gericht war.«

Eine Frau Mitte dreißig mit dünnem, braunem, vom Wind zerzaustem Haar blickte ernst in die Kamera. »Es gab heute im Gericht ärgerliche Reaktionen, als Richterin Delaney die Freilassung von Francis Blake anordnete. Die Angehörigen von Susan Blanchard, die in Hampstead Heath vergewaltigt und ermordet wurde, als sie mit ihren kleinen Zwillingen spazieren ging, waren empört über die Entscheidung der Richterin und über Blake, der auf der Anklagebank offensichtlich seine Genugtuung genoss.

Aber die Richterin ließ sich durch ihre Vorwürfe nicht beeindrucken und brachte ihre Geringschätzung für die Methoden der Metropolitan Police zum Ausdruck, die sie als eine Beleidigung für

eine zivilisierte Demokratie empfinde. Auf den Rat eines Psychologen und Profilers hatte die Polizei mit Hilfe einer attraktiven Mitarbeiterin eine Täuschungsaktion durchgeführt. Sie sollte Mr. Blakes Zuneigung gewinnen und ihn zum Geständnis des Mordes bringen. Allerdings führte die Aktion, die hunderttausende von Pfund kostete, nicht zu einem klaren Geständnis. Trotzdem war man bei der Polizei der Ansicht, es läge genug Beweismaterial vor, um Mr. Blake vor Gericht zu bringen.
Die Verteidigung legte jedoch dar, Mr. Blake habe, was immer er gesagt hatte, nur auf Grund der Beeinflussung durch die Polizeibeamtin und auch nur deshalb geäußert, weil er die Person, die sie ihm vorgespielt hatte, beeindrucken wollte. Und diese Sichtweise wurde von der Richterin bestätigt. Mr. Blake, der acht Monate in Haft gesessen hat, kündigte nach seiner Freilassung an, er werde Entschädigung verlangen.«
Nun erschien ein untersetzter Mann im Bild, der auf die dreißig zuging und kurz geschnittenes schwarzes Haar und tief liegende dunkle Augen hatte. Ein ganzer Dschungel von Mikrofonen und kleinen Tonbandgeräten drängte sich vor seinem weißen Hemd und seinem anthrazitgrauen Anzug. Seine Aussprache war überraschend gepflegt, und er schaute öfter auf ein Blatt Papier in seiner Hand hinunter. »Ich habe immer gesagt, dass ich an dem Mord von Susan Blanchard unschuldig bin, und heute hat ein Gericht meine Haltung bestätigt. Aber ich habe einen schrecklichen Preis gezahlt. Ich habe meine Arbeit, mein Zuhause, meine Freundin und meinen guten Ruf verloren. Ich bin unschuldig und habe trotzdem acht Monate hinter Gittern verbracht. Ich werde die Metropolitan Police wegen Freiheitsberaubung auf Entschädigung verklagen. Und ich hoffe aufrichtig, dass man es sich dort beim nächsten Mal besser überlegt, wenn es darum geht, einem unschuldigen Mann etwas anzuhängen.« Dann schaute er auf, und seine Augen blitzten vor Zorn und Hass. Fiona fröstelte unwillkürlich.
Wieder änderte sich das Bild. Ein hochgewachsener Mann in einem zerknitterten grauen Anzug ging mit gesenktem Kopf und fest zusammengepresstem Mund auf die Kamera zu. Rechts und

links von ihm waren zwei Männer in Regenmänteln mit starren Gesichtern. Die Stimme des Reporters sagte: »Der Polizeibeamte, der die Untersuchung geleitet hat, Detective Superintendent Steve Preston, wollte keinen Kommentar zu Blakes Freilassung abgeben. In einer späteren Verlautbarung teilte New Scotland Yard mit, man suche nicht gezielt nach einem anderen Täter in der Mordsache Susan Blanchard. Dies war Danielle Rutherford aus dem Old Bailey.«
Der Nachrichtensprecher im Studio wies nun auf einen Hintergrundbeitrag zu dem Fall hin, der nach der Pause gesendet würde. Fiona schaltete den Fernseher ab. Die verkürzte Fassung der Ereignisse interessierte sie nicht. Es gab triftige Gründe, weshalb sie die Vergewaltigung und den Mord an Susan Blanchard bestimmt nie vergessen würde. Sie hatten weder mit den drastischen Polizeifotos von der Leiche noch mit dem gerichtsmedizinischen Bericht oder auch mit der Tatsache zu tun, dass sie in der Nähe des Tatorts wohnte, der nur zwanzig Minuten zu Fuß von ihrem Haus entfernt war. Allerdings war all das schon schrecklich genug. Auch mit der Brutalität des Killers, der eine junge Mutter vor den Augen ihrer eineinhalbjährigen Zwillingssöhne schändete und erstach, hatte es nichts zu tun.
Bedeutsam war der Hampstead-Heath-Mord für Fiona deswegen, weil er das Ende ihrer Zusammenarbeit mit der Metropolitan Police, der Met, bedeutete. Sie und Steve Preston kannten sich gut vom Studium her, als sie beide in Manchester Psychologie belegten. Anders als die meisten Studentenbekanntschaften hatte ihre Freundschaft gehalten, obwohl sie beruflich ganz verschiedene Wege gegangen waren. Und als die britische Polizei die potenziellen Vorteile einer Zusammenarbeit mit Psychologen erwog, um bei der Erfassung von Wiederholungstätern bessere Chancen zu haben, war es für Steve die natürlichste Sache der Welt, sich an Fiona zu wenden. Es war der Anfang einer produktiven Beziehung, in der Fiona mit ihrem Konzept gründlichster Datenanalyse die Erfahrung und Intuition der Kriminalbeamten durch ihre Zusammenarbeit ergänzen konnte.

Schon Stunden nach der Entdeckung von Susan Blanchards Leiche war es Steve Preston klar, dass gerade in einem Fall wie diesem Fionas Fähigkeiten zum bestmöglichen Vorteil genutzt werden konnten. Ein Mann, der so töten konnte, war kein Anfänger. Steve hatte genug von Fiona gelernt und dies durch eigene Studien ergänzt, um zu wissen, dass ein solcher Mörder gewiss schon zuvor in der Strafgerichtsbarkeit seine Spuren hinterlassen hatte. Mit ihrem Fachwissen würde Fiona zumindest darauf hinweisen können, welche Art von Vorstrafen der Verdächtige vermutlich hatte. Je nach Sachlage konnte sie vielleicht sogar Angaben zu seinem wahrscheinlichen Wohnort machen. Sie würde von denselben Fakten ausgehen wie die Kriminalbeamten, aber andere Schlüsse im Hinblick auf ihre Bedeutung ziehen.

Im Verlauf der Untersuchung war Francis Blake schon früh als eventueller Täter aufgetaucht. Jemand, der mit seinem Hund spazieren ging, hatte zur Zeit des Mordes in Hampstead Heath die Kinder schreien hören und Blake in Richtung auf das dichte Unterholz davonrennen sehen, das die kleine Lichtung verdeckte, wo Susan Blanchards Leiche entdeckt wurde. Blake leitete die Filiale einer Kette von Bestattungsunternehmen, woraus die Kriminalbeamten auf eine ungesunde Vertrautheit mit Leichen schlossen. Er hatte als Junge auch bei einem Metzger gearbeitet, weswegen die Polizei davon ausging, dass es ihm nichts ausmachte, Blut zu sehen. Als Erwachsener hatte er keine Vorstrafen, aber zweimal war ihm eine Jugendstrafe angedroht worden, weil er einen Mülleimer in Brand gesetzt und beim zweiten Mal einen kleineren Jungen tätlich angegriffen hatte. Außerdem konnte er keine klare Aussage machen, wieso er an jenem Morgen im Park von Hampstead Heath gewesen war.

Es gab nur ein Problem. Fiona glaubte nicht, dass Francis Blake der Mörder war. Sie hatte dies Steve und auch jedem anderen mitgeteilt, der es hören wollte. Aber ihre Vorschläge für eine andere Richtung der Ermittlungen hatten offenbar zu keinem Ergebnis geführt. Unter dem Druck der wütenden Medien musste Steve eine Verhaftung vorzeigen können.

Eines Morgens war er in Fionas Büro in der Universität gekommen. Nach einem Blick auf seinen verbissenen Gesichtsausdruck hatte sie geäußert: »Was du mir zu sagen hast, wird mir nicht gefallen, was?«

Er schüttelte den Kopf und ließ sich schwer auf den Stuhl vor ihr fallen. »Nicht nur dir. Ich habe alle Argumente gebracht bis zum Gehtnichtmehr, aber man kann sich manchmal einfach nicht gegen opportunistische Schachzüge durchsetzen. Der Commander hat über meinen Kopf hinweg seine Entscheidung getroffen. Er hat Andrew Horsforth beauftragt.«

Keiner von beiden musste dazu noch etwas sagen. Andrew Horsforth war praktizierender Psychologe in einer Klinik. Er hatte jahrelang eine sichere Stelle in einer psychiatrischen Anstalt gehabt, deren Ruf nach jedem unabhängigen Bericht schlechter wurde, der über sie erschien. Sein Verständnis von Profiling beruhte auf dem, was Fiona verächtlich als »instinktive Annahmen« bezeichnete, und er bildete sich aufgrund jahrelanger praktischer Erfahrung mit Patienten viel auf die Qualität seiner Erkenntnisse ein. »Und das wäre ja in Ordnung, wenn für ihn je etwas anderes als sein Ego im Vordergrund gestanden hätte«, sagte sie einmal sarkastisch, nachdem sie einen Vortrag von ihm gehört hatte. Er hatte bei seinem ersten wichtigen Fall ein Mordsglück gehabt, wie sie es vertraulich umschrieb, als er ein Profil erstellte, das er später immer wieder ausschlachtete. Und er versäumte nie, den Medien bei allen möglichen Gelegenheiten Kommentare und Interviews zu geben, so viele sie wollten. Wenn die Polizei in einem Fall eine Verhaftung vornehmen konnte, für den er ein Täterprofil erstellt hatte, war er immer schnell dabei, dies als sein Verdienst zu reklamieren; wenn es nicht so weit kam, war es nie seine Schuld. Würde Francis Blake als verdächtigter Täter nun Horsforth zugewiesen, so würde dieser, dessen war sich Fiona sicher, schon ein irgendwie auf den Mann zugeschnittenes Profil zusammenbasteln.

»Dann will ich nichts mehr mit der Sache zu tun haben«, sagte Fiona bestimmt.

»Allerdings hast du nichts mehr damit zu tun, das kannst du mir glauben«, sagte Steve bitter. »Sie haben beschlossen, deine fachliche Beratung und meine persönliche Meinung zu übergehen. Sie tüfteln an einem Täuschungsmanöver, in Szene gesetzt von Horsforth.«

Fiona schüttelte deprimiert den Kopf. »Ach, verdammt noch mal«, explodierte sie. »Das ist doch eine Schnapsidee. Selbst wenn ich dächte, Blake sei euer Mann, wäre ein Täuschungsmanöver doch eine furchtbar blöde Idee. Vielleicht könnte man ja etwas zusammenbekommen, das sich vor Gericht verwenden ließe, wenn ein geschulter Psychologe mit jahrelanger therapeutischer Erfahrung die Aktion leitete, aber beim besten Willen – eine junge Polizistin loszuschicken, die von einem Bescheuerten wie Horsforth Instruktionen bekommt, das ist doch das ideale Rezept für eine komplette Katastrophe.«

Steve fuhr sich mit den Händen durch sein allmählich schütter werdendes schwarzes Haar und strich es sich aus der Stirn. »Meinst du, ich hab ihm das nicht gesagt?« Seine zusammengepressten Lippen bildeten eine scharfe Linie, die seinen ganzen Ärger ausdrückte.

»Ich bin sicher, dass du es ihm gesagt hast. Und ich weiß auch, dass du genauso wütend bist wie ich.« Fiona stand auf und wandte sich zum Fenster, um hinauszusehen. Sie wollte nicht zeigen, wie gedemütigt sie war, nicht einmal gegenüber jemandem, den sie so gut kannte wie Steve. »Also, das war's dann wohl«, sagte sie. »Ich bin fertig mit der Met. Ich werde nie mehr mit dir oder deinen Kollegen zusammenarbeiten.«

Steve kannte sie gut genug. Er wusste, dass ein Gespräch mit ihr nichts bringen würde, wenn sie in dieser Stimmung war. Er selbst war über die Missachtung seines professionellen Urteils so verärgert gewesen, dass ihm sogar kurz der Gedanke an Kündigung durch den Kopf geschossen war. Aber anders als Fiona hatte er keine Alternative für eine berufliche Karriere, in der sein Fachwissen von Vorteil gewesen wäre. Also tat er den Gedanken daran ungeduldig als eine wehleidige Regung seines verletzten Stolzes ab. Er hoffte, dass Fiona das nach einiger Zeit auch tun würde. Jetzt war aber nicht der richtige Zeitpunkt, darüber zu sprechen. »Ich kann dir keinen Vorwurf machen, Fi«, sagte er niedergeschlagen. »Es tut mir weh, dich zu verlieren.«

Sie war wieder gefasst und drehte sich zu ihm um. »Das wird nicht das Einzige bleiben, was dir wehtun wird, bevor diese Sache zu Ende ist«, sagte sie mitfühlend. Sogar damals schon hatte sie begriffen, wie schlimm die Sache ausgehen konnte. Wenn Polizisten durch die angebliche Glaubwürdigkeit und das Ansehen eines Psychologen bestärkt wurden, der ihnen sagte, was sie hören wollten, und wenn sie verzweifelt einen Täter verhaften wollten, ruhten sie nicht eher, als bis ihr Mann hinter Gittern saß.

Fiona freute sich jedoch nicht darüber, wie Recht sie gehabt hatte.

Kapitel 3

Die mittelalterliche Festung von Toledo war auf einem Felsvorsprung erbaut, den eine Schleife des Flusses Tajo wie ein Ochsenjoch fast vollständig umschloss. Der tiefe Fluss und die steilen Felsen boten fast der ganzen Stadt einen natürlichen Schutz, da man nur einen schmalen Streifen Land gegen den Feind befestigen musste. Jetzt wand sich eine schöne Straße auf der anderen Seite des Tajo entlang und gab verschiedene Ausblicke auf die Gruppierungen honigfarbener Gebäude frei, die sich von der prächtigen Kathedrale und den strengen Mauern des Alcazar den steil abfallenden Hang hinabzogen. Daran konnte sich Fiona noch von den heißen, durstigen Tagen eines Aufenthalts vor dreizehn Jahren erinnern, als sie die Stadt mit drei Freundinnen erkundet hatte.

Sie hatten damals ihr bestandenes Doktorexamen gefeiert und waren mit einem klapprigen VW-Bus durch Spanien gefahren, von einer Stadt zur anderen, wo sie die wichtigsten Attraktionen besuchten. Toledo – das waren El Greco, Ferdinand und Isabella, Schaufenster voller Waffen und Schwerter und ein besonders köstliches Wachtelgericht, wie sie sich erinnerte. Hätte damals jemand der jungen Psychologin, die gerade frisch von der Uni kam, vorausgesagt, dass sie eines Tages als Beraterin der spanischen Polizei hierher zurückkehren würde, hätte sie dies bestimmt für eine Schnapsidee gehalten.

Die erste Leiche war in einer tiefen, waldreichen Schlucht gefunden worden, die etwa eine Meile vor den Toren der Stadt zum Tajo hinunter verlief. Nach örtlicher Sitte hatte die Schlucht den schrecklichen Namen La Degollada – laut Fionas spanischem Wörterbuch »die Frau mit durchschnittener Kehle«. Die Leiche der historischen Degollada sollte ein Zigeunermädchen gewesen sein, das einen der Wachsoldaten verführte und damit einen zunächst unbemerkten Angriff auf die Stadt ermöglichte. Zur Strafe dafür, dass sie einem Soldaten den Kopf verdreht hatte, verlor sie den ihren dann tatsächlich. Ihre Kehle war so tief aufgeschlitzt, dass es praktisch einer Enthauptung gleichkam. Fiona bemerkte müde, aber ohne Überraschung, dass Major Berrocals Bericht nichts über das Schicksal des Soldaten enthielt.

Das jetzige Opfer war eine fünfundzwanzigjährige Deutsche, Martina Albrecht. Sie hatte gelegentlich als Reiseführerin gearbeitet und deutschsprachige Führungen durch Toledo organisiert. Ihre Freunde und Nachbarn berichteten, dass sie einen Lover gehabt habe, einen verheirateten, nicht hochrangigen Offizier der spanischen Armee, der dem Verteidigungsministerium in Madrid zugeteilt war. Er war in der Mordnacht bei einem offiziellen Festessen in der etwa sechzig Kilometer entfernten Hauptstadt gewesen. Man trank dort noch Kaffee und Cognac, als Martinas Leiche entdeckt wurde, so dass auf ihn kein Verdacht fallen konnte. Außerdem meinten Martinas Freunde, sie sei mit dieser Teilzeitbeziehung ganz zufrieden gewesen und habe nichts geäußert, was auf Probleme zwischen den beiden hingewiesen hätte.

Die Leiche wurde kurz vor Mitternacht von einem verliebten Teenager-Paar gefunden, das seine Motorräder an der Straße geparkt und sich neugierigen Blicken durch den Abstieg in die Schlucht entzogen hatte. Auch sie kamen als Verdächtige nicht in Frage, obwohl der Vater des Mädchens ihrem Freund unterstellt haben sollte, er sei durchaus zu einem Mord in der Lage, weil der Junge nach Ansicht des Vaters ein unschuldiges junges Mädchen verdarb.

Nach dem gerichtsmedizinischen Bericht hatte Martina im Mondlicht ausgestreckt auf dem Rücken gelegen, die Arme ausgebreitet und die Beine gespreizt. Der Pathologe fand heraus, dass ihre Kehle mit einer langen, sehr scharfen Klinge, vielleicht einem Bajonett, von links nach rechts aufgeschlitzt worden war und dass der Täter wahrscheinlich hinter ihr gestanden hatte. Es war schwierig, dazu etwas Genaues zu sagen, und da Toledo für seine Stahlklingen berühmt ist, war der Erwerb von rasiermesserscharfen Messern in den vielen Touristenläden an den großen Straßen eine ganz alltägliche Sache. Der Tod war schnell eingetreten, denn das Blut trat stoßweise aus den beiden durchgetrennten Halsschlagadern aus. Martinas Kleider waren vom Blut getränkt, woraus man schließen konnte, dass sie stand und nicht lag, als ihr die Wunde beigebracht wurde.

Die weitere Untersuchung ergab, dass eine abgebrochene Weinflasche wiederholt in ihre Scheide gerammt worden war und das Gewebe zerfetzt hatte. Dass an dieser Stelle des Körpers nicht viel Blut zu sehen war, deutete darauf hin, dass Martina zu diesem Zeitpunkt Gott sei Dank schon tot war. Die Flasche hatte vorher billigen Rotwein aus der Mancha enthalten, den man in fast jedem Laden der Stadt kaufen konnte. Der einzige weitere Gegenstand von Interesse am Tatort war ein blutbefleckter Reiseführer von Toledo in deutscher Sprache. Martinas Name, Adresse und Telefonnummer waren in ihrer Handschrift auf die Innenseite des Umschlags gekritzelt.

Kriminaltechnische Spuren vom Mörder gab es nicht, auch keine Hinweise darauf, wie Martina in die Schlucht La Degollada gebracht worden war. Es war ein leicht zugänglicher Ort. Die am Tajo entlangführende Panoramastraße verlief hier oberhalb der Schlucht, und es gab in der Nähe viele Stellen, wo ein Auto neben der Straße versteckt abgestellt werden konnte. Martina sei gegen sieben von der Arbeit nach Hause gekommen, sagte die Frau, mit der sie sich eine Wohnung teilte. Sie hatten zusammen kurz Brot, Käse und einen Salat gegessen, dann war die Mitbewohnerin weggegangen, um Freunde zu treffen. Martina hatte für den Abend nichts Besonderes geplant und lediglich geäußert, sie würde vielleicht später etwas trinken gehen. Die Polizei hatte die Cafés und Bars, die sie öfter besuchte, durchkämmt, aber niemand gab an, sie an jenem Abend gesehen zu haben. Als die Touristengruppe, die

Martina am Tag zuvor geführt hatte, am nächsten Tag in Aranjuez ankam, hatte man sie befragt. Niemand hatte bemerkt, dass einer der Touristen sich besonders für ihre junge Führerin interessiert hätte. Außerdem waren sie an jenem Abend alle gemeinsam bei einer Flamenco-Fiesta gewesen. Für jeden konnte von mindestens drei anderen Mitgliedern der Gruppe die Anwesenheit dort und damit das Alibi bezeugt werden.
Es gab keine bestimmten Verdachtsmomente, und so war die Ermittlung zum Stillstand gekommen. Fiona kannte diese Art von frustrierender Untersuchung, die sich an die erste Tat einer Serie anschließt, wenn der Täter intelligent genug ist, seine Spuren gekonnt zu verwischen, und keine Zweifel daran hat, dass man ihn nicht erwischen wird. Fehlte eine klare Verbindung zwischen Opfer und Mörder, war es immer schwer, ergiebige Ansätze für die Ermittlungen zu finden.
Dann hatte es zwei Wochen später eine zweite Leiche gegeben. Ein relativ kurzer Zeitabstand, stellte Fiona fest. Diesmal war der Tatort die große Klosterkirche San Juan de los Reyes. Fiona erinnerte sich an die Kreuzgänge, ein mächtiges Viereck, das mit bizarren Wasserspeierfiguren verziert war. Dort war es auch gewesen, fiel ihr ein, dass eine aus ihrer Gruppe damals die absurde Figur eines umgekehrten Wasserspeiers entdeckt hatte. Statt einer grotesken Fratze, die Wasser spuckte, bestand diese Figur nur aus einem Unterkörper, als ob der dazugehörige Rest mit dem Kopf voran in die Wand gerammt worden sei.
Das Einzigartige an der Kirche selbst waren die vielen Ketten und Fesseln, die von der Fassade herabhingen. Mit diesen Fesseln pflegten die maurischen Eroberer ihre in Granada festgenommenen christlichen Gefangenen anzuketten. Als Ferdinands und Isabellas große Armee Granada den Mauren entriss, verfügten die Monarchen, dass die Ketten zum Andenken an der Kirche aufgehängt werden sollten. Fiona hatte noch lebhaft vor Augen, wie bizarr und tiefschwarz sie sich im Sonnenlicht vor dem Goldton der reich verzierten Steinfassade abgehoben hatten.
Das zweite Opfer war der Amerikaner James Paul Palango, der

sakrale Kunst studierte. Seine Leiche war im Morgengrauen von einem Straßenfeger entdeckt worden, der den Kreuzgang des Klosters von San Juan de Los Reyes gefegt hatte. Als er auf dem geteerten Platz vor der Kirche um die Ecke gekommen war, hatte er etwas über seinem Kopf Baumelndes wahrgenommen. Palango hing an zwei Fesseln angekettet. Im frühen Morgenlicht glänzte etwas an seinem geschwollenen Hals. Als man die Leiche heruntemahm, stellte sich heraus, dass er mit einem Würgehalsband für Hunde erdrosselt und dann mit Handschellen an die beiden Ketten gehängt worden war. Der Gerichtsmediziner berichtete auch, dass Palangos Leiche wiederholt mit dem abgebrochenen Hals einer Weinflasche verletzt wurde, die noch im wunden Anus steckte. Wieder schien es keine wesentlichen Spuren zu geben. Interessanterweise war auch in Palangos Tasche ein Führer von Toledo.
Die polizeilichen Ermittlungen ergaben, dass Palango evangelisch war und einer reichen Familie aus Georgia entstammte. Er hatte in einem Parador-Hotel gewohnt, das von einem hohen Felsvorsprung aus einen weiten Blick über den Fluss auf die Innenstadt bot. Man sagte im Hotel, Palango habe früh zu Abend gegessen und sei dann so gegen neun mit seinem Mietwagen weggefahren. Das Auto wurde später in einem Parkhaus gegenüber dem Alcazar entdeckt. Nach Befragungen in der Nachbarschaft stellte sich heraus, dass der Amerikaner auf der Plaza Zocodover im Herzen der Altstadt einen Kaffee getrunken hatte, aber im allgemeinen Durcheinander der beim abendlichen *Paseo* Flanierenden hatte niemand bemerkt, ob er das Café allein verließ und wann. Niemand hatte sich gemeldet, der ihn seit dem Zeitpunkt gesehen hatte.
Fiona lehnte sich auf ihrem Stuhl zurück und rieb sich die Augen. Kein Wunder, dass Major Berrocal so erpicht war sie, als Helferin zu verpflichten. Die einzigen maßgeblichen Informationen, die die Polizei aus dem zweiten Mord hatte ableiten können, waren: Der Mörder war stark genug, einen 63 Kilo schweren Mann auf einer Leiter hinaufzutragen, und furchtlos genug, sein Opfer an einem öffentlichen Ort zur Schau zu stellen. Auf einem handgeschriebenen Zettel hatte Berrocal vermerkt, nach Schließung des Cafés sei

die Gegend um die Kirche in den frühen Morgenstunden zwar ruhig, aber doch von mehreren Häusern aus zu überblicken. Deshalb habe der Mörder wohl die abgelegenste Stelle der Fassade für sein Spektakel gewählt, von wo aus er wahrscheinlich nicht so leicht gesehen werden konnte.

Fiona ließ sich auf dem Stuhl zurückfallen und reckte die Arme über den Kopf, während sie die Berichte noch einmal überdachte, die sie sorgfältig durchgearbeitet hatte. Der Fall war interessant, das stand außer Frage. Sie musste sich überlegen, ob sie mit einer konstruktiven Idee zu den Ermittlungen beitragen könnte. Sie hatte schon verschiedentlich mit ausländischen Polizeiabteilungen in Europa zusammengearbeitet und manchmal das Gefühl gehabt, ihre Arbeit werde dadurch beeinträchtigt, dass ihr ein tieferes, intuitives Verständnis für das Funktionieren der ihr fremden Gesellschaften fehlte. Andererseits machten sich schon erste Ansätze einer Idee bemerkbar, wie dieser Mörder vorgegangen sein und wo die Polizei mit ihrer Suche anfangen könnte.

Eines stand jedoch fest. Während sie noch unschlüssig war, plante er schon seinen nächsten Mord. Fiona schenkte sich wieder ein und traf ihre Entscheidung.

Kapitel 4

Fiona war mit ihrem Spanienführer schon halb die Treppe hinuntergegangen, als sie hörte, wie die Haustür aufging. »Hallo«, rief sie.
»Ich habe Steve mitgebracht«, antwortete Kit und klang, vom Alkohol entspannt, wie ein waschechter Einwohner von Manchester. Fiona war zu müde, um die Aussicht auf Trinken und Unterhaltung bis spät in die Nacht zu begrüßen. Aber wenigstens war es nur Steve. Er gehörte praktisch zur Familie und störte sich nicht daran, wenn sie zu Bett ging und die beiden allein ließ. Diese zwei wichtigsten Männer in ihrem Leben waren ein merkwürdig gegensätzliches Paar: Steve, groß, drahtig, dünn und dunkelhaarig, und Kit, dessen rasierter Kopf im Licht glänzte und der mit seinem breiten, muskulösen Oberkörper kleiner wirkte, als er war. Dabei sah Steve mit seinem unruhigen Blick und den langen, schmalen Fingern eher wie der Intellektuelle aus, während Kit mehr wie ein Streifenpolizist wirkte, der vielleicht nebenbei als Rausschmeißer in Nachtclubs arbeitete. Jetzt sahen sie mit dem gleichen verlegenen Klein-Jungen-Grinsen und geröteten Gesichtern zu ihr herauf.
»Das Essen war gut, wie ich sehe«, sagte Fiona trocken und lief die restlichen Stufen hinunter. Auf Zehenspitzen küsste sie Steves Wange, dann ließ sie sich von Kit in den Arm nehmen.
Er gab ihr einen schmatzenden Kuss auf den Mund. »Hast mir gefehlt«, sagte er, ließ sie los und trat in die Küche.
»Stimmt gar nicht«, widersprach ihm Fiona. »Ihr habt doch einen

tollen Männerabend gehabt, habt einen Haufen abscheulicher Stücke von toten Tieren gegessen und ...« – sie hielt inne und legte den Kopf schief, während sie die beiden taxierte – »... drei Flaschen Rotwein getrunken ...«

»Sie irrt sich nie«, warf Kit ein.

»... und ihr habt die Welt wieder in Ordnung gebracht«, schloss Fiona. »Da wart ihr doch ohne mich viel besser dran.«

Steve zwängte seinen langen Körper auf einen Küchenstuhl und nahm das Glas Brandy, das Kit ihm hinhielt. Er wirkte wie jemand, der unter Beschuss stand und nun vorsichtig das Gefühl zulässt, an einem sicheren Ort angekommen zu sein. Er hob sein Glas zu einem spöttischen Toast. »Wünschen wir unseren Feinden Verwirrung. Du hast Recht, Fi, aber aus den falschen Gründen«, sagte er.

Fiona setzte sich ihm gegenüber und zog ihr Weinglas zu sich heran. Er hatte sie neugierig gemacht. »Es fällt mir schwer, das zu glauben«, sagte sie mit leichtem Spott.

»Fi, ich war froh, dass du heute nicht dabei warst. Du bildest dir schließlich so schon genug auf deine Arbeit ein, du musst dir nicht auch noch anhören, wie ich herumschimpfe, dass ich die Demütigungen von heute nie über mich hätte ergehen lassen müssen, wenn ich mit dir statt mit diesem Arschloch Horsforth zusammengearbeitet hätte.« Steve hob abwehrend die Hand, um Kit anzudeuten, dass drei Zentimeter Brandy mehr als genug seien.

Kit lehnte sich gegen die Küchenzeile. Er legte seine breiten Hände um das Glas, um den Inhalt anzuwärmen. »Du hast Recht mit dem Eingebildetsein«, sagte er mit leisem Lachen, und sein liebevolles Grinsen zeigte, wie stolz er auf sie war.

»Nur wer selber einer ist, erkennt den üblen Charakter«, sagte Fiona. »Tut mir Leid, Steve, dass du so einen beschissenen Tag hattest.«

Bevor Steve antworten konnte, schaltete sich Kit ein. »Es musste ja so kommen. Die ganze Aktion war doch vom ersten Tag an zum Scheitern verurteilt. Von allem anderen abgesehen, wärt ihr doch in einem Prozess nie mit so einer Falle durchgekommen, sogar wenn Blake voll darauf reingefallen wäre und alles haarklein erzählt hätte. Britische Geschworene schätzen solche Täuschungsmanöver nicht. An jedem Stammtisch hält man es für Betrug, wenn einem etwas angehängt wird, ohne dass die Beweise vorher auf normalem Weg gefunden wurden.«

»Nimm kein Blatt vor den Mund, Kit, sag uns, was du wirklich denkst«, sagte Steve sarkastisch.

»Ich hatte gehofft, dass ihr eure Erörterung schon hinter euch habt«, legte Fiona vorsichtig Protest ein.

»O ja, das haben wir«, sagte Steve. »Ich fühle mich, als wäre ich den ganzen Tag im Büßerhemd herumgelaufen.«

»He, ich hab aber nicht behauptet, es sei deine Schuld«, erinnerte ihn Kit. »Wir wissen doch alle, dass man dir von oben Druck gemacht hat. Wenn einer sich geißeln sollte, dann ist es dein Commander. Aber da kannst du deine Rente drauf verwetten, dass Teflon Telford sich heute Abend wie Pontius Pilatus die Hände in Unschuld waschen wird – mit Waschpaste extra stark. Das klingt dann ungefähr so: ›Tja, man muss seinen Leuten manchmal ihren Kopf lassen, aber ich hätte doch gedacht, dass Steve Preston die Sache besser in den Griff bekommen würde‹«, sagte er mit der tiefen Bassstimme von Steves Chef.

Steve starrte in sein Glas. Kit sagte ihm nichts, was er nicht schon wusste, aber es aus dem Mund eines anderen zu hören machte die Niederlage nicht gerade bekömmlicher. Und morgen würde er sich seinen Kollegen stellen müssen. Er wusste genau, dass er allein die ganze Sache ausbaden musste. Manche hatten genug Durchblick und verstanden, dass er zum Sündenbock abgestempelt worden war, aber es gab viele andere, die die Gelegenheit genießen würden, hinter vorgehaltener Hand über ihn zu feixen. Das war der Preis, den er für seinen bisherigen Erfolg zahlte. Und angesichts des Konkurrenzdrucks auf den höheren Ebenen der Met war man immer nur so gut wie sein letzter Erfolg.

»Seid ihr wirklich nicht hinter einem anderen Täter her?«, fragte Fiona, die Steves deprimierte Stimmung bemerkte und das Gespräch in eine positivere Richtung lenken wollte.

Steve antwortete bockig: »Das ist die offizielle Lesart. Wenn wir etwas anderes sagen, hält man uns für noch größere Holzköpfe als sowieso schon. Aber ich gebe mich damit nicht zufrieden. Irgendeiner hat Susan Blanchard ermordet, und du weißt besser als ich, dass so ein Killer wahrscheinlich nicht nach einem Opfer Halt machen wird.«

»Was willst du denn unternehmen?«, fragte Fiona.

Kit warf ihr einen nachdenklichen Blick zu. »Ich glaube, die Frage lautet wahrscheinlich, was wirst *du* tun?«

Fiona schüttelte den Kopf, bemüht, ihren Ärger nicht zu zeigen. »O nein, hör auf, mir ein schlechtes Gewissen zu machen. Ich hab gesagt, ich werde nach diesem Desaster nie mehr für die Met arbeiten, und das hab ich ernst gemeint.«

Steve breitete beschwichtigend die Arme aus. »Selbst wenn ich das Geld zur Verfügung hätte, würde ich dich nicht so beleidigen wollen.«

Kit packte einen der Stühle und setzte sich rittlings darauf. »Ja, aber mich liebt sie. Ich darf sie beleidigen. Na los, Fiona, es würde doch nicht schaden, wenn du dir die Unterlagen zu der Aktion mal anschauen würdest, oder? Nur so, als theoretische Fingerübung.«

Fiona stöhnte. »Du willst ja nur, dass sie hier im Haus rumliegen, damit du deine Nase reinstecken kannst«, versuchte sie ein weiteres Ablenkungsmanöver. »Ist doch alles Wasser auf deine Gruselmühle, oder?«

»Das ist aber nicht fair! Du weißt genau, dass ich nie vertrauliche Unterlagen lese«, sagte Kit empört.

Fiona grinste. »Jetzt hab ich dich doch getroffen, was?«

Kit lachte. »Aber die Kripo ist immer fair, Chefin.«

Steve lehnte sich mit nachdenklichem Gesicht zurück. »Andererseits …«

»Ach, jetzt benehmt euch doch mal wie Erwachsene, ihr beiden«, brummte Fiona. »Ich hab Besseres mit meiner Zeit zu tun, als Andrew Horsforths dreckige kleine Fangoperation abzuklopfen.«

Steve sah Fiona aufmerksam an. Er kannte sie gut und wusste, mit welcher Art von Herausforderung man ihrer hartnäckigen Ablehnung eventuell beikommen könnte. Und er war verzweifelt genug, es damit zu versuchen. »Das Problem ist, Fi, die Spur ist schon lange nicht mehr heiß. Es ist mehr als ein Jahr her, dass Susan Blanchard bestialisch ermordet wurde, und bald zehn Monate, dass wir uns ausschließlich auf Francis Blake konzentriert haben. Ich will nicht, dass die Sache unaufgeklärt bleibt. Ich will nicht, dass ihre Kinder mit all den offenen Fragen aufwachsen. Ihr wisst ja, welchen Schmerz das Nichtwissen bedeutet. Ich will jetzt wirklich den Dreckskerl kriegen, der das getan hat. Aber wir brauchen neue Hinweise«, sagte er. »Und wie Kit sagt, es könnte ja zumindest interessantes Forschungsmaterial für dich dabei herauskommen.«

Fiona machte die Kühlschranktür fester zu als nötig. »Du bist mir wirklich ein berechnender Kerl«, beklagte sie sich. Dass sie durchschaute, wie er absichtlich die richtigen Knöpfe bei ihr drückte, machte es nicht weniger unangenehm. Verärgert versuchte sie sich mit einem letzten Verteidigungsmanöver herauszureden. »Steve, ich bin keine Praktikerin der Psychologie. Ich hör mir nicht den ganzen Tag die traurigen Lebensgeschichten der Leute an. Meine Sache ist das Jonglieren mit Zahlen. Ich arbeite mit harten Fakten, nicht mit vagen Eindrücken. Auch wenn ich meine Wut unterdrücken und die Unterlagen durchsehen würde, bin ich nicht sicher, dass ich am Ende überhaupt etwas Hilfreiches dazu sagen könnte.«

»Es würde aber nichts schaden, oder?«, warf Kit ein. »Du würdest ja deine Entscheidung, nicht mehr für die Met zu arbeiten, nicht zurückziehen. Du würdest nur Steve einen persönlichen Gefallen tun. Ich meine, sieh ihn dir doch mal an. Er ist total fertig. Und das soll dein bester Kumpel sein! Willst du ihm nicht beistehen?«

Fiona setzte sich und beugte sich vor, so dass ihre kastanienbraunen schulterlangen Haare wie ein Vorhang vor ihr Gesicht fielen. Steve wollte etwas sagen, aber Kit gab ihm schnell ein Zeichen, er solle still sein, und flüsterte: »Nein!« Steve zuckte leicht mit einer Schulter.

Schließlich seufzte Fiona tief und strich sich mit beiden Händen die Haare zurück. »Okay, ich mach es«, sagte sie. Als sie Steves begeistertes Lächeln sah, fügte sie jedoch hinzu: »Ich verspreche nichts, vergiss das nicht. Bring mir das Zeug gleich morgen früh, damit ich es mir anschauen kann.«

»Danke, Fi«, sagte Steve. »Auch wenn es gewagt ist, ich brauche alle Hilfe, die ich bekommen kann. Ich danke dir.«

»Gut. Das solltest du auch«, sagte sie ernst. »Können wir jetzt von was anderem reden?«

Es war nach Mitternacht, als Fiona mit ihrem Spanienführer endlich zu Bett ging. Als Kit aus dem Bad kam, warf er stirnrunzelnd einen erstaunten Blick auf ihren Lesestoff. »Willst du mir damit schonend beibringen, dass es an der Zeit sei, einen Urlaub zu planen?«, fragte er, schlüpfte unter die Decke und kuschelte sich an sie.

»Schön wär's. Gehört zur Arbeit. Ich habe heute eine Anfrage von der spanischen Polizei wegen einer Beratung bekommen. Zwei Morde in Toledo, die nach dem Anfang einer Serie aussehen.«

»Du hast also schon entschieden zu gehen?«

Fiona schwenkte das Buch vor ihrer Nase herum. »Sieht so aus. Ich muss wegen der praktischen Details morgen früh mit ihnen reden, aber ich könnte ohne große Probleme zum Wochenende ein paar Tage wegfahren.«

Kit rollte sich auf den Rücken und verschränkte die Arme hinter dem Kopf. »Und da hatte ich schon gedacht, du hättest eine romantische Kurzreise nach Torremolinos geplant.«

Fiona legte ihr Buch ab und wandte sich Kit zu. Ihre Finger fuhren durch die weichen dunklen Haare auf seiner Brust. »Du könntest ja mitkommen, wenn du möchtest. Toledo ist eine schöne Stadt. Es ist ja nicht so, als gebe es dort nichts für dich zu tun, während ich arbeite. Eine Abwechslung würde dir nicht schaden.«

Er legte einen Arm um ihre Schulter und zog sie näher zu sich heran. »Ich bin ziemlich im Rückstand mit dem Buch, und wenn du am Wochenende nicht da bist, ist das eine gute Gelegenheit, mich einzuschließen und durchzuarbeiten.«

»In Toledo könntest du auch arbeiten.« Ihre Hand wanderte langsam zu seinem Bauch hinunter.

»Wenn du da bist, um mich abzulenken?«
»Ich würde tagsüber arbeiten. Und wahrscheinlich die halbe Nacht, wenn man nach den früheren Erfahrungen gehen kann.« Sie rutschte näher und schmiegte sich an ihn.
»Da kann ich genauso gut zu Haus bleiben, so wie sich das anhört.«
»Es würde dir gefallen«, sagte Fiona gähnend. »Es ist eine interessante Stadt. Man weiß nie, vielleicht wäre es eine gute Inspiration.«
»Ja, genau, ich sehe schon vor mir, wie ich den spanischen Superkillerthriller schreibe.«
»Warum nicht? Es ist ein schmutziger Job, aber irgendjemand muss ihn machen. Ich dachte nur, du würdest vielleicht mal gern irgendwo eine Pause einlegen, wo man sensationelle Feinschmeckerkost speist …« Fionas schläfrige Stimme wurde immer leiser.
»Manchmal denke ich auch an was anderes als ans Essen«, protestierte er. »War Toledo nicht die Stadt mit den El Grecos?«
»Stimmt«, sagte Fiona. »Und sein Haus ist auch da.« Ihre Augen waren geschlossen und ihre Stimme war nur noch ein Murmeln, als sie den Traumpfad in den Schlaf hinunterglitt.
»Na, das hört sich so an, als wär's eine Reise wert. Vielleicht komme ich doch mit«, sagte Kit. Keine Antwort. Das frühe Aufstehen und die zehn Meilen Wandern im Moor von Derbyshire forderten jetzt doch ihren Tribut. Kit lächelte und streckte seinen freien Arm nach dem Taschenbuch von James Sallis auf dem Nachttisch aus. Im Gegensatz zu Fiona konnte er nie ohne seine Portion Horror einschlafen. Allerdings wusste er immer, dass sein Lesestoff nur Erfindung war. Es machte nichts aus, dass er das Verbrechen nicht aufgeklärt hatte, wenn es Zeit war, das Licht abzuschalten. Die Killer, für die er sich interessierte, würden nicht wieder zuschlagen, bis er bereit war.

Kapitel 5

Das Flugzeug war auf dem Weg nach Madrid halb leer. Ohne dass sie ihn darum bitten musste, überließ Kit Fiona einen Doppelsitz und setzte sich auf die andere Seite des Mittelgangs. Sobald sie abgehoben hatten, klappte er seinen Laptop auf und begann zu arbeiten, wobei sein Walkman jegliche Ablenkungen von ihm fern hielt. Auf dem Weg zum Flughafen hatte er Fiona schon gedrängt, sie solle anfangen das, dicke Bündel zu lesen, das Steve hatte abgeben lassen und das sie in den letzten zwei Tagen geflissentlich übersehen hatte. Sie hatte behauptet, sie müsse die Unterlagen aus Toledo durchgehen, aber wenn sie ehrlich war, hatte sie dies schon sehr gründlich erledigt. Jetzt hatte sie keine Ausrede mehr, und der Flug war lang genug. Sie würde die ganze Zeit brauchen, um die Unterlagen durchzuarbeiten.

Der erste Teil begann mit einer Anzeigenseite aus *Time Out*. Während der langen Verhöre bei der Polizei hatte Blake zugegeben, er habe trotz einer schon längere Zeit bestehenden Beziehung zu einer Stewardess an Frauen geschrieben, die in der Rubrik *Einsame Herzen* annoncierten. Er hatte gesagt, er habe die ausgewählt, die unsicher schienen, weil sie immer dankbar waren, einen gut aussehenden Typen wie ihn kennen zu lernen. Er hatte eingestanden, dass er vor allem an Sex interessiert war, bestand aber darauf, dass er seine Zeit nicht mit hirnlosen Puppen verschwenden wolle. Nach dem, was Fiona noch von dem ursprünglichen Protokoll der Interviews im Gedächtnis hatte, schien Blake in Bezug auf seine Anziehungskraft auf Frauen selbstbewusst, fast arrogant. Ein

Mann, der wusste, was er wollte, und keinen Zweifel hatte, dass er es bekommen würde. Er hatte jedenfalls nicht schwach oder wie ein Versager gewirkt.

Horsforth hatte mehrere Anzeigen verfasst, von denen er nach seiner Interpretation der Verhöre glaubte, dass sie den Verdächtigen interessieren würden. Die ersten Versuche hatten viele Antworten gebracht, aber keine von Blake. »Zeigt, wie gut es ihm gelungen ist, sich in die Psyche des Killers zu versetzen«, murmelte Fiona. Aber beim zweiten Versuch gelang es, die Schlinge um das anvisierte Subjekt zu legen. Er hatte auf folgende Anzeige geantwortet: »Junge Frau, 26, schlank, neu in North London, sucht männlichen Begleiter für Gespräche, Restaurant- und Kinobesuche und zum Kennenlernen der hiesigen Szene und Vergnügungsorte. Sinn für Humor. Bitte Bilder beilegen.«

Blake hatte sich als Mann mit gutem Beruf dargestellt, 29-jährig, mit Interesse an Filmen, Lesen, Spaziergängen in Londoner Parks, dem Damenbegleitung Freude bereitete. Darauf hatte Detective Constable Erin Richards unter Anleitung von Andrew Horsforth geantwortet.

»Lieber Francis«, schrieb sie, *»danke für deinen Brief, es war bei weitem der charmanteste von allen, die ich bekommen habe. Ich muss zugeben, ich bin ein bisschen nervös in der Angelegenheit, weil ich normalerweise so etwas nicht tue. Wäre es in Ordnung, wenn wir noch weitere Briefe austauschten, bevor wir uns tatsächlich treffen?*

Genau wie du gehe ich gern ins Kino. Was für Filme magst du am liebsten? Obwohl ich weiß, dass Frauen eigentlich so etwas nicht gefallen sollte, bin ich versessen auf all die wunderbaren finsteren Thriller wie Sieben, Acht Millimeter *und* Fargo *und Hitchcock-Filme wie* Psycho. *Aber sie müssen einen guten Plot haben, um mich bei der Stange zu halten. Zum Lesen komme ich nicht so viel, wie ich sollte. Ich finde Patricia Cornwell, Kit Martin und Thomas Harris am besten, und manchmal lese ich auch über echte Kriminalfälle.*

Ich kenne London eigentlich nicht gut genug, um zu wissen, wo

man sicher spazieren gehen kann. Man liest manchmal so viel Schreckliches in den Zeitungen, Leute, die in Parks überfallen oder vergewaltigt werden, dass es mich ein bisschen nervös macht, weil ich hier fremd bin. Vielleicht könntest du mir irgendwann ein paar von deinen Lieblingsspazierwegen zeigen?
Ich bin im Staatsdienst, leider nichts besonders Aufregendes. Ich bin Sachbearbeiterin beim Landwirtschaftsministerium. Nach dem Tod meiner Mutter bin ich von Beccles in Suffolk hierher gezogen. Es gab nichts mehr, das mich dort hielt, weil mein Vater auch schon zwei Jahre vor ihr gestorben war, und ich habe keine Geschwister, also dachte ich, ich könnte nach London kommen und hier nach Abenteuern suchen!
Ich würde sehr gern wieder von dir hören, wenn du meinst, dass wir genug gemeinsame Interessen haben und dass wir gern zusammen sein würden. Du kannst mir unter meiner Chiffrenummer schreiben, weil ich sie noch zwei Wochen länger behalte.

Liebe Grüße
Eileen Rogers«

Blake hatte postwendend geantwortet. *»Liebe Eileen, danke für deinen schönen Brief. Ja, es hört sich so an, als hätten wir vieles gemeinsam. Zunächst mal mögen wir die gleiche Art von Büchern und Filmen.*
Ich kann verstehen, dass es dich ein bisschen nervös macht, in London allein herumzulaufen. Ich habe mein ganzes Leben hier gewohnt, aber es gibt viele Gegenden in der Stadt, die ich überhaupt nicht kenne, und wenn ich geschäftlich hinfahre, habe ich manchmal etwas Angst, weil man so schnell irgendwo landet, wo man sich bedroht fühlt, nur weil einem die Gegend unbekannt ist. Für eine Frau, die allein ist, muss es noch viel schlimmer sein. Ich würde dir gern alles zeigen. Ich kenne Hampstead Heath und Regent's Park und Hyde Park gut, ich gehe oft hin.
Mir ist klar, dass es für dich ein bisschen beunruhigend ist, einen Fremden wie mich zu treffen, aber ich würde dich gerne selbst sehen. Ich glaube einfach, wir hätten uns bestimmt eine Menge zu

sagen. Wir könnten uns irgendwo an einem öffentlichen Ort verabreden, so wie es für das erste Mal empfohlen wird – vielleicht am Samstag Nachmittag, wir könnten zusammen Kaffee trinken. Ich dachte, wir könnten uns vor dem Hard Rock Café am Hyde Park um drei treffen. Du kannst mich anrufen, um die Verabredung zu bestätigen, wenn du willst.
Bitte sag Ja. Du scheinst genau die Art Frau zu sein, die ich kennen lernen will.

Alle Gute
Francis Blake«

Der Fisch hatte angebissen, es war recht leicht gewesen, dachte Fiona. Nicht etwa, weil Horsforth die Sache besonders clever oder raffiniert eingefädelt hätte, sondern weil Blake so überraschend auf diesen Kontakt erpicht war, obwohl er unter so strenger polizeilicher Beobachtung stand. Vielleicht war er gerade deshalb so eifrig gewesen: Er brauchte unbedingt eine Erholungspause bei jemandem, der nicht wusste, wie er von der Justiz behandelt worden war. Einen Mann, der anscheinend gern die Kontrolle in der Hand behielt, musste es wütend machen, von Menschen umgeben zu sein, die meinten, sie wüssten mehr über ihn, als es wirklich der Fall war. Bei einem Menschen, der ihn nicht kannte und nichts über seine Rolle als Verdächtiger wusste, würde er sich entspannen können. Was immer seine Gründe waren, so war jedenfalls eine Gelegenheit geschaffen, mit der man die Untersuchung vorantreiben konnte. DC Richards hatte Blake angerufen und das Treffen bestätigt. Das Gespräch war etwa zehn Minuten lang, bemerkte Fiona. Sie hatten ohne große Scheu geplaudert, hauptsächlich über Filme, die sie in letzter Zeit gesehen hatten, und sich dann verabredet. Beim ersten Rendezvous wie auch bei jedem weiteren trug Richards ein Mikrofon, das die Unterhaltung über Funk zu einem Überwachungswagen übertrug, von dem aus man das Paar diskret, aber genau im Auge behielt.
Richards hatte ihre Rolle gut gespielt und einen Ton angeschlagen, der die Balance zwischen fahriger Nervosität und bemühter

Freundlichkeit hielt. Sie waren Kaffeetrinken gegangen, dann hatte Blake einen kurzen Spaziergang durch den Park vorgeschlagen, bevor sie sich trennten. Unterwegs zeigte er ihr Plätze, die sie ohne Gefahr allein aufsuchen konnte, und solche, die sie meiden sollte. Er schien die Stellen genau zu kennen, die gut einzusehen und beleuchtet waren, und andere, die finster und teilweise hinter Gebüsch verborgen waren und sich jemandem mit zweifelhaften Absichten als Verstecke anboten. Fiona hielt diese Analyse nicht für die eines durchschnittlichen Spaziergängers. Nur wer den Park für andere Zwecke nutzte, als dort frische Luft zu schnappen und sich Bewegung zu verschaffen, betrachtete seine Umgebung wie Francis Blake – ähnlich demjenigen, der einmal fast in einem brennenden Haus umgekommen wäre und für sein restliches Leben ein übertriebenes Interesse an Notausgängen hat. Blake sah seine Welt wie einer, der auf Beutejagd geht, nicht wie ein Opfer.

Allerdings machte ihn das noch nicht zum Mörder. Möglich, dass er andere überfiel oder ein Voyeur, ein Exhibitionist oder ein Vergewaltiger war und dadurch ähnlich reagierte. Aber Horsforth war überzeugt, Blake sei ein Mörder, und hatte dessen Benehmen entsprechend interpretiert. Das ergab sich klar aus den Notizen des Psychologen zu dem Treffen. Die Unterhaltung war harmlos gewesen, aber Horsforth hatte in ihr gesehen, was er sehen wollte.

Diese Erkenntnis deprimierte Fiona tief. Jede objektive Analyse des Materials war schon jetzt gefährdet, weil Horsforths verfrühte Interpretation der Bedeutung von Blakes Handlungen den darauf folgenden Ablauf bestimmt hatte.

Die Verabredungen wurden fortgesetzt, etwa zwei- oder dreimal die Woche. Beim vierten Treffen sprach Richards im Zusammenhang mit den schrecklichen Dingen, die Frauen in der Stadt passieren konnten, auch über den Mord an Susan Blanchard. Blake hatte sofort gesagt: »Ich war an dem Tag dort. Im Park von Hampstead Heath. Ich muss fast genau zur gleichen Zeit da vorbeigekommen sein, als sie vergewaltigt und ermordet wurde.«

Richards hatte so getan, als sei sie schockiert. »Mein Gott! Das muss ja schrecklich gewesen sein.«

»Ich habe damals gar nichts davon gemerkt. Na ja, natürlich nicht, sonst hätte ich ja Alarm geschlagen. Aber ich denke trotzdem oft, wenn ich an dem Tag eine andere Richtung eingeschlagen hätte, wenn ich über den Hang hinter dem Gebüsch gegangen wäre statt auf dem Weg, wäre ich über den Killer gestolpert«, sagte er angeberisch.
Es war ein bedeutungsvolles Gespräch, das wusste Fiona. Aber wiederum konnte man auch einen anderen Schluss als Horsforth ziehen. Es bedeutete in seinen Augen, dass Blake ein Mörder war, der unbedingt über seine Tat sprechen wollte, ganz egal, wie indirekt. Fiona sah darin etwas ganz anderes. Sie machte eine Notiz auf ihrem Block und las weiter.
Gegen Ende der dritten Woche lenkte Blake das Gespräch auf Sex. Es sei an der Zeit, so deutete er an, dass ihre Beziehung in die nächste Phase eintrete und über Spaziergänge, Kino- und Restaurantbesuche hinausgehe. Richards machte einen leichten Rückzieher, wie ihr befohlen worden war, und sagte, sie wolle erst sicher sein, dass sie zueinander passten, bevor sie den endgültigen Schritt täte, mit ihm zu schlafen. Dies war die geplante Richtung, die zu Gesprächen über sexuelle Phantasien führen sollte. Fiona musste zugeben, dass dies ein taktisch kluger Schritt Horsforths war, obwohl sie die Sache vielleicht weniger direkt angegangen wäre. Aber sie war schließlich keine Praktikerin. In solchen Dingen musste sie eingestehen, dass ihr Instinkt sie wahrscheinlich nicht allzu präzise leiten würde.
Jetzt war Richards an der Reihe, das Gespräch forciert in die gewünschte Richtung zu lenken. Und sie verlor keine Zeit. Sie sagte, sie sei zwar nicht unerfahren, was Sex betreffe, aber sie habe sich mit den Männern, mit denen sie bis jetzt geschlafen hatte, ziemlich bald gelangweilt. »Sie sind einfach so berechenbar, so konventionell«, beklagte sie sich. »Ich will sicher sein, dass der nächste Mann, mit dem ich etwas anfange, Phantasie hat, dass ich mit ihm Erfahrungen machen werde, die mir bis jetzt neu sind.«
Blake fragte sie gleich, was sie denn meine, und Richards machte, wahrscheinlich auf Horsforths Geheiß, wieder einen Rückzieher

und sagte, sie wisse nicht, ob sie das mitten im Regent's Park besprechen könne. Sie erklärte, dass sie nächste Woche nicht da sei, weil sie eine Schulung in Manchester machen müsse, und sie werde ihm schreiben. »Die Situation ist mir hier zu öffentlich«, sagte sie. »Geschrieben kann ich es besser ausdrücken. Wenn du schockiert bist oder für immer die Lust verloren hast, mit mir etwas anzufangen, dann brauche ich wenigstens nicht dein Gesicht zu sehen, oder?«

Blake schien fast belustigt über ihr Schwanken zwischen Anzüglichkeit und koketter Verschämtheit. »Ich wette, du könntest nichts sagen, was ein Schock für mich wäre«, hatte er gesagt. »Ich verspreche dir, Eileen, was immer du haben willst, ich kann's dir geben. Absolut alles, was immer du willst. Schreib mir den Brief heute Abend, damit ich ihn gleich Montag früh bekomme, und ich garantiere dir, du wirst darauf brennen, postwendend nach London zurückzukommen.«

Irgendwie zweifelte Fiona daran. Aber sie hatte jetzt keine Zeit für weitere skeptische Gedanken. Kit hatte seinen Computer in die Tasche gepackt, das Schild mit der Aufschrift »Fasten Seatbelts« leuchtete auf, und die Crew begab sich auf ihre für die Landung vorgesehenen Plätze. Berrocal würde sie in der Ankunftshalle erwarten, und ein Auftrag, bei dem sie mit Sicherheit nützlichen Rat geben konnte, würde immer Priorität haben vor einem Fall, der schon von jemand anderem vermasselt worden war.

Welche perversen Phantasien Francis Blake und Erin Richards auch ausgetauscht haben mochten, sie mussten fürs Erste in der Mappe verschlossen bleiben.

Kapitel 6

Major Salvador Berrocal erwartete sie nicht im Terminal, sondern er stand tatsächlich vor der Tür des Flugzeugs, als diese geöffnet wurde, wobei er ungeduldig mit dem Fuß auf den Boden klopfte. Offensichtlich hatte er das Flugzeug benachrichtigen lassen, und ein Steward bat Fiona, gleich mit in den vorderen Teil der Maschine zu kommen, so dass sie vor den anderen Passagieren aussteigen könne. Kit folgte ihr, blitzte den Steward mit seinem nettesten Lächeln an und sagte: »Wir gehören zusammen.«
Fionas erster Eindruck von dem spanischen Polizeibeamten war, dass er seine ungeheure Energie kaum im Zaum halten konnte. Er war mittelgroß, schlank, und er hatte eine blasse Haut und dunkelblaue Augen, die in ständiger Bewegung waren. Sein anthrazitgrauer Anzug sah aus, als sei er am Morgen frisch gebügelt worden, und seine schwarzen Schuhe hatten einen militärisch perfekten Glanz. Diese beiden Details passten irgendwie nicht zu dem widerspenstigen Schopf welliger schwarzer Haare, die so lang waren, dass sie hinten auf seinen Hemdkragen fielen. Er begrüßte sie mit einem höflichen, aber kurzen Kopfnicken und sagte: »Danke, dass Sie gekommen sind, Frau Dr. Cameron.«
»Ich danke Ihnen, dass Sie uns abholen, Major. Dies ist mein Lebensgefährte, Kit Martin. Ich habe, glaube ich, erwähnt, dass er mitkommen würde?«
Kit streckte die Hand aus. »Ich freue mich, Sie kennen zu lernen. Sie brauchen keine Sorge zu haben, ich werde nicht stören.«
Berrocal nickte unverbindlich. »Ich habe draußen einen Wagen für

Sie«, sagte er zu Fiona. Er streckte die Hand nach ihrer Mappe und ihrem Laptop aus. »Señor Martin, wenn es Ihnen nichts ausmacht, könnten Sie bitte zur Gepäckausgabe gehen, dort wartet einer meiner Leute auf Sie. Er wird Sie und das Gepäck zu Ihrem Hotel in Toledo bringen.« Er zog eine Karte aus der Innentasche seines Jacketts. »Das ist meine Handynummer. Sie können Frau Dr. Cameron darunter erreichen, sie wird bei mir sein.« Er lächelte ihn kühl an und ging den Gang entlang zum Haupttermінal.
»Die Freundlichkeit in Person«, sagte Kit.
»Steht unter Hochdruck, glaube ich«, antwortete Fiona. Sie legte einen Arm um Kit und drückte ihn kurz an sich. »Ruf mich auf dem Handy an, wenn du mich brauchst.«
Sie gingen los, hinter Berrocal her, wobei Fiona fast laufen musste, um ihn nicht aus den Augen zu verlieren. »Mach dir keine Gedanken um mich«, sagte Kit. »Ich habe ja den Führer. Ich werde meine eigenen Untersuchungen in Toledo anstellen. Oder ich werde im Hotel am Nachttisch hocken und zu schreiben versuchen.«
Sie holten Berrocal ein, der bei der Tür zum Sicherheits-Check wartete. »Sie müssen durch die Zollstelle und die Passkontrolle gehen«, sagte er zu Kit und zeigte auf einen Korridor nach links.
»Nett, Sie kennen gelernt zu haben«, sagte Kit. Höflich zu sein kostete ja nichts, besonders da Berrocal so freundlich gewesen war, einen Wagen für ihn bereitzuhalten. Er gab Fiona einen schnellen Kuss auf die Wange, sagte »Bis später« und machte sich davon, ohne sich umzusehen.
»Er wird wirklich nicht stören«, sagte Fiona, als sie auf die Zoll- und Passkontrolle zugingen. »Kit hat kein Problem damit, allein zu sein.«
Berrocal zeigte sein Abzeichen vor und ließ sie vor sich her durch die Kontrolle gehen. »Andernfalls würde ich meinen, hätten Sie ihn auch nicht mitgebracht«, sagte er knapp. »Ich habe im Parador von Toledo für Sie gebucht, aber ich würde lieber gleich zu den Tatorten fahren. Außerdem wollte ich den Fall auf dem Weg dorthin besprechen, was in Begleitung von Señor Martin nicht möglich gewesen wäre.«

Ein uniformierter Polizist stand neben einer nicht als Polizeiwagen gekennzeichneten Limousine stramm, als Berrocal herankam. Er hielt die hintere Tür auf, und Fiona stieg ein. Berrocal ging um den Wagen herum und setzte sich neben sie. »Es ist vom Flughafen ungefähr eine Stunde bis Toledo«, sagte er. »Wenn Sie Fragen haben, kann ich sie unterwegs beantworten.«

Offensichtlich macht er nicht gern Small Talk, dachte Fiona. Er stellte keine der höflichen, aber recht nutzlosen Fragen nach dem Flug, wie sie es meistens bei ihrer Ankunft in fremden Städten erlebte. Und er sah offenbar auch keine Notwendigkeit, höfliche Konversation über Kits Bücher zu machen, wie das normalerweise der Fall war, wenn dieser sie auf Auslandsreisen begleitete. »Was haben Sie bisher an Ermittlungen unternommen?«, fragte sie. »Außer der Suche nach Zeugen, meine ich natürlich.«

Berrocal drehte sich auf seinem Sitz, so dass er sie direkt ansehen konnte. »Wir haben unsere Akten über Sexualverbrechen durchgesehen. Mehrere Personen sind befragt worden. Aber entweder sie haben ein Alibi für einen oder beide Morde, oder wir haben keinen Grund, sie in Untersuchungshaft zu halten.«

»Sie sprechen sehr gut Englisch«, konnte Fiona sich nicht verkneifen zu bemerken.

»Ich spreche besser, als ich schreiben kann«, sagte er und lächelte sie zum ersten Mal an, seit sie sich getroffen hatten. »Meine Frau ist aus Kanada. Wir fliegen jedes Jahr nach Vancouver in Urlaub. Als wir erwogen, einen englischen Experten für Deliktverknüpfung und Serientäter zur Beratung hinzuzuziehen, fiel deshalb die Wahl als Verbindungsmann auf mich. Wie ich in meiner E-Mail sagte, habe ich kein Spezialwissen auf diesem Gebiet.«

»Ich weiß nicht, ob irgendjemand von uns Spezialwissen in Deliktverknüpfung hat – oder in dem, was ich so nennen würde«, sagte Fiona trocken. »Trotz meiner Erfahrung auf diesem Gebiet kommt es mir jedes Mal, wenn ich damit zu tun habe, so vor, als tastete ich mich genauso zögernd voran wie die Polizei bei den Ermittlungen. Jeder Fall ist anders, und manchmal helfen die Lehren aus der Vergangenheit überhaupt nicht weiter.«

Er nickte. »Ich verstehe. Niemand erwartet Wunder von Ihnen, Frau Dr. Cameron. Aber in einem solchen Fall brauchen wir jede nur mögliche Unterstützung. Es ist Ihnen bestimmt nicht unbekannt, dass die meisten Polizeimethoden nichts bringen, wenn der Mörder einen Fremden ins Visier nimmt. Wir brauchen also bei diesem Fall einen neuen Ansatz, und den können nur Sie uns verschaffen.«

Fiona hob die Augenbrauen. Sie entzog sich seinem durchdringenden Blick, indem sie aus dem Fenster auf den brausenden Verkehr der Autobahn schaute. Auf der einen Seite der Straße sah sie die Stadt, die sich zum Zentrum hin ausbreitete; auf der anderen, freigelegt durch eine Baustelle, die zernarbte rote Erde der mittelspanischen Ebene. Die terrakottafarbene Erde, der fast metallisch blaue Himmel und die dunklen Schatten der Bagger und Kräne verwandelten das Bild in eine bewegte De-Chirico-Szene, erfüllt von sengender Hitze und Bedrohlichkeit. Irgendwie erinnerte es Fiona an Cervantes' surrealistische Phantasie. Wie Don Quijote, dachte sie, würde sie irgendwo da draußen gegen Windmühlen kämpfen und versuchen, die Schatten von der Realität zu unterscheiden, mit diesem ungeduldigen Mann als Sancho Pansa an ihrer Seite, der dies Verwirrspiel auflösen sollte.

»Ich habe die Unterlagen gelesen, die Sie mir geschickt haben«, sagte sie, verdrängte ihre befremdlichen Gedanken, wandte sich um und sah ihn wieder an. »Ich bin gar nicht überzeugt, dass Ihr Täter eine Vorgeschichte als Sexualverbrecher hat.«

Berrocal runzelte die Stirn. »Wieso sagen Sie das? Nach dem, was ich gelesen habe, dachte ich, Serienkiller hätten generell eine Vorgeschichte sexueller Gewalttätigkeit. Und er hat an den Leichen seiner beiden Opfer brutale sexuelle Handlungen vorgenommen.«

»Das ist richtig. Aber in beiden Fällen wurden die Handlungen nach dem Tod vollzogen. Und das Eindringen erfolgte mit einem Fremdobjekt, nicht mit dem Penis. Dadurch wird allerdings noch nicht unbedingt ein sexuelles Motiv ausgeschlossen«, fügte Fiona fast zerstreut hinzu. »Aber ich glaube nicht, dass hier das Ziel in erster Linie sexuelle Befriedigung ist«, fuhr sie jetzt bestimmter fort. »Diese Verbrechen mögen oberflächlich so aussehen, als hätten sie mit sexuellen Machtphantasien zu tun, aber mir scheint es eher um eine Entweihung zu gehen. Fast so etwas wie Vandalismus«, sagte Fiona.

Berrocal richtete sich auf. Er sah aus, als frage er sich, ob es tatsächlich eine so gute Idee gewesen war, sie herzubringen. »Wenn das der Fall ist, warum sind dann nicht auch die Gesichter entstellt?« Er streckte mit offener Herausforderung das Kinn vor.

Fiona hob die Hände. »Ich weiß es nicht. Aber ich kann mir vorstellen, der Killer wollte, dass seine Opfer gleich erkannt werden. Sie waren beide nicht von hier, also hätte es etwas länger dauern können, sie zu identifizieren, wenn ihre Gesichter bis zur Unkenntlichkeit verunstaltet gewesen wären.«

Er nickte, nur zum Teil von dieser Antwort überzeugt. Er beschloss, sich mit einem Urteil über diese Frau, die anscheinend so leicht alte Wahrheiten umstieß, zunächst zurückzuhalten. »Ich glaube, es ist besser, wenn ich Sie jetzt nicht nach Ihren Theorien frage«, sagte er mit einem weiteren kurzen, freundlichen Lächeln. »Es ist sinnvoller zu warten, bis Sie gesehen haben, wo die Delikte begangen wurden, und dann könnten wir vielleicht zum Polizeipräsidium gehen. Ich habe ein Einsatzzentrum für die Ermittlungen eingerichtet.«

»Ihr Arbeitsplatz ist sonst nicht in Toledo, sagten Sie?«

Berrocal schüttelte den Kopf. »Ich bin normalerweise in Madrid stationiert. Aber in Städten wie Toledo kommen nicht viele Morde im Lauf eines Jahres vor, und die meisten entstehen aus Familienstreitigkeiten. Deshalb haben sie hier niemanden, der Erfahrung mit komplizierteren Mordfällen hat, und müssen einen Experten aus Madrid rufen. Leider kommen bei uns in der Großstadt häufiger Morde vor, so dass dann jemand wie ich geschickt wird, um die Ermittlungen zu organisieren.«

»Das ist wahrscheinlich nicht leicht«, bemerkte Fiona. »Sie müssen hier wohl auf Empfindlichkeiten vor Ort Rücksicht nehmen.«

Berrocal trommelte mit den Fingern auf den Fenstersims. »In mancher Hinsicht schon. Auf der anderen Seite macht es die Untersuchung für die Kollegen aus Toledo leichter. Wenn ich den

Leuten hier auf die Füße trete, zucken die hiesigen Kollegen die Schultern und sagen: ›Na, hört mal, es ist schließlich nicht unsere Schuld, dass der blöde Kerl aus der Hauptstadt hierher kommt, alles aufrührt und überall aneckt.‹ Manche der hiesigen Beamten sind natürlich ein bisschen empfindlich und verstehen meine Anwesenheit als Kritik an ihnen, da muss ich eben meinen Charme spielen lassen.« In seinen Augenwinkeln erschienen kleine Fältchen, als er ironisch lächelte. »Aber Sie kennen solche Reaktionen ja auch. Genau wie ich mit meinem Team spielen auch Sie Feuerwehr, so nennt das meine Frau.«
Fiona reagierte darauf mit einem zurückhaltenden Lächeln. »Manchmal hat das auch andere Nachteile. Es ist möglich, dass meine Unkenntnis des Orts und der regionalen Gegebenheiten mich dazu veranlassen, einem Detail mehr oder weniger Bedeutung beizumessen, als ihm zukommen sollte.«
Er zuckte wieder die Achseln. »Die Kehrseite der Medaille ist, dass die Ortskundigen etwas als selbstverständlich hinnehmen können, das wir als Abweichung von einem Muster erkennen, denke ich.«
»Toledo ist eine echte Touristenstadt, nicht wahr?«, fragte Fiona.
»Das ist richtig. Es ist aber auch Bischofssitz, und die Kirchenbürokratie besitzt einen beträchtlichen Anteil der Gebäude um die Kathedrale herum. Kirche und Tourismus lassen in der Altstadt wenig Raum für anderes. Mit jedem Jahr wohnen weniger Leute im alten Teil von Toledo, immer weniger alteingesessene Geschäfte können sich halten.«
Fiona merkte sich dies und bemühte sich im weiteren Verlauf der Unterhaltung, nur beiläufig interessiert zu klingen. »Erzeugt das Feindseligkeit bei denen, die durch die Tourismusindustrie verdrängt werden?«
Berrocal grinste. »Ich glaube, die meisten Leute sind froh, eine dunkle kleine Wohnung im fünften Stock und schmale Treppen aus dem Mittelalter gegen ein Gebäude vertauschen zu können, das Luft, Licht und einen Aufzug bietet. Und eine Veranda oder einen Balkon, wo sie draußen sitzen und die frische Luft genießen können. Ganz zu schweigen von fließend warmem Wasser.«

»Aber trotzdem ...«, wandte Fiona ein und wählte ihre Worte sehr sorgfältig. »Ich bin in einer Kleinstadt in Nordengland aufgewachsen. Nicht viel mehr als ein Dorf eigentlich. Ein hübscher Ort mitten im Herzen des Peak District in Derbyshire. Genau die richtige Gegend, um zu wandern oder die Höhlen zu besuchen, die der Allgemeinheit zugänglich sind. Mit den Jahren kamen immer mehr Touristen. Wann immer kleine Häuschen zum Verkauf standen, wurden sie von den Zugereisten gekauft und zu Ferienhäusern umgebaut. Jedes Geschäft auf der Hauptstraße wurde ein Tearoom oder ein Laden mit Kunstgewerbe. Die Pub-Wirte fanden es wichtiger, die Tagestouristen zu versorgen, als sich um die Einheimischen zu kümmern. Man konnte in den Sommermonaten kaum mehr in Ruhe die Hauptstraße entlanggehen und in der Nähe des eigenen Hauses einen Parkplatz finden. Als ich von zu Hause wegging, wechselte wöchentlich die Hälfte der Bevölkerung, und die Urlauber kamen mit ihren voll beladenen Autos. Im Ort kauften sie nur Brot und Milch. Das Dorf verlor seine Mitte und seine Seele. Es wurde zur Schlafstätte für Touristen. Und die Einheimischen, die durch diese Veränderungen verdrängt wurden, waren gar nicht zufrieden. Ich vermute stark, dass es auch in Toledo Einheimische gibt, denen die Veränderungen in ihrer Stadt nicht gefallen.«
Berrocal warf ihr einen durchdringenden Blick zu. Er war klug genug zu begreifen, dass es hier nicht um eine beliebige Unterhaltung ging. Nachdem sie seine Analyse der Mördermotivation verworfen hatte, legte sie nun ihre Überlegungen dar, und es war ihm bewusst, dass sie ihm damit etwas sagen wollte. »Sie meinen, jemand mordet, weil er Touristen nicht mag?« Er versuchte keine Skepsis in seiner Stimme anklingen zu lassen. Diese Frau war schließlich auf Scotland Yards ausdrückliche Empfehlung hierher gekommen.
Fiona wandte sich ab und sah auf die wogenden grünen Felder hinaus, an denen sie jetzt vorbeifuhren. »Ich glaube, ganz so einfach ist es nicht, Major Berrocal. Und eigentlich will ich mich nicht in Theorien stürzen, bevor ich die Fakten gesehen habe. Aber ich glaube schon, dass die Motivation des Mörders etwas Ungewöhnlicheres war als übliche sexuelle Frustration.«

»Wie wollen Sie also vorgehen?«
»Ich möchte genau das tun, was Sie vorgeschlagen haben. Ich würde mir gern die Tatorte ansehen, wo die Leichen lagen, und dann in Ihrem Einsatzzentrum die Fotos vom Tatort betrachten und die gerichtsmedizinischen Berichte vollständig lesen. Auch möchte ich mir die Reiseführer ansehen, die vor Ort gefunden wurden. Und dann würde ich gern in mein Hotel gehen und über alles nachdenken, was ich gesehen habe.«
Er nickte. »Was immer Sie wünschen.«
»Ich wäre Ihnen auch dankbar, wenn Sie mir von Ihren Kollegen in Toledo Berichte über Vandalismus gegen Sehenswürdigkeiten, Hotels oder Geschäfte, die viel mit Touristen zu tun haben, beschaffen könnten. Auch Berichte zu Überfällen auf Touristen selbst. Sagen wir, alles, was in den letzten zwei Jahren vorgekommen ist. Gelöst oder ungelöst, wenn das möglich ist.« Sie lächelte. »Ich werde auch einen einigermaßen detaillierten Stadtplan brauchen, der sich in einen Computer einscannen lässt.«
»Ich werde es veranlassen.« Er neigte leicht den Kopf. »Sie haben mir schon jetzt eine andere Möglichkeit gezeigt, wie man diese Fälle betrachten kann.«
Fiona richtete sich etwas auf, so dass sie über die Schulter des Fahrers nach vorn sah. »Das hoffe ich. Wenn ich ein Verbrechen untersuche, sehe ich es nicht mit den Augen eines Detektivs. Ich suche nach den psychologischen und auch den greifbaren, praktischen Aspekten, die eine Tat mit anderen Verbrechen verknüpfen. Ich suche außerdem nach gemeinsamen geografischen Merkmalen. Aber genauso achte ich auf andere Signale, die mir etwas über den Täter sagen könnten.«
»Dann versuchen Sie also herauszufinden, wie seine Psyche funktioniert?«
Fiona runzelte die Stirn. »Es ist eigentlich nicht so sehr die Motivation, an die ich herankommen will. Es geht mehr darum, einen Sinn dafür zu entwickeln, wie die Welt für den Täter aussieht. Motivation ist immer sehr stark vom Individuum geprägt. Wir alle aber bilden unsere Identität entsprechend dem, was wir über die

Welt gelernt haben. Das Vorgehen eines Verbrechers bei seiner Tat spiegelt wider, wie er sein Leben sonst lebt. Wo er sich wohl fühlt, körperlich und psychisch. Ich suche bei dem Verbrechen nach Verhaltensmustern, die mir Hinweise auf sein Verhalten bei ganz normalen, alltäglichen Dingen geben.«

Sie lächelte ironisch und fuhr fort: »Manche meiner Kollegen verfolgen einen anderen Ansatz, den Sie vermutlich kennen. Sie gehen von den Delikten aus und suchen nach bestimmten Symptomen aus der Vergangenheit des Täters, die zu einer bestimmten Lebensweise in der Gegenwart geführt haben. Ich habe das nie für besonders aufschlussreich gehalten. Aus meiner Sicht haben zu viele Menschen eine ähnliche Vergangenheit und werden deshalb doch nicht gleich zu psychopathischen Serientätern, als dass man daraus ein präzises diagnostisches Werkzeug machen könnte. Ich behaupte nicht, dass meine Methoden unbedingt immer zu einem genaueren Ergebnis führen, aber das liegt eher daran, dass ich selten genügend Angaben zur Verfügung habe, als daran, dass die Methoden selbst fehlerhaft wären. Es gibt keine magische Formel, Major. Aber meine Ausbildung unterscheidet sich so sehr von der Schulung eines Polizeibeamten, dass ich die Dinge unweigerlich aus einer anderen Perspektive betrachte. Zusammen sehen wir die Dinge dann eher in Stereo als in Mono. Ich glaube, dass wir dadurch dem Täter gegenüber im Vorteil sind.«

»Deshalb sind Sie ja hier, Frau Doktor Cameron.« Berrocal beugte sich vor und sagte in schnellem Spanisch etwas zu dem Fahrer. Sie näherten sich einer ausgedehnten, modernen, vorstädtischen Wohngegend. Am Straßenrand reihten sich Betonklötze aneinander, die Möbelgeschäfte, Ausstellungsräume für Autos und kleine Läden beherbergten. Berrocal lehnte sich zurück und zog eine Packung Zigaretten aus der Hosentasche, mit der er nervös herumspielte. »Noch zehn Minuten. Dann kann ich eine rauchen, und Sie können an die Arbeit gehen.«

Diesmal war Fionas Lächeln grimmig. »Ich kann's kaum erwarten.«

Auszug aus der Dechiffrierung des Beweisstücks P13/4599

Uottm qffqz uqsqp motfp mggya dpeax quotf equzw mzz.Uc ttmff qqeyu darfh adsqef qxxfm nqduz yquzq dbtmz fmguq imdqe qubqg zeotaq zq ...

Das vorliegende Dokument verwendet eine einfache Transliteration (a=m, b=n etc.) und die Anordnung der Buchstaben in Fünfergruppen statt der normalen Wortgruppen. Es folgt hier eine Transkription des chiffrierten Textes, in den zur besseren Verständlichkeit Satzzeichen eingefügt wurden.

J. M. Arthur, Dokumenten-Sachverständiger

Ich haette nie gedacht, dass Mord so leicht sein kann. Ich hatte es mir oft vorgestellt, aber in meiner Phantasie war es eine unschoene und erschreckende Angelegenheit. Die Wirklichkeit ist ganz anders. Der Machtrausch traegt einen ueber alles weg. Die Vorstellung davon bereitet einen ueberhaupt nicht auf das vor, was dann wirklich kommt.

Der andere Fehler, den ich gemacht habe, war zu glauben, dass Mord immer im Zusammenhang mit etwas anderem stehen muesse. Aber in Wirklichkeit kann der Mord Selbstzweck sein. Manchmal muessen Menschen fuer etwas bezahlen, was sie getan haben, und ihnen ihr Leben zu nehmen ist dabei die einzige Moeglichkeit.

Ich haette nie gedacht, dass ich zum Moerder werden koennte. Ich hatte doch mein Leben im Griff. Aber dann hat sich etwas veraendert, ich sah, wie sie mich auslachten, mir ihren so genannten Erfolg unter die Nase rieben. Ich waere ja ein Jammerlappen, wenn ich mich mit so einer Provokation einfach abgefunden haette.

Niemand weiss, wie er reagieren wuerde, wenn ihm sein

Leben von Leuten gestohlen wuerde, denen es voellig egal ist, wer dabei zu Schaden kommt. Na ja, ich bin nie jemand gewesen, der sich hinsetzt und alles einfach geschehen laesst, und ich werd's ihnen heimzahlen. Ich werde die Regeln aendern. Aber ich werde mir keine Bloesse geben. Ich werde raffiniert vorgehen und meine Leute sorgfaeltig auswaehlen.

Diesmal werden sie mich nicht einfach links liegen lassen koennen. Sie werden mich nicht abschreiben koennen. Ich werde sie abschreiben, werde ihre Namen mit Blut schreiben und laut und klar meine Botschaft hoeren lassen. Sie sind selbst verantwortlich fuer ihr Unglueck, das werde ich sagen. Lebe nach dem Wort, stirb nach dem Wort.

Autoren von Thrillerromanen aufzufinden ist nicht schwer. Ich bin schliesslich daran gewoehnt, Leute zu beobachten, ich tue es seit Jahren. Und es ist kein Schaden, dass alle so eitel sind. Das Internet ist voll von ihren Seiten, und sie geben bei jeder Gelegenheit Interviews. Und oeffentliche Auftritte haben sie auch dauernd.

Es war also logisch, mit jemandem anzufangen, der ganz im Vordergrund steht, um meine Aufgabe so leicht wie moeglich zu machen. Ich kam zu dem Entschluss, ihnen mal die gleiche Behandlung zu verpassen, die sie selbst in ihren Buechern beschreiben, um meine Botschaft rueberzubringen. Es waere nicht genug, sie einfach umzubringen. Ich wollte von Anfang an, dass nichts Zufaelliges passiert. Und wenn sie wissen, was kommt, leiden sie umso mehr. Was ich will, ist Genugtuung.

Um die Strafe der Tat anzupassen, muss ich die richtige Tat aussuchen, und jetzt habe ich meine Liste dazu gemacht. Ich habe sie nach dem Schwierigkeitsgrad aufgefuehrt, wie leicht es sein würde, sie umzubringen. Und so bin ich auf meine Kandidatenliste fuer die Hinrichtung gekommen.

Drew Shand
Jane Elias
Georgia Lester
Kit Martin
Enya Flannery
Jonathan Lewis

Jetzt muss ich nur noch genau ausarbeiten, wie ich sie abschiesse.
Sie haben mich in dieses Gefaengnis gesteckt. Aber eigentlich sollten sie wissen, dass gefangene Tiere boesartig werden.
Sie haben sich das alles selbst zuzuschreiben.

Kapitel 7

Fiona kletterte auf dem schmalen Weg abwärts und war froh, dass sie für die Reise flache Halbschuhe gewählt hatte. Es war nicht so besonders steil, aber die festgetretene ockerfarbene Erde war mit kleinen Steinchen übersät, die bei jedem Schuh mit Absatz den Knöchelgelenken gefährlich werden konnten. Sie nahm sich vor zu überprüfen, was für Schuhwerk Martina Albrecht bei ihrem Tod getragen hatte. Es würde ihr vielleicht Hinweise darauf geben, ob sie ihrem Mörder freiwillig zum Tatort gefolgt war.

Berrocal, der vor ihr herging, verlangsamte seine Schritte und drehte sich um, wobei der Rauch seiner Zigarette Fiona an den getrockneten Kameldung der nördlichen Sahara erinnerte. »Geht's?«, fragte er.

»Alles klar«, antwortete sie, holte ihn ein und nutzte die Pause, um den Blick über die Umgebung schweifen zu lassen. Sie waren in einem schmalen Tal, das von der Straße wegführte. Die hohen Felsvorsprünge zu beiden Seiten hatten bereits den Blick auf den Viadukt verdeckt, der die Umgehungsstraße am Südufer des Tajo entlang führte. Von dieser Stelle aus lief man im Tal keine Gefahr mehr, von den Scheinwerfern vorbeikommender Autos erfasst zu werden. Die Seitenhänge des Tals waren mit struppigen Pflanzen bewachsen, zwischen denen vereinzelt ein paar Bäume auf den weniger steilen Hängen standen.

»Wir sind fast da«, sagte Berrocal. »Sehen Sie diese Büsche hier vorn? Gleich dahinter ist es.« Er ging weiter, und Fiona folgte ihm.

»Er muss eine Taschenlampe gehabt haben«, sagte sie, als sie zwischen den Büschen hindurchgingen, die sich fast über ihren Köpfen schlossen. Berrocals Rauch wehte ihr ins Gesicht, und sie versuchte, nicht tief einzuatmen, bis sie wieder in freierem Gelände waren.

»Ich glaube nicht, dass sie sonst mit ihm gegangen wäre«, sagte Berrocal. »Es gibt weder an der Straße noch irgendwo auf dem Weg Anzeichen für eine Auseinandersetzung.«

»Was für Schuhwerk trug sie?«

Berrocal drehte sich um und warf ihr ein kurzes Lächeln zu, als wolle er einen begabten Schüler loben.

»Flache Sandalen. Ja, wahrscheinlich ging sie ihm in die Falle, ohne weiter darüber nachzudenken.«

Sie kamen hinter den Büschen auf eine kleine Lichtung. Auf der entgegengesetzten Seite standen zwei knorrige Olivenbäume an beiden Seiten des Weges. Ein einzelner unformierter Polizist stand im Schatten am Eingang der Lichtung. Er machte einen plötzlichen Schritt nach vorn, und seine Hand fuhr an den Griff seiner Pistole. Als er Berrocal erkannte, stand er stramm, grüßte und trat zurück. Der gesamte Bereich war noch mit den üblichen Plastikbändern abgesperrt, die spröde geworden waren und jetzt lose herumhingen. Fiona sah die unregelmäßigen rotbraunen Flecken auf dem Weg und den Blättern daneben, das einzige deutliche Anzeichen, dass an diesem Ort ein gewaltsamer Tod stattgefunden hatte. Unpassenderweise hörte sie Vogelgezwitscher, das das entfernte Summen des Verkehrs übertönte. Es wunderte sie immer wieder, wie gleichmütig das Leben weiterging und sich anscheinend überhaupt nicht um die Tragödie kümmerte, die sich nur wenige Meter entfernt abgespielt hatte.

Nach Lesleys Tod war sie manchmal durch die Straßen der Stadt gelaufen, wo alles stattgefunden hatte, zornig und frustriert, dass die Menschen weitermachen konnten, als hätte sich nichts geändert, als hätte es nichts mit ihnen zu tun. Natürlich ging dieser Tod sie im Grunde nicht direkt etwas an. Aber Fiona glaubte damals wie auch jetzt noch, dass jede Gesellschaft die Verbrecher bekam, die sie verdiente. Brutale Delikte kamen nicht von ungefähr; der

Keim dazu lag in den noch größeren Vergehen der Gesellschaft selbst, auf die sie sich auswirkten. Diese Meinung war in Polizeikreisen nicht gerade populär, und wenn Fiona mit der Kripo zusammenarbeitete, behielt sie ihre Ansichten für sich.
So sah sie sich kommentarlos um. Es gab kaum etwas zu sagen, was nicht offensichtlich war. Und Fiona hatte es nie gefallen, über Dinge zu reden, die ohnehin klar waren.
Berrocal deutete auf die blutbefleckten Stellen und trat seine Zigarette mit dem Schuh aus. »Sie wurde am Rand der Blutlache gefunden, und nicht darin. Es bestätigt die Theorie, dass sie aufrecht stand, als er von hinten ihre Kehle durchschnitt. Gott sei Dank ging das schnell, wie der Pathologe sagt. Dann ist er wahrscheinlich zurückgetreten und hat sie fallen lassen.«
»Die Vagina wurde nach Eintreten des Todes verletzt?«, fragte Fiona.
»Ja. Wir glauben, dass er rittlings auf ihr saß. Das Gras war auf beiden Seiten neben ihren Hüften niedergedrückt, als hätte sich dort jemand hingekniet. Er hat ihren Schlüpfer weggeschnitten, wahrscheinlich mit derselben Klinge. Der Stoff war mit Blut beschmiert. Dann hat er die Weinflasche auf dem Boden zerbrochen und ihr ...« – Berrocal räusperte sich – »... die abgebrochene Flasche in die Vagina gestoßen. Unter beträchtlichem Kraftaufwand. Mehrmals. Die Glassplitter lagen rechts von der Leiche, was die Vermutung nahe legt, dass er Rechtshänder ist.«
Fiona ging an den Rand der Lichtung und schaute von der Stelle auf den Tatort, die der Perspektive des Mörders entsprochen hätte. »Was mir an der Sache am meisten auffällt, habe ich schon erwähnt. Die sexuellen Misshandlungen sind nach Eintritt des Todes erfolgt, was außergewöhnlich ist. Es gibt keine Anzeichen für irgendeine Art von sexueller Handlung vor der Ermordung. Mord war sofort sein Ziel. Kein Vorspiel.«
Berrocal nickte. »Halten Sie das für wesentlich?«
»Es ist charakteristisch für jemanden, der sich seiner Macht nicht ganz sicher ist. Es zeigt auch kein Zögern, nur einen sehr großen Zorn. Wenn ich die Verbindung zwischen Verbrechen aufspüren

will, muss ich davon ausgehen, dass sie wahrscheinlich ähnliche typische Merkmale aufweisen.« Fiona zupfte ihre Hose an den Knien hoch, ging in die Hocke und besah sich den Boden genau. Es gab keinen besonderen Grund dafür. Sie hatte nie etwas entdeckt, das nicht schon in den Unterlagen vorkam, die sie später zu lesen bekam. Aber Polizeibeamte erwarteten von ihr, dass sie etwas von der Stelle aufnahm, wo die Leiche gefunden worden war. Es war fast wie ein Aberglaube, und sie war vor langer Zeit schon zu der Ansicht gekommen, dass es einfacher war ihnen den Gefallen zu tun, als die Zusammenarbeit mit einem schlechten Start zu beginnen.

Sie stand auf. »Danke, dass Sie mir den Tatort gezeigt haben.«

»Vermittelt er Ihnen neue Erkenntnisse?«, fragte Berrocal und trat zur Seite, um ihr auf dem Weg den Vortritt zu lassen.

Da war sie, die gefürchtete Frage. »Er bestätigt eine Hypothese«, sagte sie. »Der Täter kennt sein Territorium gut. Dies hier ist kein Ort, den ein zufälliger Besucher kennen würde.«

»Ein Einheimischer also?«

»Ich denke, davon kann man mit Sicherheit ausgehen«, sagte sie bestimmt. »Er weiß nicht nur, dass es diesen Ort gibt, er weiß auch, was hier geschehen ist und was es bedeutet.« Sie hörte das Klicken seines Feuerzeugs. Offensichtlich war Berrocal entschlossen, nach der Stunde der Enthaltsamkeit im Wagen seinen Nikotinspiegel wieder auf das normale Niveau zu bringen.

Als die Straße nach einer Biegung wieder in Sicht kam, blieb Fiona plötzlich stehen. Ein kleiner Zug mit einer Reihe schmutzig weißer Wagen rumpelte über den Viadukt. Sie hörte eine blecherne Stimme Erklärungen geben, allerdings zu weit weg, um die Worte verstehen zu können. »Was in aller Welt ist denn das?«, fragte sie, deutete auf den Zug und wandte sich zu Berrocal um.

Er hob mit einer müden, resignierten Geste die Augenbrauen. »Der Tren Real«, seufzte er, »so heißt er, der königliche Zug. Er fährt Touristen durch die Altstadt und über die *Circunvalacion*.«

Fiona lächelte. »Fällt schon ein bisschen schwer, sich die königliche Familie darin vorzustellen.«

Berrocal machte ein gequältes Gesicht. »Es ist würdelos«, gab er zu. »Nicht gerade mein Lieblingsbeispiel für den Tourismus in Spanien.«
Sie stapften schweigend zum Wagen zurück. Fiona sah kaum etwas von der Umgebung, sie war zu sehr mit ihren Gedanken beschäftigt, um die Landschaft oder den Blick auf die Stadt bewundern zu können, die an der Straße wieder vor ihnen in Sicht kam.
»Jetzt gehen wir zur Kirche«, kündigte Berrocal an.
Fiona ließ sich ihre Ungeduld nicht anmerken. Sie wollte endlich mit ihrer eigentlichen Arbeit anfangen und nicht noch mehr Zeit mit der Inspektion von Tatorten vertrödeln. Wenn sie so weitermachten, hätte sie ebenso gut mit Kit ins Hotel gehen können. Es hätte genauso viel gebracht.

Siebzig Meter oberhalb der Panoramastraße, auf der Fiona zur Stadt zurückfuhr, öffnete Kit zwei schwere Holzfensterläden, die mit Eisenbeschlägen verziert waren. Das Licht strömte ins Zimmer, und er pfiff leise, als er die Aussicht sah. Das Parador Conde de Orgaz, das nach dem berühmtesten Gemälde El Grecos im Besitz der Stadt benannt war, stand auf dem Gipfel des Cerro del Emperador und bot einen atemberaubenden Blick auf Toledo, das sich davor ausbreitete. Die fast unwirkliche Ansicht hatte trotz der viereinhalb Jahrhunderte, die dazwischen lagen, immer noch eine bemerkenswerte Ähnlichkeit mit dem Hintergrund vieler anderer Greco-Gemälde. Das Parador war sehr schön auf einem Felsvorsprung gegenüber der Stadt gelegen, und von ihrem Zimmer aus überblickte man den gesamten mittelalterlichen Stadtkern. Kit beschloss, der Versuchung nachzugeben.
Zwanzig Minuten später setzte ihn ein Taxi an der Plaza de Zocodover ab, einem belebten Platz, den sein Reiseführer als das Herz des gesellschaftlichen Lebens der Stadt bezeichnete. Die hohen Gebäude mit den Fensterläden, von denen viele Cafés und Konditoreien beherbergten, waren von leicht schäbiger Eleganz. Eine typisch südeuropäische Provinzstadt, dachte Kit. Gemächlich überquerten Frauen mit ihren schweren Einkaufstüten den Platz,

alte Männer saßen rauchend und schwatzend herum, Teenager in Markenkleidung standen lässig an Tore und Ecken gelehnt und warfen verstohlene Blicke auf das andere Geschlecht, wenn sie gerade mal nicht posierten, um Eindruck zu schinden. Aber so war es nicht immer gewesen.

Kit wusste durch seine Lektüre, dass Toledo zuerst von den Römern, dann von den Westgoten, von den Mauren und schließlich von den Christen eingenommen worden war. Obwohl es die Hauptstadt Kastiliens und im Mittelalter der Ausgangspunkt für die Feldzüge gegen die Mauren wurde, hatte es sich auch einen Ruf als Ort kultureller Toleranz erworben.

Aber all dies hatte sich mit der politisch opportunen Heirat Ferdinands von Aragon mit Isabella von Kastilien im Jahr 1479 geändert. Isabellas Beichtvater war Tomas de Torquemada, der Mann, der vom Papst zum ersten Großinquisitor der spanischen Inquisition ernannt wurde.

Kit hatte Fiona lediglich gesagt, er interessiere sich für die El Grecos in Toledo. Aber das war nur ein kleiner Teil der Wahrheit. Was ihn an der Stadt angezogen hatte, war die Aussicht, durch die gleichen Straßen streifen zu können, auf denen Torquemada gegangen war, von denen viele seit dem fünfzehnten Jahrhundert und länger praktisch unverändert geblieben waren. Er wollte sich von seiner Phantasie in eine Zeit zurücktragen lassen, in der die Straßen Toledos von Furcht und Hass erfüllt waren, der Bruder den Bruder verriet und geweihte Priester so gründliche Foltermethoden ersannen, dass sie immer noch Anwendung fanden, wenn der Staat einen religiösen Feldzug dazu missbrauchte, sich zu bereichern.

Toledo war eine Stadt, deren Boden durch Eroberungen und Unterdrückung förmlich vom Blut ihrer Bewohner getränkt war. Die Aussicht, entdecken zu können, wie viel sich von dieser Atmosphäre erhalten hatte, war verlockend und regte Kits Phantasie an.

Es war nicht schwer, die modernen Bilder auszulöschen und sich die Straßen so vorzustellen, wie sie einst gewesen sein mussten. Die Gebäude waren noch da, hohe Mietshäuser zwischen schmalen, sich windenden Passagen und Fassaden mit ausgebesserten, schadhaften Backsteinwänden oder hellen Gipsflächen, von denen die meisten schon bessere Tage gesehen hatten. Ihre Fensterläden waren gegen die Septemberhitze geschlossen, so dass nur die wäschebehangenen, über die Gassen gespannten Leinen die Vorderansicht unterbrachen.

Als es Zeit für die Siesta wurde, leerten sich die Straßen. Kit war fast allein, während er das Labyrinth der Straßen zwischen der Kathedrale und der Klosterkirche San Juan de los Reyes durchquerte und mit Hilfe seines Stadtplans das alte Judenviertel, die Juderia, besuchte.

Er ging eine Treppe hinauf, die ihn zwischen hohen, schmucklosen Wänden zu einem kleinen Garten mit Bänken führte, von wo aus man eine eindrucksvolle Aussicht hatte. Aber Rundblicke in der jetzigen Welt waren nicht das, was Kit suchte. Er verließ in Gedanken die Gegenwart, blickte über die hellen Ziegeldächer hinweg, blendete Fernsehantennen und Satellitenschüsseln aus und ließ sich in die Vergangenheit zurücktragen.

Bei der Inquisition war es angeblich darum gegangen, die reine christliche Lehre in Spanien zu festigen. Aber Kit glaubte, dass sie in Wirklichkeit mehr mit Antisemitismus und Habgier zu tun hatte. Schließlich hatten die meisten repressiven, konservativen Bewegungen ähnliche Wurzeln. Damals wurden die spanischen Juden als zu mächtig und wohlhabend angesehen. Aus einem angenehmen, sicheren und gut situierten Leben wurden sie über Nacht in eine wahre Hölle auf Erden gestürzt.

Eine Art Hysterie musste in den Städten Kastiliens und Aragons ausgebrochen sein, wobei alle, die einen Groll hegten, die Gelegenheit gekommen sahen, mit ihren Feinden abzurechnen: ein Freibrief für die Unfähigen, die Gehässigen und die Selbstgerechten, grübelte Kit.

Und war man einmal beschuldigt worden, war es fast unmöglich, unbeschadet zu entkommen. Wenn es so etwas wie die Reinkarnation gäbe, dachte Kit, wäre Torquemada wahrscheinlich als Senator Joe McCarthy wieder zur Welt gekommen. »Bist du jetzt oder warst du jemals ein Ketzer?«

Die ganze Gesellschaft war wohl davon vergiftet. Niemand konnte sich sicher fühlen, außer vielleicht der Großinquisitor selbst und die Gruppe seiner Helfer. Schließlich hatten sie einen besonderen Dispens vom Papst. Wenn jemand bei der Folter zu Tode kam oder sonst ein Fehler passierte, hatten sie die Macht, sich gegenseitig freizusprechen, so dass ihre Hände und Seelen unbefleckt blieben.

Und jetzt ging wieder ein Mörder durch die Straßen Toledos, ließ die alten Alpträume wieder aufleben und warf einen dunklen Schatten über diesen Tummelplatz der Touristen. Seine Beute mochte im Vergleich zu den offiziell abgesegneten Morden der Inquisition unbedeutend sein, aber für alle, die vom Tod betroffen wurden, waren der Schmerz und die Verwirrung gleich groß. Damit musste sich Fiona befassen, und er beneidete sie kein bisschen darum. Sie wurde von ihren eigenen Gespenstern heimgesucht, und im Gegensatz zu dem, was sie sich einredete, glaubte er, dass ihre Arbeit nicht gerade dazu beitrug, sie zur Ruhe kommen zu lassen. Aber er würde sie nicht drängen. Sie würde aus eigenem freiem Willen zu diesem Schluss kommen müssen, auch wenn sie noch lange nicht so weit war. Er beneidete sie nicht um diese Reise. Sein Land der Phantasie war ein Ort, an dem es sich viel leichter lebte.

Obwohl die Sonne warm war, überkam Kit plötzlich ein Frösteln. Es stimmte, dass an einem Ort der Geist früherer Ereignisse erhalten blieb. Trotz der Schönheit, die ihn umgab, war es nur allzu leicht, die gequälten Geister früherer Schreckenstaten wachzurufen.

Hier war, so dachte er, ein natürliches Pflaster für einen Serienkiller.

Kapitel 8

Drew Shand lehnte sich zurück, ließ die Schultern kreisen und zog eine Grimasse, als sie krachten und knackten. Er hatte alle möglichen Einstellungen des teuren ergonomischen Spezialstuhls probiert, aber gegen Ende eines Arbeitstages wurde er immer genauso steif wie auf dem billigen Küchenstuhl, auf dem er sich früher über seinen gebraucht gekauften Laptop gebeugt hatte. Den elektrisch verstellbaren Stuhl hatte er sich als Erstes von seinem bekanntermaßen beträchtlichen Vorschuss auf seinen ersten Roman gekauft. Aber er bekam trotzdem Rückenschmerzen.

Als der erste Entwurf fertig war, hatte er zwar durchaus gefunden, sein Erstling lese sich recht gut, aber er hatte vergeblich sein Erstaunen zu verbergen versucht, als sein Agent ihn anrief und berichtete, er sei für eine ordentliche sechsstellige Summe verkauft worden. Mit allen Stellen links vom Komma. Gleich nach diesem Abschluss wurde *Copycat* ans Fernsehen verkauft, und die Fernsehfassung brachte dem charismatischen Hauptdarsteller eine ganze Serie von Preisen ein, worauf Drews gleichzeitig auf den Markt gebrachtes Taschenbuch unverzüglich oben auf den Bestsellerlisten erschien.

Noch dankbarer aber als für den Ruhm, die begeisterten Kritiken und den Crime-Writer's-Dagger-Preis für den besten Erstlingsroman des Jahres war Drew dafür, dass er nun von dem nervtötenden Beruf des Englischlehrers und den verwöhnten Gören der Edinburgher Middle Class erlöst war. Die Notwendigkeit, für seinen Lebensunterhalt zu sorgen, hatte ihn gezwungen, *Copycat* im

Lauf von achtzehn Monaten spätabends und an den Wochenenden zu schreiben. Es war eine elende Plackerei gewesen, die ihm den Spott seiner Freunde einbrachte. Sie rieten ihm immer wieder, sich sein Leben doch ein bisschen schöner zu machen. Aber jetzt führte er ein unschlagbar tolles Leben, während sie weiterhin in ihren Routinejobs von neun bis fünf feststeckten. Drew musste sich nicht mehr nach einem fremden Zeitplan richten. Er schrieb, wann es ihm passte. Zugegeben, das hieß fast jeden Tag, aber er konnte selbst bestimmen. Drew traf die Entscheidungen selbst, und nicht irgendein Sklaventreiber von Chef, der sich aus Angst um seinen eigenen Job wie ein scharfer Hund aufführte.

Und er liebte dieses Leben. Er wachte meistens zwischen zehn und elf auf, machte sich einen Cappuccino mit seiner neuen italienischen Maschine aus glänzendem Chrom, schaute die Morgenzeitungen durch und brachte sein Gehirn mit dem nadelscharfen Strahl seiner Superdusche in Schwung. Um zwölf saß er vor seinem hochmodernen Computer mit zwei Brötchen, Speck und Ei. Während seines Brunches arbeitete er weiter und las das durch, was er am Tag zuvor geschrieben hatte, dann schaute er seine E-Mails an. Gegen halb zwei war er bereit, an die eigentliche Arbeit zu gehen.

Es war erst sein dritter Roman. Für Drew war es noch ein toller Kick, wenn er die Worte hinaushämmerte und dann kurz innehielt, um die Richtung der nächsten paar Absätze zu überdenken, bevor seine Finger mit dem schweren Anschlag eines Mannes, der als Kind widerwillig Klavierspielen gelernt hatte, weiter über die Tasten donnerten. Das langsame Konstruieren eines Satzes oder die Überprüfung der Wortzahl am Ende eines Absatzes, das war nichts für ihn. Drew nahm sich nie vor, mechanisch eine bestimmte Anzahl von Wörtern pro Tag zu schreiben. Er schrieb und schrieb einfach immer drauflos, bis ihm der Schwung ausging. Das passierte meistens gegen fünf Uhr. Seltsamerweise stellte er fest, dass er meistens ungefähr viertausend Wörter geschrieben hatte, vielleicht zweihundert mehr oder weniger. Zuerst hatte er gemeint, es sei nur Zufall, kam aber dann darauf, dass viertausend Wörter ungefähr

die Grenze seiner Gehirnleistung pro Tag markierten, ohne dass er in sinnloses Geschwätz abrutschte.
Na ja, die Ausrede war genauso gut wie jede andere, um für diesen Tag Schluss zu machen. Er schaltete den Computer aus, streifte seinen Hausmantel ab und zog den Trainingsanzug an. Das Fitnessstudio war zwei Straßen entfernt von seiner Vierzimmerwohnung, die sich in einem Haus in georgianischem Stil am Rand der New Town befand. Er genoss es, wenn er durch die langsam dunkel werdenden Straßen ging und die kalte Luft wie Rauch aus seinen Nasenlöchern stieß. Puff the Magic Dragon, der Drache vom anderen Ufer, dachte er spöttisch, als er von der Broughton Street abbog und die Stufen zum Studio hinaufging.
Drew ging sehr gern ins Studio. Scin Übungsprogramm dauerte genau eine Stunde. Fünfzehn Minuten auf dem Laufband, eine halbe Stunde an den Nautilus-Geräten, die alle Muskelgruppen trainierten, zehn Minuten Freihanteln, dann fünf Minuten auf dem Fahrrad-Ergometer. Die perfekte Mischung aus Aerobic und Krafttraining, gerade genug Gewichte für harte Muskeln, ohne ihn in einen Stallone zu verwandeln.
Aber es war nicht nur das Vergnügen, zu fühlen, wie sein einunddreißigjähriger Körper auf diese Routineübungen reagierte, das Drew ins Studio zog. Es war auch die Gelegenheit, sich die anderen Männer dort anzusehen. Es war ihm egal, ob sie hetero oder schwul waren. Er ging nicht wegen der Partnersuche ins Studio, obwohl er schon ein paar Mal Glück gehabt hatte. Hauptsächlich machte es ihm einfach Spaß, andere Körper zu sehen, die bis an ihre Grenzen belastet wurden, einen knackigen Arsch, ein Paar stramme Schenkel oder gut geformte Schultern zu bewundern. Das erhöhte seine innere erwartungsvolle Anspannung für das, was ihm der Rest des Abends noch bringen mochte.
Nach seinem Training entspannte er sich in der Sauna des Zentrums. Auch hier ging es nicht darum, dass dort Sex zu haben war, aber es schadete ja nichts, das Angebot zu begutachten und mal hier und da einen Seitenblick auf einen gut ausgestatteten Saunagenossen zu werfen. Manchmal wurde der Blick erwidert, und

dann warteten sie, bis sie in der feuchtheißen Holzkabine allein waren, bevor sie sich zu einem Drink in einer der nahe gelegenen Schwulenbars verabredeten.
Auch darüber brauchte er sich jetzt keine Sorgen mehr zu machen. Als er noch unterrichtete, hatte er unglaublich vorsichtig auf jede Art von Anmache reagiert, außer in einem garantiert vertrauenswürdigen Schwulenlokal. Und sogar dort hatte er sich in der Bar immer extrem vorsichtig umgesehen, bevor er es sich für den Abend gemütlich machte. Es mochte für einen Kabinettsminister in Ordnung sein, sich stolz und cool zu outen. Aber wenn ein als schwul bekannter Lehrer in Edinburgh in der Szene verkehrte, war das immer noch der kürzeste Weg in die Arbeitslosigkeit. Jetzt konnte er überall mit jedem Blickkontakt aufnehmen, wenn er Lust hatte. Die größere Gefahr war eher, eins in die Fresse zu bekommen, aber bis jetzt war das noch nie geschehen. Drew bildete sich etwas darauf ein, einen Instinkt dafür zu haben, wem er sich ohne Gefahr nähern konnte. Seiner Meinung nach war dieser Instinkt Teil des Einfühlungsvermögens, das ihn zu einem so verdammt guten Schriftsteller machte.
Er lächelte vor sich hin, als er sich anzog. Der Typ, den er am Rudergerät gesehen hatte, war neu im Studio oder jedenfalls zu dieser Tageszeit noch nie da gewesen. Aber er hatte ihn schon in der Barbary Coast Bar um die Ecke gesehen. Das Barbary war eine der neuesten Schwulenbars der Stadt und durfte sich Drews absolute Lieblingskneipe in ganz Edinburgh nennen. Ging man bis ganz hinten durch, kam man zu einer kleinen Wandtür, die von zwei bulligen Typen in Lederkluft bewacht wurde. Wenn sie das Gesicht eines Kunden kannten, traten sie einfach zur Seite. Wenn nicht, fragten sie, was man da zu suchen habe. Wenn man wusste, dass man den Dark Room suchte, ließen sie einen durch. Wenn nicht, schlugen sie höflich vor, man solle sich doch lieber im vorderen Teil der Bar aufhalten. Drew nannte beide beim Vornamen.
Er hatte gesehen, dass der Typ am Rudergerät ihn in einem der hohen Spiegel musterte, die an der Studiowand aufgereiht standen. Er schätzte, wenn er in einer Stunde oder so ins Barbary ginge, würde

er ihn vielleicht an den Tresen gelehnt finden. Und wenn auch er den Raum oben kannte, wäre für Drew die Sache für diesen Abend geritzt.
Mein Gott, er ging gern in den Dark Room. Man hatte dort das Gefühl, dass absolut alles passieren konnte, und das entsprach auch seiner wiederholten Erfahrung. Die Leute, die sich über die liebevoll mit allen Details ausgemalte Brutalität in seinem Roman *Copycat* beklagten, würden sofort einen Herzstillstand erleiden, wenn sie auch nur ein Viertel dessen wüssten, was Männer miteinander im Schutz der Dunkelheit in einem Raum nur ein paar Schritte vom edlen Herzen der schottischen Hauptstadt entfernt machten. Er würde sogar wetten, dass es auch manch echten Serienkiller schockieren könnte.
Als er wieder in seiner Wohnung war, zog er sich sorgfältig um. Enge schwarze Jeans, die gut zur Geltung brachten, was er zu bieten hatte, und ein weißes T-Shirt mit dem aufgedruckten Umschlagmotiv seines Buches. Er steckte einen einzelnen goldenen Ohrring ins Ohr und zog einen nietenbesetzten Ledergürtel durch die Schlaufen seiner Hose. Dann zog er ein Paar Bikerstiefel mit dicken Sohlen an und schloss die Klettverschlüsse. Er griff nach seiner abgetragenen Lederjacke, schlüpfte hinein und bewunderte sich dann in dem langen Kippspiegel. Sauguter Haarschnitt, dachte er, fuhr sich mit den Fingern durch die kurzen dunklen Haarstoppeln, mit denen er sich so gefährlich und sexy vorkam. Dieser neue Typ vom Studio war das alles wert.
Drew zog eine Schublade seines Nachttischs auf und nahm eine kleine silberne Büchse, einen winzigen silbernen Löffel, einen Silberhalm und eine abgelaufene Kreditkarte heraus. Er klappte den Deckel der Büchse auf und schüttete eine großzügige Portion des weißen Pulvers heraus. Mit der Kreditkarte schob er das Kokain zu zwei dicken, lang gezogenen Lines zusammen. Er steckte sich den Halm ins linke Nasenloch, drückte den Finger auf das rechte und zog gekonnt eine der Lines ein. Er warf den Kopf nach hinten und zog ein paar Mal hoch, das taube Gefühl genießend, das sich auf seinem weichen Gaumen ausbreitete. Er wiederholte die

Prozedur mit dem rechten Nasenloch, stand dann einen Augenblick still und spürte genüsslich den ersten Kick des Kokains in seiner Blutbahn. Es war guter Stoff, den er noch eine ganze Weile spüren würde. Und wenn er Nachschub brauchte, wusste er immer, wo in der Bar noch welcher zu bekommen war. Es war vielleicht nicht ganz die Qualität wie seine persönliche Reserve, würde aber auf jeden Fall seine Wirkung tun.

Schließlich ließ er das Stahlband seiner massigen Tag-Heuer am Handgelenk zuschnappen und passte auf, dass er keines der feinen Härchen einklemmte. Er war bereit für den tollsten Abend seines Lebens.

Er konnte nicht wissen, dass es auch sein letzter sein würde.

Kapitel 9

Fiona schlug die Fensterläden zurück und blickte über die Schlucht auf Toledo hinunter, das im silbrigen Licht des aufgehenden Mondes lag. Zu ihrer Linken sah sie im Scheinwerferlicht die majestätischen Mauern von San Juan de los Reyes, wo der tote James Palango an seinen Fesseln gebaumelt hatte. Aus dieser Entfernung schien das Gemäuer viel zu harmlos für ein solches Schauspiel. Und als sie heute Nachmittag dort gewesen waren, war es ihr unvorstellbar vorgekommen, dass es der Schauplatz für ein so entwürdigendes Verbrechen sein sollte. Ein paar Touristen waren in ihre Reiseführer vertieft vorbeigeschlendert, machten Fotos und beachteten sie und Berrocal nicht weiter. Fiona musste sich ins Gedächtnis zurückrufen, dass diese Kirche von dem Königspaar erbaut worden war, das für die Einsetzung der Inquisition verantwortlich war. Höchstwahrscheinlich hatte San Juan de los Reyes viel Schlimmeres gesehen als diesen letzten Toten.

Der Besuch der Kirche hatte ihr keine neuen Erkenntnisse gebracht, aber Berrocal hatte währenddessen die Gelegenheit genutzt, Einzelheiten zum Tatort zu erläutern, und dabei noch drei seiner widerlichen Zigaretten zu rauchen. Danach waren sie zu Fuß durch die Stadt zum Polizeipräsidium gegangen, wo Berrocal seine Zentrale eingerichtet hatte. »Es ist einfacher als mit dem Auto«, hatte er erklärt. »Also, was brauchen Sie jetzt?«, fragte er, als sie den Rückweg antraten.

»Ich muss alle Einzelheiten des Falls studieren. So kann ich eine komplette Liste übereinstimmender Schlüsselmerkmale dieser

Fälle zusammenstellen. Bei nur zwei Fällen hat es wenig Sinn ein geografisches Profil auszuarbeiten. Es gibt nicht genug Anhaltspunkte, besonders weil diese zwei Orte aufgrund ihrer historischen Bedeutung gewählt wurden. Aber ich hoffe trotzdem, dass ich Ihnen Hinweise geben kann, wo Sie in Ihren Akten und im Strafregister nach den Verbrechen suchen können, die er vermutlich in der Vergangenheit begangen hat«, erklärte Fiona.

»Das lässt sich leicht machen. Alle relevanten Unterlagen sind in unserem Einsatzzentrum. Ich habe dort einen Schreibtisch für Sie bereitstellen lassen.« Er nahm sein Handy heraus, wählte und sprach kurz; das knappe Gespräch beendete er mit einem angestrengten Lächeln. »Die Unterlagen werden für Sie bereitliegen.«

»Danke. Ich werde wahrscheinlich alles durchsehen, mir Notizen machen und dann in mein Hotel zurückkehren. Ich lasse mir alles gern noch einmal durch den Kopf gehen, bevor ich meinen vorläufigen Bericht schreibe, aber ich habe ihn morgen früh für Sie fertig.«

Im Einsatzzentrum, das Salvador Berrocal zur Verfügung stand, gab es keine Hightech-Ausstattung. Ein schmuddeliger Raum ohne Fenster am Ende eines schlecht belüfteten Korridors. Die Wände waren schmutzig und mit Flecken beschmiert, über deren Ursprung Fiona lieber nicht so genau nachdenken wollte. Es roch nach Zigarettenrauch, abgestandenem Kaffee und Männerschweiß. Vier Schreibtische waren in den Raum gequetscht, nur auf einem stand ein Computer. Zwei Pläne von der Stadt und den Vororten der Umgebung in großem Maßstab hingen an den Wänden, und auf einem Ständer lehnte ein altbekanntes Hilfsmittel: ein schwarzes Brett mit Fotos der Opfer und verschiedenen darauf gekritzelten Notizen. An zwei Tischen saßen gestresst aussehende Kriminalbeamte, die in Telefone quasselten und kaum aufschauten, als Berrocal sie hereinführte.

Er zeigte auf den hintersten Schreibtisch, wo Aktenstöße schief aneinander lehnten und einzustürzen drohten. »Ich dachte, Sie könnten hier drüben arbeiten«, sagte er. »Es tut mir Leid, dass wir so bescheiden eingerichtet sind, aber das war der einzige freie

Platz. Wenigstens ist der Kaffee trinkbar«, fügte er mit einem spöttischen Lächeln hinzu.
Und wenigstens gibt es eine Steckdose in der Nähe, dachte Fiona, als sie sich durch den schmalen Spalt zwischen Schreibtisch und Stuhl zwängte. »Sind das die Akten zu den Morden?«, fragte sie.
Berrocal nickte. »Alles ist für Sie bereit.«
Sie brauchte ein paar Stunden, um Dutzende verschiedener Berichte durchzugehen, und strapazierte ihr Spanisch bis an die Grenzen ihres Wörterbuchs und darüber hinaus. Einige Male musste sie sich geschlagen geben und Berrocal um die Übersetzung von Passagen bitten, die ihr rätselhaft waren. Sie hatte sich Notizen gemacht und arbeitete mit der Datenbank, die sie und eine ihrer Doktorandinnen in peinlich genauer Präzisionsarbeit erstellt hatten und mit deren Hilfe die jeweiligen Einzelheiten der Morde einem bestimmten Wahrscheinlichkeitswert zugeordnet wurden. Das Programm analysierte dann, welche gemeinsamen Details bedeutsam waren und es ermöglichten, die Verbrechen einem bestimmten Täter zuzuschreiben. Zum Beispiel fanden die meisten Morde an Fremden nach Einbruch der Dunkelheit statt. Dass zwei Verbrechen einer Serie bei Dunkelheit verübt wurden, war also für die Feststellung von Parallelen zwischen ihnen von geringer Bedeutung. Aber es war relativ selten, dass ein sexueller Übergriff auf eine Leiche mit einer zerbrochenen Flasche erfolgte, so dass das Programm dem Vorhandensein gerade dieses Merkmals bei beiden Verbrechen eine viel höhere Wertigkeit gab.
Die meisten Grunddaten stammten ursprünglich vom FBI, wo man mit den Angaben zu alten Fällen bemerkenswert großzügig gewesen war, nachdem klar war, dass Fiona die alten Fälle ohne Angaben zu persönlichen Daten wie Namen von Opfern und Tätern usw. verwenden wollte. Fiona war bewusst, dass ihre Datenbank wie die meisten von Psychologen erstellten statistischen Analysen im besten Fall nur ein Teilausschnitt aus einem Ganzen war. Aber trotzdem ermöglichte sie ihr wertvolle Einsichten, mit welcher Art von Verbrechen sie es zu tun hatte. Noch wichtiger

war vielleicht, dass sie danach mit einer gewissen Sicherheit bestimmen konnte, ob einzelne Verbrechen zur Serie eines Täters gehörten oder ob die Wahrscheinlichkeit größer war, dass sie von verschiedenen Tätern begangen worden waren.

Das Ergebnis ihrer Arbeit an diesem Nachmittag war der empirische Nachweis dessen, wovon die Polizei schon aufgrund des gesunden Menschenverstands und ihrer Erfahrung ausgegangen war. Die beiden Morde waren unzweifelhaft die Taten ein und desselben Mannes. Wäre dies der einzige Dienst gewesen, den sie hätte leisten können, dann hätte sich ihre Reise kaum gelohnt. Aber sie war überzeugt durch die Analyse der Daten, die sie schon hatte, der Polizei Hinweise auf andere Verbrechen geben zu können, die der Mörder vielleicht verübt hatte. Mit dem Zugriff auf diese Information würde sie schließlich ein brauchbares geografisches Profil erstellen können.

Als sie in ihr Hotelzimmer zurückkehrte, fand sie auf dem Tisch eine Nachricht von Kit vor. »Bin in die Bar gegangen. Komm runter, wenn du zurück bist, dann essen wir zusammen.« Sie lächelte und trat ans Fenster, um erneut die Aussicht zu genießen. Es war merkwürdig, sich vorzustellen, dass die vor ihr ausgebreitete Schönheit gleichzeitig das gesamte Ausmaß menschlicher Hässlichkeit in sich barg. Irgendwo in dem Häuserlabyrinth ging wahrscheinlich gerade ein Mörder seinen üblichen Beschäftigungen nach, und niemand hatte eine Ahnung davon.

Fiona wandte sich vom Fenster ab, zog sich aus und rümpfte die Nase über den Rauch, der in ihren Kleidern hing. Sie duschte schnell und zog Jeans und ein geripptes Seidenhemd an.

Sie fand Kit an einem Tisch in der Ecke der Bar, wo er mit einem Glas dunklem Rotwein und einem zur Seite geschobenen Schälchen Oliven über seinen Laptop gebeugt saß. Sie legte ihm einen Arm um die Schultern und küsste ihn auf den Kopf. »Einen guten Tag gehabt?«, fragte sie und setzte sich auf den Lederstuhl ihm gegenüber.

Er sah überrascht auf. »Hi. Lass mich nur schnell das hier speichern.« Er beendete seine Arbeit, schaltete den Computer ab,

schloss den Deckel und lächelte ihr zu. »Haben sie dir einen Abend freigegeben?«
»So ungefähr. Ich muss später einen Bericht schreiben, aber nur einen kurzen. Es wird nicht lange dauern. Es soll sich jetzt erst mal setzen, bevor ich mich festlege.« Ein Kellner erschien, und Fiona bestellte einen gekühlten Manzanilla. »Was hast du getrieben?«
Kit schaute verlegen drein. »Heute Nachmittag hab ich einen Spaziergang gemacht. Nur um die Umgebung auf mich wirken zu lassen. Der Ort hier ist ja enorm geschichtsträchtig. Man kann die Vergangenheit geradezu riechen. An jeder Ecke gibt es etwas zu sehen oder sich auszumalen. Jedenfalls hab ich mir über die Inquisition Gedanken gemacht ... wie es damals hier gewesen sein muss.«
Fiona stöhnte. »Sag bloß, dein Spaziergang hat dich auf die Idee für ein Buch gebracht?«
Kit lächelte. »Die Rädchen fangen jedenfalls schon an, sich zu drehen.«
»Hast du das gerade in deinen Laptop eingegeben?«
Er schüttelte den Kopf. »Nein, es ist viel zu früh, um etwas festzulegen. Ich hab nur das, was ich letzte Woche geschrieben habe, ein bisschen nachpoliert. Hier ein bisschen glätten und da ein bisschen verbessern – richtig langweiliger Kram. Und du? Wie war dein Tag?«
Der Kellner brachte Fionas Glas, und sie trank einen Schluck. »Routine. Ich habe massenhaft Akten durchgesehen. Berrocal hat alles gut organisiert. Wacher Bursche. Man muss ihm nichts zweimal erklären.«
»Das macht's ja etwas leichter für dich.«
»Kein Zweifel. Das Problem ist nur, dass wir so wenig haben, von dem wir ausgehen können. Normalerweise wählt ein Mörder den Ort, wo er die Leiche hinterlässt, nach ganz persönlichen Maßstäben aus. Aber dass diese Tatorte eine besondere historische Bedeutung haben, kompliziert die Sache. Ich bin nicht sicher, inwieweit ein geografisches Profil dabei von Nutzen sein kann.«
Kit zuckte mit den Schultern. »Du kannst nur dein Bestes tun. Sie

haben in der Gegend hier wirklich was für Gruseliges übrig. Und es gibt einen albernen kleinen Zug, der einen durch die Stadt fährt und dann über die Umgehungsstraße auf das andere Flussufer bringt – mit einem absolut bizarren Kommentar dazu. Auf Spanisch, Deutsch und in radebrechendem Englisch erzählen sie Einzelheiten über die blutige Geschichte der Stadt. Es gibt sogar eine Schlucht, die sich die Schlucht der Frau mit der durchschnittenen Kehle nennt. Kannst du das glauben?«

Fiona war überrascht. »Sie erzählen einem das auf einer Touristenrundfahrt?«

Er nickte. »Nicht wahr, damit würde man sich normalerweise nicht gerade brüsten, oder?«

»Dort hat eines unserer Mordopfer gelegen«, sagte Fiona langsam. »Ich war davon ausgegangen, dass das nur den Einheimischen bekannt ist.«

»Ach, ich kann dir alles darüber erzählen«, sagte Kit. »Eine Frau hatte etwas mit einem Wachsoldaten und ließ den Feind die Stadt angreifen. Also haben sie ihr die Kehle durchgeschnitten, damit sie das nicht so bald wieder tun würde.«

»Bist du zu San Juan de los Reyes hinuntergegangen? Zur großen Klosterkirche?«

»Ich kam daran vorbei. Aber ich habe sie mir für morgen aufgehoben.«

»Hast du die Ketten an der Fassade gesehen?«

»Man kann sie kaum übersehen. Im Führer steht, Ferdinand und Isabella hätten sie dort nach der Rückeroberung von Granada anbringen lassen. Sie wurden von den Mauren als Fesseln für die gefangenen Christen benutzt. Ich muss sagen, wenn das typisch ist für Isabellas Geschmack in Sachen Dekor, kann ich es kaum abwarten, das Innere zu sehen. Da kann *Schöner Wohnen* vor Neid erblassen«, fügte er mit einem ironischen Grinsen hinzu. »Warum fragst du?«

»Dort wurde die zweite Leiche gefunden. Du bist erst einen halben Tag hier und kennst bereits die Geschichte der beiden Fundorte. Ich frage mich, ob ich mich mit meinen Vermutungen nicht irre.«

Kit tätschelte ihr mit einem Ausdruck ironischer Überlegenheit die Hand. »Mach dir nichts draus, Liebes, du kannst ja nicht immer Recht haben. Überlass das nur mir.«
Fiona brach in Lachen aus. »Ich bin ja froh, dass ich dich habe, auf den ich mich verlassen kann. Also, gehen wir jetzt essen oder was?«

Fiona nippte an einem Glas Brandy und überprüfte die Ideen, die sie notiert hatte. Im Hintergrund war beruhigend das leise Tippen von Kits Fingern auf der Tastatur seines Laptops zu hören. Sogar das Moskitosummen seines Walkmans war in seiner Vertrautheit tröstlich. Er störte sie nie bei der Arbeit, wofür sie restlos dankbar war. Sie hatte zu viele Klagen ihrer Freundinnen gehört, die nicht arbeiten durften, wenn ihr Partner es nicht auch tat. Kit war immer zufrieden, wenn er sich während ihrer Arbeit mit seiner eigenen Arbeit oder einem Buch beschäftigen, in eine Bar gehen und neue Bekanntschaften schließen konnte.
»Ich bin überzeugt, dass der wichtigste Antrieb des Täters nicht sexuelle Befriedigung ist«, las sie noch einmal ihren eigenen Bericht. »Aber die Art der Verletzungen, die er den Opfern nach Eintreten des Todes beigebracht hat, deutet in eine bestimmte Richtung. Ich glaube, es ist seine Art, die Verachtung für das zu demonstrieren, was er als ›Schwäche‹ seiner Opfer ansieht. Und das führt mich zu der Annahme, dass seine Methode der Kontaktaufnahme mit seinen Opfern körperlicher oder sexueller Natur ist. Die grobe Variante der Kontaktaufnahme war vermutlich, dass er sie ansprach und abschleppte, möglicherweise bei einer früheren Gelegenheit, um sich mit ihnen für den Abend der Mordnacht zu verabreden. Vielleicht hat er sie mit dem Versprechen gelockt, seine speziellen Kenntnisse könnten für sie beruflich von Nutzen sein. Es ist klar, dass er seinen Opfern nicht bedrohlich erscheint. Er weiß genau, wo seine potenziellen Opfer zu finden sind. Dies lässt auf gute Kenntnis der Örtlichkeiten schließen und legt die Vermutung nahe, dass er ein Einheimischer von Toledo sein könnte.
Diese Morde wurden nicht aus Wut oder im sexuellen Affekt be-

gangen, weil er versagte oder in übersteigerte Erregung geriet, sondern es liegt ihnen ein ganz anderes Motiv zu Grunde.«

So weit, so gut, dachte sie. Dagegen würde sich nicht viel sagen lassen. »Diese Verbrechen zeigen ein relativ hohes Maß an Intelligenz und Planung. Es ist deshalb unwahrscheinlich, dass der Täter ein Neuling in der Welt krimineller Aktivitäten ist. Er ist dafür viel zu locker vorgegangen. Aber wenn wir einräumen, dass die Motivation hinter diesen Morden nicht in erster Linie sexueller Natur ist, folgt daraus, dass auch seine früheren Taten sehr wahrscheinlich nicht auf sexuelle Motive zurückgingen.

Da beide Tatorte bekannte Touristenattraktionen sind und beide Opfer Ausländer waren, glaube ich, der Schlüssel zur Motivation des Mörders ist seine Einstellung zu den Besuchern seiner Stadt. Er sieht ihr Kommen nicht als Vorteil an, sondern empfindet sie als unwillkommene Eindringlinge. Ich halte es für sehr wahrscheinlich, dass seine früheren Verbrechen sich entweder gegen Touristen oder gegen Geschäfte richteten, die mit Tourismus zu tun hatten. Er begann wahrscheinlich mit Vandalismus gegen Hotels oder Geschäfte, die an Touristen verkaufen, wie zum Beispiel Souvenirläden. Dies mag zu direkten Angriffen gegen Touristen wie zum Beispiel Raubüberfällen eskaliert sein.«

Fiona lehnte sich zurück und überlegte. Was sie hier beschrieb, war auf keinen Fall das konventionelle Bild eines Serienkillers, aber ihr waren von Anfang an die ungewöhnlichen Orte der Verbrechen aufgefallen. Die meisten Mörder ließen die Leichen dort zurück, wo sie getötet hatten. Oder ihre sorgfältige Wahl der Fundorte wurde hauptsächlich davon bestimmt, dass man sie dort wahrscheinlich mit der Leiche nicht erwischen würde. Dieser Mörder war bei seinem zweiten Opfer ein hohes Risiko eingegangen, die Fundorte hatten also offensichtlich eine tiefe symbolische Bedeutung für ihn. Erstens schien der jeweilige Fundort der Leichen mindestens genauso wichtig zu sein wie die Auswahl der Opfer. Es waren nicht nur Orte, die für Gewalttätigkeit standen, sondern sie hatten auch für einen Besucher Bedeutung, der sich nur kurz in der Stadt aufhielt, wie Kits Erfahrung zeigte.

Sie war zufrieden mit dem Fortschritt, den sie gemacht hatte. Jetzt musste Salvador Berrocal nur noch die hiesige Polizei dazu bringen, ihr die erforderlichen Daten zu Delikten zu geben, die etwas mit Tourismus zu tun hatten. Mit Hilfe dieser Informationen könnte Fiona ihre Verknüpfungstheorien anwenden und herausfinden, welche Taten von demselben Täter begangen wurden.

Hatte sie erst einmal festgelegt, welche Taten Teile einer Serie und keine Einzelfälle waren, würde sie die entsprechenden Tatorte auf einem in ihren Computer eingescannten Stadtplan eintragen. Das in ihren Computer geladene, sehr effiziente Programm für geografische Profile würde die Punkte auf dem Stadtplan mit einer komplexen Reihe von Algorithmen bearbeiten. Es ließen sich damit Gegenden herausfiltern, wo der Täter wahrscheinlich seinen Wohnsitz oder Arbeitsplatz haben könnte. Dann konnte sie zusätzlich zu diesen Ergebnissen die Tatorte eingeben, und wenn sie nicht wesentlich von den Bereichen abwichen, die der Computer errechnet hatte, würde sie möglicherweise Berrocal den Stadtteil benennen können, wo der Mörder zu Hause war.

Fiona dachte daran, dass man sie vor zehn Jahren noch ausgelacht und vom Podium gejagt hätte, wenn sie zu erklären gewagt hätte, dass eine Kombination aus psychologischem Täterprofil, Deliktverknüpfung und geografischem Profil zur Ergreifung eines Mörders führen könne. Damals gab es keine leistungsfähigen Computerprogramme, mit denen man die Zahlen schnell genug verarbeiten konnte. Das wäre auch nicht anders gewesen, wenn man dies als einen Bereich angesehen hätte, mit dem zu experimentieren sich lohnte. Die Welt polizeilicher Ermittlungen hatte sich schneller geändert, als man sich hatte vorstellen können. Endlich war die Technik so weit, dass sie die Kriminellen mit ihrer Fähigkeit, immer einen Schritt voraus zu sein, überholte. Und sie hatte das Glück, Teil dieser Revolution zu sein.

Morgen früh würde sie ihre Fertigkeiten wieder einmal unter Beweis stellen können. Die Zusammenarbeit mit der Polizei bei der Suche nach einem Mörder war das Aufregendste, was sie je getan hatte. Sie verlor dabei nie aus den Augen, dass sie es mit wirklichen

Menschenleben zu tun hatte, nicht nur mit einer Reihe mathematischer Größen und Computerberechnungen. Wenn ihr Einsatz kein Leben retten konnte, war er letzten Endes sinnlos. Und so wurde jeder Fall, mit dem sie zu tun hatte, nicht nur zu einer beruflichen Herausforderung. Er war nichts weniger als eine Messlatte, die sie an sich selbst anlegte.

Kapitel 10

Fiona kam kurz nach elf Uhr vormittags in das verrauchte Büro. Berrocal und seine beiden Mitarbeiter waren alle in Telefongespräche vertieft und schauten kaum auf, als sie eintrat. Sie hatte ihren Bericht morgens um acht an Berrocal gefaxt, weil sie wusste, er würde Zeit brauchen, um die Unterlagen zusammenzustellen, die sie benötigte. Sie hatte die drei Stunden zu einem gemütlichen Frühstück mit Kit im Bett genutzt und ihn dann begleitet, um den El Greco zu sehen, den man unbedingt gesehen haben musste, das Begräbnis des Grafen von Orgaz, das in grandioser Abgeschiedenheit in einem Anbau der Kirche San Tomas ausgestellt war. Damit hatte der Tag besser angefangen als mit dem Lesen von Polizeiakten.

Die Stöße von Aktenordnern auf ihrem Schreibtisch sahen genauso aus wie am Tag zuvor. Sie wartete, bis Berrocal den Hörer auflegte, und sagte dann: »Hallo. Sind die Berichte über Vandalismus und Überfälle noch nicht hier?«

Berrocal nickte. »Sie liegen da auf Ihrem Tisch. Die ungelösten links, die gelösten rechts. Sie sind von den letzten zwölf Monaten.«

»Schnelle Arbeit.«

Er zuckte mit den Schultern. »Die Kollegen wussten, dass ich ihnen auf den Fersen bleiben würde, bis sie mir das lieferten, was Sie verlangt hatten. Hier schiebt man gern eine ruhige Kugel. Kann Ihnen jemand helfen, oder müssen Sie alles selbst lesen?«

»Leider muss ich die Daten selbst analysieren«, sagte Fiona. »Wie steht's mit einem Stadtplan?«

Berrocal hob einen Finger, wie um sich selbst zu erinnern. »Hier habe ich ihn.«
Er wandte sich dem noch unbesetzten Schreibtisch zu; wühlte in der oberen Schublade und zog eine kleine Touristenkarte und einen größeren, ausführlicheren Straßenplan heraus. »Ich war nicht sicher, welcher sich für den Zweck am besten eignet«, fügte er hinzu und reichte ihr die Karten.
»Ich vermute, Sie haben keinen Scanner hier?«, fragte Fiona ohne viel Hoffnung.
Berrocal hob die Schultern. »Irgendwo muss einer sein.«
»Ich brauche den detaillierten, eingescannten Plan als GIF-Datei«, sagte sie, öffnete ihren Laptop-Koffer und holte eine leere Diskette heraus. »Wenn Sie es auf eine Diskette speichern lassen können, kann ich es auf mein System kopieren.«
Er nickte, wandte sich an den näher stehenden der zwei Kriminalbeamten und knurrte ein paar Worte auf Spanisch. Der Angesprochene beendete eilig sein Gespräch und warf seinem Chef einen ratlosen Blick zu. Berrocal hielt ihm den Stadtplan und die Diskette hin und ratterte ein paar rasche, barsche Sätze herunter. Der Beamte warf Fiona ein strahlendes Lächeln zu und ging zur Tür. Offensichtlich war es immer noch besser, ein Laufbursche der Beraterin aus England als in diesem Käfig eingesperrt zu sein.
»*Y café con leche para dos*«, rief Berrocal mit einem boshaften Lächeln dem sich entfernenden Rücken nach.
»Danke«, sagte Fiona und angelte sich den ersten Aktenordner. Sie musste eine Liste der wesentlichen Faktoren anlegen: Datum des Vorfalls, in welcher Form der Vandalismus vorgekommen war und ein Dutzend weiterer Details. Dann musste sie präzise alle Einzelheiten eingeben. Wo ein Täter bekannt war, musste sie auch alle Informationen einbeziehen, die zu seiner Vorgeschichte und seinen früheren Verbrechen gehörten. Siebenundvierzig Aktenordner lagen bereit, die sie durcharbeiten musste, und die Tatsache, dass sie in Spanisch waren, verlangsamte alles noch mehr. Es wurde ein langer Tag, der in regelmäßigen Abständen von Kaffee und Snacks unterbrochen wurde. Aber sie arbeitete so konzen-

triert, dass sie fünf Minuten später nicht mehr hätte sagen können, was sie gerade gegessen hatte.

Endlich lehnte sie sich zurück und wartete, während der Computer die Daten ordnete, um dann die Ergebnisse seiner Berechnungen anzuzeigen. Es überraschte sie nicht, dass die meisten Vorfälle als unverbundene Ereignisse vorkamen. Aber es waren doch drei Gruppen von Berichten darunter, die alle von demselben Täter zu sein schienen. Zuerst eine Serie von Angriffen auf Souvenirläden. In jedem Fall war die Tat zwischen zwei und drei Uhr morgens an Wochentagen verübt worden. Bei den ersten drei war Farbe gegen Fensterscheiben geschüttet worden. Dann war es zu einer Eskalation gekommen: Bei vier weiteren Überfällen wurden die Fenster eingeworfen und die Waren in den Geschäften mit Farbe bespritzt. Diese Delikte waren alle vom Stoß der ungelösten Fälle.

Eine zweite Serie bestand aus Graffiti, die an die Außenwände von Restaurants und Hotels geschmiert worden waren. Die Sprüche waren politischen Inhalts: rechtsextreme Parolen über »Spanien den Spaniern« und zur Ausweisung von Immigranten. Fiona schloss sofort aus, dass diese Fälle von ihrem Killer stammen könnten.

Eine dritte Gruppe fand sich im Stoß der ungelösten Fälle. Innerhalb der letzten vier Monate waren in den frühen Morgenstunden drei Touristen auf dem Rückweg zu ihren Hotels angegriffen worden. Berrocal hatte ihr schon gesagt, dass in Toledo für spanische Verhältnisse die Gehsteige abends relativ früh hochgeklappt wurden, denn die meisten Cafés und Restaurants schlossen um elf. Aber es gab ein paar Bars, die bis spät in die Nacht geöffnet waren, und alle Opfer hatten eine solche Bar besucht. Sie waren allein auf dem Rückweg zu ihren Hotels, als ein maskierter Mann aus einer Gasse herausgestürzt kam und sie angriff. Kein Geld wurde verlangt, es war lediglich ein brutaler Überfall, der wenige Minuten dauerte und bei dem der Angreifer schwieg und dann ins Labyrinth der schmalen Gassen davonrannte.

Fiona seufzte voll tiefer Befriedigung. Wenn computergestützte Verknüpfung von Verbrechen funktionierte, war es wie ein kleines

Wunder, das sich vor ihr entfaltete. Jetzt konnte sie die Orte, wo die zwei relevanten Gruppen von Ereignissen stattgefunden hatten, in ihr Programm für kriminalgeografisches Profiling eingeben und sehen, was sich daraus entwickelte.

Kit sah Fiona, wie sie von San Tomas den Hügel heraufkam. Er bewunderte ihren ruhigen Gang und den sanften Schwung ihrer Hüften, der vom Schnitt ihrer Hose betont wurde. *Ich habe wirklich ein Mordsglück*, gratulierte er sich selbst und genoss noch einmal kurz die Erinnerung an ihren gemeinsamen wohligen Morgen im Bett. Obwohl sie ihn manchmal mit ihrem endlosen Bedürfnis verrückt machte, alles und jeden, der ihr in die Quere kam, zu analysieren und zu zergliedern, hatte er noch nie eine Frau getroffen, gegen die er sie eingetauscht hätte. Eine der Eigenschaften, die er an ihr liebte, war ihr Engagement für ihre Arbeit. Aber auch wenn sie von einem Fall ganz in Anspruch genommen war, blieb ihr immer im Bewusstsein, wie wichtig ihre Beziehung war.

Heute Morgen zum Beispiel. Sie hätte leicht behaupten können, sie sei »unabkömmlich« und müsse sofort zum Polizeirevier gehen. Aber sie hatte ihm versichert, es liege noch nichts vor, dem sie sich widmen konnte, und sie hatte sich die Zeit genommen, mit ihm gemeinsam etwas zu unternehmen. Er versuchte das Gleiche für sie zu tun, wusste aber, dass er es nicht so gut konnte wie sie. Wenn er ganz darauf konzentriert war, ein Buch fertig zu schreiben, dann konnte er an nichts anderes als an das nächste Textstück denken, das er irgendwie in den Computer kriegen musste. Er konnte ihr seine Liebe dann nur zeigen, indem er für sie kochte und sich die Zeit nahm, mit ihr gemeinsam zu essen. Es war nicht viel, aber es war besser als nichts.

Er verbrachte den restlichen Tag als Tourist, kam kurz nach sechs ins Hotel zurück und nahm eine Flasche Rotwein von der Bar mit ins Zimmer hinauf. Er hatte keine Ahnung, wie lange Fiona weg sein würde, aber das war kein Problem. Er schaltete den Fernseher ein, MTV Europe, goss sich ein Glas Wein ein, fuhr den Computer hoch und lud seine E-Mail herunter. Die einzige wichtige Nachricht war von seinem Agenten, der einen Abschluss mit den unabhängigen Filmemachern bestätigte, die seinen ersten Roman fürs Fernsehen bearbeiten wollten. Er selbst war eigentlich der Meinung, es sei unmöglich, *The Dissection Man* zu verfilmen, aber wenn sie ihm viel Geld zahlten, um das selbst herauszufinden, dann wollte er sich nicht beklagen.

Nicht dass ihm das Geld wichtig gewesen wäre. Seine Eltern waren beide Lehrer gewesen, und er und sein Bruder waren in einer Atmosphäre aufgewachsen, wo Geld nie ein wichtiges Thema gewesen war. Es war immer genug davon da, und es war ihm nie bewusst gewesen, dass ihm etwas fehlte, weil seine Eltern es sich nicht leisten konnten. Für seinen ersten und den zweiten Roman hatte er keinen großen Vorschuss bekommen, und als *The Blood Painter* über Nacht einen sensationellen Erfolg als Kultbuch landete und dann auch den Durchbruch auf dem allgemeinen Markt schaffte, war niemand überraschter gewesen als er selbst. So hatte er wahrscheinlich in diesen zwei Jahren mehr Geld verdient als seine Eltern in den letzten zehn.

Und er wusste nicht, was damit anfangen. Eine große Summe hatte er in den Kauf eines Hauses gesteckt, aber davon abgesehen hatten Fiona und er wenige materielle Wünsche. Er machte sich nichts aus Designerklamotten, hatte kein Interesse an schnellen Autos und mochte immer noch am liebsten einen Urlaub, bei dem sie irgendwo hinflogen, ein Auto mieteten und in billigen Motels oder Pensionen übernachteten. Am meisten gab er wahrscheinlich für Musik aus, aber auch auf diesem Gebiet war er sparsam, indem er wartete, bis er anlässlich einer Lesereise durch die Staaten oder Kanada fuhr und sich zu den dortigen niedrigeren Preisen in einen Großeinkauf von CDs stürzen konnte.

Der einzige Wunsch, den er sich gern erfüllt hätte, war ein Zufluchtsort, an den er sich zurückziehen konnte, wenn das Buch, das er gerade schrieb, in der schwierigen mittleren Phase steckte. Der Anfang war immer leicht, aber nach den ersten hundert Seiten schlug die Depression zu, wenn er merkte, dass er weit hinter dem Ziel zurückblieb, das er sich gesetzt hatte. In diesem Stadium war jede Unterbrechung eine Qual. Fiona war der einzige Mensch, der ihn nicht ärgerte, aber das war nur so, weil sie wusste, wann sie ihn in Ruhe lassen musste.

Fiona hatte vorgeschlagen, dass er sich ein einsam gelegenes Ferienhäuschen kaufen solle, wo er hingehen und so lange ungestört arbeiten konnte, bis er seine Frustration überwunden hatte. Die schreckliche Phase dauerte meistens etwa sechs Wochen oder hundertfünfzig Seiten, und Fiona hatte ihn wissen lassen, sie wolle lieber auf seine Anwesenheit verzichten, wenn ihm das half, schneller wieder zu seinem normalen, besser gelaunten Ich zurückzufinden.

So hatte er die Hütte gekauft. Er war immer wieder erstaunt, dass es auf der britischen Insel noch Orte gab, an denen man sich so einsam fühlen konnte. Von der Hütte mit ihren zwei Räumen aus war nirgendwo eine andere menschliche Behausung zu sehen. Um dorthin zu gelangen, musste er nach Inverness fliegen, einen alten Landrover abholen, den er dort abgestellt hatte, sich mit einem Vorrat an Lebensmitteln versorgen und dann noch einmal zwei Stunden bis zum östlichen Rand der riesigen Wildnis von Sutherland fahren. Er nutzte einen Dieselgenerator als Energiequelle, holte Wasser von einer nahe gelegenen Quelle, heizte mit einem Holzofen, der auch genug Wasser für eine Badewanne erhitzte. Auf Fionas Drängen hatte er sich ein Satellitentelefon angeschafft, das er aber nur nutzte, um seinen Computer wegen der E-Mails anzuschließen.

Die meisten Menschen hätten diese absolute Einsamkeit nicht ertragen können. Aber für Kit war sie das A und O. Da er als einzige Zerstreuung nur gelegentlich einen Streifzug machte, um Kaninchen für seinen Speisezettel zu schießen, brauchte er bei der Erarbeitung der schwierigsten Teile seiner Bücher immer viel weniger Zeit als in London. Die Qualität seiner Arbeit hatte sich gesteigert. Er selbst und seine Leser wussten das.

Und es ließ sich nicht abstreiten, dass die Abwesenheit seine Beziehung zu Fiona bereicherte. Obwohl sie täglich Kontakt über E-Mail hatten – oft schickten sie sich Schreiben, die in anderem Zusammenhang als Pornografie gegolten hätten –, war ihr Wiedersehen immer erfüllt vom Feuer der ersten Tage ihrer Beziehung, als sie voneinander gar nicht genug bekommen konnten und keinen Wunsch als zu ausgefallen empfunden hatten. Allein daran zu denken erregte ihn schon. Wer hätte wohl geglaubt, dass hinter Fionas kühler Fassade eine sinnliche Frau steckte, die den schonungslosesten Autor der britischen Krimiszene in einen romantischen Narren verwandelte?

Sie war immer am leidenschaftlichsten, wenn sie sich mit einem brutalen Mord hatte befassen müssen. Es war, als müsse sie dann ihre Verbindung zum Leben neu bestätigen und ihre eigene Vitalität im Trotz gegen einen Killer ausleben. Kit mochte wohl diese Triebfeder mit Missbilligung betrachten, aber er hatte nichts dagegen, die Vorteile zu genießen.

Er versuchte diese Gedanken abzuschütteln. Die Vorfreude auf Fionas Rückkehr war der sicherste Weg, ihn von seiner Aufgabe abzulenken. Er wollte noch einen Lesedurchgang machen, was er in regelmäßigen Abständen wiederholte, um sicherzugehen, dass im Buch alles gut lief. Er tippte den Befehl ein für den Ausdruck der letzten sechzig Seiten und schaltete im Fernseher BBC World an, um die Kurznachrichten zu hören.

Die Abendnachrichten hatten schon angefangen, der Sprecher beendete gerade einen zutiefst langweiligen Beitrag von einem Staatssekretär des Finanzministeriums über den Zustand des Euros. Plötzlich klang der Nachrichtensprecher dringlicher. »Und jetzt eine Nachricht, die gerade hereingekommen ist: Die Polizei in Edinburgh hat als Opfer eines brutalen Mordes den internationalen Bestsellerautor Drew Shand identifiziert. Die Tat wurde in den frühen Morgenstunden in der schottischen Hauptstadt verübt.«

Kit runzelte ungläubig die Stirn.

»Wir geben weiter an unseren Korrespondenten James Donnelly in Edinburgh«, fuhr der Sprecher fort.

Ein junger Mann stand mit ernstem Gesicht vor einem grauen Steingebäude. »Drew Shands verstümmelte Leiche wurde von einem Polizeibeamten bei einem routinemäßigen Rundgang auf der Royal Mile kurz nach drei Uhr morgens gefunden. Die Polizei hat den Bereich hinter St. Giles' Cathedral abgesperrt, wo die Kriminalpolizei ihre Untersuchungen noch fortsetzt. Bei einer Pressekonferenz am frühen Nachmittag gab Detective Superintendent Sandy Galloway bekannt, dass die Kehle des Opfers durchschnitten und sein Gesicht sowie der Körper mit einem Messer verunstaltet wurden. Er forderte jeden, der sich zwischen Mitternacht und drei Uhr morgens in der Gegend aufgehalten hat, auf, sich zu melden.

Vor einigen Minuten wurde bekannt, dass es sich bei dem Opfer um den preisgekrönten Thrillerautor Drew Shand handelt. Der einunddreißigjährige Shand wurde als einer der Stars unter den britischen Krimiautoren gefeiert, als sein Erstling *Copycat* auf beiden Seiten des Atlantiks an die Spitze der Bestsellerlisten aufstieg und ihm der John Creasey Memorial Dagger und der Mcvitie-Preis verliehen wurden. Die Fernsehfassung von *Copycat* gewann mehrere wichtige Auszeichnungen und ist häufig auch im Ausland gezeigt worden.

Shand, ein ehemaliger Englischlehrer, lebte allein im Stadtteil New Town in Edinburgh. Sein zweiter Roman, *The Darkest Hour,* soll nächsten Monat veröffentlicht werden. Shand, der sich offen zu seiner Homosexualität bekannte, besuchte regelmäßig mehrere Schwulenbars in Edinburgh, darunter einige, von denen zumindest angenommen wird, dass sie Kunden mit Interesse an sadomasochistischen Praktiken ansprechen. Bis jetzt gibt die Polizei kein mögliches Motiv für den Mord an.«

»Ist ja wieder mal verdammt typisch, dem Opfer die Schuld zu geben«, knurrte Kit und knallte sein Glas so fest auf, dass der Stiel abbrach und eine Lache Rotwein sich über den Marmorboden ergoss. Er beachtete es nicht, nahm einen Schluck Wein direkt aus der Flasche und bemerkte kaum, wie er schmeckte. »Drew Shand«, murmelte er und setzte die Flasche wieder an. Er schüttelte ungläubig den Kopf. »Der arme Kerl.« Ihm fiel die Podiumsdiskussion ein, an der sie gemeinsam beim letzten Edinburgh Book Festival teilgenommen hatten, die einzige Gelegenheit, bei der er mit dem aufsteigenden Star zusammengekommen war. Er erinnerte sich, wie Drew sich vorgebeugt hatte, die Ellbogen auf den Knien, die Hände ausgebreitet, und sich mit ernstem Gesicht bemüht hatte klarzumachen, dass die Brutalität in *Copycat* immer eine bestimmte Funktion hatte und nie ohne triftigen Grund vorkam. Kit wusste noch, dass das Publikum sich überzeugen ließ, obwohl er selbst seine Zweifel hatte. Als sie dann später draußen zusammensaßen, Beck's-Bier aus der Flasche tranken und weiterdiskutierten, mischte sich der Galgenhumor in ihren Ernst, den Kriminalbeamte und Krimiautoren lieben. Plötzlich sah er ein lebendiges Bild von Drew vor sich, der lachend seinen schönen Kopf zurückwarf – wie ein schreckliches Feuerwerk.

Schlagartig wurde Kit bewusst, wie sehr er sich nach Fionas Gegenwart sehnte. Ein Kritiker hatte einmal geschrieben, dass Kit seine Leser so viel Mitgefühl für seine erfundenen Opfer empfinden lasse, dass der Mord an ihnen ein genauso großer Schock für sie sei, als hätten sie einen wirklichen Freund verloren. Damals war er stolz auf diese Bemerkung gewesen. Aber damals hatte er niemanden persönlich gekannt, der ermordet worden war. Wie er da saß – in einem fremden Hotelzimmer einer unbekannten Stadt, vom Schock über Drew Shands Tod ganz betäubt –, erkannte er schließlich, wie absurd diese Anmerkung des Kritikers gewesen war.

Jetzt wusste er, wie es wirklich war.

Kapitel 11

Fiona streckte sich genüsslich und sah auf ihre Uhr. Zu ihrem Erstaunen war es zehn nach sieben.

Berrocal, der fast den ganzen Tag weg gewesen, aber vor kurzem zurückgekehrt war, wurde auf sie aufmerksam. »Kommen Sie voran?«, fragte er.

Fiona fasste die Ergebnisse ihrer Arbeit zusammen. »Ich brauche jetzt eine Pause«, schloss sie. »Es passiert leicht, dass man anfängt, Fehler zu machen, wenn man den ganzen Tag den Bildschirm angestarrt hat, und wenn ich beim Festlegen der Tatorte Fehler mache, sind die Ergebnisse unbrauchbar.«

Berrocal ging zu ihrem Schreibtisch hinüber und schaute ihr über die Schulter auf den Laptop. »Das ist wirklich erstaunlich«, sagte er. »So ein System würde unsere Arbeit sehr erleichtern.«

»Es wird schon in ziemlich vielen Städten von der Polizei eingesetzt«, sagte Fiona. »Das Programm mit den Verbrechens-Querverbindungen funktioniert am besten bei Eigentumsdelikten wie Einbruch und Raub. Die Variante, die ich benutze, lässt Änderungen zu. Ich kann meine eigenen Variablen für die Checkliste eingeben. Man braucht ein höheres Niveau an Fachkenntnis, um sie zu benutzen. Aber die Grundvariante mit den festgelegten Parametern hat überall, wo man sie benutzt, die Einbruchsrate reduziert. Sie hilft sowohl ungelöste, alte Fälle als auch laufende zu erledigen. Sie sollten Ihre Vorgesetzten überzeugen, in diese Software zu investieren.«

Berrocal lachte schnaubend. »Leichter gesagt als getan. Meine

Chefs geben nicht gern Geld für Dinge aus, die sie umgehen können.«

»Es war also ein Erfolg für Sie, dass Sie sie dazu gebracht haben, für mich zu bezahlen«, sagte Fiona spöttisch, stand auf und schaltete den Computer ab.

»Wenn Gefahr droht, dass wir die Touristen-Dollars verlieren, bekommen sie Panik. Plötzlich werden uns Mittel genehmigt, die wir unter anderen Umständen nie bekommen würden. Also, was haben Sie für heute Abend vor? Könnte ich Sie und Kit zu einem typischen Abendessen in Toledo begleiten?« Er trat zurück, damit sie hinter ihrem Schreibtisch hervorkommen konnte.

»Das ist nett von Ihnen, aber ich glaube, ich wäre keine sehr angenehme Gesellschaft. In meinem Kopf schwirrt und brummt es. Ich würde lieber ins Hotel zurückgehen und mit Kit dort kurz etwas essen. Danach werde ich wahrscheinlich Lust haben, noch zu arbeiten.«

Er zuckte mit den Schultern. »Wie Sie möchten. Aber Sie brauchen wirklich nicht jede Minute zu arbeiten, die Sie hier sind.«

Fiona klappte den Laptop zu und packte ihn ein. »Ich glaube doch, Major«, sagte sie leise. Sie schaute auf und sah ihm in die Augen. »Er ist da draußen und plant schon seine nächste Tat. Er lässt sowieso nur sehr wenig Zeit verstreichen. Ich will nicht theatralisch klingen, aber wenn man es mit einem Mörder zu tun hat, der so planmäßig vorgeht und so abgebrüht ist wie dieser, dann zählt jeder Tag. Ich will nicht das Blut seines nächsten Opfers an meinen Händen haben, wenn ich es irgendwie vermeiden kann.«

Berrocal fädelte sich langsam in den fließenden Verkehr ein und warf Fiona einen kurzen Blick zu. »Sie glauben wirklich, dass derselbe Mann hinter dem Vandalismus und den Überfällen steckt?«

Fiona zuckte mit den Schultern. »Es gibt keine Gewissheit bei meiner Arbeit. Und ich arbeite im Idealfall am liebsten mit mindestens fünf verschiedenen Orten für jede einzelne Serie. Aber von der Wahrscheinlichkeit ausgehend, würde ich sagen, ja. Der Vandalismus überschneidet sich nur mit dem ersten Überfall. Nach dem zweiten Überfall gab es kein weiteres Farbespritzen oder zerbrochene Fenster. Also ist der Zerstörer entweder weggezogen, oder er fand ein Ventil für seinen Ärger, das ihm mehr Befriedigung verschaffte. Aufgrund meiner Kenntnisse darüber, wie gewalttätige Kriminelle sich steigern, kommt es mir wahrscheinlich vor, dass er selbstbewusster wurde, als man ihn nicht erwischte. Er legte den nächsten Gang ein und fing an, statt entfernterer Ziele den Gegenstand seiner Wut direkt anzugreifen. Wenn ich Recht habe, wird sich dies beim Einsatz des Programms für geografische Täterprofile zeigen.«

»Sie werden den Beweis haben, dass es derselbe Täter ist?« Berrocal konnte nicht verhindern, dass es etwas skeptisch klang.

»Keinen absoluten Beweis, das nicht. Nicht einmal die Art von Beweis, die sich vor Gericht verwenden lässt. Aber wenn das Programm mir für beide Serien von Verbrechen dieselbe Wohngegend als wahrscheinlich angibt, dann haben wir eine hohe Wahrscheinlichkeit vor uns, finden Sie nicht? Und dann werden Ihre Kollegen in Toledo wissen, wo sie nach Beweisen suchen können.« Fiona rutschte auf dem Sitz herum und versuchte ihre verkrampfte Schultermuskulatur zu lockern. Sie waren in eine Straße eingebogen, die gegenüber dem Felsvorsprung, auf dem Toledo im Dämmerlicht glühte, am Fluss entlanglief. »Eine bemerkenswerte Aussicht«, fügte sie hinzu.

»Es ist eine schöne Stadt«, bestätigte Berrocal. »Deshalb erscheinen Verbrechen wie diese hier so viel schockierender als gewöhnliche brutale Vorfälle in den kleinen Straßen von Madrid. Und deshalb werden natürlich diese Ermittlungen mit so viel Aufmerksamkeit verfolgt. Nicht nur setzen uns meine Vorgesetzten wegen einer schnellen Lösung unter Druck. Auch die Zeitungen und das Fernsehen sind uns auf den Fersen. Zum Glück habe ich es geschafft, Ihren Namen bis jetzt aus den Berichten herauszuhalten. Ich glaube, es würde nicht gut ankommen, dass wir eine Expertin aus England rufen müssen, um solche typisch spanischen Verbrechen zu lösen.«

»Ich werde Ihre Verbrechen nicht lösen, Major. Ich stehe Ihnen als

beratende Psychologin, nicht als Polizistin zur Seite. Ich kann nur Vorschläge machen. Sie müssen die Entscheidungen treffen, ob es sich lohnt, sie weiterzuverfolgen, und Sie müssen die Beweise finden, um Ihren Mörder zu überführen.«
Berrocal grinste. »Sie wissen doch, Frau Doktor Cameron, und ich weiß es auch, dass die Medien nicht an der Wahrheit interessiert sind. Wenn sie etwas über Sie erfahren, werden sie Sie als eine Art Wunderdetektivin, einen modernen Sherlock Holmes herausstellen, den man gerufen hat, weil die Polizei zu blöd ist, ihre Arbeit zu tun.«
»Und genau deshalb sagen wir ihnen nicht, dass ich hier bin«, versprach sie. Sie schwiegen etwa eine Minute, bis Berrocal von der großen Straße abbog, den steilen Hügel zum Parador hinauffuhr und die beeindruckende Aussicht hinter sich ließ.
»Wird Ihr geografisches Programm uns verraten, ob der Mörder am selben Ort lebt wie der, der die Überfälle verübt hat?«, fragte er.
»Ich weiß nicht, ob wir genug Daten haben«, antwortete sie freimütig. »Die zwei Morde allein werden nichts bringen, das uns auch nur annähernde Genauigkeit gibt. Nicht genug verschiedene Orte, wissen Sie. Aber ich werde mit diversen Kombinationen experimentieren und sehen, was dabei herauskommt. Ich kann Ihre Frage wahrscheinlich morgen früh beantworten.«
»Sind Sie sicher, dass Sie nicht zum Abendessen ausgehen wollen?«, fragte Berrocal, während er auf den Parkplatz fuhr.
»Das ist sehr freundlich von Ihnen. Aber ich würde lieber die Arbeit hinter mich bringen. Je früher ich fertig werde, desto früher kann ich nach Hause zurückkehren. Außerdem bin ich sicher, dass Ihre Familie Sie auch mal gern sehen würde.«
Er lachte kurz auf. »Davon bin ich überzeugt. Aber wie Sie werde ich heute Abend leider arbeiten.«
»Wenigstens habe ich Kit bei mir zum Abendessen. Er schafft es irgendwie, mich zum Lachen zu bringen, sogar mitten in einer so gruseligen Sache wie dieser. Und machen wir uns doch nichts vor, Major, in diesem Beruf gibt es nicht viel zu lachen.«

Er nickte ernst. »Ich weiß, was Sie meinen. Manchmal habe ich das Gefühl, der Dreck der Gosse klebt an mir, wenn ich nach Haus gehe. Kaum wage ich noch, meine Kinder hochzuheben und in den Arm zu nehmen, damit ich sie nicht mit dem anstecke, was ich gesehen habe und was ich weiß.« Er beugte sich zur Seite, um die Tür für Fiona zu öffnen. »Machen Sie's gut, Frau Doktor Cameron.«
Sie nickte. »Sie auch, Major.«

Als Fiona die Tür öffnete, war ihre erste Reaktion Verwirrung. Das einzige Licht im Raum kam von der entfernten Stadtansicht Toledos, wie eine Theaterkulisse von einem Dutzend Scheinwerfern angestrahlt. Gegen das Licht hob sich Kits Gestalt auf dem Fußende des Betts ab, die Ellbogen auf den Knien, den Kopf gesenkt. »Kit?«, sagte sie leise und schloss die Tür hinter sich. Etwas stimmte nicht, das war ihr klar, auch wenn sie nicht wusste, was. Sie ging mit schnellen Schritten zu ihm und legte Aktentasche, Laptop und Mantel unterwegs ab. Als sie sich neben ihn setzte, hob Kit den Kopf und blickte sie an. »Was ist denn los, Liebling?«, fragte sie, Sorge und Angst in ihrer Stimme. Sie legte ihm einen Arm um die Schultern, und er lehnte sich an sie.
»Drew Shand ist ermordet worden«, sagte er mit bebender Stimme.
»Der Typ, der *Copycat* geschrieben hat?«
»Laut BBC World hat man seine Leiche heute früh in der Nähe der Royal Mile gefunden.« Kit klang benommen.
»So hast du es also erfahren, aus dem Fernsehen?«, sagte sie und war bei dem Gedanken bestürzt.
»Ja, ich wollte die Nachrichten sehen.« Sein trockenes Lachen klang bekümmert. »Man rechnet doch nicht mit der Nachricht, dass ein Kumpel ermordet und verstümmelt worden ist.«
»Das ist ja schrecklich«, sagte Fiona in dem Bewusstsein, wie ungenügend diese Worte waren. Sie begriff nur allzu gut, welchen Schock und Schmerz eine solche Entdeckung auslöste. Wenngleich in ihrem Fall damals das Telefon der schreckliche Bote gewesen war.

»Ja, und ich sag dir auch, was noch schlimmer ist. Weil er ausging und selbstbewusst war und sich in Bars aufhielt, deren Gäste die Art von sexuellen Gepflogenheiten haben, die dem Durchschnittsbürger von Edinburgh abstoßend erscheinen, wird er schon als der Urheber seines eigenen Unglücks gesehen. Man macht sich bereit, dem Opfer selbst alles anzulasten. Es gibt ja nichts, was den braven Bürgern so wirksam zum ruhigen Schlaf verhilft, als die Gewissheit, dass ihnen eine solche Katastrophe nicht passieren kann.« Er klang zornig, aber Fiona erkannte seine Wut als Abwehr gegen den Schmerz.

»Es tut mir Leid, Kit«, sagte sie, hielt ihn fest und ließ ihn sich an sie drücken.

»Ich habe noch nie jemanden gekannt, der ermordet wurde. Ich weiß, wir haben über Lesley gesprochen, und ich dachte, ich könnte verstehen, welche Gefühle du wegen ihres Schicksals hast, aber jetzt wird mir klar, dass ich keine Ahnung hatte. Und ich kannte ja Drew nicht einmal besonders gut. Aber ich begreife nicht, dass ihn jemand umbringen wollte. Ich kann mir einfach nicht vorstellen, wieso.«

Fiona hatte Drew Shand nie kennen gelernt, aber sie wusste zu viel über Mord und seine Folgen, um nicht den Horror zu spüren, der hinter der nackten Tatsache lag, dass er tot war. Sie wusste nur allzu gut, was Mord für die bedeutet, die zurückbleiben. Dieses Wissen hatte sie geprägt.

Kit hatte sie mit dem Schlüsselwort konfrontiert. Wenn sie die Augen schloss, brach alles wieder wie eine Flut über sie herein. Es war ein Freitagabend wie jeder andere auch gewesen in ihrem ersten Jahr als Dozentin an der Universität. Sie hatte sich angewöhnt, sich am Wochenende mit den Klinikangestellten des Instituts, an dem sie einen Forschungsauftrag hatte, zu entspannen. Sie fingen bei einem Pub in Bloomsbury an, kehrten auf ihrem Weg zur Euston Station in verschiedenen Pubs ein und landeten schließlich in einem Currylokal in einer Seitenstraße am unteren Ende der Euston Road. Als sie in ihre Zweizimmerwohnung in Camden zurückkam, war es fast Mitternacht, und die Nervosität der Woche hatte einer angenehmen Benommenheit Platz gemacht.

Das Licht an ihrem Anrufbeantworter blinkte wie verrückt, er hatte ein halbes Dutzend Nachrichten anzuzeigen oder mehr. Neugierig drückte sie auf die Wiedergabetaste und ging dabei weiter zur Kochnische. Die ersten Worte auf dem Band ließen sie innehalten. »Fiona? Hier ist Dad. Ruf mich an, sobald du nach Hause kommst.« Dass sie aufhorchte, lag nicht an den Worten, sondern am Tonfall. Die Stimme ihres Vaters, die sonst stark und selbstbewusst klang, war fast nur noch ein Flüstern, ein schwaches, zitterndes Echo ihres normalen Klangs.

Ein Piepston, dann die nächste Nachricht. »Fiona, noch mal Dad. Es ist egal, wie spät es ist, wenn du die Nachricht bekommst, musst du anrufen.« Diesmal versagte die Stimme gegen Ende.

Sie war schon dabei, sich umzudrehen und zum Telefon zu gehen. Ein Piepston, dann wieder die Stimme ihres Vaters. »Fiona, ich muss mit dir sprechen. Es kann nicht warten bis morgen früh.« Ihr Instinkt sagte ihr, es müsse eine schlechte Nachricht sein. Eine der schlimmsten Sorte. Es musste um ihre Mutter gehen. Ein Herzschlag? Ein Schlaganfall? Ein Autounfall?

Fiona griff nach dem Hörer und wählte die vertraute Nummer. Fast bevor es geklingelt hatte, wurde abgenommen. Eine fremde Stimme sagte: »Hallo? Wer spricht?«

»Hier ist Fiona Cameron. Wer sind Sie?«

»Einen Augenblick, bitte. Ich hole Ihren Vater.« Gedämpfte Gesprächsfetzen, ein Klappern, dann die Stimme ihres Vaters, fast so fremd wie die des Unbekannten.

»Fiona«, brach es aus ihm heraus, dann fing er an zu schluchzen.

»Dad, was ist los? Ist es wegen Mum? Was ist denn passiert?« Fionas professionelle Fähigkeit zu beruhigen versagte angesichts der Tränen ihres Vaters.

»Nein, nein. Es ist wegen Lesley. Sie ist … Lesley ist …« Er zwang sich, Luft zu holen. Sie hörte einen tiefen, hastigen Atemzug, dann sagte er: »Lesley ist tot.«

Fiona wusste nicht, was er als Nächstes gesagt hatte. Sie fühlte, wie sich zwischen ihr und ihrer Umgebung ein Abgrund auftat, seine Stimme war nur ein weit entferntes Echo, das von dem Rauschen

in ihren Ohren übertönt wurde. Ihre kleine Schwester war tot. Das war nicht möglich. Es musste ein Irrtum sein.
Aber es war keiner. Lesley, die im sechsten Semester an der St. Andrews University studierte, war auf dem Heimweg zu ihrer WG vergewaltigt und erdrosselt worden. Man hatte die Tat niemandem zur Last legen können. Die Polizei glaubte, dass der Mörder in den achtzehn Monaten davor zwei andere Studentinnen vergewaltigt hatte, aber sie hatten keine klaren Hinweise. Zwei Abdrücke von einem Paar Turnschuhe einer bekannten Marke. Eine Beschreibung, die so ungenau war, dass sie auf die Hälfte der männlichen Bevölkerung der Stadt gepasst hätte. Auch wenn man damals schon mit der DNS-Analyse hätte arbeiten können, hätte es nicht viel gebracht. Er hatte ein Kondom benutzt. Alle Überfälle hatten im Winter stattgefunden, und die Frauen hatten Handschuhe getragen, so dass sie ihren Angreifer nicht gekratzt hatten.
Sechs Monate nach Lesleys Tod lief Fiona herum, als bewege sie sich in einem Alptraum. Als könne sie sich jeden Augenblick zum Aufwachen zwingen, und alles wäre ungeschehen. Lesley würde am Leben sein. Ihre Mutter würde nicht von Depressionen und Selbstmordgedanken gequält. Ihr Vater würde nicht zu viel trinken und endlose Briefe an seinen Abgeordneten, die Presse und die Polizei schreiben und sich darüber beklagen, dass niemand verhaftet werden konnte. Und sie würde sich keine Vorwürfe machen, dass sie Lesley zur Selbstständigkeit ermutigt hatte, an St. Andrews zu studieren, wo sie doch zu Fiona nach London hätte kommen können.
Dann war sie eines Tages zu dem Vortrag eines Gastdozenten aus Kanada gegangen. Er hatte über die neue Wissenschaft der Verbrechensanalyse gesprochen und wie man sie für polizeiliche Ermittlungen einsetzen könnte. Es war, als ginge in ihrem Kopf plötzlich eine Glühbirne an. Es fiel Fiona wie Schuppen von den Augen, und sie wusste plötzlich, was sie mit ihrem Leben machen wollte.
Eine Stunde Vortrag in einem Hörsaal, und nichts war mehr wie vorher. Sie konnte Lesley nicht retten. Sie konnte nicht einmal Lesleys Mörder finden. Aber jetzt begriff Fiona, dass sie eines

Tages vielleicht dadurch Erlösung finden würde, dass sie einen anderen Menschen rettete.
Diese Aussicht reichte ihr. Jedenfalls an den meisten Tagen. Aber jetzt hatte wieder ein Mord ihr Leben berührt, wenn auch indirekt. All dies ging ihr durch den Kopf, als sie Kit in ihren Armen hielt und nur wenig tun konnte, um ihn zu trösten.
Nach einem langen Schweigen löste sich Kit endlich von ihr. »Tut mir Leid, dass ich so ein Jammerlappen bin«, sagte er. »Er war ja nicht mein bester Kumpel oder so.«
»Du bist kein Jammerlappen. Schließlich hast du ihn gekannt, ihn gemocht, hast seine Arbeit geschätzt. Und es ist ein Schock, sich klar zu werden, dass er nicht mehr da ist.«
Kit stand auf und schaltete eine Lampe an. »Das ist der Fluch einer lebhaften Phantasie in einem solchen Augenblick. Ich denke die ganze Zeit daran, wie es für ihn gewesen sein muss, welche Angst er ausgestanden haben muss.« Er holte tief Luft. »Ich muss etwas tun, um meinen Kopf zu beschäftigen.« Er nahm einen Stapel Papier, den der Drucker ausgespuckt hatte. »Macht es dir etwas aus, wenn wir uns etwas zu essen hochbringen lassen?«
»Was immer für dich richtig ist.« Fiona hängte ihren Mantel auf und nahm ihren Laptop. »Ich habe genug zu tun, wenn du arbeiten möchtest.«
Kit gelang ein schwaches Lächeln. »Danke.« Im Schneidersitz ließ er sich mit einem Stapel seines Manuskripts und einem Bleistift auf dem Bett nieder. Fiona beobachtete ihn ein paar Minuten im Spiegel, bis sie sicher war, dass er las und nicht vor sich hin brütete. Jetzt war sie vor allem froh, dass er sie nach Toledo begleitet hatte. Drews Tod hätte er sich nicht allein stellen sollen.
Dies war etwas, das sie gut aus eigener persönlicher Erfahrung kannte. Und sie würde es ihrem ärgsten Feind nicht wünschen.

Auszug aus der
Dechiffrierung des Beweisstücks
P13/4599

Qeimd gqnqd tmgbf zuotf eotiq dyufP dqiEt mzp. Gzeot aqzmn qdzuo tfeot iqd. Euqym otqze uotzu otfwx mdiuq eotgf lxaee uqeuz p. Quzbm mdEfg zpqz

Es war ueberhaupt nicht schwer mit Drew Shand. Unschoen, aber nicht schwer. Sie machen sich nicht klar, wie schutzlos sie sind. Ein paar Stunden lang im Internet gesurft, und schon kannte ich seinen gewohnten Tagesablauf.
Ich hatte mir schon gedacht, dass es nicht zu schwierig sein wuerde, ihn anzusprechen. Typen wie er fallen ja immer auf schmeichelhaftes Gequatsche rein. Es ging nur darum, einen Ort zu finden, wo ich ihn umlegen konnte.
Dann hab ich genau den richtigen Platz gefunden: ein vernagelter Metzgerladen. Der hintere Raum war vom Fussboden bis zur Decke gefliest. In der Mitte des Raums stand eine Hackbank, und an der Wand gab es zwei grosse Spuelsteine. Nach dem Staub und den Spinnweben zu urteilen, war schon ewig keiner mehr da gewesen, und ich dachte, so bald kommt auch keiner her. Also befand ich, es waere nicht zu gefaehrlich, den Dreck einfach dazulassen, den ich machen wuerde.
Am naechsten Tag parkte ich in der Naehe seiner Wohnung, so dass ich sehen konnte, wann er kam oder ging. Er war puenktlich aus dem Fitnessstudio zurueck, und eine Stunde spaeter ging er wieder los in Richtung Broughton Street. Ich folgte ihm bis in die Barbary Coast Bar. Es war schon ziemlich viel los, und ich merkte, wie ein paar Typen mich betrachteten. Mir wurde ganz heiss und ungemuetlich. Schliesslich wollte ich nicht, dass sich hinterher jemand an mich erinnerte.

Drew stand an der Bar, und ich stellte mich neben ihn. Er hatte bestellt, und als sein Drink kam, hielt ich einen Zehner hin und sagte: »Geht auf mich.« Er hatte nichts dagegen. Wir gingen in eine Ecke, wo es dunkler war, und ich tat, als sei ich ueberrascht, als er mir verriet, wer er war. Ich sagte, ich haette die Folterszenen in seinem Buch spitze gefunden. Er liess sich darueber aus, wie die Kritiker bedauert haetten, dass die Brutalitaet zu uebertrieben sei, da hab ich ihm gesagt, ich faende sie klasse. Schon fast sexy.

Da hat er mich komisch angeguckt. Aber er sagte nichts, ging nur zur Bar und holte noch was zu trinken. Als er zurueckkam, fragte er mich, was mir denn liege, ein bisschen was Raueres vielleicht. Es haette nicht besser laufen koennen, wenn ich mir den ganzen Text vorher ausgedacht und aufgeschrieben haette. Kurz und gut, er hat mich nach oben eingeladen, in den Dark Room, so nannte er es. Da hab ich ihm gesagt, ich wuesste noch was Besseres. Ich erzaehlte, ich wuerde fuer eine Immobilienfirma arbeiten, und deshalb haette ich die Schluessel zu einem alten Laden an mich bringen koennen, aus dem ich ein Phantasie-Verlies gemacht haette.

Ich konnte kaum glauben, wie einfach es war. Ich hatte geglaubt, dass ich mit ihm Sex haben muesste, bevor er mitkaeme, und davor hatte ich groessere Angst als vor dem, was ich mit ihm vorhatte. Aber es war praktisch geschenkt. Das Schlimmste war, als wir auf dem Weg dahin anhielten, er sich herueberlehnte und mich kuessen wollte.

Ich hab ihn weggeschubst, ein bisschen grob, aber das hat ihn nur noch mehr angemacht. Als ich das Vorhaengeschloss aufsperrte, drueckte er sich von hinten an mich, dass ich seinen harten Schwanz am Hintern spuerte. Haette ich Zweifel gehabt, dann haette das sie sofort vertrieben.

Ich zog die Tuer auf, und als er die Hand nach dem Lichtschalter ausstreckte, schlug ich ihm meine schwere Taschenlampe aus Stahl oberhalb vom Ohr an den Kopf. Er fiel um wie ein gefaellter Baum.
An das, was als Naechstes kam, will ich nicht denken. Es war nicht angenehm. Es ist viel schwieriger, jemand zu erwuergen, als es aussieht. Besonders wenn man Gummihandschuhe traegt und anfaengt, an den Haenden zu schwitzen, und sie in den Handschuhen herumrutschen.
Dann musste ich das Zerlegen besorgen. Das war wirklich ekelhaft. Schrecklich. Nicht nur das Blut, auch der Geruch. Mir ist fast schlecht geworden. Ich habe schon oftmals beschissene Abende verbracht, aber das war eindeutig der schlimmste.
Als ich meine Arbeit erledigt hatte, machte ich seine Jacke mit dem Reissverschluss wieder zu, damit alles irgendwie an Ort und Stelle blieb. Dann hab ich ihn hochgehoben und zum Gelaendewagen getragen. Ich konnte ihn mir nicht einfach ueber die Schulter werfen, sonst waeren seine Gedaerme herausgerutscht.
Ich hatte schon festgelegt, wo ich die Leiche hinlegen wuerde. Der richtige Platz, der in Shands Buch beschrieben wird, kam nicht in Frage. Er war viel zu gut einzusehen. Ich haette riskiert, erwischt zu werden. Aber was kann man erwarten? Wohl kaum hundertprozentige Genauigkeit.
Ich hatte mich entschieden, ihn neben die Kirche zu legen. Als ich hinkam, war niemand da, so hab ich ihn auf die Stufen vor einem Buerogebaeude gelegt.
Ich machte seine Jacke auf und habe alles genau so hingelegt wie im Buch. Guter Gott, da ist mir fast wieder schlecht geworden. Dann habe ich mich davongemacht, als waeren die vier apokalyptischen Reiter hinter mir her. Es war Zeit, dorthin zurueckzukehren, wo ich sein sollte.

Ich hatte erwartet, dass ich Alptraeume bekommen wuerde. Aber es war nicht so. Allerdings hab ichs auch nicht genossen. Es war eine Aufgabe, die ich zu erledigen hatte, und ich habs gut gemacht. Es hat mich mit Stolz erfuellt, nicht mit Vergnuegen.

Kapitel 12

Als der Zimmerservice ihr Essen brachte, mussten Fiona und Kit sich von ihrer tröstlichen Arbeit losreißen. Sie hatte Daten in ihren Laptop eingegeben und angefangen, mit dem Softwareprogramm für geografische Profile diverse Kombinationen durchzuspielen. Eine so mechanische Tätigkeit ließ ihren Gedanken jedoch zu viel Freiheit, zu ihren eigenen Erinnerungen zurückzukehren. Die Stimmen in ihrem Kopf mit Alkohol zu ertränken erschien verlockend. Aber Fiona hatte gesehen, wie ihr Vater sich dem Trinken zuwandte, was alles nur verschlimmert hatte. Er sah sich von paranoiden Alpträumen bedrängt, die sein Leben genauso sicher verwüsteten, wie der Mörder das von Lesley zerstört hatte. Sie vermutete, dass er früher oder später Selbstmord begangen hätte, wenn ihn nicht akutes Nierenversagen vor vier Jahren dahingerafft hätte. So war die Whiskyflasche für sie keine Lösung.

Sich in die Arbeit zu vergraben war auch nicht das Richtige. Als sie mit Kit zusammen beim Essen saß, musste sie sich eingestehen, dass der Gedanke an Lesley sie quälte, seit Kit ihren Namen erwähnt hatte. Kit schien ebenfalls in Gedanken versunken. Sie aßen ihren gebackenen Fisch fast schweigend und wussten beide nicht, wie sie das Thema ansprechen konnten, das sie bedrängte.

Fiona war zuerst fertig und schob die Essensreste auf dem Teller zur Seite. Sie holte tief Luft. »Ich würde leichter Ruhe finden, wenn ich mehr darüber wüsste, was mit Drew passiert ist. Nicht weil ich denke, dass ich konkrete Hilfe leisten könnte, aber …« Sie seufzte. »Ich weiß, dass es mir immer hilft, mehr zu wissen.«

Kit schaute kurz von seinem Teller auf und sah den Schmerz der Erinnerung in Fionas Gesicht. Er wusste, dass sie wegen ihres fehlenden Wissens nach der Ermordung ihrer Schwester jede Nacht schreiend aus dem Schlaf aufgefahren war. Sie hatte über jedes Detail Bescheid wissen, alles erfahren müssen, was Lesley zugestoßen war. Ihre Mutter war dagegen, denn sie wollte hartnäckig so wenig wie möglich über das Schicksal ihrer jüngeren Tochter erfahren.

Fiona aber hatte alle erdenklichen Möglichkeiten ausgeschöpft, um sämtliche Einzelheiten des qualvollen Todes ihrer Schwester in Erfahrung zu bringen. Sie hatte sich mit den Reportern der Lokalzeitungen bekannt gemacht, sie hatte die Kripobeamten mit ihrem ganzen Charme bearbeitet, damit sie sie an ihrem Wissen teilhaben ließen. Erst als sie Lesleys letzte Stunden rekonstruieren konnte, hatten die Alpträume allmählich nachgelassen. Als sie im Lauf der Jahre mehr über die Verhaltensmuster von Vergewaltigern und Serienkillern erfuhr, wurde dieses Bild noch klarer und verlieh ihren Vorstellungen Struktur und konkrete Form. Es füllte auch den leeren Raum aus, als der sich das Geschehen zwischen Lesley und dem Mörder dargestellt hatte.

Kit fand einerseits diese Neigung irgendwie ungesund, andererseits musste er zugeben, dass dieses Wissen auf Fiona wie eine Art Balsam gewirkt hatte. Und das war das Wichtigste, fand er. Auch wenn sie nicht recht erklären konnte, warum es ihr half, eine detaillierte Rekonstruktion im Kopf zu haben, konnten sie beide deren Wirkung nicht leugnen. Und Kit hatte erkannt, dass es sich mit ihrer beruflichen Beziehung zu Mord genauso verhielt wie auf der persönlichen Ebene. Je mehr sie wusste, desto sicherer fühlte sie sich. Vielleicht hatte sie Recht. Vielleicht war das beste Mittel, in dieser Nacht nicht aus Alpträumen über Lesley aufzuschrecken, wenn sie alles zusammentrug, was sie über Drew Shands Schicksal erfahren konnte. Und vielleicht würde das auch Kit helfen.

»Was hast du vor?«, fragte er.

»Ich will mal sehen, was ich im Internet dazu finde«, sagte sie. »Was hältst du davon?«

Achselzuckend füllte er sein Glas. »Es kann auch nicht schlimmer sein als die Szenen, die mir meine Phantasie vorspielt.«
Kit räumte das Geschirr zusammen und stellte das Tablett vor die Tür, während Fiona ins Internet ging und ihre Lieblings-Metasuchmaschine zu Hilfe nahm, die die virtuellen Weiten des World Wide Web durchkämmte. »Wo kann ich Drew Shand finden?«, gab sie ein. Innerhalb von Sekunden hatte sie die Antwort vor sich. Es gab Shands eigene Website und einige Fan-Seiten, die sich mit seinen Büchern beschäftigten.
»Schauen wir uns doch zuerst mal die Fan-Seiten an«, sagte Kit. »Ich glaube kaum, dass Drew seine Homepage noch aktualisieren wird.«
Auf der ersten Seite, die Fiona anklickte, war das schwarz umrandete Schutzumschlag-Foto des toten Autors zu sehen. Darunter standen Geburts- und Todesdatum und der stimmungsvolle erste Absatz von *Copycat*.

> Der dichte Nebel zieht vom stahlgrauen Wasser des Firth of Forth herauf wie eine Wand aus Kumuluswolken. Er verschlingt die hellen Lichter der Trendhotels und der schicken Restaurants, der neuesten Spielwiese dieser Großstadt. Er wird eins mit den Schattengestalten der Seeleute aus dem Hafen, die früher ihre Heuer für billiges Bier und für Huren verschleuderten, deren Gesichter so hart wie die Hände ihrer Kunden waren. Der Dunst steigt den Hügel zur New Town hinauf, wo er von dem geometrischen Raster des vornehmen georgianischen Viertels in Blöcke zerschnitten wird, bevor er in die Senke der Princess Street Gardens hinuntergleitet. Die wenigen noch spät heimwärts schwankenden Nachtschwärmer beschleunigen ihre Schritte, um der feuchten Umklammerung zu entgehen.

Fiona fröstelte. »Da sträuben sich einem die Nackenhaare, nicht wahr?«, äußerte Kit. »Verdammt guter Anfang. Der Junge hatte wirklich was los. Hast du *Copycat* gelesen?«

»Es war bei dem Bücherstoß dabei, den du mir zu Weihnachten geschenkt hast.«
»Ach ja, das hatte ich vergessen.«
Fiona lächelte. »Es waren so viele.« Seit sie zusammen waren, hatte Kit Fiona seine persönliche Auswahl der Krimis, die das Jahr über erschienen, immer zu Weihnachten geschenkt. Es war ein Genre, das sie vor ihrer Beziehung kaum gelesen hatte. Jetzt machte es ihr Spaß, auf dem Laufenden zu sein und die Konkurrenten ihres Partners zu kennen, solange sie gezielt ausgewählt waren und die Auswahl kein zufälliger Rundumschlag in der Krimiecke der Buchhandlungen war.
Fiona ließ die Seite durchlaufen, übersprang den Nachruf und konzentrierte sich auf Einzelheiten des Verbrechens. Nichts, was sie nicht schon wussten. Die zweite Fan-Seite hatte wenig mehr zu bieten außer dem Gerücht, dass Shand öfter ein Pub in Edinburgh besucht habe, wo es im oberen Stockwerk schwulen sadomasochistischen Gruppensex gab.
»Siehst du, was ich meine?«, sagte Kit ärgerlich. »Es fängt schon an. Das Selbst-Schuld-Syndrom. Man sieht es schon jetzt. Er ist ermordet worden, weil er es selbst herausgefordert hat. Er mochte die Art von Sex, die auch mal brutal werden kann, und dadurch ist er umgekommen.«
»Es wird sicher noch schlimmer werden«, sagte Fiona. »Außer wenn sie schnell jemanden festnehmen können und sich herausstellt, dass der Mord nichts mit der Schwulenszene zu tun hat.«
»Ja, ganz recht. Wenn Aids dich nicht erwischt, dann tut's der schwarze Mann.«
Fiona öffnete ihre Favoriten und ließ den Cursor über die Liste laufen. Kit beugte sich über sie und schaute ihr über die Schulter.
»Ich frage mich, wie viele Leute es gibt, zu deren Lieblingsseiten die der Royal Canadian Mounted Police, des FBI, verschiedene Seiten zu Serienkillern und ein gerichtsmedizinisches Diskussionsforum gehören«, murmelte Kit.
»Vermutlich mehr, als gesund ist«, murmelte Fiona. Am Ende der Liste war eine Adresse, von der sie wusste, dass sie die meisten

ihrer Bekannten bei der Polizei zur Raserei brachte. Offiziell wurde *Murder Behind the Headlines* gemeinsam von einem Journalisten in Detroit, einem Privatdetektiv in Vancouver, dem eine zweifelhafte Vergangenheit als Mitarbeiter der CIA nachgesagt wurde, und einem studierten Kriminologen in Liverpool moderiert. Da es ihnen immer gelang, mit sehr fundierten Einzelheiten zu sensationellen Mordfällen aufzuwarten, hatte Fiona den Verdacht, dass ein paar geschickte Hacker beim Zusammenstellen halfen. Ganz zu schweigen von einer Menge Teilnehmer an der Basis, die anonyme Beiträge beisteuerten, weil sie gern weitergaben, was immer ihnen an Insider-Wissen oder Gerüchten zugetragen wurde. Mehrmals hatte man versucht, das Forum mit der Begründung zu schließen, dass es Informationen an die Öffentlichkeit bringe, die sowohl zu Nachahmermorden als auch zu falschen Geständnissen führen würden. Aber irgendwie tauchten sie immer wieder mit noch raffinierteren grafischen Darstellungen und Klatschspalten auf. Fiona hoffte nur, dass etwas zarter besaitete Verwandte der Opfer sich nie in *Murder Behind the Headlines* einklickten.

Als Kit sah, wo sie den Cursor stoppte, stöhnte er. »Internationale Klatschzentrale«, schimpfte er.

»Du würdest dich wundern, wie oft sie Recht haben«, sagte sie nachsichtig.

»Vielleicht, aber ich habe danach immer das Gefühl, ich sollte mich waschen. Und vom Schreiben haben sie null Ahnung.«

Fiona musste wider Willen lächeln, als sie die Seite aufrief. »Lass mal die Moral aus dem Spiel und achte nur auf die Wirkung der Strichpunkte«, sagte sie spöttisch. Als sie ihren Interessenbereich angeben sollte, tippte sie: »Drew Shand«. Oben links erschien auf der Seite, die sich dann aufbaute, das gleiche Foto von Drews attraktivem, nachdenklich in die Kamera schauendem Gesicht. Diesmal gab es jedoch einen anderen Text.

> Der schottische Thrillerautor Drew Shand ist im historischen Kern der Stadt ermordet aufgefunden worden, in der er lebte und die ihm als Hintergrund für sein preisgekröntes

Erstlingswerk, seinen grausigen Roman *Copycat*, diente. Seine verstümmelte Leiche wurde hinter der St. Giles Cathedral entdeckt, nur ein paar Schritte von den Straßen entfernt, wo jeden Tag Millionen von Touristen vorbeikommen. Bis jetzt ist niemand verdächtigt und verhaftet worden.

MBTH hat von einem Kontaktmann, der zum Kreis der Ermittler gehört, erfahren, dass es gruselige Übereinstimmungen zwischen Shands eigenem Tod und den detailliert beschriebenen Taten gibt, die er in *Copycat* so erfolgreich verkaufte. Der Roman handelt von der Wiederholung der Whitechapel-Morde in unserer Gegenwart, einer Art schottischer Jack-the-Ripper-Blut-und-Grusel-Orgie.

Das vierte Opfer des echten Jack the Ripper wurde von einem Polizisten auf der Streife gefunden. Genauso war es mit Shands viertem Opfer. Und ebenso verhielt es sich mit Shand selbst.

Der zur Zeit der Whitechapel-Morde zuständige Polizeiarzt Dr. Frederick Brown berichtete: »*Die Leiche lag auf dem Rücken, der Kopf war zur linken Schulter gedreht. Die Arme lagen seitlich, als seien sie heruntergefallen. Beide Handflächen zeigten nach oben, die Finger waren leicht gebogen … Das linke Bein war wie eine Verlängerungslinie des Körpers ausgestreckt. Der Bauch war entblößt. Das rechte Bein war an der Hüfte und am Knie angewinkelt. Die Kehle war durchgeschnitten. Die Eingeweide waren zum größten Teil herausgezogen und über die rechte Schulter gelegt … Ein etwa 60 cm langes Stück war ganz abgeschnitten und zwischen die Leiche und den linken Arm gelegt.*

Das Ohrläppchen und die Muschel des rechten Ohrs waren völlig abgetrennt … ein Schnitt … durch das linke untere Augenlid hatte die Haut durchtrennt … Das rechte Augenlid war bis auf einen Zentimeter durchgeschnitten.

Über der Nasenwurzel war ein tiefer Einschnitt … Er ging bis auf den Knochen und trennte alle Gewebeschichten der

Wange durch, außer der Mundschleimhaut. Die Nasenspitze war abgetrennt … Auf beiden Wangen war ein Schnitt, über dem die Haut hochgezogen war, so dass ein dreieckiger Hautlappen von etwa vier Zentimeter Größe entstand.« Die Todesursache war Blutverlust aus der linken Halsschlagader.

Alle diese schauerlichen Einzelheiten wurden von Shand in seinem Roman übernommen. Und gemäß unserer Quelle fand man all die Verwundungen dann auch an seiner Leiche. Offenbar hatte ein zum Tatort gerufener Kriminalbeamter der Mordkommission *Copycat* gelesen und die Ähnlichkeiten sofort bemerkt. Als der Gerichtsmediziner die Verletzungen aufgelistet und beschrieben hatte und der Kriminalbeamte sie mit Shands Buch und Berichten über den historischen Ripper-Fall verglich, kam die Polizei zu der Überzeugung, dass man es mit einem Nachahmer von *Copycat* zu tun hatte.

Anscheinend macht in der Polizeizentrale die Theorie die Runde, Shand habe sich mit hartem S&M-Sex befasst. Man vermutet, dass ihn dies einem Täter auslieferte, der auf sein Buch fixiert war und es in der Wirklichkeit ausprobieren wollte. Shand war offensichtlich ein Gewohnheitstier – sein Tagesablauf kann von jedermann auf seiner Homepage eingesehen werden. Es wäre also für einen Verfolger nicht allzu schwer gewesen, ihn zu finden. Vorausgesetzt, dass der Killer Shands Typ war, würde alles gut zusammenpassen. Jemanden umzubringen, der sich mit S&M befasst, ist natürlich einfach, weil er ja denkt, dass es nicht ernst gemeint ist, wenn man ihn fesselt. Es spielt dann keine Rolle mehr, dass das Opfer, wie Shand, jeden Tag im Fitnesszentrum trainiert, wenn er wie ein Brathähnchen mit zusammengebundenen Schlegeln bereitliegt.

Noch ein Detail – die Cops denken, dass er an einem anderen Ort getötet und dann zum Fundort gebracht wurde, anders als bei den Whitechapel-Morden und den Tötungsdelikten in *Copycat*. Aber Shands Wohnung war sauber, sie haben also bis jetzt keine Ahnung, wo der Mord tatsächlich durchgeführt wurde. Von einem können sie aber mit Sicherheit ausgehen: Irgendjemand hat eine Mordsputzerei vor sich.

Vergesst nicht, ihr habt's zuerst gelesen bei
MURDER BEHIND THE HEADLINES

Kit stieß einen leisen Pfiff aus. »Das ist tatsächlich eine gruselige Angelegenheit.«

Fiona verließ das Internet. »Das kannst du laut sagen.«

»Was hältst du davon?«

»Wahrscheinlich das Gleiche wie du«, sagte Fiona. »Er hat offensichtlich seine Tat so geplant, dass sie ein Spiegelbild der Morde in Shands Buch ergab. Welches seinerseits einen der ursprünglichen Ripper-Morde wieder aufnimmt, wenn man vom Geschlecht des Opfers einmal absieht. Dass es ihm so genau gelungen ist, lässt darauf schließen, dass er sehr beherrscht ist und alles gut im Griff hat. Seine Intelligenz ist wahrscheinlich überdurchschnittlich. Er hat eine lebhafte, ausgeprägte Phantasie, die er wahrscheinlich durch Gewaltpornografie noch anregt. Es ist unwahrscheinlich, dass er positiv auf Autorität reagiert. Wenn er einen Arbeitsplatz hat, wird dieser nicht seiner Intelligenz entsprechen, was wiederum eine Quelle der Frustration für den Täter wäre.« Sie verzog das Gesicht. »Aber diese Aussagen sind nur ein Spiel mit der Wahrscheinlichkeit.«

»Aber welche Beziehung hat er zu Drew? Ist er ein Spanner, ein verschmähter Liebhaber oder irgendein übergeschnappter Möchtegernanhänger? Was meinst du?«

Sie ließ sich auf einen Stuhl beim Fenster fallen und starrte auf die Stadt hinaus. Als ihre Antwort kam, sprach sie langsam, wobei sie sich von Satz zu Satz vorantastete. »Das ist zweifellos die interessanteste Frage, Kit.« Sie warf ihm ein kurzes Lächeln zu. »Ist auch kaum überraschend, dass du sie gestellt hast. Dass der Mörder auf das Buch fixiert war und die Verbrechen darin imitiert hat, ist nicht

besonders bemerkenswert. Täter stellen oft die Leichen ihrer Opfer rituell in einer Situation zur Schau, die sie als Pornografie gesehen haben oder die für sie sonst besonders bedeutungsvoll ist. Aber die meisten sexuell motivierten Mörder würden damit zufrieden sein, dass sie irgendein Opfer übel zugerichtet haben, das im weitesten Sinn ihrem Phantasiebild entspricht. Dass er den Verfasser des Buchs verfolgt und ermordet, das seinen Wunsch zu töten angeregt hat, ist eine merkwürdig persönliche Angelegenheit. Und es ist ausgesprochen ungewöhnlich bei einem Verbrechen, bei dem in der Regel die Entpersonalisierung des Opfers ein wichtiger Faktor ist.«
Kit fuhr sich mit der Hand über den Schädel, sein Gesichtsausdruck war eine Mischung aus Belustigung und Verzweiflung. »Es muss bei dir immer gleich eine ganze Vorlesung sein, nicht wahr? Aber meine Frage hast du immer noch nicht beantwortet.«
Fiona grinste. »Ich hatte gehofft, dass du es nicht bemerkst. Wenn du unbedingt auf einer Antwort bestehst, würde ich mich für einen Stalker entscheiden, du weißt schon, einer, der auf Menschenpirsch geht und der in diesem Fall von *Copycat* besessen ist. Aber das ist reine Spekulation.«
»Das ist *Murder Behind the Headlines* auch, aber das hält dich nicht davon ab, es zu lesen«, gab Kit zu bedenken. Er stand auf und ging im Zimmer umher. »Es ist schon ein bisschen erschreckend, oder? Der Gedanke, dass jemand Drew wie ein Schatten gefolgt ist, unsichtbar bis zum letzten Moment, in dem er sich zeigte. Man denkt nie an so etwas, wenn man schreibt. Der gleiche Spinner glaubt in deinen Worten seine Lebensgeschichte wiederzufinden.«
»Du würdest wahrscheinlich nie wieder ein Buch schreiben, wenn du diese Möglichkeit ernst nimmst«, sagte Fiona. »Für die Verrücktheit anderer Leute bist du nicht verantwortlich. Komm, nimm mich in den Arm.«
Er ging zu ihr und zog sie vorsichtig hoch, bis sie stand, und legte die Arme um sie. Sie wandte ihm das Gesicht zu und sah zu ihm auf. »Es gibt auch andere Möglichkeiten, dich abzulenken, Kit«, sagte sie leise, als seine Lippen sich auf ihre senkten.

Innerhalb der Mauern von Toledo war der abendliche *Paseo* der Spaziergänger in vollem Gange. Paare, Familien und Gruppen erfreuten sich auf der Plaza Zodocover an der Abendluft und flanierten bei Gesprächen über die Tagesangelegenheiten zwischen den gelben Lichtflecken. Der Höhepunkt der Touristensaison war bereits vorbei, und in den vielen, nun halb leeren Restaurants servierte man Touristen und Einheimischen das Abendessen und begrüßte die Stammgäste mit einem Lächeln und den üblichen freundlichen Floskeln. Die Bars machten gute Geschäfte, die Tische drinnen und draußen waren voll, denn ältere Kunden genossen ihren Digestif mit dem Kaffee. Die jungen Männer schauten sich nach den Frauen um, die in Gruppen zusammenstanden, schwatzten und kicherten. Es war ein scharfer Kontrast zu den nur schummerig beleuchteten Gassen und engen Straßen, die von der Plaza aus nach allen Seiten auseinander liefen.

In einem Café an der Ecke des Platzes lächelte Miguel Delgado der Engländerin zu, die hinter dem Empfangstisch im Hotel Alfonso VI arbeitete. Zwei Abende zuvor hatte er ein Zusammentreffen mit ihr eingefädelt. Er war über ihre Handtasche gestolpert und hatte ihr Glas umgestoßen. Sie war mit Bekannten zusammen, hatte daher gar keinen Hintergedanken vermutet und den angebotenen Drink angenommen, mit dem er ihr den verschütteten ersetzte. Heute Abend waren ihre Freunde jedoch nicht da. Für den Preis eines weiteren Drinks konnte er die erste Etappe seines nächsten Racheakts antreten.

Er trank den Rest seines Café solo und faltete seine Zeitung zusammen. Er passte auf, dass er keine Aufmerksamkeit erregte, ging dann an ihren Tisch, neigte leicht den Kopf und lächelte. *»Buenas tardes«*, sagte er.

Die Frau erwiderte sein Lächeln ohne jedes Anzeichen von Unsicherheit. Ein paar Minuten später waren sie tief ins Gespräch vertieft. Delgado war wieder am Ball.

Kapitel 13

… Einem offiziellen Vermerk habe ich gestern Abend entnommen, dass Blake eine Vereinbarung mit jemandem von einem Sonntags-Boulevardblatt getroffen hat. Du weißt ja, wie so was sich dann anhört: »Die Hölle – mein Leben als fälschlich angeklagter Hampstead-Heath-Killer«. Und danach ist er nach Spanien verschwunden, angeblich um von all dem Stress wegzukommen. Natürlich behalten wir ihn genau im Auge, wenn auch aus einiger Entfernung. Nach Aussage des Reisebüros hat Blake für den nächsten Monat ein Haus außerhalb von Fuengirola gemietet. Wenigstens bist du in Toledo weit genug weg, dass du ihm nicht plötzlich am Tresen einer kleinen Bar begegnen wirst. Lass mich wissen, wann ihr zurückkommt, dann treffen wir uns zum Abendessen.
Gruß
Steve

Fiona klickte Steves E-Mail vom Bildschirm. Sie würde später antworten. Es war nett von ihm, die Neuigkeiten über Drews Fall weiterzugeben, aber sie wollte im Moment nicht durch Gedanken an Blake von der Aufgabe abgelenkt werden, die sie vor sich hatte.

Während sie auf Berrocal wartete, überprüfte sie noch einmal, ob sie alle Tatorte korrekt auf ihrem Plan eingetragen hatte. Gerade als sie fertig war, schritt Berrocal durch die Tür und entschuldigte sich wortreich, dass er sie hatte warten lassen. »Also, was können Sie mir zeigen?«

Der Stadtplan von Toledo erschien nur schwarzweiß auf dem Bildschirm, die Straßen und Gassen waren schwarze Striche auf dem hellgrauen Hintergrund. »Es funktioniert so«, erklärte Fiona. »Ich habe mit dem Straßennetz angefangen. Gestern Abend habe ich die Stellen eingegeben, an denen etwas passiert ist und die mich interessieren.« Sie erwähnte die Nachricht aus England nicht, die ihre Erinnerungen aufgewühlt und ihren Schlaf gestört hatte, so dass sie ziemlich erschöpft war. Sie wollte weder Mitgefühl von Berrocal noch – und das war wichtiger – Gründe dafür liefern, dass irgendjemand vielleicht sagen könnte, ihre Arbeit entspreche nicht dem erforderlichen Standard. So schüttete sie den extrastarken Kaffee in sich hinein, den ein junger Beamter auf ihren Tisch gestellt hatte, und versuchte zu vermeiden, dass ihre Stimme Müdigkeit verriet. »Zuerst einmal die Gruppe von Orten, an denen Vandalismus vorkam.«

Sie tippte auf zwei Tasten, und der Bildschirm füllte sich mit einem unregelmäßigen Bild leuchtender Neonfarben von Seegrün über abgestufte Blau- und Lilatöne bis zu Rot. Es gab nur zwei kleine rote Vierecke, beide westlich von der Kathedrale und der Plaza Mayor. »Das Programm stellt verschiedene Grade der Wahrscheinlichkeit in entsprechenden Farbschattierungen dar. Der Verursacher der mutwilligen Beschädigungen, die ich als ein Faktorenbündel identifiziert habe, wohnt sehr wahrscheinlich innerhalb der Grenzen dieser roten Vierecke«, sagte sie und zeigte mit dem Bleistift darauf.

»Sehr interessant«, sagte Berrocal leise.

»Fragen Sie mich nicht, wie es funktioniert. Diese Art von Mathematik ist mir viel zu hoch. Ich überlasse das den Programmierern. Ich weiß nur, das Ergebnis hat tatsächlich einen erschreckend hohen Genauigkeitsgrad.« Sie ließ die Farben vom Bildschirm verschwinden. »Also, das ist jetzt das Bild, das wir für die Überfälle bekommen.« Wieder überzogen leuchtende Farben den Bildschirm. Diesmal gab es drei rote Blöcke. Einer davon schien fast

identisch mit dem größeren der beiden auf dem früheren Bild zu sein, während die zwei anderen nördlicher lagen.
»Ich glaube, diese zwei erklären sich dadurch, dass unser Täter die Tatorte nach dem Gesichtspunkt auswählen musste, wo er wahrscheinlich spät nachts seine Opfer finden könnte«, fuhr sie fort und zeigte auf die abweichenden purpurroten Blöcke. »Aber sehen Sie, was passiert, wenn ich die Ergebnisse der beiden Gruppen kombiniere und wir den Vandalismus und die Raubüberfälle einmal zusammen betrachten.«
Fiona klickte zweimal mit der Maus. Jetzt war der größere der ersten beiden ursprünglich roten Blöcke der einzige rote Fleck in hellem Scharlachrot auf dem Bildschirm, die anderen wurden lila. »Wenn ich von der Polizei in Toledo wäre und diese Fälle von Vandalismus und die Überfälle aufklären wollte, würde ich mich auf die Leute konzentrieren, die genau dort wohnen, am unteren Ende der Calle Alfonso X.«
»Faszinierend«, gab Berrocal zu. »Aber was passiert, wenn Sie die Morde auch einbeziehen?«
»Es ist alles andere als einfach«, räumte sie ein. »Wir haben nur zwei Vorfälle, also eine sehr dürftige Grundlage. Und wie ich schon sagte, sind diese Orte von eher historischer als von persönlicher Bedeutung und können unsere Ergebnisse verzerren.« Wieder ließ sie die Grafik verschwinden, so dass der Bildschirm leer war. »Für sich allein ergeben sie für uns keineswegs die gewünschte punktgenaue Präzision.« Diesmal gab es keinen kleinen roten Block, sondern nur eine zackige lila Masse, die fast den ganzen westlichen Teil der Altstadt erfasste und sich wie ein portweinfarbenes Muttermal in Richtung der Vororte erstreckte.
»Aber ich gehe von dem Prinzip aus, dass meine Theorien über Deliktverknüpfung und die Eskalation der Gewalt korrekt sind. Wenn ich es richtig sehe und diese drei Gruppen von Verbrechen alle von derselben Person begangen worden sind und wenn ich dann die Fundorte der Ermordeten mit den zwei anderen Serien verknüpfe, müsste mein roter Block immer noch mehr oder weniger an der gleichen Stelle sein. Aber wenn ich Unrecht habe, wird

das evozierte Bild beträchtlich davon abweichen.« Sie schaute zu Berrocal auf und grinste boshaft. »Fertig?«

»Ich komme fast um vor Spannung«, sagte er.

Fiona drückte auf zwei Tasten, und auf dem Bildschirm erschien ein neues Bild. Der rote Block war noch da, jedoch in einem weniger intensiven Farbton. Aber die lila Bereiche hatten sich ausgeweitet und bekamen eine deutlich stärkere blaue Schattierung. Fiona zog mit dem Bleistift einen Kreis um den roten Block herum. »Es verändert den Schlüsselbereich nicht wesentlich, was darauf hindeutet, dass derjenige, der die Morde verübt hat, durchaus dieselbe Person sein könnte wie der Täter, der Vandalismus und Überfälle begangen hat. Aber sehen Sie diesen lilafarbenen Bereich?«

Berrocal nickte. »Das ist der Alternativbereich, oder? Wenn er nicht in der roten Zone ist, dann könnte er in der lilafarbenen sein?«

»Stimmt. Also, was sich da nach dem Eingeben der Morde geändert hat, mag allein nicht viel bedeuten, wo er doch die Stellen für die Leichen so sorgfältig aussucht und die Orte, wo er seine Opfer zur Schau stellt, ein integraler Bestandteil seiner Verbrechen sind. Aber ich bin doch in Versuchung, etwas zu riskieren und anzunehmen, dass er vielleicht zwischen den Überfällen und dem ersten Mord umgezogen ist.«

Berrocal runzelte die Stirn. »Warum sagen Sie das?«

»Egal, wie technisch perfekt ein System ist: Wenn es um die Interpretation geht, bleibt doch noch Spielraum für das Gefühl aus dem Bauch. Ich würde zu meiner Verteidigung sagen, dass ich die geografische Profiler-Software oft benutzt und ein Gefühl für die Bedeutung der Bilder entwickelt habe, das über das hinausgeht, was im Handbuch steht. Und meinem ganz persönlichen Eindruck nach haben wir es mit einer Änderung der Adresse zu tun. Es tut mir Leid, ich kann nichts Genaueres sagen.«

»Was wir herausgefunden haben, bringt also nichts.«

»Doch, ganz im Gegenteil. Wenn er tatsächlich umgezogen ist, dann vor relativ kurzer Zeit. Zwischen den letzten Überfällen und dem ersten Mord. Es muss Unterlagen der städtischen Verwaltung geben, aus denen zu ersehen ist, wer dort wohnt und ob jemand in den letzten zwei Monaten weggezogen ist. Ich könnte Unrecht haben. Er könnte auch noch dort wohnen. Aber wenn ich mit den Ermittlungen beauftragt wäre, würde ich mir als erste Priorität die Leute ansehen, die innerhalb des roten Blocks gewohnt haben und weggezogen sind.«

»Glauben Sie, dass er umgezogen ist, um es uns schwerer zu machen, ihn zu finden?«, fragte Berrocal.

»Nein, ich glaube, er hat nicht so lange vorausgeplant. Und er hat seine Wohnung vielleicht gar nicht aus eigenem Willen verlassen. Vielleicht ist er gezwungenermaßen ausgezogen, weil ein neues Geschäft eingerichtet wurde, das mit dem Tourismus zu tun hat. Er hätte das als eine schlimme Provokation empfunden. Wenn das tatsächlich geschehen ist, hätte das der Faktor sein können, der ihm den letzten Anstoß gab und ihn zum Mord trieb. Er trug seinen Hass schon eine Zeit lang mit sich herum, immerhin erstrecken sich die früheren Delikte über eine lange Zeit. Vielleicht war die Sanierung zu Gunsten des Tourismus schon lange geplant, und er hat dagegen angekämpft. Dann hat er schließlich den Kampf verloren und beschlossen, sich an den Leuten zu rächen, die er für die Schuldigen hielt.« Fiona lehnte sich zurück. »Ich weiß, es klingt weit hergeholt, aber es ist als Mordmotiv eines Psychopathen völlig schlüssig. Und es bringt die Vorfälle in einen sinnvollen Zusammenhang, was konventionelle Theorien über sexuell motivierten Mord nicht tun.«

»So, wie Sie das erklären, ist es jedenfalls logisch«, gab Berrocal zu. »Können Sie diese Karten für uns ausdrucken? Ich möchte die Ermittlungen in diesem Sinn so bald wie möglich aufnehmen.«

Fiona nickte. »Kein Problem. Ich schreibe gerade einen zusammenfassenden Bericht für Sie, der alle meine Überlegungen einbezieht. Ich werde außerdem ein grundlegendes Verhaltensprofil des Täters hinzufügen.«

Berrocal runzelte die Stirn. »Ich dachte, Sie hielten nichts von Verhaltensanalyse?«

»Wenn man sie als einzigen Ansatz nutzt, hat sie nur begrenzten Wert. Aber wenn man sie zusammen mit Deliktverknüpfung und geografischem Täterprofil einsetzt, kann sie schon nützlich sein.«
Berrocal schien dies nicht ganz zu überzeugen. »Also, wann wird Ihr Bericht fertig sein?«
»Ich dürfte ihn heute noch abschließen.«
»Gut. Dann kann ich ihn unter den Kollegen von der Sonderkommission verteilen. Gleich morgen früh würde ich Sie gern bei einem Briefing mit ihnen dabeihaben, damit Sie eventuelle Fragen beantworten und Einwände ausräumen können.«
Fiona nickte. »Aber gern.«
Berrocal stand auf. »Und dann, vermute ich, möchten Sie gern nach England zurückkehren?«
Fiona lächelte. »Sie vermuten richtig. Im Augenblick kann ich nichts Nützliches mehr für Sie tun, da kann ich jetzt ruhig nach Hause fliegen.«
Er nickte. »Ich lasse Sie also jetzt allein für Ihren Bericht«, sagte er. »Danke.«
»Keine Ursache«, sagte sie geistesabwesend, in Gedanken schon mit der nächsten Aufgabe beschäftigt. Je eher sie hier fertig wurde, desto früher konnte sie sich mit der Rückreise befassen.

ii

Er wusste nie, wie lange es anhalten würde. Deshalb musste er jeden Augenblick auskosten, wie ein Kind, das seine Weihnachtsgeschenke auspackte und nicht genau wusste, welches der grellbunt verpackten Päckchen das Geschenk enthielt, auf das es wirklich ankam. Der Trick bestand darin, alles genau so einzurichten, dass es sich zum absoluten Höhepunkt steigerte. Aber manchmal lief es nicht so, und er hasste es, wenn er die Kontrolle verlor, wenn die Wut in ihm kochte, weil diese Schlampen ihn im Stich ließen und nicht lange genug aushielten, bis er jeden einzelnen Tropfen Vergnügen aus ihrem Schmerz herausgesaugt hatte. Der Tod sollte der letzte Moment eines sich steigernden Crescendos sein, nicht ein trauriges Diminuendo, das eine Stimmung der Unzufriedenheit zurückließ.

Deshalb mühte er sich mit so viel Einsatz um die absolute Perfektion. Die Erfahrung hatte ihn gelehrt, dass jede Phase ihren eigenen besonderen Charakter hatte, vom ersten Moment an, wenn er sie aussuchte, bis zum letzten Augenblick, wenn er sie liegen ließ und wegging. Das Geheimnis war ein genauer Plan. Der Vorgeschmack war schon fast so gut wie das ganze Spektrum der sinnlichen Genüsse, die ihm durch die Ausführung seines perfekten Plans zuteil wurden. Dazu gehörte auch die Befriedigung, die kleinen Geister zu beobachten, die gegen ihn ankämpften, wenn sie sich mit ihren Schachzügen herumquälten und gegen sein meisterliches Können nur kläglich scheitern konnten.

Am Anfang waren seine Gegner so unbedeutend wie die Grillen, die die ganze Nacht über draußen außerhalb dieses sichersten aller Häuser zirpten. Unbedarfte Polizisten, die dem Sheriff unterstellt waren und nie etwas Komplizierteres als einen schief gelaufenen Überfall auf den Laden an der Ecke untersucht und also keinerlei Möglichkeit hatten, an ihn heranzukommen. Er wusste, die Chance, dass sie es auch nur schafften, einen Bericht für das FBI zu verfassen, war gering. Zu viel Schreibarbeit, die sie vom Genuss ihrer Dairy-Queen-Hamburger und ihren Bierchen abhielt – das war nicht drin.

So dürftig konnte seine Herausforderung doch nicht immer bleiben. Das hatte er gewusst. Er hatte damit gerechnet. Gleich von Anfang an hatte er sich darauf eingerichtet, die Besten schlagen zu können. Deshalb brachte es keine richtige Befriedigung, im Kreis um die Kretins herumzurennen, die in die kleinstädtische Polizei eingetreten waren, weil sie nicht den Grips hatten, etwas aus ihrem Leben zu machen. Sie glaubten, ihr Gebiet so gut zu kennen, aber das hatte ihn nicht daran gehindert, in ihr Territorium einzubrechen und ihnen eine Frau unter der Nase wegzuschnappen. Sein größter Triumph war bis jetzt die Nummer fünf gewesen. La Quinta war die Tochter eines Sheriffs in einer kleinen Stadt in Nebraska.

Wie immer hatte er sie aus ihrem eigenen Zuhause mitgenommen. Es war Samstagabend, und ihre Eltern waren vor den Senatswahlen zu einem Benefizessen zu Gunsten des republikanischen Kandidaten am Ort gegangen. Sobald das Mädchen die Uniform der Highway Patrol sah, hatte es ohne weitere Bedenken die Haustür geöffnet. Es war lächerlich einfach, sie mit einem einzigen Schlag ins Gesicht zu Boden zu werfen. An Händen und Füßen zusammengebunden, verbrachte sie die Nacht im Kofferraum, während er die Interstate entlangfuhr, wach gehalten von Adrenalin und Nikotin.

Gegen zehn am Morgen war er zu Hause gewesen. Er hatte sie in das von dichtem Wald umgebene Haus getragen, weitab von der Gefahr neugieriger Blicke, und hatte angefangen, sie zu seiner Sklavin zu machen. Festgebunden auf einer Bank in seiner Werk-

statt hatte La Quinta erfahren, dass es Schmerz in vielerlei Art und Form gibt. Der verzögert wahrgenommene Schmerz vom Schnitt einer Rasierklinge. Das leichte Brennen einer Brandverletzung, das sich mit tobender Qual nach innen bohrte, während der Gestank von versengtem Fleisch aufstieg. Das qualvolle Absterben von Gewebe, das bis zum Gehtnichtmehr gequetscht wurde. Der unerträgliche Dauerschmerz eines gebrochenen Knochens, dem nie genug Zeit gegeben wurde, wieder zu heilen. Die dumpfe Pein eines Schlags, mit dem genau auf innere Organe unter der Haut gezielt wurde. Es dauerte Tage, bis sie starb.

Er hatte jeden Augenblick genossen.

Dann hatte er sie nach Hause zurückgebracht. Nicht ganz nach Hause, natürlich. Das wäre leichtfertig gewesen. Er fuhr sie auf einer stillen, abgelegenen Straße bis zur ersten Kurve nach der Bezirksgrenze, dann legte er die Leiche ausgestreckt auf den Asphalt, so dass der nächste Fahrer, der ahnungslos vorbeikam, sie unter den Rädern zermalmen würde.

La Quinta rüttelte sie wach und ließ sie endlich aufmerksam werden. Er hatte genug gelesen, um zu wissen, was als Nächstes geschehen würde. Eine dringende Anfrage beim FBI und dann eine computergestützte Suche im ganzen Land, um ähnliche Fälle zu finden. Sobald sie sicher waren, dass es ihm ernst war, würde die ganze Sache anlaufen. Genau nach seiner Vorhersage erschienen die Macher im grauen Zwirn. Und dann war zu guter Letzt sie eingeflogen und sah sich am Flughafen von einer Schar von Kameras umgeben.

Jetzt konnte das Spiel endlich losgehen.

Jay Schumann war da. Dr. Jay Schumann, die Kriminalpsychologin, die eine lukrative Privatpraxis aufgegeben hatte und die berühmte intellektuelle Geheimwaffe des FBI wurde. Jay Schumann, die im Alleingang das angekratzte Image des psychologischen Profilings mit einer Reihe von spektakulären Erfolgen wiederhergestellt hatte. Jay Schumann mit diesen eindringlichen dunklen Augen, die so stark mit ihrem hellblonden Haar kontrastierten, eine Gelegenheit für Pressefotos, die der Riege der farblosen Experten ein menschliches Gesicht gaben. Jay Schumann, deren Aus-

strahlung ihre Chefs auf die Idee gebracht hatte, sie könnten ihre Fähigkeiten nicht nur gegen Kriminelle, sondern auch im Umgang mit der Presse nutzen.

In den zwanzig Jahren, seit sie ihn so rücksichtslos und unnötig am Abend ihres Abschlussballs der Senior High School gedemütigt hatte, waren sie beide von der kleinen Stadt in Neuengland aus weit herumgekommen. Aber er hatte niemals ihre Verachtung vergessen, die ihn wie ein Peitschenhieb getroffen und für sein ganzes Leben gezeichnet hatte.

Die ersten fünf waren seine Lehrobjekte gewesen. Mit den nächsten fünfzehn würde er sein Können perfektionieren. Für jedes verschwendete Jahr eine Leiche. Und dann, erst dann, würde er Jay Schumann erlauben, in privater wie beruflicher Hinsicht persönlich auf ihren Rächer zu treffen.

Es war noch ein weiter Weg bis dorthin. Aber jetzt bearbeitete Jay Schumann seinen Fall. Endlich konnte die eigentliche Vergeltung beginnen.

Kapitel 14

Fiona warf einen letzten Blick auf ihre Notizen und schaute dann auf den halb leeren Vortragssaal. »Zusammenfassend möchte ich sagen: Der schreckliche alte Frauenfeind Paulus schreibt: ›Da ich ein Kind war, da redete ich wie ein Kind und war klug wie ein Kind und hatte kindische Anschläge; da ich aber ein Mann ward, tat ich ab, was kindisch war.‹ So machen es die meisten.

Aber der Soziopath ist anders geartet. Die meisten von uns begreifen, dass wir nicht Mittelpunkt des Universums sind und dass andere Menschen mit uns zusammen auf der Bühne unseres Lebens stehen. Die soziopathische Persönlichkeit vollbringt diese Anpassungsleistung niemals. In ihrer begrenzten Weltsicht existieren andere nur in einer Form unterhalb des menschlichen Niveaus. Für den Soziopathen haben sie nur eine einzige nützliche Funktion: seine Bedürfnisse zu befriedigen und seinen Wünschen zu entsprechen.« Sie lächelte hinterlistig. »Deshalb werden aus ihnen gute Industriekapitäne.« Es gab deprimierend wenige lächelnde Gesichter als Resonanz, dachte sie bedauernd. Wahrscheinlich weil die Hälfte von ihnen sich schon für eine solche Karriere entschieden hatte. So ernst waren die heutigen Studenten.

»Wenn wir also einfühlsames Verständnis für den kriminellen Psychopathen entwickeln wollen«, fuhr Fiona fort, »müssen wir lernen, in der Zeit zurückzugehen. Ich verabschiede mich heute von Ihnen mit einem Gedanken, der ebenfalls aus diesem psychologisch so faszinierenden Text, der Bibel, stammt: ›Wenn ihr nicht umkehrt und werdet wie die Kinder, werdet ihr nicht ins Himmelreich kommen.‹ Oder, wie wir bei unserer Arbeit so oft sehen, ins Reich der Hölle.« Sie schloss mit einem kurzen freundlichen Nicken. »Danke, meine Damen und Herren. Bis nächste Woche zur selben Zeit.«

Mit gesenktem Kopf sammelte Fiona ihre Unterlagen zusammen, während die Studenten hinausgingen und ihr gedämpftes Murmeln noch zu ihr herüberklang. Sie fragte sich, wie groß die Enttäuschung über ihre Vorlesung wohl war. Sie war sicher, dass ein beträchtlicher Anteil der Studenten sich für ihre Kurse über »Die kriminelle Persönlichkeit« eintrug, weil ihre Phantasie vom *Schweigen der Lämmer* angeregt war. Sie erwarteten eine Jodie Foster, die sich von Instinkt und Intuition leiten ließ, und wurden stattdessen mit Seminaren über Statistik konfrontiert, und es wurde von ihnen verlangt, beim Schreiben ihrer Arbeiten intellektuelle Strenge walten zu lassen. Die Rate derer, die aufgaben, störte ihren Institutsleiter, nicht aber Fiona. Für verworrene Köpfe hatte sie nie etwas übrig gehabt.

Ein sechster Sinn ließ sie den Blick heben, und ein unbefangenes Lächeln trat auf ihr Gesicht, als sie Kits kräftige Gestalt sah. Er kam durch den Gang zwischen den ansteigenden Plätzen langsam auf sie zugeschlendert, erwiderte ihr Lächeln und stützte schließlich die Unterarme auf den Rand ihres Podiums, während sie ihre Notizen ordnete und in ihren Aktenkoffer steckte. »Guter Abschluss«, sagte er. »Das Bild eines soziopathischen Mörders als Peter Pan gefällt mir. Der Junge, der nie erwachsen wurde.«

»Na, das ist ein interessanter Vergleich. Wenn ich da ein bisschen Arbeit hineinstecke, könnte ich was draus machen. Captain Hook und die verlorenen Jungen, Wendy als Mutterfigur … Danke Kit, ich glaube, das werde ich glatt klauen. Also, welchem Umstand verdanke ich das Vergnügen?«, fragte Fiona, trat auf seine Ebene hinunter und streifte seine Wange mit einem Kuss.

»Ich bin heute wie eine Lokomotive losgerauscht, und vor einer Stunde ist mir der Dampf ausgegangen. Da habe ich mich erinnert, dass es um sechs eine Lesung mit Party für Adam Chesters neues Buch im ›Crime in Store‹ gibt. Ich dachte, ich schau mal kurz hier vorbei, vielleicht hättest du Lust mitzukommen.« Kit ging neben ihr her.

»Du hast doch nicht vergessen, dass wir heute Abend mit Steve essen wollen?«, fragte Fiona.

»Wir müssen erst um acht dort sein. Ich dachte, wir könnten uns auf dem Weg dorthin ein paar Gläser Verlagsfusel hinter die Binde gießen. Und ich könnte mich mal wieder zeigen und die anderen daran erinnern, dass ich noch im Rennen bin. Aber das musst du entscheiden, Schatz. Wenn du zu viel zu tun hast, sehe ich dich später bei Steve.« Kit legte ihr den Arm um die Taille und drückte sie leicht, bevor sie in die Halle des Psychologischen Instituts hinaustraten.

Fiona überlegte kurz. Außer den Korrekturen der Seminararbeiten lag nichts Wichtiges vor, und die konnten bis morgen früh warten. »Lass mich in meinem Büro nachsehen, und wenn in der letzten Stunde nichts Dringendes angefallen ist, sag ich Ja.«

In der auf Krimis spezialisierten Buchhandlung drängten sich Autoren, Sammler und Fans von Adam Chester und seinen Büchern, die sich mit der raffinierten Verfahrenstechnik der Polizeiarbeit in den fünfziger Jahren befassten und wunderbar geschrieben waren. Zum Erscheinen des neuen Buchs, Nummer zehn der Serie, hatte sein Verleger alle früheren Taschenbuchausgaben mit neuer Umschlaggestaltung wieder aufgelegt. Die verschwommenen Fotos auf den Umschlägen beschworen die dunklen, düsteren Schauplätze der Bücher herauf. Sein Lektor und Verleger stand stolz neben einer Ausstellung der Umschläge und versuchte, potenzielle Käufer mit einem Lächeln empfänglich zu stimmen.

Sobald er in die Tür trat, war Kit von einem Trio begeisterter Frauen umringt, die bei jeder Veranstaltung zur Krimiliteratur in der Hauptstadt auftauchten und ihn anscheinend mehr als alle anderen Autoren verehrten. Fiona räumte das Feld, drängte sich durch die Menge und nahm sich ein Glas Weißwein. Kit war ein Profi; er würde den Frauen genug von seiner Zeit widmen, dass sie ihre Meinung von ihm als umgänglichem und amüsantem Kerl bestätigt fanden, bevor er sich losmachte und sich zu einem gemütlichen Schwatz mit Freunden und Kollegen niederließ. Sie selbst war damit zufrieden, im Hintergrund zu bleiben und ihn zu beobachten, wie er sich mit vielen unterhielt und andere im Raum grüßte.

»Er ist ein solcher Profi«, murmelte ihr bewundernd eine Stimme ins Ohr. Fiona erkannte sofort den vornehmen Edinburgher Akzent von Mary Helen Margolyes, wandte sich um und begrüßte sie mit einem Kuss.

»Mary Helen, was für eine angenehme Überraschung«, sagte sie und meinte es ehrlich. Trotz ihrer melodramatischen historischen Kriminalromane, die sich um Flora Macdonalds jüngere Schwester drehten und die Fiona hasste, hatte sie eine gewisse Schwäche für Mary Helen, nicht zuletzt wegen ihrer beißend spöttischen Kommentare. »Wie kommt's, dass du dich von den Highlands losgerissen hast?«

»Ach, ich musste runterkommen, weil ich mit so einem grässlichen Kerl bei der BBC reden musste, der eine Fernsehserie über die Morag-Macdonald-Bücher macht.«

»Aber das sind doch gute Neuigkeiten, oder?«

Mary Helens Gesicht verzog sich, als hätte sie in einen sauren Apfel gebissen. »Das würdest du nicht sagen, wenn du wüsstest, wem sie Morags Rolle gegeben haben.«

»Klär mich über die Katastrophe auf.« Fiona war oft genug mit Schriftstellern zusammen gewesen, um genau zu wissen, welche Reaktion erwartet wurde.

»Rachel Trilling.« Mary Helens Stimme war voll höhnischer Ablehnung.

»Ist das nicht …?« Fiona bemühte sich den Namen einzuordnen. »Sie ist doch die Leadsängerin der Dead Souls, oder?«

Mary Helens Augenbrauen hoben sich. »Mein Gott!«, rief sie. »Endlich habe ich jemanden gefunden, der von ihr gehört hat. Aber andererseits, was kann man von einem Producer erwarten, der meint, eine weiße Kokarde sei ein tropischer Vogel?«

»O Mary Helen, das tut mir Leid«, sagte Fiona.

»Ich werde eben einfach Kits Rat befolgen müssen, den er immer

wieder gibt, das Geld nehmen und zu Kreuze kriechen«, sagte Helen mit einem schwachen, verdrießlichen Lächeln.
»Und davon abgesehen, wie geht es dir?«
»Es würde mir viel besser gehen, wenn du mir noch ein Glas Wein reichen könntest«, sagte Helen. Fiona tat ihr den Gefallen, aber bevor sie noch etwas sagen konnten, begann der Besitzer der Buchhandlung eine kleine Einführungsrede über Adam Chester. Adam sprach kurz und witzig über sein neues Buch und las dann fünfzehn Minuten lang einen Auszug. Einige Fragen aus dem Publikum folgten, dann war es Zeit zum Signieren.
Als die Käufer in einer Schlange vor Adams Stuhl warteten, schweifte Kits Blick durch den Raum. »Aha«, sagte er zu Nigel Southern, einem etwas über zwanzigjährigen Autor von Kurzgeschichten mit schwarzem Humor, mit dem er sich gerade unterhalten hatte. »Ich sollte wohl gehen und Fiona aus den Klauen von Mad Mary Helen retten.«
Nigel hob die perfekt gepflegten Augenbrauen. »Ich dachte, deine Lady wäre der Furie aus den Highlands allemal gewachsen. Wie ist das denn überhaupt, mit einer Frau zu leben, die den ganzen Tag in der perversen Phantasie von Psychopathen herumstochert?«
»Seltsamerweise sprechen wir gar nicht so viel darüber. Wir haben Besseres zu tun«, sagte Kit. »Außerdem ist das sowieso nicht ihre Aufgabe. Sie arbeitet mit Computeranalysen, nicht mit Psychoanalyse.«
Nigel schüttelte mitleidig den Kopf. »Damit würde ich nicht klarkommen. Ich meine, es muss doch sein, als lebte man mit dem Oberaufpasser der Aufpasser. Sagt sie dir nicht dauernd, dass du alles falsch machst?«
Kit schlug ihm gut gelaunt auf die Schulter. »Du hast ja keine verdammte Ahnung, wie Erwachsene so leben, hm? Hör zu, Nigel, wenn du jemals das Glück hast, eine Frau mit nur halb so viel Verstand, Witz und gutem Aussehen wie Fiona zu treffen, dann tu dir selbst einen Gefallen. Mach erst einen Fortbildungskurs, bevor du sie einlädst, mit dir auszugehen.« Ohne auf eine Antwort zu warten, drängte sich Kit durch die Menge und umschlang Mary Helen

in einer überschwänglichen Umarmung. »Wie geht's der Queen der Bergtäler?«, fragte er und pflanzte einen schallenden Kuss auf ihre Wange.

»Noch viel besser, da ich dich und Fiona getroffen habe. Ehrlich gesagt war der Hauptgrund, weshalb ich zu der Party heute Abend gekommen bin, meine Hoffnung, ich würde ein paar gut gelaunte Gesichter sehen. Durch die Sache mit Drew Shand hat sich eine furchtbare Missstimmung unter den schottischen Krimiautoren breit gemacht. Wir haben uns in den letzten zwei Wochen alle gegenseitig angerufen und uns vergewissert, dass wir noch am Leben sind.«

»Du hast so eine Ader fürs Melodrama, Helen«, neckte sie Kit.

»Ich meine es ernst«, widersprach Mary Helen. »Es war ein entsetzlicher Schock für uns alle.«

»Aber es gibt doch bestimmt keine Bedrohung für euch andere?«, fragte Fiona. »Ich dachte, die Polizei sei ziemlich sicher gewesen, dass er von jemandem umgebracht wurde, den er am gleichen Abend in der Schwulenbar kennen gelernt hatte, wie hieß sie noch gleich?«

»Barbary Coast«, half Kit aus. »Also, außer wenn du insgeheim Mitglied bei den Sadomasochisten bist und wir über dein geheimes zweites Leben nichts wissen, bist du wahrscheinlich nicht in Gefahr«, fuhr er fort und legte beruhigend einen Arm um Mary Helens Schultern.

»Ich wollte, ich könnte etwas so Aufregendes von mir behaupten«, sagte Mary Helen trocken. »Aber so einfach ist es doch nicht, oder? Ich meine, Drew wurde auf genau die gleiche Weise ermordet, auf die er eines seiner fiktiven Opfer umgebracht hat. Es fällt schwer, nicht den Schluss zu ziehen, dass der Mörder, wer immer er sein mag, eine morbide Faszination für das Genre hat. Du weißt doch mit solchen Dingen Bescheid, Fiona. Würdest du mir nicht Recht geben?«

Unter dem scharfen Blick von Mary Helens blauen Augen geriet Fiona in Verlegenheit und hob die Schultern. »Schwer zu sagen. Ich weiß nicht mehr über den Fall als alle anderen, die die Zeitungen lesen und im Internet surfen.«

»Du musst doch irgendeine Theorie haben«, drang Mary Helen in sie. »Schließlich ist es dein Fach. Komm, zier dich nicht, du bist doch hier unter Freunden.«
Fiona verzog das Gesicht. »Meiner Meinung nach finden sich da alle Merkmale eines Stalkers, der auch mordet. Jemand hat seine Besessenheit für Drew und seine Bücher bis zu einem solchen Grad entwickelt, dass er sein zwanghaftes Verhalten nur auflösen konnte, indem er den Gegenstand seines inneren Zwangs zerstört hat. Und die Tatsache, dass Drew ihm die perfekte Vorlage dazu lieferte, war einfach nur großes Pech bei der ganzen Sache. Wenn ich Recht habe, dann seid ihr anderen genauso sicher, wie ihr es wart, bevor Drew starb. Spanner übertragen ihre Besessenheit im Allgemeinen nicht auf ein anderes Objekt.«
»Also, Mary Helen. Jetzt kannst du heute Abend ruhig schlafen«, sagte Kit.
»Du bist ein herablassender kleiner Mistkerl, Kit Martin«, sagte Mary Helen und gab ihm einen scherzhaften Stoß gegen die Schulter. »Danke, Fiona. Ich fühle mich schon ein bisschen besser, nachdem ich das gehört habe, und werde es bei meinen Kollegen im Norden weitersagen.«
»Moment mal, Mary Helen«, widersprach Fiona. »Ich weiß nichts Genaues. Was ich gesagt habe, ist reine Vermutung.«
Mary Helen strahlte sie an. »Das kann ja sein, aber es hört sich logischer an als die Plattheiten, die wir von der Polizei gesagt bekommen. Also, jetzt muss ich euch verlassen, weil ich mich mit meiner Verlegerin zusammensetzen muss, wenn sie sich einen Moment von Adam losreißen kann.«
Sie sahen ihr nach, und Fiona schüttelte hilflos den Kopf. »Ich fall doch jedes Mal darauf herein. Sie braucht mich nur mal kurz mit ihrem funkelnden Blick und den Grübchen anzustrahlen, und schon kann sie mich um den Finger wickeln.«
»Ach, ärgere dich nicht. Sie macht es doch mit allen so«, sagte Kit und griff an ihr vorbei nach einem weiteren Glas Wein. »Wir lassen uns alle von Mary Helens Rolle als der lieben alten Dame hereinlegen. Und ich glaube auch, es war wichtig für sie, sich beruhigen zu

lassen. Sie meinte das nicht als Scherz, dass viele sich über Drews Tod aufregen. Adams Lektor hat mir gerade erzählt, dass Georgia sich weigert, nächsten Monat ihre Lesereise anzutreten, es sei denn, ihr Verleger stellt ihr einen Bodyguard.«

Fiona lachte. »Höchstens, wenn man ihr den Mund zunähte, würde Georgia Lester einmal eine Gelegenheit verpassen, ganz unverfroren für sich selbst Reklame zu machen. Das weißt du doch. Erinnerst du dich nicht mehr, wie sie bei Waterstone's in Hampstead mit einem Spürhund aufgekreuzt ist, nachdem die IRA eine Bombe in den Docklands gelegt hatte?«

Kit grinste. »Du bist immer noch gegen Georgia eingestellt, stimmt's?«

»Das kommt nur, weil ich ihren Charme nicht auskosten kann wie du. Dazu müsste ich vom anderen Geschlecht sein.«

Er breitete die Hände aus. »Sie kann nichts dazu, Schatz. Du kennst doch Georgia. Wenn sie sich etwas in den Kopf setzt, kann sie sich nicht mehr bremsen. Jedenfalls, so sagt Adams Lektor, macht sie ihnen die Hölle heiß. Sie droht ihr nächstes Buch einem anderen Verlag zu geben, droht der Presse zu sagen, sie habe Angst um ihr Leben, weil ihr Verleger ihr keinen Schutz bieten wolle.«

»Ich weiß, dass du mit ihr befreundet bist, aber wenn sie auch nur halb so viel Energie auf das Schreiben verwenden würde wie für ihre Eigenwerbung, dann wären ihre Bücher im Lauf der Jahre besser geworden statt schlechter«, sagte Fiona höhnisch.

Kit legte einen Finger auf die Lippen. »Pscht! Sag das nicht so laut. Sonst bringst du ihre Verlegerin noch auf falsche Gedanken. Schließlich gibt es nichts Besseres als den Tod, um die Verkaufszahlen in die Höhe zu treiben. Ich habe gehört, die Vorbestellungen für Drews neues Buch haben sich seit seiner Ermordung mehr als verdoppelt.«

»Warum überrascht mich das nicht?«, seufzte Fiona. »Vielleicht solltest du das bei der Polizei erwähnen. Was wissen wir denn, vielleicht hatte Drew vor, den Verlag zu wechseln. Ein Lektor, der wusste, er würde ihn sowieso verlieren, hätte sich wohl überlegen

können, ob er seiner Bilanz nicht einen letzten Aufschwung verschaffen wollte.«
Kit schüttelte kummervoll den Kopf. »So eine schlechte Meinung vom Verlagswesen. Ich kann mir gar nicht vorstellen, wo du die herhast.«
»Hab mich zu lange mit Schriftstellern rumgetrieben. Das lässt die Milch der frommen Denkungsart zu Sauermilch werden.«
Kit reagierte auf ihren Seitenhieb mit einem schwachen Lächeln. »Du meinst also wirklich, Drews Mörder wird nicht noch einmal zuschlagen? Oder wolltest du nur Mary Helen schonen?«
Fiona zuckte mit den Schultern. »Wenn ich die Zukunft so gut voraussehen könnte, dann hätten wir schon im Lotto gewonnen. Ich weiß es wirklich nicht. Aber wenn er es tut, wird er sich nicht jemanden wie Mary Helen mit ihren vergnügten, gemütlichen Geschichten aussuchen. Er wird nach jemandem auf der dunklen Straßenseite Ausschau halten.«
Kits Gesicht erstarrte. »Nach jemandem wie mir, meinst du?«
»Willst du ernsthaft behaupten, du hättest noch nicht daran gedacht?«

Der Mann im Tweedjackett beobachtete Kit Martin von der anderen Seite des Raums aus, ohne dass die um ihn Herumstehenden es bemerkten. Worüber Martin auch mit seiner Freundin sprach, es hatte ihn mitgenommen, das konnte man sehen. Seine Augen weiteten sich, und sein normalerweise bewegliches Gesicht war zu einer starren Maske geworden. Gut, dachte der Mann tief befriedigt. Der Gedanke, dass Martin sich unbehaglich fühlte, gefiel ihm. Wenn alles nach Plan lief, würde Martin allen Grund haben, sich zu sorgen. Die Lippen des Mannes verzogen sich zu einem kleinen spöttischen Lächeln, das aber hinter Bart und Schnurrbart nicht zu sehen war. Der Mann beobachtete, wie Martin seine Freundin am Ellbogen durch das Gedränge der Buchhandlung zur Tür führte und dass er kaum innegehalten hatte, um sich von seinen besten Freunden zu verabschieden. Die Worte der Frau hatten offensichtlich großen Missmut bei ihm ausgelöst.

Als das wichtigste Objekt seines Hasses gegangen war, wand sich der Mann zwischen den gedrängt stehenden Leute zum Tisch durch, auf dem der Wein stand. Er hielt sein Glas zum Auffüllen hin, nickte dankend und verschwand im Hintergrund. Es waren noch einige berühmte Autoren übrig, aber sie verdienten seine Verachtung nicht und waren seiner Beachtung nicht würdig. Sein Selbstwertgefühl erlaubte ihm nur, sich für die Besten zu interessieren. Natürlich war das schon immer das Problem gewesen. Jetzt sah er das ein. Sie waren immer unter Druck und mussten liefern, und das erklärte, warum sie ihm das angetan hatten.
Aber das war bereits Geschichte. Jetzt war ihm die Vergeltung wichtig.

Kapitel 15

Im Taxi, mit dem sie zu Steves Wohnung fuhren, war Kit ungewöhnlich still. Fiona wusste, es wäre ungut, ihn zu zwingen, über seine Gedanken zu sprechen. Das würde nur zu einem mürrischen und übel gelaunten Leugnen und zu der Behauptung führen, er mache sich überhaupt keine Sorgen. Wie den meisten Männern war ihm das Bewusstsein seiner eigenen Verletzlichkeit unangenehm. Statt ihm durch Drängen noch größeres Unbehagen zu verursachen, legte sie ihre Hand auf seine und schwieg. Als sie die Pentonville Road halb hinuntergefahren waren, sprach er endlich.

»Ich weiß, es ist schwer zu glauben, aber ich hatte wirklich nicht daran gedacht, dass Drews Mörder hinter mir her sein könnte«, sagte er, ließ den Kopf gegen den Sitz zurückfallen und seufzte. »Armleuchter, was?«

»Es ist eine gesunde Reaktion«, sagte Fiona. »Warum solltest du dir vorstellen, dass du das nächste Opfer eines Mörders sein könntest, der in vierhundert Meilen Entfernung zugeschlagen hat? Wenn – und das ist immer noch ein großes Wenn – Drew Shands Tod der erste einer Serie ist, wissen wir nicht, was ihn als Opfer für den Mörder interessant gemacht hat. War es die Tatsache, dass er schwul ist? War es sein Beruf? War es etwas in seiner Vergangenheit, über das wir nichts wissen? War es seine Neigung zur dunklen Seite seiner Sexualität? All dies sind unbekannte Größen, und nur eine davon würde auf dich zutreffen. Statistisch ist dein Risiko, das Opfer eines Serienkillers zu werden, nahezu null.«

»Trotzdem sollte man doch meinen, ich hätte einmal kurz daran

gedacht, dass ich auf der Liste irgendeines Verrückten stehen könnte«, sagte Kit scharf. »Immerhin bin ja angeblich ich derjenige mit der Phantasie. Jedenfalls hast du schließlich dran gedacht.«
Fiona drückte seinen Arm. »Ja, aber mein Weltbild ist ja noch viel verbogener als deines. Außerdem bin ich deine Freundin. Ich habe ein gesetzlich verbrieftes Recht darauf, mir unvernünftige Sorgen um dich zu machen.«
Kit brummte, legte einen Arm um sie und zog sie an sich. »Geht es dir nicht manchmal auf den Wecker, dass du immer Recht hast?«
Sie grinste. »Überleg dir, was du gut kannst, und dann bleib dabei, das sag ich immer. Und da du zugegeben hast, dass ich ein Recht habe, mir Sorgen zu machen, musst du mir versprechen, nicht mit Fremden zu reden.«
Kit lachte. »Dieses Versprechen zu halten wird mir kaum schwer fallen. Zumindest, bis das neue Buch rauskommt.«
Das Taxi kam ruckelnd vor dem vierstöckigen Stadthaus in Islington zum Halten, wo Steve die untere Wohnung mit Garten hatte. Er hätte sich etwas Größeres leisten können, aber er hielt sich so wenig zu Hause auf, dass er nicht einsah, warum er aus einer Wohnung, die seinen Bedürfnissen vollkommen entsprach, ausziehen sollte. Zwei Schlafzimmer – das eine auch als Arbeitszimmer genutzt –, ein Esszimmer mit Kochnische, dessen Glastüren in den Garten führten, und ein Wohnzimmer, das groß genug war für zwei Sofas und einen Sessel, das war alles, was er brauchte. Steve hatte alles schlicht eingerichtet. Fiona mochte diesen einfachen, sparsamen Stil, aber Kit hasste die klinische Reinheit. Beide hatten sie den Verdacht, dass Steve seine Umgebung kaum zur Kenntnis nahm. Wenn sie nur funktional und praktisch war, war er zufrieden.
Fionas niedrige Absätze klapperten auf der Steintreppe zum Eingang im Souterrain. Kit, der ihr folgte, bewunderte ihr Haar, das im Straßenlicht glänzend und tief kastanienbraun aufleuchtete. Sie war viel schöner, als er je geglaubt hätte, es verdient zu haben. Er holte sie ein, als sie klingelte, legte die Arme um sie und küsste sie auf den Hals. »Ich liebe dich, Fiona«, sagte er mit rauer Stimme.

Fiona lachte leise. »Als ob ich das nicht wüsste.«
Steve machte die Tür auf und lächelte aus seiner überlegenen Höhe herunter. »Benehmt euch«, riet er. »Manche Leute sind darauf angewiesen, hier zu wohnen.«
Sie gingen hinter ihm den schmalen Flur entlang ins Esszimmer, wo der Tisch mit einer Auswahl verschiedener Brot- und Käsesorten, Pasteten und Salaten gedeckt war. In der Luft lag der intensive Geruch von Lauch und Kartoffeln. Steve ernährte sich von Suppe. Auf dem Herd stand immer ein Topf mit irgendeiner Kreation neben der Kasserolle mit Brühe und den Zutaten für das nächste Spezialrezept. Er kochte immer nur Suppe. Kit zog Steve gern wegen seiner begrenzten Kochkünste auf, aber wenn man ihn darauf ansprach, musste er zugeben, dass Steve die besten Suppen machte, die er je gegessen hatte. Und er war weit davon entfernt, eine eingeschränkte Rezeptauswahl zu haben, sondern experimentierte wahrscheinlich mehr mit Kombinationen verschiedener Geschmacksnuancen als Kit selbst.
»Alles wird eben immer nur in einem Suppenteller mit Löffel serviert«, hatte er sich einmal beklagt, »es ist so vorhersehbar.«
»Wenigstens brauchen meine Gäste keinen akademischen Abschluss als Ingenieur, um mein Abendessen genießen zu können«, hatte Steve geknurrt. »Ich erinnere mich noch an die ersten Artischocken bei dir zu Haus. Außerdem – bei dem Leben, das ich führe, brauche ich gleich etwas, wenn ich nach Hause komme, und meine Suppe ist tausendmal gesünder als eine Stulle mit Speck.«
Aber heute Abend hatte niemand Interesse an Streitgesprächen über den Speisezettel. In den zwei Wochen, seit sie aus Toledo zurückgekommen war, hatte Fiona endlich Zeit gefunden, sich die Unterlagen zu der Aktion, die die Met gegen Francis Blake in Szene gesetzt hatte, gründlich anzusehen. Da sie darauf bestanden hatte, dass ihr Beitrag inoffiziell sein solle, hatte sie vorgeschlagen, sie könne ihre Schlussfolgerungen beim Abendessen darlegen. So herrschte diesmal eine Stimmung erwartungsvoller Spannung, als sie sich setzten und Steve einen kräftigen Roten in ihre Gläser goss.

»Zuerst die Suppe, dann machen wir einen harten Schnitt und gehen zur Verfolgungsjagd über«, verfügte Fiona.
Steve bemerkte mit einem ironischen Lächeln: »Was immer Sie anordnen, Frau Doktor Cameron.« Er füllte ihre Teller mit dampfender cremiger Vichyssoise. »Also, welches Thema nehmen wir für den Small Talk?«
»Wie wär's mit deinem Liebesleben?«, schlug Kit vor.
»Das dürfte nicht länger als zehn Sekunden in Anspruch nehmen«, sagte Steve. Er nahm seinen Löffel und betrachtete ihn kritisch und genau. »Mein Liebesleben ist wie das Monster von Loch Ness – die Gerüchte über seine Existenz sind außerordentlich übertrieben.«
»Was ist mit der Rechtsanwältin, mit der du vorletzte Woche zum Essen ausgegangen bist?«, fragte Fiona.
»Sie zeigte größeres Interesse an den Regeln über die Preisgabe von Beweismitteln als an mir«, sagte Steve. »Ein Abend mit dem Commander und seiner Frau wäre spannender gewesen.«
Kit pfiff. »So schlimm, hm?«
»Na ja, ich vermute, ich war für sie auch nicht interessanter«, sagte Steve und führte einen Löffel Suppe zum Mund.
»Das Problem mit uns dreien ist, dass der gewaltsame Tod für uns alle, bei jedem auf seine Weise, eine morbide Faszination hat«, sagte Fiona. »Vielleicht sollte Kit dich mit einer Krimiautorin zusammenbringen, die attraktiv und sexy ist.«
Kit prustete. »Leichter gesagt als getan. Wenn man die weglässt, die schon liiert sind, und die, die ein definitives Interesse an Drogen haben, und die Lesben, da bleibt kaum was übrig.«
»Außerdem könntest du die Konkurrenz nicht ertragen«, fügte Steve hinzu.
Als der erste Gang vorbei war, räumte Steve die Teller ab, und Fiona nahm ein paar Seiten Notizen aus ihrem Aktenkoffer. »Ich muss sagen, die Unterlagen, die du mir gegeben hast, waren sehr interessanter Lesestoff«, sagte sie. »Nicht zuletzt die Art und Weise, wie Andrew Horsforth das Geschehen interpretiert. Es war ein Paradebeispiel dafür, was passiert, wenn man die Theorie über die Fakten stellt. In einer Hinsicht waren die Schlüsse, die er daraus

zog, berechtigt. Das heißt, wenn man sich auf die Randbereiche konzentriert und den Kern des Materials unbeachtet lässt. Wenn man eine Serie von Schlussfolgerungen anhand einer Skala von ›höchstwahrscheinlich‹ bis zu ›am wenigsten wahrscheinlich‹ betrachtet, hat er sich öfter für das am wenigsten Wahrscheinliche entschieden, weil es die Sicht der Dinge bestätigte, die er von Anfang an hatte, nämlich, dass Francis Blake der Mörder war.«

»Aber schlau, wie du bist, hast du mit der entgegengesetzten Voraussetzung angefangen«, sagte Kit mit liebevollem Sarkasmus. »Niemand kann Besserwisser leiden, weißt du.«

Fiona streckte ihm die Zunge heraus. »Falsch. Ich habe von einer neutralen Position aus angefangen. Ich habe versucht, meine eigene, schon halb gefasste Meinung zu ignorieren, dass Francis Blake nicht der Mörder war. Mir ging es darum, so viel Objektivität zu erreichen, wie ich konnte.«

»Das jedenfalls könnte man Horsforth niemals vorwerfen«, sagte Steve. »Du wirst erfreut sein zu hören, dass er nach unserem Debakel am Bailey von der Liste der vom Innenministerium zugelassenen Gutachter gestrichen wurde.«

»Das ist aber etwas radikal vom Innenministerium, oder?«, fragte Kit, wobei er noch den Mund halb voll mit Salat hatte.

»Horsforth kann man leichter als Sündenbock hinstellen als hohe Polizeibeamte«, sagte Steve. »Wir sind genau so schuld an dem, was geschehen ist, wie er, aber da sei Gott vor, dass die Met momentan mit noch mehr Dreck beworfen würde.«

»Man wird die Köpfe von Stellvertretern rollen lassen«, bemerkte Fiona zynisch. »Bevor ich dir sage, was ich denke, Steve, musst du mir noch eine Frage beantworten. Obwohl ich mehr oder weniger weiß, wo der Mord geschehen ist, habe ich den Tatort nicht besucht, deshalb war ich in diesem Detail nicht sicher. Gibt es irgendwo in Hampstead Heath eine Stelle, wo jemand den Mord beobachtet haben könnte, ohne von Susan Blanchards Killer bemerkt worden zu sein?«

Steve runzelte die Stirn und schaute zur Decke, wobei er sich die Umgebung des Tatorts vorstellte. Als er sprach, kamen die Worte langsam und nachdenklich. »Wir fanden die Leiche in einer Art Mulde. Zwischen Susan und dem Weg befand sich eine Reihe von Rhododendronbüschen. Dann ist da die Lichtung, wo sie gefunden wurde. Dahinter steigt das Gelände leicht bis zu einer weiteren Reihe von Büschen an. Ich nehme an, dass jemand, der sich in diesen Büschen versteckt hätte, der Aufmerksamkeit des Mörders hätte entgehen können, denn der war ganz auf sein Verbrechen gerichtet. Der gesamte Bereich wurde aber unter anderem auch nach Fingerabdrücken abgesucht, und ich erinnere mich, dass nichts in den Berichten der Spurensicherung auf die Anwesenheit einer dritten Person hingedeutet hätte.«

»Du meinst, Blake hat zugesehen?«, mischte sich Kit ein, der nicht mehr an sich halten konnte.

»Du machst es ja genau wie Horsforth«, sagte Steve. »Theoretisieren ohne Fakten. Es hätte genauso gut jemand ganz anderer sein können, der Blake davon erzählt hat. Lass uns hören, was Fiona zu sagen hat.«

Kit verdrehte die Augen. »Ich hatte das vergessen. Wir müssen ja die ganze Vorlesung hören. Kein Vorblättern zur letzten Seite, um zu sehen, wer's war.« Er schüttelte den Kopf, amüsiert, aber duldsam.

»Warum sollen wir von der Gewohnheit eines ganzen Lebens abweichen?«, fragte Fiona freundlich. »Also, ich meine Folgendes: Wir wissen von Anfang an, dass wir nach einem selbstbewussten Täter suchen. Wir wissen das, weil Hampstead Heath ein öffentlicher Ort und die Gefahr sehr groß ist, dass die Spaziergänger auf ein Gewaltverbrechen am helllichten Tag aufmerksam werden. Auch die Art und Weise, wie die Leiche hingelegt wurde, weist auf einen Mann, der zumindest in krimineller Hinsicht ein reifer Täter ist. Blakes Vorstrafen sind andererseits trivial und weisen kaum auf eine Eskalation zu einem solchen Verbrechen hin. Das war der erste Grund, warum es mir nicht recht einleuchtete, ihn als den Hauptverdächtigen zu betrachten.«

»Moment mal«, warf Kit ein. »Nur weil er kaum Vorstrafen hat, kannst du doch nicht behaupten, er hätte keinen Mord aus sexuellen Motiven begehen können. Es kann ja sein, dass er entweder genug Glück hatte oder schlau genug war, sich nicht erwischen zu lassen.«

»Das stimmt«, gab Fiona zu. »Und deshalb würde ich Blake schon aufgrund dieser Dinge nicht ausschließen. Noch würde ich ihn herausnehmen aufgrund der pornografischen Bilder, die die Polizei in seiner Wohnung gefunden hat. Obwohl sie sadomasochistischer Natur waren, enthielten sie keine Fotos oder Beschreibungen, die zu der Art und Weise passten, wie die Leiche zur Schau gestellt war. Aber noch einmal, dieses Detail gibt mir Anlass zum Nachdenken, weil das Bild irgendwie im Kopf des Killers entstanden sein musste. Wenn nicht durch Pornografie, dann durch einen Vorfall in seiner Vergangenheit aus der Zeit, als er seine sexuelle Identität ausbildete. Und keine von Steves Nachforschungen ergab irgendetwas dieser Art in Blakes Vergangenheit. Also, aus meiner Sicht ist das ein weiteres Fragezeichen zu Blake.«

Steve beugte sich vor, die Ellbogen auf den Tisch gestützt, und runzelte vor Konzentration die Stirn. Bis jetzt hatte Fiona nichts gesagt, was er nicht schon selbst glaubte. Aber er fand immer, dass ihre überzeugende, übersichtliche Darstellung die Dinge klarer machte. Manchmal ordnete sie die Details anders an, so dass sie ein neues Bild ergaben. Er ahnte, wohin sie steuerte, und fragte sich, ob Kit mit seiner Vermutung zu dem, was kommen würde, Recht gehabt hatte.

»Außerdem würde ich von diesem Mörder erwarten, dass er als heterosexueller Partner wenig Geschick hat«, fuhr Fiona fort. »Aber auch das trifft auf Blake nicht zu. Er hatte eine Freundin und nahm daneben über Anzeigen auch gern mit anderen Frauen Kontakt auf. Wir wissen von einigen Frauen, die sich gemeldet haben, dass er Sex mit ihnen hatte, auch wenn die meisten von ihnen ihn als Partner zu dominant fanden und die Beziehung nicht fortsetzen wollten. Wir haben hier also einen Mann, der geschickt ist im Herstellen von sozialen und sexuellen Kontakten zu Frauen.«

»Besser als ich«, betonte Steve. »Aber du hast Recht. Das war einer der Hauptgründe, warum ich Blake nicht in der Rolle sehen wollte. Er war nicht sexuell frustriert oder auf das Zusammenschlagen von Frauen programmiert, um dadurch Befriedigung zu erreichen.«

»All das wusste ich, bevor ich die Protokolle der Aktion las«, fuhr Fiona fort. »Ich bin sicher, du auch, Steve. Aber als ich las, was zwischen Blake und Erin Richards ablief, wurde mir klar, dass er mehr über Susan Blanchards Ermordung wusste, als er aus den Presseberichten hätte erfahren können. Er wusste zum Beispiel, dass ihre Hände wie zum Gebet gefaltet waren, nicht nur mit aneinander gelegten Fingerspitzen, sondern die Finger waren ineinander verflochten. Nach seiner Verhaftung hatte Blake immer behauptet, er habe das im Pub erfahren, konnte aber die Person nicht nennen, von der er es angeblich gehört hatte. Darauf komme ich aber später noch einmal zurück.«

Kit nickte. Er konnte nicht anders, er war von Fionas Analyse genauso fasziniert wie Steve. Er war sicher, er hatte erraten, in welche Richtung sie steuerte, aber das hieß nicht, dass er es nicht interessant fand zu sehen, wie sie ihre Schlussfolgerung darlegte. Auch nach der langen Zeit, die er sie kannte, war er immer noch fasziniert davon, wie analytisch ihr Verstand im Gegensatz zu seinem eigenen intuitiven Ansatz arbeitete. »Du kannst davon ausgehen, dass wir hier wirklich mit angehaltenem Atem sitzen«, sagte er.

Fiona ignorierte ihn, wollte sich nicht aus dem Konzept bringen lassen und fuhr fort. »Als Nächstes will ich mich mit den Phantasieszenen befassen, die sich Blake in seinen Briefen und in den Unterhaltungen mit DC Richards ausdachte. Aufgrund meiner Erfahrungen würde ich erwarten, dass der Mörder sehr genaue Phantasiegebilde vor Augen hat. Als Objekt seiner Vorstellungen würde ich ein junges Mädchen, einen Teenager oder eine Frau etwas über zwanzig, etwa wie Susan Blanchard, erwarten. Sie sind in der Phantasie und in Wirklichkeit leichter zu manipulieren. In den Szenarien, die der Killer sich vorstellt, würde er diese Frauen zu Objekten machen. Er würde sich Kontrolle, Unterwerfung und Gewalt ausdenken, vor denen das Objekt seines Verlangens große Angst zeigen würde. Er würde sich vorstellen, die Frau mit einem

Messer zu bedrohen, sie zu fesseln, ihr Schmerz zuzufügen, Schnitte beizubringen und sie um Gnade bitten zu lassen.« Fiona hielt inne und nahm einen großen Schluck Wein. »Und weil er im Freien mordete, würde ich als Ort dieser imaginären Treffen einen Park oder Wald erwarten.

Aber all das finden wir in Blakes Phantasien überhaupt nicht. Fast alles, was er DC Richards beschrieb, hat mit Voyeurismus zu tun. Er spricht und schreibt über eine dritte Person, die ihre Sexspiele beobachtet, von ihnen erregt und oft daran beteiligt wird. Zugegeben, es gibt dabei auch starke Elemente von Unterwerfung und Dominanz, aber sie bleiben eher im Bereich des Spielerischen, und es geht nicht um das Zufügen von echten Schmerzen. Aber das ausschlaggebende Kriterium für mich ist: In allen Szenarien, die er dieser Frau ausmalt, mit der er schlafen will, mit der er Spaziergänge durch Londons Parks macht, in allen Szenen also, die beschreiben, wie sie Sex haben, findet dies immer in einem Gebäude statt. In dem Bestattungsunternehmen, wo er arbeitet, in ihrem Büro, in einem leer stehenden Lager, in seiner Wohnung. Keine einzige dieser ausführlich mit allen pornografischen Details beschriebenen Situationen findet im Freien statt.

Und schließlich ist da noch die Frage des pornografischen Materials, das deine Leute in Blakes Wohnung gefunden haben. Es stimmt, dass es eine Menge war, Zeitschriften und Videos. Und es trifft zu, dass man das meiste als harte Pornografie bezeichnen muss, hauptsächlich mit jungen Frauen oder Mädchen. Aber wenn die Liste in der Akte zutreffend ist, gibt es überraschend wenig, das sich auf Vergewaltigung und S&M konzentriert. Häufig vertreten waren Dreierkonstellationen und Voyeurismus. Und ein paar Sachen mit Fesseln.«

»Du willst damit sagen, Blake passt nicht zur Tat«, stellte Steve kurz und bündig fest.

»Ich glaube, jeder unvoreingenommene, qualifizierte Psychologe würde auf der Grundlage der Ergebnisse eurer Aktion zu dieser Schlussfolgerung kommen«, stimmte Fiona zu.

»Es gibt doch aber noch mehr zu sagen, oder?«, schaltete sich Kit ein. »Du glaubst doch, dass du weißt, was wirklich geschehen ist, Fiona?«

Steve hörte auf, Pastete auf seine Scheibe Brot zu streichen. »Wirklich?«

Fiona spielte nervös mit ihrer Serviette. »Das behaupte ich nicht, Kit. Ich weiß nicht, wer Susan Blanchard getötet hat. Aber ich würde meinen guten Ruf dafür verwetten, dass es nicht Francis Blake war.« Sie holte tief Luft. »Aber – ich glaube, er hat den Mann gesehen, der es getan hat. Blake ist ein Voyeur. Deshalb betrachtet er Parks auf seine Weise. Er schaut gern zu. Ich glaube, Folgendes ist an jenem Morgen in Hampstead Heath geschehen. Er lauerte im Gebüsch in der Hoffnung, ein Liebespaar in Aktion beobachten zu können. Was er dann in Wirklichkeit sah, war etwas anderes. Blake stand da und schaute zu, wie ein anderer Susan Blanchard vergewaltigte und ermordete. Und es war das Aufregendste, was er in seinem ganzen Leben gesehen hatte.«

Kapitel 16

Das Schweigen, das auf Fionas abschließende Worte folgte, war wie die Stille nach der Schockwelle einer Bombenexplosion. Obwohl Kit gleich von Anfang an seine Ahnungen gehabt hatte, ließ ihn die Sicherheit ihres Urteils erstarren und in Schweigen verharren. Steve schloss die Augen, stützte den Kopf in eine Hand und rieb sich die Nasenwurzel mit Daumen und Zeigefinger. »Das ist aber ein ganz schöner Sprung, Fi«, sagte er leise.

»Dabei passen alle Informationen logischer zusammen als bei den anderen Ansätzen«, sagte sie, griff nach der Flasche und schenkte sich nach, wie um sich vor der Kritik an ihren Überlegungen zu stärken.

Steve hob den Kopf und sah sie an. Er wollte ihr glauben, nicht zuletzt, weil es ihm neue Wege zur Ermittlung eröffnen könnte. Aber er wusste, dass er wegen seiner Gefühle ihr gegenüber immer bereitwillig und wohlwollend zuhörte. Er hatte seinen Kopf riskiert, als er ihre Berichte gegenüber seinen Vorgesetzten verteidigt hatte, und in der Vergangenheit hatte sich das auch ausgezahlt. Diesmal hing jedoch seine ganze Zukunft an Susan Blanchards Fall. Wenn er ihn jetzt noch mehr vermasselte, als er es ohnehin schon war, konnte er seine Karriere praktisch als beendet betrachten. Keiner würde ihn kritisieren, wenn er den Fall in die Abgründe des Vergessens versinken ließ, in denen ungelöste Fälle verschwanden; die Öffentlichkeit würde weiterhin annehmen, dass sie den Richtigen erwischt, aber die Ermittlungen gegen ihn vermurkst hätten. Aber wenn er das Risiko einging und die Möglichkeiten weiterverfolgte, die sich aus Fionas Theorien ergaben, dann müsste er verdammt sicher sein, dass er alles richtig machte. Er räusperte sich. »Oder vielleicht ist Blake vollkommen unschuldig«, sagte er.

Fiona schüttelte den Kopf. »Zu viele Zufälle.« Sie listete die einzelnen Punkte an den Fingern auf. »Wir wissen, dass er an dem Tag in Hampstead Heath war. Wir wissen, dass er sich in seiner Einbildung als Voyeur sah. Und wir wissen, dass er Dinge über die Ermordete wusste, die nie allgemein bekannt wurden. Es strapaziert die Glaubwürdigkeit zu sehr, dass der eine Mann, der zufällig an jenem Morgen in Hampstead Heath war, zufällig auch der Mann gewesen sein soll, dem ein unbekannter Fremder in einem Pub genau erzählt hat, in welcher Stellung Susan Blanchards Leiche hingelegt wurde. Alle Gründe, weshalb Blake überhaupt je verdächtigt wurde, haben eine andere Erklärung, und zwar eine einzige – nämlich dass er gesehen hat, wie es passiert ist.«

»Wenn du Recht hast – und es klingt vernünftig, finde ich –, ist das Ironische daran, dass Francis Blake der Einzige ist, der der Polizei bei ihren Untersuchungen wirklich hätte helfen können«, sagte Kit. »Er weiß mehr über den Killer als irgendjemand sonst.«

»Wenn ihr ihn gleich beim ersten Mal, als ihr am Tag nach dem Mord mit ihm gesprochen habt, als Zeugen behandelt hättet statt als Hauptverdächtigen, dann hätte sich möglicherweise alles ganz anders entwickelt. Aber ...« – Fiona zuckte mit den Schultern – »... vielleicht auch nicht.«

Steve seufzte. »So oder so, wir haben's verbockt. Ich muss sagen, Fi, ich glaube, du könntest Recht haben. Ich bin nicht völlig überzeugt, aber ich werde deine Theorie in Betracht ziehen müssen.«

Fiona sah ihn lange und nachdenklich an. Sie war daran gewöhnt, dass Steve ihre Ideen entschlossener aufgriff. Seine Vorsicht zeigte ihr, unter welchem Druck er in diesem Fall stand. Sie hatte sich nicht einmischen wollen, aber jetzt war sie froh, dass sie das Wenige getan hatte, was sie tun konnte, um zu helfen. »Ich hoffe, es nützt etwas«, sagte sie bescheidener, als sie sich sonst fühlte, wenn sie ihre professionelle Einschätzung einer Sache abgegeben hatte.

»Was ich nicht verstehe«, sagte Kit, »ist, warum Blake beim Verhör nicht die Wahrheit gesagt hat, als ihr ihn endlich verhaftet hattet. Ich meine, es ist doch offensichtlich ein Ausweg für ihn, nicht wahr? ›Ich bin's nicht gewesen, Kommissar, aber ich hab den Kerl gesehen, der's getan hat.‹«

»Nicht, wenn man zutiefst darauf vertraut, dass das Gericht den Fall gegen einen einstellen wird. Nicht, wenn man weiß, dass es keine Spuren geben kann, die einen mit einem Verbrechen in Verbindung bringen, das man nicht begangen hat«, sagte Fiona. »Er hatte doch einen Anwalt, Steve?«

»Von Anfang an. Bei der ersten Befragung nach der Verhaftung hieß es nur ›kein Kommentar‹. Als wir dann die Beweise vorlegten, hat sein Anwalt eine Vertagung beantragt. Als sie zurückkamen, sagte Blake, dass er an dem Morgen in Hampstead Heath gewesen sei, nicht genau gewusst habe, wie spät es war, und gemerkt habe, dass er zu spät zur Arbeit kommen würde. Deshalb sei er gerannt, als die Zeugen ihn sahen. In Bezug auf das, was er bei der Undercover-Aktion geschrieben und gesagt hatte, behauptete er hartnäckig, es sei alles reine Erfindung und sonst nichts gewesen.«

»Der Anwalt wird ihm also bei der Unterredung gesagt haben, dass ihr es nie schaffen würdet, damit vor Gericht durchzukommen«, sagte Kit, der langsam zu verstehen begann. »Und dieser kleine Scheißkerl hockte seelenruhig und vollkommen mit sich zufrieden da und war sich klar, dass er mehr darüber wusste als ihr, was mit Susan Blanchard geschehen war, und dass ihr nie die Wahrheit herausfinden würdet. Was für ein Drecksack.«

Fiona nickte. »Er hat wahrscheinlich gedacht, die ganze Sache würde in erster Instanz niedergeschlagen. Stattdessen hat er schließlich acht Monate in Untersuchungshaft gesessen. Und inzwischen hatte er auch keinen Ausweg mehr. Er konnte zu diesem Zeitpunkt nicht mehr widerrufen und zugeben, was er gesehen hatte. Denn ihr wärt darüber, wie er euch an der Nase herumgeführt hatte, so wütend gewesen, dass ihr ihm Komplizenschaft zur Last gelegt hättet. Er muss jetzt auf die Polizei eine beträchtliche Wut im Bauch haben.«

Kit lehnte sich auf seinem Stuhl zurück. »Kein bisschen. Hast du ihn nicht im Fernsehen gesehen? Er genießt es richtig. Es macht ihm einen Riesenspaß. Nicht nur hat er diese überwältigenden Erinnerungen, die er jederzeit wieder durchleben kann, wenn er will. Er hat auch die überaus große Befriedigung, dass er die Polizei und die Staatsanwaltschaft vorgeführt und als Idioten hingestellt hat.«
»Und noch dazu wird er dafür bezahlt«, knurrte Steve. »Beträchtliche Entschädigung vom Innenministerium für Freiheitsberaubung, ganz zu schweigen davon, was er den Zeitungen abgequetscht hat.« Er seufzte. »Manchmal ist dieser Scheißjob einfach zum Heulen.« Im gedämpften Licht des Wohnzimmers sahen die kantigen Konturen seines Gesichts nach Fionas bitterer Bestätigung noch härter aus als sonst.
Eine lange Pause trat ein. Plötzlich hatte niemand mehr Lust zu essen. Kit ergriff die Flasche und füllte die Gläser. »Also – was kannst du jetzt unternehmen?«, fragte er Steve.
»Noch mal von vorn anfangen? Da es nicht Francis Blake war, war jemand anderer an jenem Morgen in Hampstead Heath und brachte Susan Blanchard um. Wir werden alle Zeugenaussagen durchsehen müssen und alle noch einmal befragen.«
Kit entfuhr ein kurzes Lachen. »Ja, stimmt. Francis Blake wird ja nicht damit rausrücken, was er gesehen hat.«
»Eins könntest du vielleicht überlegen«, sagte Fiona langsam.
Steve schaute mit aufmerksamem Blick auf. »Und das wäre?«
»Es ist möglich, dass es Blake gelungen ist zu sehen, wer der Mörder war. Vielleicht hat er ihn erkannt, hat ihn eventuell später wieder gesehen. Er mag sogar gesehen haben, wie der Killer in einem Auto geflohen ist, und hat die Nummer aufgeschrieben. Ich würde sagen, da er jetzt seinen Augenblick des Triumphs hat, ist es denkbar, dass Blake so selbstbewusst geworden ist, dass er versucht, den wirklichen Mörder zu erpressen. Ich weiß nicht, ob ihr die Mittel dafür habt, da die Ermittlungen ja offiziell abgeschlossen sind, aber wenn er aus dem schönen Spanien zurückkommt, würde ich ihn sehr sorgfältig beobachten. Seine Telefonleitung anzapfen, seine Post überprüfen, diskrete Überwachung, sein Bankkonto

kontrollieren. Die Wahrscheinlichkeit ist nicht besonders hoch, aber Blake könnte euch direkt zu eurem Mann führen.«

Steve schüttelte zweifelnd den Kopf. »Das ist doch ein bisschen weit hergeholt, Fi. Außerdem werde ich auf dieser Basis nie die Genehmigung bekommen, sein Telefon abzuhören. Das einzig Mögliche ist wahrscheinlich eine lockere Überwachung.«

»Besser als nichts. Was hast du sonst?«, fragte Kit. »Sicher, du kannst den Fall wieder aufrollen und mit allen Zeugen reden, wie du vorgeschlagen hast. Aber wie viel mehr kannst du – jetzt mal realistisch gesehen – nach so langer Zeit noch aus ihnen herauskriegen? Und außerdem wird alles, was sie zu sagen haben, vom Medienrummel um die Verhaftung und den Prozess beeinflusst sein. Sie werden noch mehr in die Richtung tendieren, dass Blake der Mann ist, den ihr sucht. Das ist nur menschlich. Aber mir scheint, eine kleine Chance ist besser als gar keine. Wenn ihr die Sache mit Susan Blanchards Ermordung wieder gutmachen wollt, würde ich sagen, ihr könnt gar nicht anders.«

»Ich habe überhaupt keine Mittel dafür«, sagte Steve bitter. »Ich soll eine geschickte, nicht wahrnehmbare Überwachung durchführen und habe fast keine Leute und noch weniger Ressourcen dafür. Ich kann unmöglich eine solche Operation organisieren, wie du sie vorschlägst, selbst wenn ich dächte, es sei gerechtfertigt.«

»Vielleicht ist es an der Zeit, deine speziellen Fans aufzurufen«, sagte Kit. »In deinem Team müssen doch welche sein, die dir einiges schulden. Oder die meinen, sie schuldeten Susan Blanchard und ihrer Familie etwas. Gar nicht zu reden von all den Cops, die das noch wurmt, was der Richter zu sagen hatte. Ich wette, einigen würde es nichts ausmachen, hier und da ein paar inoffizielle, unbezahlte Überstunden zu machen. Was soll's, wenn du nur jemanden brauchst, der vor seiner Wohnung im Auto sitzt, bin ich dabei.« Er grinste. »Nur nicht aufgeben, Stevie.«

Steve schüttelte den Kopf. »Ihr beschämt mich, ihr beiden. Fiona nimmt sich stundenlang Zeit, um Horsforths beschissene Aktion zu analysieren, und du bietest dich an, vor der Tür von Dreckskerl Nummer eins der Hauptstadt Stellung zu beziehen. Und ich kann

nur dasitzen und herumjammern, wie schwer das alles sein wird.«
Unbewusst straffte er die Schultern. »Ich danke euch beiden. Jetzt habe ich wenigstens einen Plan für die Ermittlungen, der bei den Leuten neue Energie in Gang setzen kann.«
Kit hob sein Glas. »Auf ein Ergebnis«, sagte er.
Steve lächelte skeptisch. »Auf das richtige Ergebnis.«

Als sie nach Hause kamen, war es nach Mitternacht. Kit sagte, er sei zu aufgekratzt, um zu schlafen, und zu angeheitert von Steves Wein, um zu schreiben. Er wolle sehen, ob jemand von seinen internationalen Spielpartnern da sei, mit denen er zur Entspannung öfter bei verschiedenen Online-Computerspielen mitmachte. »Sieben Uhr an der Ostküste«, murmelte er, als er zu seinem Arbeitszimmer ging. »Da sollte da draußen schon jemand sein, der nur darauf wartet, abgeschossen zu werden.«
Fiona ging die Treppe zu ihrem Dachgeschoss hinauf. Sie wollte ihre Unterlagen im Büro ablegen und sich dann für sieben wohltuende Stunden ins Bett legen. Das blinkende rote Auge des Anrufbeantworters ließ sie kurz zögern, als sie sich umdrehte, um zu gehen. Sollte sie ihn nicht beachten oder ihn abhören? Das Pflichtgefühl siegte über die Bequemlichkeit, nicht zuletzt, weil es offensichtlich nur um *eine* Nachricht ging.
Es war Salvador Berrocal, dessen selbstbewusste laute Stimme von der schalldichten Isolierung gedämpft wurde. »Ich dachte, Sie würden gern erfahren, dass wir einen Verdächtigen für die zwei Morde in Toledo gefunden haben«, sagte er. »Ich schicke Ihnen die Details per E-Mail, aber ich wollte Sie so bald wie möglich wissen lassen, dass wir Fortschritte gemacht haben.«
»Ja!« Fiona schlug mit der rechten Faust auf ihre linke Handfläche. Jetzt war sie so aufgeregt und wach wie Kit. Zwei schnelle Schritte, und sie war am Computer, wo sie ihre E-Mail abrief. Es gab ein halbes Dutzend Mails, aber nur eine interessierte sie. Sie lud sie herunter und öffnete sie gleich.

Von: Salvador Berrocal <Sberroc@cnp.mad.es>
An: Dr. Fiona Cameron <fcameron@psych.ulon.ac.uk>
Betrifft: Beratung in Toledo

Liebe Frau Dr. Cameron,
endlich ist es mir gelungen, an die Einzelheiten heranzukommen, die wir brauchten, um Fortschritte zu machen. Und so haben wir nun, wie wir glauben, einen brauchbaren Verdächtigen. Sein Name ist Miguel José Delgado. Er ist Junggeselle und 29 Jahre alt. Bis vor zwei Monaten war er Besitzer eines kleinen Gemischtwarenladens. Er verkaufte hauptsächlich Lebensmittel an Einheimische. Das Geschäft stand kurz vor der Pleite. Delgado sah die Ursache dafür in der Tatsache, dass die Bewohner des Stadtkerns in die Vororte abgedrängt werden.
Er wohnte in einer kleinen Wohnung hinter dem Laden. Die Besitzer des Hauses wollten an eine amerikanische Hotelkette verkaufen. Der Widerstand dagegen wurde von Delgado angeführt. Nach der Aussage der Einheimischen sprach er mit großer Vehemenz gegen das geplante Bauvorhaben. Er behauptete, der Tourismus sei ein Krebsgeschwür, das das echte Leben in Toledo auffresse. Interessanterweise sagte einer der Zeugen, er habe oft geäußert, er würde sich nicht »bücken, um sich von den Amerikanern in den Arsch ficken zu lassen«.
Dann fand der Vermieter vor zwei Monaten heraus, dass Delgado vorhatte, wegzufahren und über Nacht wegzubleiben. Als Delgado zurückkam, war sein Geschäft mit Brettern vernagelt, und er konnte nicht in seine Wohnung. Der Vermieter hatte alles, was ihm gehörte, inklusive des Warenbestands des Geschäfts, in eine neue Wohnung etwa drei Meilen südlich von der Stadt bringen lassen. Man gab Delgado die Schlüssel zu seiner neuen Wohnung und »eine große Summe in bar« und sagte ihm, er könne sein Geschäft nicht mehr in seinem Haus betreiben. Delgado war bei seinen

Nachbarn oder den Kunden nicht sehr beliebt, und das war wahrscheinlich der Hauptgrund, warum sein Geschäft nicht gut ging. Er wird als »manchmal mürrisch und nicht hilfsbereit« beschrieben, obwohl manche sagen, er habe recht charmant sein können, wenn er wollte, besonders wenn es um sein Lieblingsthema, Toledos Geschichte, ging. Er lebte allein und hatte, soweit wir feststellen konnten, keine Freundin. Sie sehen also, er passt gut zu dem Täterprofil, kann aber auch dem geografischen und ebenso dem psychologischen Profil zugeordnet werden.

Wir haben nur ein Problem. Wir sehen uns nicht in der Lage herauszufinden, wo Delgado wohnt. Er ist nie in der Nähe seiner neuen Wohnung gesehen worden. Und zwei Wochen, nachdem er einziehen sollte, riefen die Nachbarn den Vermieter wegen des schlechten Geruchs an. Als die Leute, die der Vermieter geschickt hatte, aufschlossen, entdeckten sie, dass alle verderblichen Waren aus dem Laden schlecht geworden waren.

Das einzig Gute ist, dass der Killer, obwohl wir ihn noch nicht aufspüren konnten, kein neues Opfer angegriffen hat.

Noch einmal möchte ich mich bei Ihnen für Ihre Hilfe bedanken. Ohne Sie hätten wir immer noch keine Ahnung, nach wem wir suchen sollen. Ich werde Sie über den weiteren Verlauf der Ermittlungen auf dem Laufenden halten.

Mit den besten Wünschen

Salvador Berrocal.

Fiona war am Ende der Nachricht angekommen und lächelte. Es sah so aus, als sei wenigstens *einer* der Ermittler auf dem richtigen Weg. Sie war nervös gewesen und hatte befürchtet, dass Berrocal ihr mit seiner nächsten Nachricht über die Ermordung eines weiteren Ausländers berichten würde. Aber aus irgendeinem Grund hatte Delgado – wenn er denn tatsächlich der Mörder war – eine Weile ausgesetzt.

Entweder war es so, oder man hatte einfach die Leiche noch nicht gefunden.

Aber wie auch immer – sie konnte nichts daran ändern. Fiona schaltete den Computer ab und ging hinunter. Als sie an der letzten Windung der Treppe ankam, sah sie Kit, der in der Tür zu seinem Büro stand und mit besorgter Miene ein Blatt Papier in der Hand hielt.

»Was ist denn los?«, fragte sie.

Mit großen, angstvollen Augen blickte er auf. Als er sprach, war seine Stimme ungewöhnlich leise. »Ich habe eine Morddrohung bekommen.«

Kapitel 17

Kit hielt Fiona das Blatt Papier entgegen. Vorsichtig fasste sie es an der linken oberen Ecke. Es war ein einzelnes DIN-A4-Blatt, zweimal gefaltet, damit es in einen normalen Umschlag passte. Es unterschied sich in nichts von anderen mit dem Computer erstellten Dokumenten. Standardschrift, kein kompliziertes Layout. All dies nahm Fiona schon wahr, bevor sie sich auf das Lesen des Textes einstellte.

»Kit Martin, du begehst Diebstahl am kreativen Schaffen anderer Menschen und zerstörst ihren guten Ruf. Was du nicht selbst zu Stande bringst, das stiehlst du. Und deine Lügen berauben andere der Dinge, die ihnen rechtmäßig zustehen.
Dein Werk ist ein schwacher Abglanz des leuchtenden Lichts anderer Menschen. Du hast alles getan, um deine Konkurrenten aus dem Feld zu schlagen. Du nimmst und zerstörst, bist ein Schmarotzer, der das Blut derer aussaugt, die du um ihre Begabung beneidest. Du weißt, dies ist die Wahrheit. Prüfe deine erbärmliche, schmutzige Seele, und du wirst nicht leugnen können, dass du mich beraubt hast.
Die Zeit ist reif, du musst bezahlen. Du verdienst nichts als meine Verachtung und meinen Hass. Wenn ich dich töten muss, damit du mir gibst, was mir rechtmäßig zusteht, so sei es.

Die Wahl von Stunde und Tag wird meine Sache sein. Ich hoffe, du wirst keinen ruhigen Schlaf mehr finden, den du auch nicht verdienst. Ich werde mich über dein Begräbnis freuen. Aus deiner Asche werde ich wie ein Phönix auferstehen.«

Fiona las den gehässigen Brief zweimal. Dann legte sie ihn vorsichtig auf den Tisch in der Diele und ging zu Kit, um ihn zu umarmen. »Du Armer. Das ist entsetzlich.« Sie spürte seine Anspannung, als er sein Gesicht an ihrer Schulter vergrub.

»Ich kann's einfach nicht begreifen«, sagte er. »Es ist so unsinnig.«

Fiona schwieg. Sie hielt ihn nur fest, bis sie spürte, dass sein Körper sich entspannter an sie lehnte. »Wo ist er her?«, fragte sie schließlich.

»Er war bei der anderen Post. Bei der zweiten Auslieferung hatte ich zu tun; ich hab alles erst von der Matte hereingeholt, als ich ausging, und hab's ins Büro gelegt. Ich erwartete ja nichts Dringendes.«

»Hast du noch den Umschlag?«

Er nickte. »Er ist im Papierkorb. Ich hab ihn automatisch weggeworfen.« Er ging in sein Büro. Fiona folgte ihm in das Chaos aus Büchern und Papieren, das alle Flächen und den halben Fußboden bedeckte. Nicht zum ersten Mal fragte sie sich, wie man in so einem Durcheinander arbeiten konnte. Aber Kit tat hier nicht nur seine Arbeit, er schien auch ganz genau Bescheid zu wissen, wenn es um die Stelle ging, wo ein bestimmtes Buch, eine Akte oder ein Brief lag. Er ging zum Papierkorb beim Schreibtisch und fischte einen einfachen weißen, selbstklebenden Umschlag heraus. Er schaute ihn stirnrunzelnd an. Fiona legte einen Arm um ihn und sah mit ihm zusammen auf das Kuvert. Die Adresse war in derselben Standardschrift.

»In West London abgestempelt. Vor zwei Tagen abgeschickt, mit einer Second-class-Briefmarke frankiert«, sagte er und lachte nervös. »Na ja, offensichtlich ist es keine dringende Morddrohung. Ich vermute, das sollte mich etwas trösten.«

»Du solltest es der Polizei melden«, sagte Fiona bestimmt.
Kit warf den Umschlag auf die Tastatur seines Computers. »Meinst du?« Er klang skeptisch.
»Ja, das meine ich. Es ist wirklich ein scheußlicher Brief. Es *ist* eine Morddrohung, um Himmels willen!«
Kit ließ sich auf seinen Stuhl fallen, drehte sich und sah sie an. Offensichtlich schüttelte er gerade etwas ab. »Ich bekomme oft böse Briefe, Liebes. Keine Morddrohungen, das gebe ich zu, aber bei der Fanpost sind regelmäßig Briefe dabei, die mich und meine Bücher schlecht machen. Herr Bitterböse aus Turnbridge Wells ist entsetzt über die Folterszenen in *The Dissection Man*. Fräulein Saubermann aus Lambeth ist fassungslos, dass Teenager die verdorbenen sexuellen Phantasievorstellungen in *The Blade King* lesen dürfen. Und dann gibt es welche, die mir vorwerfen, ich sei feige, weil ich die Einzelheiten grotesker Verstümmelung und sexueller Perversionen nicht ausführlicher beschreibe. Es ist nicht nur Fanpost, weißt du.«
»Woher haben sie deine Adresse?«, fragte Fiona, die plötzlich das Schreckensbild psychisch labiler Leser vor sich sah, die ihnen die Bude einrannten.
Kit zuckte die Schultern. »Ich weiß nicht. Das meiste kommt über meinen Verleger. Manche per E-Mail. Ein oder zwei von den eher neurotischen Typen haben wahrscheinlich das Wählerverzeichnis für Dartmouth Park durchforstet. Ich bin nicht schwer zu finden, Schatz.«
Fiona fröstelte. »Dieser Brief war schon schlimm genug. Aber jetzt jagst du mir wirklich Angst ein. Ehrlich, Kit, ich finde, du solltest damit zur Polizei gehen.«
Er nahm einen Bleistift und spielte nervös damit herum. »Sie würden mich auslachen, Fiona. Es ist doch nur der Brief eines Spinners. Es steht nichts Genaues drin. Er behauptet nur, dass ich die Ideen anderer Leute klaue. Was Blödsinn ist. Es ist nur ein Verrückter, bei dem ein paar Schrauben locker sind.«
Fiona schien nicht überzeugt. »Ich glaube, du solltest das nicht so leicht nehmen, Kit. Wirklich nicht.« Sie wandte sich ab und ging

zum Fenster, wo der Rollladen wie immer hochgezogen war. Ungeduldig zerrte sie am Gurt, um sie beide von der Außenwelt abzuschirmen.

»Nicht ich nehme die Sache leicht. Die Polizei würde denken, dass ich ihre Zeit verschwende. Überhaupt, warum sollte ich darauf mehr reagieren als auf den Rest der beleidigenden Korrespondenz, die ich bisher bekommen habe? Seit meine Bücher veröffentlicht werden, bekomme ich Briefe von Spinnern. Das ist nichts Besonderes. Ehrlich. Es war eben ein Schock, das ist alles. So giftig sind sie meistens nicht. Aber noch nie hat ein Brief bisher Folgen gehabt, da sehe ich nicht ein, wieso es mit diesem anders sein sollte.«

Er wusste, dass er sich zu sehr sträubte. Aber er wollte keine Angst haben. Er wollte diesen Brief derselben Kategorie zuordnen wie jedes hasserfüllte Schreiben, das jemals auf seine Fußmatte geflattert war. Jede andere Reaktion öffnete eine Tür, die er fest geschlossen halten wollte.

Aber Fiona war entschlossen auszusprechen, woran sie beide dachten, wie unangenehm es auch sein mochte. »Nach dem, was mit Drew geschehen ist, glaube ich nicht, dass du es dir leisten kannst, das hier einfach zu ignorieren«, sagte sie ruhig.

»Ich wusste, dass du das sagen würdest«, antwortete Kit gereizt. »Ich weiß, ich hätte dir den Brief überhaupt nicht zeigen sollen. Mein Gott, Fiona, du musst immer alles analysieren und Zusammenhänge suchen. Aber manches lässt sich eben nicht mit anderem in Verbindung bringen. Es gibt eben Dinge, die nichts miteinander zu tun haben. So ist es einfach. Okay?«

»Nein, es ist nicht okay.« Fiona erhob die Stimme, ihre Wangen glühten. »Warum lehnst du das so vehement ab? Vor zwei Wochen kam einer deiner Kollegen durch einen schrecklichen Ritualmord um. Jetzt bekommst du eine Morddrohung, und du glaubst nicht, dass die beiden Dinge zusammenhängen? Komm mal auf den Boden der Tatsachen zurück, Kit!«

Er knallte den Bleistift auf den Schreibtisch. »Der einzige Zusammenhang zwischen diesem Brief und dem, was mit Drew passierte, ist, dass irgendein verdammter Wirrkopf glaubt, es wäre ganz geschickt, seine Ermordung auszunutzen, um mir einen Schreck einzujagen. Du hast den Brief gelesen, Fiona. Der wurde nicht von dem Kerl geschrieben, der Drew umgebracht hat. Es sind überhaupt keine klaren Angaben drin, keine Aufschneidereien, nichts wie zum Beispiel: ›Du wirst bekommen, was du verdienst – wie Drew Shand.‹«

»Das beweist gar nichts«, brauste Fiona auf. »Dieser Brief wurde von jemandem geschrieben, der nicht in einem normalen Geisteszustand ist. Und bei Drews Mörder war das auch so.«

Kit stand auf und schlug mit der Faust an die Wand. »Pass auf, Fiona. Du weißt doch, was sie sagen, wenn ich wegen so einer Lappalie zur Polizei gehe.«

Sie verschränkte die Arme vor der Brust. »Klär mich auf.«

»Sie werden sagen, dass ich es genauso wie Georgia mache. Sie werden uns alle als Trittbrettfahrer abbuchen. Wild auf Publicity. Sie werden es nicht ernst nehmen. Was können sie denn überhaupt tun? Den Brief auf den Verdacht hin ins Labor schicken, dass der Absender praktischerweise überall seine Fingerabdrücke und DNS hinterlassen hat. Ich glaube das nicht.«

Fiona konnte sich der Wahrheit seiner Argumentation nicht verschließen. Sie wusste, dass er wahrscheinlich Recht hatte. Aber dieses Wissen half nicht, das Gefühl der Angst zu mildern, das ihr kalt im Magen lag. Dass jemand Kit – oder sein Werk – genug hasste, um solche Bosheit zu Papier zu bringen, war beklemmend. Zu fürchten, dass dieses Gift sich zu wirklicher Gewalt auswachsen könnte, war aus ihrer Sicht eine ganz normale Reaktion.

Sie stürmte an ihm vorbei in die Diele. An der Tür drehte sie sich um. »Es ist deine Entscheidung. Es ist dein Brief. Aber ich meine, du machst einen Fehler.«

»Was ist daran neu?« Er drehte ihr den Rücken zu. »Ich werde eben damit leben.«

Auszug aus der Dechiffrierung des Beweisstücks P13/4599

Gqnqd PdqiE tmzpu efvqp qYqzs qsqeo tduqn qziad pqz. Mnqdw mbuqd ftmnq zeuqe zuotf. Vqpqd tmffq equzq qusqz qFtqa duqgz pzuot fquzq duefm gotzg d

Ueber Drew Shand ist jede Menge geschrieben worden. Aber kapiert haben sies nicht. Jeder hatte seine eigene Theorie, und keiner ist auch nur annaehernd dahinter gekommen. Aber bald werden sies begreifen. Ich hab mich geduckt, war ein braver Junge, bin nicht weiter aufgefallen. Nicht dass irgendjemand aufpassen wuerde.

Und das heisst, es gab keine Stoerung bei der naechsten Phase meines Plans. Jane Elias. Sie ist Amerikanerin, lebt aber in Irland, wahrscheinlich weil Schriftsteller dort keine Steuern zahlen. Das Miststueck war nicht damit zufrieden, mehr als der liebe Gott selbst zu verdienen, sie wollte auch noch alles fuer sich behalten.

Es war nicht schwierig herauszufinden, wo sie wohnt. In einem großen Land wie Amerika kann man als Aussenseiter leben, aber nicht in Irland. Ich wusste, dass sie ein grosses Anwesen in County Wicklow an einem See hat. Ich wusste auch, dass es eine Autostunde von Dublin weg ist. Auf einer der Fan-Seiten im Internet war ein Bild von ihrem Haus. Also bin ich einfach einen Tag mit einer genauen Karte und einem Fernglas herumgefahren, bis ich es fand.

Am naechsten Morgen ging ich wieder zum Anwesen der Elias hinunter. Ich fuhr zum Ufer des Sees hinunter, und da sah ich, was ich suchte, einen Segelclub mit vielen kleinen Booten, die auf eine Betonrampe hochgezogen waren. Es war niemand da. Es haette gar nicht besser laufen koennen. Ich hockte mich zwischen die Boote und betrachtete das Haus der Elias auf der anderen Seite des Sees. Ich

konnte einen Landesteg ausmachen, an dem laengsseits ein paar Boote vertaeut waren. Wenn meine Informationen richtig waren, wuerde sie irgendwann am Nachmittag an den See kommen und segeln gehen.
Und tatsaechlich erschien sie kurz nach zwei. Sie bestieg ein Boot und segelte ueber den See. Ich wartete, bis es dunkel wurde und sie zurueckgekehrt war, dann zog ich eins der Boote zum Wasser hinunter und ging an Bord. Ich hatte mir schon vorher ein Versteck ausgeguckt, weiter oben am See, wo die Baeume bis ganz unten am Wasser stehen.
Ich war wieder ziemlich nervoes in Erwartung dessen, was ich am naechsten Tag wuerde tun muessen. Es gab so viele Fehler, die ich machen konnte, die alles kaputtmachen wuerden. Und dann musste ich auch wieder toeten. Ich beschloss, mich diesmal nicht so genau ans Buch zu halten. Es kam nicht in Frage, dass ich jemanden stundenlang foltern wuerde. Ich wusste, ich hatte nicht den Mumm dazu. Und außerdem hatte ich weder die Zeit noch den richtigen Ort fuer solche Umstaende.
Ich nahm mir also vor, sie schnell mit einem Messer zu toeten. Dann konnte ich ihre Leiche so herrichten wie die Leiche im Buch. Das Aussehen ist wichtig. Ich bin kein Fetischist, der alle Details voellig besessen befolgen muss. Ich befriedige nicht einen abstrusen Drang, den ich verspuere, sondern ich schicke eine Botschaft. Wenn es eine andere Moeglichkeit gaebe, diesen Scheisskerlen zu zeigen, dass es ihnen nicht gelingen wird, mich und mein Leben zu uebergehen, dann haette ich sie gewaehlt.
Ich versuche, nicht daran zu denken, was ich mit ihr machen muss. Mir ist sowieso schon uebel, auch ohne dass ich es noch schlimmer mache. Ich muss mir einfach immer wieder sagen, es wird nicht lange dauern, und dann werde ich schon auf dem Rueckweg nach Hause sein. Diesmal muessen sie doch aufmerksam werden.

Kapitel 18

Das frühe Morgenlicht war perlgrau, ein dünner Wolkenschleier hing über den Bergen von Wicklow jenseits der stahlgrauen Wasserfläche des Lough Killargan. Die leuchtenden Herbstfarben der Bäume zeichneten sich allmählich gegen das sanfte Grün auf den Hügeln ab und gaben der kühlen Landschaft einen warmen Schimmer.

Jane Elias stand auf der mit Steinplatten belegten Veranda und stieß einen langen, leisen Pfiff aus. Von einer Gruppe grüner, ockerfarbener und brauner Ahornbäume in ein paar hundert Meter Entfernung lösten sich zwei schwarz-hellbraune Striche, die dann die Form von zwei dünnen Dobermannpinschern annahmen und über die Wiese auf sie zugesprungen kamen. Als die Hunde schlitternd zu ihren Füßen anhielten, streckte Jane ihnen die Hände entgegen und genoss die angenehme Wärme ihrer nassen Zungen auf der Haut.

»Das reicht«, sagte sie nach ein paar Augenblicken. Die Hunde, an ihr Morgenritual gewöhnt, lagen eine Weile zu ihren Füßen, während sie Stretchübungen machte, um die vom Schlaf noch halb steifen Muskeln zu lockern. Als Jane langsam davonjoggte, standen die Hunde auf und rannten vor ihr her. Dies war der beste Teil des Tages, dachte sie. Noch keine Versprechen gebrochen, keine Sätze geschrieben, keine Anrufe angenommen. Alles war noch möglich.

Nach und nach steigerte sie ihr Tempo und steuerte auf die Mauer zu, die ihr Anwesen begrenzte. Fünfeinhalb Meilen, die perfekte

Strecke für einen Morgenlauf. Sie konnte sich innerhalb der Umgrenzung ihres Besitzes absolut ungestört bewegen, sicher vor neugierigen Blicken und ohne Angst.

Der Wachmann, der die Überwachungskameras bediente, zählte für sie nicht zu den neugierigen Blicken. Schließlich bezahlte sie ihn dafür, dass er sich um ihre Sicherheit kümmerte. Es störte sie nicht, wenn er ihr beim Laufen zusah. Sie lebten in verschiedenen Welten, er in seinem fensterlosen Büro, sein kräftiger Körper in einem Khakihemd und einer dunkelblauen Hose und mit seinem Walkie-Talkie an der Hüfte. Sein bescheidenes Privatleben spielte sich irgendwo anders ab. Sie dagegen an der frischen Luft auf ihrem eigenen Grund und Boden. Ihr blondes Haar mit Strähnchen wurde von einem Stirnband zusammengehalten, ihre schlanken, muskulösen Glieder steckten in einem leichten Trainingsanzug, und ihre Füße bewegten sich in regelmäßigem Rhythmus, während sie über die vor ihr liegende Arbeit dieses Morgens nachdachte.

Nach dem Laufen ließ sie die Hunde in den Zwinger, wo sie sie mit klein geschnittenen Steaks und vitaminhaltigen Hundekuchen fütterte. Während sie noch an ihrem Futter herumschnupperten, war sie schon durch die Küche des großen alten Herrenhauses zu ihrem Bad unterwegs, das niemand sonst benutzen durfte, nicht einmal ihr Lover Pierce Finnegan. Genau fünf Minuten unter der heißen Dusche, dann ein eiskalter Wasserschwall, um die Poren zu schließen, und Jane war bei der nächsten Phase ihres täglichen Programms. Flink trocknete sie sich ab und rieb sich vom Kinn bis zu den Zehen mit teurer Aromatherapie-Lotion ein. Dann kamen Feuchtigkeitscreme fürs Gesicht, Gel für die Augen und dunkelroter Lippenstift.

In Jeans und einem karierten Hemd aus Seide und Wolle ging sie in die Küche zurück, aß frischen Obstsalat, eine Scheibe Vollkorntoast mit Erdnussbutter aus biologischem Anbau und trank ein großes Glas Tomatensaft. Früher hatte sie fünfundzwanzig Pfund zu viel gewogen. Übergewicht gehörte zu den vielen Dingen in ihrem Leben, die nie mehr vorkommen würden.

Um halb acht war sie in ihrem Büro, die Arbeit des Tages war auf einem der zwei großen Schreibtische aufgereiht, die an der Wand standen. Ihre heutige Aufgabe bestand darin, die Fahnen ihres demnächst erscheinenden Romans zu korrigieren. Die nächsten fünf Stunden konzentrierte sie sich auf die bedruckten Seiten, las jede Zeile auf Fehler durch, änderte hier und da einen Satz, den sie nun ungeschickt fand. Manchmal griff sie sich das Wörterbuch, um die Rechtschreibung noch einmal zu überprüfen, die ihr merkwürdig erschien.

Genau um halb eins schob Jane den Stuhl vom Schreibtisch zurück und streckte die Arme über den Kopf. Durch das stille Haus ging sie in die Küche zurück, schaltete das Radio an, stellte einen Sender mit klassischer Musik ein und nahm eine Portion gefrorene Gemüsesuppe aus dem Gefrierschrank. Während diese in der Mikrowelle aufgewärmt wurde, öffnete sie die Post, die der Wachmann gebracht hatte, als sie noch bei der Arbeit war. Nach der Suppe und zwei Scheiben Brot kehrte sie zu ihrem Büro zurück, wo sie die Antworten zu den neu eingetroffenen Briefen diktierte.

Sie legte das Band auf die Arbeitsfläche in der Küche, von wo der Wachmann es mitnehmen und bei der Frau in der nahe gelegenen Stadt abliefern würde, die als ihre Sekretärin fungierte. Die Briefe würden am selben Abend auf einer Diskette wieder bei Jane eintreffen, damit sie sie ausdrucken und unterschreiben konnte. Die zwei Frauen trafen sich nur selten bei gesellschaftlichen Anlässen in der Stadt, aber ihre Zusammenarbeit funktionierte trotzdem gut.

Jane ging in den Zwinger, nahm eine Fleecejacke und ließ die Hunde wieder aufs freie Gelände hinaus. Mit erhobenem Kopf die frische Nachmittagsluft einatmend, lief sie den Weg zum Landesteg hinunter und prüfte den Wind. Die Wolkendecke hatte sich aufgelöst, und an dem blauen Himmel waren nur noch hier und da hingekleckste Kumuluswölkchen zu sehen. Sie schätzte den Wind auf etwa Stärke fünf, genau richtig für einen flotten Törn im sieben Meter langen Beneteau First Classic, das zur Zeit ihr Lieblingsboot von den dreien in ihrem kleinen privaten Hafen war. Es war per-

fekt, wenn man allein segelte, anders als die größere Moody, die sie vorzog, wenn sie und Pierce zusammen auf den See hinausgingen.
Sie kontrollierte, ob alles am Boot in Ordnung war, dann machte sie die Leinen los und ließ es vom Landesteg wegtreiben, bevor sie das Großsegel setzte. Sie ließ ein Reff drin. Während sie auf die Mitte des Sees zusteuerte, plante sie ihre Route für diesen Nachmittag, ohne auf ihren Karten nachzusehen. Sie kannte diesen Teil des Sees besser als ihr Gesicht im Spiegel. An drei von vier Tagen segelte sie mehr oder weniger dieselbe Strecke, je nach dem, wie der Wind stand. Sie hatte so den besten Blick über das Wasser auf die Berge, und außerdem gab es hier keine tückischen Stellen, die ihr Schwierigkeiten machten, wenn ihre Gedanken sich mal zerstreut auf die Arbeit statt auf das Steuer richteten.
Bald hatte sie das Ufer hinter sich gelassen und ging auf Kurs hart am Wind. Die einzigen Geräusche waren das Glucksen der Bugwelle am Schiffskörper und das Knarren des Windes in den Segeln. Jane genoss das Gefühl der kühlen Luft auf ihrer Haut. Sie liebte das befreiende Gefühl, das sie immer beim Segeln auf dem See empfand. Sie machte sich nichts daraus, dass die Leute sie für eine Eigenbrötlerin hielten und meinten, sie befolge sklavisch ihre festgefügten Gewohnheiten und eingefahrenen Verhaltensmuster, als wäre sie eine Einzelgängerin mit Verfolgungswahn. Sie wusste, dass es anders war. Wenn möglich, verbrachte sie jeden Nachmittag auf dem Wasser, und es war nichts Routinemäßiges daran, wie sie sich und ihre Geschicklichkeit am Wetter und an der Wildheit des Sees maß. Hier draußen war sie die Herrscherin des freien, offenen Raums. Sollten sie ihr doch den Buckel runterrutschen. Sie konnten sie pedantisch und kleinkrämerisch nennen, so viel sie Lust hatten. Das bewies doch nur, wie wenig sie von ihr wussten. Sie hatten keine Ahnung von ihrem Leben an der Ruderpinne. Genauso wenig wussten sie über die wilde Leidenschaft ihrer Beziehung zu Pierce, die sie beide schon so lange geheim hielten, dass sie fast vergessen hatte, dass man auch anders leben konnte.
Er besuchte sie, wenn er konnte, was bei seinem Dienstplan als Drogenfahnder bei der irischen Polizei nicht oft der Fall war. Sie

hatten sich kennen gelernt, als er einen FBI-Kurs in Quantico besuchte. Einer der Ausbilder, ein alter College-Bekannter von Jane, hatte sie beide zum Essen eingeladen, und der Funke war sofort übergesprungen. Schon ein paar Wochen später verkaufte sie ihr Anwesen in Neuengland und erwarb den Besitz in Irland. Erst als sie schon umgezogen war, entdeckte sie den unerwarteten Bonus der Steuerfreiheit, den der irische Staat Schriftstellern gewährte. Jetzt war sie hier tiefer verwurzelt, als sie es jemals sonst irgendwo gewesen war.

Und wenn Pierce beruflich verreiste, nahm sie manchmal ein Zimmer im selben Hotel. So zurückgezogen zu leben hatte seine Vorteile. Niemand erkannte sie, wie es bei anderen Bestseller-Autoren der Fall war, die in Talkshows und auf Farbfotos über dem Klappentext zu sehen waren. Wenn Margaret J. Elias – das war ihr bürgerlicher Name – ihren Ausweis vorzeigte, rief das bei Hotelangestellten nicht einmal ein aufmerksames Heben der Augenbrauen hervor. In zwei Tagen, wenn die Fahnen fertig und nach New York abgeschickt waren, würde sie nach Marokko fliegen, um ihn dort zu treffen. Sie konnte es kaum erwarten.

Nach einem langen Schlag wendete sie und fuhr im rechten Winkel zu ihrer bisherigen Richtung weiter. So würde sie ganz bequem zur Landspitze und in die Bucht kommen, wo weniger Wind war und sie genug Spielraum hatte, um zu halsen und das Boot wieder in die Mitte des Sees zu lenken.

Als sie in die Bucht kam, sah sie ein kleines Boot, das ziellos vor ihr hin und her kreuzte. Jane korrigierte ihren Kurs und hoffte, dass der Mann in dem kleinen Boot entsprechend reagieren würde. Aber plötzlich legte es sich auf die Seite, kenterte und katapultierte den Mann an der Pinne ins Wasser. Innerhalb von Sekunden hatte der Wind das Boot in eine Richtung und die Strömung den Mann in die andere abgetrieben.

Den Zorn Gottes auf solche Blödmänner herabschwörend, die keine Ahnung davon hatten, wie man sich auf dem Wasser verhielt, warf Jane ihren Motor an und eilte dann nach vorn, um das Segel einzuholen. Nach knapp einer Minute schipperte sie mittels

Motorantrieb langsam auf die orangefarbene, auf und nieder schaukelnde Schwimmweste zu. Denn das war alles, was von dem Idioten zu sehen war, der offensichtlich nicht mit seinem Boot umgehen konnte.

Als sie längsseits kam, legte sie den Leerlauf ein und ließ am Heck eine Leiter hinunter. Der Mann schwamm ungeschickt zum hinteren Ende des Boots und zog sich aus dem eisigen Wasser hoch.

»Danke«, keuchte er, öffnete seine Schwimmweste und steckte eine Hand hinein.

»Sie kennen wohl den See hier nicht«, sagte Jane kurz und tadelnd und wandte sich von ihm ab, um den Gang wieder einzulegen.

Den Totschläger sah sie nicht, der durch die Luft auf ihren Schädel zusauste.

Kapitel 19

Von unten sahen die beiden Frauen an der steilen Bergflanke wie zwei Cursors aus, die sich diagonal über einen lautlosen grünen Bildschirm bewegten. Sie waren schnell vom Wyetal bei Litton Mill zwischen den Bäumen an der alten Eisenbahnlinie hinaufgestiegen und auf die kahle Seite des Bergs gekommen, wo sogar die Schafe das Klettern unterhalb der Kalksteinklippen vermieden. Sie erreichten den höchsten Punkt ihrer Klettertour, und Fiona, die auf dem vertrauten Gelände schneller war und auf Caroline wartete, die die letzten zwanzig Meter nach oben keuchte, hielt bei einem Felsbrocken an, auf dessen Rand man sitzen konnte. Mit einem liebevollen Lächeln sah sie auf ihre Gefährtin hinunter.

Als Fionas kleine Schwester Lesley am St. Andrews College studierte, hatte sie über sich selbst genauso viel gelernt wie über ihre Studienfächer. Eine Entdeckung war unter anderem die Beschaffenheit ihrer Neigungen. Zum Zeitpunkt ihrer Ermordung hatte sie gerade die erste Liebe heftig ergriffen. Als ihre Eltern herausfanden, welcher Natur diese Liebe gewesen war, wurde es noch schwieriger für sie, mit dem Tod ihrer Tochter fertig zu werden. Fiona war jedoch nicht überrascht gewesen, dass der Mensch, der das Bett mit ihrer Schwester teilte, eine Frau war. Lesley hatte es ihr nicht ausdrücklich gesagt, aber Fiona hatte die Art und Weise, wie sie über ihre Freundin Caroline Matthews sprach, durchaus richtig gedeutet.

Weil sie ihre Beziehung geheim gehalten hatten, war Fiona der einzige Mensch, mit dem Caroline richtig trauern konnte. Und es war kaum erstaunlich, dass aus dem gemeinsamen Kummer eine Freundschaft entstanden war. Jetzt, zwölf Jahre später, trafen sich Fiona und Caroline, wann immer Caroline in London war, und sie standen über Telefon und E-Mail in Verbindung. Mindestens dreimal im Jahr aber trafen sie sich und gingen im Peak District wandern.

Caroline war am St. Andrews College geblieben und lehrte jetzt dort als Dozentin für Mathematik. Das Leben war für sie weitergegangen wie für Fiona auch. Aber für beide war Lesleys Verlust eine Erfahrung, die ihre Beziehungen zu anderen Menschen für immer geprägt hatte. Und das Schuldgefühl, das sie beide gegenüber Lesley empfanden, bedeutete für sie, dass sie einander nie im Stich lassen würden.

Caroline erreichte schnaufend und mit rotem Gesicht den Gipfel. Sie ließ sich japsend und außer Atem auf einen Stein in Fionas Nähe fallen. »O Gott«, stöhnte sie, »ich hab überhaupt keine Kondition mehr. Das war so ein schlapper Sommer, wir sind fast gar nicht dazu gekommen, in die Berge zu gehen.«

»Hört sich so an, als hättest du's auch nicht zum Trainieren ins Studio geschafft«, äußerte Fiona.

Caroline verzog das Gesicht. »Julia hat in ihrer Mittagspause Steptanz angefangen und das Training aufgegeben. Und wir haben beide beruflich so viel zu tun, dass sie sich über mich ärgert, wenn ich unsere zwei freien Abende im Studio verbringe. Immer nehme ich mir vor, früh aufzustehen und noch vor der Arbeit zu gehen. Aber dann packe ich es nie.«

»Du würdest dich besser fühlen, wenn du es schaffen könntest hinzugehen.« Fiona machte ihren Rucksack auf und nahm ihre Wasserflasche heraus.

»Fiona …« Carolines Stimme hatte einen warnenden Unterton.

Fiona lachte. »Tut mir Leid, du hast ja Recht. Ich bin nicht deine Mutter. Halt die Klappe, Fiona.« Sie streckte die Hand aus, und Caroline gab ihr einen leichten Schlag aufs Handgelenk. Es war eine eingespielte Szene, entstanden aus den frühen Tagen ihrer gemeinsamen Trauer. Als Ersatz für die Fürsorge, die sie ihrer

Schwester nicht mehr zukommen lassen konnte, hatte sich Fiona übertrieben um Caroline gesorgt.
Fiona nahm einen Schluck Wasser und bot es Caroline an, die den Kopf schüttelte. »Wenn ich jetzt etwas trinke bei dieser Temperatur, dann muss ich in fünf Minuten pinkeln. Und ich kann hier auf die nächste halbe Meile kein bisschen Sichtschutz ausmachen.«
»Wenn du nur nicht zu viel Flüssigkeit verlierst.«
»Fiona!« stieß Caroline diesmal laut hervor. »Du bist *nicht* meine Mutter. Nimm dich zusammen.«
»Sorry. Es kommt davon, dass ich mit einem Mann lebe. Besonders mit einem, der die halbe Zeit in einer anderen Welt lebt.«
»Wahrscheinlich in einer, wo irgendjemand seine Sachen zur Reinigung bringt und ihm in regelmäßigen Abständen etwas zu essen vor die Nase stellt?«
Fiona grinste. »Solche Sachen vergisst Kit nicht. Eher vertieft er sich so in seine Arbeit, dass er plötzlich auf die Uhr sieht und merkt, er hätte mich schon vor zehn Minuten abholen sollen. Oder er verpasst seine Haltestelle in der U-Bahn, weil er eine Unterhaltung mit sich selbst führt. Dann wacht er plötzlich auf und sieht, dass er in Kensington ist statt am Leicester Square.«
»Wie geht es ihm denn?«
Fiona stand auf, steckte ihre Wasserflasche in den Rucksack zurück und hängte ihn wieder um. »Er ist so dickköpfig wie eh und je.«
Caroline atmete jetzt wieder langsamer, stand auf und schaute Fiona fragend an. Normalerweise redete Fiona nicht abfällig über Kit. Und außerdem: Hätte man die Dickköpfigkeit, die es in dieser Beziehung gab, aufteilen sollen, dann hätte sie Fiona den Löwenanteil zusprechen müssen. Soweit Caroline es beobachtet hatte, nahm Kit das Leben ziemlich locker. Bei Diskussionen war er schnell und entschlossen, aber nie so angriffslustig, wie Fiona es sein konnte, wenn sie die Schwäche eines Kontrahenten spürte, der sich überfahren lassen würde. »Hört sich an, als hätte er dich ziemlich geärgert«, sagte sie vorsichtig und lief hinter Fiona auf dem schmalen Pfad, der oberhalb der spektakulären Biegung des Water-cum-Jolly-Tals über die Seite des Bergs führte.

»Das könnte man sagen.« Fiona presste die Lippen aufeinander und hielt den Blick vor sich auf den Boden gerichtet.

»Möchtest du darüber reden?«

»Ich bin so wütend auf ihn«, sagte Fiona aufgebracht. »Wir hatten einen fürchterlichen Krach neulich abends. Er hat mit der Post eine Morddrohung bekommen und weigert sich einfach, zur Polizei zu gehen. Er behauptet, es sei nur ein normaler Brief von einem Spinner, aber da bin ich nicht so sicher. Ich hatte ein ganz ungutes Gefühl. Und nach dem, was mit Drew Shand passiert ist …«

»Aber das war doch bestimmt eine einmalige Sache?«, fragte Caroline. »Nach allen Berichten, die ich in den schottischen Medien gesehen habe, geht man von einem Treffen mit der Aussicht auf S&M-Sex aus, bei dem etwas schief gegangen sei. Es hat keine Hinweise gegeben, dass jemand außerhalb der Schwulenszene in Gefahr sein könnte.«

Fiona sah mit finsterem Gesicht zum Horizont. »Das ist nur eine Möglichkeit. Und wir wissen nicht, ob Drew Shand Morddrohungen bekommen hat, weil wir nur wissen, was die Polizei uns sagt. Ich weiß, es ist gewagt zu behaupten, der Mord könne mehr mit Drews Büchern als mit seinem Lebensstil zu tun haben, aber es ist eine Möglichkeit, und solange es eine Möglichkeit ist, meine ich, sollte Kit die Sache ernster nehmen.«

»Und deswegen habt ihr Krach gehabt?«

»Seitdem haben wir kaum ein Wort gewechselt.«

»Ich nehme an, Kit versteht, warum du dich so darüber aufregst?«, fragte Caroline und konnte jetzt neben Fiona gehen, weil der Weg sich in zwei parallele Pfade trennte.

»Ich denke, er hat schon verstanden, dass ich mir Sorgen um ihn mache«, antwortete Fiona kühl.

»Aber darum geht es eigentlich nicht, oder?«

Fiona schwieg. Sie stapfte einfach entschlossen weiter und gab vor, den Blick auf den Fluss zu genießen, den der Damm der alten Mühle bei Cressbrook zu einer großen stillen Wasserfläche aufstaute.

»Es geht dabei nicht nur um Kit, Fiona. Es geht um Lesley.«

Fiona blieb stehen. »Es hat nichts mit Lesley zu tun.« Die Züge um Mund und Kinn wurden streng und störrisch.

Caroline blieb ein paar Schritte vor ihr stehen und legte ihre behandschuhte Hand auf ihren Arm. »Du brauchst mir doch nichts vorzumachen, Fiona. Du kannst den Gedanken nicht ertragen, ihn zu verlieren, weil du schon Lesley verloren hast und weißt, wie es ist, wenn jemand ermordet wird, den man liebt. Diese Furcht lässt die kleinste Gefahr als lebensbedrohlich erscheinen und macht dich zu einer ständig aufmerksam wachenden Beschützerin.« Caroline verstummte. Fiona antwortete nicht, so fuhr sie fort. »Ich verstehe das, weil ich es selbst auch so mache. Es treibt Julia zum Wahnsinn. Wenn sie ohne Auto in der Stadt ist, hole ich sie immer ab. Sie sagt, sie komme sich vor wie ein Teenager, dessen Mutter misstrauisch ist und glaubt, die Tochter lasse sich von einem stadtbekannten Rüpel hinter dem Fahrradstand abküssen.«

Caroline lachte leise. »Einmal – wir kannten uns noch nicht so lange – bestand sie darauf, dass ich sie nach einem Elternabend nicht abholen sollte. So wartete ich draußen vor der Schule, bis sie herauskam. Ich folgte ihr nach Hause. Und sie bekam fast einen Herzschlag, weil sie hinter sich Schritte hörte, als sie durch eine der kleinen Gassen in der Altstadt ging und dachte, sie würde gleich überfallen. Da ist ihr klar geworden, dass mein ständiger Wunsch, sie abzuholen, mehr mit meinen Ängsten zu tun hatte als mit ihrer Schwäche. Jetzt gibt sie sich damit zufrieden, obwohl es sie eigentlich sehr stört. Fiona, du musst Kit sagen, warum dieser Drohbrief für dich eine so große Bedeutung bekommen hat. Wenn er ihn für unwichtig hält, hat er wahrscheinlich Recht. Er weiß, was für Korrespondenz er normalerweise bekommt. Aber er muss wissen, dass du ihn nicht einfach nur bemutterst. Dass es einen tieferen Grund für dein Benehmen gibt.«

Fiona starrte auf die Kalkfelsen auf der anderen Seite des Tals. »Ich dachte, ich sei hier die Psychologin.« Ihre Stimme zitterte leicht.

»Ja, na ja, Frau Psychologin, dann analysieren Sie sich mal selbst.«

Fiona betrachtete die abgestoßenen Kappen ihrer Wanderschuhe. »Wahrscheinlich hast du Recht. Ich sollte ihm besser erklären, was ich meine.« Sie schaute hoch und traf Carolines festen Blick. »Aber ich könnte es mir nicht verzeihen, wenn ihm etwas zustoßen würde.« Ihre Augen glänzten feucht.

Caroline zog Fiona zu sich heran und umarmte sie fest. »Ich weiß.«

Fiona löste sich mit einem schwachen Lächeln aus ihrer Umarmung. »Ich werde mit ihm reden, wenn ich nach Hause komme. Ich versprech's. Also, wollen wir hier herumstehen, bis wir uns verkühlen, oder gehen wir ins Monsal Head Pub?«

Caroline tat so, als denke sie nach. »Ich glaube, wenn ich's mir so recht überlege, nehme ich doch lieber das Pub.«

»Wer zuerst am Damm ist, gewinnt«, sagte Fiona und fegte mit mörderischem Tempo den Hang hinunter.

»Du hast gewonnen«, murmelte Caroline und folgte mit einer vernünftigeren Geschwindigkeit. Auch nach zwölf Jahren war Lesleys Tod immer noch das entscheidende Ereignis in ihrer beider Leben. Wie sehr sie sich auch mühten, es hinter sich zu lassen, es war da und bereit, sie zu überfallen, dachte sie. Manchmal fragte sie sich, ob es ihnen jemals gelingen würde, sich von diesem Schatten zu befreien, der sie umfing. Oder ob sie das überhaupt wollten.

Fiona schritt von der U-Bahn-Station den Dartmouth Park Hill hinauf, entschlossen, die Sache mit Kit zu klären. Caroline hatte Recht. Sie hatte sich einfach nicht zu akzeptieren erlaubt, was wirklich hinter ihrem Drängen stand, dass er den Brief ernst nehmen müsse. Mit gesenktem Kopf watete sie durch die herabgefallenen Blätter und überholte mit Leichtigkeit die späten Pendler, die von ihren Büros nach Hause kamen. Sie erreichte die Kreuzung, an der sie nach links in ihre Straße einbiegen musste, in Rekordzeit und beschleunigte ihre Schritte, als es bergab ging. Sie war jetzt erwartungsvoll und nur allzu bereit, sich zu entschuldigen und alles zu erklären.

So enttäuschte es sie tief, als sie die Tür öffnete und Kit rufen hörte: »Wir sind hier oben.« Wer immer der zweite Teil des »Wir« sein mochte, sie war nicht in der Stimmung für Gäste.

»Ich zieh nur meine Stiefel aus«, rief sie. Den Rucksack warf sie auf den Boden, die Jacke hängte sie über den Treppenpfosten, schnürte die Stiefel auf und zog sie aus. Genüsslich wackelte sie mit den befreiten Zehen. Ihre häufig getragenen Stiefel waren zwar bequem, aber trotzdem engten sie die Füße ein. Sie nahm aus der Küche ein Glas mit, denn wenn Kit einen Gast hatte, hatte er bestimmt schon eine Flasche Wein aufgemacht. Dann ging sie zum Wohnzimmer im ersten Stock hinauf.

Die Lampen waren erleuchtet und warfen in dem geräumigen Zimmer warme Lichtkreise. Kit saß mit einem Glas in der Hand in seinem Lieblingssessel. Alles wäre genau richtig gewesen, wäre er nur allein gewesen. Aber seine Gefährtin war der letzte Mensch, den Fiona jetzt sehen wollte.

Auf dem Sofa zusammengekauert saß Georgia Lester. Ihre Sandalen mit Riemchen hatte sie auf den Teppich fallen lassen. Georgia, eine lebende Legende, hatte in den fünfundzwanzig Jahren ihrer Karriere über dreißig Romane veröffentlicht. Sie wurde so bekannt, dass sie P. D. James und Ruth Rendell den Titel Queen of Crime streitig machte. Sie war eine der ersten Krimiautoren, deren Werk mit Erfolg fürs Fernsehen eingerichtet wurde, und das hatte ihr in der Folgezeit einen Platz auf den Bestsellerlisten garantiert. Sie war ein Liebling der Medien und schlachtete schamlos jede Gelegenheit aus, in Zeitungen, Radio oder Fernsehen zu erscheinen. Männern hatte sie es mit ihren Flirts, Schmeicheleien und ihrer unbestreitbaren Großzügigkeit angetan. Die meisten Frauen brachten ihr, wie Fiona auch, gelassene Verachtung entgegen. »Sie ist die Barbara Cartland der Krimiliteratur«, hatte Fiona einmal zu Mary Margolyes gesagt, die sich an ihrem Drink verschluckte und diese Bemerkung prompt über die Buschtrommel verbreitete, ohne Namensnennung natürlich.

Die gedämpfte Beleuchtung schmeichelte Georgia und ließ die Straffheit ihrer gelifteten Haut weicher erscheinen. Sie erlaubte ihr, Make-up nur sparsam aufzutragen und das Alter weiterhin von sich fern zu halten. In diesem Licht konnte sie als kaum über vierzig durchgehen, was Fiona praktisch als ein Wunder betrachtete

bei einer Frau, die keinen Tag unter siebenundfünfzig sein konnte.
»Fiona, Schätzchen«, säuselte Georgia und hob den Kopf mit einer Geste, die nach einem in die Luft gehauchten Küsschen verlangte. Fiona tat ihr den Gefallen und wurde sich ihrer vom Wind aufgerauten Haut, ihrer ungekämmten Haare und ihres Fleece-Hemdes bewusst, das wahrscheinlich nach Schweiß roch. Georgia duftete natürlich nach Chanel N°5 und trug ein nachtblaues, fließendes Gewand, das nur an den strategischen Punkten, dem Busen und den Hüften, anlag. Ihr Haar, mit einem unwahrscheinlichen, aber überzeugenden aschblonden Farbton, schien direkt vom Coiffeur zu kommen. »Ich hatte nicht damit gerechnet, dich zu sehen, Georgia«, sagte Fiona, als sie sich abwandte und ein Glas Wein eingoss. Sie ging zu Kit hinüber und küsste ihn auf die Wange. »Hallo, Schatz«, sagte sie und hoffte, die Geste und ihr Tonfall signalisierten ihm, dass sie einen Waffenstillstand anbot.
Er fasste sie mit dem freien Arm um die Taille und drückte sie an sich, erleichtert, dass der Tag in den Bergen mit Caroline ihre Feindseligkeit aufgelöst zu haben schien. Es beunruhigte Kit, wenn die Atmosphäre zwischen ihnen unbehaglich war, aber er hatte schon früh begriffen, dass er sich entweder daran gewöhnen oder lernen musste, sich zu entschuldigen, auch wenn er nicht glaubte, dass er Unrecht hatte. Inzwischen gab er dem friedlichen Zusammenleben zuliebe meistens nach. Aber manchmal sträubte er sich und ertrug die üble Stimmung so lange, wie Fiona brauchte, um zuzugeben, sie habe möglicherweise nicht ganz Recht gehabt.
»Hattet ihr einen schönen Tag?«, erkundigte er sich.
»Wir hatten Glück mit dem Wetter«, sagte Fiona, die auf der Armlehne seines Sessels saß. »Wir sind ungefähr zehn Meilen gewandert, tolle Sicht.«
Georgia schauderte. »Zehn Meilen? Ich weiß nicht, wie du das schaffst, Fiona, ich weiß es wirklich nicht. Wärst du nicht lieber in einem schönen, warmen gemütlichen Bett mit diesem appetitlichen Mann?«
»Das eine schließt das andere nicht aus«, sagte Fiona. »Ich genieße die Bewegung.«

Georgia lächelte wie eine Lehrerin, die einem kleinen Kind den Kopf tätschelt. »Bewegung habe ich mir immer lieber drinnen verschafft«, sagte sie.
Fiona biss nicht an. »Wie geht es dir denn, Georgia? Ich habe gehört, du sorgst dich um deine Sicherheit.«
Georgia setzte sofort einen tragischen Gesichtsausdruck auf. »Der arme, arme Drew. Was für ein entsetzliches Schicksal, und für uns alle ein schrecklicher Verlust.«
»Ich wusste nicht, dass du Drew kennst«, sagte Fiona und bemühte sich, nicht so boshaft zu klingen, wie sie empfand.
»Ich meinte sein Werk, Fiona, meine Liebe. Ein solches Talent so früh ausgelöscht zu sehen ist unbeschreiblich tragisch.«
Fiona konnte sich kaum zurückhalten, Georgia mit einer spöttischen Bemerkung zu reizen. »Drews Tod ist für dich doch aber sicher kein Grund, dich bedroht zu fühlen?«, fragte sie.
»Deshalb ist Georgia hier«, unterbrach Kit. Er wollte vermeiden, dass Fiona wegen des Geplänkels aus dem Zimmer ging. Das hatte es durchaus schon gegeben. Statt es in eine offene Feindseligkeit ausarten zu lassen, die der unwahrscheinlichen Freundschaft zwischen Kit und Georgia geschadet hätte, zog sich Fiona dann immer lieber aus dem Streit zurück. Heute wollte er jedoch, dass sie blieb.
»Aber unbedingt, meine Liebe. Als Kit mir von dem abscheulichen Brief erzählte, den er bekommen hatte, wusste ich sofort, dass ich kommen müsste. Er nahm es so leicht, verstehst du. Und als er mir von deiner Reaktion erzählte, war mir klar, dass ich in dir eine Verbündete hatte.« Sie ließ Fiona ihr strahlendes, kosmetisch verschönertes Lächeln sehen.
»Georgia hat auch so einen Brief bekommen wie ich«, sagte Kit. »Zeig ihn Fiona – er muss von derselben Person sein.«
Georgia nahm ein gefaltetes Blatt Papier vom kleinen Tisch beim Sofa. Sie streckte es ihr hin, so dass Fiona gezwungen war, aufzustehen und es ihr abzunehmen. Fiona ging zum anderen Sessel hinüber, bevor sie den Bogen auseinander faltete und anschaute. Papier und Schrift sahen aus wie bei Kits Brief. Und der Stil war ähnlich. Soweit sie sich erinnern konnte, waren ganze Sätze gleich.

»Georgia Lester«, las sie, »du nennst dich Queen of Crime, aber du herrschst nur durch Plagiate und das Vitamin-B-System. Dein Ruhm gründet sich auf dem, was du anderen gestohlen hast. Du gibst denen, die ihn verdienen, keinen Dank, und deine Lügen rauben anderen, was ihnen rechtmäßig gehört.
Dein Werk ist ein schwacher Abglanz des leuchtenden Lichts anderer Menschen. Du wärst niemand ohne die Ideen anderer, von denen du zehrst. Du hast alles getan, um deine Konkurrenten aus dem Feld zu schlagen. Wenn du hättest helfen können, hast du denen, die größer sind, als du je sein wirst, ins Gesicht geschlagen. Du bist eine Schmarotzerin und saugst das Blut derer aus, die du um ihre Begabung beneidest. Du weißt, dies ist die Wahrheit. Prüfe deine verkommene Seele, und du wirst nicht leugnen können, dass du mich beraubt hast.
Die Zeit ist reif, du musst bezahlen. Du verdienst nichts als meine Verachtung und meinen Hass. Wenn ich dich töten muss, damit du mir gibst, was mir rechtmäßig zusteht, dann soll es geschehen.
Die Wahl von Stunde und Tag wird meine Sache sein. Ich glaube, du wirst keinen ruhigen Schlaf mehr haben, den du auch nicht verdienst. Ich werde mich über dein Begräbnis freuen. Wie ein Phönix werde ich aus deiner Asche auferstehen.«

Fiona faltete den Brief sorgfältig wieder zusammen. Sie hatte keinen Zweifel daran, dass er von demselben Verfasser stammte wie der, der sie zwei Nächte zuvor so aufgewühlt hatte. »Wann hast du das bekommen, Georgia?«
Georgia winkte nachlässig mit der Hand. »Vor zwei Wochen? Ich kann's nicht genau sagen. Ich kam letzten Dienstag aus Dorset zurück, und es war bei der Post, die inzwischen gekommen war.«
»Hast du irgendetwas unternommen?«
Georgia strich das Haar über der rechten Schläfe glatt. »Ehrlich ge-

sagt dachte ich, es sei einer dieser Spinnerbriefe, die Kit andauernd bekommt, wie er mir erzählt hat. Ich habe damit nicht viel Erfahrung. Die Briefe, die ich bekomme, sind immer von Bewunderern. Meine Bücher sind ja nicht so provozierend wie die von Kit. Aber als Kit mir sagte, er habe einen ähnlichen Brief bekommen, war ich sicher, dass wir sie nicht einfach unbeachtet lassen sollten. Nach Drews Ermordung, meine ich.«

»Georgia meint, wir sollten sie zur Polizei bringen«, sagte Kit. »Genau wie du.«

Fiona schaute ihn bestürzt an. Sie war zwischen den beiden Klippen eines Dilemmas gefangen, das sie selbst verursacht hatte. Einerseits fand sie die Briefe höchst beunruhigend, aber andererseits wollte sie auf keinen Fall etwas tun, das Kit in den Augen der Polizei und der Öffentlichkeit mit Georgia in Verbindung brachte. Wenn sie mit diesen Briefen zur Polizei gingen, dann würde innerhalb von 24 Stunden der Medienrummel losbrechen. Was immer Georgia hier und jetzt versprechen mochte, Fiona wusste, dass die Verlockungen der Publicity für sie viel zu stark sein würden, um widerstehen zu können. Es würde ein Alptraum werden.

Nicht nur der Einbruch in ihr und Kits Privatleben würde schrecklich sein; außerdem, wenn er bisher keinen neurotischen Verfolger hatte, dann würde es bald so weit sein. Fotos von ihrem Haus würden in der Regenbogenpresse erscheinen, eine leicht identifizierbare Zielscheibe für einen der wirklich abartigen Typen, die vielleicht etwas in seinen Büchern fanden, was ihre eigenen psychischen Schwächen aufbrechen ließ. Sie wusste, dass das keine übertriebene Angst war. Sie kannten zumindest einen Autor von Krimis, dessen Leben von einem Spanner so unerträglich gemacht wurde, dass die Familie sich gezwungen sah, umzuziehen und die Kinder die Schule wechseln zu lassen.

Aber Fiona hatte so vehement dafür gestimmt zu handeln, als Kit seine Morddrohung erhalten hatte. Wenn sie jetzt ihre Haltung ändern wollte, dann musste sie einen guten Grund angeben. »Ich finde auch, dass ihr sie ernst nehmen solltet«, sagte sie behutsam. »Aber ich bin nicht überzeugt, dass irgendetwas gewonnen werden kann, wenn man mit den Briefen zur Polizei geht. Wie du selbst gesagt hast, Kit, sie könnten kaum etwas mit ihnen anfangen. Es ist nicht wahrscheinlich, dass es Spuren an den Briefen gibt. Sie bieten keine Hinweise auf den Absender, und der Polizei fehlen die Mittel, euch zu schützen. Es würde nur die unwillkommene Aufmerksamkeit gerade der Leute auf euch beide ziehen, die euch nervös machen.«

Kit schien einigermaßen verblüfft. »Das hast du aber neulich nicht gesagt.«

Fiona lächelte verlegen und zuckte schwach mit den Schultern. »Ich habe heute darüber nachgedacht. Mir ist klar geworden, dass ich überreagiert habe und dass du Recht hattest.«

Kit zog die Augenbrauen hoch. »Kann ich das schriftlich haben?«, sagte er.

»Alles gut und schön«, sagte Georgia mit trotzig vorgeschobener Unterlippe. »Aber wir könnten ernsthaft gefährdet sein. Meinst du wirklich, dass wir es einfach vergessen sollen, Fiona?«

Fiona schüttelte den Kopf. »Natürlich nicht, Georgia. Du und Kit, ihr müsst auf jeden Fall vorsichtig sein.« Sie zwang sich zu einem gekünstelten Lächeln. »Wolltest du nicht, dass dein Verleger dir einen Bodyguard für deine Lesereise stellt? Das wäre eine gute Idee für den Anfang.«

Kit starrte sie beide mit offenem Mund an. Er konnte kaum glauben, dass Fiona dies im Ernst sagte. »Du willst, dass ich einen Wächter engagiere?«, fragte er ungläubig.

»Nicht, wenn du vernünftige Vorkehrungen triffst. Halte dich nachts nicht allein auf der Straße auf. Unterhalte dich nicht mit Fremden, wenn du allein bist.« Sie grinste. »Und geh nicht in schwule S&M-Bars.«

»Ich finde, die Sache eignet sich nicht zum Witzemachen«, sagte Georgia beleidigt.

»Nein, tut mir Leid, Georgia, du hast Recht. Aber du darfst nicht vergessen, es ist unwahrscheinlich, dass die Person, die diese Briefe geschickt hat, dieselbe Person ist, die Drew ermordet hat.«

»Wie kannst du so sicher sein?«

Jetzt war Fiona an der Reihe, eine gewisse Herablassung zu demonstrieren. »Es gibt einen Spruch bei der Polizei: ›Mörder melden sich nicht an, und wer sich anmeldet, ist kein Mörder.‹ Aus psychologischer Sicht heißt das, Leute, die Drohbriefe schreiben, machen ihre Drohungen selten wahr. Sie wollen Furcht und Schrecken verbreiten, ohne sich die Hände schmutzig zu machen. Und Leute, die Morde begehen, geben im Allgemeinen ihre Absichten nicht im Voraus bekannt. Zunächst mal würde es dadurch für sie viel schwerer, ihre Pläne durchzuführen. Wenn ihr möchtet, werde ich die beiden Briefe nehmen und einer professionellen psycholinguistischen Analyse unterziehen. Wenn ich danach denke, dass es einen stichhaltigen Grund gibt, sich wirklich zu sorgen, werde ich mit euch zur Polizei gehen. Ist das ein guter Vorschlag?«

Georgia schürzte die Lippen. Wenn sie hätte sehen können, wie das die feinen Falten um ihren Mund betonte, hätte sie es bestimmt nie wieder getan. »Gut, ich werde mich von deinem professionellen Urteil leiten lassen, Fiona. Aber ganz zufrieden bin ich nicht, muss ich sagen. Und ich werde mit meinem Verleger darüber sprechen, ob er mir einen Bodyguard besorgen will.«

»Das ist klug gehandelt«, sagte Fiona und musste sich anstrengen, das Kichern zu unterdrücken, das sie zu überwältigen drohte.

»Und jetzt muss ich gehen«, sagte Georgia, raffte ihr Kleid zusammen und schlüpfte elegant in ihre Schuhe. »Der liebe Anthony und ich essen mit dem Kultusminister und seiner Partnerin, und ich bin schon so spät dran, wie es gerade noch schick ist.«

Während Kit Georgia zu ihrem Auto brachte, streckte sich Fiona auf dem Sofa aus und entspannte ihre Muskeln. Die Briefe waren beunruhigend. Aber jetzt, wo sie entdeckt hatte, was sie wirklich bedrückte, konnte sie sie aus der richtigen Perspektive sehen. Sie enthielten ihrer Meinung nach keine glaubhafte Drohung.

Sie hörte, wie Kit die Treppe heraufkam, dann ließ er sich auf das Sofa neben sie fallen und zog sie an sich. »Du bist eine boshafte Person«, sagte er und konnte das Lachen kaum zurückhalten.

»Ich weiß gar nicht, was du meinst.«

»Bodyguards wären eine gute Idee für den Anfang«, äffte er sie nach.
»Na, sie verdient es. Ehrlich, Kit, ich begreife nicht, dass du das affige Getue ertragen kannst.«
»Ich habe schon immer eine Schwäche für theatralische Allüren gehabt«, bekannte er. »Es macht mir einfach Spaß, Fiona. Und sie ist gut zu ihren Freunden.«
»Aber nur, wenn man ein Mann ist, mein Guter«, sagte Fiona, Georgias Affektiertheit parodierend.
»Und da wird immer behauptet, dass nur Männer andere schlecht machen.« Er legte die Arme um sie und schmiegte sich an sie. »Haben wir mit unserem Krach Schluss gemacht?«
Fiona seufzte. »Ich habe zu heftig reagiert, weil ich immer Lesley im Hintergrund habe. Auch wenn ich es selbst nicht weiß.«
»Danke, Caroline.« Er vergrub sein Gesicht in ihrem Haar und küsste sie auf den Hals. Dann löste er sich von ihr. »Ach übrigens, in der ganzen Zeit mit dir hab ich keinen größeren Quatsch gehört. ›Ich werde die Briefe einer professionellen psycholinguistischen Analyse unterziehen.‹ Also ehrlich, Fiona.«
»Georgia schien es für eine gute Idee zu halten.«
»Ja, aber Georgias Bezug zur Realität ist defekt. Vergessen wir doch nicht, dass sie glaubt, unsere Polizisten seien wundervoll. Und dass Vorwürfe wegen Rassismus und Korruption bei der Metropolitan Police bösartige Lügen sind, die von linksradikalen Verschwörern verbreitet werden.«
»Stimmt das etwa nicht?« Fionas Augen wurden groß vor falschem Entsetzen.
»Ich weiß nicht recht, wie ich dir das sagen soll, Fiona, aber es gibt auch keinen Weihnachtsmann.«
Sie zog seinen Kopf zu sich heran. »Da werde ich einfach mal sehen müssen, was du für mich in deinem Sack hast.«

Kapitel 20

Am nächsten Abend kaufte Fiona auf dem Heimweg von der Arbeit wie gewöhnlich an der U-Bahn-Station einen *Evening Standard*. Der Leitartikel auf Seite drei war für sie eine solche Überraschung, dass sie ihren einfahrenden Zug nicht bestieg. Stattdessen las sie starr vor Entsetzen weiter.

Queen of Crime ermordet

Die amerikanische Bestsellerautorin Jane Elias ist brutal ermordet worden. Die Polizei in County Wicklow gab heute bekannt, dass mit dem abscheulichen Verbrechen brutale Szenen aus dem eigenen Werk der Thrillerautorin nachgestellt wurden.

Die verstümmelte Leiche wurde gestern frühmorgens von einem Forstarbeiter auf einer Landstraße in der Nähe des Landsitzes entdeckt, der seit vier Jahren das irische Domizil der Autorin ist. Der Mörder hatte sie so übel zugerichtet, dass die Identifizierung nur wegen einer auffälligen Narbe möglich war, die von einer Operation vor drei Jahren stammte.

Ein Polizeisprecher sagte: »Selbst erfahrene Mitarbeiter waren schockiert, als sie sahen, wie entstellt das Opfer war. Miss Elias hat vier Jahre in dieser Region gelebt und war bei den Einheimischen sehr beliebt. Wir verfolgen bei den Ermittlungen mehrere Hinweise, aber zu diesem Zeitpunkt fällt es schwer, sich vorzustellen, warum ihr jemand dies antun wollte.«

Ihr britischer Literaturagent Jeremy Devonshire zeigte sich von der Nachricht zutiefst bestürzt. »Es ist entsetzlich«, sagte er. »Mir ist es unbegreiflich. Jane war eine so nette, charmante Frau. Wir haben seit fünf Jahren zusammengearbeitet, und ich kann ehrlich sagen, dass wir nie ein unfreundliches Wort gewechselt haben.«
Ein Sprecher ihres Verlags Turnhouse Bachelor sagte: »Diese Nachricht hat bei uns einen tiefen Schock ausgelöst. Jane war nicht nur ein glänzendes Talent, sondern die Zusammenarbeit mit ihr war absolut angenehm. Das ganze Unternehmen trauert heute um sie.«

Psychopathen

Jane Elias' erster Roman *Death on Arrival* schnellte vor sieben Jahren auf beiden Seiten des Atlantiks an die Spitze der Bestsellerlisten. Darin führte sie die Kriminalpsychologin Dr. Jay Schumann, eine Profilerin des FBI, ein, die sich hauptsächlich mit Serienkillern befasst.
Darauf folgte eine Reihe von Romanen, die viele Preise gewannen, drei davon wurden in Hollywood verfilmt, darunter ihr Erstling. In *Death on Arrival* gewann Michelle Pfeiffer einen Oscar.
Jane Elias war für ihre Zurückgezogenheit bekannt. Anders als die meisten anderen Autoren von Bestsellern mied sie Publicity und verließ nur selten ihre Abgeschiedenheit, um Interviews zu geben.
Sie erklärte, sie sei nach Irland gekommen, weil sie Ruhe brauchte, die sie in ihrer Heimat Neuengland nicht mehr finden konnte.
Die Sicherheitsüberwachung in ihrem georgianischen Herrenhaus an den Ufern des Lough Killargan war als sehr streng bekannt und umfasste Bewachung rund um die Uhr. Die fünf Meilen lange Umzäunung wurde mit Überwachungskameras beobachtet.
Trotzdem nahm sie eine aktive Rolle in ihrer Gemeinde ein

und schrieb z. B. kürzlich ein Stück für die Theatergruppe der Kirche, um beim Sammeln von Mitteln für eine Kinderspielgruppe zu helfen.

Jane Elias war eine begeisterte Seglerin und hatte mehrere Boote in ihrem privaten Jachthafen. Heute früh gab es Überlegungen, ob sie überfallen wurde, als sie mit einer ihrer Jachten auf dem See beim Segeln war.

Völlig schockiert las Fiona den Artikel noch einmal und erwartete irgendwie fast, dass sich diesmal die Wörter zu einem anderen Text verbinden würden. Aber die Meldung blieb die gleiche. Eine Frau, der sie vor weniger als drei Monaten beim Dinner gegenübergesessen hatte, war nun einem Mord zum Opfer gefallen. Auch wenn ihr die Beschäftigung mit Mord und Totschlag nur zu vertraut war, milderte dies nicht das eisige Entsetzen, das sie plötzlich überkam.

Fiona konnte sich später nicht mehr an die Rückfahrt nach Hause erinnern, ihre Gedanken kreisten um die Erinnerungen an Jane Elias zu deren Lebzeiten und um die Bilder, die sie sich aufgrund ihrer Erfahrungen von der Leiche der Schriftstellerin machte. Sie hatten sich bei Janes letzter Reise nach London beim Erscheinen ihres siebten Jay-Schumann-Romans *Double Take* kennen gelernt. Jane und Kit hatten den gleichen Verleger, und weil Jane bei Auftritten in der Öffentlichkeit so zurückhaltend war, hatte Turnhouse Bachelor eine Reihe privater Essen mit erfahrenen wichtigen Großbuchhändlern und prominenten Kritikern arrangiert. Um einen größeren Nutzen daraus zu ziehen, hatte man zu jedem Essen zusätzlich zwei andere Autoren von Kriminalromanen eingeladen, und so lernten Kit und Fiona die Amerikanerin kennen. Als Jane von Fionas beruflichem Interesse an Kriminalfällen erfuhr, war sie natürlich viel interessierter daran, sich mit ihr zu unterhalten statt mit den anderen Gästen. Die beiden Frauen hatten einen großen Teil des Abends mit schaurigen Gesprächen über Mord und Motive verbracht.

Fiona hatte sich zu Jane hingezogen gefühlt wegen ihres intellektuellen Scharfsinns, aber auch wegen ihres sarkastischen Witzes.

Sie wusste, warum Jane sich gegen die verständlichen Wünsche ihres Verlags durchgesetzt hatte, sie solle eine aktivere Rolle bei der Werbung für ihre Bücher einnehmen. Jeder, der die Äußerungen dieser bissigen Zunge einmal abbekommen hatte, würde die Erfahrung wohl so bald kaum zu wiederholen wünschen.

Aber diese Stimme war jetzt für immer verstummt. Es war ein Verlust, der sie tiefer betroffen machte, als sie erwartet hatte, dachte Fiona, als sie den Dartmouth Park Hill hinaufstapfte. Und jetzt würde sie wahrscheinlich Kit diese Nachricht überbringen müssen.

Zu Hause ging sie in Kits Arbeitszimmer und fand ihn über seine Tastatur gebeugt, auf der seine Finger hin und her huschten. Sie legte eine Hand auf seine Schulter und küsste seinen glänzenden Schädel.

»Bin gleich so weit, fünf Minuten«, sagte er geistesabwesend.

Fiona ließ ihn weitermachen. Schlechte Nachrichten kamen sowieso immer zu früh. Es war besser, wenn er das zu Ende bringen konnte, worauf er sich konzentrierte, als wenn sie seinen Schwung durch eine Nachricht von solcher Tragweite unterbrach und er danach immer bei diesem Kapitel und diesem Absatz daran denken würde. In der Küche goss sie für jeden ein Glas kalten Weißwein ein und setzte sich wartend an den Tisch. Die fünf Minuten wurden zu zwölf, aber Fiona wurde nicht ungeduldig. Sie konnten jetzt beide nichts mehr für Jane tun.

Endlich erschien Kit und begrüßte sie mit einem Lächeln, das aber einem Ausdruck der Unsicherheit wich, als er ihr düsteres Gesicht sah. »Was ist los?«, fragte er und runzelte besorgt die Stirn.

Fiona schob ihm ein Glas hin. »Schlechte Nachrichten.« Es gab keine Möglichkeit, sie nett zu verpacken, so versuchte sie es erst gar nicht. »Jane Elias ist ermordet worden.«

Kits Hand hielt auf dem Weg zu seinem Glas inne. »Jane?«, sagte er ungläubig. »Ermordet? Wo denn? Wann? Was ist passiert?«

Fiona schob die Zeitung über den Tisch. »Mehr weiß ich nicht.«

Kit ließ sich schwer auf einen Stuhl fallen, nahm den Wein und überflog den Artikel. »Das ist ja grauenhaft«, sagte er und schüttelte den Kopf. »Die arme Jane. Verdammt, ich kann's nicht glauben.«

»Ich konnte es auch kaum fassen. Sie war eine so starke Persönlichkeit. Es ist schwierig, sie sich als Opfer vorzustellen.«
»Es ist ein verdammter Alptraum.« Kit fuhr sich über den Kopf, eine Geste der Bestürzung. »Und es ist erst zwei oder drei Wochen her, seit Drew ermordet worden ist.« Er hielt plötzlich inne. »Du glaubst doch nicht, dass es da eine Verbindung gibt? Jemand, der hinter Thrillerautoren her ist?«
»Nein, das glaube ich nicht«, sagte Fiona bestimmt, beugte sich über den Tisch und legte eine Hand auf seinen Arm. »Es gibt keinen Grund, das zu glauben, Kit. Verschiedene Länder, ein anderes Geschlecht, der Fundort der Leichen völlig verschieden voneinander. Die Tatsache, dass sie beide Psychothriller schrieben, ist nur ein schrecklicher Zufall.«
»Du sagst doch immer, so etwas wie Zufall gebe es nicht.«
»Also gut, vielleicht nicht ganz Zufall. Es ist möglich, dass jemand, der genauso auf Jane fixiert war wie Drews Mörder auf ihn, die Artikel über seinen Mord gelesen hat und dachte, dies sei der beste Weg, mit dem Objekt seiner Wünsche zu verfahren. Aber auf der Grundlage dieser beiden Fälle zu glauben, dass es da draußen irgendwo einen Killer gibt, der es auf Verfasser von Kriminalromanen abgesehen hat, das ist Unsinn.«
Kit schüttelte den Kopf und seufzte. »Ja, ich weiß. Aber ich lebe nun mal in einer Welt, in der Verschwörungstheorien immer mehr zu versprechen scheinen, als dass etwas einfach nur danebengegangen ist. Es scheint weniger unwahrscheinlich, dass ein Serienmörder Amok gelaufen ist, als dass zwei ziemlich gestörte Individuen sich damit aufgeilen, Autoren um die Ecke zu bringen. Und wenn man die Briefe noch hinzuzieht … Na ja, es sieht einfach so aus, als gebe es verdammt viele Verrückte da draußen, die sich für Leute wie mich interessieren.«
»Klar, es sieht danach aus. Aber ich glaube nicht, dass mehr dahinter steckt als ungünstiges Timing, wirklich nicht.« Fiona spürte die Hohlheit ihrer Worte, schon während sie sie aussprach. Sie konnte nichts Hilfreiches sagen, und sie hasste dieses Gefühl.
Kit rutschte vom Tisch weg und schlug mit beiden Handflächen

auf die Tischplatte. »Ich meine, wie konnte das Jane passieren? Von allen ausgerechnet ihr? Sie hat ihre Privatsphäre so streng bewachen lassen. Alle wussten, dass ihr Haus wie eine Festung war.«

»Vielleicht war gerade das die verlockende Herausforderung«, grübelte Fiona. Die Rädchen ihres professionell geschulten Verstandes fingen wie gewohnt an, sich zu drehen, und sie konnte sie nicht ganz ignorieren. Es war immer die beste Zuflucht für sie, wenn sie nicht wusste, wie sie sonst reagieren sollte. Sie war nicht stolz darauf, aber sie konnte es nicht ändern und wollte es auch nicht. Manche ihrer besten Ideen waren aus solchen Verdrängungsleistungen entstanden.

»Warum sollte irgendjemand sie auf dem Kieker haben?«, fragte Kit. »Ich meine, sicher, sie hat bei anderen Autoren viel Neid ausgelöst. Aber wenn Leute sagen, sie würden für Jane Elias' Verkaufszahlen einen Mord begehen, das sind doch nur Floskeln. Schriftsteller liquidieren ihre Rivalen nicht wie die Mafia. Aber außerhalb des Literaturbetriebs – warum sollte sie da zur Zielscheibe werden?«

Fiona zuckte die Achseln. »Die üblichen Gründe. Liebe, Hass, Gier, Angst. Hatte sie eine Beziehung?«

Kit schüttelte den Kopf. »Keine Ahnung. Ich habe nie Klatsch über ihr Privatleben gehört. Was an sich schon ungewöhnlich ist. Du weißt ja, was für eine Gerüchteküche die Bücherwelt ist. Jeder kennt die Angelegenheiten jedes anderen. Ich könnte dir sagen, was ihr letzter Vorschuss war …«

»Und das war?«

»Achtzehn Millionen Dollar für einen Abschluss über drei Bücher. Aber ich hab nie etwas darüber gehört, mit wem sie schläft. Wenn es jemanden gegeben hat. Vielleicht gehörte sie einfach zu den Leuten, die sich nichts aus Sex machen. Ich hab jedenfalls nichts in der Art gespürt. Du?«

»Nein«, sagte Fiona. »Kein Flirt, weder mit Frauen noch mit Männern bei dem Essen damals.«

»Stimmt. Total cool und zurückhaltend. Die einzige Gelegenheit, bei der sie angeregt wirkte, war, als ihr zwei euch in das Zeug über fügsame Opfer von sexuellem Sadismus vertieft habt.« Er stand auf und ging zum Kühlschrank, wo er automatisch Gemüse aus dem Fach nahm. »Couscous und gebratenes Gemüse«, sagte er halb zu sich selbst.

»Im Zweifelsfall ist Kochen immer gut«, sagte Fiona wohlwollend. »Willst du darüber sprechen?«

»Nee. Ich werde jetzt mal dieses Gemüse ganz heftig bearbeiten, und dann geh ich zurück an die Arbeit, während es gart. Die beste Therapie, die ich kenne.«

Sie trank ihr Glas aus und stand auf. »Ich bin oben, wenn du mich brauchst.«

Kit nickte. »Siehst du im Internet nach?«

»Du kennst mich zu gut. Du hältst mich doch nicht für pervers?«

Kit drehte sich halb um und grinste. »Geh und wühle im Dreck. Du kannst ihn dann als Beilage zum Abendessen servieren und meine irrationalen Ängste besänftigen.«

Fiona erwiderte das Lächeln. Ohne dass sie es wollte, stellte sich ein Gedanke ein: Wenn Jane Elias einen Lover gehabt hatte, würde heute Abend jemand unerträglich leiden. »Ruf mich, wenn es fertig ist«, sagte sie nur. Ihm zu sagen, wie sehr sie ihn liebte, schien zu sehr einer Herausforderung des Schicksals gleichzukommen.

Auszug aus der Dechiffrierung des Beweisstücks P13/4599

ZmotV mzqQx umeim duotf afmxr qdfus. Uotia xxfqz gdzao teotx mrqz. Qeimd mxeia xxfqu otpuq Qduzz qdgzs pmdmz mgeyq uzqyS qtudz mgedm puqdq zgzp

Nach Jane Elias war ich total fertig. Ich wollte nur noch schlafen. Es war, als wollte ich die Erinnerung daran aus meinem Gehirn ausradieren, und schlafen war das beste Mittel dazu. Bis heute konnte ich nicht mal einen Stift nehmen und die Aufzeichnungen zu Ende schreiben.
Natuerlich konnte ich sie nicht auf dem Boot toeten, weil ich nicht alles mit Blut beschmieren wollte. Das waere im Sinne des Buches ganz falsch gewesen. Als ich sie also bewusstlos gemacht hatte, musste ich zum Anlegesteg des Segelclubs segeln, sie aus dem Boot ziehen und im flachen Wasser dort vollends erledigen.
Aber mein Glueck blieb mir treu. Ich liess sie im Wasser ein bisschen ausbluten, dann legte ich sie hinten in den Gelaendewagen und liess ihr Boot auf den See hinaustreiben. Sollen sie sich doch den Kopf darueber zerbrechen, dachte ich.
Dann tat ich, was ich tun musste. Ich weiss nicht, warum, aber es war schlimmer als bei Drew Shand. Vielleicht weil sie eine Frau war. Oder vielleicht, weil ich sie ausziehen musste, und sie sah so viel verletzlicher aus als mit Kleidern.
Alles lief nach Plan. Und was ich in den Zeitungen lese, klingt, als wuerde die Botschaft langsam ankommen. Nicht gerade frueh.
Jetzt ist es an der Zeit, an Nummer drei zu denken. Georgia Lester. Ich habe ihren Roman noch einmal gelesen, und warum irgendjemand ihn veroeffentlichen, geschwei-

ge denn einen Film daraus machen sollte, ist mir ein Raetsel. Leider wird mein Plan dazu beitragen, dass sich ihr jaemmerliches Buch noch besser verkauft. Aber daran laesst sich nichts aendern. Ich muss an den groesseren Zusammenhang denken.
Ich hab ihr Haeuschen in Dorset einer gruendlichen Aufklaerungsaktion unterzogen, es eignet sich perfekt fuer meinen Plan. Die Schwierigkeit ist herauszufinden, wann sie da sein wird.
Ich weiss, dass sie diese Woche in London ist. Nachdem ich im Internet ihre Termine ueberprueft habe, glaube ich, sie wird am Wochenende nach Dorset fahren und am Dienstag oder Mittwoch zurueckkommen.
Ich freue mich kein bisschen auf diese Sache. Es ist bis jetzt die schlimmste Aufgabe. Was ich mit ihr machen muss, ist so schrecklich. Ich lese immer wieder die Stelle im Buch, wo es beschrieben wird, und der Magen dreht sich mir um, wenn ich dran denke, dass ich das nachmachen muss. Aber jetzt kann ich nicht abbrechen. Das wuerde alles, was ich bis jetzt getan habe, voellig sinnlos machen.
Wenn ich mich so fuehle, trete ich einen Schritt zurueck und sehe, was wegen der Dinge, die sie mir angetan haben, aus mir geworden ist. Ich habe keinen Spass daran, diese Taten zu begehen, aber sie geben mir meine Selbstachtung zurueck. Ich habe nicht alles, was mir angetan wurde, einfach so ueber mich ergehen lassen, und das ist schon etwas wert.
Ich muss also einfach die Zaehne zusammenbeissen und tun, was getan werden muss. Zwei geschafft, noch vier zu erledigen. Dann duerften sie es endlich kapiert haben.

Kapitel 21

Wie Polizisten, Feuerwehrmänner und Journalisten hatte Fiona entdeckt, dass schwarzer Humor das schnellste und wirksamste Mittel war, um emotionale Distanz zu den schrecklichen Dingen zu gewinnen, mit der ihre Arbeit sie in Berührung brachte. Als sie daher Jane Elias' Namen in ihre Metasuchmaschine eingab und ihr eine Internetseite angezeigt wurde, die sich *Lachen mit den toten VIPs* nannte, konnte sie nicht widerstehen.

Jane Elias' Tod war seit weniger als einem Tag allgemein bekannt, aber schon hatte sie sich ihren eigenen humoristischen Gedenkstein verdient. Fiona klickte Janes Namen an. Der Bildschirm zeigte einen Rahmen in der Form eines Sargs. »Jane Elias hat in ihren sieben Romanen ungefähr siebenundvierzig Personen umgebracht. Manche würden sagen, es ist an der Zeit, dass sie erfährt, wie sich so etwas anfühlt. Wir natürlich nicht. Wenn Sie Witze über den Tod beleidigend finden, dann schauen Sie sich den Rest dieser Seite nicht an.«

Natürlich ließ Fiona den Rest der Seite durchrollen. Bis jetzt gab es erst vier Beiträge.

Warum musste Jane Elias sterben?
Damit sie endlich mal eine richtig gute Story hatte.

Kennen Schriftsteller schon das Ende, wenn sie anfangen zu schreiben?
Jane Elias offensichtlich nicht!

Was sagte Petrus zu Jane Elias am Himmelstor?
»Also, Jane, wer war's?«

Was war das Motiv für den Mord an Jane Elias?
Verkaufszahlen, für die man glatt sterben würde.

Nur beim ersten lohnte sich ein Lächeln und auch nur ein ziemlich schwaches, fand Fiona, schloss den Beitrag und ging weiter zu einer konventionelleren Sammlung mit Ehrungen. Die erste Seite, die sie öffnete, war von einem Fan zusammengestellt worden. Unter dem Datum des betreffenden Tages war lediglich zu lesen: *»Jane Elias wurde heute ermordet aufgefunden. Diese Seite ist zum Zeichen des Respekts geschlossen.«*

Bei der zweiten – ebenfalls ein Produkt eines anhänglichen Lesers – hatte sie mehr Glück. Die nüchternen Tatsachen zu ihrem Mord wurden berichtet, und darunter war eine Liste von Links, die zu anderen Bereichen der Seite weiterführten. Als ihr eine Auswahl angeboten wurde – *Ihr Leben*, *Fotoalbum, Die Ermittlungen, Kondolenzliste* und *Weitere Links zum Thema* –, wählte sie zuerst die Fotos, weil sie gespannt war zu sehen, was der Ersteller der Seite in Anbetracht von Janes notorischer Kamerascheu zusammenbekommen hatte.

Zuerst kam das Umschlagsfoto, das nur einmal in Zusammenhang mit ihrem ersten Roman veröffentlicht worden war. Ihr Gesicht war unauffällig und ließ sich schwer so beschreiben, dass es von einer Million anderer zu unterscheiden gewesen wäre. Mittelbraunes Haar, auf Kinnlänge geschnitten, Scheitel auf der rechten Seite; gerade Augenbrauen, dunkle Augen, eine ganz durchschnittliche Nase und volle Lippen, die sich zu einem schwachen Lächeln verzogen, aber nichts preisgaben. Sie trug eine offene Bluse, die eine dünne, goldene Halskette sehen ließ. Außer ein paar blonden Strähnen und einigen zusätzlichen Fältchen in den Augenwinkeln sah sie genauso aus wie an dem Abend, als Fiona sie kennen gelernt hatte.

Als Nächstes kam ihr Bild aus dem High-School-Jahrbuch. Die

Haare waren hier länger und hingen gerade herunter bis auf die kleinen Brüste, aber sie trug wieder denselben Scheitel. Mit achtzehn hatte Jane eine unmodische, dickrandige Brille getragen, die ihren Blick verschwommen erscheinen ließ. Ihr Gesicht war voller, fast mollig. Hätte Fiona nur dies gehabt, nach dem sie sich richten konnte, dann hätte sie bezweifelt, ob sie Janes Gesicht in einer Menge hätte erkennen können.

Ein drittes Foto zeigte Jane, wie sie den ersten ihrer beiden Edgar Awards bei einem Dinner der Mystery Writers of America annahm. Sie lächelte breit und unbefangen und sah in dem engen schwarzen Kleid, an dem Pailletten schimmerten, erstaunlich elegant aus.

Der letzte Schnappschuss der Galerie zeigte eine ganz andere Seite von Jane Elias. Es war an der Ziellinie eines Benefiz-Halbmarathons in Dublin aufgenommen und zeigte Jane beim Laufen. Ihre Shorts und das ärmellose Shirt ließen die glatte Haut über ihren gut entwickelten Muskeln an Armen und Beinen zur Geltung kommen. Die Kamera hatte sie in einem bezeichnenden Moment eingefangen. Ihr Gesichtsausdruck verriet den euphorischen Zustand des Sportlers, der nach Überwindung der Schmerzgrenze eine Bewusstseinsveränderung erfahren hat. Sie sah hier attraktiver aus als auf den anderen Bildern, stellte Fiona sachlich fest.

Nach dem Betrachten der Fotos nahm sich Fiona die Kondolenzliste vor. Wenn sie mit der Untersuchung des Falls zu tun hätte, würde sie der Polizei vorschlagen, sich die Botschaften anzusehen, die von Fans geschickt wurden. Da Psychopathen die Tendenz haben, sich in die Ermittlungen ihrer eigenen Verbrechen einzuschalten, musste das ein Punkt sein, der für Janes Killer interessant war. Das Dutzend Botschaften, die Fiona durchlaufen ließ, schien ziemlich harmlos, aber das Absonderliche und Bizarre konnte sich auch später noch zeigen. Sie nahm die Seite als Favorit auf und beschloss, in ein oder zwei Tagen nachzusehen, ob etwas auftauchen würde, das Kits und Georgias Briefen ähnelte.

Es gab nichts weiter auf der Fan-Seite, das sie interessierte, so rief sie – wie ein Kind, das sich den besten Bissen des Essens bis zuletzt aufhebt – mit ihrem Browser *Murder Behind the Headlines* auf. Sie gab »Jane Elias« in die Suchmaschine ein und tippte auf die Eingabetaste.

Jane Elias, die Queen der Thriller über Serienkiller, hat endlich erfahren, wie es ist, das zu erleben, was sie an Dutzende ihrer Opfer in ihren Büchern ausgeteilt hat. Leider wird sie nicht in der Lage sein, aus ihren Erfahrungen lohnenden finanziellen Nutzen zu ziehen, weil der Mann – oder die Frau –, durch die sie entführt wurde, dafür gesorgt hat, dass sie nichts mehr davon erzählen kann.

Elias' Leiche wurde in den frühen Morgenstunden auf einer einsamen Straße von einem Waldarbeiter gefunden. Er überfuhr die Leiche, die wohlberechnet mitten auf die Straße gelegt worden war, mit seinem Lastwagen. Es war unmittelbar nach einer unübersichtlichen Kurve in der Nähe des Anwesens der Schriftstellerin in County Wicklow, Irland. Dabei gab es auffallende Ähnlichkeiten mit einem der Fundorte in *Death on Arrival*, Elias' erstem Roman. Er wurde mit Michelle Pfeiffer verfilmt, die dafür einen Oscar gewann.

Nach MBTHs Informationen vom gerichtsmedizinischen Institut in County Wicklow hatte Elias Verletzungen, die viel gemeinsam haben mit den Wunden der Opfer in dem Roman. Allerdings wurden sie ihr erst nach dem Tod beigebracht, nicht, als sie noch am Leben war. Vielleicht war der Killer etwas empfindlicher als sein Opfer. Hier ist die Vorlage aus dem Buch:

»Der verzögert wahrgenommene Schmerz vom Schnitt einer Rasierklinge. Das leichte Brennen einer Brandverletzung, das sich mit tobender Qual nach innen bohrte, während der Gestank von versengtem Fleisch aufstieg. Das qualvolle Absterben von Gewebe, das bis zum Gehtnichtmehr gequetscht wurde. Der unerträgliche Dauerschmerz eines gebrochenen Knochens, dem nie genug Zeit gegeben wird,

wieder zu heilen. Die dumpfe Pein eines Schlags, mit dem genau auf innere Organe unter der Haut gezielt wurde.« Ganz schön gruselig, hm? Besonders nachdem kürzlich bei der Ermordung des Autors von *Copycat,* Drew Shand, in Edinburgh, Schottland, ebenfalls das Buch als Vorbild diente. Es mag zwar unwahrscheinlich klingen, aber es wird schon über Verbindungen nachgedacht – ob jemand Autoren beseitigt, die Thriller über Serienkiller schreiben. Aber diese Art von Kritik geht wohl doch ein bisschen zu weit. Die Wahrheit mag jedoch in einer anderen Richtung zu finden sein.

MBTH kann exklusiv berichten, dass während der letzten fünf Jahre Jane Elias' größtes Geheimnis ihre Affäre mit dem Drogenfahnder Pierce Finnegan war. Er ist eine der Schlüsselfiguren bei der Polizei der irischen Republik in ihrem Kampf gegen Drogendealer. Finnegan hat letztes Jahr einen entscheidenden Beitrag zur Zerschlagung eines wichtigen Heroin-Dealerrings geleistet. Es wird erzählt, dass einflussreiche Gangster, die in Untersuchungshaft sitzen, einen Preis auf seinen Kopf ausgesetzt haben. Wie verlautet, ist er zur Zeit als Verbindungsmann zu Europol tätig und hat intensive Beziehungen zur amerikanischen Behörde zwecks Bekämpfung der Rauschgiftkriminalität. Ehrlich gesagt, seine Affäre mit Elias war ein besser gehütetes Geheimnis als alles andere in den irischen Polizeiakten, aus denen so manches durchsickert.

Elias lernte Finnegan bei einer internationalen Konferenz der Kriminalpolizei und der Nachrichtendienste in Quantico kennen. Freunde berichten, sie habe die Konferenz inkognito als Gast einer Softwarefirma aus Florida besucht, die ein Computerprogramm für Phantombilder vorstellte. Während der Konferenz gelang es ihr, an mehreren geschlossenen Veranstaltungen teilzunehmen, wo sie Finnegan sprechen hörte. Später stellten Freunde sie einander vor, und zwischen den beiden entstand sofort eine herzliche Bin-

dung. Nicht einmal seine Vorgesetzten von der irischen Polizei wussten über die Beziehung Bescheid.
Also zog Elias nach Irland, wo Finnegan sie regelmäßig in ihrem Hochsicherheitsbau in County Wicklow besuchte. Unter den Einheimischen wird vermutet, dass nicht einmal ihr Wachpersonal wusste, wer er wirklich war. Elias hatte oft geheime Treffen mit ihrem Lover, wenn er auf Reisen war. Sie übernachtete im selben Hotel, und die beiden verbrachten zusammen heimliche Liebesnächte. Es ist also kein Geheimnis, woher sie ihre Plots nahm.
Nun sind Spekulationen ausgebrochen, dass, wer immer Elias umgebracht hat, sich entweder an Finnegan gerächt oder ihm eine Warnung geschickt haben könnte, damit er sich zurückzieht und seine Beweise für den Prozess entschärft. Drew Shands Tod hätte dem Täter den perfekten Plan für einen Mord liefern können, der die gewünschte Botschaft an Finnegan übermittelt hätte, aber nicht unbedingt mit einem der Fälle des irischen Geheimagenten in Verbindung gebracht zu werden brauchte. Natürlich würde das nur funktionieren, wenn die Affäre geheim blieb.
Sorry, Pierce. Sorry, verehrter Mörder. Wir haben gerade euer Geheimnis gelüftet.

Denkt daran, ihr habt's zuerst gelesen bei
MURDER BEHIND THE HEADLINES

Fiona holte tief Luft. Wenn das stimmte, war es der reinste Zündstoff. Ein Liebhaber, der Drogenfahnder war, lieferte ein viel glaubhafteres Motiv als die Vorstellung, dass ein Serienmörder sich Schriftsteller vornahm. Da sie wusste, wie die Polizei überall ihre eigenen Leute behandelte, zweifelte Fiona daran, dass Finnegans Beziehung seinen Chefs tatsächlich unbekannt war. Aber das Paar hatte es jedenfalls geschafft, sie vor der Öffentlichkeit zu verheimlichen.
Sie war unwillkürlich erleichtert. Zwar hatte der rationale Teil ihres Ichs gezögert, die Möglichkeit eines Mörders zu akzeptieren,

der die Welt von Thrillerautoren befreien wollte. Seit sie die Schlagzeile in der Zeitung gelesen hatte, war ihr emotionales Ich aber nur noch von nagender Angst erfüllt. Fiona wusste viel zu viel darüber, wozu unerbittliche Serientäter fähig waren. Der Gedanke, dass Kits Name auf einer schwarzen Liste stehen könnte, war eine Stunde lang in ihrem Kopf herumgespukt, und sie war dankbar, auch wenn das egoistisch war, dass es eine logische Erklärung für Janes Tod gab, die ihren eigenen Lover nicht in Mitleidenschaft ziehen konnte.

Sie schaltete den Computer aus und ging nach unten. Kit war wieder in der Küche und schüttete Couscous in einen Topf mit kochendem Wasser. Er sah sich um und zwang sich zu einem schiefen Lächeln. »Zehn Minuten«, sagte er.

»Hast du arbeiten können?«, fragte Fiona, schenkte ihm nach und füllte auch ihr Glas.

»Das Unglück anderer Menschen ist das beste Mittel, da kommen die Worte wie von alleine«, sagte er mit nervöser Heftigkeit in der Stimme. »Es ist wie ein Abwehrmechanismus. Mein Kopf nutzt das Schreiben, um Störungen abzublocken. Solange ich den Bildschirm anstarre und etwas eingebe, kann ich nicht über die höllischen Qualen nachdenken, die Jane erleben musste, bevor der Scheißkerl sie sterben ließ.«

»Das ist das Problem, wenn man Phantasie hat«, sagte Fiona. »Besonders so eine wie deine. Du brauchst dich ja nicht einmal anzustrengen, um mit hundert qualvollen Szenarien aufwarten zu können.« Sie ging zu ihm, und er wandte sich ihr zu, um sich von ihr in den Arm nehmen zu lassen. »Ihre Verletzungen wurden ihr nach Eintritt des Todes beigebracht, sie ist nicht gequält worden.«

»Ich nehme an, dafür sollten wir dankbar sein«, murmelte Kit in ihr Haar. Er löste sich behutsam von ihr. »Was hast du also gefunden?«

»Unterm Strich? Du solltest dir keine Sorgen machen.« Sie setzte sich an den Tisch und erklärte ihre Recherchen im Einzelnen.

»Du weißt ja, was ich von diesen Sensationshaien halte«, widersprach Kit. »Wie kannst du sicher sein, dass sie mit ihrer Beziehung zu dem Geheimpolizisten Recht haben? Vielleicht waren sie nur Freunde. Vielleicht war er eine Kontaktperson, von der sie Ideen und authentische Hintergrundinformationen bezog.«

Fiona zuckte mit den Schultern. »Ich bin nicht sicher. Aber sie haben offensichtlich Zugang zu Kreisen auf sehr hoher Ebene und schöpfen das voll aus. Ich würde es also glauben, außer wir hören etwas anderes.«

»Leichter gesagt als getan«, murmelte er.

»Vielleicht könnte eins dich beruhigen. Wenn du die anderen anrufst, um herauszubekommen, ob sie Drohbriefe erhalten haben, dann bring doch mal in Erfahrung, ob Jane auch einen bekommen hat. Wenn nicht, dann stützt das meine Theorie noch zusätzlich, dass Leute, die Morddrohungen schreiben, keine Morde begehen.«

»Vielleicht sollte ich einfach die Polizei anrufen und sie fragen.«

»Ja, genau. Und sie sagen es dir bestimmt.«

»Steve würden sie es vielleicht sagen.«

Fiona bestätigte die Vernünftigkeit dieser Aussage mit einem Nicken.

»Und morgen Abend treffe ich ihn sowieso«, fuhr Kit fort. Er nahm die Auflaufform mit dem Gemüse aus dem Ofen und schüttete sie auf den Couscous. Er stellte das Essen mit elegantem Schwung auf den Tisch und setzte sich Fiona gegenüber. »Ich werde Steve bitten herauszufinden, ob Jane Morddrohungen bekommen hat«, sagte er. »Wenn nicht, dann hast du wahrscheinlich Recht, und Georgia und ich sind aus dem Schneider. Und ich verspreche, inzwischen vorsichtig zu sein, ohne Verfolgungswahn zu bekommen. Genügt dir das?«

Fiona lächelte. »Das ist voll in Ordnung für mich. Aber wenn dich jemand mit dem Messer verfolgt, dann bitte keine Heldentaten. Lauf einfach davon.«

»Was, du willst nicht, dass ich mich behaupte und meinen Mann stehe?«, witzelte Kit.

»Ach Gott, nein. Ich habe viel zu viel zu tun, als dass ich mir die Zeit nehmen könnte eine Beerdigung zu organisieren.« Fiona probierte das Essen. »Mmm. Köstlich. Pass auf dich auf, Schatz, ich könnte es mir einfach nicht leisten, für dich in der Küche Ersatz zu finden.«

Kit tat so, als sei er beleidigt. »Nur in der Küche?«

»Wenn ich nicht jeden Tag esse, dann sterbe ich«, sagte sie. »Ich würde es vermissen, nicht mehr mit dir ins Bett zu gehen, aber es würde mich nicht umbringen.«

»Meinst du nicht?«, sagte er drohend.

»Wir probieren es lieber nicht aus.«

Er grinste. »Gute Antwort, Frau Doktor. Sollen wir also einfach einen ruhigen Abend zu Hause verbringen?«

»Kit, wir hatten noch nie einen ruhigen Abend zu Haus. Warum sollten wir jetzt damit anfangen?« Sie hob herausfordernd die Augenbrauen. »Aber ich würde es nicht ablehnen, wenn wir uns mal so richtig dumm und dusselig vögeln.«

»Hast mich wieder rumgekriegt, du raffiniertes Luder.« Kits Grinsen versprach keine Schonung.

Jane Elias würde bald kalt in der Erde liegen. Sie vergaßen das keinen Augenblick. Die bösen Geister fern zu halten war das Wichtigste, was sie füreinander tun konnten, sie wussten das. Es war, wie schon so oft in der Vergangenheit, das ungeschriebene Gesetz für ihr Bündnis.

Kapitel 22

Georgia Lester saß am Küchentisch, in den Händen eine Tasse schwachen Earl-Grey-Tee, und starrte abwesend an den schon vom Herbst zerzausten Staudenrabatten vorbei auf die kahlen Apfelbäume am Ende ihres Gartens hinter dem kleinen Haus. Sie sah weder die Staudengewächse, die man abräumen musste, noch die Rosen, die der Gärtner nächstes Mal zurückschneiden würde. Das interessierte sie nicht, und es war auch nicht ihre Aufgabe. Sie sah den Garten nur, wenn er schön war. Hässlichkeit filterte sie lieber aus ihrer Wahrnehmung heraus. Davon war ihr Kopf voll genug, ohne dass sie von außen noch etwas hinzufügte.

Es war die Ruhe, die sie beim Aufenthalt in ihrem Häuschen hauptsächlich genoss. Georgia Lester zu sein war eine aufreibende Angelegenheit. Es erforderte eine ständige Anstrengung, das Image gepflegter Schönheit und Eleganz aufrechtzuerhalten, das die Welt von ihr erwartete. Natürlich hatte sie diese Erwartung selbst geschaffen. Ihre absichtliche Erfindung einer Person und eines Stils hatte sie aus der Herde hervorheben sollen. Aber das machte es nicht leichter. Und wenn sie in diesen Tagen morgens in den Spiegel schaute, schien es, als rage der Berg der Anstrengungen jeden Tag höher vor ihr auf. Vielleicht war es Zeit für einen weiteren Besuch bei diesem charmanten Mann in der Harley Street, der mit ihrer schlaffen Haut um das Kinn herum so gute Arbeit geleistet hatte.

Aber hier in ihrem Häuschen konnte sie das Bedürfnis ablegen, die Fassade aufrechtzuerhalten. Na ja, zumindest solange sie allein hier war, verbesserte sie sich in Gedanken mit einem schlauen Lächeln, das ihre Mundwinkel hob. Als Frau brauchte man ja hier und da Zerstreuung, und so ergeben ihr Anthony auch war, konnte er doch nicht ganz den Reiz eines knackigen jungen Körpers und dessen sexuelle Energie ersetzen. Keiner ihrer Flirts dauerte lange, darauf achtete sie. Und sie bedeuteten ihr auch nicht mehr als eine Art Bluttransfusion – etwas, das nötig, aber irgendwie unpersönlich war.

An diesem Wochenende hatte Georgia jedoch andere Pläne. Sie brauchte sich nicht schick anzuziehen für einen Lover, sondern sie war nur mit Korrekturen beschäftigt. Georgia mochte den Überarbeitungsprozess, anders als die meisten Schriftsteller. Er erlaubte ihr, die technischen Tricks und Verknüpfungen außer Acht zu lassen, auf die sie sich beim ersten Abfassen des Rohtexts konzentrieren musste, und so konnte sie auf die Qualität des Ausdrucks achten. Sie hatte sich einen Ruf für sorgfältig ausgearbeitete, ausgezeichnete Texte geschaffen und betonte immer, dass dies auf ihre genaue Überarbeitung der Form zurückzuführen sei, bei der sie Satz für Satz durchging. Sie hatte drei Tage für ihre Lieblingsarbeit zur Verfügung und freute sich darauf.

Ihre Gedanken eilten schon zu dem Teil des Buchs voraus, den sie heute bearbeiten würde. Das Manuskript lag auf ihrem Tisch neben dem Füller, einem Meisterstück von Mont Blanc, den sie immer für die Korrekturen benutzte. Ihre Sekretärin würde sie dann später in den Computer eingeben. Sie machte sich nicht einmal die Mühe, sich anzuziehen. Sie wollte bis zum Mittagessen einfach in ihrem weichen Morgenmantel herumschlampern, das Haar unter einem Seidenturban verborgen. Dann würde sie ein heißes Bad genießen und die Mittagsmagazin-Sendung im Radio hören. Ein Imbiss zur Mittagszeit, danach würde sie sich nach Dorchester aufmachen müssen. In der Kühltruhe war genug Essen vorrätig, aber unerklärlicherweise war ihr der Weißwein ausgegangen, und ein Abendessen ohne ein Glas gekühlten Chablis war undenkbar. Sie war fest davon überzeugt, dass Schriftsteller die Disziplin eines festgelegten Tagesablaufs brauchten. Und das betraf die kleinen

Freuden des Lebens ebenso wie ihre geistigen Gepflogenheiten, die es ihr ermöglichten, ein Buch pro Jahr zu schreiben.

Georgia trank ihren Tee aus und goss sich nach. Sie wollte diese drei Tage gut nutzen. Wenn sie vorbei waren, würde sie sich auf eine Lesereise für ihr neuestes Buch begeben. Das erinnerte sie daran, dass sie ihren Verleger immer noch nicht überredet hatte, die Kosten für den gut aussehenden Bodyguard zu übernehmen, den sie verpflichtet hatte, bevor sie London verließ. Sie glaubte eigentlich nicht, dass jemand sie verfolgte, obwohl sie dem lieben, netten Kit gegenüber beteuert hatte, dass sie mit diesen leidigen Briefen zur Polizei gehen sollten. Aber sie hatte nichts dagegen, von der Situation zu profitieren. Es konnte nie schaden, seinen Namen fest im öffentlichen Bewusstsein zu verankern. Der Gedanke, dass sie eine Schriftstellerin war, der genug Bedeutung zukam, dass sie die Aufmerksamkeit eines Verfolgers auf sich zog, würde ihr unweigerlich neue Leser bringen, die neugierig geworden waren und wissen wollten, was an ihr Besonderes war. Und Georgia war vollkommen überzeugt, dass sie ihr treu bleiben und ihre sämtlichen schon vorliegenden Bücher verschlingen würden, wenn sie erst einmal auf sie aufmerksam geworden waren.

Dank solch kluger Planung war sie an die Spitze vorgedrungen. Sie wusste wohl, dass ihre Aktionen bei vielen ihrer Kollegen nicht gern gesehen waren. Aber es störte sie nicht im Geringsten. Sollten sie doch nur reden, wie hochgeistig sie seien und dass sie sich deswegen nie zu Georgias Taktiken herablassen würden. In Wirklichkeit waren sie neidisch auf die Fülle von Presseartikeln, die sie ansammelte.

Ohne zu ahnen, dass ihre größte Publicitynummer kurz bevorstand, nippte Georgia sehr zufrieden an ihrem Tee.

Kapitel 23

Fiona war spät dran. Sie wich einigen Studenten aus und schoss um die Ecke und ins Büro ihrer Sekretärin. »Verdammte U-Bahn«, keuchte sie und versuchte gleichzeitig ihren Mantel abzustreifen und ihre Bürotür zu öffnen. Sie trat über die Schwelle, legte Jacke und Aktenkoffer ab und nahm den Ordner mit den Notizen zur Institutsversammlung, bei der sie seit fünf Minuten erwartet wurde. Ihre Sekretärin ging hinter ihr her.

»Ein spanischer Polizeibeamter hat versucht, Sie zu erreichen«, sagte sie und warf einen Blick auf den Zettel in ihrer Hand. »Ein Major Salvador Berrocal. Er hat die letzte halbe Stunde alle zehn Minuten angerufen.«

»Ach, so ein Mist!«, murmelte Fiona wütend.

»Er bat darum, dass Sie ihn so bald wie möglich zurückrufen«, fügte die Sekretärin hilfsbereit hinzu, als Fiona zögerte, sich zwischen Schreibtisch und Tür zu entscheiden. »Es klang dringend.«

»Ich muss zu dieser Versammlung gehen«, sagte sie. »Barnard hat versucht, die Hälfte seiner Seminare abzugeben, und ich will nicht, dass sie bei mir landen.« Sie fuhr sich mit der Hand durchs Haar. »Okay. Rufen Sie Berrocal an, und sagen Sie ihm, ich bin im Moment unabkömmlich, aber ich rufe ihn an, sobald ich kann. Sorry, Lizzie, ich muss mich beeilen.«

Sie lief den Korridor entlang und kam schlitternd vor der Tür des Versammlungszimmers zum Stehen, was ihr erstaunte Blicke von denen eintrug, die Fiona immer nur in cooler und eleganter Haltung gesehen hatten. Sie hielt einen Moment inne, fuhr sich übers

Haar und holte tief Luft, um sich wieder zu fassen. Dann rauschte sie mit einem bedauernden Lächeln zur Tür herein. »Tut mir Leid, die U-Bahn hatte Verspätung«, murmelte sie und nahm ihren Platz in der Mitte der einen Seite des Konferenztisches ein. Professor Barnard stockte weder in seinem verschachtelten Satz, noch würdigte er sie eines Blickes.

Es schien Fiona das längste Meeting der Geschichte zu sein, und sie musste sich beherrschen, um nicht nervös herumzuzappeln, als sie sich durch scheinbar endlose Details der Institutsabläufe hindurchackerten. Sie schaffte es, ihre Ungeduld zu unterdrücken, und ließ nicht zu, dass Barnard sie durch seine Dominanz so bedrängte, dass sie mehr als ein zusätzliches Seminar annehmen musste. Aber während sie ihre Gründe darlegte, war sie mit den Gedanken schon halb bei Berrocals dringender Nachricht. Er musste wohl einen Verdächtigen verhaftet haben. Oder jedenfalls hoffte sie das.

Am Ende der Versammlung raffte Fiona ihre Unterlagen zusammen und fegte hinaus, was zu erstaunt gehobenen Augenbrauen und einem bedeutungsvollen Blickwechsel bei den Kollegen führte, die sie ohnehin gern als arrogant abtaten. Wieder im Büro, bat sie Lizzie, ihre Anrufe anzunehmen, und wählte noch im Stehen Berrocals Nummer.

»Major Berrocal?«, fragte sie, als nach zweimaligem Läuten abgenommen wurde.

»*Sí.* Doktor Cameron?« Sein Tonfall verriet nichts über seine Neuigkeit.

»Es tut mir Leid, dass ich nicht früher zurückgerufen habe, aber ich war in einem Meeting und konnte nicht weg«, redete sie drauflos. »Hat sich etwas ergeben?«

Er seufzte. »Nichts in der Art, wie ich gehofft hatte. Leider haben wir noch einen Mord.«

Fiona erschrak. Eine solche Nachricht hatte sie zwar befürchtet, aber nicht als tatsächliche Möglichkeit in Betracht ziehen wollen. »Es tut mir Leid, das zu hören«, war ihr schwacher Kommentar.

»Der Grund meines Anrufs ist: Ich wollte Sie bitten, nach Toledo zurückzukehren und uns weiter zu beraten. Vielleicht könnten wir

mit Hilfe der Information, die wir durch diesen letzten Mord bekommen, festlegen, wo wir jetzt nach unserem Verdächtigen suchen sollten.«
Fiona schloss die Augen. »Es tut mir Leid«, sagte sie und hoffte, dass er das ehrliche Bedauern in ihrer Stimme hören konnte. »Das ist im Moment unmöglich. Ich habe hier zu viele Verpflichtungen, die ich nicht umgehen kann.«
Es folgte ein bedrücktes Schweigen. Dann sagte Berrocal: »Ich hatte befürchtet, dass Sie das sagen würden.«
»Nichts hindert mich daran, die schon vorliegenden Hinweise zu überprüfen, wenn Sie mir die Einzelheiten zufaxen können«, sagte sie. Ihr Pflichtbewusstsein war ihrer Vernunft zuvorgekommen.
»Wäre das möglich?«
»Ich bin ziemlich beschäftigt, aber ich bin sicher, ich könnte die Zeit finden, das Material zu analysieren«, versicherte sie ihm und fragte sich schon, wie sie das schaffen sollte.
»Danke«, sagte er, und seine Erleichterung war sogar am Telefon spürbar.
»Vielleicht könnten Sie es mir gleich in den Grundzügen skizzieren?«, fragte Fiona, zog einen leeren Notizblock zu sich heran und klemmte den Hörer zwischen Ohr und Schulter.
»Die Leiche wurde im Hof des Alcazar gefunden.« Berrocal sprach jetzt knapp und nüchtern. »Eine Engländerin, Jenny Sheriff. Zweiundzwanzig, aus Guild-ford.« Er sprach den ungewohnten Namen als zwei Wörter aus. »Sie war Empfangsdame im Hotel Alfonso VI und war ein Jahr lang zum Austausch da, um ihr Spanisch zu verbessern. Ihre Schicht war um zehn Uhr gestern Abend zu Ende, und sie erzählte einer Kollegin, dass sie auf dem Platz einen Mann zum Kaffeetrinken treffen wolle. Sie sagte, er sei faszinierend, er wisse alles über Toledo.«
»Hat sie seinen Namen erwähnt?«, fragte Fiona.
»Nein. Es gibt einen Barkeeper, der sagt, er habe ihr und einem Mann kurz nach zehn Kaffee und Brandy serviert. Er erinnert sich, weil er sie dort schon mehrmals mit Freunden hatte trinken sehen.

Aber den Mann, der sie begleitete, merkte er sich nicht, weil er mit dem Rücken zur Bar saß. Der Barkeeper erinnert sich nicht, sie gesehen zu haben, als sie gingen, weil kurz danach eine Touristengruppe hereinkam.«

»Wann wurde sie gefunden?«

»Heute früh. Der Wächter, der für die anderen Angestellten aufschließt, fand das Eingangstor unverschlossen vor. Als er in den Hof kam, sah er sie daliegen. Sie war mehrmals in den Bauch gestochen worden. Unser vorläufiger Bericht weist darauf hin, dass die Mordwaffe wahrscheinlich ein Bajonett war. Die Todesart ist dieselbe, nach der viele Republikaner von Francos Truppen getötet wurden, als sie im Spanischen Bürgerkrieg die Belagerung des Alcazar aufgaben. Das passt zu dem von Ihnen identifizierten Thema der historischen, von Touristen besuchten Orte, die mit gewaltsamem Tod zu tun haben. Und es gibt noch eine weitere Parallele. Wie bei Martina Albrecht wurde auch ihre Vagina nach Eintritt des Todes mehrmals mit einer zerbrochenen Flasche verletzt. Und schließlich hatte auch sie einen Touristenstadtplan vom Hotel in der Tasche. Ich glaube also, es kann wenig Zweifel geben, dass wir es mit demselben Mann zu tun haben. Delgado oder wer immer.« Er klang nervös und frustriert.

»Kein Anzeichen dafür, dass er sich gewaltsam Zutritt verschafft hat?«, fragte sie.

»Nein. Er muss Schlüssel gehabt haben. Daran arbeiten wir gerade. Er hat vielleicht einen Freund, der Zugriff auf die Schlüssel hat, oder er mag sich selbst welche beschafft haben. Wir werden alle Adressen der Schlüsselinhaber überprüfen. Es ist möglich, dass er bei einem von ihnen ist, wo immer er sich auch versteckt hält. Er hätte sich unrechtmäßig Zutritt verschaffen und so die Schlüssel in die Hände bekommen können.«

Fiona seufzte. »Das tut mir wirklich sehr Leid, Major. Als Sie mir sagten, Sie hätten einen Verdächtigen, hoffte ich, das würde der Sache ein Ende setzen.«

»Ich auch. Aber Delgado scheint irgendwo in der Landschaft verschwunden zu sein. Jeder Polizist in der Stadt hat seinen Namen und sein Bild, aber es gab keine einzige Gelegenheit, bei der er gesehen wurde und die wir weiter verfolgen könnten.«

»Es muss sehr frustrierend für Sie sein.« Sie runzelte die Stirn, während sie sprach, und versuchte sich etwas bewusst zu machen, was ihr unbestimmt im Kopf herumging.

»Das stimmt allerdings. Aber wir werden es weiter versuchen. Ich faxe Ihnen die Sachen durch, sobald ich sie bekomme.«

Nachdem sie den Hörer aufgelegt hatte, starrte sie die Wand an und wartete, bis ihr das, was sich in ihrem Unterbewusstsein versteckt hielt, nach oben kam. Aber es fiel ihr nicht ein. Dann klingelte von neuem das Telefon und lenkte ihre Aufmerksamkeit auf die unmittelbaren Probleme der Arbeit, die vor ihr lag.

Obwohl sie sich sehr anstrengte, sich zu konzentrieren, war an diesem Morgen nur ein Teil ihrer Gedanken bei ihrer Seminargruppe. Berrocals Problem steckte in einem Winkel ihres Bewusstseins und ließ sie nicht los. Die Unfähigkeit, diese unerreichbare Wahrnehmung an die Oberfläche ihres Bewusstseins zu zerren, ärgerte sie, und sie beschloss, ihre Mittagspause im nahe gelegenen Hallenbad zu verbringen. Ohne viel zu denken, schwamm sie auf und ab und versuchte den Zustand der Halbtrance zu erreichen, den körperliche Anstrengung hervorrufen kann. Aber das Detail entzog sich weiterhin ihrem Zugriff.

Auf dem Rückweg zum Institut rief sie sich das Bild des Alcazar vor Augen. Vielleicht konnte das helfen, das Rätsel zu lösen. Das mächtige Gebäude stand am höchsten Punkt der Altstadt, der perfekte Standort für eine Festung, den sich seit der Zeit der Römer jede Besatzungsmacht zu Nutze gemacht hatte. Es beherrschte die Stadt und war größer als alles andere in Sichtweite. Seine viereckige, streng geometrische Form war wie eine Mahnung gegenüber dem wirren Durcheinander der anderen Gebäude auf den Hängen, die sich zum Tajo hinunterzogen.

Aber dieses Gebäude war schon immer glücklos gewesen. Der Alcazar war mehrmals abgebrannt und im Bürgerkrieg schwer beschädigt worden, als Francos Leute ihn monatelang bombardierten. Aus der Ferne bot er einen düsteren Anblick. Seinen

Mauern fehlten die kunstvollen Ornamente, die seine in den Himmel ragenden Rivalen, die Kathedrale und San Juan de los Reyes, schmückten. Die einzige Auflockerung seiner strengen Form waren die runden Türme an den vier Ecken, jeder mit einem schwungvollen Dach à la Disneyland.

Innerhalb der hohen Mauern sah es anders aus. Jede der Außenfassaden war in einem anderen Stil dekorativ gestaltet. Fiona hatte nie eine Führung durch den Alcazar mitgemacht, aber sie hatte Fotos gesehen und es fast absurd gefunden, dass ein so kunstvoll stilisiertes Gebäude schließlich als Bürohaus für die Armee genutzt wurde, an das ein Museum angeschlossen war.

Aber trotzdem war es gelungen, seine blutige Geschichte noch durch eine weitere Schicht zu überlagern. Jetzt war er zum Tatort eines Verbrechens geworden. Das Obdach für das letzte Opfer eines brutalen Mörders, den zu ergreifen sie helfen sollte. Ein Ziel, dem sie offenbar noch recht fern war.

Trotz des unruhigen Gefühls, das tief in ihr weiter an ihr nagte, verweigerte ihr Kopf die erlösende Inspiration, und als der Nachmittag halb vorbei war, hatte Fiona aufgegeben. Sie entschied sich, länger zu bleiben und die Korrespondenz aufzuarbeiten, die sich auf ihrer Ablage zu bedrohlich hohen Stößen angehäuft hatte. Kit war an diesem Abend bei einer Veranstaltung in einer Buchhandlung und wollte anschließend mit Steve etwas trinken gehen, es gab also keinen dringenden Grund, nach Hause zu gehen. Als sie endlich ihr Büro verließ, traf sie einige Lehrbeauftragte vom Anthropologischen Institut, die sie überredeten, mit ihnen auf einen Drink in den Dozenten-Club zu gehen.

Sie war bei ihrem zweiten Glas Wein, als die Unterhaltung vom Thema abschweifte. Zwei ihrer Kollegen sprachen geringschätzig über einen dritten Dozenten und dessen Gedanken zu den Bestattungsriten in Westafrika. Wie elektrisiert sprang plötzlich der Funke über – Fiona wusste plötzlich, was sie Berrocal sagen wollte. Eine Entschuldigung murmelnd sprang sie auf und eilte in ihr Büro zurück.

Als sie die spanische Polizei erreichte, war Berrocal nicht mehr in seinem Büro. Sie wollte ihre Ahnung nicht einem Untergebenen mitteilen, der sie dann weitergeben musste, weil ihr klar war, wie absurd sie sich anhören würde. Aber sie wollte auch nicht bis zum nächsten Morgen warten. So schaltete sie den Computer an und rief ihr E-Mail-Programm auf.

Von: Fiona Cameron <fcameron@psych.ulon.ac.uk>
An: Salvador Berrocal <Sberroc@cnp.mad.es>
Betrifft: Morde in Toledo

Lieber Major Berrocal,
ein Gedanke ist mir gekommen, wo der Tatverdächtige sich verstecken könnte, obwohl ich mich damit wahrscheinlich an einen Strohhalm klammere.
Wir wissen, dass er eine Leidenschaft für die Geschichte Toledos hat, die nun in seinem Kopf eng mit dem Thema Tod verbunden ist. Wo treffen sich Tod und Geschichte? Auf Friedhöfen. Ich frage mich, ob es in Toledo selbst oder in der Nähe einen Friedhof mit großen Grabmalen oder Gewölben gibt. Wenn ja, könnte er sich vielleicht dort aufhalten.
Er muss offensichtlich eine Art Unterschlupf haben, da er es schafft, so gepflegt auszusehen, dass er durch sein Äußeres keinen Anstoß erregt. Er ist vielleicht in ein Mausoleum oder eine Familiengruft eingebrochen, die er nun als Ausgangspunkt für seine Aktivitäten nutzt.
Wenn Sie keine anderen Hinweise haben, könnte es vielleicht lohnen, diese Möglichkeit zu überprüfen.
Ich werde später am Abend zu Haus sein, wo ich vorhabe, das Material durchzusehen, das Sie mir versprochen haben.
Viel Glück!
Beste Wünsche
Fiona Cameron

Kapitel 24

Kit klappte die letzten Bücher mit Schwung zu und legte seinen Stift hin. »Danke, Sie sind ein Schatz«, sagte er zu der Buchhändlerin, die den Stoß von Hardcovers zur Seite schob.
»Macht es Ihnen etwas aus, auch ein paar von den Taschenbüchern zu signieren?«, fragte die Frau.
»Natürlich nicht, gerne.« Er blickte zu Steve hinüber, der sich in der Abteilung über nicht fiktive Verbrechen umschaute. »Es wird nicht lang dauern«, rief er.
»Kein Problem«, antwortete Steve und zog ein Buch über forensische Anthropologie vom Regal.
»Ich fand, dass es gut gelaufen ist«, sagte er geistesabwesend, während er signierte.
»Es war spitze«, sagte die Buchhändlerin begeistert. »Wir haben zum ersten Mal eine ganze Woche lang Lesungen gemacht, und es ist unwahrscheinlich gut gelaufen. Wir haben deutlich besser verkauft, nicht nur bei den Veranstaltungen, sondern auch tagsüber.«
»Das kommt daher, dass Sie im Laden alles so gut vorbereitet haben«, sagte Kit. »Man sieht schon an den Fenstern, was los ist, und das bringt die Kunden rein. Es war ein gutes Publikum heute Abend.«
Die Frau verzog das Gesicht. »Bis auf den Spinner in der ersten Reihe.«
»Es ist immer einer dabei.«
»Ja, ich weiß, aber wie der sich über den armen Drew Shand und

Jane Elias ausgelassen hat ... das war ja krank. Machen Sie sich keine Sorgen, dass solche verrückten Typen Ihre Bücher lesen?«
Kit stand auf und zuckte mit den Schultern. »Eigentlich nicht. Eher muss man sich wegen derjenigen Sorgen machen, die den Mund nicht aufmachen. Stimmt doch, Steve?«
Steve sah überrascht auf. »Tut mir Leid, hast du mit mir geredet, Kit?«
»Ja, ich sagte gerade, man muss sich nicht um die Spinner kümmern, die die Klappe aufreißen. Eher gibt es Probleme mit denen, die sich nicht anmerken lassen, dass sie Kandidaten für die geschlossene Abteilung sind.«
Steve schlug das Buch zu. »Stimmt. Die perfekten Morde werden von Leuten verübt, die klug genug sind, um sie wie Unfälle aussehen zu lassen, und stark genug, hinterher den Mund halten zu können.«
Kit lachte. »Nicht wie der Kerl in Sheffield, der seiner Frau den Kopf abschnitt und ihn seiner Freundin brachte, um ihr zu zeigen, wie sehr er sie liebte.
Die Buchhändlerin schauderte. »Das haben Sie sich aber jetzt ausgedacht.«
»Ich wollte, er hätte es erfunden. Die Wahrheit ist meistens viel schrecklicher als Geschichten in Büchern – sogar *seine*«, sagte Steve. »Bist du so weit, Kit?«
Sie gingen von der Buchhandlung aus in einträchtigem Schweigen den Hang hinunter. Ohne sich absprechen zu müssen, kehrten sie im ersten Bier-Pub ein, das Kit als annehmbar einstufte. Es war ein Lokal, dessen Besitzer keinen Aufwand gescheut hatten, alles wie eine Bar aus den dreißiger Jahren aussehen zu lassen, mit unbehandeltem Holzboden und Holzstühlen. Es fehlte nur noch das Sägemehl auf dem Boden. Als sie sich zur Bar drängten, sagte Kit endlich etwas. »Du glaubst doch nicht, dass zwischen dem Mord an Drew Shand und dem an Jane Elias ein Zusammenhang besteht, oder?«
»Ich weiß über keinen der Fälle genug, um auch nur darüber spekulieren zu können«, antwortete Steve. Er schob sich zwischen

den Gästen hindurch, sah zur Bedienung und sagte: »Zwei Bier, bitte.«

Kit grinste. »Mangel an Wissen hat Fiona nie zurückgehalten. Sie meint, es ist ungefähr so wahrscheinlich, wie dass Manchester United den ersten Platz verliert. Aber sie sagt das vielleicht nur, damit ich mich nicht beunruhige.«

Steve trank einen Schluck von seinem Bier und lächelte. »Und du meinst, ich werde ihr widersprechen? Und riskieren, den Zorn Gottes auf mich herabzuziehen?«

»Weißt du, was dein Problem ist, Stevie? Du lässt Fiona viel zu viel durchgehen. Du fügst dich ihren Wünschen, wie du es meines Wissens bei keinem anderen Menschen machst. Aber bei einer Frau wie Fiona kann man es sich nicht leisten nachzugeben. Gibt man ihr einen Zentimeter, hisst sie ihre Flagge gleich über der ganzen Welt, bevor man überhaupt merkt, was los ist.«

»Alte Gewohnheiten wird man schwer los«, sagte Steve, der sich im Klaren war, dass Kit sein Territorium so deutlich wie ein unkastrierter Kater absteckte. Er wusste, dass sein Freund Recht hatte. Zu Beginn seiner Beziehung zu Fiona hatte er nicht begriffen, dass sie jemanden brauchte, der sich ihr gegenüber behaupten und sie herausfordern würde. Jetzt war es zu spät, dies zu ändern. Noch schlimmer, es war zu einem eingespielten Muster in seinen persönlichen Beziehungen zu Frauen geworden. Er konnte mit weiblichen Kollegen und Untergeordneten schon streng sein und machte nie Zugeständnisse wegen ihres Geschlechts. Aber sobald sich die Möglichkeit einer romantischen Beziehung anbahnte, wurde Steve wieder zu dem Schwächling, dem es nicht gelungen war, Fiona zu gewinnen. Er war nicht zufrieden damit, aber er hatte weder genug Zeit noch Motivation, das zu ändern. Selbst wenn er gekonnt hätte. Steve schreckte aus seinen Gedanken auf und kehrte zu dem zurück, was Kit sagte.

»Ich brauche niemanden, der mich schont, um mich bei Laune zu halten. Ich muss nur wissen, ob du denkst, ich sollte mich mehr in Acht nehmen, wo jetzt diese Drohbriefe kursieren.«

Sie gingen zu einem Tisch in der Ecke, den sie aus Erfahrung als einen der leiseren Plätze kannten, wo die Lautsprecher nicht so dröhnten. Dort konnten sie sich unterhalten, ohne Kehlkopfentzündung oder unliebsame Lauscher zu riskieren. Steve nahm eine Zigarre aus seiner Brusttasche und zündete sie an. »Erzähl mir das alles noch mal, Kit. Ich konnte dich nicht hören wegen des Krachs an der Bar.«

Kit schüttelte den Kopf. »Du hast nicht zugehört. Du hast an Frauen gedacht. Ich habe dir von den Briefen mit Morddrohungen erzählt, die offenbar unter uns Krimiautoren umgehen. Ich habe einen bekommen, Georgia Lester bekam einen. Fiona schlug vor, ich solle herumfragen, ob sonst noch jemand einen erhalten hat, und ich habe heute einige E-Mails dazu rausgeschickt. Bis jetzt haben drei es zugegeben: Jonathan Lewis, Adam Chester und Enya Flannery. Auch mein Agent hat einen bekommen. Und sie klingen alle, als habe dieselbe Person sie geschrieben. Außerdem sagten Enya und Jonathan, sie hätten ähnliche Botschaften auf ihren Anrufbeantwortern gehabt. Aber die Stimme war zu undeutlich und unmöglich zu identifizieren, selbst wenn es jemand aus dem persönlichen Bekanntenkreis gewesen wäre.«

»Und du fragst dich also, ob es einen Zusammenhang zwischen diesen beiden Morden gibt? Ob jemand außen einen Groll gegen Autoren von Kriminalromanen hegt?« Steve bemühte sich, nicht so ungläubig auszusehen, wie er war. Er kannte Kits gesundes Selbstbewusstsein in Bezug auf seine Arbeit. Aber es war ihm nicht klar gewesen, dass er und seine Kollegen sich tatsächlich für wichtig genug hielten, um jemanden zu einer Mordserie zu veranlassen.

»Na, ich habe schon dran gedacht«, sagte Kit. »Ich meine, unter den Umständen ist es nicht unvernünftig. Ein verrückter Brief lässt sich leicht abtun, aber bei sechs fühlt man sich schon ein bisschen unwohl. Und ich habe mich gefragt, ob du vielleicht bei deinen Kollegen auf der anderen Seite der Irischen See anrufen und anfragen könntest, ob Jane Elias auch eine Morddrohung in Briefform bekam.«

»Kit, die Zeitungen sind voll von Jane Elias' Affäre mit diesem irischen Polizisten. Ehrlich gesagt glaube ich, dass das viel mehr mit ihrem Tod zu tun hat als alles andere. Nach meinen Informationen hat sich Pierce Finnegan im Lauf der Jahre viele Feinde gemacht, im Land und auch außerhalb. Es gibt keine bessere Möglichkeit, jemandem bei der Polizei beizukommen, als die Menschen anzugreifen, die er liebt. Also nein, ich glaube nicht, dass du schlaflose Nächte verbringen solltest wegen des Gedankens, dass jemand hinter dir her ist.«

»Aber rufst du dort an? Um mich und Fiona zu beruhigen?« Kit sah Steve über den Rand seines Glases hinweg an. Wenn er es nicht aus Freundschaft täte, dann aufgrund seiner altmodischen Auffassung von ritterlicher Liebe. Darauf hätte Kit wetten können.

»Ich werde zusehen, was ich herausfinden kann«, sagte Steve. Er wusste, dass er manipuliert wurde, aber es erforderte mehr Anstrengung, sich dagegen zu wehren, als er aufbringen wollte.

Kit nickte zufrieden. »Das wollte ich nur hören. Fiona hält einen Zusammenhang für nicht wahrscheinlich, aber ich bin nicht sicher, ob sie das wirklich denkt oder ob sie es nur sagt, damit ich mir keine Sorgen mache. Ich habe manchmal das Gefühl, Fiona hält mich für ein zerbrechliches Blümchen, das man vor Wind und Regen beschützen muss.«

Steve prustete einen Mund voll Bier über den Tisch. »Verdammt noch mal, Kit«, bekam er mit Mühe heraus. »Du bist ungefähr so zerbrechlich wie die Brücke über den Forth.«

Bevor Kit antworten konnte, wurde ihrem friedlichen Beisammensitzen ein Ende gemacht durch die Ankündigung, dass eine irische Band live spielen werde. Kit trank sein Glas aus und stand auf. »Gehen wir. Komm mit zu uns, es ist nur zehn Minuten zu Fuß.«

Keiner von beiden bemerkte den bärtigen Mann, der hinten in der Buchhandlung gesessen hatte, nun sein halb leeres Glas Guinness stehen ließ und ihnen in vorsichtiger Entfernung aus dem Pub folgte. Er hatte die Buchhandlung vor dem Signieren verlassen und geduldig in einem Hauseingang in der Nähe gewartet, bis Steve und Kit gegangen waren. Er war hinter ihnen den Hang hinuntergegangen, und als sie die Bar betraten, war er so lange draußen stehen geblieben, bis sie sich etwas zu trinken geholt und Platz

genommen hatten. Dann hatte er sich drei anderen Männern angeschlossen, die auf die Bar zugingen, sich einen Drink bestellt und einen Platz gefunden, von dem aus er Kits Kopf von hinten und Steves Profil sehen konnte.
Jetzt folgte er ihnen durch die nächtlichen Straßen und hielt sich vorsichtig ein Stück hinter ihnen. Er lächelte in sich hinein. Seine Vorsicht war eigentlich Zeitverschwendung. Die blöden Kerle hatten keine Ahnung. Als sie in ein Tor einbogen, hielt er an und tat so, als binde er seine Schnürsenkel. Dann ging er weiter die Straße entlang, und als er an dem Haus vorbeikam, in das sie gegangen waren, blickte er auf die andere Seite. Er konnte den Zorn und Neid angesichts des eleganten Hauses nicht unterdrücken. Wenn es nach ihm ginge, würde Kit Martin sein selbstzufriedenes und angenehmes Leben nicht mehr lange genießen können. Er hatte gewisse Pläne, um dem verdammten Mr. Martin das Leben weit weniger behaglich zu machen.

Sie fanden Fiona in der Küche vor, wo sie die Penne puttanesca aufaß, die Kit für sie hingestellt hatte. »Ihr seid früh wieder da«, sagte sie.
»Wir dachten, wir könnten dich mal mit deinem Lover erwischen«, neckte Steve.
Fiona streckte ihm die Zunge heraus. »Zu spät. Sie ist gerade gegangen.«
»Die Iren haben das Pub überfallen«, sagte Kit. »Du weißt ja, wie ich dieses üble, nachgeäffte Moorbauern-Gedudel hasse.« Er nahm zwei Flaschen Sam Smith's Organic Bitter aus dem Getränkeschrank. »Also haben wir gedacht, wir könnten heimkommen und deinen Abend ruinieren.«
»Auch dafür kommt ihr zu spät. Salvador Berrocal hat angerufen und mir mitgeteilt, dass es in Toledo einen weiteren Mord gegeben hat, und ich habe daraufhin die spanischen Tatortberichte durchgeackert und die Daten in den Computer eingegeben, statt mich mit einem langen heißen Bad zu verwöhnen.«
Kit zog ein Gesicht. »Mist, das zieht einen runter«, sagte er.

»Wie war die Lesung?«, fragte Fiona.
»Relativ gut besucht, wenn man bedenkt, dass ich kein neues Buch zu bieten hatte. Hab schon einige verkauft und alle Exemplare signiert, die ich zu fassen kriegte.«
»Er ist wieder mal zu bescheiden, Fi. Sie haben ihm aus der Hand gefressen. Sie waren begeistert. Alle Frauen wollten ihn mit nach Hause nehmen und die Männer mit ihm ein Bier trinken gehen«, sagte Steve und setzte sich ihr gegenüber.
»Und stattdessen seid ihr beide jetzt die Glückspilze«, sagte Kit. »Irgendwann in eurer Jugend oder Kindheit ...«
»Wir müssen etwas schrecklich Lasterhaftes getan haben«, antwortete Fiona. »Wie sieht's bei dir aus, Steve?«
Er machte eine Geste mit der ausgestreckten Hand, die so lala bedeuten sollte. »Wir hatten Glück bei einem rassistischen Überfall unten in Brick Lane, drei Typen verhaftet, und einer davon singt wie eine Operndiva. Das ist wohl das Beste. Blake ist nicht aus Spanien zurückgekommen, aber wir haben uns seine Finanzen angesehen, und es gibt keine Erträge, die auf Gewinn durch Erpressung hindeuten. Die einzige große Einzahlung auf sein Konto ist das Geld, das er von den Zeitungen für den Verkauf seiner Geschichte bekommen hat. Er hat einen Batzen in bar abgehoben, und wahrscheinlich gibt er das jetzt in Spanien aus.«
»Miese Schmierblätter. Da könnte es einem schlecht werden«, war Kits Kommentar.
Fiona seufzte. »Dem Buchstaben nach ist er unschuldig. Nichts verbietet ihnen, ihn zu bezahlen.«
»Er ist nicht unschuldig, wenn er zugesehen hat, wie Susan Blanchard umgebracht wurde ohne etwas zu sagen«, protestierte Kit.
»Wir *wissen* das aber nicht. Es ist nur meine Theorie«, erinnerte sie ihn.
Als er sah, dass sie ihren Teller zurückschob, nahm sich Steve eine Zigarre und zündete sie an. »Aber ich habe meinen eigenen Rat befolgt und bin noch mal die Protokolle der Augenzeugen durchgegangen.«
»Was Erfreuliches?«, fragte Fiona.

»Na ja, wir sind ja erst am Anfang, aber vielleicht ist da doch etwas. Ich habe die ursprünglichen Aussagen noch einmal gelesen und bemerkt, dass eine Person erwähnte, sie habe einen Radfahrer gesehen, der aus der Richtung des Tatorts kam. Sie ging mit ihrem Hund spazieren und erinnerte sich an den Radfahrer, weil er viel schneller vorbeiflitzte, als die Leute im Heath-Park im Allgemeinen fahren. Wir haben es damals nicht weiterverfolgt, weil Blake schon bald unter Verdacht stand.«
Fiona runzelte die Stirn. »Weißt du, ich erinnere mich, dass ich dazu eine Notiz gemacht habe, als ich noch offiziell mit dem Fall befasst war. Ich glaube, ich habe es sogar in meinem vorläufigen Bericht erwähnt«, sagte sie nachdenklich.
»Hast du sie also noch einmal befragt?«, wollte Kit wissen.
»Ich habe sie persönlich aufgesucht«, gab Steve zu. Er hielt die Hände hoch, als wolle er Fionas Widerspruch abwehren. »Ich weiß, es ist lächerlich, ein Polizeibeamter von meinem Rang, der selbst herumläuft und Zeugenaussagen aufnimmt, und ich weiß, ich sollte delegieren können, aber wenn wir wieder einen Fehler machen und ich es ausbaden muss, dann ist es diesmal wenigstens mein eigener Fehler, für den ich büße.«
»Was hatte sie zu sagen?«, fragte Fiona.
»Sie hat nicht viel mehr dazu ausgesagt. Sie war bei ihrem Spaziergang an dem Gebüsch vorbeigekommen, wo der Mord verübt wurde, und sie macht sich immer noch große Vorwürfe, weil sie einen Walkman aufhatte. Sie ist überzeugt, sie hätte etwas bemerken und Alarm schlagen können, wenn sie nicht Mozarts Requiem gehört hätte. Jedenfalls kam etwa zehn Minuten später ein Radfahrer von hinten auf sie zu und raste vorbei. Sie wurde zum Teil darauf aufmerksam, weil Radfahren in diesem Teil des Heath-Parks zu dieser Tageszeit eigentlich nicht erlaubt ist, auch wenn einige Leute sich ohnehin nicht um die Vorschriften kümmern. Aber hauptsächlich erinnerte sie sich daran, weil er so schnell fuhr. Er hatte einen Affenzahn drauf, sagte sie.«
Fiona seufzte. »Also keine Chance, eine gute Beschreibung zu bekommen.«

Steve schüttelte den Kopf. »Leider nicht. Sie hat ihn nur von hinten gesehen und weiß nichts über Räder. Wir wissen nicht, ob es ein Rennrad oder ein Mountainbike war. Sie erinnert sich, dass er einen Helm und richtige Radlerkluft aus Lycra trug. Schwarze Hose, meint sie, und ein dunkles Oberteil. Vielleicht lila oder dunkelblau oder sogar braun.«
»Das reduziert die Auswahl ja ungemein«, sagte Kit.
»Aber ...«, Steve hielt einen Finger hoch und lächelte, »sie hat sich bereit erklärt, sich hypnotisieren zu lassen, damit wir sehen, ob sich irgendwo in ihrem Unterbewusstsein etwas über den Radfahrer versteckt. Und als wir mit den anderen Zeugen, die sich gemeldet hatten, noch einmal sprachen und gezielt fragten, ob sie an diesem Morgen einen Radfahrer gesehen hätten, hatten wir einen weiteren Treffer. Ein Kindermädchen saß auf einer Bank am Fuß des Hügels, als er an ihr vorbeifuhr. Sie sagte, er sei so schnell gefahren, dass sie dachte, er würde es nicht um die Kurve schaffen, aber er packte es und fuhr auf den Ausgang zur Heath Road zu.«
»Wieso hast du das nicht beim ersten Mal bemerkt?«, fragte Kit, der trotz ihrer Freundschaft nie zögerte, Steve unbequeme Fragen zu stellen.
Steve schien verlegen. »Sie ist Philippinin. Sie spricht ziemlich gut Englisch, aber es ist nicht ihre Muttersprache. Als wir damals mit ihr sprachen, hatten wir keinen Dolmetscher. Der Kriminalbeamte, der die vorbereitende Befragung machte, fand, sie habe uns nichts zu sagen, was uns weiterbringen würde, so vereinbarte er gar kein zweites Gespräch mit einem Dolmetscher. Dieses Mal haben wir es richtig gemacht.«
»Und seid ihr zu einem guten Ergebnis gekommen?«, fragte Fiona.
Steve nahm einen langsamen Schluck aus der Bierflasche und nickte. »Grundsätzlich ja. Sie glaubt, er habe eine Schutzbrille und einen Helm getragen und dunkle Kleider. Sie meinte, es sei ein Mountainbike gewesen wie das ihres Arbeitgebers. Wir haben Marke und Modell identifiziert, natürlich könnte sie sich da auch irren.«
»Sie erinnert sich ziemlich gut nach so langer Zeit«, sagte Fiona nachdenklich. »Wie sehr habt ihr mit Fragen nachgeholfen?«

»Fast überhaupt nicht«, sagte Steve mit einem bitteren Unterton. »Sobald wir sie zu dem Radfahrer befragten, fing sie an zu nicken und wurde ganz aufgeregt. Sie sagte, sie habe es dem Polizisten erzählen wollen, der sie vorher besucht hatte. Aber als er merkte, dass sie Blake nicht gesehen hatte, war er nicht mehr interessiert. Zu unserer Verteidigung muss ich sagen, dass wir sie nicht im ersten Anlauf als Zeugin bekamen. Es war zehn Tage später oder so, als sie sich meldete. Ihre Arbeitgeber waren in der Woche vor dem Mord weg gewesen, und sie war zu ängstlich, um ohne ihre Erlaubnis zur Polizei zu gehen. Bis sie sich also bei uns meldete, war Blake schon unser Hauptverdächtiger.«

»Nicht gerade eine tolle Verteidigung«, sagte Kit dazu. »Und du hast die Stirn, dich zu ärgern, wenn ich mal hier und da einen verschlafenen Polizisten in meine Bücher hineinschreibe. Und wie geht's weiter?«

Steve spielte mit seiner Zigarre herum. »Ich bin in Versuchung, Blake noch einmal zu bestellen und ihn eine Zeugenaussage machen zu lassen.«

Kit lachte. »Ich kann mir die Aussage vorstellen, die du von ihm bekommen würdest. Ich könnte wetten, dass sie die Worte ›leck‹ und ›Arsch‹ enthalten wird.«

Steve landete einen scherzhaften Faustschlag auf Kits Schulter. »Zier dich nur nicht, Kit, sag uns ruhig, was du wirklich denkst.«

Fiona beachtete sie nicht und sagte langsam: »Man müsste es sehr vorsichtig angehen. Du hast offiziell die Position vertreten, in dieser Sache effektiv niemand anderen zu suchen. Wenn du Blake zur Befragung heranziehst, wäre es leicht für ihn, von Schikane zu reden, da die Ermittlungen nach deiner eigenen Aussage abgeschlossen sind. Wenn du dich verteidigst, indem du sagst, die Befragung sei noch in Gang, lenkst du die Aufmerksamkeit des wirklichen Täters auf die Tatsache, dass du ihn aktiver suchst als zuvor.«

»Aber wir müssten es gegen das abwägen, was Blake uns vielleicht sagt«, konterte Steve.

»Ich meine, Kit hat Recht. Ich glaube nicht, dass er dir etwas sagen wird, was weiterführt«, sagte Fiona und schüttelte den Kopf. »Er hat zu viel zu verlieren, wenn er den Mord wirklich beobachtet hat.« Sie zählte es an den Fingern auf: »Erstens riskiert er, wegen Strafvereitelung angeklagt zu werden, weil er verheimlichte, was er die ganze Zeit schon wusste. Zweitens verliert er den Vorteil, den er vielleicht hat, wenn er die Identität des Mörders kennt und ihn erpressen will. Drittens gibt er die Macht auf, die er mit seinen geheimen Phantasiegebilden ausübt. Und viertens verzichtet er auf die Möglichkeit, öffentlich seine Unschuld zu beteuern, die ihm schon viel Geld von den Zeitungen eingebracht hat und ihm noch viel mehr Entschädigung vom Innenministerium bringen wird.«

»Deiner Meinung nach sollten wir ihn also lieber in Ruhe lassen«, sagte Steve unumwunden.

Fiona hob die Augenbrauen. »Das habe ich nicht gesagt. Ich habe nur festgestellt, dass ich ihn nicht zu dem Mord befragen würde.«

Steve lächelte. »Andererseits, wenn man bei der Verkehrspolizei hinterlegt, dass sie kontrollieren sollen, ob er getrunken hat, wenn er mit einunddreißig Meilen durch King's Cross fährt ...«

Kit schüttelte den Kopf und tat, als bekümmere ihn dies. »Aber das wäre ja Schikane«, merkte er an.

»Nur wenn wir dabei ungeschickt sind. Und ich habe die Absicht, ihn im Blick zu behalten, wenn er nach Haus zurückkehrt.«

Fiona nickte zustimmend. »Es ist eine kleine Chance, aber sie könnte trotzdem direkt zu einem Mörder führen.«

Steve schaute grimmig drein. »Ich hab schon erlebt, dass geringere Chancen sich ausgezahlt haben. Glaubt mir, wenn Francis Blake etwas zu verbergen hat, werde ich herausfinden, was es ist.«

Kapitel 25

Steve legte den Hörer auf und machte sich eine Notiz auf seinem Block. Er hatte am selben Tag schon mit dem Leiter der Ermittlungen zum Mord an Jane Elias bei der Garda Siochana gesprochen. Und er hatte gewartet, ob er ihn zurückrufen würde. Der irische Kollege hatte versprochen, sich so bald wie möglich zu melden, hatte aber zu bedenken gegeben, dass allein in Elias' Büro hunderte von Briefen und tausende von Papieren lagen. Er hatte jedoch schon ein Team, das daran arbeitete, und hatte sich schließlich mit der Auskunft gemeldet, bisher hätten sie unter Jane Elias' Papieren keinen Brief gefunden, der den bei Kit, Georgia und ihren Kollegen eingegangenen ähnelte.

Das war natürlich kein schlüssiger Beweis. Sie hätte ihn gleich in den Papierkorb werfen oder am offenen Feuer in ihrem Salon verbrennen können. Aber weder war bei der Leiche ein Brief gefunden worden, noch hatte die irische Polizei irgendetwas Schriftliches von einem mutmaßlichen Mörder. Es gab nichts, das auf eine Verbindung zwischen dem Verfasser des Briefes und Jane Elias' Mörder hindeutete. Steve war froh, dass er für einen anderen eine gute Nachricht hatte; er wünschte, jemand hätte auch eine für ihn.

Er gähnte und streckte die Arme so weit aus, dass seine Schultern krachten. Er war bei weitem nicht der einzige der Beamten, der in New Scotland Yard um neun Uhr abends noch am Schreibtisch saß, auch wenn sie keine Nachtschicht hatten. Aber die anderen waren weit unter dem Rang eines Detective Superintendent. Andererseits jedoch, so sagte er sich mit einem Bedauern, in das sich kein Selbstmitleid mischte, hatten die meisten Familien, zu denen sie nach Hause gingen. Er hatte vor langer Zeit akzeptiert, dass er wahrscheinlich diesen glücklichen Zustand nie erreichen würde. Die Heftigkeit seiner geheim gehaltenen Liebe zu Fiona Cameron – er wusste, dass sie nicht erwidert wurde – hatte ihn in den entscheidenden Jahren zwischen zwanzig und dreißig, als alle seine Freunde sich zum ersten Mal gebunden hatten, ungewollt aus dem Rennen geworfen.

Er hatte seine unerwiderte Leidenschaft durch seine Arbeit sublimiert. Eines Tages entdeckte er, dass ihm das starke Band der Freundschaft zu Fiona schließlich doch genügte. Er begriff, dass er sein Leben so eingerichtet hatte, dass er nie wieder Zeit, Kraft oder Gelegenheit haben würde, eine Beziehung einzugehen, die ihn zufrieden stellen würde. Aber in letzter Zeit hatte er doch manchmal darüber nachgedacht.

So viele seiner Freunde, die vor zwölf Jahren oder mehr mit einer Partnerin eine feste Beziehung begannen, waren inzwischen wieder allein stehend. Wenige schienen einen langen Atem zu haben. Vielleicht war es mit achtunddreißig nicht zu spät. Vielleicht war die Zeit gekommen, sich wieder mal öfter mit anderen Singles zu treffen. Wenn Francis Blake an seiner erklärten Absicht festhielt, gegen das Innenministerium zu klagen, war es denkbar, dass ein Sündenbock in herausragender Stellung gefunden werden musste. Das Desaster mit der misslungenen Aktion konnte durchaus bedeuten, dass er bald jede Menge Zeit haben würde. Wenn seine Vorgesetzten entschieden, er sei derjenige, der vor der Öffentlichkeit die Schuld auf sich nehmen solle, dann lief er zumindest Gefahr, auf einen bedeutungslosen Posten abgeschoben zu werden, wo er praktisch keine Stellung in der Öffentlichkeit mehr einnahm und die beruflichen Anforderungen minimal waren. Ohne eine ihn fordernde Arbeit würde er viel Zeit haben. Keine Zeit zum Totschlagen, sondern Zeit, um sich zu entwickeln.

Andererseits würde er den Schlüssel zum Geheimnis von Susan Blanchards Mörder vielleicht doch noch finden. Und während der Gedanke an ein Leben mit einer Partnerin oder sogar mit Kindern ihn wie ein ewiger Traum verfolgte, war sein Wunsch nach Befriedigung durch eine erfolgreich erledigte berufliche Aufgabe viel stärker, weil er deren berauschende Wirkung schon so oft erfahren hatte. Er wusste, dies konnte wieder Wirklichkeit werden, und er wurde dessen nie müde.

Mit einem Seufzer schloss Steve die Akte Francis Blake. Er hatte sie in der vorhergehenden Woche dutzende Male durchgelesen. Er hatte zwar nicht das ungute Gefühl, etwas übersehen zu haben, aber auch keine intuitive Idee, die ihm sagte, wohin seine nächste Spur führen könnte. Er wünschte, Fionas Rat hätte nicht mit seinem eigenen instinktiven Gefühl zu Blakes vermutlicher Reaktion übereingestimmt. Es hätte ihm wenigstens eine Angriffsfläche geboten, einen sonnengebräunten und arroganten Francis Blake wegen einer Zeugenaussage zu schikanieren. Aber er wusste, dass sie Recht hatte. Der einzige Grund, weshalb er mit Blake reden wollte, war der Wunsch, einen Mann, den er verachtete, in eine unangenehme Situation zu bringen.

Wenn er im Zusammenhang mit diesem Fall an Fiona dachte, wurde sein Zorn wieder entfacht. Hätten sie doch nur weiter zusammenarbeiten können, dann würde er jetzt nicht in diesem Schlamassel stecken. Der Gedanke weckte eine verschüttete Erinnerung. Steve sprang auf und ging zum Aktenschrank. Ganz zu Anfang des Falls hatte Fiona ein Profil skizziert und einige Vorschläge für die Befragungen gemacht. In dem allgemeinen Chaos, das dann dazwischengekommen war, hatte Steve vollkommen vergessen, dass es dieses Profil gab, bis Fiona es am Abend zuvor beiläufig erwähnte, als sie über den Radfahrer sprachen.

Seine Finger blätterten nervös die Hefter durch, als er sich zu erinnern versuchte, wo er es abgelegt hatte. Beim zweiten Durchgang fand er, was er suchte. »FC, vorläufiger Bericht«, war mit schwarzem Filzstift auf den rechten oberen Rand eines hellbraunen Hefters gekritzelt. Steve lächelte und zog ihn heraus. Er war leider sehr dünn, deshalb hatte er ihn auch beim ersten Mal übersehen. Er schlug ihn auf und vertiefte sich in Fionas exakte, ihm vertraute Formulierungen. Wie immer hatte sie den Fall nicht mit Namen versehen, da sie ihrem Universitätscomputer in Sachen Sicherheit nicht ganz traute.

Fall SP/35/FC
Das Opfer und der Tatort lassen sich beide in die Kategorie »wenig gefährdet« einordnen. Sie war eine »anständige« verheiratete Frau, die ihre Zwillinge dabeihatte, es gibt keine Anzeichen dafür, dass irgendjemand aus ihrem unmittelbaren Umfeld an kriminellen Aktivitäten beteiligt war. Der Tatort ist auf öffentlichem Gelände, war recht belebt und bot wenig, was die Aufmerksamkeit vom Geschehen ablenken konnte. Die Tat wurde bei helllichtem Tag begangen, nur wenige Meter von einer befahrenen Verkehrsstraße entfernt. Hampstead Heath gilt allgemein als eine bei Tageslicht eher sichere Parkfläche in der Hauptstadt, es gibt relativ wenig Polizeistreifen, und der Park ist nicht für Überfälle oder Drogenkriminalität bekannt.
Dies bedeutet im Umkehrschluss, dass der Täter bei der Ausführung seiner Tat ein hohes Risiko einging. Darin zeigt sich ein relativ hohes Maß an Reife und Scharfsinn oder aber eine unbekümmerte Gleichgültigkeit gegenüber den Folgen seiner Tat.
Wenn wir jedoch den Charakter der Tat selbst untersuchen, wird klar, dass dies keine voreilige, aus dem Moment geborene, spontane Handlung war. Die Tatwaffe, ein Messer mit einer langen Klinge, muss vom Täter mitgebracht worden sein. Der Überfall fand an einer der wenigen Stellen des Heath-Parks statt, die leicht zugänglich und doch weitgehend versteckt liegen, was auf einen hohen Grad an vorsätzlicher Planung hinweist. Entsprechend der Zeugenaussage 1276/98/STP ist es auch möglich, dass der Mörder mit einem Fluchtfahrzeug, nämlich einem Fahrrad, kam. Ich würde deshalb zu der Ansicht neigen, dass wir es mit einem Mann zu tun haben, der einen hohen Grad an Vertrauen in seine Fähigkeiten besitzt.
Solche Reife beim Ausführen krimineller Handlungen entsteht nur durch Erfahrung. Er mag zuvor nicht gemordet haben, aber die Wahrscheinlichkeit, dass er schon ernst zu nehmende sexuelle

Übergriffe begangen hat, ist sehr hoch. Wenn er vorbestraft ist, ist es sehr wahrscheinlich, dass er mit Voyeurismus und unter Umständen Exhibitionismus angefangen und sich dann über weniger schwere sexuelle Belästigung zu Vergewaltigung gesteigert hat. Es ist jedoch durchaus möglich, dass er einer Verhaftung und der Vorbestrafung entgangen ist.

Ich würde deshalb empfehlen, die gelösten und ungelösten Vergewaltigungen und schweren sexuellen Übergriffe der letzten fünf Jahre gründlich zu überprüfen und zu versuchen, Parallelen zwischen einzelnen Fällen zu finden und so zur Identifizierung eines Tatverdächtigen zu kommen. Die Schlüsselfaktoren, auf die man dabei achten müsste, sind:

1. *Taten, die im Freien verübt wurden. Aus der Forschung geht hervor, dass Vergewaltiger entweder im Freien oder in Gebäuden aktiv sind und dass sich beide Charakteristika nur selten vermischen.*
2. *Die meisten Vergewaltiger neigen dazu, Mitglieder nur einer ethnischen Gruppe anzugreifen, dies ist allerdings nicht immer der Fall. Da das Opfer hier weiß und blond war, ist es eher wahrscheinlich, dass die früheren Opfer ähnliche Merkmale aufwiesen.*
3. *Der Mörder fühlte sich durch die Gegenwart kleiner Kinder nicht gestört. Es könnte sogar sein, dass dies ein Element seiner Befriedigung darstellt. Deshalb gehen Vorfälle, die das Element Kinder als Zeugen einschließen und zu den oben genannten Mustern passen, mit noch größerer Wahrscheinlichkeit auf sein Konto.*
4. *Taten, bei denen der Täter auf einem Fahrrad floh. Wenn dies in der Vergangenheit gut gegangen ist, ist die Wahrscheinlichkeit einer Wiederholung größer.*
5. *Taten, bei denen der Täter ein Messer benutzte oder jemanden damit bedrohte. Es ist klar, dass er ein Messer zum Heath-Park mitgebracht haben muss, und deshalb ist es wahrscheinlich, dass es auch Teil seines früheren Vorgehens war.*

Mit dem Ergebnis einer solchen Suche wird es vielleicht möglich sein, durch die Verbindungslinien der Delikte untereinander und die Berücksichtigung der Eskalation ein kriminalgeografisches Profil zu erstellen, mit Hilfe dessen sich ein schlüssiger Tatverdächtiger herausschälen lässt.

Wie immer hatte Fiona alles knapp und pointiert abgefasst, dachte Steve. Und obwohl sie es am Abend zuvor großzügig vermieden hatte, ihn daran zu erinnern, hatte sie gleich die mögliche Bedeutung des Fahrrads erfasst. Am Ende des eigentlichen Berichts hatte sie eine Notiz mit ihrer kleinen, ordentlichen Handschrift aufgeklebt. *Ich weiß, dass du zwei Zeugen hast, die in der Nähe des Tatorts einen Mann haben laufen sehen. Ich glaube nicht, dass dies der Mörder ist. Wer immer diesen Mord begangen hat, war schlau genug, auf weniger aufsehenerregende Weise zu fliehen. Wenn ich etwas riskieren sollte, würde ich sagen, der mysteriöse Radfahrer, der sich bisher nicht gemeldet und zugegeben hat, dass er zur kritischen Zeit im Heath-Park war, ist ein viel wahrscheinlicherer Tatverdächtiger. Lass uns bald drüber reden. F.*

Obwohl der Fall Susan Blanchard offiziell abgeschlossen war, war es Steve gelungen, seinem Chef eine kleine Gruppe von Mitarbeitern abzuringen, die die Ermittlungen fortführen sollten, das aber zunächst nicht öffentlich zugeben würden: Sie würden dies erst dann tun, wenn ein Täter gefunden wurde, der in den Augen der Öffentlichkeit und der Staatsanwaltschaft ein glaubhafter Ersatz für Francis Blake war. Steve hatte einen Detective Sergeant und zwei Detective Constables zur Verfügung, die er während ihrer ganzen Arbeitszeit einsetzen konnte, und dazu noch eine Reserve aus Leuten guten Willens, die bei den ursprünglichen Ermittlungen mit ihm zusammengearbeitet hatten.

Er überlegte, welche Mitglieder seines Teams im Moment womit beschäftigt waren, und beschloss DC Joanne Gibb die Durchsicht der Akten erledigen zu lassen. Joanne arbeitete bei Recherchen sehr gewissenhaft und war sehr geschickt darin, Kontakte zu Kollegen sowohl in anderen Abteilungen als auch außerhalb der Met zu knüpfen. Er hatte schon erlebt, wie sie unfreundlich gesinnte Kollegen von anderen Polizeibehörden beruhigt und beschwatzt hatte, bis sie ihren Ärger darüber vergaßen, dass der große Stiefel der Met über ihr Revier trampelte. Niemand würde hartnäckiger nach Fällen fahnden, die ähnlich motiviert waren wie die von Fiona genannten. Niemand würde besser den ermittelnden Beamten die Einzelheiten entlocken.

Steve kopierte die Merkmale, die Fiona aufgeschrieben hatte, und hinterließ eine Notiz für Joanne, sie solle gleich morgen früh mit der Arbeit beginnen. Er streckte sich genüsslich, erleichtert und voll neuer Energie, weil er etwas Positives in Gang gesetzt hatte. Heute Nacht würde er tatsächlich richtig schlafen können, statt sich stundenlang unruhig herumzuwerfen, was in letzter Zeit oft der Fall gewesen war.

Er reckte seinen langen, schlaksigen Körper und nahm seine Jacke von einem Haken, den er an der Seite des Aktenschranks direkt hinter seinem Schreibtisch angebracht hatte. Funktional, nicht ästhetisch, wie so vieles in seinem Leben, wie Fiona mehr als einmal seit den frühesten Tagen ihrer Freundschaft betont hatte. Wenn er Kits Stil gehabt hätte, wäre vielleicht alles anders gelaufen, sinnierte er, als er leicht auf seine Tasche schlug, um sicherzugehen, dass er seine Schlüssel hatte. Dann befand er, es sei sinnlos, darüber zu spekulieren. Um Kits Stil zu haben, hätte er ein anderer Mensch und Mann sein müssen. Und ein anderer Mann hätte sich vielleicht nicht einer lang anhaltenden Freundschaft mit Fiona erfreuen können, so wie er es tat.

Als er zwei Schritte von der Tür weg war, klingelte das Telefon auf seinem Schreibtisch. Steve zögerte kurz, dann kehrte er um. »Steve Preston«, sagte er.

»Superintendent Preston? Hier ist Sergeant Wilson vom Dienst. Wir haben gerade ein Fax von der spanischen Polizei bekommen. Francis Blake hat morgen einen Flug von Alicante nach Stansted gebucht. Er soll um 11.45 Uhr vormittags ankommen. Ich dachte, Sie würden das so bald wie möglich wissen wollen.«

»Danke, Sergeant. Haben wir die Details zum Flug?«

»Das steht alles im Fax. Ich schicke jemand damit hoch.«

»Lassen Sie nur, ich hol es auf dem Weg nach draußen ab.« Steve legte den Hörer auf und lächelte. Sie würden also morgen Ermittlungen in zwei verschiedene Richtungen aufnehmen können. Während Joanne nach Hinweisen auf einen Mörder suchte, würden Detective Sergeant John Robson und Detective Constable Neil McCartney demjenigen auf der Spur bleiben, der sie vielleicht zu demselben Mann führen würde.

Auf jeden Fall eine Änderung zum Besseren, dachte Steve, und seine Schultern waren deutlich gerader, als er zum zweiten Mal auf die Tür zusteuerte.

iii

Dies war der einzige Ort, der wichtig war. Dies war der geweihte Ort, der Hain für die Opfergabe, wo Moral zu Materie wurde. Alles darin war sorgfältig ausgewählt. Nichts war zufällig, außer dem Schnitt des Zimmers, und daran konnte er nichts ändern. Es hatte ein Fenster gegeben, aber er hatte es mit einem Stück Sperrholz abgedeckt und dann vorsichtig verputzt, so dass es wie eine glatte Wand aussah. Nur die Tür störte die perfekte Symmetrie des Raums. Das war jedoch akzeptabel. Sie teilte den Raum so symmetrisch, wie der menschliche Körper mit der Achse des Rückgrats in zwei Hälften geteilt ist.

Er hatte die Wände mit Auslegpapier tapeziert. Die Tapete, die er haben wollte, gab es schon seit Jahren nicht mehr, aber das war nicht wichtig. Er hatte sich eine Schablone des stilisierten Blattmusters für die Längsstreifen der Tapete gemacht. Und er hatte sich extra Farbe mischen lassen, um genau die Grüntöne zu treffen, an die er sich erinnerte. So erreichte er mit großer Sorgfalt eine genaue Nachbildung. Dann hatte er die Tapete mit einer dünnen Schicht farblosem Bootslack überstrichen, so dass man eventuelle Spritzer oder Schmierspuren schnell und spurlos abwischen konnte. Dies war praktisch und schnell getan.

Der Boden war einfach gewesen. Von einem Lager mit Abrissmaterial hatte er die alten Parkettstreifen gekauft. Ahorn, hatte der Mann ihm gesagt. Von den Büros einer alten Wollspinnerei in der Gegend von Exeter. Er hatte ein paar Abende gebraucht, um sie zu verlegen und eine möglichst große Übereinstimmung mit dem

Boden zu Wege zu bringen, an den er sich erinnerte. Aber es war eine eher langweilige Arbeit gewesen, keine, die ihn forderte.
Die Lampe hatte er in einem Trödelladen draußen an der Taunton Road erstanden. Es war das erste Stück, das er gekauft hatte. Ja, die Lampe hatte ihn tatsächlich erst auf den Gedanken an dieses magische Zimmer gebracht. Sie hätte das Original sein können, so genau stimmten die drei Milchglasschalen mit seiner Erinnerung überein. Als er sie in dem schmuddeligen Laden voller Verwunderung betrachtete, kam ihm der Gedanke, das Zimmer wieder zum Leben zu erwecken und es genauso herzurichten, wie es gewesen war, und daraus einen Tempel für die dunklen Wünsche zu machen, die es in ihm geweckt hatte.
Die Einrichtung war einfach. Ein schlichter Tisch aus Kiefer, obwohl die Macken auf der Tischplatte anders waren als die in seiner Erinnerung. Vier Kiefernstühle mit runden Lehnen, die oben von den vielen Händen abgegriffen waren, die sie herausgezogen und wieder an ihren Platz geschoben hatten. Auf einem kleinen, mit grünem Billardtuch bezogenen Kartentisch lagen seine Arbeitswerkzeuge aufgereiht, deren blanker Stahl im Lampenlicht glänzte. Chirurgische Seziermesser, ein Metzgerbeil, eine kleine Handsäge und ein geölter Wetzstein, denn alle mussten immer rasiermesserscharf sein. Unter dem Tisch standen ein Stoß flacher Behälter aus Styropor für Fleisch in verschiedenen Größen und eine extragroße Rolle Frischhaltefolie.
Das Töten wurde natürlich an einem anderen Ort besorgt. Es war egal, wo. Das spielte für die Bedeutung des Rituals keine Rolle. Die Methode war immer dieselbe. Erdrosseln durch Ligatur war der Fachausdruck, das wusste er. Es war zuverlässiger als die Hände, die rutschen und auf der vom Angstschweiß glatten Haut abgleiten konnten. Ausschlaggebend für die Wahl dieses Vorgehens war, dass es dem Körper einen weniger tief greifenden Schaden zufügte. Stich- oder Schusswunden verursachten solch verheerenden Schaden und zerstörten die Perfektion, die er sich wünschte.
Dann kam die Waschung. Selbst nackt wie sein Opfer, ließ er die von den Kleidern befreite Leiche ins warme Wasser gleiten und

öffnete die Venen, um so viel Blut wie möglich heraussickern zu lassen, weil er die hässlichen blauen Flecken vermeiden wollte, die das Aussehen der Opfergabe verdorben hätten. Dann leerte er die Wanne und füllte sie erneut. Der Körper wurde sorgfältig mit unparfümierter Seife gereinigt, die Nägel gebürstet, die Ausscheidungen nach dem plötzlichen Tod weggewaschen, der Körper von jeder Verunreinigung befreit.

Endlich konnte er sich an seine Aufgabe machen. Wenn er den Prozess begonnen hatte, konnte er sich keine Zeitverschwendung mehr leisten. Die Leichenstarre setzte innerhalb von fünf bis sechs Stunden ein, machte seine Arbeit schwieriger, und zugleich konnte er dann nicht mehr so präzise vorgehen. Die Leiche lag blass wie eine Statue auf dem Tisch und war seine Votivgabe an die merkwürdigen Götter der Obsession, die, so hatte er vor vielen Jahren gelernt, besänftigt werden mussten.

Zuerst der Kopf. Er durchschnitt die Sehnen und komplexen Strukturen an Kehle und Hals mit einer Klinge, die so fein war, dass sie nur eine bleistiftdünne Spur hinterließ, als er das Messer herausnahm und es mit dem Beil vertauschte, um den Schädel vom ersten Wirbel zu trennen. Er legte den Kopf zur Seite, bis er sich später damit beschäftigen konnte. Dann machte er einen Y-förmigen Einschnitt wie ein Pathologe. Er zog die Oberhaut zurück und drehte den Körper vorsichtig um, so dass er die Haut vom Hals bis zu den Zehen abziehen konnte. Er entfernte die Haut wie einen Taucheranzug, bis er einen Körper vor sich hatte, der einer anatomischen Abbildung glich. Die leere Haut kam in einen Eimer zu seinen Füßen.

Dann versenkte er die Hände in der noch warmen Bauchhöhle, hob behutsam die Eingeweide und inneren Organe heraus, die er abschnitt und auf einen Haufen zur Seite legte. Als Nächstes öffnete er das Zwerchfell und entfernte sorgfältig Herz und Lunge, die er symmetrisch auf beiden Seiten des Brustkorbs hinlegte.

Weiter ging er zu den Handgelenken, die er beide glatt abtrennte, wobei das Ausrenken keine Probleme bereitete. Seine Erfahrung im Metzgerberuf hatte ihn mit allen Grundfertigkeiten ausgestat-

tet, die er zu einer Kunst verfeinert hatte, wie er selbstbewusst glaubte. Niemals war ein menschlicher Körper so perfekt und so voller Ehrfurcht seziert worden.

Als Nächstes kamen die Füße dran. Dann die Ellbogen und Knie, gefolgt von der Abtrennung der verbliebenen oberen Gliedmaßen an den Hüften und Achseln. Er arbeitete jetzt flink und sicher und zerteilte den Körper mit den effizienten Bewegungen eines Experten, der in seinem Fach geübt war. Die Zeit verging im Flug, während seine Hände planmäßig weiterarbeiteten, bis nur noch ein Haufen von Fleischstücken übrig blieb und der Kopf nach außen gedreht am oberen Ende des Tischs lag.

Jetzt war seine Erregung auf dem Höhepunkt, sein Herz schlug rasend schnell, und sein Mund war trocken. Mit einem leisen Seufzer nahm er seinen Penis in die blutverschmierten Hände und schob ihn vorsichtig in den offenen Mund, der wie an einem Totempfahl vor ihm stand. Er hielt den Kopf an den Haaren, stieß sich hinein in die offen stehende Kieferhöhle, und sein Körper zitterte in Ekstase.

Als alle Leidenschaft verströmt war, stand er vornübergebeugt mit den Fäusten auf den Tisch gestützt und atmete so schwer wie ein Marathonläufer an der Ziellinie. Das Sakrament war vollzogen. Es blieb nichts als das, was er jetzt entsorgen musste.

Für die meisten Mörder wären hier kaum zu bewältigende Probleme aufgetreten. Aber für einen Mann, der einen Großhandel für Metzgereien besaß, war die Sache einfach. Dutzende von gefüllten Kühltruhen mit abgepacktem Fleisch gehörten ihm. Selbst wenn irgendjemand es schaffte, die Hängeschlösser an der Truhe zu öffnen, die bei seinem Personal als sein persönlicher Lagerraum bekannt war, würden sie nichts Verdächtigeres sehen als dutzende von Päckchen mit gefrorenem Fleisch. Menschenfleisch sah glücklicherweise allen anderen Fleischsorten sehr ähnlich, wenn es geschlachtet war.

Kapitel 26

Die Abenddämmerung über Hampstead Heath hatte für Fiona nie ihren Zauber verloren, besonders zu dieser Jahreszeit. Nach einem heißen Sommer zeigte Anfang Oktober das helle Tageslicht den Staub auf den sich verfärbenden Blättern, der sie stumpf erschienen ließ. Und das Licht machte die welken Farbtöne der Grashalme und das ausgetrocknete Grau der Erde sichtbar. Aber wenn der Himmel sich bei einem dunstigen Sonnenuntergang rot färbte, bekamen die Farben ihre Tiefe und Leuchtkraft wieder und kontrastierten mit der Stadt, die sich darunter ausbreitete.

Anders als der Heath-Park verloren die Londoner Straßen im Zwielicht alle scharfen Umrisse. Die sterbende Sonne spiegelte sich hie und da in dem Fenster eines der hohen Bürogebäude. Feurige Glanzpunkte blitzten auf einer formlosen grauen Masse wie Synapsen im Gehirn, die den Funken weitergaben. Es war nicht die wilde und abwechslungsreiche Landschaft der Berge von Derbyshire, bei weitem nicht, aber sie fühlte sich daran erinnert, dass es solche Orte nicht nur tatsächlich gab, sondern dass sie zu ihrer eigenen inneren Landkarte gehörten, die sie in ihrem Kopf abrufen konnte, wann immer sie sie brauchte. Es war eine Art Erfrischung.

In der Woche, seit sie die Nachricht von Jane Elias' Tod gelesen hatte, war Fiona mindestens einmal täglich zum Park von Hampstead Heath gegangen. Jetzt setzte sie sich auf eine Bank auf Parliament Hill, zufrieden damit, nichts Anstrengenderes zu tun, als eine Weile Menschen zu beobachten.

Manche Spaziergänger waren ihr von ihren Ausflügen zum Heath-

Park vertraut. Hundebesitzer, Jogger, eine Horde Jungs, die auf ihren Skateboards ihre Teenagerjahre genossen, zwei ältere Frauen aus ihrer eigenen Straße, die schnell vorbeigingen und grüßend nickten, die Buchhändlerin, die ihr Lauftraining machte, und andere, die sie noch nie hier gesehen hatte. Manche waren offensichtlich aus der Gegend, oft ins Gespräch mit Partnern oder Kindern vertieft, und ihre Füße fanden automatisch an jeder Wegkreuzung die Richtung. Manche waren gleich als Touristen zu erkennen, sie hielten Stadtpläne in der Hand und versuchten stirnrunzelnd, trotz der diesigen Sicht die Wahrzeichen der Stadt zu erkennen. Manche ließen sich nicht in eine Kategorie einordnen, ihr Tempo lag irgendwo zwischen ziellosem Schlendern und konzentriertem Gehen.

Zu welcher Kategorie hatte wohl Susan Blanchards Mörder gehört?, dachte Fiona. Plötzlich aufmerksam geworden, fragte sie sich, was diesen Gedanken ausgelöst hatte. Es war nicht so, dass sie den Heath-Park seit dem Mord nicht regelmäßig besucht hätte, obwohl sie dazu neigte, den Weg zu meiden, der am Tatort vorbeiführte. Aber warum war ihr das gerade jetzt in den Sinn gekommen?

Fiona blickte in beide Richtungen den Weg entlang, sie war überzeugt, dass sie irgendjemanden oder etwas wahrgenommen hatte, das in ihrem Unterbewusstsein den Gedanken an den Mord hervorgerufen hatte. Das Paar, etwas über dreißig, der Mann mit dem vor die Brust geschnallten Baby konnten es nicht gewesen sein. Und auch nicht der Mann mittleren Alters mit seinem schwarzen Labrador oder die Teenager, die über irgendeine Geschichte kichernd auf ihren Rollerblades vorbeifuhren. Sie schaute sich ratlos um.

Er saß etwa fünfzig Meter entfernt in eine Mulde gekauert, vielleicht zwanzig Meter vom Weg entfernt. Auf den ersten Blick sah er wie ein Jogger aus. Leichte Sweat-Hose und ein T-Shirt, Turnschuhe. Aber er schien nicht heftig zu atmen, wie es jemand, der den Hügel heraufgerannt war, unweigerlich tun würde. Er betrachtete auch nicht die Aussicht. Nein, er beobachtete die beiden Mädchen auf den Rollerblades, die auf einer großen Wegkreuzung weite Kreise zogen, schrien und lachten und sich neckend Schimpfnamen an den Kopf warfen.

Als die Mädchen, nun von einer Gruppe Büsche verdeckt, aus seinem Blickfeld verschwanden, stand er auf und sah suchend den Weg entlang, ob sich sonst noch jemand näherte. Ein paar Minuten schien niemand seine Aufmerksamkeit zu erregen. Dann kam ein junges Pärchen in Sicht, sie hatten die Arme umeinander geschlungen, der Kopf des Mädchens ruhte an der Brust des Jungen. Gleich wurde der Mann aufmerksamer. Er steckte die Hände in die Taschen und kauerte sich wieder hin.
Fiona sah dem Mädchen und dem Jungen nach, bis sie außer Sichtweite waren, stand auf und ging einige Schritte auf den Mann zu. Sie starrte demonstrativ zu ihm hinüber und nahm ihr Handy heraus. Sobald ihm klar wurde, was sie tat, richtete er sich auf und lief den Hang hinunter, der sich durch das dichte Gebüsch wand. Fiona steckte ihr Handy weg. Sie hatte nicht die Absicht gehabt, die Polizei zu rufen; es genügte, dass er dachte, sie hätte es vorgehabt. Was hätte sie schließlich zu berichten gehabt? Ein Mann, der ein Interesse daran zu haben schien, Teenager zu beobachten. Er hatte nichts Bedrohliches getan, nichts besonders Außergewöhnliches, nichts, das sich nicht im Ton empörter Entrüstung wegerklären ließ. Auch sein plötzliches Weggehen ließ sich leicht rechtfertigen, er hatte wohl beim Laufen eine Pause gemacht und sich jetzt genug ausgeruht, um weiterzugehen.
Wie unauffällig sich sein Verhalten auch darstellen ließ, es hatte genügt, um Fionas Alarmantennen in Schwingung zu versetzen. Sie glaubte nicht, dass der fremde Mann etwas Schlimmeres als ein ziemlich ängstlicher Voyeur war. Aber sein Verhalten erinnerte sie daran, dass Susan Blanchards Mörder den Bereich, wo er töten wollte, gründlich erkundet haben musste, bevor er zuschlug. Er wäre sicher zu Fuß gegangen, wäre nicht mit dem Rad gefahren, um jede Einzelheit des Geländes wahrzunehmen, er hätte die Fluchtwege geplant und sein Opfer ausgewählt. Er war vielleicht geschickt genug, um seine Interessen vollständig zu verbergen, aber Fiona bezweifelte das.
Sie fragte sich, wo er an diesem Abend war. Er würde das starke Bedürfnis fühlen, wieder zu töten, vermutete sie. Wo würde er

jetzt herumlaufen? Welche Erkundigungen würde er jetzt einziehen? Wie würde er seinen nächsten Tatort wählen? Würde er zum Heath-Park zurückkehren? Oder würde er einen anderen Ort in der Nähe ausprobieren? Den Highgate-Friedhof? Alexandra Palace? Oder kannte er die Stadt gut genug, um sich weiter zu entfernen? Wo waren die Grenzen seiner inneren Landkarte? Sie kannte die Grenzen, die ihm seine Psyche setzte, sie ergaben sich aus seinen Taten. Aber wo lagen seine räumlichen Grenzen?

Fragen, die sie nicht beantworten konnte, drängten sich in ihrem Kopf und zerstörten den Frieden, den zu suchen sie nach einem anstrengenden Arbeitstag zum Heath-Park gekommen war. Es war Zeit, nach Hause zu gehen, durch die Straßen mit den soliden Häusern, ihrem schmutzigen Stuck und den schmierigen gelben Londoner Backsteinfassaden, die unter dem dumpfen Orange der Straßenlampen düster wirkten. Es war Zeit, ihr eigenes voyeuristisches Vergnügen zu genießen, wenn sie im Vorbeigehen in die beleuchteten Fenster sah, sich am Blick auf das Leben anderer Leute erfreute, von dem sie nur kurze Ausschnitte aus dem Augenwinkel erhaschte. Und natürlich das Gefühl der Überlegenheit, das sie nicht unterdrücken konnte, wenn sie ein besonders geschmackloses Interieur bemerkte.

»Du solltest dich um dein eigenes Leben kümmern, du trauriges Mädchen«, murmelte sie, während ihr ein frisch renoviertes Wohnzimmer ins Auge fiel, in dem drei überhaupt nicht zusammenpassende Tapetenmuster kombiniert waren, und merkte sich, dass sie dies später Kit erzählen wollte.

Als sie die Haustür aufstieß, fing das Telefon gerade an zu klingeln. Fiona eilte durch die Küche und nahm beim vierten Klingeln ab.

»Hallo?«, sagte sie.

»Doktor Cameron?« Die Stimme hatte einen blechernen Klang, den Handys manchmal verursachen.

»Ist dort Major Berrocal?«, fragte Fiona unsicher.

»*Sí*. Es tut mir Leid, Sie zu Hause zu belästigen, aber es hat sich hier bei uns einiges ergeben, das Sie wahrscheinlich gern wüssten, dachte ich.«

»Das geht in Ordnung, kein Problem. Haben Sie Delgado gefunden?« Während sie sprach, streifte Fiona ihre Jacke ab und griff nach einem Block und Stift, die beim Telefon lagen.
»Nicht ganz. Aber wir haben den Ort gefunden, wo er sich versteckt gehalten hat, so glauben wir.«
»Das hört sich an, als hätten Sie Fortschritte gemacht.«
»*Sí.* Und zwar auf Grund Ihrer Idee.«
»Er hat sich in einem Mausoleum aufgehalten? ... Einem Grabmal?« Stolz und Genugtuung stiegen in Fiona auf.
»Nein, es war nicht ganz so. Es gibt einen großen Friedhof nördlich der Stadt, der zu der von Ihnen geäußerten Idee passte. Wir haben also die örtliche Polizei überredet, dort eine Suchaktion durchzuführen. Es gab keine Anzeichen, dass Gräber geöffnet worden waren, so hat man uns für vollkommen verrückt erklärt und befunden, Delgado sei dort nicht zu finden. Aber einer meiner Männer beißt sich immer fest wie ein Kampfhund, so beschreibt das meine Frau. Er ist heute noch mal hingegangen.«
»Und er hat etwas gefunden?«, drängte ihn Fiona.
»*Sí.* Es gibt da eine kleine Hütte, die von den Arbeitern für ihre Geräte benutzt werden kann. Sie steht seit einigen Jahren leer, aber mein Mann hat entdeckt, dass die über das Fenster genagelten Bretter gelockert waren. Er ist hineingegangen und hat Delgados Lager gefunden, wie wir glauben. Es gab Essen, Wasser, einen Schlafsack und Kleider. Wir haben Fingerabdrücke verglichen, die wir auf einem Gegenstand aus Delgados Wohnung gefunden hatten, und sie passten perfekt.«
»Sie wissen also, dass er dort gewesen ist.«
»*Sí.* Ich lasse jetzt den Friedhof von meinen Leuten beobachten, aber ich fürchte, er wird nicht zurückkehren. Das Obst in der Hütte war angefault. Ich glaube, er hat die örtliche Polizei bei der Suchaktion gesehen.«
»Was für eine Enttäuschung für Sie«, sagte Fiona. »So nah dran und doch so weit weg.«
»Ja, ganz heiß, aber kein Fang. Ich glaube, er wird gefährlich sein auf der Flucht, nicht wahr?«

Fiona dachte einen Moment nach. »Ich glaube nicht, dass er in Panik verfällt. Bis jetzt waren alle seine Reaktionen ganz beherrscht. Er kennt die Stadt und die Umgebung gut. Er hat wahrscheinlich noch ein anderes Versteck in Reserve.«

Berrocal brummte unverbindlich. »Ich befürchte, dass er sich in die Enge getrieben fühlt und mit einem grandiosen Feuerwerk verabschiedet. Etwas Spektakuläres. Er hat jetzt nichts mehr zu verlieren. Er weiß jetzt, dass wir ihn für den Killer halten. Vielleicht ist das Beste, was er sich erhoffen kann, mit seinem Abgang noch einmal seine dramatische Botschaft zu verkünden.«

»Sie denken an einen Amoklauf? An ein Blutbad?«, fragte Fiona.

»Das befürchte ich«, bestätigte Berrocal.

Fiona seufzte. »Ich kann mich jetzt spontan an keinen anderen Fall erinnern, wo ein Serienmörder sich zu einem Amokläufer entwickelt hätte. Aber die meisten Serienkiller sind vor allem Sexualverbrecher, und ich habe von Anfang an geglaubt, dass diese Morde aus einer anderen Motivation heraus begangen wurden. Ich weiß ehrlich nicht, was ich sagen soll, Major. Ich muss zugeben, Ihre Interpretation der Situation scheint mir plausibel.«

Eine lange Pause folgte. Dann sagte Berrocal: »Ich werde dafür sorgen, dass die Stadt alarmiert wird. Es ist keine Großstadt. Wir sollten in der Lage sein, ihn zu finden.«

Pfeifen im Wald, dachte Fiona. Alle, die Serientäter verfolgen, tun es letzten Endes. »Setzen Sie sich mit jemandem zusammen, der die Geschichte von Toledo extrem gut kennt«, riet sie ihm. »Fragen Sie nach Orten in der Stadt, wo Leute gewaltsam zu Tode gekommen sind. Wenn er wieder zuschlägt, entweder mit einem einzelnen Mord oder mit einem Amoklauf, dann wird er sich darauf konzentrieren. Und dort werden Sie ihn wahrscheinlich erwischen.«

»Danke für den Rat.«

»Bitte, aber ich bin sicher, Sie sind auch schon darauf gekommen. Lassen Sie mich wissen, wie Sie weitermachen.«

»Natürlich, gute Nacht, Frau Doktor Cameron.«

»Gute Nacht, Major. Und viel Glück.« Als Fiona bedrückt das

Telefon auflegte, hörte sie das Klicken der sich öffnenden Haustür. »Kit?«, rief sie überrascht.

Die Tür wurde geschlossen, und die vertraute Stimme ihres Freundes antwortete: »Hi, Schatz, ich bin zu Hause.«

Er kam in die Küche und umfing sie mit einer heftigen Umarmung, die sie fast erstickte und die sie inzwischen als tröstlich empfand. Fiona legte den Kopf in den Nacken, um ihn zu küssen, ihre dunkelbraunen Augen leuchteten vor Freude. »Ich hatte dich erst spät erwartet. Ich dachte, ihr wolltet alle mit Georgia nach ihrer Veranstaltung zum Essen ausgehen.«

Kit ließ sie los und ging zum Kühlschrank. »So war's geplant. Aber keine Vorstellung ohne den Star.«

»Was? Georgia hat beschlossen, dass sie ihren Schönheitsschlaf dringender braucht als einen Abend lang mit verkommenen Krimiautoren zu trinken und zu feiern?«, machte sich Fiona lustig und nahm zwei Gläser für den Wein herunter, den Kit öffnete.

»Wer weiß? Sie ist nicht erschienen.«

»Du meinst, sie hat abgesagt?« Fiona konnte es offensichtlich kaum glauben. Der Gedanke, dass die publicityhungrige Georgia Lester eine Gelegenheit verpasste, bei der sie eine Lesung im British Film Institute absolvieren konnte, war unglaublich.

»Nein. Ich meine, sie ist einfach nicht erschienen. Keine Nachricht, weder an das BFI noch an ihren Verleger. Und laut ihm war auch niemand an ihrem Telefon zu Hause oder ihrem Handy.« Kit zog den Korken heraus und goss den Wein ein.

»Was ist also passiert?«

»Nicht viel. Das Publikum hing eine halbe Stunde lang lustlos herum, dann stand der Typ, der die Einführung machen sollte, auf und sagte, Ms. Lester sei unpässlich und sie könnten an der Kasse das Geld für den Eintritt zurückbekommen. Wir waren noch etwas trinken, dann bin ich nach Hause gegangen.«

»Sehr geheimnisvoll also, das Ganze«, sagte Fiona leichthin. »Was ist Ihre Theorie, Sherlock?«

»Die Trinkrunde spaltete sich schließlich in die Anhänger von zwei Hypothesen.« Kit setzte sich und bereitete sich aufs Erzählen vor. »Die nette Version ist folgende: Georgia hat in Dorset unten ein Ferienhaus, wohin sie angeblich zum Schreiben geht. Aber in Wirklichkeit weiß ich zufällig, dass sie sich dort bis zur Besinnungslosigkeit mit dem neuesten italienischen Kellner vergnügt, den sie sich gekrallt hat. Ganz weit weg von Anthony, dem langweiligen, aber ergebenen Gatten, hm? Da ist sie also und treibt ihre Spielchen mit Supermario, sie weiß nicht genau, wie spät es ist, fährt in letzter Minute los und bleibt dann irgendwo auf dem flachen Land ohne Benzin stehen. Und der Akku an ihrem Handy ist leer.«

»Das ist die nette Version?«

»Na komm, Fiona, du kennst doch Georgia. Den meisten Leuten, die sie nur als offizielle Persönlichkeit kennen, fällt es schwer, etwas über sie zu sagen, ohne gehässige Bemerkungen einzuflechten.«

»Ich kann's kaum abwarten, die nicht nette Alternative zu hören«, murmelte Fiona.

»Die geht so: Nach Drews Ermordung hat Georgia gemeckert und verlangt, dass Carnegie House sie mit Bodyguards ausstatten soll. Sie vertrat die Ansicht, sie sei eine prominente Queen of Crime und brauche Schutz vor den Spinnern da draußen und das sei die Pflicht ihres Verlags. Natürlich dachten mehrere meiner Kollegen, dies sei nur eine Taktik, um Carnegie dazu zu kriegen, für sie das Frischfleisch zu stellen ...«

»Oh, das ist gemein.«

»Aber möglicherweise stimmt es. Jedenfalls, wie du weißt, hat sie gedroht, die Lesereise für das neue Buch zu streichen, wenn sie ihr nicht einen etwas wirksameren Schutz als jemanden von der Presseabteilung und einen Vertreter bieten. Und natürlich war diese Lesung genau genommen die erste auf der Lesereise. Mehrere meiner Kollegen glauben jetzt also, dass Georgia wegzubleiben beschloss, um dem Verlag einen Schreck einzujagen. Schließlich ist das Filminstitut keine Buchhandlung. Dort nicht aufzutauchen würde Schlagzeilen machen, ohne sie allzu viele Verluste an verkauften Büchern zu kosten«, fügte er zynisch hinzu.

»Ihre Absicht wäre dann, dass ihr Verlag sie morgen anruft mit dem Versprechen, zwei Schlägertypen stünden bereit, sie auf ihrer Tour durch die britischen Buchhandlungen zu begleiten?«, fragte Fiona und versuchte, nicht so verwirrt zu klingen, wie sie war.

»Jawohl. Sie wird anrufen und jammern: ›Ach, ich Arme, ich hatte solche Angst; als es so weit war, wollte ich nur noch wegrennen und mich verstecken.‹ Gar nicht zu reden davon, dass es ihr praktisch das Herz gebrochen hat, die Legionen ihrer treuen Fans zu versetzen. Wenn man also bei Carnegie House eine Bestsellerautorin wirklich zu schätzen weiß, wird man natürlich eine kugelsichere Limousine und ein Team von Beschützern für sie auffahren ...«

»Was dann wieder für umso mehr Publicity sorgen wird.«

»Ein Punkt, der Georgia bestimmt niemals in den Sinn gekommen ist, dessen sind sich alle sicher«, sagte Kit mit liebevollem Sarkasmus.

»Das ist wirklich die widerlichste, zynischste Analyse, die ich seit langem gehört habe. Ihr solltet euch was schämen.«

Kit lächelte bitter. »Wir wollen hoffen, dass sie Recht haben. Sie wissen nämlich nicht, dass Georgia eine Morddrohung bekommen hat. Und dass sie wirklich glaubte, sie könnte auf der Liste eines Killers stehen.«

»Du hast es ihnen nicht gesagt?«

»Welchen Sinn sollte das haben? Jemand hätte es weitergesagt. Als ich mich erkundigt habe, wer sonst noch Briefe bekommen hat, habe ich Georgias Namen extra nicht erwähnt. Wäre ihr Name gefallen, dann hätte jemand die Geschichte für eine der Klatschspalten der Zeitungen verkauft. So haben also heute alle auf Georgias Kosten sehr unterhaltsame Hypothesen von sich gegeben.«

»Und du? Wo du weißt, was du weißt, was denkst *du*?«

Kit fuhr sich mit den Händen über Gesicht und Kopf. »Es gibt Schlimmeres, das Georgia hätte zustoßen können. Ich hoffe einfach, dass sie Recht haben. Dass sie nur viel Wind macht, um sie zu ärgern. Wenn nämlich nicht, dann ist es, glaub ich, an der Zeit, sich ernsthaft Sorgen zu machen.«

Kapitel 27

»Was hab ich gesagt?«, fragte Kit und wedelte beim Frühstück zwei Tage später mit dem *Guardian* unter Fionas Nase herum. »Wenn's da drin steht, muss es ja stimmen.« Er deutete auf eine Meldung in der literarischen Klatschspalte und las laut: »›Das Gerücht geht um im Dschungel der Großstadt, dass die Krimiautorin Georgia Lester aus Angst um ihr Leben abgetaucht ist. Die Bestsellerautorin blieb überraschend einer wichtigen Lesung zu zeitgenössischen Verfilmungen von Thrillern im British Film Institute fern, und seitdem hat niemand von ihr gehört.

Offenbar hatte Lester eine Auseinandersetzung mit dem Verlag Carnegie House wegen dessen Weigerung, ihr aus Anlass ihrer bevorstehenden Lesereise zu ihrem neuesten Psychothriller *Terminal Identity* Personenschutz zu gewähren. Ihre Bitte kam unmittelbar nach der schockierenden Ermordung des in Edinburgh ansässigen jungen Starautors Drew Shand vom letzten Monat. Die Polizei glaubt, der Mord könne von einem Stalker begangen worden sein. Genauso bizarr war die Ermordung der zurückgezogen lebenden Amerikanerin Jane Elias in der Nähe ihres irischen Anwesens. Dabei soll es sich um ein Verbrechen der Drogenmafia gehandelt haben, das in Verbindung mit ihrem Liebhaber, einem Drogenfahnder, gesehen wird.

Anscheinend ist die Jagdsaison für Krimiautoren eröffnet. Ein Freund erklärte, Lester sei wütend gewesen über die ihrer Ansicht nach mangelnde Sorge um ihre Sicherheit. Sie soll gesagt haben, sie werde dafür sorgen, dass Carnegie dafür bezahlen wird. Ob durch

schmerzhafte Konsequenzen für den Verlag oder in Cash, blieb unklar.
Dass Lester, die für ihr großes Entgegenkommen gegenüber den Medien bekannt ist, die Gelegenheit zu einem so wichtigen Auftritt verstreichen ließ, muss sicher ein unübersehbares Zeichen für ihren Verlag gewesen sein, dass sie sich nicht einfach abweisen lässt, wie übertrieben ängstlich ihre Forderungen auch sein mögen.‹ So, das sagt man da draußen in der Welt. Vielleicht sollte ich aufhören, mir Sorgen zu machen?«
Fiona schüttelte den Kopf. »Ich glaube nicht. Nicht bevor du es von Georgia selbst gehört hast. Was in dieser Zeitung steht, ist wahrscheinlich von einem deiner Trinkkumpane neulich durchgesickert.« Sie war jedoch besorgter, als sie zugeben wollte, und suchte nach etwas, das sie beide beruhigen könnte. Aber sie fand nichts anderes als das, was sie schon die ganze Zeit sagte, seit sie Georgias Morddrohung gesehen hatte. »Was immer sich da abspielt, ich glaube nicht, dass die Person, die den Brief schrieb, dafür verantwortlich ist. Es ist natürlich schon sinnvoll, vorsichtig zu sein. Aber ich glaube, du brauchst nicht in Angst zu leben.«
Kit murmelte undeutlich mit vollem Mund. Das Schweigen, das folgte, wurde nur durch die Geräusche am Frühstückstisch und das Umblättern der Seiten unterbrochen, während sie beide ihren Teil der Zeitung lasen.
Plötzlich wurde Fiona munter. Hier war etwas Besseres zur Beruhigung als alle Phrasen, die sie zu bieten hatte. »Also, das finde ich jetzt aber viel interessanter als diese unbegründeten Gerüchte«, sagte sie, faltete die Nachrichtenseite zurecht und gab sie an Kit weiter.

Mord an Elias
Tatverdächtiger verhaftet

Im brutalen Mordfall an der amerikanischen Thrillerautorin Jane Elias ist ein Mann verhaftet worden, so wird von der Garda Siochana in County Wicklow bestätigt.
Der Tatverdächtige ist John Patrick Regan, ein 35-jähriger

Bauarbeiter aus Kildenny, einer kleinen Stadt fünfzehn Meilen von Ms. Elias' am Ufer des Lough Killargan gelegenen Anwesen entfernt.

Ms. Elias wurde vor zehn Tagen tot auf einer Landstraße aufgefunden. Sie wurde zuletzt von den Wächtern auf ihrem Grundstück gesehen, als sie zwölf Stunden zuvor ihren Privathafen mit einer Sieben-Meter-Yacht verließ.

Regan soll ein Cousin und Geschäftspartner von Thomas Donaghy sein, der zur Zeit wegen Heroinschmuggels in Untersuchungshaft sitzt. Er wurde letztes Jahr bei einem Großeinsatz der Garda festgenommen. Der Einsatz wurde durch eine Undercover-Aktion möglich und führte zur Beschlagnahmung von Heroin, das einen Marktwert von 1,2 Millionen Pfund hat.

Es wird vermutet, dass Pierce Finnegan, das für den Einsatz verantwortliche Mitglied der Garda, Jane Elias' Liebhaber war, und es gab gestern Abend Spekulationen, dass ihre Ermordung Finnegan davon abbringen sollte, im Prozess gegen Donaghy und seine Mitangeklagten auszusagen, wenn er nächsten Monat vor Gericht kommt.

Ein Sprecher der Garda Siochana sagte: »Wir haben einen Tatverdächtigen in Haft, den wir wegen des Todes von Jane Elias befragen. Zu diesem Zeitpunkt ist noch nicht offiziell Anklage erhoben.«

Der Tod von Jane Elias erschütterte die geruhsame irische Gemeinde, in der die Autorin zurückgezogen lebte und sehr angesehen war.

Forts. S. 3

Kit überflog den Artikel schnell und sah Fiona halb lächelnd an. »Ich nehme an, das zählt als gute Nachricht«, sagte er.

»So gut wie die Nachrichten bei der Untersuchung eines Mordfalls sein können, denke ich.«

Er schüttelte den Kopf und presste den Mund bitter zusammen. »Aber was für ein verdammt blöder Grund zu sterben. Ich meine, getötet zu werden wegen nichts, das man selbst ist oder getan hat. Ermordet zu werden wegen des Menschen, den man liebt.«

»Es passiert sehr oft, wenn man es sich genauer überlegt«, sagte Fiona. »Frauen werden von ihren Ex-Männern ermordet, die nicht akzeptieren können, dass sie einen anderen gewählt haben, mit dem sie leben wollen. Leute werden ermordet, weil die Person, mit der sie schlafen, die falsche Religion oder die falsche Hautfarbe hat. Oder das falsche Geschlecht.«

»Nein, das ist etwas anderes. Da hat man ein Element der Wahl. An einem bestimmten Punkt ist es eine bewusste Entscheidung. Da weiß man, in was man hineingerät. Aber man kann nicht wissen, wenn man sich mit jemandem verbindet, der bei der Polizei ist, dass es in dieser Form auf einen zurückschlägt.«

Fiona schüttelte den Kopf. »Aber genau so ist es doch. Es ist ja gut und schön, wenn du sagst, es gibt ein Element der Wahl bei den Beispielen, die ich genannt habe. Aber du weißt doch, dass das nicht ganz stimmt. Wenn wir in Nordirland leben würden und ich wäre eine protestantische Pfarrerin und du ein Republikaner in einer hohen Position, hättest du dir versagen können, mich zu lieben, weil es einen von uns das Leben hätte kosten können?«

Kit starrte sie über den Tisch an. »Sei doch nicht albern, verdammt noch mal. Natürlich hätte ich das nicht gekonnt.«

»Also. Ich nehme an, Jane Elias war nicht blind in Bezug auf die möglichen Risiken ihrer Liebe zu Pierce Finnegan. Sie war viel zu klug dafür. Und ich nehme an, dass sie das Risiko akzeptierte, weil es viel besser war, die Gefahr einzugehen und bei ihm zu sein, als die Sicherheit zu wählen und ohne ihn auszukommen. Genauso wie es dir schon einmal eingefallen sein muss, dass das Leben mit einer Frau, die der Polizei geholfen hat, Serientäter hinter Gitter zu bringen, gewisse Gefahren mit sich bringt«, fügte Fiona hinzu und sprach mit gedämpfter Stimme, um ihren Worten die Herausforderung zu nehmen.

»Ich will nicht so tun, als hätte ich solche Momente nicht erlebt. Aber die Sache ist die, Fiona, ich habe nicht ein einziges Mal gedacht, dass deine Arbeit mich in Gefahr bringen könnte. Ich habe mich immer um dich gesorgt. Ich nehme an, ich habe meine Gefühle auf Jane projiziert. Vermutlich hat sie wegen Pierce schlaflose Nächte gehabt, aber vielleicht dachte sie genau wie ich, dass es nicht auf sie zurückschlagen würde.« Er breitete die Hände aus und lächelte ihr zu.

Fiona streckte die Hand über den Tisch, und ihre Hände trafen sich in der Mitte. »Ich liebe dich, weißt du«, sagte sie.

»Ach, das ist aber 'n bisschen zahm für 'ne Szene am Frühstückstisch«, neckte er.

»Ach bitte, spiel mir nicht den starken Mann des britischen Thrillergenres vor«, widersprach Fiona. »Du vergisst, dass ich die Wahrheit kenne.«

»Du könntest meinen Ruf mit einem Wort ruinieren«, sagte er reuig.

»Also, dann mach eine frische Kanne Tee, und nichts davon wird je über meine Lippen kommen.« Sie nahm die Zeitung wieder an sich und schüttelte sie zurecht. »Eins ist sehr gut an dieser Verhaftung.«

»Was denn?«

»Sie bedeutet, dass es keine Verbindung zwischen dem Mord an Jane Elias und dem an Drew Shand gibt. Wir können also aufhören, uns über einen Serienkiller aufzuregen, der die besten Thrillerautoren der Welt verfolgt«, erklärte Fiona.

Das Wasser ergoss sich mit lautem Rauschen in die Kanne und übertönte Kits gemurmelte Antwort.

»Was?«, fragte Fiona.

Kit drehte sich zu ihr um. »Ich sagte, vorausgesetzt, dass die irische Polizei keinen Fehler gemacht hat.«

Fiona schüttelte lachend den Kopf. »Was ist denn los mit dir? *Willst* du das Gefühl haben, dein Leben werde bedroht? Fängst du an, dein Schreiben mit einer authentischen Gefühlswelt zu untermauern?«

Diesmal lächelte er nicht missbilligend. »Nein. Ich will nicht so leben, dass ich mich dauernd umsehen muss. Aber du musst zugeben, es wäre nicht das erste Mal, dass die Cops den Falschen verhaftet haben.«

»Aber es gibt keinen Grund anzunehmen, dass sie das in diesem Fall getan haben.«
Kit zuckte mit den Schultern. »Es gibt keinen Grund anzunehmen, dass sie es nicht getan haben.«
Fiona runzelt die Stirn. »Es passt gar nicht zu dir, dass du der Pessimistischere von uns beiden bist.«
»Ich würde es realistisch nennen, nicht pessimistisch.« Kits Tonfall machte klar, dass er sich kaum vom Gegenteil würde überzeugen lassen.
Fiona schob ihren Stuhl zurück. »Also gut«, sagte sie ruhig. »Überlass es mir.«

Verhaftung im Mordfall Elias
Neueste Nachrichten

Man kann sich immer darauf verlassen, dass die Cops die Ermittlungen in der Richtung aufnehmen, die sich als die offensichtlichste anbietet. Und so sitzt John Patrick Regan heute Abend hinter Gittern und wird eines Verbrechens bezichtigt, das amerikanische Bestseller-Leser geschockt hat.
Wer auf dieser Seite mitliest, wird sich erinnern, dass wir exklusiv aufgedeckt haben, wer seit langer Zeit Elias' Liebhaber war, nämlich der verdeckt arbeitende Drogenfahnder Pierce Finnegan bei der irischen Polizei. Und da Polizisten diese Seite genauso eifrig lesen wie unsere treuesten Fans, fanden sie, sie sollten sich Finnegans Fälle aus der letzten Zeit genauer ansehen.
Und bingo! Sie fanden Tommy Donaghy und sein Expertenteam aus Drogendealern. Donaghy und drei seiner Spezialisten sitzen zur Zeit in Untersuchungshaft, ihnen wird Heroinschmuggel vorgeworfen, was zu keinem kleinen Teil auf Finnegans Talenten beim Einfädeln einer verdeckten Aktion beruht. Obwohl Donaghys Arbeitsgebiet nördlich von Dublin liegt, hat die Garda eine Suche nach seinen bekannten Komplizen gestartet und fand seinen Cousin, John Regan, der nur fünfzehn Meilen entfernt von Elias' Grund-

stück in den Bergen von Wicklow wohnt. Und, merkwürdiger Zufall, Regans Baufirma hatte einige der Renovierungsarbeiten an der georgianischen Villa ausgeführt, in der Elias lebte.
Regan erledigt Gelegenheitsarbeiten auf dem Bau, er ist geschieden, hat zwei Kinder und wohnt in dem stillen irischen Städtchen Kildenny. Er hat auch ein Motorboot, und an dem Nachmittag, als Elias verschwand, war er beim Fischen. Ganz allein. So ist er also ein Mann mit den Mitteln, dem Motiv und der Gelegenheit – und weit und breit kein Alibi. Sieht gut aus, meint die Garda, besonders, da sie keine anderen Hinweise haben, die der Rede wert wären.
Pech für sie, dass Regan nicht vorbestraft ist. Bis jetzt, so hört man, gab es bei der Spurensuche kein Ergebnis, aber man sucht noch. Man darf die Anklageerhebung also noch vor heute Abend erwarten. Oder früher, wenn Regan sich zu einem Geständnis entschließt. Was bei der Neigung der Iren, sich selbst in den Fuß zu schießen, als ziemlich wahrscheinlich vorausgesetzt werden kann. Lasst uns für John Regan nur hoffen, dass das Verhör nicht von Pierce Finnegan geleitet wird.

Vergesst nicht, ihr habt's zuerst gelesen bei
MURDER BEHIND THE HEADLINES

Fiona stand auf und wartete ungeduldig, bis der Drucker fertig war. Sie riss das Blatt aus der Ablage und rannte die drei Treppen zu Kits Arbeitszimmer hinunter. Sie wusste, er hatte bestimmt die Küche verlassen und war an seinem Schreibtisch, wo er sich sicher fühlte. Ein UKW-Sender mit klassischer Musik hatte Platz gemacht für Gomez mit der fröhlichen Behauptung: »There are not enough hours in a day.« Sie kannte dieses Gefühl gut.
Kit starrte düster auf den Bildschirm und las die letzten paar Seiten, die er geschrieben hatte. Fiona ließ das Blatt auf die Tastatur vor ihm fallen. Er fuhr sich beim Lesen mit der Hand über den glatten Schädel und massierte die weiche Haut, so dass Furchen

und Rillen entstanden. »Klingt ’n bisschen flapsig, find ich«, sagte er skeptisch.

»Das ist nur ihr Stil. Glaub mir, wenn es gute Gründe für die Annahme gäbe, dass an der Verhaftung etwas faul ist, dann würden sie es herausposaunen und sich nicht mit vagen Andeutungen begnügen. Ich hab dir ja schon gesagt, sie sind stolz darauf, all die Informationen zu kriegen, die sonst niemand kennt oder herausbringen will. Und wie die meisten von uns sichern sie sich für den Fall ab, dass sie Unrecht haben. Vertraue mir, schließlich bin ich Wissenschaftlerin …« Fiona beugte sich über ihn und küsste die weiche Haut zwischen Ohrläppchen und Kiefer.

Kit drehte sich in seinem Drehstuhl und zog sie in die Arme. Jetzt war sein Lächeln nicht mehr halbherzig. »Danke«, sagte er. »Du hast mich beruhigt.«

»Gut. Heißt das, wir können ausgehen und uns so benehmen, als wären wir normale Leute an einem Samstagabend?«

»Du willst normal sein? Wie kommt’s?«

»Ich dachte, wir könnten’s mal probieren und sehen, was wir in all den Jahren verpasst haben?«

»Gut. Nur dieses eine Mal. Und auch nur, wenn wir heimkommen und dann total abnormal sein dürfen.«

»Ich nehme dich beim Wort.«

Er grinste. »Ich kann’s kaum erwarten.«

Auszug aus der
Dechiffrierung des Beweisstücks
P13/4599

Gzsxm gnxuo t. Euqtm nqzvq ymzpi qsqzV mzqQx ume Qd yadpg zshqd tmrfq f. Zmotp qyime uotsq xqeqz tmnqt mffqQ xumeq fimey ufquz qyudu eotqz Oab

Unglaublich. Sie haben jemand wegen Jane Elias' Ermordung verhaftet. Nach dem, was ich gelesen habe, hatte Elias etwas mit einem irischen Cop, der letztes Jahr verdeckt daran arbeitete, ein paar Drogendealer wegzusperren, die gut im Geschaeft waren. Und sie gehen hier von einem Mord aus Rache aus. Na, wenigstens damit haben sie Recht!
Sie sind doch verrueckt, diese Iren. Schlaegertypen aus dem Milieu geben sich nicht solche Muehe, jemand umzulegen, aber ich nehme an, das Gute daran ist, dass meine Zielgruppe sich nicht besonders in Acht nehmen wird. Ich hatte angefangen, mir Sorgen zu machen, dass ich Kit Martin nicht in die Tasche stecken koennte, wenn er glaubt, dass jemand hinter ihm her ist.
Allerdings haette ich erwartet, dass Georgia Lester ein bisschen vorsichtiger sein wuerde. Ich hatte ihre Benzinleitung praepariert, damit sie liegen bleiben wuerde, und ich war gleich hinter ihr, ganz bereit, den ritterlichen Helfer zu spielen. Sie stand neben ihrem Jaguar und sah hilflos aus, als ich hinter ihr anhielt. Ich bot an, ihn mir mal anzuschauen, aber sie sagte, sie wuerde den Pannendienst anrufen. Ich hab ihr eins uebergezogen, als sie sich nach ihrem Handy bueckte. Dann hab ich sie auf den Ruecksitz gezogen. Es dauerte etwa fuenf Minuten, bis ich sie wieder bei ihrem Ferienhaus hatte. Es gibt eine Huette am Ende des Gartens, die ich mir ausgeguckt hatte. Ich liess sie gebunden und geknebelt liegen, bis ich den Jaguar

los war. Als ich zurueckkam, war es schon richtig dunkel. Umso besser, eigentlich.
Das war die Einzige, von der ich Alptraeume bekommen habe. Ich traeume, dass ich unter einem Berg von Fleisch ersticke, und ich kann mich nicht befreien. Und dann sehe ich ihre Augen. Sie war bei Bewusstsein, als ich zurueckkam. Ihre Augen standen aus dem Kopf wie bei einem Pferd, wenn es Angst hat. Ich konnte ueberall um die Iris herum das Weiße sehen. Es hat mich fast zum Durchdrehen gebracht. Ich musste ihr noch einmal einen Schlag versetzen, was ich nicht tun wollte. Aber ich haette es nicht fertig gebracht, sie bei vollem Bewusstsein zu erdrosseln.
Das Toeten mache ich wirklich nicht gern. Das Gefuehl hinterher gefaellt mir, das Machtgefuehl, das mich erfuellt, wenn ich daran denke, wie gut ich es ihnen heimzahle. Ich wollte nur, es gaebe einen leichteren Weg. Aber ich muss mich an den Plan halten.
Wie lange sie wohl brauchen, um es diesmal rauszukriegen?

Kapitel 28

Joanne Gibb erinnerte sich an eine befreundete Ärztin, die einmal über die Kürzel gesprochen hatte, die man im Arztberuf für Notizen benutzte. Nicht die für Blutdruck und Pulsschlag, sondern solche wie MGE: »merkwürdiger Gesamteindruck«. Was ihr am Montagmorgen einfiel, war NFUV: »normal für unsere Verhältnisse«. An schwierigen Fällen bei der Kripo zu arbeiten hatte auf jeden engagierten Mitarbeiter ähnliche Auswirkungen. Blasse Haut, Haare, die eine Stunde nach dem Duschen schon strähnig waren, dunkle Ringe unter den Augen, Falten auf der Stirn und um den Mund, unnatürlich steife Schultern. Ja, eindeutig NFUV. Sie schaute sich missmutig im Spiegel der Damentoilette an. Sie brauchte eine Schönheitsoperation, keine Schönheitsmittelchen.

Wenn sie bedachte, wie sie in den drei Jahren ihrer Arbeit für Steve Preston äußerlich gealtert war, schauderte sie bei dem Gedanken an den Zustand ihrer inneren Organe. Sie streckte ihrem Spiegelbild die Zunge heraus und bemerkte, dass sie eine Stunde, nachdem ihr Wecker die vier Stunden Bewusstlosigkeit beendete, die ihre Nachtruhe darstellten, schon einen gelblichen Belag hatte. Von zu viel Kaffee und zu wenig Schlaf würde sie Magengeschwüre bekommen, davon war sie überzeugt. Die Zigaretten zerstörten den Rest dessen, was von ihrer Aerobic-Fitness noch da war, und sie wollte gar nicht daran denken, was der Alkohol für ihre Leber bedeutete. Jetzt sprach ihr Freund davon, dass sie sich einrichten und eine Familie gründen sollten. Nach ihren anderen Körperteilen zu

urteilen konnte man von ihren Fortpflanzungsorganen höchstens einen dreiköpfigen Affen erwarten.
Männer hatten es leicht, fand sie. Sie schafften es meistens auf attraktive Weise, erledigt oder bewundernswert gehetzt auszusehen wie Steve Preston, wodurch sie bei Frauen den Wunsch aufkommen ließen, sie mit nach Hause zu nehmen und zu bemuttern. Frauen andererseits bekamen das Etikett abgetakelte alte Schachtel angeheftet und wurden von ihren Männern wegen eines neueren Modells verlassen. Na ja, es war ihre eigene Entscheidung gewesen, bei der Met zu arbeiten. Sie hätte einen Job in einer Bank oder als Managerin im Einzelhandel haben und das, was sie an gutem Aussehen hatte, ein bisschen länger behalten können. Und sie hätte sich dabei zu Tode gelangweilt, ging ihr durch den Kopf, als sie eine Bürste durch ihre kinnlangen braunen Haare zog. Ob sie vielleicht zum Friseur gehen sollte? Etwas irgendwie Gefälligeres, besser Frisierbares als der schwere Vorhang, der wie leblos um ihr rundes Gesicht hing, das sie einmal für herzförmig gehalten hatte.
Joanne schloss die Augen und seufzte. Jetzt reichte es mit Selbstmitleid und Eitelkeit. Sie sollte sich in Erinnerung rufen, was wichtig war, und darauf stolz sein, nicht auf ihr Spiegelbild. Sie stopfte ihr Make-up in das Beutelchen zurück und dann alles in die Tasche. Sie nahm den Packen Hefter, der das Arbeitsergebnis des Wochenendes war, zog mit dem noch freien Finger die Tür zu und ging den Korridor entlang, um dem Chef einen kurzen Bericht zu geben.
Sie fand Steve Preston mit seiner üblichen Tasse Earl Grey hinter seinem Schreibtisch, der Rauch der ersten dünnen Zigarre kräuselte sich unter der niedrigen Decke. »Morgen, Joanne«, sagte er. Es kam ihrem gewohnt kritischen Blick vor, als habe er letzte Nacht ungefähr genauso lang geschlafen wie sie.
»Morgen, Chef«, entgegnete sie, legte die Akten auf die Ecke seines Schreibtischs und ließ sich auf den Stuhl ihm gegenüber sinken.
»Du hast dich erst um halb drei heute Morgen abgemeldet«, bemerkte er.
Joanne grub nach den Zigaretten in ihrer Tasche und zündete sich eine an. »Ich war auf der Jagd.«

»Und – was gefangen?«
Joanne machte eine Handbewegung zu den Akten, wobei sie eine dünne Rauchfahne durch die Luft zog. »Ich habe mich auf die Met, die Boys von der City und die an London angrenzenden Grafschaften konzentriert. Ich kann den Kreis auch weiter ziehen, wenn du meinst, es lohnt sich. Ach, weißt du, es würde eine solche Arbeit so erleichtern, wenn wir irgendeine zentrale Meldestelle für Schwerverbrechen hätten«, sagte sie mit der erschöpften Bitterkeit derer, die bei der Arbeit gegen unzureichende Bedingungen ankämpfen.
»Das wird kommen«, sagte Steve. »Wenn auch wahrscheinlich zu spät, um uns vor dem Verrücktwerden zu bewahren, aber es wird kommen. In Bramshill machen sie Experimente mit dem kanadischen System VICLAS. Es soll raffinierter sein als alles, was das FBI hat. Aber man darf gespannt sein, wann sie es tatsächlich so einsetzen, dass es in der Praxis etwas bringt, besonders denen, die so weit unten in der Hackordnung stehen wie wir hier. Wie ist es gelaufen?«
»Deprimierend gut. Ich kann nicht behaupten, dass es Spaß gemacht hat zu sehen, wie viele Vergewaltigungen und schwere Sittlichkeitsdelikte in jedem beliebigen Jahr verzeichnet werden. Aber ich glaube, ich habe ein paar interessante Dinge ausgegraben. Ich habe eine Zusammenfassung für dich gemacht. Damit war ich bis halb drei beschäftigt.« Joanne öffnete die oberste Akte und nahm zwei Blätter heraus. »Hier.«
Steve betrachtete die sorgfältig zusammengestellten Informationen. »Gute Arbeit, Joanne. Willst du's mit mir durchsprechen?«
Joanne nahm ihre eigene Kopie der Zusammenfassung und holte den obersten Aktenordner auf ihren Schoß. Sie zog eine Brille aus der Brusttasche ihrer Bluse und setzte sie auf. »Ich bin so vorgegangen: Zuerst habe ich den Computer Fälle suchen lassen, die zu allen fünf angegebenen Kriterien passten«, begann sie und genoss wie immer das Berichten und die Diskussion, die oft zu neuen Ideen führte. »Dann sollten andere Fälle mit dazugenommen werden, die drei oder vier der Kriterien aufwiesen. Was ich suchte,

waren Fälle, wo der Überfall im Freien stattfand, wo ein Messer benutzt wurde, wo das Opfer eine junge blonde Frau war, wo es Kinder als Zeugen gab, die den Überfall ganz oder teilweise sahen und bei dem der Täter vielleicht auf einem Fahrrad geflohen war.

Um ehrlich zu sein, ich habe nicht mit vielen Treffern gerechnet. Aber wir haben vier Vergewaltigungen und zwei schwere Überfälle, bei denen alle fünf Punkte vorkommen. Alle sechs passierten auf der Nordseite des Flusses. Der erste wurde vor zweieinhalb Jahren in Stoke Newington gemeldet. Eine Frau sonnte sich in ihrem Garten, während ihr Baby im Sportwagen schlief. Sie wurde von einem Mann überfallen, der Fahrradbekleidung trug und über den Gartenzaun kletterte. Ihre Schreie machten einen Nachbarn aufmerksam, aber der Angreifer entkam.

Der zweite Vorfall war in Camden etwa zehn Wochen später. Eine Frau ging allein mit ihrem dreijährigen Sohn auf dem Treidelpfad am Kanal entlang, als ein Mann hinter einer Mauer hervorsprang und ihr ein Messer an die Kehle hielt. Er wollte sie vergewaltigen, wurde aber von einer Gruppe Studenten gestört, die auf dem Treidelpfad auf die beiden zu kamen. Er sprang zurück über die Mauer und fuhr auf einem Fahrrad davon, bevor irgendjemand ihn aufhalten konnte.

Der dritte Fall war im obersten Stockwerk eines Parkhauses in Brent, fünfzehn Wochen später. Diesmal vergewaltigte er eine Frau, die eingekauft hatte. Sie hatte ihr Kind in den Autositz gesetzt, er kam von hinten auf sie zu, drückte sie auf den Sitz und vergewaltigte sie mit vorgehaltenem Messer. Nach Auskunft des Beamten, der sie befragte, glaubte sie sich zu erinnern, dass er einen Fahrradschutzhelm trug.

Fast sechs Monate vergehen, bevor die nächste Vergewaltigung aufgenommen wurde. Diesmal ging er weiter nach Westen, Kensal Rise. Das Opfer hatte ihr noch ganz kleines Baby zu einem Spaziergang auf den Friedhof mitgenommen.« Hier konnte Joanne ihren professionell ernsten Gesichtsausdruck nicht mehr recht aufrechterhalten und schaute zu Steve hoch. »Es ist nicht so merk-

würdig, wie es sich anhört«, sagte sie abwehrend. »Diese alten viktorianischen Friedhöfe können recht attraktiv sein, weißt du. Besonders, wo es sonst nicht so viel Grün gibt.«
Steve schüttelte den Kopf. »Ich hab ja gar nichts gesagt, Joanne. Mein Freund Kit findet, Highgate Cemetery ist die beste Quelle der Inspiration, die er kennt. Natürlich ist er kein Cop …«
»Jedenfalls ging sie mit dem Baby auf dem Friedhof spazieren, als plötzlich ein Kerl in Lycra-Shorts und -Oberteil mit Fahrradhelm und Schutzbrille auf sie zusprang. Er hatte ein Messer, das sie für eines dieser teuren Küchenmesser hielt, die aus einem einzigen Stück Metall gemacht sind. Sie wehrte sich ziemlich heftig und bekam siebzehn Stiche ab für ihre Mühe. Sie sah ihn hinterher auf einem Mountainbike wegfahren. Es ist die beste Beschreibung, die wir haben.«
»Weiße Hautfarbe, männlich, zwischen einem Meter achtundsiebzig und einem Meter dreiundachtzig, schlank, dunkle Haare, blass«, las Steve lustlos. »Na ja, das macht die Hälfte der Metropolitan Police zu Verdächtigen.«
»Nicht die Hälfte, Chef. Ich nehme an, es sind nicht mehr als zehn Prozent, die einigermaßen eine Flucht auf einem Rad zu Stande bringen würden.«
Steve verzog das Gesicht zu einer Grimasse und schaute seine Zigarre an. »Du hast wahrscheinlich Recht. Es ist interessant, dass die Beschreibung nicht auf Francis Blake passt. Er ist zu klein, und ich glaube nicht, dass irgendjemand ihn als schlank beschreiben würde. Er ist viel zu breit in den Schultern. Okay, hören wir also den Rest.«
»Nummer fünf war eine Putzfrau in einer Schule in Crouch End. Sie ging an einem Freitagabend vor achtzehn Monaten als Letzte aus dem Gebäude. Er wartete auf sie. Als sie abschloss, kam er von hinten und hielt ihr ein Messer an die Kehle. Er zog sie in die Büsche am Weg und vergewaltigte sie. Sie hatte keine Kinder dabei, aber ich habe diesen Fall dazugenommen, weil er sich auf dem Schulhof einer Grundschule abspielte und er ebenfalls auf einem Fahrrad gekommen war. Was meinst du?«

»Es lohnt sich, ihn erst einmal in der Gruppe beizubehalten. Und der letzte Fall?«
»Also der ist wirklich interessant. Nur fünf Wochen vor Susan Blanchards Ermordung. Und es war ein bisschen weiter weg, in Hatfield – aber in einem Park. Ein Kindermädchen war mit dem kleinen Jungen, um den sie sich kümmert, unterwegs in dem bewaldeten Teil des Parks. Sie wurde zu Boden geworfen und glaubt, sie sei einige Minuten bewusstlos gewesen. Als sie wieder zu sich kam, war sie in die Büsche gezerrt worden, und er vergewaltigte sie. Er hielt ihr ein Messer an die Kehle und sagte ihr, er werde sie abstechen wie ein Schwein, wenn sie einen Laut von sich gebe.«
»Mist«, schimpfte Steve leise. »Warum haben wir das nicht aufgegriffen, als Susan Blanchard umgebracht wurde?«
Joannes Mund wurde zu einem geraden, ärgerlichen Strich. »Hauptsächlich weil die Kollegen in Hertfordshire uns nichts darüber gesagt haben.«
»Warum zum Teufel nicht? Es ist ja nicht so, als hätten wir den Mord an Blanchard geheim gehalten! Er war überall in den Medien. Ist dort niemandem aufgefallen, dass es vielleicht derselbe Kerl gewesen sein könnte?«
»Offenbar nicht. Der Grund ist, dass sie damals einen der Ihren im Verdacht hatten. Sie hatten einen schon angeklagten Vergewaltiger auf Kaution freigelassen und gingen davon aus, dass er es war, der zum letzten Mal vor seinem Abgang noch mal an ›einer Pflaume naschen‹ wollte, wie der ermittelnde Kollege es mir so nett erklärt hat«, fügte Joanne bissig hinzu. »Als Susan ermordet wurde, war unser Freund schon im Knast und hatte sieben Jahre für drei Vergewaltigungen auf dem Buckel. So haben sie sich erst gar nicht die Mühe gemacht, es uns mitzuteilen, weil er es ja nicht gewesen sein konnte, nicht wahr?« Ihre Stimme war voller Sarkasmus.
»Na, toll.« Steve drückte seinen Zigarrenstummel aus und seufzte. »Hat ihr Vergewaltiger dann auch die Sache mit dem Kindermädchen zugegeben?«
»Offenbar ja. Aber alle seine anderen Vergewaltigungen waren spätabends in kleinen, versteckten Straßen, und keines seiner Op-

fer war blond. Die Kollegen in Hertfordshire haben ihm geglaubt, aber ich nehme es ihm nicht ab.«

»Nein, ich auch nicht. Aber vermutlich gab es damals keinen guten Grund, ihm nicht zu glauben, und damit war ein ungelöster Fall für sie aus den Akten geschafft. Sie sind nicht die Einzigen, die den leichteren Ausweg vorziehen.«

Joanne schaute finster. »Bei allem Respekt, Blake war nicht der leichte Ausweg. Er war ein glaubhafter Tatverdächtiger.«

»Das ist Vergangenheit, Jo. Ich bin mehr interessiert an der Zukunft als an der Vergangenheit.« Steve stand auf und ging rastlos hinter seinem Schreibtisch auf und ab. »Und diese sechs Fälle sind alle noch ungelöst?«

»Außer dem einen in Hertfordshire, ja. Er hinterlässt kaum Spuren. Er benutzte ein Kondom. Und bei Fahrradklamotten fallen nicht viele Fasern an. Was wir haben, sind ein paar Schamhaare von dem Kensal-Rise-Fall, durch die wir zu einer DNS-Analyse gekommen sind. Aber bis jetzt passt die DNS zu keiner von den anderen uns vorliegenden DNS-Proben.« Joanne schlug ihren Hefter zu und legte ihn zu den anderen. »Es gibt keine brauchbaren Tatverdächtigen für die ungelösten Fälle. Ich weiß nicht, wo ich anfangen soll zu suchen, Chef.«

»Ich auch nicht. Aber ich kenne eine Frau, die es vielleicht wüsste.« Steve blieb beim Fenster stehen und starrte abwesend auf die deprimierende Aussicht.

»Doktor Cameron?«, fragte Joanne.

Steve nickte.

»Ich dachte, sie hätte sich geweigert, noch einmal mit der Met zusammenzuarbeiten?«

»Das hat sie. Und es war ihr auch Ernst.« Er drehte sich um und sah sie mit einem ironischen Lächeln an. »Du kannst mir schon mal mein Büßerhemd zurechtlegen.«

»Da brauchst du aber auch eine kugelsichere Weste«, sagte Joanne, als sie sich an Fiona Camerons eisigen Blick erinnerte.

»Das bezweifle ich nicht. Nicht eine Sekunde lang.«

Kapitel 29

Ein paar Meilen entfernt saß Kit Martin in einer Imbissstube und wartete auf einen Lkw-Fahrer, der über Nacht von Belgien herüberkommen sollte. Nach der Aussage eines gemeinsamen Bekannten konnte der Brummifahrer Kit Informationen zu den Gaunereien geben, die beim Schmuggeln auf der Route über den Kanal abliefen. Der Mann behauptete, er selbst sei kein Schmuggler, aber er kenne alle Tricks, und war für eine überraschend kleine Summe bereit, an Kit so viel Hintergrundwissen wie möglich weiterzugeben.

Kit hatte Fiona über dieses Treffen nichts gesagt. Er wusste, sein Gewährsmann war zuverlässig, aber Fiona würde den Fahrer vielleicht in die Kategorie der Unbekannten einreihen, die er nicht allein treffen sollte. Doch er brauchte die Informationen, die dieser Kontakt ihm geben konnte, und außerdem fühlte er sich hier nicht gefährdet. Wahrscheinlich war das Gefährlichste im ganzen Lokal das King Size All Day Breakfast, das sich als Anschlag auf Herz und Kreislauf auf einem Riesenteller präsentierte. Und jetzt, da er von Steve gehört hatte, dass die Garda keine Hinweise auf Morddrohungen in Jane Elias' Haus gefunden hatte, war er noch weniger geneigt, wie ein Einsiedler zu leben, der Angst vor seinem eigenen Schatten hatte.

Kit sah auf die Uhr. Der Mann kam zehn Minuten zu spät, aber das war nicht weiter aufregend. Er hatte Kit gesagt, er sei nicht sicher, wann er zu ihrem Treffen da sein könne. Es würde von dem ewig unberechenbaren Verkehr auf der M 25 abhängen. Kit rührte seinen Tee um, und die dünne Schicht auf der orangebraunen Oberfläche änderte ihre Form. Die zwei Männer am Nachbartisch warfen ein paar Münzen auf die Tischplatte, um ihr Frühstück zu bezahlen, und gingen hinaus, ihre *Daily Mail* ließen sie liegen. Kit griff hinüber nach der Zeitung. Er beachtete die politische Sensationsmeldung auf der ersten Seite nicht und blätterte weiter. Sein Blick fiel auf einen Bericht, den Leitartikel auf Seite fünf.

Wagen der vermissten Thrillerautorin im Wald gefunden

Ein Auto, das der vermissten Autorin Georgia Lester gehört, ist im Wald in der Nähe eines beliebten Wanderziels mehrere Meilen vom Ferienhaus der Autorin entfernt gefunden worden.

Die Polizei von Dorset hat bekannt gegeben, dass der Wagen gestern von Spaziergängern bei Burman's Pond, einem stadtbekannten schönen Ausflugsziel bei Dorchester, entdeckt wurde.

In dem Wagen, der nicht abgeschlossen war, lagen eine Reisetasche und eine unverwechselbare Moschino-Jacke, die beide Miss Lester gehören.

Ein Polizeisprecher sagte: »Es gibt keine Anzeichen von Handgreiflichkeiten oder irgendeinen Hinweis, dass Miss Lester einen Unfall hatte.

Wenn sie in Sicherheit und wohlauf ist, fordern wir sie auf, sich so bald wie möglich mit der nächsten Polizeidienststelle in Verbindung zu setzen.

Wenn irgendjemand Miss Lester oder ihren Wagen vor Sonntagabend gesehen hat, bitten wir ebenfalls, die Polizei in Dorchester zu verständigen.«

Der Sprecher wollte sich nicht dazu äußern, ob die Polizei in Bezug auf Miss Lesters Verschwinden einen Verdacht hat.

Die Befürchtungen, ihre Sicherheit könne gefährdet sein, haben sich verstärkt, seit sie einer Lesung, die beim British Film Institute am Mittwochabend geplant war, fern blieb.

Ihr Gatte Anthony Fitzgerald sagte gestern Abend: »Ich mache mir große Sorgen um Georgia. Ich habe am Dienstagabend mit ihr gesprochen, und sie sagte mir, sie freue sich auf die Lesung beim BFI.

Ich habe erst erfahren, dass sie nicht bei ihrer Lesung war, als ich am Mittwochabend nach Hause kam und mehrere dringende Nachrichten von den Veranstaltern auf unserem Anrufbeantworter fand.

Ich habe seitdem immer wieder ohne Erfolg versucht, sie zu erreichen. Am Freitagvormittag habe ich sie bei der Polizei als vermisst gemeldet, wurde jedoch nicht sehr ernst genommen.

Aber ich kenne meine Frau und weiß, sie würde niemals ihre Fans freiwillig enttäuschen. Etwas ist ihr passiert, aber ich habe keine Ahnung, was.«

Es hat Überlegungen gegeben, ob Miss Lester absichtlich verschwunden sein könnte. Kollegen haben geäußert, sie habe sich über ihren Verlag Carnegie House geärgert, weil man dort einen Personenschutz für eine bald beginnende Lesereise ablehnte.

Miss Lester hat erklärt, sie habe nach dem Mord ihres Kollegen, des Thrillerautors Drew Shand, Angst um ihr Leben. Ein Freund von ihr sagte gestern Abend. »Wir dachten alle, Georgia habe überreagiert, aber sie ließ sich nicht davon abbringen, dass ihr Verlag leichtsinnig sei und sie gefährde.

Als sie beim BFI nicht auftauchte, dachten einige, sie wolle den Verlag bestrafen. Aber jetzt fragen wir uns allmählich, ob sie letzten Endes nicht Recht hatte.«

Autorin verschwunden S. 11

»O Mist«, murmelte Kit leise und blätterte hastig weiter. Was ihn am stärksten beeindruckte, war Anthonys Reaktion. Dass er Georgias Verschwinden der Polizei gemeldet hatte, zeigte, dass Georgia sich keinen Gag erlaubt hatte. Und Kit konnte auch nicht ganz glauben, dass Georgia Anthony nicht informieren und ihm unnötig Sorgen und Aufregung verursachen würde. Absichtlich denen Schmerzen zuzufügen, die sie mochte, das war einfach nicht Georgias Art.

Fast die ganze Seite elf wurde von einem Feature über Agatha Christie ausgefüllt, deren großes Foto sofort zu erkennen war. Eingefügt war ein kleineres Bild von Georgia, die mit ihrem zu einem kunstvollen Gebilde gewundenen und hoch gesteckten Haar herablassend und glamourös wie eh und je aussah.

Autorin verschwunden

Das Rätsel der vermissten Queen of Crime Georgia Lester weist seltsame Parallelen zu einem anderen berühmten Ereignis auf, bei dem es um ein spurloses Verschwinden ging. Die hervorragendste aller Krimiautorinnen, Dame Agatha Christie, wurde 1926 elf Tage lang vermisst, bevor sie in einem Hotel in Harrogate entdeckt wurde, wo sie sich unter dem Namen der Geliebten ihres Mannes angemeldet hatte. Agathas Verschwinden hing mit einem Streit mit ihrem untreuen Gatten Colonel Archibald Christie zusammen. Er hatte seine Koffer gepackt und war übers Wochenende mit seiner Geliebten Nancy Steele weggefahren.

An jenem Abend verließ Agatha ihre Villa in Sunningdale, ließ Rosalind, die schlafende Tochter des Paares, im Bett zurück und fuhr in ihrem grauen Morris Cowley davon. Sie hinterließ einen Brief für ihre Sekretärin, die sie informierte, sie solle alle Termine streichen, weil sie, Agatha, nach Yorkshire fahren wolle.

Aber sie schickte auch einen Brief per Post an den stellvertretenden Chef der Bezirkspolizei in Surrey, in dem sie behauptete, sie fürchte um ihr Leben, und sie bat ihn zugleich um Hilfe.

Ihr Auto wurde am nächsten Morgen verlassen aufgefunden. Wie Georgia Lesters Jaguar wurde Agatha Christies Morris in der Nähe eines idyllischen Ausflugsziels, Silent Pool, gefunden. Im Auto waren Agathas Pelzmantel und ein kleiner Koffer mit drei Kleidern, zwei Paar Schuhen und ihrem abgelaufenen Führerschein.

Die Zeitungen stürzten sich auf die Story, und das große Rätselraten begann, ob die vermisste Krimiautorin ermordet wurde oder Selbstmord begangen hatte.

Unsere Zeitung bot sogar 100 Pfund Belohnung für Informationen, die zu ihrer Entdeckung führen konnten. Natürlich wurde ihr untreuer Ehemann verdächtigt, während die groß angelegte Suche nach ihr weiterging. Silent Pool wurde mit Schleppnetzen durchsucht, kleinere Flugzeuge flogen in geringer Höhe über den Bezirk, um nach Spuren zu suchen, und ein Rudel von Airedaleterriern und Bluthunden wurde zum Fährtensuchen eingesetzt, alles ohne Ergebnis.

Die Polizei von vier Grafschaften organisierte eine groß angelegte Suchaktion in den Downs, an der 15 000 Freiwillige teilnahmen.

Der Kriminologe Edgar Lustgarten verfasste einen Kommentar für die *Daily Mail*, in dem er schrieb, Agatha habe sich einen »typischen Fall von psychischer Vergeltungsmaßnahme« erlaubt. Der Verkauf ihrer Bücher boomte natürlich. Inzwischen nutzte eine Frau, die im Hydropathic Hotel (jetzt das Old Swan) als Mrs. Neele angemeldet war, alle Angebote des Hotels für sieben Guineas in der Woche. Sie plauderte mit Gästen, behauptete, sie sei aus Südafrika, nahm die Mahlzeiten im Restaurant ein und tanzte gern im Ballsaal.

Aber der Banjo-Spieler der Hotelband hatte Augen wie ein Luchs und erkannte sie von einem Pressefoto her. Die Polizei wurde gerufen und beobachtete sie zwei Tage lang, bevor ihr Mann ankam und bestätigte, dass die mysteriöse Mrs. Neele tatsächlich seine Frau sei.

Die Presse warf ihr vor, ihr sei es nur um die Publicity gegangen, obwohl zwei Ärzte bestätigten, dass sie an einer echten Amnesie litt, die durch Stress ausgelöst wurde.

Agatha Christie nahm die Wahrheit über ihr Verschwinden

mit ins Grab. Wir werden nie erfahren, ob sie wirklich ihr Gedächtnis verlor oder ob sie öffentlich an ihrem Ehemann Rache genommen hat.

Und heute müssen wir uns ähnliche Fragen zu Georgia Lesters Verschwinden stellen. Ist sie zu diesem Zeitpunkt, da ihr neues Buch gerade herausgekommen ist, nur auf Publicity aus? Rächt sie sich an ihrem Verleger, weil er ihre Angst vor einem Verfolger nicht ernst nahm? Oder ist der britischen Queen of Crime etwas Ernsteres zugestoßen?

Ihre Legionen von Lesern warten angstvoll auf die Antwort.

Sie sind nicht die Einzigen, dachte Kit. Er hätte auch gern eine Antwort gehabt. Und außerdem, wenn Georgia tatsächlich ihr eigenes Verschwinden inszeniert hatte, glaubte er eine Antwort zu verdienen. Sie galten schließlich als befreundet, er und Georgia. Sie war eine der ersten Krimiautorinnen, die er kennen lernte, als er sein erstes Buch publiziert hatte.

Er erinnerte sich lebhaft an die erste Lesung, die sie gemeinsam bei einem Literaturfestival in den Midlands abhielten. Sein erster Roman war gerade als Taschenbuch herausgekommen, und es war sein dritter Auftritt als Autor. Er war von ehrfurchtsvoller Scheu überwältigt mit Georgia, die schon Bestseller schrieb, und mit einem anderen Autor, dessen Bücher nach einer besonders brillanten Fernsehfassung plötzlich berühmt geworden waren, auf der Bühne stehen zu dürfen. Vor der Veranstaltung hatte der aufgrund der Fernsehsendung populär gewordene Schriftsteller im Aufenthaltsraum schadenfroh Kits Lampenfieber bemerkt und die Situation ausgekostet. Er machte bösartige, herablassende Bemerkungen und gab Anekdoten über gerade noch vermiedene Katastrophen zum Besten, bei denen nur die größten Optimisten es geschafft hätten, nicht in Panik zu verfallen.

Am Ende einer dieser Geschichten war Georgia hereingerauscht, ganz in weiße Seide und Chanel N°5 gehüllt. Sofort bemerkte sie Kits gequältes Gesicht und warf dem anderen Autor einen durchdringenden Blick zu. »Du bist wirklich ein gemeiner Kerl,

Godfrey, den lieben armen Jungen so aus der Fassung zu bringen«, sagte sie und setzte sich wie ein eleganter Schwan auf Kits Sessellehne. Sie legte eine manikürte Hand auf seinen Arm. »Ich hab mich so darauf gefreut, Sie kennen zu lernen, Kit. Ich fand, der *Dissection Man* ist der absolut beste Thriller, den ich letztes Jahr gelesen habe. Ich weiß einfach, dass Sie ein Megastar werden.«
Er hatte mit einem verlegen gemurmelten Kompliment geantwortet.
»Und Sie brauchen absolut nicht nervös zu sein, mein Lieber. Denken Sie nur daran, die Leute da draußen sind da, weil ihnen unsere Bücher gefallen. Sie wünschen sich so sehr, Sie genauso zu lieben wie Ihre Bücher. Sie müssten geradezu ein Scheusal sein, wenn sie Sie nicht ins Herz schlössen. Und das sind Sie offensichtlich nicht, mein Guter.«
Genau diesen Zuspruch hatte er in der Situation damals gebraucht. Dank Georgia entspannte er sich bei der Lesung und amüsierte sich zu seinem Erstaunen tatsächlich. Er beobachtete und hörte zu, wie sie und Godfrey das Publikum bearbeiteten, und am Ende des Abends wurde ihm klar, dass auch er öffentliche Auftritte bewältigen konnte. Es hatte ihm nur die Technik gefehlt, die ihm das nötige Selbstvertrauen gab. Davon konnte er sich tragen lassen.
Danach war er mit Georgia und ihrem Publicity-Manager essen gegangen. Und es war der Anfang einer Verbindung, die sich zu einer überraschend engen Beziehung entwickelte. Überraschend deshalb, weil sie von Temperament, Lebensauffassung und -stil her nicht unterschiedlicher hätten sein können, obwohl es den schaurigen Grundzug in Georgias Werk auch bei seinen eigenen Serienkillern gab. Aber gegenseitiger Respekt und herzliche Zuneigung hatten sie in vielen Dingen, von der Politik bis zur sozialen Herkunft, immer über ihre Differenzen hinwegsehen lassen. Wegen seiner belustigten Toleranz, mit der er manchmal ihre recht skandalösen Aussprüche aufnahm, hatte ihre Freundschaft nie Schaden genommen. Er bedauerte nur, dass Fiona hinter Georgias öffentlich zur Schau getragener Fassade nie ihre Wärme wahrnehmen konnte. Irgendwie schien Georgia Fiona immer zu reizen, ob-

wohl er nie ganz hinter die Ursache dieses Ärgers kommen konnte. Eine seiner Meinung nach harmlose Bemerkung konnte Fionas Augen plötzlich zornig aufblitzen lassen, was ihm ein Rätsel war. Schließlich erklärte er es sich damit, dass die Chemie zwischen den beiden nicht stimmte, und versuchte sie voneinander möglichst fern zu halten.

Kit wünschte, er könnte herausfinden, was mit Georgia los war. Obwohl sie durchaus in der Lage war, ihre Verleger durch ein inszeniertes Verschwinden in Verlegenheit zu bringen, glaubte er doch nicht, dass sie Anthony darunter leiden lassen würde. Trotz ihrer zahlreichen Abenteuer und Seitensprünge brauchte sie Anthonys beharrliche Hingabe für ihren Seelenfrieden. Im Lauf der Jahre hatte ihr Mann sich in Bezug auf ihre Vorliebe für junge südländische Liebhaber eine Haltung wohl überlegter Nonchalance angeeignet. Aber wie bizarr ihre Ehe auch für Außenstehende erscheinen musste, so bestand für Kit kein Zweifel, dass ihre Verbindung ein Zweckbündnis zum Überleben war.

Er überprüfte den Gedanken noch einmal, den er zuvor ohne Zögern verworfen hatte. Natürlich wäre es möglich, dass Anthony mit ihr unter einer Decke steckte. Es war zwar schwer vorstellbar, dass Anthony, dieser grundanständige Mann, Presse und Polizei an der Nase herumführte. Aber wenn ihn jemand dazu verleiten könnte, dann wäre es Georgia. Und die Chance, dass es wirklich so sein könnte, war vermutlich noch größer, wenn die Polizei ihr Verschwinden nicht ernst nahm. Kit klammerte sich an diese Hoffnung, denn über die unangenehmere Möglichkeit, die ständig am Rande seines Bewusstseins lauerte, wollte er nicht nachdenken. Wenn wirklich etwas Schreckliches geschehen wäre, wollte er die Gewissheit so lange wie möglich hinausschieben. Er konnte sich nicht einmal theoretisch vorstellen, dass Georgia niemals zurückkehren würde.

Kit zwang sich, solche Gedanken zu verdrängen, und vertraute der abergläubischen Vorstellung, er könne ihre Rückkehr beeinflussen, indem er sie sich genau ausmalte. Er erlaubte sich dabei ein ironisches Lächeln. Schon jetzt konnte er sich die Pressekonferenz vorstellen, auf der Georgia wieder auftauchte. Würde sie den Trick mit der Amnesie versuchen? Irgendwie hatte er seine Zweifel daran. Nein, sie würde einen melodramatischen Auftritt bei weitem vorziehen. Nach dem, was dem lieben armen Drew geschehen war, hatte sie sich versteckt. Aber dann hatte sie beschlossen, sich der Welt wieder zu zeigen, weil sie den Gedanken nicht ertragen konnte, dass die Ungewissheit über ihr Schicksal ihren Freunden, Lesern und ihrem von ganzem Herzen geliebten Mann Anthony Schmerzen bereitete.

Ja, dachte er. So würde sie es machen. Aus manchen Ecken würde ein Aufschrei der Empörung wegen einer so krassen Manipulation der Medien und der Zeitverschwendung bei der Polizei kommen – und zwar in dieser Reihenfolge, das war Kits feste und zynische Meinung. Aber ihre Fans, deren Phantasie angeregt war von dem Stoff, den er und Georgia und die anderen ihnen lieferten, würden es gut finden. Und das war die Hauptsache.

Sein entschlossener Versuch, sich selbst Mut zuzusprechen, hatte jedoch keinen rechten Erfolg. Die anderen, weniger unterhaltsamen Möglichkeiten waren leider immer noch unübersehbar. Selbstmord konnte er von vornherein ausschließen. Niemand, der sich selbst so sehr mochte wie Georgia, konnte jemals so schnell in eine so tiefe Verzweiflung stürzen. Jemand hätte es bemerkt und ihre Getreuen um sie versammelt.

Was die andere, erschreckendere Variante anging: Diesen Weg wollte er nicht ohne Führer gehen. Und da die beste Führerin abends zu ihm nach Hause kommen würde, beschloss er, bis dahin an dieses Szenario noch nicht einmal zu denken. Gerade hatte er diese Entscheidung gefällt, da war sie auch schon nicht mehr nötig. Ein kleiner, untersetzter Mann mit tätowierten Händen ließ sich auf den Stuhl ihm gegenüber fallen.

»Sie sind also Kit Martin?«, fragte er mit einem starken Akzent aus der Gegend um Newcastle.

Kit streckte ihm die Hand über den Tisch hin. Die Erlösung konnte viele verschiedene Formen annehmen, aber er war immer bereit, sie zu erkennen, wenn sie da war.

Kapitel 30

Fiona starrte wütend über den Tisch, ihre dunkelbraunen Augen wurden noch dunkler. »Das ist ja wohl das Allerletzte«, sagte sie zischend. »Willst du mich auf den Arm nehmen?«

Steve schüttelte den Kopf. »Du kennst mich doch gut genug, Fi, und weißt, dass ich das nie tun würde.«

»Ich dachte, ich kenne dich.« Sie wandte sich ab und starrte wie blind an die Wand. Als sie sprach, war ihre Stimme ruhig und gemessen, ihre Wut unter Kontrolle. »Ich dachte, du hättest verstanden, wie groß mein Engagement für meine Arbeit ist. Nicht mein Stolz war verletzt, als ihr mich rausgeworfen und Andrew Horsforth geholt habt. Sondern man hat mir die Überzeugung genommen, dass Leute wie du endlich den Wert meiner Arbeit und der meiner Kollegen ernst nehmen.«

»Du weißt doch, dass ich das tue.« Aber kein Bedauern klang in seiner Stimme mit.

Fiona blickte ihm in die Augen. »Deine Chefs betrachten Psychologen immer noch lediglich als ein Werkzeug, das sie benutzen können, wie es ihnen gerade passt. Und das reicht nicht.«

»Meinst du, ich weiß das nicht? Glaubst du nicht, dass ich das ändern will?«, fragte er, und nun wurden auch seine Augen dunkel vor Ärger und Frustration. »Fi, hilf mir in dieser Sache. Hilf mir dabei, ihre Auffassung zu ändern. Ich bitte dich ja nur, diese Fälle durch dein Programm für Deliktverknüpfung laufen zu lassen und zu überprüfen, was du zur geografischen Streuung feststellen kannst. Ich dachte, du wolltest, dass Susan Blanchards Mörder er-

wischt wird? Wenn du es nicht für unsere Freundschaft tust, dann tu es für sie und ihre Kinder.«
»Oh, das geht aber jetzt wirklich unter die Gürtellinie, Steve. Jetzt hör mir mal zu: Ich habe in der Sache meine Meinung sowieso schon zurückgestellt und mich von moralischen Vorhaltungen erpressen lassen. Ich habe Horsforths Unterlagen durchgesehen, obwohl mir, weiß Gott, bei manchem fast schlecht geworden ist. Ich habe Vorschläge gemacht, wie du die Ermittlungen weiterführen könntest. Ich habe all das aus Freundschaft angeboten. Aber jetzt finde ich, nutzt du unsere Freundschaft aus. Du hast nichts mehr gut bei mir.« Sie streckte herausfordernd das Kinn vor.
Steve hielt ihrem Blick stand. Er wusste, ihre Worte waren berechtigt, aber seine Entschlossenheit, in diesem Fall zu einem Ergebnis zu kommen, war stärker als seine Scham. »Es muss gemacht werden, Fi«, sagte er und erklärte es so einfach wie möglich. »Ich habe bei diesem Fall keine Mittel, auf die ich zurückgreifen kann. Meine Vorgesetzten wollen nichts davon wissen, außer wenn ich mit irgendeiner überwältigenden Entdeckung ankommen könnte. Sie wollen einfach, dass die ganze Sache in der Versenkung verschwindet. Ich auch, aber ich will, dass sie nur deswegen verschwindet, weil wir die richtige Person geschnappt haben. Und im Moment stecke ich in einer Sackgasse. Ich habe Leute, die an diesem Fall wahnsinnig gern arbeiten würden, bis er gelöst ist, aber ich brauche eine Richtung, in der ich sie ermitteln lassen kann. Meine beste Chance ist das, was du mir geben kannst.« Er presste den Mund zusammen und schaute ihr fest in die Augen, sein mageres Gesicht war so glatt wie gemeißelt.
Sie sahen sich finster an, die Freundschaft eines halben Lebens stand auf dem Spiel. »Ich tu's nicht«, sagte Fiona.
Steve presste die Lippen fest aufeinander, und sie wurden zu einem dünnen Strich. Er spürte, wie die hochgespannten Hoffnungen, mit denen er gekommen war, zu bröckeln anfingen, aber er gab nicht auf. Noch nicht. Er weigerte sich, ihren Blick loszulassen.
»Ich mach's wirklich nicht, Steve«, wiederholte Fiona.
Er glaubte eine winzige Kerbe in der Mauer ihrer Standhaftigkeit

zu erkennen, eine Schwäche, und beugte sich vor. »Ich brauche es aber.«
Sie nickte müde. »Ich weiß. Also, hier ist die Abmachung, die ich dir bieten kann. Terry Fowler promoviert bei mir über Deliktverknüpfung und geografisches Profiling. Was wir machen können, ist Folgendes: Die Met bezahlt Terry für die Analyse des Materials. Auf der Basis einer Beratung.«
»Ich weiß nicht, ob ich den Spielraum im Budget dafür habe.«
»Das solltest du aber, Steve. Wenigstens wird auf diese Art und Weise jemand einen Nutzen davon haben.«
»Aber du wirst ein Auge darauf haben?«
Fiona schüttelte den Kopf. »Terry Fowler ist durchaus in der Lage, eine einfache Analyse dieser Art durchzuführen. Ich beleidige meine Studenten nicht dadurch, dass ich ihnen über die Schulter sehe. Ich habe mit der Sache nichts mehr zu tun, Steve. Ich sag dir das immer wieder, aber du hörst nicht auf mich.«
Er fuhr sich frustriert mit der Hand durch die Haare. »Ich nehme an, ich werde mich also mit der zweitbesten Lösung zufrieden geben müssen.«
»Ich wimmle dich nicht ab. Terry wird gute Arbeit für dich leisten. Steve, du musst aufhören, dich für diesen Fall zu bestrafen. Ich weiß, deine Arbeit ist dir wichtig, aber du kannst nicht unsere Freundschaft dafür aufs Spiel setzen.« Fiona streckte ihm die Hand über den Tisch entgegen und nahm die seine. »Ich vermute, es ist zu spät, dir zu sagen, du solltest dir dein eigenes Leben mit einer Partnerin schaffen?«
Steve lächelte schwach. »Viel zu spät.«
»Es hat mich gerettet«, sagte sie schlicht.
Steves Blick verlor seinen Glanz. »Das hat er geschafft, was?« Er wollte sagen, er hätte gewünscht, sie hätten einander retten können, aber das würde er jetzt niemals tun können. Entweder wusste sie es schon und hatte sich damit arrangiert, dass er diese Gefühle für sie empfand. Oder die neue Erkenntnis würde zerstörerisch in ihr Leben einbrechen und die Harmonie bedrohen, die zwischen ihnen entstanden war. Wie auch immer, es hätte keinen Sinn.

Wie auf ein geheimes Zeichen hin öffnete sich die Haustür. »Hi, Fiona, ich bin daheim«, hallte es durch den Flur. Sie hörten, wie Kits Rucksack auf den Boden plumpste, als er ihn im Vorbeigehen in seinem Büro ablud. Dann stand er in der Tür und lächelte, als er sie sah; die Spannung im Raum nahm er nicht wahr. »Hey, Stevie, ich hab gar nicht erwartet, dich heute Abend zu sehen.«

»Ich bin gekommen, weil ich sehen wollte, wie weit ich mein Konto überzogen habe«, sagte Steve ironisch.

Kit ging zu Fiona und umarmte sie. »Steve will, dass ich noch mehr Arbeit in den Fall Susan Blanchard stecke«, sagte sie.

Kit schaute Steve über ihren Kopf hinweg mit hochgezogenen Augenbrauen an und stellte dabei die mitfühlende Frage: »Sie hat dich also abblitzen lassen?«

»Sozusagen, ja«, sagte Steve.

»Die Met wird Terry Fowler für die Arbeit bezahlen«, sagte Fiona bestimmt.

»Das hoffe ich«, sagte Steve. Er stand auf. »Ich rufe dich morgen früh wegen der Details an.«

»Geh nicht, Steve« drängte Fiona. »Bleib doch zum Essen. Wir könnten später Scrabble spielen.«

Ihm war bewusst, dass sie ihm damit einen Olivenzweig reichte. Der Teil seines Charakters, der nicht gerne um etwas bat, wollte gehen, aber wie würde sich das in Zukunft auf ihre Beziehung auswirken? Sein Stolz war für ihn kein großes Opfer, um die Kluft zu überbrücken, die sich zwischen ihnen aufgetan hatte. Steve sah Kit an. »Kommt drauf an, was es zum Abendessen gibt«, sagte er.

Kit runzelte die Stirn. »Lass mich mal überlegen.« Er machte den Kühlschrank auf und sah hinein. »Ich hab Hühnerbrust, Frühlingszwiebeln, frischen Estragon, Fenchel ... wie wär's mit Pilaw mit Estragon?« Er sah sich um.

Steve tat so, als überlege er einen Moment. »Und Nachtisch?«

»Du hast ja gar keine Ansprüche, was?«, beklagte sich Kit. »Wir haben Hausmacher-Schokoladeneis in der Kühltruhe, ein paar Erdbeeren und ein halbes Glas Mangopüree im Kühlschrank. Bist du damit zufrieden?«

»Okay, du hast mich überredet.«
Kit streifte seine Jacke ab, warf sie über einen Stuhl und machte sich an die Arbeit. »Wie war dein Tag heute?«, fragte Fiona, während sie ihm beim Schneiden und Hacken zusah.
»Sehr lohnend«, sagte Kit. »Ich habe mich mit einer Kontaktperson getroffen. Aber ich sollte wohl vor der Polizei keine Details preisgeben«, fügte er hinzu und grinste über die Schulter Steve zu. »Aber ich sag euch was. Georgia macht ja einen ganz schönen Wirbel in den Zeitungen. Habt ihr heute die Boulevardblätter gesehen? Die *Mail* hat einen großen Artikel, der ihr Abtauchen mit Agatha Christies Verschwinden in den zwanziger Jahren vergleicht.«
»Sie ist also immer noch nicht aufgetaucht?«, fragte Fiona. Sie wandte sich an Steve. »Georgia Lester, die Krimiautorin. Hast du das verfolgt?«
»Ich hab's in den Zeitungen gesehen, ja. Hast du nicht gesagt, dass sie einen Brief wie deinen bekommen hat, Kit? Was meinst du? Ist sie verschwunden, weil sie beleidigt war, oder aus Angst?«
»Der Brief hatte ihr keine Angst gemacht, bis sie herausfand, dass ich auch einen bekommen hatte. Er machte sie dann aber auf jeden Fall nervös. Ich weiß, dass sie ihren Verleger bat, ihr zwei Wächter für ihre Lesereise bereitzustellen, aber ich dachte, das wäre nur ein typischer Schachzug von Georgia. Sie kann sich schon ganz schön aufplustern«, sagte er liebevoll und ergriff eine schwere, gusseiserne Pfanne, die neben dem Herd hing.
»Eins steht fest«, sagte Fiona trocken. »Die Selbstmordvariante ist bei Georgia von Anfang an völlig ausgeschlossen.«
»Wieso sagst du das?«, fragte Steve.
»Selbstmörder haben wenig Selbstachtung. Georgia dagegen ist eine Frau, der der kleinste Funke Selbstzweifel abgeht. Auf einer Skala von eins bis zehn würde ihr gesundes Ego irgendwo in der Gegend von elf liegen«
»Sie hat Recht«, bestätigte Kit. »Wenn wir eine schlechte Kritik kriegen, würden die meisten von uns der Katze einen Tritt versetzen oder den Bildschirm anfluchen, es würde uns jedenfalls nach-

gehen. Auch wenn wir so täten, als stünden wir weit darüber. Aber wenn Georgia eine schlechte Kritik bekommt, schickt sie dem Kritiker Blumen mit dem herzlichen Wunsch, es möge ihm doch hoffentlich bald wieder besser gehen.«

Steve lachte schallend. »Das hast du aber jetzt erfunden.«

»Ich schwör's, es ist eine wahre Geschichte. Georgia könnte sich genauso wenig umbringen, wie sie einen Freizeitanzug tragen würde.«

»Es gibt also nur eine Alternative, meinst du? Wenn sie ihr Verschwinden nicht als Publicity-Knaller selbst in Szene gesetzt hat, dann ist sie entführt worden?« Steve fasste in Worte, was Kit und Fiona die ganze Zeit zu sagen vermieden hatten.

Ein langes Schweigen. Dann gab Kit das gewürfelte Hühnerfleisch mit den Schalotten in die Pfanne. Dampf stieg auf und verbreitete Essensgerüche im Raum. »Vermutlich ist es so, aber wir hüten uns, es auszusprechen«, sagte Fiona.

»Was nicht bedeutet, dass ihr es nicht denkt. Mich würde es umtreiben, wenn ich in eurer Haut steckte. Nach Drew Shand und Jane Elias muss es euch doch durch den Kopf gehen«, sagte Steve.

»Aber es gibt keinen Zusammenhang zwischen diesen beiden Morden«, widersprach Kit. »Die Garda hat einen Mann aus der Gegend dort wegen des Mordes an Jane verhaftet. Und du hast mir erzählt, sie hätten keine Drohbriefe bei ihren Papieren gefunden, was mich ein bisschen beruhigt hat.«

»Es spielt keine Rolle, dass es keinen Zusammenhang gibt«, sagte Fiona. »Das heißt auf der psychischen Ebene. Wir wissen nur, dass zwei Thrillerautoren ermordet worden sind. Wenn also noch eine dritte Person dieser Gruppe vermisst wird, müssen wir uns unvermeidlich fragen, ob ihr nicht dasselbe passiert ist. Die Psyche spielt uns diesen Streich, Kit. Unbewusst suchen wir immer nach Fortsetzungen. Auch wenn keine da sind. Obwohl also dein waches Bewusstsein leugnet, dass Drews und Janes Tod etwas mit Georgia zu tun haben könnten, kannst du auf einer tieferen Ebene gar nicht anders, als dir eine Serie vorzustellen und dir darüber Sorgen zu machen.«

»Trotzdem«, unterbrach sie Steve, »und das sage ich jetzt nur als Polizist, könnte ich die Möglichkeit nicht ausschließen, dass Georgia entführt worden ist.«
»Und natürlich hätte die Polizei, wenn sie entführt wurde und es eine Lösegeldforderung gegeben hat, dafür gesorgt, dass es nicht bekannt wird«, sagte Fiona nachdenklich. »Man würde die Angelegenheit genauso behandeln, wie es derzeit der Fall ist. Man würde sich nicht besonders besorgt zeigen und so tun, als bestehe nur ein geringer Verdacht.«
»Ich würde sagen, ja«, stimmte ihr Steve zu.
»Ihr findet es also beide sinnlos zu spekulieren«, sagte Kit.
»Allerdings.« Steve atmete tief ein. »Das riecht köstlich, Kit.«
»So wird's auch schmecken«, sagte er zuversichtlich. »Ich hoffe, wo immer Georgia ist, dass sie auch etwas nur halb so Gutes bekommt.«
Fiona lächelte ironisch. »Das hoffe ich auch. Wenn sich nämlich herausstellt, dass es eine Finte war, wird sie lange Zeit bei Brot und Wasser sitzen.«

Kapitel 31

Die Uhr zeigte 3.24 Uhr. Fiona hatte keine Ahnung, was sie aufgeweckt hatte, aber ihre Augen waren weit offen, ihr Gehirn lief auf vollen Touren. Sie wusste, es hatte keinen Sinn zu versuchen, wieder einzuschlafen. Schlaflosigkeit kam bei ihr selten vor, aber dann war die einzige Lösung, aufzustehen und den Kopf zu beschäftigen, bis der Schlaf wiederkam.

Sie verließ leise das Bett. Kit brummte, drehte sich um und atmete wieder ruhig weiter. Fiona tappte über den Teppich, nahm ihren Morgenmantel vom Haken und ging auf den Treppenabsatz hinaus. Der in der Ferne summende Verkehr war das einzige Geräusch. Sie hatte nicht das Gefühl, dass außer ihr und Kit noch jemand da war. Als sie die Stufen hinaufging, schaute sie aus dem Fenster auf den unter ihr liegenden Garten. Im schwachen Licht des zunehmenden Mondes erschien er wie eine unheimliche Ansammlung schwarzweißer Konturen. Aber sie waren ihr alle vertraut. Was immer sie im Schlaf gestört hatte, es war kein Fremder in Haus oder Garten.

In ihrem Büro knipste Fiona die Tischlampe an und nahm eine Dose Perrier aus dem winzigen Kühlschrank neben ihrem Schreibtisch, eines von Kits merkwürdigen Geburtstagsgeschenken. Sie war damals nicht gerade begeistert gewesen, obwohl sie hoffte, ihre Enttäuschung gut genug verborgen zu haben. Aber inzwischen hatte sie erkannt, wie praktisch er war. So etwas konnte Kit gut: mit Dingen ankommen, von denen sie nie geglaubt hätte, dass sie sie brauchen könnte. Sie machte die Dose auf. Es war so still,

dass sie die Bläschen leise gegen das Metall blubbern hörte, wenn sie zerbarsten.
Sie schaltete ihren Computer an und wartete, bis er heraufgefahren war. Dann ging sie online. Amerika war wach. Genug Leute würden munter und in den Chat-Räumen unterwegs sein, um sie zu unterhalten. Als sie sich anmeldete, erinnerte sie sich, dass heute die monatliche Online-Diskussion bei *Murder Behind the Headlines* war, die von zehn bis Mitternacht lief. Sie klickte diese Seite an und wartete, bis sie verbunden wurde.
Fiona ließ die zur Auswahl stehenden Diskussionsthemen durchlaufen und klickte Jane Elias an. Sie kam gerade dazu, als eine hitzige Debatte über die irische Polizei in Gang war. Als ihr die Möglichkeit geboten wurde, die Unterhaltung zurückzuverfolgen, entschied sie sich dafür.
Was sie las, ließ sie erschauern. Nach den Kommentaren von drei Teilnehmern hörte man vor Ort über den Fall Jane Elias, dass die Polizei den Falschen verhaftet habe und sich dessen auch bewusst sei. Angeblich hatten Vorgesetzte in der Abteilung für Schwerverbrechen die Polizeibeamten vor Ort so stark unter Druck gesetzt, dass sie die Verhaftung trotz ihrer Bedenken vorgenommen hatten. Da jegliche Hinweise auf Tatort oder Leiche fehlten, die Regan mit der Tat in Verbindung gebracht hätten, schien es jetzt, dass die Beamten vor Ort wegen der Verhaftung nervös wurden und Regans Anwalt für seine Freilassung kämpfte. In einem Beitrag wurde gesagt, alle in Kildenny, die Jon Regan kannten, behaupteten hartnäckig, der Mann habe nicht die Intelligenz, eine Entführung durchzuziehen, und schon gar nicht den Mumm, eine Frau zu töten und ihre Leiche zu verstümmeln.
An diesem Punkt wurde die Diskussion zu einem Wettschimpfen über die Polizei. Fiona war es vollkommen egal, wie gut oder schlecht die Garda Siochana in einem unbekannten Winkel des Countys Wicklow war. Es gab für sie Wichtigeres, über das sie nachdenken musste.
Sie meldete sich ab, schaltete den Computer aus und starrte auf den leeren Bildschirm. Regans Verhaftung war eine größere Beruhi-

gung für sie gewesen, als sie Kit gegenüber hatte zugeben wollen. Wenn er ausschied, dann ergab sich ein völlig anderes Bild. Dann ging es nämlich nicht mehr um eine unbewusste Verknüpfung verschiedener Morde, sondern es ergab sich eine logische Schlussfolgerung.

Normalerweise war die Ermordung von zwei Personen derselben Berufsgruppe auf gegenüberliegenden Seiten der Irischen See so unbedeutend, dass sie unbemerkt geblieben wäre. Aber wenn beide prominente und preisgekrönte Thrillerautoren waren, deren Werk erfolgreich vom Fernsehen oder Film aufgegriffen wurde, und beide auf eine Art und Weise ermordet worden waren, die sich mehr oder weniger genau an die Einzelheiten in einem ihrer Romane hielt, dann wurde das Zufallsprinzip bei diesem Zusammentreffen so stark strapaziert, dass man darauf aufmerksam werden musste.

Fiona wog die ihr bekannten Tatsachen gegen ihre Erfahrungen ab. Ja, es gab so etwas wie Mörder, die Morde kopierten. Und Jane Elias' Mörder hätte am Anfang seiner Serie ebenso gut ein solcher Nachmacher sein können wie ein Serientäter, wenn man die Entfernung der Opfer voneinander und die offensichtlich sehr unterschiedlichen Todesarten berücksichtigte.

Aber Fiona hatte sich noch nie für die Zufallstheorie erwärmen können.

Sie stand auf, verließ ihren Schreibtisch und rannte zum Gästezimmer hinunter, wo Kits große Sammlung von Kriminalromanen die Wände vom Boden bis zur Decke bedeckte. »Alphabetische Anordnung wäre ja auch viel zu einfach«, sagte Fiona seufzend zu sich selbst.

Sie überflog die Titel auf den Regalen, wo sie eines von Georgias Büchern suchte. Das erste, das sie fand, war *Last Rights*, der letzte Teil einer Trilogie, die sie zwei Jahre zuvor beendet hatte. Fiona schlug das Buch hinten auf und las die Umschlagklappe mit der Biografie der Autorin.

Mehrere von Georgias Büchern waren fürs Fernsehen bearbeitet worden, einschließlich der Gerichtsromane. Nur ein einziger

Band, ein Psychothriller, dessen drastische Gewaltszenen viele Leser zutiefst erschüttert hatten, war verfilmt worden. *And Ever More Shall Be So* war ein britischer Film, der von Channel 4 gesponsert und mit minimalem Budget produziert worden war. Fiona erinnerte sich dunkel, gelesen zu haben, was für ein Erfolg er war. Etwas an dem Film hatte die Aufmerksamkeit des Massenpublikums auf sich gezogen, und er war auf beiden Seiten des Atlantiks überraschend zum Hit geworden. Die unheimliche, ätherische Titelmusik mochte wohl dazu beigetragen haben. »Green Grow the Rushes-O«, von der Solo-Sopranstimme eines Jungen wie ein Klagelied gesungen, bildete einen melancholischen Gegensatz zu den alptraumhaften Szenen des Films. Irgendwie war sie nie dazu gekommen, ihn zu sehen, aber Kit kannte ihn sicher.

Jetzt brauchte sie nur das Buch zu finden. Unter den zwei- oder dreitausend hier konnte das doch nicht so schwer sein, oder? Systematisch ging Fiona langsam an den Regalen entlang und hielt inne, wann immer sie auf Georgias Namen stieß. Wie zum Teufel fand er denn überhaupt jemals etwas, fragte sie sich. Und warum konnte er nie ein Buch wegwerfen, auch wenn er es noch so ausdrücklich als Schund bezeichnete?

Ungefähr in der Mitte der zweiten Wand fand Fiona, was sie suchte. Die erste Ausgabe von *And Ever More Shall Be So* mit einer persönlichen Widmung auf der Titelseite in Georgias überraschend ordentlicher Handschrift. »Dem lieben Kit, schon jetzt ein überragender Künstler. Mit einer herzlichen Umarmung, Georgia Lester.« Wie typisch für Georgia, dachte Fiona mit einem spöttischen Lächeln.

Fiona knipste das Licht aus und ging wieder nach oben ins Dachgeschoss. Sie machte es sich auf dem Futon bequem und zog die Decke über die Beine, damit ihr nicht kalt wurde. Dann begann sie die Seiten umzublättern. Aber was sie da las, vertrieb jeden Gedanken an schlichte Aufmunterung.

Kapitel 32

Steve streckte den Arm vor, um die Aufzugtüren am Schließen zu hindern. Sie gingen wieder auf, und er stand DC Joanne Gibb genau gegenüber. »Morgen, Joanne«, sagte er.

»Morgen, Chef. Darf ich fragen, wie das Katzbuckeln gelaufen ist?«

Steve verzog das Gesicht. »Sagen wir mal, wir bewegen uns in die richtige Richtung. Dr. Cameron wird mir den Kontakt mit einem ihrer Doktoranden vermitteln, der die Analyse machen wird. Wenn ich das Geld dafür auftreiben kann.«

»Aber wir könnten doch mit dieser Methode wirklich Fortschritte machen«, sagte Joanne empört. »Sicher wird Commander Telford einsehen, dass man diese Spur verfolgen muss?«

Steve lächelte. »Ich kann ihn hoffentlich davon überzeugen.« Auf ihrem Stockwerk kam der Aufzug schaukelnd zum Stillstand. »Wünsch mir Glück. Ich werde dich und Neil in fünfzehn Minuten in meinem Büro sehen.«

Steve ging an abweisenden Türen vorbei den Korridor hinunter, bis er zum Büro seines Vorgesetzten kam. Er klopfte und wartete auf die Aufforderung einzutreten. David Telford saß hinter einem so aufgeräumten Schreibtisch, dass Steve hätte wetten können, es war der ordentlichste im ganzen Haus. Kein einziges loses Blatt Papier verunzierte die polierte Oberfläche. Schreibzeug stand dicht gedrängt in einem Metallständer, ein Notizblock lag beim Telefon, und das war alles. Nur Telfords gerahmte Auszeichnungen und sein Diplom in Volkswirtschaft von der Aston University zierten die sonst kahlen Wände. »Setzen Sie sich, Steve«, sagte er mit ernstem Gesicht. Er war entschlossen, den Gedanken, irgendjemand anders als Steve Preston könnte an dem Fiasko im Fall Francis Blake schuld sein, aus dem kollektiven Gedächtnis der Metropolitan Police auszulöschen. Steve begriff das und wusste, dass dies der Grund war, weshalb Telford – oder Teflon, wie er in den unteren Diensträngen genannt wurde – ihn behandelte, als brächte er schlechten Geruch in sein Büro.

»Danke, Sir.« Manchmal war es wirklich ein Kreuz, das Spielchen mitzumachen, aber Steve war seine Arbeit zu wichtig, um ernsthaft an eine Alternative zu denken.

»Also immer noch kein Fortschritt?« Telfords Frage beinhaltete bereits die Antwort, die er gern gehört hätte. Steve wusste, dass ihm das Image wichtiger war als Gerechtigkeit. Susan Blanchards Mörder zu finden stand nicht oben auf Teflons Prioritätenliste. Es war besser, wenn seine Leute den tatsächlichen Mörder nie fanden, damit die Öffentlichkeit weiterhin denken konnte, Francis Blake sei der Met durch den für den Prozess zuständigen Richter und nicht durch ihre eigene unorthodoxe Sonderaktion durch die Lappen gegangen.

»Im Gegenteil, Sir. Ich glaube, wir haben eine neue Richtung für die Ermittlungen erarbeitet.« In allen Einzelheiten legte Steve die neuen Indizien über den Radfahrer dar und schilderte, was Joanne bei ihrer Durchforstung der Akten gefunden hatte. »Ich brauche jetzt die Genehmigung, ein geografisches Profil in Auftrag zu geben, das auf diesem Bündel von Fällen basiert, damit wir zu brauchbaren Tatverdächtigen kommen können«, schloss er.

Telford runzelte die Stirn. »Das ist alles ein bisschen dünn, oder? Es gibt keine klaren Indizien, scheint mir?«

»Das Problem ist in diesem Fall von Anfang an der Mangel an klaren Beweisen gewesen. Keine Spuren am Tatort, relativ wenige Zeugenaussagen, keine offensichtliche Beziehung zwischen Mörder und Opfer. Es ist klar, dass der Täter Erfahrung im Verwischen von Spuren hat, und das lässt darauf schließen, dass er schon früher sexuell motivierte Überfälle begangen hat. Seit Aufnahme der Ermittlungen ist dies der erfolgversprechendste Ansatz, Sir.«

»Ihr klammert euch an einen Strohhalm«, kritisierte Telford.
»Ich glaube, es ist schon etwas mehr, Sir.« Die Worte »bei allem Respekt« lagen ihm auf der Zunge, aber er hielt sich zurück, diese Lüge wollte er nun doch nicht aussprechen. »Es ist eine taugliche Strategie für die Untersuchung. Früher oder später werden wir, wenn wir ihn nicht lösen, wegen dieses Falls wieder unter die Lupe genommen. Und wenn das geschieht, würde ich gerne sagen können, dass wir nichts unversucht gelassen haben.«
»Ich dachte, Dr. Cameron habe sich öffentlich geweigert, jemals wieder mit uns zusammenzuarbeiten?« Telford schlug eine andere Richtung ein, von Steves unterschwelliger Drohung verunsichert, den Fall in der Öffentlichkeit breitzutreten.
»Frau Dr. Cameron würde die Analyse nicht machen, Sir. Wir würden ein anderes Mitglied ihrer Abteilung beauftragen.«
Telford grinste. »Da kriegt sie also eins aufs Dach.«
Steve sagte nichts. Vielleicht würde Gehässigkeit gewinnen, wo Vernunft nicht weiterkam.
Telford drehte sich auf seinem Stuhl und schien sein Diplom zu studieren. »Na ja, also gut, dann machen Sie eben Ihre Analyse.« Er drehte den Stuhl abrupt wieder zurück und sah Steve an. »Nur bauen Sie dieses Mal keinen Mist, Superintendent.«
Steve ging mit geballten Fäusten in sein Büro zurück. Wie wundervoll es wäre, Susan Blanchards Mörder zu finden, dachte er. Na klar, Telford würde offiziell die Lorbeeren einsammeln, aber alle bei der Polizei würden Bescheid wissen. Damit wäre in vieler Hinsicht der Gerechtigkeit Genüge getan.
Er stieß die Tür zu seinem Büro auf, wo DC Neil McCartney und Joanne auf ihn warteten. Neil war ein großer, etwas unordentlicher Typ Mitte zwanzig. Steve hatte ihn nie anders als leicht zerzaust gesehen. Neil konnte sich nie auf einen Stuhl setzen, ohne sich hinzuflegeln. Steve fragte sich oft, wie der Junge wohl in Uniform ausgesehen hatte. Sein Äußeres allein hatte wahrscheinlich bewirkt, dass er bei erstbester Gelegenheit zur Kripo hochgekickt wurde. Es hatte dabei auch nicht geschadet, dass er ein guter Polizist war, gescheit, nachdenklich und zäh bis zur Dickköpfigkeit.

»Also gut. Wir haben die Zustimmung für das geografische Profil«, verkündete Steve, während er über Neils störend ausgestreckte Beine stieg. »Ich bringe die Unterlagen persönlich zur Uni rüber, sobald wir hier fertig sind. Also, Neil, was treibt Blake jetzt?«

»Soweit ich das beurteilen kann, nichts besonders Interessantes. Er schläft lange, holt sich meistens am Morgen eine Zeitung oder einen halben Liter Milch und zwei Videos, dann geht er wieder nach Hause. Manchmal ist er zur Mittagszeit im Wettbüro unten, zwei Bier in der Kneipe an der Ecke, dann ein Spaziergang im Park. Wieder zur Wohnung zurück, und offensichtlich bleibt er zu Haus und sieht fern, nach dem Flimmern am Fenster zu schließen. Nichts Bösartiges, nichts Verdächtiges. Was ja ganz gut ist, da wir immer allein sind und nur eine Minimalüberwachung mit je einer Person machen. Er könnte alles Mögliche treiben, wenn wir nicht da sind, wir wüssten es nicht. An manchen Tagen, wenn wir dort sind, steckt er nicht mal die Nase aus der Tür. Er könnte einen Harem da drin haben, und wir hätten keine Ahnung davon.«

Steve nickte verständnisvoll. »Ich weiß, das ist wirklich nicht befriedigend. Aber wir müssen unseren Freund Blake einfach so gut im Auge behalten, wie wir können. Bis wir einen besseren Anhaltspunkt finden, ist er das Einzige, was wir haben. Es wäre vielleicht eine gute Idee, mal diskret mit den Mietern der Wohnung unten zu reden und zu sehen, ob sie bei ihm etwas von Besuch gehört oder gesehen haben. Aber nur, wenn wir wissen, dass sie keine Kumpel sind. Ich will Blake nicht auf unser noch andauerndes Interesse an ihm aufmerksam machen. Was meinst du, Neil?«

Neil rümpfte die Nase. Er hatte für Vorgesetzte gearbeitet, die es nicht gern hörten, wenn man ihnen sagte, ihre Vorschläge würden nicht funktionieren. Aber er kannte Steve Preston gut genug, um zu wissen, dass dieser es ihm selten verübelte, wenn er seine Meinung frei heraus sagte. Besonders in einem so kleinen Kreis wie jetzt. »Lieber nicht, Chef«, sagte er. »Es ist ein ziemlich junges Paar, Mitte zwanzig, würd ich sagen. Sie wirken wie Leute, die uns für die Bösen halten, wenn du weißt, was ich meine? Sie würden es

wahrscheinlich für ihre Pflicht und Schuldigkeit halten, Blake Bescheid zu sagen, dass die Bullen herumschnüffeln.«
Steve hätte lieber etwas anderes gehört, aber er vertraute Neils Meinung. »Ist also John dran heute?«, fragte er.
»Ja«, gähnte Neil.
»Okay. Also dann nimm dir den Rest des Tages frei, Neil. Schlaf dich mal aus.«
»Sicher, Boss?«
»Ja, klar. Joanne kann hier alles in Gang halten. Wenn wir dich brauchen, melden wir uns.«
Neil löste seinen langen Körper vom Stuhl, stand auf und streckte sich genüsslich. »Dagegen hab ich nichts einzuwenden. O Gott, mehr als acht Stunden zum Schlafen. Von diesem Schock werd ich vielleicht zusammenklappen.« Er latschte aus dem Zimmer.
»Soll ich also die Stellung halten, Chef?«, fragte Joanne.
»Ja. Ich gehe zur Universität hinüber, wo ich einen gewissen Terry Fowler treffe. Dr. Cameron hat eine Nachricht hinterlassen, dass sie alles in die Wege geleitet hat. Ich weiß nicht, wie lang ich weg sein werde – kommt drauf an, wie viel ich diesem Fowler erklären muss. Und ich soll bei Dr. Cameron selbst vorbeigehen, wenn ich fertig bin. Ich seh dich also, wenn ich dich seh.«

Es war ein seltsames Gefühl, durch das Psychologische Institut zu gehen und nicht direkt auf Fionas Büro zuzusteuern. Der Pförtner sagte Steve, wie er zu dem Kabuff im dritten Stock komme, das sich Terry Fowler mit einem anderen Doktoranden teilte. Steve klopfte an die Tür und war überrascht, eine Frauenstimme zu hören, die herein sagte.
Er steckte den Kopf zur Tür herein. Zwei Computertische standen im Zimmer, einer nicht besetzt, am anderen saß eine junge Frau mit stacheligem, platinblondem Haar, scharlachrotem Lippenstift und einer Brille mit dicken schwarzen Rändern. Ihre Ohren glänzten silbrig von drei Steckern und einer größeren Kreole. Steve lächelte. »Tut mir Leid, entschuldigen Sie die Störung. Ich suche Terry Fowler.«

Die Frau schaute mit gespielter Verzweiflung gen Himmel. Dann grinste sie, deutete auf sich und sagte: »Sie haben sie gefunden. Theresa Fowler, zu Ihren Diensten. Hat Fiona wieder mal den alten Trick angewendet und auf den Irrtum gebaut, dass man mich für einen Mann hält?«

Irritiert, dass Fiona ihn als das typische Beispiel des Polizisten mit Vorurteilen hingestellt hatte, trat Steve ins Zimmer und zuckte bedauernd mit den Schultern. *Toller Einstieg, gleich ins Fettnäpfchen zu treten*, dachte er. »Was kann ich sagen? Ich bin drauf reingefallen. Tut mir Leid. Ich neige normalerweise nicht zu sexistischen Unterstellungen.« Er streckte die Hand aus. »Steve Preston.«

»Freut mich, Sie kennen zu lernen, Superintendent.« Ihr Händedruck glich dem seinen, fest, sachlich, selbstbewusst. »Machen Sie sich nichts draus. Psychologen können albernen Spielchen nur schwer widerstehen. Es gehört zum Beruf. Nehmen Sie sich einen Stuhl und machen Sie es sich bequem. Oder jedenfalls so bequem es auf diesen Folterinstrumenten geht.«

Ihr Lächeln war ansteckend, und er erwiderte es. »Nennen Sie mich Steve, bitte.« Er zog einen Plastikstuhl mit Schalensitz heraus und setzte sich. »Ich nehme an, Fiona hat Sie besser vorbereitet als mich?«

Sie schüttelte den Kopf. »Nur ganz allgemein. Sie sagte, Sie hätten eine Gruppe von Fällen, die ich durch das Deliktverknüpfungsprogramm laufen lassen soll. Wenn sich ein Bündel ergibt, soll ich ein geografisches Profil erstellen. Und Sie werden mich bezahlen, was ein sehr wichtiger Pluspunkt bei der ganzen Sache ist, muss ich sagen.« Terry lehnte sich zurück und präsentierte damit unbewusst ihre schlanke Figur in schwarzen Jeans und T-Shirt.

»Es geht um ein bisschen mehr«, sagte Steve. Er machte seine Aktentasche auf und nahm den Hefter heraus, den Joanne zusammengestellt hatte. Vier weitere Fälle hatte er hinzugefügt, um die Genauigkeit des Deliktverknüpfungs-Programms zu testen, aber das würde er Terry nicht sagen. »Also, zuerst muss ich betonen, dass die Unterlagen absolut vertraulich zu behandeln sind.«

»Kein Wort kommt über meine Lippen«, sagte Terry und schob sie zu einem Schmollmund vor.
»Das bezweifle ich nicht«, sagte er steif und entschlossen, den formellen Ton beizubehalten. »Aber ich habe natürlich bemerkt, dass Sie sich dieses Büro mit jemandem teilen. Wenn Sie also den Raum verlassen, müssten Sie diesen Hefter mitnehmen, außer wenn Sie sicher sein können, dass er hier in Sicherheit ist.«
»Okay.«
»Auch wenn Sie nur mal schnell zum Klo oder zum Kaffeeholen rausgehen.«
»Verstanden.« Sie lächelte und hob beschwichtigend die offenen Handflächen hoch. »Es geht klar, Steve. Ich hab's kapiert.«
»Ich will Ihnen nicht auf die Nerven fallen mit Selbstverständlichkeiten.«
Terry schüttelte den Kopf. »Na ja, Sie haben ja noch nie mit mir zusammengearbeitet, woher sollen Sie wissen, dass ich kein albernes Blondchen bin?« Sie machte große runde Augen und schaute ihn fragend an.
Jetzt war Steve mit dem Grinsen an der Reihe. »So sehr hasst mich Fiona dann doch nicht. Okay, das hier hab ich also für Sie. Sechs Vergewaltigungen und vier schwere sexuelle Übergriffe. Wie Fiona sagte, sollen Sie herausfinden, ob es Grund zur Annahme gibt, dass Zusammenhänge zwischen dem einen und dem anderen oder zwischen allen vorliegen. Wenn Sie ein Bündel von übereinstimmenden Faktoren finden, bin ich gespannt, was das geografische Profil ergibt. Wenn wir so weit kommen, möchte ich, dass Sie einen anderen Ort ins geografische Profil eingeben und dann sehen, was passiert.«
Terry hob eine Augenbraue. Es hätte wichtigtuerisch aussehen können, aber irgendwie vermied sie das. »Ist der andere Ort hier im Hefter?«
Steve schüttelte den Kopf. »Ich möchte nicht Ihre Gedankengänge beeinflussen. Wenn ich die Resultate vor mir habe, werden wir weitersehen.«
»Geht in Ordnung. Wie schnell brauchen Sie es?«

Steve breitete die Hände aus. »Gestern?«
»Gestern kostet extra. Aber für das normale Honorar können Sie es morgen haben. Unter einer Bedingung.«
Steve neigte leicht den Kopf, sein Gesicht nahm einen misstrauischen Ausdruck an. »Eine Bedingung?«
»Sie gehen morgen mit mir essen.« Ihr Lächeln war wohl berechnet und kokett wie das einer Frau, die davon ausgeht, ihren Willen zu bekommen.
Steve fühlte, wie ihm heiße Röte in die Wangen stieg. »Ich soll mit Ihnen essen gehen?«
»Ist das eine so komische Idee?«
Er zwang sich, seine professionelle Zurückhaltung nicht aufzugeben. »Ich meine nur, es ist keine sehr gute.«
»Warum? Sie sind doch nicht verheiratet, oder?«
»Nein, aber …«
»Also, wo ist das Problem?«
»Ich versuche normalerweise, Arbeit und Vergnügen getrennt zu halten«, sagte er und war sich bewusst, dass er steif wie ein Spießbürger klang, obwohl er immer gebetet hatte, nie so zu werden.
»Wo treffen denn Menschen wie wir sonst interessante Leute, mit denen sie essen gehen könnten? Wir brauchen ja nicht über die Arbeit zu reden«, sagte Terry. »Ich werde Sie nicht über die zehn größten Fälle ausfragen, wenn Sie nicht verlangen, dass ich Ihnen die Theorie von Piaget erkläre. Na, kommen Sie schon, was haben Sie zu verlieren? Selbst wenn Sie sich total langweilen, ist es ja nur für ein paar Stunden. Und ich verrat's ja nicht, wenn's besser läuft.«
Erfreut und verwirrt, aber immer noch vorsichtig fuhr sich Steve durch sein dunkles Haar. »Das kommt jetzt so plötzlich.«
Sie zuckte mit den Schultern. »Das Leben ist zu kurz. Man muss den Augenblick ergreifen.«
»Aber warum denn ich?«
»Ach Gott, ihr habt aber auch alle Fragen.« Jetzt lachte sie, gerade weiße Zähne glänzten wie beim großen bösen Wolf. »Weil Sie einen guten Kopf haben und Humor, weil Sie ein gut aussehender

Typ und kein bornierter Psychologe sind. Vier sehr gute Gründe. So, gehen Sie also mit mir essen, oder was? Es geht in Ordnung, wenn Sie Nein sagen, ich kann das wegstecken. Ich bin ein großes Mädchen. Und ich mach auch trotzdem noch Ihre Analyse und bin nicht beleidigt.«

Steve schüttelte den Kopf, völlig verwirrt, dass sich das Treffen so ganz anders entwickelte, als er erwartet hatte. »Also gut, machen wir's«, sagte er plötzlich und merkte erst beim Sprechen, wie aufregend die Idee war.

»Gute Entscheidung, Steve. Ich rufe Sie morgen an, wenn ich ein Ergebnis für Sie habe, okay?« Sie nahm schon eifrig den Hefter in die Hand.

Steve begriff, dass er verabschiedet wurde, und stand auf. »Äh ... Mit dem Essen? Wo sollen wir Plätze bestellen? Was essen Sie gern?«

Sie zuckte mit den Schultern. »Suchen Sie was aus. Ich esse kein Fleisch, aber ich mag Fisch. Und ich habe bisher noch keine Küche versucht, die mir nicht geschmeckt hätte.«

»Warum bin ich jetzt nicht überrascht? Danke, Terry.« Er ging den Korridor entlang zur Treppe, die ihn zu Fionas Büro führte, und grinste breit von einem Ohr zum anderen. Er konnte kaum glauben, was gerade passiert war. Er hatte sich von der Ausstrahlung einer völlig fremden Person mitreißen lassen. Er hatte eins seiner strengsten Prinzipien über Bord geworfen und fühlte sich leichter als seit Monaten. Vielleicht würde sein Schicksal sich endlich wenden.

Kapitel 33

Steves Lächeln überstand das Zusammentreffen mit Fiona nicht. Als er in ihr Büro trat, starrte sie geistesabwesend auf den Bildschirm und hielt die Hände hinter dem Kopf verschränkt. »Ist das nicht ein schöner Tag heute?«, sagte er munter und setzte sich auf ihre Couch.

Fiona sah ihn an, als sei er verrückt geworden. »Tatsächlich?«

»Ich glaube, ja«, sagte er gut gelaunt. »Ich hatte gerade eine sehr interessante Begegnung mit Terry Fowler.«

»Aha, gut«, sagte Fiona. »Sie ist sehr effizient, ich bin sicher, sie wird sehr gute Arbeit für dich leisten.« Ihre Stimme wurde schwächer und verstummte, und sie sah stirnrunzelnd auf einen Punkt über seinem Kopf.

»Erde an Fiona, kommen, bitte kommen … Ist jemand da?«

»Tut mir Leid, Steve, ich habe letzte Nacht nicht viel geschlafen. Ich bin ein bisschen … abgelenkt.«

»Du wolltest wegen irgendeiner Sache mit mir sprechen?«, erinnerte er sie.

Fiona schaute düster vor sich hin und strich sich mit Daumen und Zeigefinger über die Nasenwurzel. »Ich weiß. Es schien alles ganz vernünftig zu sein, als ich dir die Nachricht hinterließ. Aber jetzt … Ich weiß nicht, vielleicht ist das eine Überreaktion.«

Steve war die Erfahrung, Fiona so zerstreut zu sehen, zu fremd, als dass er sie hätte leicht nehmen können. »Also, lass mal hören«, sagte er. »Dann können wir zusammen entscheiden.«

Sie nickte. »Das scheint mir sinnvoll. Ich bin mitten in der Nacht aufgewacht. Wie das eben manchmal so ist bei mir, weißt du. Kein ersichtlicher Grund, aber ich konnte nicht wieder einschlafen. Also ging ich nach oben, um eine Weile im Internet zu surfen, und landete schließlich bei einer Chatgruppe, die Jane Elias' Ermordung diskutierte. Und die übereinstimmende Ansicht schien zu sein, dass die Garda den falschen Mann verhaftet hat.«

Fiona holte tief Luft. »Gut, ich weiß, du hältst nicht viel von Leuten, die sich mitten in der Nacht im Cyberspace in den Newsgroups herumtreiben, aber einige der beteiligten Leute kennen den Mann tatsächlich und sagen, er sei nicht der Typ, der einen komplizierten Plan ausführen könnte. Wenn also die Polizei den falschen Mann hätte und Janes Ermordung nichts mit der Beziehung zu ihrem Lover von der Garda Siochana zu tun hätte, dann zwingt einen die Logik zu dem Schluss, dass dieselbe Person Jane Elias und Drew Shand ermordet haben könnte.«

»Das ist überzogen, Fiona, und das weißt du auch. In verschiedenen Ländern? Ganz unterschiedliche Motive und keine gemeinsamen Markierungskriterien, soweit wir wissen?«

»Es gibt eine Art Markierungskriterium, Steve. Drew und Jane waren beide Autoren, die Preise gewonnen, die über Serienkiller geschrieben haben und deren Bücher mit Erfolg als Vorlage für Fernseh- oder Kinofilme dienten. Und sie wurden auf eine Art und Weise umgebracht, die Morde aus genau den verfilmten Büchern widerspiegelt.« Jetzt war Fiona konzentriert, ihre vorherige Zerstreuung verflogen.

»Ein übliches Markierungszeichen ist das nicht«, war der einzige Einwand, der Steve einfiel.

»Ich weiß. Aber ich habe an einem anderen Fall mit einem unkonventionellen Markierungszeichen gearbeitet – der in Spanien, und ich nehme an, deshalb bin ich wahrscheinlich jetzt auch zugänglicher für die Idee als sonst. Also, lass mir meinen Willen. Sagen wir doch mal, rein theoretisch, es gäbe die Möglichkeit, dass die zwei Taten vom selben Täter begangen wurden.«

Steve nickte. »Okay. Aus rein theoretischem Interesse, sehen wir mal, wohin uns das führt.«

»Es führt uns dahin, dass Georgia Lester vermisst wird. Und sie hatte mindestens eine Morddrohung bekommen, was sie nach der Entdeckung, dass Kit auch eine erhalten hatte, ziemlich beunruhigte. Kit, der sie sehr gut kennt, scheint zu denken, dass die Zeitungen Recht haben und dass sie untergetaucht ist, um damit eine Art bizarren Publicity-Trick hinzulegen. Du sagtest gestern Abend, es sei möglich, dass sie entführt worden ist. Beide Möglichkeiten könnten eingetreten sein. Die Polizei könnte sogar mit einem Entführer verhandeln in dem Moment, in dem wir hier sprechen, ich weiß es schließlich nicht. Das könntest du relativ leicht herausfinden, wenn du wolltest, stelle ich mir vor. Aber es gibt eine andere Möglichkeit.«
»Ich habe das ungute Gefühl, dass ich weiß, in welche Richtung dich dies führt«, sagte Steve.
»Ich glaube, Georgia könnte das dritte Opfer eines Serientäters sein. Wenn das zutrifft und die Markierung passt, dann würde fatalerweise daraus folgen, dass sie wie ein Opfer eines Serienkillers aus einem ihrer Romane ermordet worden ist. Gibst du mir da Recht?«
Steve beschloss, Fiona vorerst zuzustimmen. »Theoretisch, ja.«
»Nachdem ich gestern Nacht im Internet war, habe ich mir Georgias Bücher angeschaut. Sie hat nur einen Roman mit einem Serientäter im eigentlichen Sinn veröffentlicht – *And Ever More Shall Be So*. Und er wurde verfilmt. Sie ist Preisträgerin – der Crime Writer's Association Gold Dagger für den besten Krimi des Jahres wurde ihr zweimal verliehen. Sie erfüllt alle Kriterien, Steve. Also habe ich gestern Nacht ihr Buch überflogen.« Fiona hielt inne und strich sich die Haare aus dem Gesicht. Man sah die dunklen Ringe unter ihren Augen.
Dann fuhr sie in dem ruhigen, objektiven Tonfall fort, in dem bei einem Vortrag Informationen mitgeteilt werden. »Der Mörder in *And Ever More Shall Be So* entführt seine Opfer. Er wendet den Trick an, dass er auf einer kleinen Landstraße eine Panne vortäuscht, aber am helllichten Tag, damit er nicht verdächtig erscheint. Dann bringt er seine Opfer in sein Versteck, wo er sie

erdrosselt. Schließlich zieht er ihnen die Haut ab, zerstückelt sie und verpackt sie wie Bratenfleisch.«

Steve schaute Fiona einen langen Moment an. Es war eine gruselige Vorstellung, aber wenn er ihre grundsätzliche Voraussetzung akzeptierte, war die Schlussfolgerung unumgänglich. »Und du meinst, dass das mit Georgia Lester geschehen ist?«

Fiona sah ihm unverwandt in die Augen. »Ich habe schreckliche Angst, dass Georgia das zugestoßen ist. Sag mir, dass ich übertriebene Verfolgungsangst habe in dieser Sache, Steve.«

»Du bist die Psychologin, Fi. Du weißt, dass Paranoia nur vorliegt, wenn es keinen Grund für die Angst gibt. Was du mir sagst, ist vielleicht ziemlich weit hergeholt, aber es ist nicht ganz grundlos.«

Steve beugte sich vor, die Ellbogen auf den Knien, die Hände gefaltet. Wie skeptisch er auch zu klingen versuchte, er war teilweise von Fionas These überzeugt. »Was macht er im Buch mit den sterblichen Überresten?«

»Der Täter ist Fleischgroßhändler und Metzger in der Stadt, wo die Opfer leben. Er hat eine große Kühltruhe, die angeblich veraltet ist. Sie ist immer mit einem Vorhängeschloss gesichert. Dorthin bringt er die Päckchen mit dem Menschenfleisch. Wenn ich also Recht habe, wäre der logische Platz, an dem man jetzt nach Georgia Lester suchen sollte, Smithfield Market. Sie leben in der City, weißt du, sie und Anthony.«

Steve schloss die Augen. Er fragte sich, wie er die Kripo-Beamten, die Georgia Lester suchten, davon überzeugen sollte, dass sie einen Durchsuchungsbefehl für Smithfield Market brauchten. »Noch eine Frage«, sagte er schließlich. »Meinst du, dass es einen Zusammenhang zwischen den Morddrohungen gibt?«

Fiona zuckte mit den Schultern. »Ich weiß nicht. Meine erste Reaktion war, dass der Verfasser der Briefe wahrscheinlich kein Mörder ist. In keinem der Briefe, die ich gesehen habe, wird mit den Morden angegeben, und das würde ich erwarten, wenn der Verfasser der Killer wäre. Und ganz allgemein haben Menschen, die anonyme Drohbriefe schreiben, eine andere psychische Konstitution als diejenigen, die tatsächlich töten. Aber je weiter diese Sache sich entwickelt, desto weniger traue ich meinem eigenen Urteil. Wenn irgendwo da draußen jemand ist, der Schriftsteller umbringt, und zur gleichen Zeit einer, der denselben Leuten Morddrohungen schickt, dann ist es schwer zu glauben, dass das reiner Zufall ist.«

»Wir wissen aber nicht, ob Jane Elias oder Drew Shand ähnliche Briefe bekamen wie Kit und die anderen, nicht wahr? Und die Garda hat mir mitgeteilt, dass sie nichts bei ihren Papieren gefunden haben.« Obwohl Steve bereit war zu akzeptieren, dass Fiona überzeugende Argumente für ihre Serientäter-These zusammengestellt hatte, zögerte er doch auf einer persönlichen Ebene daran zu glauben, dass die Briefe eine direkte Drohung enthielten. Wenn es so war, hieß es, dass sein bester Freund als Nächster zur Zielscheibe werden könnte. Und das war eine Möglichkeit, bei der es ihm eiskalt bis in die Knochen wurde.

Fiona starrte ihn stumm an. Seine Worte zogen an ihr vorüber und änderten gar nichts an der Angst, die angefangen hatte, wie ein Wurm an ihr zu nagen. »Ich weiß nur, wenn es da draußen einen Serientäter gibt, dass Kit dann fast mit Sicherheit auf seiner Liste steht, ganz gleich, ob Briefeschreiber und Mörder nun identisch sind oder nicht. Auch er erfüllt alle Kriterien, genau wie Georgia. Du musst in der Sache etwas unternehmen, Steve.«

Kapitel 34

Fiona war außergewöhnlich still, als sie von ihrem Büro durch die geschäftigen Straßen in Holborn zu der ruhigen Café-Bar gingen, wo Steve das Treffen vereinbart hatte. Ihre Stimmung schien zu dem grauen Himmel und den hohen viktorianischen Gebäuden zu passen, zwischen denen sie auf die Farringdon Road zugingen. Er versuchte, sie abzulenken, und sagte: »Kommt das öfter vor, dass deine Doktorandin fremde Männer anmacht?«

»Du meinst Terry?«

»Sie hat mich eingeladen, mit ihr essen zu gehen.«

»Ich sehe, ihre Impulskontrolle hat sich nicht gebessert.« Fiona klang belustigt.

»Sie macht so etwas also häufig?«, fragte Steve, ganz unerklärlich enttäuscht bei dem Gedanken.

»Sich Männern anbieten? Ich glaube nicht, nein. Aber sie hat eine unbezwingbare Neigung, ihren Bedürfnissen, Gefühlen und Einfällen nachzugeben, ohne einen Moment zu überlegen.«

»Aha«, sagte er.

»Sie ist genau das, was du brauchst, Steve. Jemand, der dich aus deinen eingefahrenen Gleisen herausholt«, sagte sie, hängte sich bei ihm ein und drückte seinen Arm.

»Siehst du mich als einen Mann, der in eingefahrenen Gleisen feststeckt?«

»Du musst zugeben, du bist ein Mensch der Gewohnheit und der Vorsicht. Eine kurze Begegnung mit einem mitreißenden Wirbelwind wie Terry könnte genau das sein, was du brauchst.«

»Du meinst also, das ist alles, was sie zu bieten hat? Eine kurze Begegnung?«, fragte Steve und versuchte, seinen Tonfall genau so leicht und unernst zu halten wie Fionas.
»Ich habe keine Ahnung. Sorry, ich wollte damit nicht sagen, dass sie dich nur als Spielzeug sieht. Sie hat nicht den Ruf herumzuschlafen. Ich arbeite jetzt seit fast zwei Jahren mit Terry zusammen und habe sie immer nur dabei beobachten können, wie sie den Männern Bescheid gegeben hat. Und zwar sehr bestimmt und auf Distanz bestehend. Nicht«, sagte sie hastig, »dass daran irgendetwas auszusetzen wäre. Ich habe zu viele Studentinnen erlebt, die sich ablenken und zerstreuen lassen, weil sie die attraktivste Frau in der Seminargruppe sind und der Verlockung, begehrt zu werden, nicht widerstehen können.«
»Aber Terry ist keine von denen, willst du damit sagen?«
Sie traten zur Seite, um eine Frau mit einem Kinderwagen vorbeizulassen. »Auf keinen Fall. Sie ist sich ihres Charmes wohl bewusst, aber sie nützt ihn nicht aus, das muss man ihr lassen. Als sie mit ihrer Doktorarbeit anfing, lebte sie mit jemandem zusammen, aber sie haben sich getrennt … Das muss etwa anderthalb Jahre her sein. Seit damals weiß ich von niemandem, der für sie wichtig wäre. Sie muss dich also wirklich sehr sympathisch finden.« Sie drückte seinen Arm und lächelte zu ihm auf.
»Du weißt ziemlich viel über sie«, bemerkte Steve.
»Jetzt willst du mich aushorchen. Und das heißt, nehme ich an, dass du Ja gesagt hast.«
»Ja, hab ich.«
Fiona zog die Brauen hoch. »Das ist gut. Es ist Zeit, ein bisschen zu leben, Steve. Lass dich ruhig mal etwas gehen. Und ich glaube, Terry ist die goldrichtige Frau dafür. Sie ist klug und hat Talent. Und man hat Spaß mit ihr.«
Steve lächelte. »Das hab ich selbst schon rausgekriegt. Ich habe den Verdacht, ich werde einen klaren Kopf behalten müssen mit Ms. Fowler.«
»Und das ist nicht schlecht in einer Beziehung«, äußerte Fiona mit einem boshaften Lächeln.

»He, mach mal halblang. Wir gehen ja nur zum Essen aus, wir ziehen nicht zusammen.«
Fiona sagte nichts, fixierte ihn nur mit einem fragenden Blick, als sie seinen Arm losließ, um in die Café-Bar zu treten. Das Lokal war auf dem Höhepunkt jener Eröffnungswelle der Neunziger eingerichtet worden, mit dem Dekor der einschlägigen Lifestyle-Magazine, jede Wand in einer anderen Mischfarbe; hohe, mit exotischem Grün voll gestopfte Aluminiumvasen waren strategisch im Raum verteilt. Die Sitzgelegenheiten waren niedrige, runde Sessel, die sich eng an die Hüften schmiegten, und die kniehohen Tische waren in den Farbtönen von Kräutertees gebeizt. Die Hintergrundmusik war britischer Pop, gerade so laut gespielt, dass er das Zischen und Spucken der Kaffeemaschinen übertönte. Die Bar lag etwas zu weit von der Universität entfernt, um die Studenten anzuziehen. Jetzt, am Vormittag, war nur ein halbes dutzend Tische besetzt. Steve ging zu einem Ecktisch im hinteren Teil voraus, wo niemand sie hören konnte. Fiona bestellte sich einen Cappuccino, Steve einen Kaffee. Er nahm seine Zigarren heraus, zündete eine an und blies den Rauch als perfekte Ringe an die Decke.
Fiona lächelte. »Du machst das nur, wenn du nervös bist«, sagte sie.
»Wirklich?«
»Ich habe es schon öfter bemerkt. Wenn du dich kribbelig fühlst, machst du Rauchringe.«
»Ich bin also nur eine wandelnde Laborratte für dich«, sagte er freundschaftlich.
Bevor sie antworten konnte, trat eine große schwarze Frau im karamellbraunen Businesskostüm mit einem Aktenkoffer ins Café und schaute sich um. Als sie Steve sah, kam sie zielbewusst auf die beiden zu. Während sie sich näherte, nahm Fiona die Details wahr: niedrige Pumps, kräftige Fesseln, das Haar kurz geschnitten, hohe Wangenknochen, eine Hakennase und dunkle Augen hinter modischen, oval geformten Brillengläsern. Ihr Alter war schwer einzuschätzen, aber da Fiona wusste, dass sie Detective Chief Inspector war, musste sie mindestens Mitte dreißig sein. Als sie an den Tisch

herankam, nickte die Frau Steve zu und streckte Fiona die Hand hin. »Frau Doktor Cameron? Es freut mich, Sie kennen zu lernen. Ich bin Sarah Duvall von der City of London Police.«
Sie gaben sich die Hand, und Duvall setzte sich Fiona gegenüber. »Gut, Sie wieder mal zu sehen, Steve«, fügte sie mit einem kurzen Nicken hinzu.
»Ich danke Ihnen, dass Sie gekommen sind, Sarah. Ich weiß, Sie stecken im Augenblick bis zu den Ohren in Arbeit«, sagte er.
»Das ist doch bei uns allen so«, antwortete Duvall. Die Bedienung kam mit dem Kaffee, und Duvall bestellte einen großen Espresso. Fiona war nicht überrascht. Etwas musste dieser flinken, vernünftigen Frau die Energie gegeben haben, die Rangstufen der City Police hinaufzusteigen, und bestimmt waren es nicht Unterstützung und Belobigungen gewesen. »Also, Steve hat mir erzählt, Sie wollten mit mir über die Ermittlungen zu Georgia Lester sprechen«, sagte Duvall und musterte Fiona mit einem scharfen Blick.
»Um ehrlich zu sein, je mehr ich es mir überlege, desto mehr glaube ich, ich verschwende wahrscheinlich die Zeit aller Beteiligten«, kniff Fiona. Sie war sich klar darüber, dass ihr gewohntes Selbstbewusstsein etwas gestört war, und fragte sich, ob sie sich tatsächlich von der anderen Frau leicht eingeschüchtert fühlte.
»Ich werde das dann schon beurteilen«, sagte Duvall. »Wenn Sie mir also alles erklären würden?«
Fiona begann ganz am Anfang mit Drew Shands Ermordung und legte dann die Hypothese dar, die sie schon Steve erklärt hatte. Duvall hörte schweigend und mit unbewegtem Gesicht zu, auch ihr Körper war so reglos wie stehendes Wasser. Als Fiona am Ende ihrer Theorie ankam, nickte Duvall nur. »Ich verstehe«, sagte sie, nahm ihre Tasse und nippte am Kaffee. »Ich glaube keineswegs, dass das eine Zeitverschwendung war«, sagte sie endlich. Sie schaute Steve kurz an. »Kann ich hier offen sprechen?«
»Fiona weiß, wie wichtig Vertraulichkeit ist«, bestätigte er.
Duvall nahm ihren Kaffeelöffel und rührte nachdenklich in ihrem Espresso. »Die Hauptuntersuchung zum Verschwinden von Georgia Lester wird von der Polizei in Dorset durchgeführt, da sie

sich dort zuletzt aufhielt und man schließlich ihren Wagen dort gefunden hat. Ich bin mit dem Fall befasst, weil ihre Londoner Wohnung in unserem Bezirk liegt. Gewisse Nachforschungen mussten in London angestellt werden, und es wurde beschlossen, diese auf einer höheren Ebene durchzuführen, als bei einer Vermisstenmeldung sonst üblich wäre. Aus Gründen, die Sie sicherlich verstehen werden.« Fiona nickte und war von Duvalls prägnanter und logischer Ausdruckweise beeindruckt.

»Wie Sie ganz richtig geäußert haben, hat es Überlegungen gegeben, Ms. Lester könnte ihr eigenes Verschwinden als wirksame Publicity-Maßnahme selbst in Szene gesetzt haben. Und bis zu einem gewissen Grad haben wir diese Annahme in Betracht gezogen. Ich glaube aber nicht, dass dies der Fall ist. Abgesehen von allem anderen hatte sie schon einen Bodyguard verpflichtet, der sie auf ihrer Lesereise begleiten sollte. Das hätte sie nicht getan, wenn sie vorgehabt hätte, aus Gründen der Publicity zu verschwinden. Auch ist der Kummer ihres Gatten offensichtlich echt, und mir ist von allen, die ich befragt habe, versichert worden, dass sie ihm diese Angst bestimmt nicht absichtlich zumuten würde. Wir haben Mr. Fitzgeralds Telefongespräche abgehört und seine Post überprüft – mit seiner Zustimmung –, und es hat keine Lösegeldforderungen gegeben. Wenn sie entführt worden wäre, gäbe es aber so etwas inzwischen. Ich glaube, wir können da ziemlich sicher sein.

Wie Sie sagen, bleibt uns so nur die unangenehme Möglichkeit, dass Ms. Lester tot ist, und zwar nicht durch Selbstmord. Nichts weist auf einen tödlichen Unfall hin. Deshalb verfuhr ich also wie bei den ersten Schritten einer Morduntersuchung. Ich finde das, was Sie zu sagen haben, zugleich beunruhigend und merkwürdig befriedigend, weil es sich ganz mit meinen instinktiven Befürchtungen zu diesem Fall deckt. Ich wünschte jedoch, dass man mir von den Briefen mit den Morddrohungen früher berichtet hätte.«

Fiona schien zerknirscht. »Das ist zum Teil leider meine Schuld. Georgia wollte mit ihnen zur Polizei gehen, aber mein Lebensgefährte Kit war dagegen. Er dachte, es seien Briefe von Spinnern, und er wollte nach dem Tod von Drew Shand nicht, dass es so aussähe, als sei er auf Publicity aus. Ich hätte darauf bestehen sollen. Es tut mir Leid.«

Duvall nickte. Nichts in ihrem Gesicht deutete Verständnis oder den Versuch an, Fiona zu beruhigen. Man sah ihr an, dass sie der Meinung war, Fiona hätte es besser wissen müssen, und Fiona war das nicht gerade angenehm. Aber Duvall sagte lediglich: »Ich möchte sie so bald wie möglich sehen.«

»Ich lasse sie Ihnen heute noch zukommen«, versprach Fiona. »Sie sind in meinem Büro. Es tut mir Leid, ich hatte keinen klaren Kopf. Ich hätte sie mitbringen sollen.«

Duvall presste in schweigender Zustimmung die Lippen aufeinander.

»Wie verfahren wir also weiter?«, fragte Steve, der von der gereizten Stimmung zwischen den Frauen zu einem produktiveren Ansatz überleiten wollte. »Ich glaube kaum, dass Sie aufgrund von Fionas Aussage einen Durchsuchungsbefehl für Smithfield Market bekommen.«

Duvall nahm wieder einen Schluck Kaffee, eine Taktik, die ihr dazu diente, Zeit zum Überlegen zu gewinnen, dachte Fiona. »Ich kann es versuchen«, sagte sie schließlich.« Wieder ein Schluck Kaffee. »Wir haben ein oder zwei sehr verständnisvolle Richter hier in der City. Und wir haben auch gute Beziehungen zu der Marktverwaltung. Außerdem sind ein paar von unseren Beamten in einer Abteilung im Gebiet von Smithfield selbst stationiert. Es könnte mir vielleicht weiterhelfen, Frau Dr. Cameron, wenn Sie mir kurz erklären, welche Art von Täter Sie für diese Verbrechen im Verdacht haben und ob Sie glauben, dass er wieder zuschlägt.« Sie lächelte kurz und angespannt. »Verhütung ist immer ein guter Grund, den man bei Behörden vorbringen kann.«

»Ich bin Akademikerin, nicht auf praktische Erfahrung in der Verhaltensforschung spezialisiert«, sagte Fiona. »Ich arbeite an der Universität und erstelle keine Täterprofile nach Kriterien, ob beispielsweise beim Killer Faktoren wie kindliches Bettnässen oder Misshandlungen durch einen alkoholkranken Vater vorlagen. Ich überlasse das den Klinikern, denen hierbei eine breit gefächerte Erfahrung zur Verfügung steht.«

Duvall nickte. »Ich weiß. Ich persönlich finde intellektuelle Strenge bei Ermittlungen von Kriminalfällen eher gut«, sagte sie trocken. »Aber können Sie mir nicht irgendetwas sagen zu dem, was Sie von dieser Art von Mörder wissen?«

»Diese Morde werden aus Wut begangen. Die meisten Serienmorde sind sexuell motiviert, aber gelegentlich gibt es andere Beweggründe. Zum Beispiel der missionarische Täter, der sein Ziel darin sieht, die Welt von einer bestimmten Menschengruppe zu befreien, die aus seiner Sicht nicht zu leben verdient. Ich habe in letzter Zeit mit der spanischen Polizei an einem solchen Fall gearbeitet. Bei diesem Beispiel würde ich die Motivation als Verlusterfahrung bezeichnen.«

»Verlust?«, unterbrach Duvall.

»Die meisten Erwachsenen entwickeln das Bewusstsein ihrer selbst als ein komplexes System miteinander verflochtener Faktoren«, erklärte Fiona. »Wenn wir einen Elternteil verlieren, wenn unser Partner uns verlässt, wenn die Karriere, an der wir so schwer gearbeitet haben, in sich zusammenfällt, fühlen wir den schmerzlichen Verlust, regen uns auf und sind wütend, aber das Bewusstsein dessen, wer wir sind, geht uns dadurch nicht verloren. Es gibt jedoch Menschen, die diese Art von Integration nie erreichen. Die Sicht ihrer selbst ist ganz von *einem* Aspekt ihres Lebens durchdrungen. Wenn sie dieses Element verlieren, stehen sie ganz ohne jegliche normale Kontroll- und Ausgleichsmechanismen da. Manche begehen Selbstmord. Ein kleinerer Teil lässt seine Wut und seinen Schmerz heraus und versucht, sich an denen zu rächen, die sie als irgendwie verantwortlich ansehen.«

»Ich verstehe«, sagte Duvall. »Und Sie glauben, dass dies hier zutreffen könnte?«

Fiona zuckte mit den Schultern. »Meine Erfahrung lässt mich zu dieser Meinung kommen.«

Steve beugte sich vor. »Und welcher Menschentyp würde Verfasser von Thrillern über Serienkiller als seinen Untergang ansehen?«

»Oder ihren Untergang«, warf Duvall ein. »Wir sind gleichberechtigte Cops in der City, Steve. Anders als die Met.« Bei der spitzen Bemerkung wurde wieder das dünne, angespannte Lächeln sichtbar.

Steve schüttelte den Kopf. »Wenn es eine Serie ist, dann ist es ein Mann. Drew Shand war ein schwuler Mann. Er wurde zuletzt gesehen, wie er eine Schwulenkneipe mit einem anderen Mann verließ, der sich nicht als Zeuge gemeldet hat. So nehmen wir an, dass er der Mörder war.«

Duvall nickte zustimmend. »Das gebe ich zu. Für jetzt, jedenfalls.« Sie wandte sich wieder an Fiona. »Tun Sie uns den Gefallen: Was für eine Art Mensch würde diese Schriftsteller umbringen wollen?«

Fiona ließ sich weder einschüchtern noch das Gefühl zu, sie werde mit Herablassung behandelt. Sie hatte ein Argument vorzubringen, und Sarah Duvall würde sie nicht daran hindern. »Die Schriftstellerei ist ein Bereich, in dem die Wellen starker Gefühle und Leidenschaften hochschlagen. Ich weiß es, ich lebe mit einem Schriftsteller zusammen. Ich nehme an, es könnte ein gestörter Fan sein, der Schriftsteller verfolgt und sich damit einen Namen machen will – eine Art Mörder wie Mark Chapman. Aber sie hören meistens nach einem Mord auf. Das reicht ihnen, um zu demonstrieren, was sie zu sagen haben. Und sie sind gewöhnlich nicht raffiniert genug für eine komplexe Vorgehensweise.

Es könnte auch jemand sein, der selbst gern Schriftsteller wäre und vom Neid über den Erfolg anderer erfüllt ist. In seiner selbst geschaffenen Welt mag er glauben, sie hätten seine Plots geklaut, seine Ideen gestohlen, entweder mit konventionellen Mitteln oder indem sie in seinen Kopf eingedrungen sind, während er schlief. Der Verfasser der Briefe mit den Morddrohungen passt meiner Meinung nach auf der Grundlage ihres Inhalts in diese Kategorie.

Oder es könnte ein Schriftsteller sein, dessen Karriere endgültig ein Ende gefunden hat. Vielleicht sieht er die betroffenen Autoren so, als hätten sie den Erfolg eingeheimst, der eigentlich ihm zu-

stünde.« Fiona breitete die Hände aus. »Tut mir Leid, Genaueres kann ich nicht sagen.« Sie bemerkte, dass Duvall skeptisch dreinblickte.
»Ich hätte nie gedacht, dass jemand sich von Schriftstellern so bedroht fühlen könnte, dass er sie töten will«, sagte Steve.
»Wer immer diese Dinge tut, wird von dem Gedanken besessen, dass diese besondere Gruppe von Autoren ihm ein tiefes und vernichtendes Unrecht angetan hat«, sagte Fiona.
Duvall runzelte die Stirn. »Es ist ja wohl nicht so, als könnte das Schreiben von Büchern das Leben eines Menschen ändern.«
»Sie glauben also nicht, dass die Feder mächtiger ist als das Schwert?«, fragte Fiona.
»Nein, das glaube ich nicht«, hielt Duvall an ihrer Meinung fest. »Bücher sind eben ... nur Bücher.«
»›Stock und Stein bricht Knochen und Bein, aber Worte tun mir nichts an.‹ Glauben Sie das?«
Duvall überlegte. »Ich glaube, ich habe niemals etwas gelesen, das mein Leben verändert hätte. Zum Guten oder zum Bösen.«
»Dichtung kann nichts bewirken«, sagte Fiona.
»Bitte?«
»W. H. Auden schrieb das einmal. Glauben Sie, das gilt genauso für Filme und Fernsehen?«, fragte Fiona Duvall. Jetzt ging es um etwas zwischen den beiden Frauen, die sich durchdringend ansahen, und Steve saß nur als unbeteiligter Zuhörer dabei.
Duvall lehnte sich auf dem Stuhl zurück und dachte nach. »Von Ihren Kollegen hört man immer wieder, dass Kinder die Gewalt kopieren, die sie im Fernsehen miterleben.«
»Es gibt ganz sicher aus vielen Berichten Hinweise darauf. Aber ob es nun unser Verhalten direkt beeinflusst oder nicht, ich glaube jedenfalls, dass das, was wir lesen und sehen, unsere Sicht der Welt verändert. Und ich kann nicht umhin, mich zu fragen, ob dieser Mörder jemand ist, der die Art und Weise nicht mag, wie diese Autoren und die Filme und Fernsehstücke nach ihren Büchern die Welt darstellen«, konterte Fiona.
»Hört sich ein bisschen weit hergeholt an, finde ich.«

Fiona zuckte mit den Schultern. »Aber so merkwürdig es auch sein mag, falls Georgia tot ist und die Morde in Zusammenhang stehen, haben die Motive logischerweise mit dem zu tun, was die Opfer geschrieben haben.«

Duvall nickte. »Das Opfer als pädagogisches Hilfsmittel.«

»Lies das Opfer, lerne etwas daraus über den Mörder«, sagte Steve. »Regel eins der merkwürdigen Mordtaten.«

»Und er wird wieder töten«, stellte Duvall knapp fest.

Dieses Thema hätte Fiona gern vermieden: die Frage, die sie verfolgte, seit sie die Schlüsselpassagen in *And Ever More Shall Be So* gefunden hatte. »Ja. Wenn er nicht daran gehindert wird, mordet er wieder. Und Sie müssen Folgendes tun: Sie müssen eine Liste der potenziellen Opfer zusammenstellen und dafür sorgen, dass sie geschützt werden.«

Duvalls Gelassenheit war für einen Moment dahin, und sie sah Beistand fordernd zu Steve hinüber. Sein Gesicht blieb reglos. »Ich kann mir nicht vorstellen, wie das zu bewerkstelligen wäre«, wich Duvall aus. Es ging ihr offensichtlich gegen den Strich, dass eine Person, die sie als Außenseiterin betrachtete, ihr sagte, wie sie ihre Arbeit zu tun hätte.

»Na, das ist doch ziemlich einfach«, sagte Fiona klipp und klar. Jetzt wo es um Kits Schicksal ging, hatte ihr normales Selbstbewusstsein wieder die Führung übernommen. »Sie suchen Krimiautoren, die Preise gewonnen haben, in deren Romanen Serienkiller vorkommen und deren Bücher von Film und Fernsehen bearbeitet worden sind. Nehmen Sie Kontakt mit der Crime Writer's Association auf. Man wird Sie dort mit dem ein oder anderen Krimi-Freak in Verbindung bringen können, der alles genau belegen kann.«

»Aber es muss ja Dutzende geben«, widersprach Duvall. »Wir könnten doch unmöglich allen Schutz bieten.«

»Zumindest sollten Sie sie warnen.« Fionas Stimme war so unversöhnlich wie ihr Gesichtsausdruck, der eindringliche Blick ihrer dunkelbraunen Augen leuchtete in der düsteren Atmosphäre des Cafés.

Duvalls Gesichtszüge waren jetzt verschlossen. »Das ist unmöglich. Ich glaube, Sie haben das nicht richtig durchdacht, Frau Dr. Cameron. Das Letzte, was wir wollen, ist, eine Panik in Gang zu setzen. Der Medienzirkus läuft sowieso schon intensiv genug, und wir wissen noch nicht einmal, ob Georgia tot ist oder noch lebt. Es wäre vollkommen unverantwortlich, die Sache in diesem Stadium publik zu machen.«

Fiona starrte Duvall an. »Manche dieser Leute sind meine Freunde. Ich *lebe* mit einem von ihnen. Wenn Sie sie nicht warnen, werde ich es ganz sicher tun.«

Duvalls dünne Nasenflügel blähten sich. Sie wandte sich an Steve: »Ich dachte, Sie hätten gesagt, sie versteht, dass die Angelegenheit vertraulich ist?«

Steve legte eine Hand auf Fionas Arm. Sie schüttelte ihn ungeduldig ab. »DCI Duvall hat Recht«, sagte Steve ruhig. »Mit Sicherheit wissen wir noch nichts und könnten unsere Möglichkeiten, dem Mörder das Handwerk zu legen, ernsthaft einschränken, wenn wir voreilig in Panik verfallen. Das weißt du doch, Fi. Wenn dies nichts mit Kit zu tun hätte, wärst du die Erste, die sagen würde, wir sollten es vermeiden, dem Mörder durch Publicity Auftrieb zu geben.«

»Ja, Steve, das würde ich wahrscheinlich«, sagte Fiona wütend. »Aber es *hat* nun mal mit Kit zu tun, und ich schulde ihm mehr als der Polizei der City of London.«

Eine gefährliche Stille trat ein. Dann sagte Duvall: »Aber natürlich, warnen Sie Ihren Freund auf alle Fälle, dass er auf der Hut sein soll. Ich muss aber trotzdem darauf bestehen, dass Sie beide das Ergebnis unseres Gesprächs für sich behalten.«

Fiona schnaubte verächtlich. »Wir sprechen hier doch nicht über Idioten. Es sind intelligente Männer und Frauen, die mit der Macht ihrer Phantasie leben. Seit Drew Shand gestorben ist, haben die schottischen Krimiautoren einen Rundruf eingerichtet, damit sie einander jeden Tag kontrollieren und nachfragen können. Einer von ihnen hat mich schon darauf angesprochen, um sich beruhigen zu lassen. Viele von ihnen wissen über meine berufliche Tätigkeit Bescheid. Wenn Sie Georgia in Stücke geschnitten in Smithfield

Market finden, wird mein Telefon von morgens bis abends heiß laufen. Ich werde diesen Leuten nicht sagen, es gebe keinen Grund zur Beunruhigung.«
»Fi, du weißt doch, dass es ein großer Unterschied ist, ob man ihnen mitteilt, sie sollten vorsichtig sein, oder ob man ihnen sagt, ein Serienkiller läuft frei herum und könnte sie ins Visier nehmen. Und du weißt auch, dass das eine Gratwanderung ist, die du durchaus bewältigen kannst«, sagte Steve.
Fiona stand schnell auf. »Du hast vielleicht Lesley vergessen, Steve. Aber ich werde sie nie vergessen. Und ich werde die Sache so handhaben, wie ich es für richtig halte, nicht so, wie du es für am besten hältst.«
Steve sah ihr nach, wie sie mit fliegendem Haar aus dem Café fegte. »O Mist«, stöhnte er.
»Ich wüsste ganz gern, was das jetzt sollte«, sagte Duvall. »Sir«, fügte sie hinzu, mehr als eine gezielte Beleidigung, als weil es ihr noch nachträglich einfiel.
Steve drückte ungeduldig seine Zigarre aus. »Sie hat Recht, ich hatte nicht an Lesley gedacht«, sagte er halb zu sich selbst. Er richtete sich auf. »Lesley war Fionas Schwester. Sie wurde als Studentin von einem Serientäter vergewaltigt und ermordet. Es wurde nie ein Tatverdächtiger verhaftet. Deshalb wurde Fiona Kriminalpsychologin. Sie hat immer geglaubt, wenn die Universität ihre Studentinnen richtig gewarnt hätte, wäre Lesley sicher gewesen. Sie hat wahrscheinlich nicht Recht, aber die Betroffenen müssen jemanden finden, dem sie die Schuld geben können. Andernfalls geben sie sie dem Opfer, und das ist noch ungesünder.«
Duvall nickte, sie begann zu verstehen. »Kein Wunder, dass sie sich um ihren Freund sorgt.«
»Ich mache mir auch Sorgen um ihn, Sarah. Er ist mein bester Kumpel.« Steves Gesicht war ernst.
»Sie sollten ihr nachgehen und sie beruhigen. Ich will nicht, dass sie völlig unberechenbar in meine Ermittlung hineinfunkt, egal, wie nützlich sie gewesen ist.«
Steve, dem es etwa genauso gut gefiel wie Duvall, wenn ihm je-

mand sagte, was er zu tun hätte, warf ihr einen durchdringenden Blick zu.

Duvall hob beschwichtigend eine Hand. »Und wenn ich zurückkomme, gehe ich sofort zu meinem Chef und lasse mir eine komplette Mordkommission für den Fall geben. Ich werde mich heute Nachmittag um den Antrag für den Durchsuchungsbefehl kümmern. Sie können ihr das sagen, um sie zu beruhigen.«

»Das werde ich tun, Sarah. Ich bin froh, dass Sie die Sache ernst nehmen. Wenn Kit Martin etwas zustoßen würde, wäre nämlich Fiona nicht die Einzige, die Blut sehen will.«

Kapitel 35

Fiona wäre gern ins erstbeste Taxi gestiegen und direkt zu Kit nach Hause gefahren. Aber sie hatte immer dagegen gekämpft, persönliche Wünsche wichtiger zu nehmen als die Pflicht. So ging sie schnell durch die Straßen zu ihrem Büro zurück. Sie nahm niemanden und nichts um sich herum wahr, während ihr Kopf schwirrte und ihr Magen sich vor Angst zusammenkrampfte. Es gab keinen besonderen Grund, warum Kits Name der nächste auf der Liste sein sollte, aber genauso gut gab es auch keinen Grund, warum es nicht so sein sollte. Sie musste ihn dazu bewegen, dass er sie ernst nahm, aber ohne dass er die gleiche fürchterliche Angst bekam wie sie.

Sie trat in ihr Büro und hörte jemanden ihren Namen rufen, drehte sich um und sah Steve, der den Korridor entlang auf sie zulief. Feiner Schweiß bedeckte sein Gesicht. »Warte, Fi!«, rief er, als sie sich auf dem Absatz umdrehte und die Tür hinter sich zuwarf.

Sie hatte noch nicht einmal die Jacke ausgezogen, da stand er schon im Zimmer neben ihr. Sie hatte erst einen Ärmel abgestreift und den anderen noch an und konnte sich nicht wehren, als er sie in seine Arme zog und an sich drückte. »Ich weiß, du hast Angst«, sagte Steve.

»Verdammt noch mal, was heißt hier Angst«, knurrte Fiona. »Ich bin wütend. Menschen sind in Gefahr, und ihr schützt sie nicht.«

Sie machte sich los, zog ihre Jacke aus und warf sie auf die Couch. »Ihr würdet das nicht so geheim halten, wenn jemand Polizeibeamte ermorden würde, Steve. Warum verdienen Kit und seine Freunde nicht die gleiche Rücksicht?

»Äpfel und Birnen, Fi. Polizisten wissen, wie man Dinge unter Verschluss hält. Aber wenn wir eine allgemeine Warnung an Krimiautoren herausgeben, bricht die Hölle los. Wir können ihnen keinen Schutz bieten, wir haben nicht die Leute dazu. Manche würden zu den Medien rennen und sich beschweren, was für ein jämmerlicher Haufen die Polizei ist, und die Zeitungen würden dann die Massenhysterie hochpeitschen. Und als Nächstes kommen dann die Spinner dazu. Und die Stalker. Und die Trittbrettfahrer mit ihren falschen Anrufen. Und dann kommt schließlich die Selbstjustiz, nimmt das Recht in die Hand und beschützt ihre Helden. Und bevor man es sich versieht, kommt jemand zu Schaden, der überhaupt nichts mit dem ganzen Schlamassel zu tun hat.« Steve ging beim Reden auf und ab, seine Anspannung war offensichtlich.

»Die Sache stinkt, Steve, und du weißt das. Wenn Georgia ermordet worden ist – und glaub mir, ich bete, dass Sarah Duvalls Team nichts in Smithfield Market findet außer Tierleichen –, dann steht meiner Meinung nach fest, dass es einen Serienmörder gibt. Und ich werde meinen Partner und seine Freunde nicht als Blitzableiter herhalten lassen, während ihr noch lange herumtrödelt und der Mörder in Freiheit ist.« Fiona zog mit einem Ruck die Schublade ihres Schreibtischs auf und holte einen Plastikhefter heraus, den sie ihm zuwarf. »Hier sind die Briefe. Kits, Georgias und die anderen vier. Sieh zu, dass Sarah Duvall sie bekommt.«

Steves Gesicht wurde verkniffen. »Gut. Versprich mir nur eines. Versprich mir, dass du das, was du tun musst, auf verantwortliche Weise tust.«

Fiona sah aus, als werde sie gleich in Tränen der Wut ausbrechen. »Also Steve, du solltest mich doch wirklich gut genug kennen.« In ihrem Tonfall lag ein schneidender Vorwurf, schmerzhaft wie ein Peitschenhieb.

Steve zuckte zusammen, was sie auch beabsichtigt hatte. »Es tut mir Leid, Fi. Aber du musst auch meine Seite sehen. Wir können es uns nicht leisten, eine Hexenjagd der Medien auf uns zu ziehen. Sieh mal, ich hab ja auch Angst. Wenn Kit etwas passiert, könnte ich mir nie, nie verzeihen.«

»Also dann tu etwas, damit es nicht passiert.«

Steve warf den Hefter mit den Briefen frustriert auf einen Stuhl. »Begreifst du das nicht? Ich kann nicht. Es liegt nicht in meiner Verantwortung. Die City Police hat nichts mit uns zu tun, und ich kann mich nicht in ihren Fall einmischen.«

»Na also, dann gibt es wohl nichts mehr zu sagen, nicht wahr?« Fionas Stimme schien von weit her zu kommen.

Bevor Steve antworten konnte, klingelte das Telefon. Sie nahm automatisch ab und sagte: »Du wirst mich entschuldigen müssen. Ich habe zu tun.« Fiona drehte ihm absichtlich den Rücken zu. »Hallo, Fiona Cameron.«

Steve sah, wie ihre Schultern zusammensackten, als sie hörte, wer der Anrufer war. »Einen Augenblick, Major«, sagte sie, bedeckte die Sprechmuschel mit der Hand und sah über die Schulter. »Tschüs, Steve.« Sie wartete, bis er die Briefe genommen hatte und das Zimmer verließ, dann ging sie zu ihrem Stuhl hinter dem Schreibtisch. Einen Seufzer unterdrückend sprach sie ins Telefon. »Tut mir Leid, jemand ist gerade weggegangen.«

»Entschuldigung, ich rufe zu einer schlechten Zeit an«, sagte er bedauernd.

»Im Moment gibt es keine gute Zeit, glauben Sie mir. Was kann ich für Sie tun, Major?«

»Ich habe eine sehr gute Neuigkeit«, sagte er. »Wir haben Miguel Delgado verhaftet.«

Fiona zwang sich trotz der Kopfschmerzen, die sich hinter ihren Augen meldeten, erfreut zu klingen. »Ich gratuliere. Sie müssen sehr erleichtert sein.«

»*Sí*, und sehr froh, dass wir Erfolg hatten. Sie hatten Recht, er hatte eine zusätzliche Taktik vorbereitet. Er hatte einen Freund mit einem Winnebago, meine Frau nennt Wohnmobile so. Delgado glaubte, diesem Freund vertrauen zu können, weil der selbst ein Krimineller war. Aber sein Freund ist nur ein kleiner Dieb, ein

Einbrecher. Der Freund hatte Delgados Bild in der Zeitung gesehen und vermutet, dass Delgados Verbrechen keine Kleinigkeit sein konnte. Die einzigen Verbrechen, von denen er gehört hatte, waren die Morde. Mit solchen Taten wollte er nicht in Verbindung gebracht werden, so gab er der Polizei hier einen Wink, obwohl er Delgado den Wagen geliehen hatte. Wir haben ihn heute früh auf einem Zeltplatz ein paar Meilen außerhalb der Stadt gefunden.«

»Gut gemacht. Hat er gestanden?«

Sie hörte Berrocal seufzen. »Nein. Seit seiner Verhaftung hat er überhaupt nichts gesagt.«

»Gibt es irgendwelche Beweise, dass er mit den Verbrechen zu tun hat?«

»Das zweite Opfer, der Amerikaner. Ein Kellner hat sich gemeldet. Er erinnerte sich, dass er ein paar Tage vor dem Mord Delgado zusammen mit ihm gesehen hatte. Wir hoffen, die Spurensicherung kann zeigen, dass die Stofffasern zusammenpassen, aber wir werden das Resultat erst später bekommen. Wir untersuchen auch die Messer, die Delgado bei seiner Festnahme im Wohnmobil hatte. Auch diese Ergebnisse liegen noch nicht vor. Also haben wir kaum etwas, mit dem wir ihn unter Druck setzen können.«

Sie hoffte, er erwartete keine Hilfe von ihr. Sie hätte ihm am liebsten gesagt, er solle sie in Ruhe lassen, sie hätte Wichtigeres, über das sie sich Sorgen machte. Aber der Profi in ihr wusste, dass der Mord in Toledo und die Notwendigkeit, ihn zu einem Abschluss zu bringen, genau so wichtig waren wie das, was sich in ihrem eigenen Leben abspielte. Sie musste einfach daran glauben, alle Menschenleben seien gleich viel wert. Andernfalls hätte ihre Arbeit wenig Sinn. Sie zwang sich, ihre Frustration und schlechte Stimmung nicht an Salvador Berrocal auszulassen. »Ich bin sicher, Sie haben ein sehr erfahrenes Team, das den Fall bearbeitet«, sagte sie, während sie die Hand ausstreckte, um den Computer einzuschalten.

»Ich habe noch nie einen Serienmörder verhört. Aber ich habe einen Plan«, sagte er und klang begeistert. »Ich habe mir gedacht, ich werde ihn wütend machen. Ich werde jemand von meinem Team einsetzen, um ihn mit spöttischen Bemerkungen zu reizen.

Sie kennen das ja. Diese blöden Cops aus einem kleinen Provinzrevier, wie konnten sie nur so dumm sein, so ein jämmerliches Wesen zu verhaften? Es liegt doch auf der Hand, dass nur einer diese Taten begangen haben kann, der clever genug war, alles sehr sorgfältig zu planen, und charmant genug, um seine Opfer dazu zu bringen, dass sie freiwillig mit ihm gingen. Und ein hässlicher, übel riechender Krämer wie Delgado hat doch wohl kaum die Eigenschaften, die man als der Killer von Toledo braucht. Mein Mann wird so tun, als sei er angewidert davon, dass er seine Zeit mit einem so aussichtslosen Verhör verschwenden muss.«

»Ich glaube, das wird ihn sehr wütend machen«, sagte Fiona. »Und das wird sich fast mit Sicherheit zu Ihrem Vorteil auswirken. Sie haben sich offensichtlich die Sache sehr gut überlegt.« *Jetzt hau ab und lass mich in Frieden,* dachte sie. »Lassen Sie mich wissen, wie Sie weiterkommen.«

Er war immer noch dabei, ihr für das Täterprofil zu danken, als sie den Hörer auflegte. Sollte er sie doch für eine unhöfliche Zicke halten. Inzwischen war ihr das egal. Sie rief sofort ihr E-Mail-Programm auf und schrieb eine neue Nachricht. Kit ging nicht ans Telefon, wenn er am Schreiben war, aber sie wusste, dass er seine E-Mails etwa jede Stunde überprüfte.

Von: Fiona Cameron <fcameron@psych.ulon.ac.uk>
An: Kit Martin <KMWriter@trashnet.com>
Betrifft: Rat

Erinnerst du dich an die Worte auf dem Umschlag von *Per Anhalter durch die Galaxis*? Also: KEINE PANIK.

Ich wollte dich heute früh nicht erschrecken. Ich hatte eine Idee, aber ich musste sie erst mit Steve besprechen. Über Nacht habe ich entdeckt, dass die Leute vor Ort glauben, die Garda habe wegen des Mordes an Jane Elias den falschen Mann verhaftet. Angesichts von Drews Tod und Georgias Verschwinden musste ich einen Serientäter als Möglichkeit in Betracht ziehen. Also habe ich mir *And Ever More Shall*

Be So angesehen und war beunruhigt von bestimmten Parallelen, die ich dort fand. Ich hatte ein Treffen mit der Leiterin der Ermittlungen bei der City of London Police, und die gute Nachricht ist, dass sie mich ernst nehmen.
Die schlechte Nachricht ist natürlich, dass, wenn ich Recht habe, Georgia wahrscheinlich tot ist, wie wir befürchtet haben.
Die schlechteste Nachricht ist, dass es weitere Morde geben könnte. Und natürlich sagte die Polizei schon, sie wolle keine allgemeine Warnung ausgeben und keine ungerechtfertigte Panik auslösen, nicht zuletzt, weil sie nicht genug Leute haben, um den Menschen Schutz zu bieten …
Es gibt KEINEN GRUND anzunehmen, dass du besonders in Gefahr bist (und ja, ich glaube immer noch, die Morddrohungen haben wahrscheinlich nichts mit den Morden zu tun), aber du musst Vorsichtsmaßnahmen ergreifen. Mach keinem Fremden die Tür auf. Geh nirgendwo allein hin. Wirklich absolut nirgendwo hin. Pfeif auf Courage. Ich will, dass du in Sicherheit bist.
Ich bin bei der Arbeit, wenn du reden willst. Abteilungskonferenz 14–15 Uhr, Seminar 15.30–17, bis um 18 Uhr bin ich hoffentlich zu Hause.
Hab dich lieb.
Pass auf dich auf.
F.

Sie klickte auf »versenden«, und ihre Nachricht verschwand im Äther. Ihr logischer Verstand sagte ihr, dass sie Kit nicht retten konnte, wenn jemand sich fest vorgenommen hatte, ihn zu töten. Aber sie konnte das Prinzip eines Alarmsystems anwenden. Ein Einbrecher hatte ihr einmal gesagt, dass die Sicherungssysteme an Privathäusern keine Abschreckung für einen entschlossenen Gangster seien. Wenn er in ein bestimmtes Haus gehen wolle, konnte und würde er es tun. Die Systeme seien nur dazu von Nutzen, dass sie den zufällig vorbeikommenden Einbrecher abschreckten. »Man muss dafür sorgen, dass das Nebenhaus so aussieht, als wäre es leichter, dort reinzukommen«, erklärte er. Wenn der Preis für Kits Leben der war, einen anderen als eine leichtere Möglichkeit anzubieten, war Fiona willens, es so einzurichten. Mit den Folgen würde sie später leben müssen. Jetzt war nur wichtig, dass Kit am Leben blieb.

Sarah Duvall war sich trotz der Dinge, die sie zu Fiona gesagt hatte, darüber klar, dass sie den potenziellen Opfern etwas schuldete. Sie war immer eine Verfechterin präventiver Maßnahmen durch die Polizei gewesen, und diese bekamen eine besondere Dringlichkeit, wenn es um Mord ging statt um Einbruch oder Raubüberfälle auf der Straße. Höchste Priorität hatte für sie der Antrag auf einen Durchsuchungsbefehl in Smithfield Market. Als dies in die Wege geleitet war, überlegte sie, was sie sonst noch Sinnvolles unternehmen könnte.

Duvall hatte noch nie mit Fiona zusammengearbeitet und beurteilte deren Erkenntnisse daher viel skeptischer als Steve Preston, der die Psychologin für praktisch unfehlbar zu halten schien. Sie war deshalb gegenüber Fionas Behauptung vorsichtig, dass die Morddrohungen wahrscheinlich nicht vom Mörder stammten. Duvall glaubte nicht an Zufälle. In ihrem Denken war sogar gleichzeitiges Geschehen verdächtig. Sie konnte einfach nicht glauben, dass ein Serienmörder Thrillerautoren aufs Korn nahm und zur gleichen Zeit ein ganz anderes Individuum ihnen zufällig Morddrohungen schickte. Entweder war es ein und dieselbe Person, oder der Verfasser der Briefe hatte Insider-Wissen. Wenn sie also irgendwie die Quelle der Briefe identifizieren könnte, würde sie damit auch die Identität des Mörders aufdecken oder zumindest jemanden finden, der sie vielleicht zu dem Täter führen konnte.

Obwohl Duvall nicht bereit war, alles für bare Münze zu nehmen, was Fiona sagte, war sie doch bereit, dem gesunden Menschenverstand zu folgen, wenn sie ihm begegnete. Und ihr schien es mehr als wahrscheinlich, dass der Briefeschreiber sehr wohl ein frustrierter, verhinderter Schriftsteller oder jemand sein konnte, dessen Karriere gescheitert oder in Flammen aufgegangen war. Wenn dies der Fall war, gab es möglicherweise Literaturagenten und Lektoren, die vielleicht mit dem Verfasser der Briefe Kontakt gehabt hatten und die sogar erraten konnten, wer der Verfasser war. Das Handwerkszeug dieser Menschen waren Worte, also war es nicht unmöglich, dass sie seinen Stil wiedererkannten.

Sie hatte daher einem Mitglied ihres Teams die Aufgabe gestellt, entsprechende Personen einschließlich eines Experten für Kriminalliteratur ausfindig zu machen. Das Ergebnis war eine Verabredung für den nächsten Morgen: ein Frühstück mit zwei führenden Literaturagenten und drei Lektoren, die auf diesem Gebiet arbeiteten. Sie hatten keine Ahnung, worüber Duvall mit ihnen sprechen wollte, waren jedoch von der Dringlichkeit ihrer Bitte und der Notwendigkeit absoluter Vertraulichkeit beeindruckt.

Aber das sollte alles erst morgen früh stattfinden, und sie würde sich später überlegen, wie dieses Gespräch am besten zu führen war. Jetzt musste sie sich darauf konzentrieren herauszufinden, wer die zukünftigen Zielscheiben ihres mutmaßlichen Serienmörders sein könnten.

Dieser Vorsatz hatte sie nach Clapham zu einer Zeile stiller Reihenhäuschen gebracht, die zwei Straßen vom Park entfernt standen. Nach der Aussage ihres Detective Constable war alles, was Dominic Reid über neuere Krimis nicht wusste, auch des Wissens nicht wert. Als der Wagen am Gehweg zwei Häuser vor Reids Heim zum Halten kam, schaltete Duvall die Innenbeleuchtung an.

»Nur einen Moment«, sagte sie zu dem Mitarbeiter, der sie gefahren hatte. Sie nutzte die Zeit, um den kurzen Bericht, den er für sie gemacht hatte, noch einmal zu überfliegen.

Dominic Reid, siebenundvierzig, hatte zuerst bei Radio BBC gearbeitet, dann betätigte er sich auch als unabhängiger Produzent. Seine Firma stellte zur Zeit zwei Quizsendungen für Radio Four her, und er hatte eine große Anzahl von Dokumentarsendungen fürs Radio produziert. Die meisten davon beschäftigten sich mit verschiedenen Aspekten der Kriminalliteratur. Für eine große Buchhandelskette schrieb er einen Krimi-Führer, hatte für einige

Zeitschriften als Kritiker von Kriminalromanen gearbeitet und kürzlich *Paging Death* veröffentlicht, eine kritische Studie der modernen britischen Kriminalliteratur. Wenn jemand Duvall sagen konnte, wer eventuell von einem Serienkiller ins Visier genommen werden könnte, dann war es Reid.

»Lesen Sie solche Sachen?«, fragte sie den Constable im Auto. »Krimis?«

Er schüttelte den Kopf. »Ich hab mal versucht, einen zu lesen. Aber auf den ersten zwanzig Seiten habe ich schon fünf Fehler gezählt, da hab ich ihn weggeworfen. Es ist wie eine Urlaubsreise im Bus für einen Busfahrer. Wie steht's mit Ihnen, Ma'am?«

»Ich habe überhaupt noch nie einen Roman gelesen.« Duvall klang wie eine Abstinenzlerin, die über starke Getränke redete. Sie schaltete das Licht aus. »Also, dann wolln wir mal«, sagte sie.

Reid öffnete schon die Tür, als die zwei Glockentöne gerade erst verklungen waren. Er war ein hagerer, hoch aufgeschossener Mann mit einem sympathischen, knochigen Gesicht unter einem Schopf strubbeliger, graublonder Haare. »Detective Chief Inspector Duvall?«, fragte er und konnte seine Aufregung nicht ganz unterdrücken.

»Mr. Reid«, grüßte Duvall mit einem Nicken. »Ich danke Ihnen, dass Sie so kurzfristig zugesagt haben, mit mir zu sprechen.«

Reid trat zurück und machte eine einladende Geste, mit der er seine Gäste ins Haus bat. Duvall und der Kripo-Beamte gingen hintereinander in den Flur. Es war kaum Platz für alle drei; Stöße von Büchern lehnten fast brusthoch an einer Wand. Sie folgten Reid ins vordere Zimmer, wo an drei Wänden Regale voll gebundener Bücher standen. Außer Büchern gab es nur vier abgenutzte Sessel und zwei kleine Couchtische. Auf einem Sessel lag zusammengerollt eine große schwarzweiße Katze, die bei ihrer Ankunft nicht einmal mit einem Schnurrhaar zuckte.

»Bitte, nehmen Sie Platz«, sagte Reid.

Duvall überprüfte mit einem schnellen Blick die Sessel auf Katzenhaare und entschied sich dann für den in der Nähe der Tür, der ihrem Kostüm wohl am wenigsten Schaden zufügen würde. Sie

blickte kurz zum Constable hinüber und wies ihn auf den am weitesten entfernt stehenden Sessel hin.
»Kann ich Ihnen etwas zu trinken anbieten?«, sagte Reid eifrig. »Tee, Kaffee, Limo? Oder etwas Stärkeres?«
»Danke, Mr. Reid, aber ich will Ihnen nicht mehr Zeit wegnehmen als nötig. Bitte.« Duvall wies mit einer Hand auf den verbleibenden freien Sessel.
Reid brachte seinen langen Körper auf dem Sessel unter. »Ich habe wirklich noch nie einen höheren Polizeibeamten kennen gelernt«, sagte er. »Ich weiß, das ist merkwürdig, da ich über so viele gelesen habe. Aber so ist es eben.« Er schluckte, und sein Adamsapfel hüpfte über dem offenen Hemdkragen auf und ab.
»Ich weiß es zu schätzen, dass Sie sich für uns Zeit nehmen. Und es tut mir Leid, dass mein Kollege nicht erklären konnte, warum ich Sie so dringend sehen musste.«
»Sehr mysteriös. Aber natürlich erwarten Sie, dass ich das interessant finde, nicht wahr?«
Duvall stimmte seiner Bemerkung mit einem dünnen Lächeln zu. Wenn nötig, konnte sie sehr warmherzig und offen zu einem Zeugen sein. Aber Individualisten wie Reid brauchte man nicht zu schmeicheln, um von ihnen Einzelheiten zu erfahren. »Es ist eine absolut vertrauliche Angelegenheit. Bevor ich sie Ihnen erklären kann, muss ich mich Ihrer Diskretion versichern.«
Reid richtete sich mit einem Ausdruck der Überraschung auf. »Das hört sich ja ernst an.«
»Es ist *sehr* ernst. Kann ich mich darauf verlassen, dass Sie über dieses Gespräch mit keinem Dritten reden werden?«
Er nickte mehrmals. »Wenn Sie das wünschen, werde ich natürlich alles für mich behalten. Hat es mit Georgia Lesters Verschwinden zu tun?«, fragte er.
»Wieso fragen Sie das?«
Er zuckte verlegen mit den Schultern. »Ich dachte nur … Sie sind von der City Police, und ich weiß, dass Georgia dort wohnt. Und da über ihr Verschwinden in den Nachrichten berichtet wurde …«
Duvall schlug die Beine übereinander und beugte den Oberkörper

vor. »Es stimmt, dass ich mit der Ermittlung von Ms. Lesters Verschwinden beauftragt bin. Aber ich habe eine weitere Sorge. Angesichts der kürzlich vorgefallenen Morde an Drew Shand und Jane Elias ziehen wir die Möglichkeit in Betracht – ich will es jetzt nicht drastischer ausdrücken –, dass es einen Zusammenhang geben könnte.«

Reid verschränkte mit einer abweisenden Geste die Arme vor der Brust. »Sie fragen sich, ob ein Serienmörder die Krimiautoren verfolgt.« Es war eine Feststellung, keine Frage. »Ja, ich kann verstehen, warum Sie so etwas denken. Und ich will nicht so tun, als hätte ich nicht auch schon daran gedacht. Aber …« – er zeigte mit dem Kopf in Richtung der Bücherregale – »… ich dachte mir, es kommt vom vielen Lesen.« Er lächelte schwach mit schief gezogenem Mund.

»Und es könnte gut sein, dass auch wir uns zu sehr von unserer Phantasie leiten lassen«, gab Duvall zu. »Aber wir müssen jede Möglichkeit überprüfen. Und deshalb würde ich mich gern von Ihnen inspirieren lassen. Ich möchte gern feststellen, wer noch gefährdet sein könnte, sollte unsere Theorie sich als richtig erweisen.«

Reid nickte. »Und Sie denken, dass ich helfen kann. Na ja, niemand weiß mehr über dieses Genre als ich. Sagen Sie mir, was Sie wissen möchten.«

Duvall entspannte sich ein wenig. Sie würde bekommen, was sie brauchte, ohne dafür viel Energie aufwenden zu müssen. Was sehr gut war, denn sie hatte allmählich das Gefühl, der Tag habe schon viel zu lange angedauert. »Wenn es wirklich einen Zusammenhang *gibt,* dann scheinen bestimmte verbindende Faktoren im Spiel zu sein. Alle drei genannten Schriftsteller haben Romane über Serienmörder geschrieben. Alle drei haben Preise für ihre Bücher bekommen. Und von allen dreien gibt es erfolgreiche, fürs Fernsehen oder als Kinofilme bearbeitete Stoffe. Ich denke mir, es gibt wohl nicht viele andere Autoren, die in diese Kategorie passen würden?«

Reid löste seine verschränkten Arme. »Mehr als Sie denken, Chief

Inspector. Natürlich denkt man an Thrillerautoren wie Kit Martin, Enya Flannery, Jonathan Lewis.«

Duvall blinzelte kurz, als Kit Martins Name fiel, ließ sich aber nicht anmerken, dass er eine besondere Bedeutung hatte. Wenn er vom Experten als Erster genannt wurde, waren Fiona Camerons Ängste vielleicht nicht grundlos, dachte Duvall, während sie zuhörte, was Reid sagte.

»Aber neben reinen Serienmörderromanen gibt es manche Bücher über Kommissare, in denen auch Serienmörder vorkommen. Bei Ian Rankin und Reginald Hill zum Beispiel.« Er stand auf. »Ich habe eine Datenbank in meinem Computer hier nebenan. Alle Faktoren, die Sie nennen, gehören zu meinen Kriterien, daher können wir eine Mehrfach-Suche machen und die passenden Personen ermitteln. Sollen wir gehen und nachsehen, was wir da als Ergebnis bekommen?«

Duvall richtete sich auf. »Das scheint mir eine sehr gute Idee. Gehen Sie vor, Mr. Reid.«

iv

Susannahs Zähne klapperten. Kastagnetten, die ohne ihr Zutun in ihrem Kopf lärmten. Sie erinnerte sich nicht, dass es im Ferienhaus kalt gewesen war, als sie sich dort aufgehalten hatten. Aber das Wetter im September war ja auch mild gewesen. Eine Stunde bei angeschaltetem Gasofen am späten Abend war genug, um die frische Kälte der Luft zu mildern. Das und Thomas' warmer Körper neben ihr. Jetzt gab es keinen warmen Körper. Und nur die kalte, feuchte Novemberluft, die an ihrem Körper klebte. Ihr Entführer würde offensichtlich kein Geld ausgeben und Münzen in den Gaszähler werfen, nur damit sie es bequemer hatte.

Sie war nackt und hatte eine Gänsehaut. Das hatte mit der Temperatur genauso viel zu tun wie mit der Angst. Allerdings war ihre Angst groß genug, dass sie auch in tropischem Klima Gänsehaut bekommen hätte. Sie war gerade dabei gewesen, ihre monatliche Abrechung zu machen, als es klopfte. Sie hatte aus dem Fenster geschaut. Ein weißer Transporter, den sie nicht kannte, stand in der Einfahrt. Aber der Mann, der mit Paket und Klemmbrett an der Tür stand, trug die vertraute Uniform des Kurierdienstes, den ihre Firma immer beauftragte, wenn sie ihr Arbeit schickten.

Sie hatte an diesem Nachmittag nichts von der Zentrale erwartet. Und es war spät für den Kurier, der gewöhnlich am Vormittag kam. Es musste etwas Dringendes sein. Vielleicht der Vertrag mit Brantingham. Phil hatte in seiner E-Mail erwähnt, er stehe kurz vor dem endgültigen Abschluss. Susannah hatte die Tür aufgemacht und den Kurier angelächelt.

Sie fand nie heraus, womit ihr ein Schlag versetzt wurde. Sie merkte nur, dass sie etwas traf.
Das Nächste, was sie spürte, war ein scheußlicher Schmerz, der sich ausbreitete, dazu die Wahrnehmung von Dunkelheit und Bewegung. Das dumpfe Brummen eines Motors. Sie lag auf der Seite, Speichel lief ihr aus dem Mund. Und sie konnte sich nicht bewegen. Langsam, als sei sie betrunken, nahm sie den Schmerz genauer wahr. Er ging hauptsächlich von ihrem Kopf aus. Wie eine sehr schlimme Migräne, nur dass er vom Hinterkopf her kam, nicht von der Stirn.
Als Nächstes bemerkte sie ihre schmerzenden Schultern. Nach der Botschaft zu schließen, die ihre gepeinigten Muskeln ihr schickten, schienen ihre Arme auf dem Rücken fixiert. Sie versuchte sich aufzurichten, und eine neue Welle der Qual fuhr durch ihre Beine nach oben. Soweit ihre blitzschnellen, chaotischen Wahrnehmungen es ihr erlaubten, begriff sie, dass ihre Füße zusammengebunden und an ihren Handgelenken befestigt waren.
Wenn sie sich ganz still verhielt, tat es nicht so weh. Es war immer noch unerträglich, aber wenigstens konnte sie jetzt auch noch an etwas anderes denken. Dunkelheit und Bewegung. Und ein rauer Teppich unter ihrer Wange. Was konnte es anderes sein als der Kofferraum eines Autos?
Da setzte die Angst ein.
Sie hatte keine Ahnung, wie lange sie gefahren waren. Es gab keine Methode, mit der man die Schmerzdauer messen konnte.
Endlich hörte die Bewegung ruckartig auf. Das Motorengeräusch brach ab. Sie horchte angestrengt, aber nichts passierte. Dann wurde der Kofferraum geöffnet. Das grelle Licht traf mit einem plötzlichen Schock ihre Augen und löste Schwindel und Kopfschmerzen aus. Dann hatten sich ihre Pupillen angepasst, und sie sah einen dunklen Umriss gegen den Nachthimmel.
Susannah machte den Mund auf und schrie. Der Mann lachte. »Niemand hier, der dich hören kann, Schätzchen«, sagte er. Der Akzent war aus der Gegend um Newcastle, das konnte sie erkennen.

Er beugte sich herunter und ächzte vor Anstrengung, als er sie aus dem Auto hob. Er schwankte beim Gehen leicht unter ihrem Gewicht. Ihr Gesicht war gegen seine Schulter gedrückt, so dass sie nichts sehen konnte. Die Luft fühlte sich hier anders an, und sie begriff, dass er sie in ein Gebäude gebracht hatte. Ein paar Schritte noch, eine Drehung nach rechts, und plötzlich waren sie unter grellem Neonlicht. Er ließ sie fallen, und sie schrie, als sie auf die kalten Fliesen aufschlug. Ihr Kopf stieß gegen etwas Kaltes und Hartes.

Als sie das nächste Mal wieder zu sich kam, war sie nackt. Sie saß auf einer Toilette, ihr rechter Arm war mit einer Handschelle an den Handtuchhalter angekettet, der fest an die Wand geschraubt war. Benommen, verwirrt und vom Schmerz gequält, wurde ihr klar, dass ihre Beine festgekettet waren, die Kette lief hinten an der Toilettenschüssel vorbei, so dass sie auf dem Toilettensitz festgehalten wurde.

Aber wenigstens wusste sie, wo sie war. Thomas hatte das Ferienhaus auf einer entlegenen Landspitze in Cornwall zur Feier ihres ersten Hochzeitstages gemietet. Sie hatten eine Woche hier verbracht, waren auf den Klippen gewandert, hatten Vögel beobachtet, einfache Gerichte gekocht und sich jeden Abend geliebt. Es war idyllisch gewesen.

Dies hier war ein Alptraum.

Und es war nur noch schlimmer geworden.

Als sie gerufen hatte, war er wieder erschienen. Groß und kräftig, mit den Muskeln eines Gewichthebers. Und einem Gesicht, das ihr merkwürdig vertraut vorkam, dunkle Haare, ein Bürstenschnitt. Sie kam nicht darauf, wo sie ihn schon gesehen hatte. Aber sein Gesicht war nichts Besonderes. Unauffällig. Hätte sie eine Bestandaufnahme seiner Gesichtszüge gemacht, sie hätte auf tausende von Männern gepasst. Dunkle Augenbrauen, blaue Augen, blasse Haut, gerade Nase, Mund durchschnittlich, leicht zurückweichendes Kinn. Das einzig Seltsame an ihm war, dass er einen weißen Kittel trug und ein Stethoskop um den Hals hängen hatte wie ein Arzt. Er stand unter der Tür und sah sie prüfend an.

»Warum machen Sie das?«, krächzte Susannah.

»Das geht dich nichts an«, sagte er. Er hatte ein zweites Set Handschellen. »Wenn du dich wehrst, tut es nur noch mehr weh.«
Sie schlug mit dem freien Arm um sich, aber er war zu schnell für sie. Er packte ihr Handgelenk und ließ die Handschelle zuschnappen, bog ihren Arm gerade und befestigte die andere Schelle an der Wasserleitung. Dann nahm er eine Rolle Leukoplast und fixierte damit ihr Handgelenk und die Hand an der Wand, damit sie ihren Arm nicht bewegen konnte.
Susannah war ebenso verwirrt wie von schrecklicher Angst ergriffen und starrte ungläubig, als er die Manschette eines Blutdruckmessgeräts um ihren Oberarm legte und aufpumpte. Dann ging er hinaus. Sie erkannte das Gerät, mit dem er zurückkam. Sie war jahrelang Blutspenderin gewesen. »Was machen Sie da?«, protestierte sie, als er eine Vene suchte und mit der Nadel hineinstach.
»Ich nehme dein Blut«, sagte er ruhig, genau so ruhig wie eine der Schwestern im Blutspendezentrum.
Fassungslos und starr vor Schreck beobachtete sie, wie ihr Blut anfing durch den Schlauch in einen Behälter zu fließen. »Sie sind verrückt!« schrie sie ihn an.
»Nein. Ich bin nur anders«, sagte er, setzte sich auf den Rand der Badewanne und wartete.
Susannah starrte ihn an. »Was wollen Sie mit mir machen?«
»Ich werde dir zu essen geben und dafür sorgen, dass du genug zu trinken hast. Und ich werde dir dein Blut abnehmen.« Er stand auf und ging langsam aus dem kleinen Badezimmer hinaus.
»Sind Sie ein Vampir?«, fragte sie schwach.
Er drehte sich um und lächelte. Und wie normal sein Lächeln war – das machte es zu dem Erschreckendsten, was sie je gesehen hatte. »Nein, ich bin Maler.«
Als er zurückkam, trug er verschiedene Pinsel, vom feinsten, dünnsten für Schönschrift bis zu einem von mehr als zwei Zentimeter Breite. Er war zufrieden, als er fast einen halben Liter Blut abgezapft hatte, nahm das Gerät ab, löste die Manschette und hielt seinen Daumen auf den Einstich. Er nahm Watte und Leukoplast, um das Blut zu stillen, dann riss er das Klebeband am Arm ab. Er

schloss die Handschellen auf und trat schnell zurück, damit sie ihn nicht schlagen konnte.
»Na also, hat doch überhaupt nicht weh getan, Kleine, oder?« Er stellte das Glas mit dem Blut ins Waschbecken und verließ den Raum. Dann brachte er eine Dose mit einem isotonischen Energy Drink und einen Pappteller, auf dem ein Stapel Leberwurstbrote und ein Dutzend Schokoladenkekse lagen. Er stellte sie in Reichweite von Susannahs freier linker Hand auf den Boden. »Hier. Danach wirst du dich nicht mehr so schwach fühlen. Und es wird deinem Körper helfen, etwas von dem Blut zu ersetzen, das du verloren hast.«
Daraufhin drehte er ihr den Rücken zu, als hätte sie aufgehört für ihn zu existieren. Er nahm das Glas mit dem Blut und steckte die Pinsel in seine Tasche. Anschließend stieg er in die Wanne und betrachtete nachdenklich die Wand. Über der Badewanne verliefen zwei Reihen Fliesen, aber darüber war eine freie verputzte Fläche von ungefähr vier Quadratmetern. Er wählte einen mitteldicken Pinsel aus und tauchte ihn in das Blut.
Dann begann er zu malen.
Susannah fing an zu schluchzen.

Kapitel 36

Als er bei der zweiten Tasse Kaffee war, fragte Steve sich, ob er über Nacht manisch-depressiv geworden sei. Seit dem Aufstehen war er in weniger als einer Stunde schon öfter zwischen den Extremen nervöser Erwartung und tiefer Verzweiflung hin- und hergependelt, als er zählen konnte.

Andererseits hatte er einen Tag zuvor Fiona gegenüber geäußert, dass dies nur für ein Anzeichen von Geistesgestörtheit zu halten sei, wenn kein Grund für diese Gefühle vorlag. Er aber hatte guten Grund für beide. Er richtete nun seinen ganzen Optimismus auf Terry Fowler, wenn auch durch die ihm eigene Vorsicht gedämpft. Falls ihre Arbeit so gut war, wie Fiona versprochen hatte, und Joanne die richtigen Fälle herausgefiltert hatte, könnte der Fall Susan Blanchard seit langer Zeit zum ersten Mal wieder vorankommen. Das wäre schon Erfolg genug. Zusätzlich war da die Aussicht, mit ihr zu Abend zu essen. Er konnte sich nicht erinnern, wann er zum letzten Mal bei der Verabredung mit einer Frau so überzeugt war, dass sie Spaß machen würde. Er musste einen Tisch bestellen. Nicht zu elegant, weil er nicht wollte, dass sie sich unbehaglich fühlten. Aber auch nicht zu leger. Sie sollte schließlich merken, dass er sie ernst nahm. Normalerweise hätte er Kit gebeten, ein Restaurant zu empfehlen. Aber heute kam das nicht in Frage.

Denn sein Optimismus und sein Pessimismus waren beruflicher wie auch privater Natur. Er konnte der Erkenntnis nicht ausweichen, dass er seiner ältesten Freundschaft ernsthaft Schaden zugefügt hatte. Fiona hatte mehr verlangt, als zu geben in seiner Macht stand. Sie musste das Gefühl haben, er habe sie im Stich gelassen. Sie und Kit. Er hatte am gestrigen Abend mehrmals versucht anzurufen, aber nur den Anrufbeantworter erreicht. Zweifellos hatte Fiona beschlossen, ihre Anrufe zu sortieren, und er war offensichtlich nicht auf der positiven Seite der Liste.

Das Problem war, dass sie in emotionaler und moralischer Hinsicht Recht hatte. Aber er war im Recht, was die konkrete, praktische Sachlage betraf. Beide Auffassungen waren unvereinbar. In seinem Erwachsenenleben war er bisher immer froh gewesen, dass der Beruf, den er liebte, nie in Konflikt mit seinem Privatleben getreten war und zu zerstören gedroht hatte, was ihm wichtig war. Er hatte es bei Kollegen gesehen: zerrüttete Ehen, Kinder, die zu Feinden, und Freundschaften, die verraten wurden, und ihm war immer klar gewesen, er hatte einfach nur Glück gehabt, genauso gut hätte es ihn treffen können.

Jetzt war seine Glückssträhne zu Ende. Seine älteste Freundin war ihm entfremdet, sein bester Freund in Gefahr, und er konnte nichts tun. Es war nicht einmal sein Fall. Alles, was er darüber wusste, war ihm nur bekannt, weil Sarah Duvall die Güte besessen hatte, es ihm zu sagen. Er war schon lange genug leitender Kriminalbeamter und wusste, dass es hier um die schwierigste Art von Fall ging. Kein Verbrecher war so schwer zu stellen wie ein Mörder, der ohne eine ersichtliche Verbindung zu seinem Opfer tötete, aus einer nur ihm verständlichen Logik heraus handelte, wenig Spuren hinterließ und intelligent genug war, seinen Verfolgern immer ein paar Schritte voraus zu sein. Wenn solche Täter gestellt wurden, geschah es oft eher zufällig. Nachbarn beschwerten sich über den Geruch aus dem Abfluss, bei Stichproben ergab die Überprüfung eines Nummernschildes, dass es zu einem anderen Wagen gehörte, oder die Polizei hielt irgendeinen x-beliebigen Fahrer an, der zu schnell gefahren war.

Dass Kits Leben an einem so dünnen Faden des Zufalls hängen sollte, war so schlimm, dass Steve kaum darüber nachdenken konnte. Wie viel schlimmer musste es erst für Fiona sein, die schon einmal einen solchen anscheinend vom Zufall bestimmten Verlust

erlitten hatte. Und während er jetzt an ihrer Seite sein und sie beide unterstützen sollte, war er nur ein Außenseiter.
Steve nahm den Rest seines Kaffees mit ins Schlafzimmer und überlegte, was er anziehen sollte. Er konnte sich nicht darauf verlassen, dass er Zeit haben würde nach Hause zu gehen und sich umziehen zu können. Er wählte einen leichten Anzug aus dunkelblauer Wolle, der nicht so schnell knitterte. Ein weißes Hemd und eine blaue Krawatte für jetzt und ein dunkelgraues Hemd, sorgfältig in eine Tüte verpackt, mit einer roten Seidenkrawatte für den Abend. Fiona hatte ihm die Krawatte geschenkt, erinnerte er sich. Seltsam, dass sie genau den gleichen Farbton wie Terrys Lippenstift hatte. Sogar bei solch einfachen Dingen gab es eine enge Verbindung zwischen den beiden Seiten seines Lebens.
Während er sich anzog, versuchte Steve, keine Gefühle aufkommen zu lassen. Er hatte heute Wichtiges zu tun und musste einen klaren Kopf haben. Aber es funktionierte nicht, und als er zum Auto ging, wusste er, was immer beim Fall Blanchard herauskam, er würde nicht ruhen, bis er wusste, womit Sarah Duvall beschäftigt war.

Sarah Duvall tat vor allem eines: Sie fragte sich, warum sie jemals gedacht hatte, dass literarische Agenten und Lektoren in der Lage wären, ihr etwas über die Briefe mit den Morddrohungen zu sagen, die Kit Martin, Georgia Lester und mindestens drei andere Krimiautoren erhalten hatten.
Die fünf Personen, mit denen sie gerade gefrühstückt hatte, waren ihren Ausführungen mit gespannter Aufmerksamkeit gefolgt. Dann hatten sie ihre lautlose Bombe platzen lassen. »Wir bekommen über dreitausend unangeforderte Manuskripte im Jahr«, hatte einer der Agenten gesagt. »Davon nehmen wir am Schluss vielleicht maximal drei Autoren an. Das heißt, es gibt viele unzufriedene Menschen da draußen, und ehrlich gesagt, DCI Duvall, wenn Sie einige dieser Manuskripte gelesen hätten, dann wüssten Sie, dass wir es nicht immer mit den ausgeglichensten Individuen zu tun haben.«
»Ich bekomme regelmäßig beleidigende Briefe«, sagte eine Lekto-

rin und bestätigte, was der Agent gesagt hatte. »Meistens von Leuten, die ich abgelehnt habe, aber ein- oder zweimal auch von Autoren, die ich aus meinem Programm gestrichen habe, weil sie sich nicht verkauften. Die Menschen nehmen es sehr persönlich, weil Schreiben nun einmal etwas sehr Persönliches ist. Aber darüber geht es nie hinaus. Sie lassen Dampf ab, setzen einen auf ihre private Liste der Meistgehassten, sie machen einen bei allen in der Branche schlecht, aber das ist alles.«

Sie hatten die Briefe von Hand zu Hand gehen lassen und geäußert, diese hier schienen feindseliger als üblich zu sein. Aber alle waren sich einig: Keiner hätte damit die Polizei belästigt oder auch nur den Sicherheitsdienst ihrer Firma. »Wir arbeiten in einer sehr gefühlsgeladenen Branche«, hatte ein anderer Agent gesagt. »Die Emotionen sind sehr intensiv. Aber wir haben es mit Menschen zu tun, denen Worte als Waffen genügen.«

Duvall hatte trotzdem jedem von ihnen das Versprechen abgenommen, Kopien der Briefe mitzunehmen und sie mit Hass-Briefen in ihren Akten auf die eventuelle Chance hin zu vergleichen, dass sie irgendeine Übereinstimmung finden könnten. Es war nicht sehr wahrscheinlich, dass ein Treffer dabei sein würde, und sie war nicht besonders überrascht, dass sich ihre Mühe nicht ausgezahlt hatte.

Trotzdem war sie enttäuscht und hoffte, dass dieser Misserfolg kein Omen für den Rest des Tages war. Sie wollte nach einer so aufwendigen Operation wie der Durchsuchung von Smithfield Market nicht wie ein begossener Pudel dastehen.

Es wurde ihr nicht einmal bewusst, dass sie indirekt auf die Ermordung Georgia Lesters baute.

Terry Fowler sah genauso entspannt aus wie am Tag zuvor. Sie trug eine dünne schwarze Strickjacke über einem weißen T-Shirt und anscheinend dieselben schwarzen Jeans. Sie hatte einen Stuhl neben sich herangezogen, so dass Steve über ihre Schulter auf den Bildschirm sehen konnte. »Interessante Ergebnisse«, sagte sie, während sie auf die Tasten tippte. Er bemerkte, dass ihre Hände überraschend breit waren, mit starken Fingern und kurzen, geraden, sorgfältig geschnittenen Nägeln, als wolle sie damit die Versuchung ausschließen, an ihnen zu kauen. Sie trug einen schweren Silberring am Mittelfinger der rechten Hand. »Ich konnte eine Kombination von Parametern benutzen, die Fiona schon für Vergewaltigungsserien entwickelt hat. Ich musste ein oder zwei Änderungen machen, aber weil ich schon ein mehr oder weniger fertiges Paket nutzen konnte, ging es schneller, als wenn ich von vorn hätte anfangen müssen. Und da Sie es ein bisschen eilig zu haben schienen ...«

»Eine Angewohnheit, fürchte ich. Ein oder zwei Tage hätten wahrscheinlich nicht viel Unterschied gemacht.«

»Dringendes gleich zu erledigen ist in Ihrem Beruf wohl keine schlechte Angewohnheit, denke ich«, sagte Terry und drehte sich grinsend halb zu ihm um. »Sie müssen zusehen, dass Sie die Gangster erwischen, bevor sie Schlimmeres anstellen.«

»So ungefähr«, seufzte Steve. »Manchmal geht es eher darum, einen Fall abzuschließen, bevor die Bürokraten merken, wie viel man aus dem Budget entnimmt.«

»Ja, richtig. Also – bei diesem spezifischen Angriff auf das Budget wurde das Deliktverknüpfungsprogramm auf alle Unterlagen angewendet, die Sie mir gegeben haben.« Sie schaute ihn mit gehobenen Augenbrauen an. »Einschließlich der vier, die Sie eingeschmuggelt haben, um zu sehen, ob ich's auch richtig mache.«

»Deshalb habe ich sie nicht mitgebracht«, widersprach Steve. »Es geht nicht darum, Sie in Verlegenheit zu bringen, sondern meinen Kollegen zu zeigen, dass diese Arbeit kein Hokuspokus ist. Es steigert den Wert der Ergebnisse, wenn ich demonstrieren kann, dass das Programm die Fälle ausscheidet, die wir als irrelevant erkannt haben.«

»Nur ein Test«, murmelte sie. »Geht in Ordnung, ich bin nicht wirklich beleidigt, ich verstehe das Prinzip von Kontrollgruppen ... Jedenfalls, nachdem ich alle Fälle durch den Computer laufen ließ, scheint sich hier ein Bündel von Fällen zu ergeben.« Ihr Tonfall wurde unbeschwerter, als sie zum Hauptteil ihrer Ergebnisse kam. »Vier Vergewaltigungen und zwei andere Sexualdelikte. Der Fall in Hertfordshire hat eine geringfügig niedrigere Wahrscheinlichkeit als die anderen fünf, aber immer noch 87 Prozent, was ich als definitiv positiv betrachten würde.«

Steve spürte eine kleine Welle der Erregung in sich aufsteigen, die er aber nach Jahren der Übung so gut verbergen konnte, dass sie nicht wahrnehmbar war. »Und wie lässt sich das als geografisches Profil umsetzen?«

»Lassen Sie uns der Reihe nach vorgehen«, sagte Terry, und ihre rechte Hand klickte mit der Maus die Dialogfelder an. Es erschien eine Karte von North London in Schwarzweiß. Sie tippte auf zwei Tasten, und der Bildschirm wurde farbig, schillernde Grün-, Blau-, Gelb-, Lilatöne und ein burgunderroter Fleck. »Das bekommen wir bei den ersten beiden. Wenn wir den dritten und vierten dazunehmen ...« Weitere Fingerübungen auf der Tastatur. Jetzt erschien der rote Fleck schärfer umrissen, auch die Farbtönung klarer. Aber auch eine zweite lila-rote Zone war nördlich des ursprünglichen Scharlachrots erschienen. Steve hatte Fiona oft genug zugesehen, um die Bedeutung dessen, was vor ihm ablief, erkennen zu können: Der hervorgehobene Bereich umfasste ein Dutzend Straßen im nördlichen Teil von Kentish Town. Der zweite Fleck war weiter oben in Richtung Archway.

»Wenn wir den fünften dazugeben, wird der zweite Fleck weniger signifikant«, fuhr Terry fort. »Aber wenn wir den sechsten Vorfall dazunehmen, sehen Sie, was dann passiert.« Der ursprüngliche rote Teil veränderte sich fast überhaupt nicht, aber im rot-lila Bereich verstärkte sich deutlich der Rotanteil.

»Und was schließen Sie daraus?«, fragte Steve und wusste bereits, was als Nächstes kommen würde.

Terry wandte sich ihm zu und grinste. »Dasselbe wie Sie, nehme ich an.« Sie nahm einen Bleistift und zeigte auf die überwiegend rote Zone. »Wenn wir fehlerlos ein echtes Bündel bekommen haben, wohnt der Mann vielleicht in dieser Gegend hier. Es ist möglich, dass er in dem anderen hervorgehobenen Bereich wohnt, aber ich würde eher meinen, dass er da arbeitet. Am Anfang ihrer

Karriere tendieren Täter dazu, sich in der Gegend um ihre Wohnung herum zu bewegen. Und wenn wir uns die ersten beiden Fälle ansehen, fällt nur dieser Teil hier auf, dessen Wahrscheinlichkeit noch intensiviert wird, je mehr Fälle wir eingeben.«
Sie lehnte sich auf ihrem Drehstuhl zurück, machte eine halbe Drehung und sah Steve an. Ohne auf den Bildschirm zu blicken, tippte sie auf zwei Tasten. »Und wenn wir den Mord an Susan Blanchard mit einbeziehen, wollen wir mal sehen, was sich dann tut.«
Trotz größter Selbstbeherrschung konnte Steve nicht verbergen, wie geschockt er war. »Was haben Sie gerade gesagt?«
Terry grinste. »Da bleibt Ihnen wohl die Spucke weg«, sagte sie. »Ich hab mir gedacht, dass Sie das umhauen würde.«
»Haben Sie die Sache mit Fiona besprochen?«, fragte Steve und verbarg seine Gefühle hinter seinem scharfen Tonfall.
»Nee, ich hab das alles allein rausgekriegt. Als Sie mir sagten, da sei noch ein anderer Fall, den wir in die Serie einbeziehen müssten, dachte ich mir schon, dass es wohl etwas ziemlich Ernstes sein musste. Und das Einzige, was schwerwiegender als brutale Vergewaltigung wäre, ist Mord. Außerdem musste der Fall für Sie so wichtig sein, dass Sie bereit waren, sich mit Deliktverknüpfung und geografischem Profil in Unkosten zu stürzen. Wahrscheinlich ein Fall, der ins Stocken geraten war, denn dieses Vorgehen ist ja sonst nicht Ihre erste Wahl. Da Sie so an North Londoner Fällen interessiert waren, gab es die Möglichkeit, dass Sie einen ungelösten Vergewaltigungsfall nördlich des Flusses im Auge hatten, bei dem zugleich Mord vorlag. Wenn man alles kombiniert, kommt Susan Blanchard heraus.« Sie breitete theatralisch die Hände aus wie ein Zauberer, der das Kaninchen aus dem Hut zieht.
»Ich bin beeindruckt«, gab Steve zu. Fiona hatte gesagt, Terry sei impulsiv; sie hatte nicht erwähnt, dass sie auch Intuition besaß.
Terry zuckte mit den Schultern. »Es war keine große Sache. Ich sollte ja die Ausbildung und Übung zum Herstellen von Zusammenhängen besitzen.« Sie lächelte. »Sie sollten wirklich nicht erstaunt sein, wenn ich sie dann auch habe.«
Steve lachte. »Ich bin von Leuten umgeben, die angeblich ausgebil-

det sind, Zusammenhänge zu erkennen, aber die meiste Zeit merkt man es ihnen überhaupt nicht an. Sie haben natürlich Recht, es geht mir um den Mord an Susan Blanchard.«

»Ich dachte, ihr hättet die Ermittlungen nach dem Fiasko im Bailey eingestellt? Lautete nicht die offizielle Aussage, dass Sie nicht nach einem weiteren Tatverdächtigen suchten?«

»Na ja, eigentlich konnten wir nichts anderes sagen, ohne dass wir noch dümmer dagestanden hätten, als wir das sowieso schon taten«, sagte Steve, und obwohl er sich sehr anstrengte, schlich sich doch Bitterkeit in seine Stimme.

»Soso. Aber insgeheim schnüffeln Sie immer noch herum?«

Er nickte. »Ich habe ein kleines Team, das daran arbeitet.«

»Aber Fiona nicht?«

Schweigen. »Ich würde das jetzt lieber außen vor lassen, wenn es Ihnen nichts ausmacht«, sagte er. »Vielleicht sollten Sie Fiona zur Vorgeschichte fragen.«

»Alles klar.« Terry wischte mit einer abweisenden Bewegung des Handgelenks das Thema zur Seite. »Es geht mich nichts an. Ich bin nur dankbar, wenn der Scheck kommt. Also wollen Sie sehen, was passiert, wenn wir den Mord an Susan Blanchard dazugeben?«

»Was für eine Frage. Da können Sie mich auch gleich fragen, ob die Sinn Fein zur IRA gehört.«

»Aha, da spricht der Detektiv. Also, obwohl Sie ein Spießer mit Vorurteilen sind, verrate ich Ihnen meine Ergebnisse.« Terrys Lächeln nahm ihren Worten fast alle Schärfe, und sie tippte auf die Eingabetaste. Der wichtigste rote Fleck änderte sich überhaupt nicht, aber der Bereich weiter oben im Norden wurde weniger rot. »Ich brauche Ihnen nicht die Einzelheiten zu erklären, oder?«

Steve schüttelte den Kopf, ein Gefühl tiefer Genugtuung kam in ihm auf. »Nein. Ihr Programm verweist darauf, dass, wer immer Susan Blanchard ermordet hat, derselbe Mann ist, der die vier Vergewaltigungen und die zwei sexuellen Übergriffe begangen hat. Und ich kann Ihnen sagen, in meiner Situation ist das die beste Neuigkeit, die ich seit langem gehört habe.«

Terry grinste ihn an, und er deutete dies als ein Zeichen dafür, dass sie ihn herausfordern würde. »Ja, stimmt. Sie haben schon eine seltsame Sicht der Welt, Steve. Nicht viele Leute denken, dass ein vielfacher Vergewaltiger, der zum Mörder geworden ist, zu den guten Nachrichten zählt. Sie sollten zusehen, dass Sie mehr ausgehen.«

»Na, Sie haben doch schon Schritte unternommen, um das in Ordnung zu bringen«, entgegnete er lächelnd.

»Es ist zwar eine Drecksarbeit, die schweren Fälle zu retten, aber irgendjemand muss es ja machen«, sagte sie schnodderig. »Also, wo wollen wir hingehen?«

»In Clerkenwell hat ein neues Lokal aufgemacht. Der Koch hat bei Marco Pierre White gelernt, und seine Spezialität ist Fisch. Ich habe wegen einer Absage noch einen Tisch für halb acht bekommen. Wie hört sich das an?«

»Cool.«

Steve dachte kurz darüber nach, ob er anbieten sollte, sie abzuholen, aber er wusste, es war eher unwahrscheinlich, dass er genug Zeit haben würde. Er wollte sie nicht schon gleich am Anfang enttäuschen. Sollte sich etwas zwischen ihnen anbahnen, dann würde seine Arbeit in Zukunft für jede Menge Gelegenheiten sorgen, bei denen Verabredungen verschoben werden mussten. Außerdem wollte er sich nicht gleich als das leichte Opfer zu erkennen geben, für das er sich insgeheim durchaus schon hielt. Stattdessen kritzelte er Namen und Adresse des Restaurants auf ein Stückchen Papier. »Ich werde Sie dort treffen.« Er stand auf. »Ich muss ins Büro zurück, damit mein Team mit der Arbeit anfangen kann. Können Sie mir einen Ausdruck des Plans geben?«

Terry wandte sich dem Computer zu. »Wollen Sie eine Vergrößerung der roten Bereiche?«, fragte sie.

»Bitte.«

»Brauchen Sie einen schriftlichen Bericht?«, fragte sie.

»Wenn ich schon dafür bezahle, sollte ich ihn wohl nehmen«, sagte Steve.

»Fax oder E-Mail?«

»Beides, wenn es Ihnen nichts ausmacht.«
»Bis zum Mittag werden Sie es haben«, sagte Terry und zwinkerte ihm zu. »Dann also bis heute Abend.«
Steve nickte und ging hinaus. Als er sich umdrehte, warf sie ihm einen Kuss zu. Am unteren Ende der Treppe war er immer noch rot, und auch sein Lächeln hielt an. Terry Fowler hatte mehr geschafft, als seinen stagnierenden Fall wieder in Gang zu bringen. Sie hatte, solange er bei ihr war, alle Ängste um Kit aus seinen Gedanken verscheucht. Und das war viel, viel mehr wert, als die Metropolitan Police ihr jemals bezahlen würde.

Zu New Scotland Yard zurückgekehrt, rief Steve Joanne zu sich ins Büro. Neil war unterwegs und beobachtete Francis Blake, und John hatte frei, so waren seine Mittel, trotz der neuen Möglichkeiten, die Terrys Untersuchung zu Tage gefördert hatte, sehr begrenzt.
Steve schob ihr die Ausdrücke über den Tisch zu und konnte dabei seine Freude nicht ganz verbergen. »Sieht aus, als kämen wir endlich an was ran. Das geografische Profil zu deinen Vergewaltigungen. Als der Mörder von Susan Blanchard in die Analyse aufgenommen wurde, hat sich der wichtigste rote Bereich überhaupt nicht verändert.«
Joanne schaute auf, und ihre Augen blitzten vor Erregung. »Das ist ja super. Wow! Also, was soll ich tun?«
»Leider kommt jetzt erst mal die Plackerei. Wir müssen die Namen der Straßen im roten Bereich herausfinden und zusätzlich je eine Straße auf jeder Seite, damit ich sicher sein kann – und dann das Wählerverzeichnis holen.«
Joanne seufzte. »Das Verzeichnis durchgehen und mit den Akten zu vorbestraften Tätern vergleichen?«
»Außer wenn dir eine bessere Methode einfällt.«
»Wenn ich jemals was zu sagen haben werde in dieser Welt, wird man eine Datenbank mit den Vorstrafen einrichten, damit man sie nach jedem einzelnen von einem Dutzend Faktoren durchsuchen kann«, sagte sie und stand auf. »Ich mach mich also dran.«

»Danke, Joanne. Oh, und danke für den Tipp mit dem Restaurant.«
Sie zog die Augenbrauen hoch. »Ich hoffe, du wirst Spaß haben.«
Steve grinste. »Das hab ich vor.«
Joanne drehte sich um, als sie aus der Tür ging. »Wenn du es überhaupt ins Restaurant schaffst, natürlich. Falls wir Glück haben, könnte es sein, dass wir uns alle noch heute Abend um unseren neuen 1a-Tatverdächtigen kümmern müssen. Stimmt's, Chef?«
»Ich hoffe, du hast Glück, Joanne. Aber versuch doch, nicht vor morgen früh auf die Goldader zu stoßen, wenn du weiterhin meine Lieblingsassistentin bleiben willst.«
Nachdem sie gegangen war, blickte Steve sinnierend auf die geschlossene Tür. Er spürte eine starke Erregung, denn sie konnten jetzt höchstens noch Stunden von einem erfolgversprechenden Durchbruch entfernt sein. Und da er gerade an Durchbruch dachte, erinnerte er sich an die Nachricht auf seinem Schreibtisch, dass er Sarah Duvall anrufen solle.
Einesteils fürchtete er diesen Anruf. Wenn Georgia Lester tot aufgefunden worden war, wollte er diese Information und ihre Folgen so lange wie möglich von sich schieben. Andererseits war es denkbar, dass sie lebend wieder aufgetaucht war. Steve wählte Sarahs Nummer.

Auszug aus der Dechiffrierung des Beweisstücks P13/4599

Iqzze uqqde fquzy mxSqa dsumX qefqd eGqnq ddqef qsqrg zpqzt mnqzi udpyq uzXqn qzhuq xeoti uqdus qdi qd pqz. Euqyg qeeqz qdefq uzymx mzrmzs qzpme Ygefqd

Wenn sie Georgia Lesters Ueberreste gefunden haben, wird mein Leben viel schwieriger werden. Sie muessen erst einmal das Muster erkennen. Aber sie werden einen Tag oder zwei brauchen, bis sie es publik machen. Sie werden nicht zugeben wollen, was da ablaeuft, weil es eine Panik ausloesen wird.
Ich muss also mein naechstes Opfer schnell fassen, solange es noch keinen Verdacht geschoepft hat. Aber ich muss sehr vorsichtig sein und nichts ueberstuerzen. Geduld, das ist das Geheimnis. Nie auf eine halbe Chance setzen. Nie die Ruhe verlieren. Einfach aussitzen. Selbst wenn das Warten schwer faellt und unangenehm ist.
Zum Beispiel die Uniform des Kuriers. Ich wusste gleich von Anfang an, was ich brauchte, um Kit Martin zu kriegen. Aber ich hatte keine Ahnung, wie ich es beschaffen sollte. Dann laechelte mir das Glueck. Ich war eines Abends im Waschsalon und sah zu, wie meine Waesche in der Trommel herumwirbelte. Nur noch ein anderer Mann war da, und als er seine feuchte Waesche herauszog und in den Trockner steckte, konnte ich das Logo des City Kurier, das auf der dunkelblauen Drillichjacke glaenzte, gar nicht uebersehen. Und da war auch die dazu passende Hose. Reines Manna – vom Himmel gefallen.
Nachdem er ein paar Muenzen in den Schlitz gesteckt hatte, sah er auf die Uhr und ging ueber die Strasse zur Kneipe. Ich wartete einige Minuten und steckte dann die

ganze Ladung des Kuriers in meine Tasche. Hat geklappt wie am Schnuerchen.

Ich bin sitzen geblieben und hab gewartet, bis meine Waesche fertig war, liess mich nicht aus der Ruhe bringen. Zehn Minuten spaeter ging ich mit meiner nassen Waesche auf seiner obendrauf zu meiner Wohnung zurueck. Die Hose musste etwas gekuerzt werden, die Jacke ist an den Schultern ein bisschen eng, aber das macht nichts. Ich werde sie ja nicht lange tragen.

Gerade lange genug, um Kit Martin dazu zu bringen, dass er Postmann Pat seine Tuer oeffnet.

Kapitel 37

Fiona sah auf die Wanduhr in ihrem Büro. Die Stimmung beim Frühstück heute Morgen war angespannt gewesen, obwohl sie sich beide bemüht hatten angesichts der Angst, die unter der Oberfläche lauerte, Normalität aufrechtzuerhalten. Sie hatte Kit zu dem Versprechen gedrängt, dass er weder einem Unbekannten die Tür aufmachen noch allein ausgehen und nicht einmal seinen üblichen Mittagsspaziergang im Park von Hampstead Heath machen würde. Sie merkte, dass er sich über die Beschränkungen ärgerte. Wenigstens konnte er seinen Stolz retten, indem er sich sagte, er tue es ja, um Fiona zu beruhigen, und nicht aus Feigheit.

Das Schlimmste war, dass man nicht wusste, was los war. Fast wünschte sie jetzt, sie hätte auf Steves Ablehnung, Kit offiziell zu schützen, gleichmütig reagiert. Dann hätten sie wenigstens Verbindung zu ihm und wüssten, was sich bei der Ermittlung weiter ergeben hatte. Aber sie konnte ihm nicht vergeben, dass er für ihre Freundschaft nichts riskiert hatte. Sie müsste also mit der ungewohnten Ungewissheit zurechtkommen.

Wieder sah sie auf die Uhr. Es war sinnlos. Sie brachte nichts zu Stande, wenn sie hier saß. Der Artikel, den sie durchsehen sollte, bevor er zur Veröffentlichung vorgelegt werden konnte, starrte sie anklagend vom Bildschirm her an. Dieser schien so vernachlässigt wie eine Müllhalde. Im Grunde wusste Fiona, sie würde sich in ihrem Büro nicht konzentrieren können. Wenn sie den Artikel mit nach Hause nahm, könnte sie hoffentlich wenigstens daran

arbeiten. Und während sie zusammen zu Haus waren, würde Kit nichts passieren.
Als sie diese Entscheidung getroffen hatte, zog Fiona ihre Jacke vom Haken, aber da klingelte ihr Telefon. Sie widerstand der Versuchung, es zu überhören, und ging beim vierten Klingeln dran.
»Hallo, Fiona Cameron«, sagte sie.
»Doktor Cameron? Hier Victoria Green von der *Mail*. Ich wollte Sie fragen, ob Sie wohl ein paar Minuten Zeit hätten?«
»Leider nicht.«
»Wenn ich kurz erklären könnte, worum es geht?« Die Stimme der Journalistin war herzlich und einschmeichelnd.
»Es wird nichts bringen, weil ich kein Interesse habe. Wenn Sie einmal in Ihrem Archiv nachsehen, werden Sie sehen, dass ich keine Interviews gebe.«
»Wir wollen kein Interview«, sagte Green schnell. »Wir möchten, dass Sie einen Artikel für uns schreiben. Ich weiß, dass Sie Beiträge schreiben, ich habe einen in *Applied Psychology Journal* gelesen.«
»Sie lesen APJ?«, fragte Fiona und legte vor lauter Überraschung den Hörer nicht auf.
»Ich habe Psychologie studiert und Ihre Arbeiten über Deliktverknüpfung gelesen. Deshalb wusste ich, dass Sie genau die richtige Person für einen Beitrag bei uns sind.«
»Nein, ich glaube nicht«, wiederholte Fiona.
»Also«, fuhr Green unbekümmert fort, »ich habe eine Theorie, dass Drew Shand und Jane Elias von derselben Person ermordet wurden. Und ich glaube, Georgia Lester könnte das nächste Opfer sein. Ich möchte Ihre Crime-Linkage-Theorie auf diese Fälle anwenden, um zu sehen, ob ich Recht habe.«
Fiona legte auf, ohne zu antworten. Die Sache war also schon im Umlauf. Es würde nicht lange dauern, bevor andere auf Victoria Greens fahrenden Zug aufsprangen. Hätte sie Zweifel daran gehabt, dass sie zu Kit nach Haus gehen musste, dann wären sie durch diesen Anruf endgültig verschwunden.

Der Mann mit dem Gesicht eines Huhnes hob die Schultern. »Fleisch ist Fleisch, oder? Wenn die Haut abgezogen und der Knochen entfernt ist, dann sieht menschliches Fleisch nicht viel anders aus als ein Stück Rind oder Wild.«
Sarah Duvall seufzte. »Das verstehe ich schon.«
»Und der Markt ist riesig. Ich kann die Kühlschränke, Gefriertruhen und Kühlräume hier nicht mal zählen. Das ist nicht so, als machten Sie mal kurz einen Besuch bei Ihrem Metzger an der Ecke, wissen Sie. Es gibt dreiundzwanzig Abteilungen im Ostflügel und noch mal einundzwanzig im Westflügel.« Seine dunklen Augen leuchteten, und seine Hakennase zuckte, als er schniefte.
Sergeant Ron Daniels lächelte wohlwollend über den kleinen Mann. Da er als Leiter des Reviers für den Smithfield Market arbeitete, hatte er über viele Jahre hinweg Darren Green als Vertreter der Händler kennen gelernt. Er wusste, dass hinter seiner Angriffslust ein vernünftiger Mann steckte, allerdings vorausgesetzt, man behandelte ihn mit dem nötigen Respekt. »Niemand versteht das besser als ich, Darren. Wir haben ein großes Problem zu lösen, und deshalb sind wir damit zu Ihnen gekommen.«
Duvall wandte sich an den Pathologen des Innenministeriums. »Professor Blackett, was halten Sie von der Sache?«
Der Mann mittleren Alters mit schütterem Haar, der hinter ihr saß, schaute stirnrunzelnd von seinem Notizbuch auf. »Es ist schon ein Problem, wie Mr. Green erklärt. Aber auf Ihren Rat hin habe ich die entsprechende Passage des Buchs von Georgia Lester gelesen. Und wenn wir es mit einem Täter zu tun haben, der dies nachahmt, würden die Fleischstücke sich letztendlich in verschiedenen Schlüsselmerkmalen von den Stücken unterscheiden, die nach dem Standard der Fleischerinnung geschnitten sind.«
»Trotzdem sieht es doch einfach wie Fleisch aus, oder?«, beharrte Darren Green.
Tom Blackett schüttelte den Kopf. »Glauben Sie mir, wir können den Unterschied erkennen.« Er schlug auf seinem Notizblock eine neue Seite auf und fing an zu zeichnen. »Menschen sind Zweifüßer, nicht Vierfüßer. Unsere Schulter- und obere Beinmuskulatur

unterscheidet sich erheblich von der einer Kuh oder eines Rehs. Besonders am Bein. Wenn Sie einen Querschnitt durch die Mitte des Oberschenkels machen und trennen das Ende des Oberschenkelknochens ab, das viel zu verräterisch wäre, um es dranzulassen …« Er zeigte auf eine flüchtige Skizze, die er gezeichnet hatte. Darren Green beugte sich vor und sah sie misstrauisch an. »Sie haben hier oben den gerundeten Umriss des Oberschenkelknochens. Davor ist die vordere Muskelgruppe, der Rectus femoris und der vierköpfige Oberschenkelstrecker. Hier ist die hintere Gruppe, der Adductor magnus und die Kniesehnen. Und in der Mitte die mittlere Muskelgruppe, wo auch die meisten Blutgefäße und Nerven liegen. Wahrscheinlich ist auch, dass man viel mehr Fett vorfindet als bei einem durchschnittlichen Tierkörper.«
Auf Greens Gesicht trat ein Lächeln, denn er begann zu verstehen.
»Stimmt«, sagte er. »Wie das Fleisch hier sitzt, das sieht ganz anders aus, als was man an einem Rinderbein oder bei Wild hätte.«
»Und natürlich wäre ein Stück menschliches ›Rindfleisch‹ viel kleiner als das entsprechende Stück von einer Kuh oder einem Reh«, fuhr Blackett fort. »Und das würde jeder Metzger vermutlich gleich erkennen, oder?«
»Ich denke, schon«, war Greens vorsichtige Antwort. »Aber selbst wenn eine Gruppe von uns Ihnen bei Ihrer Suche hilft, dauert es doch ewig, bis wir überall nachgesehen haben. Wir werden es nie schaffen, fertig zu werden, bevor der Handel am frühen Morgen losgeht. Vergessen Sie nicht, es ist nicht wie ein Laden, der um neun aufmacht. Wir haben unser Hauptgeschäft zwischen vier und sieben in der Frühe.«
»Wenn es darum ginge, den ganzen Markt zu durchsuchen, würde ich Ihnen Recht geben, Mr. Green«, sagte Duvall. »Aber wir haben ja Informationen, die die Zahl unserer Zielobjekte beträchtlich reduzieren. Wir suchen Kühltruhen, die nicht jeden Tag in Gebrauch sind. Solche, die für eine Bevorratung über längere Zeit genutzt werden. Wahrscheinlich solche, die abgeschlossen sind. Deshalb wird es nicht ohne die intensive Mitwirkung der Händler gehen. Wir wollen hier nicht herumgehen und ihr Eigentum aufbrechen.

Ich müsste mich also auf Sie verlassen können, dass Sie alle, die hier Lagerraum haben, ansprechen und sie bitten, dass sie heute Abend Personal vor Ort haben, damit diese Leute uns den Zugriff auf alles, was hier lagert, ermöglichen können. Und dass sie, wenn nötig, die ganze Nacht hier sein müssen.«

»Ach, du lieber Himmel«, beklagte sich Green. »Das ist schon 'n bisschen viel verlangt.«

»Wenn das mit den Mitteln, die Sie haben, nicht machbar ist, kann ich ein paar Marktpolizisten für Sie abstellen. Aber es muss gemacht werden«, sagte Duvall mit fester Stimme und unerbittlicher Miene.

»Es wird den Händlern überhaupt nicht gefallen«, jammerte er.

Daniels nahm die Sache in die Hand. »Wir machen das ja auch nicht zum Spaß, Darren. Es ist eine sehr ernste Angelegenheit.«

»Das stimmt«, sagte Duvall grimmig. »Also, Sie und Ihre freiwilligen Helfer müssten um neun Uhr in der Snow-Hill-Polizeiwache sein, damit Professor Blackett Ihnen komplette Instruktionen geben kann, wonach Sie suchen sollen. Und die Helfer können dann den Beamten zugeteilt werden, die sie bei der Arbeit unterstützen sollen. Ich habe vor, mit der Aktion genau um zweiundzwanzig Uhr zu beginnen. Ich habe nicht die Absicht, Ihren Handel zu unterbrechen. Aber es hängt von Ihnen und Ihren Händlern ab. Ich schlage vor, wir kommen zur Sache.« Ihr Lächeln milderte ihren schroffen Befehl keineswegs ab. Green machte sich unter Murmeln und Gejammer davon.

»Was meinen Sie, Ron? Wird es funktionieren?«, fragte Duvall.

Der große Mann nickte. »Ich glaube, Sie werden alle Unterstützung bekommen, die Sie brauchen. Ich werde mit Darren reden und dafür sorgen, dass er den Leuten mitteilt, die Händler stünden zu diesem Zeitpunkt unter keinerlei Verdacht.«

Duvall nickte. »Sie scheinen sehr zuversichtlich, dass Sie finden können, was uns interessiert, Professor Blackett«, sagte sie.

»Wenn ich so unsicher geklungen hätte, wie mein Gefühl in der Sache ist, hätte Ihr Mr. Green mit allen Mitteln die Aktion behindert. Es ist nicht leicht, menschliches Gewebe einfach durch Ansicht zu erkennen, Chief Inspector Duvall. Es ist einfach zu testen, wenn wir erst einmal etwas Verdächtiges haben, aber ob wir etwas finden, hängt vollkommen davon ab, wie gut der Killer es versteckt hat.« Blackett hielt inne und hob die Augenbrauen. »Und dabei gehen wir immer davon aus, dass es ihn überhaupt gibt.«

Kapitel 38

Detective Constable Neil McCartney war müde. Francis Blake zwölf Stunden am Tag zu beobachten war eine Schinderei, vor allem deshalb, weil der Mann ein so scheißlangweiliges Leben führte. Manchmal sah er ihn die ganze Schicht überhaupt nicht. Wenigstens hatte Neil jetzt die Tagschicht von zehn bis zehn bekommen, was ein bisschen weniger öde war als die langen Nächte, in denen das Einzige, was Blake zu tun schien, Videos gucken und schlafen war. Aber Neil wusste, es war nur ein kurzer Aufschub. Da Joanne im Büro festsaß und auf dem Computer herumhackte, würde es nicht lange dauern, bis John drängte, wieder die Tagschicht zu bekommen. Es war nicht unverständlich, er hatte eine Frau und kleine Kinder, die nicht den ganzen Tag still sein wollten, wenn Daddy schlief.

Auch er hätte so ein Leben haben können, dachte Neil mit einer gewissen Bitterkeit. Wenn er nicht so blöd gewesen wäre, sich die falsche Frau zu nehmen. Er hatte Kim bei der Arbeit kennen gelernt. Sie war immer vergnügt und quicklebendig, brachte Leben in jede Party. Sie war nicht der Typ, mit dem er sich normalerweise zusammentat, da er eigentlich ein eher ruhiger Mensch war. Er hatte die Blicke, die man ihm zuwarf, auf Neid zurückgeführt. Erst viel später wurde ihm klar, dass es Mitleid war. Er diente ihr als Alibi für ihre Affäre mit einem der Sergeants vom Strafvollzug, eine perfekte Tarnung, um die Frau des Mannes bei jedem Polizeifest zu täuschen. Die Ehe war das beste Alibi.

Zuerst richtete sich seine Verbitterung gegen sich selbst. Es brach-

te nichts, auf Kim wütend zu sein, sie war eben die Frau, die sie war. So hatte ihn die Suche danach, wem oder was er die Schuld daran geben konnte, zu seinem Beruf geführt.
Aus ihm hätte leicht ein weiterer verbitterter Cop werden können, der seinen Zorn an den Menschen ausließ, denen er bei seiner Arbeit begegnete. Aber als er sich versetzen ließ, kam er zur Kripo, stieß zu Steve Prestons Team, und das hatte ihn gerettet. Er wurde wieder daran erinnert, warum er überhaupt zur Polizei gegangen war. Es ging darum, Schurken aus dem Verkehr ziehen, die Spielchen im Büro konnten ihm gestohlen bleiben. Nach diesem Motto leitete Steve seine Truppe, und Beamte, die damit nicht leben konnten, hielten es nicht allzu lange bei ihm aus.
Neils erste und letzte Loyalität galt dabei seinem Chef. Deshalb war er bereit durchzuhalten, wie öde die Überwachungsarbeit auch sein mochte. Das Fiasko mit der Falle für Francis Blake und der folgende Prozess hatten seine Entschlossenheit nur noch verstärkt. So etwas passierte eben, wenn sich politische Entscheidungen der Polizeiarbeit in den Weg stellten, und er war genauso entschlossen wie sein Chef, die Angelegenheit in Ordnung zu bringen und Susan Blanchards Mörder dingfest zu machen. Er unterdrückte also seine Zweifel, ob das, was er tat, sinnvoll sei, und klebte an Blake wie ein Kaugummi. Er gähnte. Es nieselte monoton auf die Windschutzscheibe, offensichtlich eine passende Parallele zu dem Bewegungsmangel in seinem und Francis Blakes Leben. Hätte er aber so viel Geld, wie Blake durch sein Geschäft mit den Zeitungen gescheffelt hatte, würde er sich bestimmt nach einer Wohnung umsehen, die ein bisschen mehr Klasse zu bieten hatte als diese hier. Das hier war doch eindeutig eine Bruchbude.
Die Wohnung, die Blake nach seiner Entlassung gemietet hatte, war weniger als eine Meile von seiner alten in King's Cross entfernt. Die neue Wohnung war in einer geschäftigen, aber eher schäbigen Nebenstraße der Pentonville Road und typisch für die Gegend, wo Prostituierte wohnten, wenn sie frei hatten, und wo Langzeitarbeitslose, ältere Verarmte und psychisch Gestörte ihr Zuhause hatten. Das Beste, was sich über sie sagen ließ, war die

günstige Lage zu öffentlichen Verkehrsmitteln. Ein Stück weiter oben an der Straße hatte ein phantasieloser Architekt einen funktionellen Klotz aus grauem Backstein hingestellt, der aussah, als sei er in den sechziger Jahren lieblos hochgezogen worden. Er war von den benachbarten Reihenhäusern durch einen Weg getrennt, der an beiden Seiten und hinten vorbeiführte. Im Erdgeschoss waren ein halbes Dutzend kleine Läden – ein Zeitungshändler, ein Spirituosenladen, ein Wettbüro, ein kleiner Supermarkt, ein Dönerimbiss und eine Zentrale für Kleintaxis. Die beiden Stockwerke darüber waren in Wohnungen aufgeteilt, und in einem dieser trostlosen Löcher hatte Blake sich eingerichtet. Es deprimierte Neil, wenn er nur daran dachte.

An Blakes Stelle hätte er nicht nur in einer etwas schickeren Gegend gewohnt, sondern auch Aufregenderes unternommen, als nur ab und zu mal ins Wettbüro oder zum Videoverleih an der Ecke zu gehen. Soweit Neil das beurteilen konnte, hätte Blake genauso gut weiter im Knast eingesperrt bleiben können.

Zwei Meilen entfernt verbrachten Steve Preston und Terry Fowler einen völlig anders gearteten Abend. Ausnahmsweise hatte Steve es geschafft, sich früher von der Arbeit loszueisen, so dass er noch etwas Zeit übrig hatte, nachdem er Joanne ihrer anscheinend endlosen Durchsicht von Straftäterakten überlassen hatte. Neil hatte nichts Wesentliches zu berichten gehabt, so dass keine besondere berufliche Sorge Steve beschäftigt und von seiner Begleiterin abgelenkt hätte.

Terry war fünf Minuten früher da gewesen und behauptete, ihre krankhafte Pünktlichkeit hindere sie daran, jemals mit der als schick empfundenen Verspätung irgendwo anzukommen. »Ich erscheine immer zu Partys, wenn die Gastgeber noch unter der Dusche stehen«, hatte sie gesagt. »So fängt der Abend schon gleich interessant an.«

Steve machte das überhaupt nichts aus. Ihm war es recht, sie in der Bar fünf Minuten länger zu bewundern. Terry trug ein einfaches, knielanges schwarzes Kleid aus einem Stoff, den er nicht kannte und der fließend und schimmernd ihre Figur umspielte, wann immer sie sich bewegte. Da er seinem Gefühl nach viel zu lange in der Flaute gesteckt hatte, war Steve sehr vorsichtig und fragte sich, ob er wirklich so viel Glück haben konnte, wie es den Anschein hatte. *Sachte, sachte*, lautete seine Warnung an sich selbst. *Du weißt ja, sobald deine Gefühle beteiligt sind, hängst du dich viel zu schnell und zu stark rein. Bleib cool, lass sie nicht merken, wie sehr du diese Begegnung brauchst. Widme dich nur dieses eine Mal deinem Privatleben mit derselben Umsicht, mit der du einen Fall bearbeiten würdest.*

Aber nichts passierte während des Essens, das sein Gefühl trübte, unheimliches Glück zu haben. Er war sich seiner Gabe bewusst ein einnehmender Gesprächspartner zu sein, was sie offenbar durchaus schätzte. Das Gespräch rutschte nie in verlegenes Schweigen ab, und nicht einmal mussten sie erst überlegen, worüber man als Nächstes reden könnte. Sie hatten sich gegenseitig Geschichten erzählt, zum Lachen gebracht und allmählich Details aus ihrem Alltag ausgetauscht. Als ein an Einsamkeit gewöhnter Mann wurde Steve angenehm von Terrys freimütiger Art überrascht, die ihn allmählich dazu brachte, sich zu öffnen.

Zum ersten Mal, seit er vor so vielen Jahren Fiona an der Universität kennen gelernt hatte, saß er nun einer Frau gegenüber, bei der er sich entspannen und er selbst sein konnte. Ironisch, intelligent und offensichtlich ohne jede Aufgeblasenheit, schien ihn Terry genauso anzuziehen, wie er sie äußerlich attraktiv fand. Er konnte beim besten Willen nicht verstehen, was sie an ihm fand. Als sie ihn einmal verließ, um zur Toilette zu gehen, sah er gespannt auf die Tür und freute sich so sehr auf ihre Rückkehr, wie es seit Jahren bei niemandem der Fall gewesen war. *Ich fühle mich wie ein Teenager*, dachte er verwirrt. *Das ist verrückt, Preston. Tritt auf die Bremse.*

Während des Essens wartete Steve ständig darauf, dass eine kleine Bombe platzte. Aber nichts geschah. Sie erhob keine Einwände, als er darauf bestand, ihr Essen zu bezahlen. »Du verdienst wesentlich besser als ich, Süßer«, sagte sie mit einem lässigen Schulterzucken.

Es war nach zehn, als sie aus Clerkenwell Green herauskamen.

Es hatte angefangen zu nieseln, während sie drinnen waren, und sie drückten sich unter der Markise eng aneinander, während sie auf ein freies Taxi warteten. Die weiße Neon-Leuchtschrift mit dem Namen des Restaurants warf Schatten auf Steves Gesicht, so dass darin helle und dunkle Flächen und Winkel miteinander kontrastierten. Terrys Haar leuchtete platinglänzend im Licht. Sie schmiegte sich an Steve und grinste ihn von unten an. »Du siehst gut aus«, sagte sie, »Hast du heute früh das Bett frisch bezogen?«
Steve musste laut lachen. »Warum? Hast du?«
»Ja, hab ich, obwohl deine Wohnung wahrscheinlich viel gepflegter ist als meine.«
Er schüttelte den Kopf, sein Lächeln zeichnete einen Kranz kleiner Fältchen um seine Augen. »Okay, ich gebe zu, dass ich so anmaßend war. Ja, ich habe heute Morgen frisches Bettzeug aufgezogen.« Er drückte sie fest an sich.
Als Antwort drehte Terry sich ihm zu, stellte sich auf die Zehenspitzen und lehnte sich an ihn. Sie ergriff sein Revers und zog sein Gesicht zu sich herunter. Dann küsste sie ihn. Lange, ungeniert und genüsslich.
Das war Antwort genug für ihn. Jeder Vorwand für eine vorsichtige Taktik schmolz in dem erwachenden Verlangen nach ihr dahin. Als sie in seine Wohnung kamen, zog Steve zum ersten Mal seit Jahren das Telefon heraus und schaltete seinen Piepser ab. Heute Abend gab es nichts so Dringendes, dass es nicht bis morgen früh warten konnte. Nichts außer Terry, und das war mehr als genug.

Nacht in der Stadt. Nur wenige Jahre zuvor wären die Straßen um Smithfield Market zu dieser Zeit am Abend leer und verlassen gewesen. Hohe graue Gebäude mit ausdruckslosen Fassaden machten aus den schmalen Straßen gewundene Schluchten. Die Straßenbeleuchtung erhellte die Düsternis kaum. Der Markt selbst war geschlossen, der ausgedehnte, viktorianische Bau aus Glas, Backstein und Eisen wurde restauriert.
Aber mittlerweile hatte sich das alles geändert. Bistros und kleine Gaststätten, Bars und Restaurants hatten sich in der Gegend ange-

siedelt. Der Schein ihrer hellen Lichter fiel auf die Gehwege, und die Straßen waren bevölkert. Alte Gebäude waren umgebaut und Luxusappartements für die Neureichen eingerichtet worden. Smithfield Market hatte sich in dem Versuch neu definiert, den Inbegriff coolen Schicks zu verkörpern.

Die Markthallen waren in ihrem alten Glanz wiedererstanden. Selbst wenn sie während des Tages geschlossen waren – und die meisten Leute sahen sie so –, boten sie einen eindrucksvollen Anblick. Hohe, kunstvoll verzierte, schmiedeeiserne Gitter verliefen an der breiten Straße entlang, die das Ost- vom Westgebäude trennte. Sie waren prachtvoll in Dunkellila, dunklem Alpenveilchenrosa und intensivem Aquamarin gestrichen, und Details wurden durch einen Goldanstrich hervorgehoben. Daraus wuchsen gusseiserne Säulen empor, an denen sich Akanthusblätter emporrankten und zu freitragenden Streben wurden, die flache Vordächer zum Schutz vor Regen trugen.

Das Innere war eine Kombination aus wunderschönen viktorianischen Eisenverzierungen inmitten einer unerbittlich modernen Technologie. Lastwagen brachten die toten Tiere in spezielle, abgeschirmte Ladebuchten, wo das Fleisch vor den Elementen geschützt war. Hier wurde es auf ein automatisches Transportsystem geladen und direkt an die auf den jeweiligen Händlerbedarf zugeschnittenen Stände geliefert. Kleinere Bestellungen wurden in Schachteln und Kisten in gekühlte Service-Bereiche gebracht, die an den Seiten der beiden Gebäude entlang verliefen. Der neue Markt war etwas ganz anderes als das alte Marktsystem, bei dem Träger hin und her eilten und das Fleisch an der Luft jeder zufälligen Verunreinigung ausgesetzt hatten. Er hätte es einem Killer eigentlich viel schwerer machen müssen.

Kurz vor zehn Uhr erschien Sarah Duvalls Team. Einige kamen in unauffälligen Wagen, aber die meisten gingen die kurze Strecke von ihrem Treffen in der Snow-Hill-Polizeiwache zu Fuß. Duvall hatte darauf bestanden, dass die Aktion so unauffällig wie möglich sein sollte. Was sie auf keinen Fall wollte, war eine Gruppe erkennbarer Polizeibusse und -autos, die zu später Stunde vor dem

Smithfield Market aufgereiht standen. Dieser Anblick hätte unweigerlich die Medien auf den Plan gerufen, und hätten diese erst einmal Wind von der Geschichte bekommen, dann wären sie bald dahinter gekommen, was los war.
Darren Green hatte seine Aufgabe gut erledigt. Die Händler wussten, was auf sie zukam, und überraschend wenige hatten sich über die eventuelle Unterbrechung des Geschäfts während der Nacht beklagt. Als jetzt die Durchsuchung unmittelbar bevorstand, kam der große Augenblick für Green. Seine frühere Verärgerung war geschäftiger Erregung gewichen, und er sauste um die uniformierten Polizisten herum wie eine Fliege um offen liegendes Fleisch. Geschäftig kontrollierte er, ob alle mit Overalls und der Kopfbedeckung ausgestattet waren, die sie zur Einhaltung der strengen Hygienevorschriften brauchten.
Duvall überwachte das Team. Es war ihr gelungen, ein Dutzend Uniformierter, ein halbes Dutzend Kripobeamte und vier Metzger zusammenzubekommen, die den permanent im Markt stationierten Polizisten bei der Suche assistieren sollten. Tom Blackett war da, begleitet von zwei Assistenten. Während sie auf die letzten Nachzügler warteten, stellte sich Blackett neben Duvall. »Ich bin erstaunt, dass Sie hierfür einen Durchsuchungsbefehl bekommen haben«, sagte er. Es klang fast murrend.
»Es gab viele, die mir mal einen Gefallen schuldeten – aber wenn das hier schief geht, werde ich jahrelang zurückzahlen müssen.«
»Das kann ich mir vorstellen. Nicht viele Richter würden riskieren, sich für eine so zweifelhafte Sache aus dem Fenster zu lehnen.« Blacketts Lächeln war so vergnügt wie der gerade einsetzende Nieselregen. »Hoffen wir, dass wir etwas finden.« Er entfernte sich, um mit seinen Assistenten zu sprechen.
Duvall räusperte sich. »Also, Sie wissen ja alle, was Sie zu tun haben, wenn Sie drin sind. Professor Blackett und seine Assistenten werden mit mir unter der Uhr an der Middle Street auf Sie warten. Wenn jemand irgendetwas Verdächtiges findet, kommen Sie gleich zu uns, und die Pathologen werden überprüfen, was Sie aufgespürt haben. Mr. Green?«

Darren trat mit einer völlig absurden theatralischen Geste nach vorn. »Hier lang«, verkündete er.
»Viel Glück«, rief Duvall, als das Team hineinging. Sie folgte den Polizisten, während diese sich auf die ihnen jeweils zugeteilten Teilbereiche verteilten. »Wir werden's brauchen«, fügte sie leise hinzu.

Kapitel 39

Diesmal war Kit ausnahmsweise als Erster wach. Er rutschte übers Bett, legte die Arme um Fiona und küsste sie auf den Nacken.

»Oooh«, stöhnte sie.

»Ich stehe jetzt auf«, sagte er. »Ich mache Kedgeree zum Frühstück.«

»Ach Gott«, seufzte Fiona. »Muss das sein? Könnten wir nicht einfach hier liegen und eine Weile in schönen Erinnerungen schwelgen?«

Kit lachte leise vor sich hin. »Die Erinnerung ist Vergangenheit. Jetzt ist jetzt. Ich weiß nicht, warum, aber ich bin mit einem guten Appetit aufgewacht. Erheben Sie sich, Frau Doktor. Frühstück wird serviert in … na, sagen wir vierzig Minuten.« Er riss sich nach einem weiteren Kuss von ihr los und sprang voller Energie aus dem Bett. Verdrängung hatte Kit, wie die meisten Schriftsteller, zu einer hohen Kunst entwickelt.

Fiona horchte auf die sich entfernenden Schritte und setzte sich dann mühsam auf. Sie gähnte, streckte den Rücken und stand auf, dabei lockerte sie die Schultern, die in der Nacht steif geworden waren. Zu viel Anspannung, sagte sie sich. Viel zu viel Anspannung. Dass sie nicht wusste, wie Sarah Duvalls Ermittlungen liefen, war für sie eine Art Folter. Und so, wie sie jetzt zu Steve stand, konnte sie ihn nicht einmal als Vermittler nutzen.

Wenn Georgia tot war, musste sie es wissen. Ihre Angst um Kit ließ sie jetzt ständig bangen und zittern, denn sie konnte ja nicht vierundzwanzig Stunden am Tag bei ihm sein. Wenn sie wenigstens Georgias sterbliche Überreste im Markt fänden, könnten sie Schritte einleiten, um ihn besser abzusichern als bisher. Und wenn sie Unrecht hatte ... Dieses eine Mal im Leben wünschte Fiona, sich hoffnungslos geirrt zu haben, selbst wenn es peinlich wäre. Sie wünschte sich nichts mehr, als dass ihr Georgia aus den Morgenzeitungen entgegenlächelte, nachdem sie heil in Anthonys Arme zurückgekehrt wäre. Sie würde ihr sogar die Angst vergeben, die sie ihr verursacht hatte, wenn sie nur wieder glauben könnte, Kit sei in Sicherheit. Sie konnte sich überhaupt nicht vorstellen, wie sie einen normalen Arbeitstag überstehen sollte, wenn sie mit ihren sorgenvollen Gedanken ganz woanders war.

Zwanzig Minuten später war sie geduscht, angezogen und ordentlich geschminkt. Mehr noch, sie war sogar richtig wach. Beim Frühstück sprachen sie wenig und überließen es dem Radio, die Stille auszufüllen. Zu viele Gedanken und Ängste trieben sie um, als dass sie unbeschwert hätten plaudern können. Nach zwei Portionen schob Fiona ihren Teller zurück. »Das hat herrlich geschmeckt«, sagte sie. »Nicht nur ein Abend, an den man zurückdenken kann, sondern auch noch ein Morgen dazu.« Sie stand auf und nahm ihren Aktenkoffer.

»Du hast Glück, dass du mich hast«, sagte er mit einem wolfsgleichen Grinsen, das er dann mit einem Zwinkern abschwächte.

»Ich weiß. Und es soll auch weiter so bleiben. Du passt doch auf dich auf heute?« Fiona lächelte nervös und ging zu ihm, damit er sie in den Arm nehmen konnte. »Sei vorsichtig«, sagte sie leise.

»Natürlich werde ich aufpassen. Ich habe ja ein Buch fertig zu schreiben, Liebes. Ich spreche später mit dir.« Dieses Versprechen wollte er durchaus halten.

Wie ein Kind vor Weihnachten hatte Steve kaum schlafen können. Was zwischen ihm und Terry geschehen war, hatte ihn in atemlose und aufgeregte Hochstimmung versetzt. Aber die Aussicht auf das, was folgen könnte, hatte ihm bis auf einige flüchtige Augenblicke allen Schlaf geraubt. Und trotzdem war er nicht müde.

Er drückte den Kopf aufs Kissen, streckte die Arme über dem Kopf aus und dehnte das Rückgrat. Dann entspannte er sich wieder, rollte sich auf die Seite und sah sie an. Terry war ausgestreckt wie ein riesiger Seestern, Beine und Arme ausgebreitet. Sie lag auf dem Bauch und hatte ihm das Gesicht zugewandt. Selbst mit verschmiertem Make-up und dem vom Schlaf zerzausten Haar fand er sie umwerfend. Er fühlte sich benommen und zugleich von ihrer Schönheit geblendet. Sein eigener Körper schien ihm fremd und neu. Er hatte schon gelegentlich mit einer Frau geschlafen und sich dabei technisch geschickter angestellt. Aber gestern Abend schien Geschicklichkeit unwichtig. Das Gefühl hatte seinen ganzen Körper erfüllt, kein einziger, noch so winziger Teil seines Ichs konnte seine Handlungen kritisch überprüfen. Er hatte nicht das Bedürfnis gehabt, jemand anderem oder sich selbst eine Leistung unter Beweis zu stellen. Was immer sich zwischen Terry und ihm abgespielt hatte, hatte ihm Erfüllung gebracht wie noch nie.

Und es hatte Spaß gemacht. Sie hatten sich nicht nur leidenschaftlich begehrt, sondern auch im Lachen zueinander gefunden. Steve war am selben vertrauten Ort aufgewacht, aber er schaute den Morgen verwundert mit den Augen eines Forschenden an. Es war entnervend und fast erschreckend zu sehen, wie vollkommen ihn die Verliebtheit ergriffen hatte. Trotz aller Klugheit des Erwachsenen und seines beruflichen Scharfsinns war er unvorbereitet und verletzlich und wusste nicht, wie er damit fertig werden sollte.

Terry bewegte sich, und aus ihrer Kehle kam ein leiser, unverständlicher Laut. Dann öffnete sie die Augen. Einen Moment schien sie verstört, dann grinste sie zufrieden. »Verdammt noch mal, Gott sei Dank war's kein Traum«, sagte sie, richtete sich auf und schmiegte sich an ihn.

Er rieb sein Kinn mit den über Nacht gewachsenen Bartstoppeln an ihren wirren Haaren und legte die Arme um sie. »Ihr Akademiker geht so gepflegt mit Worten um.«

»Ja, aber Taten sind besser als Worte, und ich bin auf jeden Fall eine Frau der Tat«, entgegnete Terry und strich mit den Fingern über die wohlgeformten Muskeln seines Brustkorbs und die

Rippen. Sie fühlte ihn hart neben sich und schlug ein Bein über seines, während sich ihre Hüften ihm langsam näherten.

Steve stöhnte leise. »Du bist also kein Morgenmuffel«, sagte er, und seine Stimme klang rau vor Erregung.

Ihr Gesicht wich etwas zurück, und sie machte einen Schmollmund. »Hast du ein Problem damit?« Ihre Stimme war genauso aufreizend wie das, was ihr Körper ihm bot.

Er zog sie in seine Arme und spürte ihre warmen Brüste an seiner Brust. »Überhaupt nicht, wenn du in der nächsten Stunde nicht irgendwo erwartet wirst.«

Sarah Duvall war übel. Sie wusste, es hatte mehr damit zu tun, dass sie nicht geschlafen und zu viel Kaffee getrunken hatte, als mit dem, was sie in Smithfield Market gesehen hatte. Aber das Verstehen nützte nichts gegen diese unterschwellige leichte Übelkeit. Und dass sie Anthony Fitzgerald genau erklären musste, was er in der Leichenhalle würde identifizieren müssen, hatte auch nicht gerade geholfen. Sie wünschte fast, der Mörder hätte sich genauer an den Text gehalten. Dann wäre ihnen *ein* Horror erspart geblieben.

Sie saß mit grimmigem Gesicht auf dem Rücksitz des Wagens. Aber in ihrem Kopf war hinter ihren unbeweglichen Gesichtszügen alles in wilder Bewegung. Dieser Fall war in mehr als der augenscheinlichen Hinsicht ein schreckliches und unappetitliches Durcheinander. Er würde ihnen vielleicht ein Medieninteresse einbringen, das sich verheerend auswirken konnte. Denn es bedeutete, dass nicht nur jede ihrer Bewegungen und die ihres Teams aufmerksam von einer Horde Zeitungsschreibern verfolgt, sondern dass sie auch von ihren nervösen Vorgesetzten mit Sorge beobachtet werden würde, ob sie auch ja nichts Falsches tat oder sagte.

Und dann war da noch Fiona Cameron. Angesichts der neuen Ereignisse würde Fiona nicht als Einzige an fünf Fingern abzählen, dass es sich um einen Serienmörder handelte. Duvall wollte dies nicht öffentlich zugeben, aber sie bezweifelte, dass sie weiterhin einen Zusammenhang zwischen dem Tod von Drew Shand, Jane Elias und Georgia Lester abstreiten konnten. So oder so würde es nicht lange dauern, bis ein cleverer und ehrgeiziger Journalist sich daran erinnerte, dass Fiona mit einem Autor von Kriminalromanen zusammenlebte. Man würde ihr das Büro einrennen. Auch wenn Fiona von sich aus wahrscheinlich nicht zur Presse gehen würde, so hatte Duvall doch keine Ahnung, was ihre Antwort auf die direkte Frage eines Journalisten wäre. Und wenn die Katze erst einmal aus dem Sack war, würde es einen Ansturm von Thrillerautoren in Panik geben, die Polizeischutz verlangten. Es war ein Minenfeld, besonders wenn die Medien herausfanden, dass jemand Morddrohungen an die Schriftsteller verschickt hatte.

Und dann war da noch die Ermittlung selbst. Der Morgen war ein Alptraum gewesen, aber das war nur der Anfang. Nach dem schaurigen Fund kurz nach Mitternacht hatte sie zu verhindern versucht, dass der Markt weniger als vier Stunden später wieder für den Handel geöffnet wurde. Aber Darren Green hatte heftig argumentiert, was sie verlange, sei inakzeptabel. Sie könne selbst beim besten Willen kaum behaupten, dass der ganze Markt ein Tatort sei. Bei seiner Argumentation bewies er eine Intelligenz und zähe Entschlossenheit, die sie ihm nicht zugetraut hätte. Laut ihm sei es offensichtlich, dass, was immer geschehen sei, schon vor einiger Zeit passiert war. Hunderte von Menschen waren seit damals im Markt aus und ein gegangen, und die Polizei könne unmöglich noch irgendwo Spuren ihres Opfers finden, außer in der unmittelbaren Umgebung der entsprechenden Kühltruhe.

Seine Trumpfkarte hatte er mit dem Hinweis ausgespielt, dass der normale Betrieb im Markt der Polizei doch die beste Gelegenheit gebe, jeden potenziellen Zeugen zu fragen. Sie könnten Namen und Adressen von allen aufnehmen, die kamen, und vielleicht sogar schon mit den Befragungen beginnen.

Es war ein kluger Vorschlag gewesen, nicht zuletzt, weil er Duvall vor einem Gesichtsverlust bewahrte. Man hatte also den Lagerbereich abgesperrt und einen kleinen Polizistentrupp beauftragt, dafür zu sorgen, dass niemand Smithfield Market betrat, ohne Auskunft zu geben, wo er erreichbar sein würde. Inzwischen begann die Spurensicherung mit ihrer Aufgabe, jeden Zentimeter des mit Geräten gefüllten Lagerraums, wo die gruselige Entdeckung gemacht wurde, minuziös zu untersuchen.

So weit, so schlecht. Schlimmer noch war die Tatsache, dass sie ihre Zusammenarbeit mit der örtlichen Polizei in Dorset weiter fortsetzen musste. Was immer Georgia Lester zugestoßen war, hatte zwar in Duvalls Revier sein Ende gefunden, aber in Dorset seinen Anfang genommen. Wenn es Augenzeugen gäbe, war die Wahrscheinlichkeit sehr viel größer, dass sie dort unten auftauchen würden. Es war eher denkbar, dass jemand in einer entlegenen ländlichen Gegend etwas Außergewöhnliches bemerkt hatte, als dass eine Person mit einer Ladung Fleisch im Smithfield Market aufgefallen war. Immer vorausgesetzt, dass die Kollegen da unten ihre verdammte Arbeit richtig machten, fügte sie automatisch hinzu. Es war nie Duvalls Stärke gewesen zu delegieren, nicht einmal an ihr eigenes Team. Aber sich auf eine andere Dienststelle verlassen zu müssen, wo es um das Kernstück einer Ermittlung ging, war für sie die reine Hölle. Bis jetzt hatte sie an der Arbeit ihrer Kollegen in Dorset nichts bemerkt, das Anlass zur Kritik gab, aber trotzdem hatte sie allgemein das ungute Gefühl, dass sie nicht präzise und intelligent genug an diesen Fall herangingen. Sie würde ein Meeting einberufen müssen. Am besten dort unten, damit sie ein Gefühl für die Gegend bekam, wo die Entführung stattgefunden hatte.

Aber das würde warten müssen. Zuerst schuldete sie Steve Preston den Gefallen, ihn darüber zu informieren, was sein Hinweis gebracht hatte. Sie bat also ihren Fahrer, den Umweg über New Scotland Yard zu machen, bevor sie zu ihren Büros in der Wood Street zurückkehrten. Sie fuhr im Aufzug zu Steves Stockwerk hinauf und schritt den Korridor entlang, was ängstliche Blicke bei denen auslöste, an denen sie vorbeikam. Ein kurzes Klopfen an der Tür, und schon war sie eingetreten. Ihr erster Eindruck war, dass Steve es irgendwie geschafft hatte, in die letzten vierundzwanzig Stunden eine Woche Urlaub einzubauen. Die Falten von Stress und Anstrengung um die Augen hatten sich geglättet. Statt der für einen höheren Polizeibeamten wegen besessener Arbeitswut typischen Blässe hatte seine Haut eine gesunde Farbe. Seine Augen

glänzten, und das Grinsen, mit dem er sie begrüßte, war Lichtjahre von dem besorgten Lächeln des Vortages entfernt.
»Sie sehen aus, als kämen Sie mit Ihren Fällen besser voran als ich mit meinen«, sagte Duvall und setzte sich behutsam auf den Stuhl ihm gegenüber, wobei sie sich bewusst war, dass ihr Kostüm zerknittert aussah und sie wahrscheinlich wie ein voller Aschenbecher aus einer Kneipe roch.
Steve zog überrascht die Augenbrauen hoch. »Muss wohl eine optische Täuschung sein. Ich höre, Sie hatten eine lange Nacht.«
Duvall nickte und schob die Brille auf ihrer Nase höher. »Und es wird auch ein langer Tag werden. Ich dachte, Sie würden gern erfahren, was dabei herauskam.«
»Wär schön«, sagte Steve und nickte zustimmend.
»Wir gingen gegen zehn rein und fingen an, alles auseinander zu nehmen. Metzger und Bobbys durchsuchten Gefriertruhen und Kühlräume nach verdächtig aussehendem Fleisch, Händler regten sich auf, was wir an ihren Waren zu schaffen hätten, die Pathologen stocherten in allem herum, das auch nur entfernt außergewöhnlich aussah. Wovon es nicht viel gab, muss ich sagen. Der abgesprochene Plan war, wenn jemand etwas wirklich Verdächtiges finden würde, sollten die Pathologen es ins Labor bringen und überprüfen, ob es menschliches Gewebe war oder nicht. Ich hatte das ganz Team aufklären lassen, wonach sie suchen sollten. Aber als es so weit war, war das alles graue Theorie.«
»Wie meinen Sie das?«
»Etwa um Mitternacht fanden die Jungs eine Kühltruhe im hinteren Lagerbereich. Sie war mit einem Vorhängeschloss abgesichert, und niemand wollte zugeben, dafür Schlüssel zu haben. Nach Auskunft im Büro des Managers war sie einen Monat zuvor von einem Händler dort hingestellt worden, der sie dann wegbringen lassen sollte. Aber er behauptete hartnäckig, sie sei nicht abgeschlossen gewesen, und zwei seiner Angestellten bestätigten das. Wir gingen also mit einem Bolzenschneider ran. Als wir die Tür aufmachten, war die Truhe voller verpackter Fleischstücke. Außer einem Fach. Es enthielt nur ein Päckchen, das in schwarze Mülleimerbeutel

eingewickelt war.« Duvall hielt inne, um es spannender zu machen, und schaute Steve fragend an.
Steve schloss einen Moment die Augen, sein Gesicht verzog sich schmerzlich. »Der Kopf?«
»Der Kopf. Der Metzger, der ihnen aushalf, fiel zu Boden wie ein betäubter Ochse. Sie mussten ihn ins Krankenhaus bringen und die Platzwunde am Kopf nähen lassen. Er war beim Fallen auf eine Arbeitsfläche aufgeschlagen.«
»Daran wird er den Rest seines Lebens zu knacken haben«, sagte Steve. »Ich nehme an, es war Georgia Lesters Kopf?«
»Steht außer Frage. Ihr Ehemann muss später zur Identifizierung kommen, aber es besteht kein Zweifel.«
»Wann werden Sie das bekannt geben?«
Duvall seufzte. »Mein Chef will heute Nachmittag eine Pressekonferenz abhalten. Wir warten, bis wir aus Dorset die Bestätigung bekommen, dass von dort jemand hier sein kann.«
»Würden Sie es problematisch finden, wenn ich Kit Martin vor der Pressekonferenz informieren würde? Er und Georgia waren befreundet, und er wird wissen, dass Fiona mit uns gesprochen hat. Mir scheint, es ist das Mindeste, was ich tun kann.«
Duvall runzelte die Stirn. »Es wäre mir lieber, wenn wir es so lange wie möglich für uns behalten könnten. Ich weiß, er ist ein Freund von Ihnen, aber wir können es uns nicht leisten, den Eindruck zu erwecken, ein Schriftsteller werde von der Polizei bevorzugt.«
Steve zuckte mit den Schultern. »Es ist Ihr Fall, Sarah. Ehrlich gesagt, ich hatte genauso sehr an die langfristigen Interessen von New Scotland Yard gedacht wie an die Rücksichtnahme auf Kit. Fiona Cameron ist sehr findig und leistet gute Arbeit, und wir haben wegen unserer eigenen verflixten Blödheit ihre Dienste schon eine Weile entbehren müssen. Trotzdem ist sie mit ihrem Verdacht zu uns gekommen. Ich hätte gern die Möglichkeit gehabt, hier eine Brücke zu bauen, vielleicht den Bruch wieder zu kitten. Sicher könnte das auch Vorteile für die City Police haben.«
Duvalls herbes Lächeln verbarg ihren echten, heftigen Ärger. Innerhalb weniger Stunden hatten zuerst Darren Green und jetzt

Steve Preston sie mit ihren Manövern ausgetrickst. Das war nicht gut für die Psyche, besonders eine normalerweise so selbstbewusste Psyche wie die ihre. »Das ist ein gutes Argument, Sir.«
Steve erkannte den Gebrauch der förmlichen Anrede als ein Signal, dass es Zeit sei, sich zurückzunehmen. »Es ist Ihre Entscheidung, Sarah.«
»Ich denke, es kann nicht schaden. Vorausgesetzt, Sie machen deutlich, dass er nicht vor uns darüber zur Presse spricht.« Ein letzter Versuch, den Anschein zu wahren, sie habe die Situation unter Kontrolle.
»Ich glaube nicht, dass er überhaupt daran denken würde.« Steve stand auf und nahm sein Jackett. »Sie war mit ihm befreundet, Sarah. Er ist nicht *so* verzweifelt auf Publicity aus.«
Sie akzeptierte schweigend den angedeuteten Tadel und stand auf. »Ich werde Sie auf dem Laufenden halten«, sagte sie. »Wie geht es mit dem Fall Blanchard voran?«
Steve zog sich das Jackett über und breitete die Hände aus. »Wir sind hinter etwas her, was hoffentlich eine Spur ist. Aber einfach ist es nicht. Ich habe keine Mittel für einen richtigen Einsatz.«
Duvalls Lächeln war dünn. »Sie lassen es so laufen, dass man jederzeit einen Rückzieher machen kann, hm?«
»So ungefähr. Zumindest, bis unser Material und die Fakten bombensicher sind.«
Duvall verzog mitfühlend das Gesicht. »Und ich dachte, ich hätte heute einen besonders schlechten Tag.«
Steve machte die Tür auf und ließ ihr den Vortritt. »Machen Sie sich nichts draus. Es gibt mehr im Leben als die Arbeit.«
Mit dem gelösten Gang eines Spaziergängers im Park ging er den Korridor entlang. Duvall schaute ihm erstaunt nach, die gewohnte Gelassenheit auf ihrem Gesicht war der Überraschung gewichen. Steve Preston behauptete, es gäbe mehr im Leben als Arbeit? Das war ungefähr so wahrscheinlich, wie wenn Bart Simpson dem diplomatischen Dienst beiträte.
Etwas mitgenommen ging Duvall auf ihr Auto zu, um zu ihrem eigenen Büro in der Wood Street zurückzukehren. Es war offen-

sichtlich ein Tag der Überraschungen. Vielleicht würde sich Dorset als der Hort einer neuen Spezies von Supercops erweisen. Und vielleicht – nur vielleicht – würden sie zusammen Georgia Lesters Mörder finden, bevor die Medien sie bei lebendigem Leib verschlangen. Offenbar kam sogar noch Merkwürdigeres vor.

Kapitel 40

Fiona verließ den Hörsaal und ging zu ihrem Büro. Sie hatte keinerlei Erinnerung daran, was sie während der letzten fünfzig Minuten gesagt hatte. Sie war wie vorprogrammiert, hatte alles einfach automatisch ablaufen lassen und sah mit einem gewissen inneren Abstand zu ihren Studenten hinunter. Nervöse Angst bewirkte, dass sie innerlich wie ein unter Hochspannung stehendes Kabel vibrierte und sich von allem Äußeren ablöste. Sie wollte zu Hause bei Kit sein. Sie wollte, dass er da war, wo sie ihn sehen oder wenigstens seine Anwesenheit spüren konnte. Dass ihm dies auf die Dauer unerträglich wäre, machte es nicht leichter.

Es musste bald zu einer Entscheidung kommen, sagte sie sich. Entweder könnten sie die Idee eines Serienmörders verwerfen, sich alle entspannen und zu einem normalen Zustand zurückkehren. Oder alle würden akzeptieren, dass Kit und eine Hand voll anderer Personen in ernster Gefahr waren, und man würde entsprechende Maßnahmen ergreifen. Wenn die Polizei ihn nicht beschützte, dann würde sie es selbst in die Hand nehmen. Sie wusste, es gab Agenturen, die Bodyguards stellten, und Fiona hatte keine Bedenken dagegen, Kit professionellen Personenschutz zu besorgen. Er würde natürlich durchdrehen. Aber er musste es ja vielleicht gar nicht wissen.

Was immer geschah, ihr Leben würde nie wieder wie zuvor sein. Kit war mit seiner körperlichen Verletzlichkeit konfrontiert worden, wie geringschätzig er auch darüber redete. Das würde unweigerlich sein Selbstbild verändern. Und Fiona hatte zugeben müssen, dass sie nach so vielen Jahren kein bisschen besser die

Menschen wirksam schützen konnte, die sie liebte. Unwissenheit war damals, als es um Lesleys Rettung ging, vielleicht noch eine überzeugende Entschuldigung gewesen. Aber auch jetzt, nachdem sie so viel Wissen und Erfahrung gesammelt hatte, konnte Fiona nicht sicher sein, dass sie Kit zu retten vermochte.

Es war nicht gerade ein tröstlicher Gedanke.

Sie ließ ihre Papiere auf den Schreibtisch fallen und überprüfte ihre E-Mails. Außer den gewohnten Kurznachrichten von ihrem Institut gab es nur eine kurze Notiz von Kit mit dem Inhalt: »Zehn Uhr, alles in Ordnung.« Als Fiona darauf bestanden hatte, dass er den Kontakt mit ihr halten solle, hatte er ihr versprochen, sich in regelmäßigen Abständen zu melden. Er behauptete, es gebe ihm das Gefühl, ein Schwächling zu sein, aber sie wussten beide, dass es nur ein zum Schein vorgebrachter Einwand war.

Sie fing an, eine kurze Antwort zu schreiben, wurde aber von einem Anruf aus Spanien unterbrochen. »Hallo, Major Berrocal«, sagte sie und versuchte weniger zerstreut zu klingen, als sie es tatsächlich war. Am Rande registrierte sie müde und überrascht, wie ungewohnt es für sie eigentlich war, dass sie sich so wenig aus einem Fall machte, an dem sie mitgearbeitet hatte.

»Ich dachte, ich sollte Sie über unsere Arbeit informieren«, sagte er und klang ziemlich entmutigt.

»Das ist nett von Ihnen.«

»Es gibt leider nicht sehr viel zu berichten. Delgado lehnt es ab, sich zu seiner Schuld zu bekennen. Er sitzt nur mit steinernem Gesicht da und sagt absolut nichts. Aber die gute Nachricht ist, dass es so aussieht, als würden wir bald Beweise von der Spurensicherung bekommen, die unsere Indizienbeweise stützen könnten. Wir haben einen früheren Nachbarn Delgados gefunden, der im Alcazar arbeitet und annimmt, Delgado habe sich vielleicht bei einem seiner Besuche bei ihm zu Hause der Schlüssel bemächtigt. Und endlich haben wir zwei Zeugen ausgemacht, die ihn an dem Abend mit der Engländerin gesehen haben, als sie ermordet wurde. Ein Paar aus Bilbao. Sie haben den Bericht in der Zeitung gesehen und sich bei uns gemeldet. Es hat sich erwiesen, dass sie in dem Hotel übernachteten, wo das Opfer arbeitete, und deshalb erkannten sie die junge Frau. Sie hatten sich bei ihr angemeldet, verstehen Sie, deshalb erinnerten sie sich an sie. Wir haben jetzt in diesem Mordfall Anklage gegen ihn erhoben, aber ich glaube, wir werden letzten Endes genug gegen ihn haben, um ihn für alle drei Morde vor Gericht zu bringen.«

»Das sind ja gute Nachrichten«, sagte sie, obwohl es ihr eigentlich egal war. »Sie sind bestimmt froh, dass er nicht mehr auf der Straße herumläuft.«

»Sehr froh. Wir hätten ihn ohne Ihre Hilfe nie so schnell einkreisen können. Ich habe das an meine Vorgesetzten weitergegeben. Ich glaube, es wird sie vielleicht überzeugen, dass wir Ihre Hilfe brauchen werden, damit Sie uns in die Verwendung von Deliktverknüpfung und geografischen Täterprofilen einführen.«

Fiona stieß ein verhaltenes Lachen aus. »Ich glaube, da sind Sie sehr optimistisch, Major. Aber viel Glück mit Ihren Maßnahmen gegen Delgado.«

»Danke. Und viel Erfolg für Ihre eigene Arbeit, Frau Dr. Cameron. Ich bin sicher, wir werden uns noch sprechen.«

Fiona verabschiedete sich und legte auf. Sie wusste, sie sollte sich eigentlich freuen, aber stattdessen war sie frustriert. Ihre Arbeit hatte dazu beigetragen, dass jemand in Toledo davon abgehalten wurde, Ausländer zu ermorden. Aber niemand ließ sie dasselbe für den Mann tun, den sie liebte. Vielleicht sollte sie Sarah Duvall anrufen und ihre Dienste anbieten.

Die Frau konnte nicht mehr als Nein sagen.

Kit war in der Küche und machte Kaffee, als es klingelte. Er erstarrte und unterbrach seine Tätigkeit. Er erwartete niemanden. Trotz seiner gespielten Unbekümmertheit in Fionas Gegenwart war ihm vollkommen klar, dass er unweigerlich ganz oben auf der Liste stand, wenn es da draußen tatsächlich einen Killer mit einer solchen gab. Vorsichtig steckte er den Löffel in die Tüte zurück und lehnte sie an die Kaffeemaschine. Nachdem er tief Luft geholt hatte, ging er den Flur entlang.

Er war nur Zentimeter von der Tür entfernt, als die Glocke wieder schrillte und ihn zusammenzucken ließ. *Wenn der Postmann zweimal klingelt.* James M. Cain, ein klassischer amerikanischer Thriller. Und der endete auch nicht gut. Die letzten paar Meter schlich er nur und legte das Ohr an die Tür. »Wer ist da?«, rief er.

Die Klappe des Briefkastens ging klappernd auf und zu. Eine geisterhafte Stimme sagte von unten: »Kit, ich bin's, Steve.«

Erleichtert schloss Kit hastig auf und öffnete die Tür weit. »Ich habe keinen Verfolgungswahn, ehrlich«, sagte er. Als er dann Steves Gesicht sah, trat er zurück. Blöder Kerl, fluchte er innerlich über sich selbst. Steve wäre nicht mitten am Tag hierher gekommen, wenn er nicht eine ganz schlechte Nachricht hätte. »Es geht doch nicht um Fiona?«, sagte er heiser. Sein Mund war trocken, und er hatte die Augen aufgerissen.

Steve legte ihm eine Hand auf den Arm und führte ihn behutsam über die Schwelle. Er schloss die Tür fest hinter sich. »Soviel ich weiß, ist mit Fi alles in Ordnung. Komm, wir gehen in die Küche. Ich muss mit dir reden.«

Benommen ging Kit voraus und stolperte fast, wo der Teppich an die Fliesen stieß. »Ich wollte gerade Kaffee machen«, sagte er und wusste, das war völlig unwichtig, aber er wollte so lange wie möglich die schreckliche Gewissheit hinausschieben.

»Kaffee wäre nicht schlecht«, sagte Steve. Er setzte sich an den Tisch und wartete geduldig, bis Kit das Ritual beendet hatte, die Milch aufzuschäumen und das Wasser durch den zusammengepressten Kaffee hochsteigen zu lassen. Kit stellte Steve vorsichtig eine Tasse hin und setzte sich dann mit seiner eigenen dazu.

»Es geht um Georgia.« Es war eine Feststellung, keine Frage.

Steve nickte. »Einer meiner Kollegen hat ihre sterblichen Überreste heute früh gefunden.«

»Dort, wo Fiona vermutete? In Smithfield Market?«

»Sie hatte mit allem außer einem Detail Recht.« Steve nahm eine Zigarre heraus und zupfte an der Zellophanverpackung. »Es war kein schöner Anblick, Kit. Wer immer sie verstümmelt hat, ließ ihren Kopf für uns zurück. Damit es keinen Zweifel geben konnte, was wir gefunden hatten.«

Kit zog lange und zitternd die Luft ein. »Mein Gott«, er atmete langsam aus, bedeckte das Gesicht mit den Händen, und seine Schultern fingen an zu beben. Steve fühlte sich völlig hilflos. Er kannte Kit seit Jahren, aber in ihrer Beziehung waren sie bisher nie mit Kummer konfrontiert worden. Er kannte keine Verhaltensregeln für eine solche Situation. Wenn Polizisten weinten – und selbst bei Frauen war das so –, hatten sie meistens etwas dagegen, dass ihre Kollegen davon Notiz nahmen. Sie wollten es nur hinter sich bringen. Steve stand auf und ging zum Schrank, in dem Getränke standen. Er fand den Brandy, goss reichlich zwei Finger hoch in ein Glas, stellte es vor Kit hin und legte ihm eine Hand auf die bebenden Schultern. »Trink das, es wird dir helfen.«

Als Kit den Kopf hob, waren seine Augen rot und verquollen, die Wangen nass. Er schob den Brandy zur Seite, griff nach dem Kaffee und legte seine große Hand um die Tasse, um so viel Wärme wie möglich aufzunehmen. »Ich hoffte immer noch, dass Fiona sich geirrt haben könnte«, sagte er. »Ich sagte mir immer wieder, dass etwas so Krankes, wie ich es mir ausdenke, nicht wirklich passieren könnte, weißt du? Nur so konnte ich es ertragen. Ich konnte einfach nicht glauben, dass jemand da draußen herumläuft und uns umbringt.«

Steve seufzte. »Wenn man so viel gesehen hat wie ich, Kit, dann weiß man, dass das, was sich jemand ausgedacht hat, oft vom wirklichen Leben noch übertroffen wird. Es tut mir schrecklich Leid wegen Georgia. Ich weiß, sie war mit dir befreundet.«

Kit schüttelte müde den Kopf. »Sie war einfach erstaunlich. Ich hätte Georgia für unverwüstlich gehalten. Hinter all ihren Frivolitäten war sie so klug, so stark. Ich weiß, die Leute hielten uns für ein merkwürdiges Freundespaar, aber sie war mir näher als irgendjemand sonst in der Branche. Sie war herrlich. Sie brachte mich zum Lachen. Und sie war immer da. Wenn es beim Schreiben mal mies lief, brachte sie etwas zu trinken mit, und wir schimpften zusammen über unser schwieriges Leben, obwohl wir natürlich

beide wussten, dass wir Sonntagskinder waren und großes Glück hatten.« Er trank seine Tasse aus und rieb sich heftig mit dem Handrücken die Augen. »Mist, wie beschissen das Leben doch ist.«
»Sie geben es erst am Nachmittag offiziell bekannt«, sagte Steve und kam auf die Tatsachen zurück. »Aber ich wollte nicht, dass du das Radio anmachst und es so erfährst.«
»Danke. Wie geht's Anthony, weißt du etwas darüber?«
Steve schüttelte den Kopf. »Es ist kein Fall für die Met. Er gehört zur City of London, deshalb habe ich nicht direkt damit zu tun. Aber ich weiß zufällig, dass er jetzt gerade bei der Identifizierung ist.«
»Der arme Kerl.« Jetzt ergriff er den Brandy und trank einen großen Schluck. »Wenn ich ihm kurz schreibe, wirfst du es für mich ein? Ich habe Fiona versprochen, ich würde nicht allein ausgehen. Ich dachte, sie wäre überängstlich, aber jetzt …« Er stand auf. »Gib mir ein paar Minuten.«
»Nimm dir Zeit«, sagte Steve, wickelte seine Zigarre aus und zündete sie an. Während er auf Kit wartete, schweiften seine Gedanken von dem Schmerz und der Aufregung wegen Georgias Tod ab und wandten sich Terry zu. Selbst Sarahs schreckliche Nachricht hatte es nicht vermocht, der gestrigen Nacht und dem Morgen danach ihren Glanz zu nehmen. Sie hatten sich wieder für den Abend verabredet. Steves übliche Vorsicht und die Schwäche, die sein Gefühlsleben so lange beherrscht hatte, schienen ihn verlassen zu haben. In dieser Beziehung wollte er sich nicht bedeckt halten, wollte nicht so tun, als lasse er sich nur schwer gewinnen. Er wollte bei Terry sein, und da sie ihm versicherte, dass dieses Gefühl auf Gegenseitigkeit beruhte, wäre es verrückt, nicht jeden Moment zu ergreifen, der sich ihm bot. Einerseits wäre er gern bei Kit geblieben, um dessen Schmerz mit ihm zu teilen. Aber es war nicht die rechte Zeit dafür.
Als Kit in die Küche zurückkam, hielt er einen Umschlag in der Hand. »Ich hatte keine richtige Kondolenzkarte, so musste ich eben eine Postkarte nehmen. Ich glaube, Anthony wird das nichts

ausmachen. Ich wollte ihm nur sagen, dass ich in Gedanken bei ihm bin. Richte ihm aus, dass ich für ihn da bin, wenn er etwas braucht. Ja?« Er gab Steve die Karte. »Ich habe sie frankiert. Wenn du sie unten an der Straße in den Briefkasten stecken könntest, müsste er sie morgen früh bekommen.«

»Kommst du klar?«, fragte Steve und stand auf.

Kit atmete tief ein. »Ich komme schon zurecht. Du musst gehen, es wird eine Menge Arbeit für dich geben.«

Spontan trat Steve auf ihn zu und legte die Arme um ihn. Kit umarmte ihn auch und drückte Steve fest an sich. Sie waren nicht verlegen, als sie sich voneinander lösten. »Ich danke dir, dass du es mir gesagt hast, Steve. Du hast Recht, es hätte mich wirklich völlig aus der Fassung gebracht, die Nachricht im Radio zu hören. Jetzt, wo ich es weiß, kann ich das Telefon herausziehen. Mit Presseleuten will ich jetzt wirklich nicht reden.«

»Sagst du es Fi?«, fragte Steve. »Oder soll ich es ihr sagen?«

»Ich schicke ihr jetzt eine E-Mail. Anrufen will ich nicht, wenn sie bei der Arbeit ist, du weißt ja, wie das ist.« Kit ging mit Steve zur Tür. Anders als sonst wartete er nicht, bis Steve verschwunden war, bevor er die Tür schloss. Heute machte er sie sofort zu und drehte die Schlüssel im Sicherheitsschloss und im Einsteckschloss um. Dann ging er langsam zu seinem Schreibtisch zurück und rief sein E-Mail-Programm auf.

Von: Kit Martin <KMWriter@trashnet.com>
An: Fiona Cameron <fcameron@psych.ulon.ac.uk>
Betrifft: Schlimmer kommt's nicht mehr.

Du hattest Recht. Georgia ist tot. Kalte, harte Worte für eine kalte, schreckliche Tatsache. Steve ist gerade gegangen. Er kam, um es mir selbst zu sagen, weil er nicht wollte, dass ich es unvorbereitet von einem Pressetyp oder durch eine Nachrichtenmeldung erfahre.

Sie haben sie in Smithfield Market gefunden, wie du gesagt hast. Ich habe *And Ever More Shall Be So* gelesen, ich kann mir nur allzu gut vorstellen, wie es war. Die einzige Abweichung ist, sagt Steve, dass der Mörder den Kopf bei der Leiche ließ.

Ich wollte, du wärst hier. Oder ich wäre dort. Ich fühle mich so abgeschnitten von meinem Leben. Sehr verwirrt.

Bitte versuche, dich nicht um mich zu sorgen. Ich habe alles beherzigt, was du gesagt hast. Ich habe alles dicht gemacht und bleibe hier, bis du zurückkommst, und dann werde ich überlegen, wie wir es am besten machen, bis jemand diesen verrückten Scheißkerl hinter Gitter bringt.

Irgendwo in dieser ganzen Sache muss es doch einen Hinweis geben, der die Auflösung bringt. Ich vermute, sie werden die Ermittlungen jetzt vernetzen, wenn auch nur inoffiziell. Tu, was du kannst, um bei dem Team mitzuarbeiten. Nicht dass es mir recht wäre, dass du bei der Arbeit bist, anstatt bei mir sein zu können. Aber ich will, dass dieser Kerl erwischt wird, nicht nur Georgias wegen, sondern auch zu meiner eigenen Beruhigung. Und wenn irgendjemand Argumente liefern kann, die den Zusammenhang dieser Verbrechen zeigen, dann bist du es.

Ich hab dich lieb.

K.

Kit schickte die Nachricht ab, schloss das Programm und nahm die CDs aus dem Player. Dann ging er nach oben ins Wohnzimmer, wo Fiona ihre klassischen CDs aufbewahrte, und suchte das Regal ab. Er nahm sich das Verdi-Requiem, stieg wieder hinunter und legte es ein. Nachdem er die Play-Taste gedrückt hatte, setzte er sich auf seinen Sessel. Als die Musik zum Crescendo anschwoll, lehnte er sich zurück, schloss die Augen und ließ vor seinem inneren Auge Szenen mit der Freundin ablaufen, die er verloren hatte.

Kapitel 41

Der Konferenzsaal war voll, grell erleuchtet von den Scheinwerfern eines Fernsehteams und stickig von der Ausdünstung zu vieler aufgeregter Menschen. Die Journalisten tauschten Vermutungen darüber aus, um welche Verlautbarung es gehen könnte. Die Zyniker unter ihnen, die immer alles aus früheren Erfahrungen zu kennen glaubten, versuchten ihren Vermutungen den Anstrich von Überzeugungen zu geben. Es musste um Georgia Lester gehen, und sie war bestimmt tot. Das war ihre kategorische Sicht der Dinge. Es musste um Georgia gehen, weil im Moment nichts anderes lief, was so wichtig war. Wenn es etwas anderes wäre, hätten sie doch wenigstens einen Wink von einem Kontaktmann bekommen. Und sie musste tot sein, andernfalls würde ihr Verleger die Pressekonferenz abhalten. Offensichtlich.

Außerdem behaupteten alle, sie hätten Insider-Wissen. Einer ihrer Quellen zufolge habe es am Vorabend eine große Aktion in der Gegend von Smithfield Market gegeben, die mit der vermissten Schriftstellerin zu tun hatte. Das hatten sich jedenfalls die Schlaueren zusammengereimt und erhofften sich an diesem Nachmittag Bestätigung. Wenn sie Recht hatten, wäre es ein garantierter Platz auf der Titelseite. Und darauf kam es an.

Die Zuversichtlichen behaupteten, es ginge jetzt nur noch um Kleinigkeiten. Nur die i-Tüpfelchen und die Querstriche an den Ts. Man musste nur noch einen seiner Leute schicken, einen aus jener niederen Reporter-Spezies, die keinen Titel wie Gerichtskorrespondent oder Sonderberichterstatter für Juristisches hatten, damit er sich auf die Suche nach dem Ehemann machte sowie auf die Jagd nach einem herzzerreißenden Foto und einem drastischen Zitat, das auf die Tränendrüsen drückte.

Trotzdem trat Stille ein, als die Vertreter der Polizei hereinkamen. Dass es um etwas Ernstes ging, war offensichtlich. Der Deputy Commissioner, stellvertretender Polizeipräsident, war selbst da, von DCI Duvall und einem fremden Gesicht begleitet, das kein Reporter kannte. Die Polizeibeamten nahmen befangen und in gedrückter Stimmung hinter der Reihe von Mikrofonen Platz. Der Leiter der Presseabteilung huschte besorgt hierhin und dahin wie ein nervöser Vater vor dem Krippenspiel. Als alle mit der Tonqualität zufrieden waren, räusperte sich der stellvertretende Polizeipräsident. »Danke, dass Sie heute Nachmittag gekommen sind, meine Damen und Herren. Ich habe eine kurze Mitteilung zu machen und werde dann Ihre Fragen beantworten.« Er stellte seine Kollegen vor. Der Fremde war, so stellte sich heraus, ein Detective Chief Superintendent aus Dorset. Der Deputy Commissioner sah auf ein Blatt Papier in seiner Hand hinunter.

Er räusperte sich noch einmal. »Bei einer Suchaktion, die gestern Nacht im Bereich von Smithfield Market von Beamten der City of London Police durchgeführt wurde, sind menschliche Überreste entdeckt worden. Sie sind als die vermisste Autorin Ms. Georgia Lester identifiziert worden. Aus diesem Anlass wurde eine Mordkommission eingesetzt. Detective Chief Inspector Duvall wird die Ermittlungen leiten. Wir werden mit unseren Kollegen in Dorset in Verbindung stehen, wo Ms. Lester offenbar letzte Woche verschwand. Es geht hier um ein besonders entsetzliches Verbrechen, und wir appellieren an jeden, sich zu melden, der Ms. Lester gesehen hat, nachdem sie letzten Mittwoch ihr Ferienhaus in Dorset verließ. Ihr Wagen wurde am Sonntag gefunden, aber wir wissen nicht, wie lange er schon dort stand. Wir müssen diese Zeitspanne möglichst genau eingrenzen. Wir suchen auch Zeugen, die vielleicht im Lauf der letzten Woche in der Gegend von Smithfield Market etwas Ungewöhnliches gesehen haben.« Er blickte auf und schürzte die Lippen. »Ihre Fragen bitte.«

Ein Stimmengewirr, Hände reckten sich in die Luft. Der Pressechef zeigte auf eine. »Corinne Thomas, *Radio BBC*. Wenn Sie sagen, menschliche Überreste, was meinen Sie damit genau?«

Der stellvertretende Polizeipräsident zeigte auf Duvall, um anzudeuten, dass sie die vorbereitete Antwort geben solle. »Ms. Lesters Leiche ist zerstückelt worden. Die Vorgehensweise lässt auf einfache Kenntnisse in Anatomie oder eine Grundausbildung als Metzger schließen.«

Der zweite Fragensteller. »Jack O'Connor, *The Times*. In einem von Ms. Lesters Romanen, der verfilmt wurde, spielt ein Mörder die Hauptrolle, der seine Opfer entführt und dann zerteilt. Soweit ich mich erinnere, waren die Leichen im Buch bei einem Fleischgroßhändler versteckt. Glauben Sie, dass ihr Mörder das Buch kopiert hat?«

»Kein Kommentar«, sagte der stellvertretende Polizeipräsident bestimmt.

O'Connor gab nicht so schnell auf. »Glauben Sie, dass dieses Verbrechen etwas mit dem Mord an Drew Shand in Edinburgh zu tun hat? Er wurde ja kürzlich auf eine Art und Weise umgebracht, die sich mit dem Tod eines seiner Opfer in seinem Buch deckte.« Seine aufgeregten Kollegen im Hintergrund übertönten fast O'Connors Stimme, aber nach den grimmigen Gesichtern zu urteilen, die auf ihn hinuntersahen, konnte kein Zweifel bestehen, dass die Polizeivertreter ihn gehört hatten.

»Kein Kommentar«, sagte der stellvertretende Polizeipräsident wieder.

Eine dritte Fragestellerin sprang auf und stellte ihre Frage. »Sharon Collier vom *Mirror*. Sie können also nicht leugnen, dass ein Serienmörder es auf Thrillerautoren abgesehen hat?«

»Ich kann so etwas weder leugnen noch bestätigen, Ms. Collier. Bis zu diesem Zeitpunkt habe ich keine Beweise, die mir erlauben würden, einen Kommentar zu diesen Fragen abzugeben.« Der stellvertretende Polizeipräsident wurde allmählich unruhig. Der Pressechef wählte schnell einen seiner zahmen Reporter aus und ließ ihn zu Wort kommen.

»Patrick Stacey vom *Express.* Wo wurde die Leiche gefunden?«

Duvall ergriff die Initiative. »Wir entdeckten Ms. Lesters Überreste in einer Kühltruhe, die offiziell nicht mehr in Gebrauch war, in einem Lagerbereich von Smithfield Market. Nach Aussage des Besitzers wurde sie dort abgestellt, von wo sie in ein anderes Lagerhaus für Fleisch gebracht werden sollte. Sie war ungefähr fünf Wochen dort. Wenn also jemand eine Person gesehen hat, die die Truhe in diesen fünf Wochen benutzt hat, haben wir großes Interesse, dies zu erfahren.«

Die Fragen kamen jetzt schneller. »Gibt es Tatverdächtige?«

»Welche Hinweise haben Sie?«

»Steht ihr Mann unter Verdacht?«

»Ist ein Serienkiller am Werk?«

»Steht eine Verhaftung bevor?«

»Haben Sie schon einen Profiler herangezogen?«

Abrupt erhob sich der stellvertretende Polizeipräsident. »Das ist jetzt erst einmal alles, meine Damen und Herren. Wenn wir Weiteres zu berichten haben, werden wir Sie informieren.«

»Einen Moment!« Ein Ruf drang durch den ganzen Raum. Ein bärtiger Mann in einem sportlichen Tweed-Jackett mit kariertem Hemd und roter Krawatte drängte sich durch die Reihen der Journalisten.

Der stellvertretende Polizeipräsident schaute den Pressechef an, der eine Handbewegung machte, als wolle er die Reporter verscheuchen und damit sagen, sie sollten endlich den Raum verlassen. Der Beamte aus Dorset machte sich schon bereit, den Saal zu verlassen, aber Duvall saß still und starrte den Mann an, der sich entschlossen weiter nach vorn drängte ohne Rücksicht auf die Leute, die er zur Seite stieß.

»Warum sagt ihr ihnen nicht die Wahrheit?«, rief er mit hochrotem Gesicht. »Warum es ableugnen, alle wissen doch, dass es stimmt. Ein Serienmörder geht um und bringt Thrillerautoren um, die sein Material gestohlen haben.«

Inzwischen versuchten mehrere uniformierte Polizisten, zu dem Urheber dieser Störung vorzudringen. Aber der Saal war ein einziges Chaos aus Presseleuten, die sehen und hören wollten, was da vorging. Alle riefen durcheinander, aber immer noch war der Mann im Tweed-Jackett zu hören. »Wieso ich das weiß?«, schrie er so laut er konnte. »Ich weiß es, weil ich es bin. Ich habe sie umgebracht. Drew Shand, Jane Elias und Georgia Lester. Sie haben meine Storys gestohlen, und ich habe sie dafür büßen lassen.«

Duvall sprang jetzt auf, drängte sich an ihrem Chef vorbei und stürzte sich ins Gewühl. Alle Hindernisse außer Acht lassend, kämpfte sie sich energisch durch die aufgewühlte Menge und bahnte sich einen Weg zu ihrer Beute. Sie hielt weder inne, um sich bei dem Fotografen, dem sie einen Rippenstoß versetzte, noch, um sich bei dem Radioreporter zu entschuldigen, den sie mit ausgestrecktem Arm am Kinn erwischte. Inzwischen hatte sich der Mann im Tweed-Jackett genug von der Menschenmenge um ihn herum befreit und fing an, Flugblätter in die Luft zu werfen. Er ließ die Blätter hoch über seinen Kopf wirbeln, und sie flatterten durch den Raum wie Albino-Fledermäuse, die vom plötzlichen Licht gereizt schienen. Reporter stießen und drängelten durcheinander und versuchten ein Flugblatt zu ergattern, während andere dem Mann im Tweed-Jackett Fragen zuriefen. Er grinste starr wie die Fratze eines mittelalterlichen Wasserspeiers.

Zwei Polizisten in Uniform packten ihn gerade, als Duvall sich durch den letzten Pulk der Pressemeute kämpfte. Keuchend, die Jacke an der einen Schulter zerrissen, stand sie dem Fremden gegenüber. »Schafft ihn weg«, befahl sie. »Untersuchungshaft. Sofort!«

Ein empörter Aufschrei von den Presseleuten, als die Polizeibeamten den Mann abführten. Duvall beobachtete, dass er sich nicht wehrte. Sie stand isoliert inmitten der Reporter und sah dem Mann und seinen Begleitern nach, die zur selben Tür hinausgingen, durch die sie hereingekommen war. Langsam wurde sie darauf aufmerksam, dass der stellvertretende Polizeipräsident etwas ins Mikrofon rief. »Meine Damen und Herren, die Pressekonferenz ist abgeschlossen. Bitte verlassen Sie das Gebäude. Ich wiederhole, bitte verlassen Sie das Gebäude.« Er hätte geradeso gut »Yellow

Submarine« singen können, dachte Duvall. Wenigstens hätte man ihm dann mehr Beachtung geschenkt.

Duvall beachtete nicht die aufgeregten Fragen um sie herum, erhaschte eines der Flugblätter und drängte sich wortlos wieder zwischen den empörten und frustrierten Journalisten zurück zum Podium. Dort machte sie eine weit ausholende Geste, sie sollten sich davonmachen. Der DCS aus Dorset sah aus, als wäre er lieber an einem anderen Ort, während der Deputy Commissioner wütend war. Als sie gingen, nutzte Duvall den kurzen Moment für einen Blick auf das Blatt.

Der Verfasser, ein gewisser Charles Redford, behauptete, der Mörder von Drew Shand, Jane Elias und Georgia Lester zu sein. In einem Stil, der beunruhigend an die Drohbriefe erinnerte, die Duvall schon untersucht hatte, verkündete Redford, sie würden dafür bestraft, dass sie seine Ideen gestohlen und die Veröffentlichung seiner Bücher verhindert hätten. Er habe ihnen allen zuvor Manuskripte geschickt und sie bei der Suche nach einem Verlag um Hilfe gebeten. Aber sie hätten ihm nicht nur keine Starthilfe gegeben, sondern sogar noch Salz auf die Wunde gestreut, indem sie seine Ideen gestohlen und sie in ihren eigenen Büchern verwendet hätten. Das Komplott, das in dem Flugblatt beschrieben wurde, war verworren genug, um einen vom Verfolgungswahn Geschädigten zu überführen, aber als ein Motiv für Serienmorde schien es doch nicht auszureichen, dachte Duvall. Es versetzte sie immer wieder in Erstaunen, dass manche Menschen durch einen winzigen Auslöser von einfachen Feld-Wald-und-Wiesen-Spinnern zu geistesgestörten Mördern wurden. Bestimmt hatte Fiona Cameron einen Fachterminus für so etwas.

Im Vorzimmer, fern von dem ganzen Trubel, schüttelte der DC den Kopf. »Was war denn das jetzt?«, fragte er. »Wie ist denn der Verrückte da reingekommen?«

Duvall streifte ihre Jacke ab und besah sich mit geschürzten Lippen den Schaden. Sollten sich doch der DC und der Pressemensch darüber streiten, sie würde sich in diese Auseinandersetzung nicht einmischen.

»Er muss einen Presseausweis gehabt haben«, verteidigte sich der Pressechef stotternd. »Andernfalls hätte er es nicht geschafft.«
Der DC winkte ab, als wolle er eine lästige Wespe abwehren. »Lassen wir das. Wer ist er denn, verdammt noch mal?«
Duvall schaute von ihrer zerrissenen Jacke auf und holte tief Luft. »Nach der Information auf dem Flugblatt, das jetzt in den Händen der Presse ist, heißt er Charles Redford und wäre gern als Verfasser von Thrillern bekannt. Seiner Überzeugung nach haben die Mordopfer ihm seine Plots gestohlen.«
»Ist der echt?« Der DC schien verwirrt.
»Ich werde das jetzt gleich herausfinden. Ich habe angeordnet, dass er direkt ins Untersuchungsgefängnis gebracht wird. Ich werde ihn wegen Mordverdachts verhaften und dann weitersehen.«
»Müssen wir ihn jetzt gleich verhaften? Er könnte ja auch nur die Aufmerksamkeit auf sich ziehen wollen und unsere Zeit verschwenden.«
Duvall fuhr es durch den Kopf, dass es schon sehr lange her sein musste, dass der DC Polizeiarbeit gemacht hatte, ohne dabei die Politik ins Spiel zu bringen. »Ich möchte dies genau nach den Vorschriften handhaben, Sir. Wenn er der Mörder ist, will ich nicht das mindeste Risiko eingehen, beim Prozess wegen irgendeines Formfehlers nicht durchzukommen. Ich will ihn verhaftet wissen, ich will, dass er einen Rechtsbeistand hat, und ich will, dass alles einwandfrei in die Akten aufgenommen wird.«
Zu ihrer Überraschung meldete sich der DCS aus Dorset und unterstützte sie. »DCI Duvall hat Recht«, sagte er, und die leicht ländliche Dialektfärbung gab seiner tiefen Bassstimme unerwartete Autorität. »Ich würde es an ihrer Stelle genauso wollen. Und es wäre mir sehr lieb, wenn ich beim Verhör dabei sein könnte.«
»Ich glaube nicht, dass wir das einrichten können«, sagte der DC zweifelnd. »Eine Frage der Zuständigkeit, verstehen Sie?«
»Wir haben ein Vernehmungsbüro mit einem Beobachtungsraum«, merkte Duvall an. »Sicher könnte unser Kollege diese Möglichkeit ohne Probleme nutzen. Ich glaube, ein zusätzliches Paar Augen und Ohren könnte uns helfen, Sir.« Sie glaubte nicht

im Geringsten, dass der DCS aus der Provinz etwas bemerken würde, das sie selbst nicht sofort wahrnahm, aber sie würde beim Sammeln des Belastungsmaterials noch mit den Kollegen aus Dorset zusammenarbeiten müssen. Es würde sie nichts kosten, deren führenden Mann bei guter Laune zu halten.

»Gut.« Der DC nickte und zog sie zur Seite. »Aber weiter darf es nicht gehen, Duvall«, fügte er halblaut hinzu. »Der gehört uns.«

Vielleicht nicht, wenn er sie in Dorset ermordet hat, dachte Duvall. Aber wenn es hier die Möglichkeit gab, sich einen Namen zu machen, dann war sie entschlossen, sie für sich zu nutzen. Redford hatte in ihrem Revier die Tat zugegeben. Er würde in ihrem Gewahrsam bleiben, wenn es irgend möglich war. »Ich gehe also dann zum Untersuchungsgefängnis«, sagte sie.

Die beiden Männer sahen ihr nach, als sie ihre zerrissene Jacke über die Schulter warf und mit selbstsicheren Schritten den Korridor entlangging.

»Gott helfe ihm, wenn er ihre Zeit verschwendet«, sagte der Beamte aus Dorset.

»Sie hat eine verteufelt schwere Aufgabe vor sich«, sagte der DC.

»Wie meinen Sie das?«

»Wie eliminieren wir normalerweise falsche Geständnisse? Wir überführen sie mit Hilfe der Details, die nicht veröffentlicht wurden. Dieser Mörder aber hat vorher veröffentlichtes Material als Aktionsplan benutzt. Redford wird alle Antworten kennen, ob er sie umgebracht hat oder nicht.«

Der DCS aus Dorset zog hörbar die Luft ein. »O Mist«, sagte er. »Und ich bin nicht sicher, ob DCI Duvall das schon herausgefunden hat«, fügte er hinzu und verzog die Lippen zu einem überlegenen Lächeln.

Fiona schloss die Augen und klickte die E-Mail auf dem Bildschirm vor sich weg. Die Bestätigung ihrer Befürchtungen war das Letzte, was sie jetzt vor sich sehen wollte. Schließlich zwang sie sich jedoch, Kits E-Mail noch einmal durchzulesen. Es war nicht der Zeitpunkt, sich hängen zu lassen. Er brauchte ihre Unterstützung, während sie wie ein erschrecktes Häschen in der Ecke saß und jammerte. Sie riss sich zusammen und tippte das Feld »antworten« an.

Von: Fiona Cameron <fcameron@psych.ulon.ac.uk>
An: Kit Martin <KMWriter@trashnet.com>
Betrifft: Betr: Schlimmer kommt's nicht mehr

Mein lieber Kit,
es tut mir so furchtbar Leid wegen Georgia. Es muss dir wehtun, mein Liebster, und ich wünschte, ich könnte etwas tun, um dir den Schmerz zu nehmen. Aber ich fürchte, in diesem besonderen Fall werde ich kaum von Nutzen sein, selbst wenn DCI Duvall meine Hilfe in Anspruch nehmen wollte. Es ist bereits jedem klar, der etwas Grips hat, dass diese Fälle zusammenhängen, und du weißt ja, dass ich mit den vagen Ansätzen wie z. B. »Bettnässer als Neunjähriger und quälte die Katze der Nachbarn« nichts zu tun haben will. Was hätte ich ihnen also zu bieten? Nicht viel außer gesundem Menschenverstand.
Also, Lieber, es ist wichtig, dass du sehr gut auf dich aufpasst. Ich werde zur normalen Zeit zu Hause sein oder, wenn es geht, früher.
Ich hab dich lieb.
F.

Kapitel 42

Charles Cavendish Redford beharrte hartnäckig darauf, dass er auf einen Rechtsbeistand verzichten wolle. Er bestand darauf, dass er mehr über das Strafrecht wisse als der durchschnittliche Pflichtverteidiger und sehr wohl in der Lage sei, eine polizeiliche Vernehmung durchzustehen, ohne dass ihm jemand die Hand hielt.

Duvall gefiel diese Entscheidung. Sie wusste, dass selbst der unerfahrenste Pflichtverteidiger Redford raten würde, nichts weiter zu sagen. Aber wenn er sich durch seine eigenen Aussagen ans Messer liefern wollte, sollte ihr das nur recht sein. Ohne Anwalt würde Redford schneller und ohne lästige Unterbrechungen seine Enthüllungen machen. Klar war jedenfalls, dass Redford unbedingt zu Wort kommen wollte.

Sie hatte ihn im Untersuchungstrakt auffordern müssen, nur auf die Fragen des Sergeants zu seiner Person zu antworten. Etwas wäre ihr nämlich nicht recht gewesen: wenn er alles gleich losgeworden wäre und sie dann, sobald sie im Verhörzimmer seine Version offiziell aufnehmen wollten, plötzlich kein Wort mehr aus ihm herausgekriegt hätten.

Sobald er offiziell verhaftet war, schickte Duvall ein Team von Beamten zur Durchsuchung seiner Wohnung. Ein zweites Team bekam die Aufgabe, so viel wie möglich über Leben und Treiben von Charles Redford, den selbst ernannten, noch unveröffentlichten Schriftsteller, herauszufinden. Dann entschwand Duvall für zehn Minuten in ihr Büro. Sie warf ihre zerrissene Jacke ins untere Schließfach und ersetzte sie durch eine leichte schwarze Wolljacke,

die dort als permanentes Aushilfsexemplar ihr Leben fristete. Sie sprühte einen Schuss ihres Lieblingsparfüms in die Luft und genoss den Duft, den sie kühl auf der Haut spürte. Dann setzte sie sich mit Notizblock und Bleistift hin und notierte die Hauptpunkte, die sie brauchte.
Schließlich stand Duvall – etwa eine Stunde nach dem Aufruhr bei der Pressekonferenz – vor ihrem geständigen Serienmörder hinter einem Tisch mit Resopalplatte. Der Raum war so klein, dass man fast Platzangst bekam, der große Spiegel an der einen Wand ließ ihn eher kleiner statt größer erscheinen. Über den gewohnten Gerüchen von altem Schweiß, Rauch und Angst lag ein Duft ihres Parfüms *Versace Red Jeans*. Redford, nicht gerade ein Hannibal Lecter, zuckte nicht einmal mit der Nasenspitze.
»Na endlich«, sagte er ungeduldig. »Also, los, lassen Sie schon das Band laufen.«
Duvalls Sergeant schaltete beide Tapedecks an und machte für die Akten die Angaben über Datum, Uhrzeit und die Anwesenden. Der Beamte aus Dorset, der sich hinter den Spiegel gesetzt hatte und für den der Ton übertragen wurde, war nicht auf der Liste.
Duvall musterte Redford. Mittelgroß, durchschnittlich gebaut. Sein Haar und Bart waren sorgfältig geschnitten, die Haut von der teigigen Blässe eines Menschen, der nicht viel Zeit im Freien zubringt. Seine Augen waren dunkel graublau, aufmerksam und tief liegend. Die Tweed-Jacke sah aus, als wäre sie einmal teuer gewesen, als sie neu war, aber das musste schon lange her sein. Sie passte ihm so gut, dass sie sogar wie maßgeschneidert aussah, aber heutzutage, wo Secondhandläden für einen wohltätigen Zweck gute Sachen verkauften und in jeder Verkaufsstraße wie Pilze aus dem Boden schossen, hatte das nichts zu bedeuten. Der Kragen seines karierten Hemds war an der Innenseite etwas ausgefranst. Er legte die langen Finger in endloser und sinnloser Folge immer wieder neu ineinander. Sein Gesamteindruck war der großer Intensität hinter einer Fassade von Bedürftigkeit, die aber zugleich etwas Vornehmes hatte.
»Sie haben bestimmt schon ein Team ausgeschickt, das meine

Wohnung durchsuchen soll«, stellte er mit einem Grinsen fest, das einen Mundwinkel zucken ließ. »Das ist Zeitverschwendung. Sie werden nichts finden außer alten Zeitungen. Was jeder haben könnte, der ein bisschen nachlässig mit dem Entsorgen von Papier ist.«

»Wir werden ja sehen«, sagte Duvall.

»Sie werden nichts sehen, Detective Chief Inspector Duvall«, sagte er und ließ sich ihren Titel auf der Zunge zergehen. »Wie ist Ihr Vorname? Irgendein hübscher für ein liebes Mädchen, wette ich, und Sie hassen ihn. Also, Detective Chief Inspector, ich bin Ihr schlimmster Alptraum.«

Duvall erlaubte sich ein nachsichtiges Lächeln. »Ich glaube nicht, Mr. Redford.«

»O doch. Ich habe diese Morde begangen, verstehen Sie. Ich gebe es freiwillig zu. Und ich werde Ihnen sagen, was und wie ich es genau gemacht habe. Aber nur bis zu einem bestimmten Punkt. Ich werde Sie nicht zu Beweisstücken führen, ich werde Ihnen nicht von Orten erzählen, wo Sie nach Zeugen suchen können. Haben Sie eine Ahnung, wie viele Touristenbetten es in Edinburgh gibt? Damit könnten Ihre Kollegen dort oben sich eine Weile amüsieren. Nein, Detective Chief Inspector, Sie werden nur das bekommen, was ich zugebe.« Er grinste und zeigte kleine Schneidezähne wie die Milchzähne eines Kindes. »Sie werden großen Spaß mit der Staatsanwaltschaft haben. Keine Beweise, nur ein Geständnis. Ach du guter Gott.«

Duvall schien sich zu langweilen. »Gut. Können wir also zum Geständnis kommen?«

Redford sah einen Moment gekränkt aus. Dann erhellte sich sein Gesichtsausdruck. »Ich sehe, was Sie vorhaben«, sagte er triumphierend. »Sie versuchen mich aufzubringen, indem sie mir das Gefühl vermitteln, dass Sie mich links liegen lassen. Na ja, ich will Ihnen mal was sagen, ich habe genug gelesen und genug gesehen, um all Ihre Tricks zu durchschauen, DCI Duvall. Sie werden mich nicht drankriegen. Also, ich verstehe mich als Geschichtenerzähler. Lassen Sie uns daher mit dem Anfang beginnen.«

»Nein«, unterbrach ihn Duvall abrupt. »Versuchen wir doch mal eine radikalere Erzählweise. Lassen Sie uns mit dem Ende beginnen, mit Georgia Lester.«

»Ooooh.« Redford ließ einen gedehnten Laut der Bewunderung hören. »Da werde ich aber Erzähltechnik anwenden müssen! Aber wollen Sie nicht hören, warum ich so radikal gegen Thrillerautoren eingestellt bin?«

Duvall zog sein Flugblatt aus ihrer einfachen, praktischen schwarzen Handtasche. »Ich zeige Mr. Redford eines der Blätter, die er heute Nachmittag auf einer Pressekonferenz der Polizei verteilt hat«, sprach sie auf das Band. »Ich nehme an, die Gründe sind hier erklärt? Sie schickten ihnen Ihre Romane in der Hoffnung, dass sie Ihnen helfen würden. Aber sie haben Ihnen nicht nur keine Beachtung geschenkt, sondern Sie glauben sogar, dass sie Ihnen Ihre Geschichten gestohlen und Ihre Werke abgeschrieben haben. Ist das eine zutreffende Zusammenfassung?« Sie sprach schnell und energisch. Er war so voller Selbstbewusstsein, dass sie bestenfalls hoffen konnte, ihn etwas zu verunsichern. Darauf steuerte sie nun genau zu. Sie spürte den Adrenalinstoß, den Zustand produktiver Anstrengung, der sie gespannt sein ließ wie einen Flitzbogen. Es kam so selten vor, dass sich ein Verhör auch nur ansatzweise zu einer Herausforderung entwickelte, und Duvall genoss die Konfrontation.

»Ja, schon«, sagte er, aber mit einem Tonfall leichter Unzufriedenheit. »Aber wollen Sie nicht mehr darüber wissen, warum ich angefangen habe? Das sollte Sie doch interessieren.«

Sie zuckte die Achseln. »Die Motivation wird in der Kriminalliteratur überschätzt, Mr. Redford. Erinnern Sie sich an jenen praktischen Arzt in Manchester? Harold Shipman? Er wurde verurteilt, weil er fünfzehn ältere Patienten mit einer Überdosis Morphium umbrachte. Niemand weiß eigentlich, warum er es getan hat, aber das hat die Geschworenen nicht daran gehindert, ihn schuldig zu sprechen. Die Motive überlasse ich den Anwälten. Ich interessiere mich für die technische Seite dessen, was Sie getan und wie Sie es getan haben. Und lassen Sie uns bei Georgia Lester bleiben, ja? Sie werden noch genug Gelegenheit haben, aus gegebenem Anlass mit Kollegen anderer Zuständigkeitsbereiche über Ihre anderen angeblichen Verbrechen zu sprechen. Das heißt, wenn Sie mich überzeugen können, dass Sie etwas mit der Ermordung Georgia Lesters zu tun haben.«

Redford lehnte sich zurück und legte mit der Herablassung eines Akademikers die Fingerspitzen aneinander. »Ich wusste, dass sie ein Ferienhaus in Dorset hatte«, begann er weit ausholend.

»Woher wussten Sie das?«, konterte Duvall. Sie war entschlossen, nicht zuzulassen, dass er sich bei seiner Geschichte entspannte.

»Das Magazin *Hello!* brachte letztes Jahr einen Artikel über sie. Fotos von der Außenansicht des Hauses und von innen. Im Artikel stand, es sei sieben Meilen von Lyme Regis entfernt. Es war nicht schwer zu finden. Ich habe also das Ferienhaus ausfindig gemacht und dann meinen Plan geschmiedet. Ich erkundigte mich nach ihrem Zeitplan …«

»Wie haben Sie den herausgefunden?«, fragte Duvall.

»Auf ihrer Internetseite. All ihre öffentlichen Auftritte. Ich wusste, dass sie an den meisten Wochenenden nach Dorset hinunterfuhr, und mit Hilfe der Veranstaltungsliste im Internet konnte ich mir leicht ausrechnen, wann sie wieder in London zu erwarten war. Müssen Sie dauernd unterbrechen?«, fragte er genervt.

»Ich dachte, meine Fragen wären Ihnen willkommen«, sagte Duvall umgänglich. »Sie sagen, Sie möchten, dass ich Ihnen glaube. Sie sollten dankbar sein, dass ich versuche, für alle Details Ihrer Geschichte Bestätigungen zu finden.«

Seine Augen flammten kurz und ärgerlich auf. »Sie halten sich wohl für sehr schlau, nicht wahr, Duvall? Aber mir sind Sie nicht gewachsen. Ich habe sie umgebracht, und Sie werden mir den Mord an Georgia Lester zur Last legen müssen.«

»Entweder das, oder ich werde Ihnen vorwerfen müssen, den Lauf der Ermittlungen zu stören. Sie haben Georgia also hinterherspioniert. Was für ein erbärmliches, billiges Verbrechen das ist. Wie haben Sie sie gefangen genommen?«

Eine Stunde später verließ Duvall das Vernehmungsbüro. Sie war erschöpft und frustriert. Obwohl sie ihn ständig mit Fragen bombardiert hatte, hatte sie keine einzige Tatsache aus Redford herausgebracht, die nicht entweder schon in der Presse veröffentlicht worden war oder auf die man nicht durch aufmerksames Lesen von Georgia Lesters Text selbst hätte kommen können. Sie ging in das Beobachtungszimmer, wo der DCS aus Dorset mit einem Notizblock auf den Knien saß. »Was meinen Sie?«, fragte sie.

Er blickte auf und verzog das Gesicht. »Sie müssen ihn dazu bringen, über etwas Konkretes zu sprechen, das sich bei Ihrer Suchaktion ergeben hat und das noch nicht veröffentlicht worden ist. Er hat noch nichts geäußert, was ein guter Anwalt bei seinem Plädoyer vor den Geschworenen nicht auseinander nehmen könnte. Er will zwar seinen Auftritt vor Gericht, aber er will nicht verurteilt werden, so wie ich es sehe. Und er hält sich für klüger als Sie.«

Duvall lehnte sich an die Wand und verschränkte die Arme vor der Brust. »Und das ist vielleicht der Punkt, mit dem ich ihm eine Falle stellen kann. Als ich das Flugblatt las, fiel mir gleich auf, wie sehr der Stil dem der Drohbriefe ähnelt, die an manche Krimiautoren geschickt wurden. Mit dem richtigen Sachverständigen können wir ihm die Briefe vielleicht nachweisen, ob wir nun die Originale in seinem Computer finden oder nicht. Und wenn wir die Briefe mit den Morden in Verbindung bringen können, dann haben wir einen Anfang. Aber es wird höllisch schwer sein, das wasserdicht festzuzurren.«

»Glauben Sie, dass er es wirklich war?«

Duvall stieß sich von der Wand ab und trat an den venezianischen Spiegel heran. Dahinter schaute Redford mit einem selbstbewussten Grinsen zu ihr auf, als könne er sie sehen. »Das frage ich mich eben immer wieder.«

Der DCS tippte mit dem Stift auf seinen Block. »Wenn ich dieses Flugblatt lese, kommt es mir so vor, als würde er praktisch alles tun, um sein Buch veröffentlicht zu sehen.«

Duvall seufzte. Er hatte damit einen Gedanken ausgesprochen, der ihr auch schon gekommen war. »Glauben Sie, er würde so weit gehen, dafür einen Mord zu begehen?«

»Ich glaube, er würde jedenfalls so weit gehen, einen Mord zu gestehen.« Er schüttelte den Kopf. »Ich sage Ihnen etwas, DCI Duvall, ich werde mich nicht mit Ihnen darüber streiten, wer den Orden für die Auflösung des Rätsels bekommt.«

Fiona fand Kit im Wohnzimmer in voller Länge auf der Couch ausgestreckt. Auf dem Boden neben ihm stand eine Flasche, die noch ein paar Zentimeter Rotwein enthielt. In dem Glas, das auf seiner Brust stand, war ein kleiner Rest. Im Fernsehen lief eine australische Seifenoper. Seine Augen waren auf den Bildschirm gerichtet, aber sie wusste, er sah eigentlich nicht zu.

»Ich hole dir noch eine Flasche«, sagte sie.

»Das wäre eine gute Idee«, stimmte er zu. Es war ihm nicht anzuhören, dass er getrunken hatte.

Als Fiona zurückkam, setzte sie sich im Schneidersitz auf den Boden neben ihm und goss sich den Rest aus der Flasche in ihr Glas. »Es tut mir so Leid wegen Georgia, ich kann gar nicht sagen, wie sehr.«

»Mir auch«, sagte Kit und richtete sich etwas auf, so dass er halb gegen die Lehne des Sofas gestützt saß. »Und ich habe auch Angst. Jemand ist da draußen und tötet Leute wie mich, da ist es schwer, sich von dem Gedanken frei zu machen, dass ich der Nächste auf seiner Liste sein könnte.«

»Ich weiß.« Fiona trank ihr Glas aus und fing die zweite Flasche an. »Und ich kann nichts sagen oder tun, um es zu ändern. Ach Gott, wie ich dieses Gefühl hasse.« Sie ergriff seine Hand.

Das Schweigen zwischen ihnen wurde von dem albernen Geplapper der verliebten Teenager in der Seifenoper überdeckt. Fiona wünschte sich mehr, als sie sich je irgendetwas gewünscht hatte, sie könnte einen Zauberstab schwingen und das Gefühl der Bedrohung auflösen, das sie beide wie ein klebriges Spinnennetz umfing und sie für alles andere blind machte. »Es war nett von Steve, dass er gekommen ist und den Fall persönlich mit dir besprochen

hat«, sagte sie endlich. »Zumal es zur Zeit schlecht zwischen uns steht.«
»Er liebt dich zu sehr, als dass er kleinlich sein könnte.«
Fiona warf ihm einen kurzen, überraschten Blick zu. Sie hatte immer gedacht, die Bürde von Steves geheimer Liebe sei ihr kleines Geheimnis. Sie hatten nie über das Thema gesprochen, und sie hatte angenommen, Kit habe ihre Version ihrer langjährigen Beziehung zu Steve akzeptiert: ein Gegenbeweis zu der Theorie, dass Freundschaft zwischen heterosexuellen Männern und Frauen unmöglich sei.
Kit schüttelte den Kopf, ein müdes Lächeln erschien auf seinem Gesicht. »Meinst du, ich hätte nie was bemerkt?«
»Na ja, schon. Ich dachte aber, dass du dir nichts dabei dachtest, weil du nie etwas gegen ihn gesagt hast«, gab sie zu.
Kit nahm die Flasche und füllte sein Glas. »Warum sollte mich seine Liebe zu dir stören? Sie war ja nie eine Bedrohung für mich. Ich habe immer gewusst, dass du ihn nicht liebst. Na ja, du liebst ihn schon, natürlich, aber als Freund. Und er hat nie versucht, mir vorzuschreiben, wie ich dich behandeln sollte. Warum sollte es dann ein Problem sein?«
Fiona lehnte den Kopf an seinen Oberschenkel. »Du überraschst mich immer wieder.«
»Gut. Es wäre mir nicht lieb, wenn ich denken müsste, du hättest mich ganz durchschaut.« Er ließ ihre Hand los und strich ihr übers Haar. »Du bist ein sehr guter Grund, am Leben zu bleiben, weißt du. Ich werde nichts riskieren.«
Fiona ergriff die Gelegenheit. »Wir lassen also gleich morgen früh jemanden von einem Sicherheitsdienst kommen, um einen Bewacher für dich zu beauftragen.«
»Ist das dein Ernst?« Sein Tonfall war eine Mischung aus Ungläubigkeit und Empörung.
»Noch nie so sehr wie jetzt. Du kannst doch nicht wie ein Einsiedler leben, Kit. Du weißt doch, es würde dich innerhalb von ein paar Tagen zum Wahnsinn treiben. Du wärst frustriert und hättest schlechte Laune, könntest nicht arbeiten und würdest etwas tun, das

dir sicher erscheint, wie zum Beispiel im Park von Hampstead Heath spazieren gehen. Du wärst schutzlos und gefährdet.« Als er ihr widersprechen wollte, hob Fiona energisch die Hand. »Ich will darüber nicht streiten, Kit. Deine Sicherheit ist das Wichtigste, aber du musst schließlich auch noch halbwegs normal leben können.«
»Zugegeben. Aber ein Wächter? Ich käme mir wie ein totaler Trottel vor.«
»Es ist besser als die Alternative.«
Bevor Kit noch etwas sagen konnte, war der Abspann der Seifenoper zu Ende, und die eindringliche und vertraute Erkennungsmelodie vor den Sechs-Uhr-Nachrichten erklang. Fiona drehte sich hastig zum Bildschirm um. »Mal sehen, was sie über Georgia bringen«, sagte sie.
Der Nachrichtensprecher setzte sein Markenzeichen, ein ernstes Lächeln, auf und fing mit den Meldungen an. »Guten Abend. Die sterblichen Überreste der vermissten Kriminalautorin Georgia Lester sind in einem Gefrierschrank im Londoner Smithfield Market entdeckt worden. Und nach einer dramatischen Szene bei einer Pressekonferenz der Polizei hat ein Mann den Mord an ihr gestanden.«
Den Rest der Schlagzeilen bekamen Fiona und Kit nicht mit. »Was zum Teufel?«, rief Kit aus.
Sie mussten nicht lange warten. Georgia war die erste Meldung im Hauptteil der Nachrichten. »Die Polizei der City of London hat heute Nachmittag eine Pressekonferenz abgehalten, um mitzuteilen, dass eine Durchsuchung von Smithfield Market mit der Entdeckung von Georgia Lesters sterblichen Überresten endete. Der grausige Fund wurde in den frühen Morgenstunden gemacht, nachdem die Polizei die ganze Nacht eine neue Spur verfolgte. Ms. Lester ist vor zehn Tagen irgendwo zwischen ihrem Ferienhaus in Dorset und ihrem Londoner Haus verschwunden. Seitdem wurde verschiedentlich Besorgnis um ihre Sicherheit geäußert.
Aber die Entdeckung wurde von den Ereignissen bei der Pressekonferenz selbst überschattet. Ich gebe weiter an unsere Reporterin Gabrielle Gershon.«

Eine Mittdreißigerin mit ernstem Gesicht und modischer Brille blickte in die Kamera. »Die Polizei hat bei der Pressekonferenz nur wenig preisgegeben. Man hat nur zugegeben, dass Georgia Lesters zerstückelte Leiche in einem Gefrierschrank in Smithfield Market gefunden wurde, wollte aber nichts über einen möglichen Zusammenhang zwischen dem Tod der Bestsellerautorin und den kürzlich ermordeten Thrillerautoren Drew Shand und Jane Elias sagen.

Aber als die Pressekonferenz zu Ende ging, drängte sich ein Mann zwischen die Reporter und erklärte, er sei für alle drei Morde verantwortlich. Dann verteilte er Flugblätter, auf denen er behauptete, die drei ermordeten Autoren hätten seine Arbeiten gestohlen und er habe sie aus Rache für ihren Betrug umgebracht.

Aus rechtlichen Gründen dürfen wir die Aufnahmen der turbulenten Szene nicht zeigen. Aber der Mann ist abgeführt worden, und vor zehn Minuten hat die Polizei bestätigt, dass er als mutmaßlicher Mörder verhaftet wurde.«

Die Stimme des Nachrichtensprechers unterbrach sie. »Schien dieser außergewöhnliche Zwischenfall bei der Polizei Überraschung hervorzurufen, Gabrielle?«, fragte er.

»Ja, Don, er hat wohl sehr große Verwirrung verursacht. Bis zu diesem Zeitpunkt hatte es keine Hinweise gegeben, dass die Polizei irgendwelche Tatverdächtigen im Fall Georgia Lester hatte.«

»Das ist eine bemerkenswerte Wende der Sachlage. Ich kann mich nicht erinnern, dass so etwas schon einmal passiert ist«, sagte Don, der Nachrichtensprecher im Studio, der auf dem Bildschirm wieder zu sehen war. »Danke, Gabrielle. Wir werden mehr von Ihnen hören, wenn es weitere Neuigkeiten gibt.« Er blickte nachdenklich in die Kamera. »Später werden wir in dieser Sendung eine Würdigung von Georgia Lesters Leben und Werk bringen. Aber jetzt zu den wichtigsten Ereignissen von heute.«

Fiona nahm die Fernbedienung und stellte den Ton ab. »Unglaublich«, sagte sie verwundert. »Er hat vor einem Raum voller Journalisten ein Geständnis abgelegt?«

»Also, der braucht keinen Publicity-Manager.«

»Gib mir mal das Telefon«, sagte Fiona.

Kit streckte sich und nahm den schnurlosen Hörer. »Wen willst du anrufen?«

»Wood Street. Ich will wissen, ob das echt ist oder nur ein Spinner aus der Gegend dort.«

»Meinst du, sie werden es dir sagen?«

Fiona warf ihm einen ihrer scharfen Blicke zu, mit denen sie vorwitzige Studenten zum Schweigen brachte. »Glaubst du etwa nicht?«

Zehn Minuten später legte sie auf. Sarah war natürlich nicht zu sprechen gewesen. Aber als Fiona einem leicht argwöhnischen Sergeant im Einsatzzentrum erklärt hatte, in welcher Verbindung sie zu dem Fall stand, versicherte er ihr, ja, die Mordkommission nehme den Geständigen ernst. Und wahrscheinlich werde ihm – das sei aber ganz inoffiziell – bis zum nächsten Morgen eine Tat zur Last gelegt werden können. Vielleicht nicht Mord, noch nicht. Aber jedenfalls etwas Schwerwiegendes.

Fiona kam sich vor wie in dem Moment, wo die Wirkung der Betäubungsspritze beim Zahnarzt nachlässt. Wie eine Flüssigkeit lief die Spannung von ihr ab. Ihre anfänglich skeptische Reaktion war zerstreut worden, da der Sergeant beharrlich versichert hatte, jemand mit der Intelligenz Sarah Duvalls nehme die Sache ernst. Und wäre der Geständige einer der üblichen Verdächtigen gewesen, die jedes Mal, wenn ein schweres Verbrechen in den Schlagzeilen stand, aus ihrem Versteck gekrochen kamen, dann hätte die Polizei es gemerkt. Sie blickte lächelnd in Kits ängstliche Augen über ihr. »Sie scheinen ihn für echt zu halten«, sagte sie und atmete tief aus. Sie stand hastig auf, setzte sich auf die Couch und schlang die Arme um ihn. »Ich hoffe, sie haben Recht«, sagte sie leise. »O Gott, ich hoffe, es ist zu Ende.«

Kapitel 43

Im Zimmer hing der schwere Duft von Ylang-Ylang, Sandelholz und Rosenöl. Der Schein von zwei Kerzen nahm dem klinisch weißen Anstrich der Wände die Kälte und verwandelte Steves Schlafzimmer aus einer Mönchszelle in einen Ort, wo Romantik möglich war. Das Massageöl und die Kerzen waren Terrys Beitrag zu dieser Atmosphäre. Nach der ersten Nacht dringlichen Begehrens wollte sie ihrer Liebe nun einen sinnlicheren Rahmen geben.

Sie lagen mit träge ineinander verschlungenen Gliedern nebeneinander. Zwei Sektgläser standen in Reichweite, fanden aber jetzt, da die beiden Liebenden sich die Geschichte ihres Lebens erzählten, keine Beachtung. Steve hörte Terry von ihrer Kindheit sprechen und genoss das Gefühl, aus der Banalität seines Lebens herausgehoben zu sein.

Als das Telefon in Terrys leicht ironischen Bericht hineinschrillte, wurde er mit einem Ruck in sein früheres Leben zurückgestoßen.

»Mist«, schimpfte er wütend und machte sich von ihr los.

Sie lachte leise in sich hinein. »Lass es doch einfach. Du bist nicht im Dienst.«

»Ich kann nicht«, sagte er ärgerlich, ging mit ein paar großen Schritten durchs Zimmer und griff schnell nach dem Telefon auf der Frisierkommode. »Zu viel los. Blödes Ding.« Er drückte auf den Knopf und schnauzte: »Hier Preston.«

»Steve? Hier ist Sarah Duvall.«

Steve unterdrückte seinen Ärger und ging zur Bettkante, wo er sich fallen ließ. »Was kann ich für Sie tun, Sarah?«

»Habe ich einen schlechten Moment erwischt?«

»Nein, geht in Ordnung.«

Duvall merkte an seinem brüsken Ton, dass es nicht in Ordnung war, aber sie sprach trotzdem weiter. Sie würde kaum zulassen, dass Steve Prestons Bequemlichkeit ihrem Ziel im Weg stand. »Ich wollte Ihre Meinung hören, ob Dr. Cameron wohl eine formelle Anfrage von uns wegen Mitarbeit am Lester-Mord annehmen würde.«

Steve schaute unschlüssig zu Terry hinüber. Er fühlte sich nicht ganz wohl dabei, vor ihr über Fiona zu reden. Es hatte fast etwas von Inzest an sich. »Ich denke schon. Das Problem lag bei der Met, es war nicht prinzipieller Art. Was wollen Sie denn genau?«

»Wie Sie wissen, haben wir einen Geständigen in Haft. Es bereitet uns ganz besondere Probleme, seine Echtheit zu überprüfen, weil so viele Einzelheiten des Verbrechens aus Lesters Buch stammen. Aber ich denke, man könnte Hinweise finden, dass er die Briefe geschrieben hat. Ich will ihm die Briefe nachweisen und dann Zusammenhänge zwischen den drei Morden finden, vor allem wenn wir feststellen können, dass Shand und Elias auch Briefe bekommen haben. Ich dachte, Dr. Cameron könnte sich vor allem die Briefe und das Flugblatt vornehmen, das er bei der Pressekonferenz verteilt hat, dann könnte sie das Material der beiden anderen Fälle noch einmal durchgehen und prüfen, ob es einen Zusammenhang gibt. Mit drei Fällen, die wir einbeziehen können, haben wir eine bessere Chance, Zeugen zu finden oder sonst etwas ausfindig zu machen, das entweder das Geständnis bestätigt oder ihn als Täter ausschließt.«

»Ich würde schon denken, es ist einen Versuch wert«, sagte Steve vorsichtig. »Und es gibt niemanden, der so etwas besser erledigen würde.«

»Ich will nicht bis morgen früh warten«, sagte Duvall. »Haben Sie ihre private Nummer?«

»Ich glaube, ein persönliches Gespräch würde zu einem besseren Ergebnis führen als ein Anruf.« Es war jetzt nicht der rechte Moment, Duvall zu sagen, dass sie sich durch ihre Telefontaktik kaum

bei Fiona beliebt machen würde. Denn diese nahm Duvall ohnehin ihr Zögern übel, Kit und seinen Kollegen Schutz zu gewähren.
»Also eine Adresse?«
Steve warf einen kurzen Blick auf Terry, die zusammengerollt auf der Seite lag und ihn mit einem Lächeln beobachtete. Einen kurzen Moment überlegte er, ob er ins andere Zimmer gehen sollte, damit Terry nicht merkte, dass es um ihre Chefin ging. Der Instinkt, alles vertraulich zu behandeln, saß tief in ihm, aber es war ihm klar, wenn diese Beziehung gelingen sollte, musste er Terry an seinem Leben teilnehmen lassen. Er holte tief Luft und sagte die vertraute Adresse. Terrys Augenbrauen hoben sich, und ihr Gesichtsausdruck spiegelte Neugier wider. Steve beendete das Gespräch und legte das Telefon auf die Kommode zurück.
»Ich werde nicht nachbohren, wenn du nicht willst, aber ich habe nun mal Fionas Adresse mitbekommen«, sagte sie.
Steve ging wieder ins Bett und streckte den Arm aus, um sie an sich zu ziehen. »Du hast von dem Typ gehört, der bei einer Pressekonferenz den Mord an Georgia Lester gestanden hat?«
»Ich hab's in den Nachrichten gesehen, ja.«
»Tja, die Kollegen von der City of London wollen sich deswegen mit Fiona beraten. Sie halten ihn für tatverdächtig.«
»Und sie wollen die Tat mit den anderen beiden Morden an Krimiautoren in Verbindung bringen, ja?« Terrys Interesse war geweckt. Sie richtete sich etwas auf und stützte sich auf einen Ellbogen.
»Stimmt. Fiona wird sich darauf stürzen. Von allem anderen abgesehen, wird sich vielleicht bestätigen, dass sie den Richtigen haben, und sie kann dann aufhören, sich Sorgen darüber zu machen, dass Kit der Nächste auf der Liste sein könnte.«
»*Natürlich*. Deshalb ist sie die letzten Tage so zerstreut wie eine Schlafwandlerin.«
»Hast du nicht daran gedacht, dass Kit in Gefahr sein könnte?«
»Was soll ich dazu sagen? Ich hatte Kit irgendwie vergessen. Ich habe ihn nur einmal kurz kennen gelernt. Außerdem spricht Fiona nie über ihr Privatleben. Und niemand hat über einen möglichen Serienmörder gesprochen. Die Zeitungen taten alle so, als gäbe es

keinen Zusammenhang zwischen Drew Shand und Jane, wie hieß sie noch mal?« Sie schüttelte irritiert den Kopf. »Ach Gott, wie konnte ich nur so ein dummes Huhn sein? Sie muss sich so gesorgt haben, dass sie ganz daneben war.«
Steve seufzte. »Sie war der völligen Panik so nahe, wie es bei Fiona überhaupt möglich ist. Wir haben uns gestern deswegen zerstritten. Sie war wütend, weil sie zwar die Idee hatte, Smithfield Market zu durchsuchen, aber weder die Polizei der City noch die der Met konnte sich dazu durchringen, Kit zu schützen.«
Terry runzelte die Stirn. »Ach, Steve, das ist schlimm. Private und berufliche Pflichten kommen sich in die Quere, und du bist mittendrin. Dir und Fiona muss es ja beschissen gehen. Ganz fertig vor Angst um ihn, und dann liegt ihr auch noch miteinander im Clinch.«
»Es ist nicht leicht gewesen in letzter Zeit«, gab er zu. »Wenigstens sieht es aus, als sei Kit jetzt in Sicherheit, und dafür bin ich sehr dankbar. Er ist mein bester Kumpel, und wenn ihm etwas zugestoßen wäre, weiß ich nicht, wie ich das verkraftet hätte. Aber ich fürchte, das alles hat meine Beziehung zu Fiona beschädigt. Sie ist eine Frau, die nicht so leicht vergibt.«
»Sie wird sich wieder einkriegen«, sagte Terry forsch und zuversichtlich. »Besonders wenn du gehörig kriechst. Nach meiner Erfahrung reagiert sie ganz gut, wenn man vor ihr buckelt.«
Steve schüttelte den Kopf. »Ich glaube, diesmal wird das nicht ausreichen.«
Terry kuschelte sich an ihn. »Ich hatte mich so angestrengt, dass du schön locker wirst, und jetzt bist du schon wieder ganz verspannt.« Sie nahm die Flasche mit dem Massageöl. »Es hilft nichts. Du wirst einfach Kit und Fiona vergessen, dich schön hinlegen und tapfer deine Behandlung über dich ergehen lassen müssen.«
Steve lächelte leicht, als er sich auf den Bauch legte und fühlte, wie seine Muskeln zitterten, als sie sich rittlings auf ihn setzte. »Was immer Sie mir raten, Frau Doktor.«
»Ich habe noch keinen Doktor«, sagte sie. »Stell dir nur vor, wie viel besser ich sein werde, wenn ich mein Examen habe …«

Er stöhnte behaglich, als sie mit ihren öligen, glatten Händen seine Schultern zu massieren begann. »Ich weiß nicht, ob ich das aushalten werde.«
»Wir werden das Krafttraining zusammen machen, mein tapferer Soldat.« Ihre starken Finger kneteten seine kräftigen Rückenmuskeln und ließen alle Gedanken an Sarah Duvall und Fiona Cameron versinken.

Fiona war in der Küche und machte Kaffee, als es klingelte. Die unerwartete Unterbrechung ließ sie die Stirn runzeln. Sie ging zum Flur und sah durch den Spion an der Tür. Möglicherweise war es jemand von der Presse, der geglaubt hatte, er könnte einen kernigen Spruch von Kit für die Morgenausgabe zitieren. Wenn dem so wäre, würde sie ihm mit großem Vergnügen eine Abfuhr erteilen. Eins war sicher. Ein Freund würde an diesem Abend nicht vorbeikommen, ohne vorher anzurufen.
Zu ihrer Überraschung erkannte Fiona die Person vor der Tür, konnte sich aber nicht vorstellen, was Detective Chief Inspector Sarah Duvall wollte. Sie murmelte halblaut: »Ach zum Kuckuck«, und öffnete die Tür. »DCI Duvall«, sagte sie.
»Es tut mir Leid, Sie am Abend zu stören«, sagte Duvall steif, als komme sonst nie so etwas wie eine Entschuldigung über ihre Lippen. »Aber ich hoffe, Sie haben etwas Zeit für mich.«
Fiona trat zurück und ließ sie eintreten. »Zweite Tür links, in die Küche. Da können wir reden.«
Duvall ging den Flur entlang und nahm die guten Holzböden, die teuren Perserteppiche und zwei beeindruckende Öllandschaften an den Wänden zur Kenntnis. An der Treppenbiegung erschien ein Mann, den sie als Kit Martin erkannte, und schaute sie neugierig an.
»Etwas Dienstliches, Kit«, rief Fiona. »Ich muss mit DCI Duvall sprechen.«
»Kann wohl nicht bis morgen früh warten, hm? Kein Problem«, sagte er, drehte sich um und verschwand wieder nach oben.
»Ich habe in den Nachrichten gesehen, dass Sie jemanden festge-

nommen haben«, sagte Fiona, während sie Duvall in die Küche folgte. »Bitte, nehmen Sie Platz.«

Duvall zog einen Stuhl heran, setzte sich und schlug sorgfältig die Beine übereinander.

»Ich war gerade dabei, Kaffee zu machen. Möchten Sie eine Tasse?«

»Ja, danke.«

»Schwarz, oder?« Fiona wartete die Antwort nicht ab, sondern nahm einen zweiten Becher und füllte ihn. Sie goss Milch in ihren eigenen Becher und stellte beide auf den Tisch, wo sie sich Duvall gegenübersetzte. Ihr Gesicht war so ausdruckslos und ohne Regung wie das der Beamtin, und sie sagte: »Was bringt Sie also hierher?«

»Wie Sie schon sagten, wir haben jemanden festgenommen. Wir hatten eigentlich keine andere Wahl, als er in aller Öffentlichkeit sein Geständnis ablegte«, sagte Duvall mit einem Anflug von Ironie. »Aber die Lage ist alles andere als einfach. Sein Name ist Charles Redford, und er hat die Morde gestanden. Aber er gibt nur Details an, die jedem zugänglich sind, der die Zeitungsberichte und die Vorlage für den Mord, den Roman von Georgia Lester, gelesen hat. Eine Durchsuchung seiner Wohnung hat nichts Schlüssiges ergeben. Die drei einschlägigen Bücher von Shand, Elias und Lester lagen auf seinem Schreibtisch. Er hatte einen Stoß Zeitungen mit Artikeln über die drei Fälle, aber bis jetzt hat die Spurensicherung nichts gefunden, was ihr wirklich eine Grundlage bietet. Mit einer Sache hatten wir Glück, seine Telefonrechungen zeigen, dass er innerhalb der letzten drei Monate Anrufe sowohl bei Shand als auch bei Lester gemacht hat. Und eine Literaturagentin hat ausgesagt, Redford habe sie bedroht. Sie hatte erwogen, ihn als Autor anzunehmen, entschied sich aber dagegen. Nach der Ablehnung tauchte er bei ihr in der Agentur auf, rannte an der Empfangsdame vorbei direkt zu ihr ins Büro und beschimpfte sie laut, nahm dann einen Brieföffner von ihrem Schreibtisch und fuchtelte damit vor ihrem Gesicht herum, wobei er schrie, sie solle vorsichtig sein, wen sie beleidige. Dann warf er den Brieföffner gegen die Wand und stürzte hinaus.«

Fiona nippte an ihrem Kaffee und sagte nichts, sondern hob nur leicht die Augenbrauen. Ihre frühere Begegnung mit Duvall motivierte sie nicht gerade dazu, es ihr jetzt besonders leicht zu machen. Duvall räusperte sich und fuhr fort. »Sie hatte beschlossen, nicht die Polizei anzurufen, weil sie am folgenden Morgen nach New York fliegen musste und keine Zeit für diese, wie sie wörtlich sagte, ›Umstände‹ hatte.« Grimmige Missbilligung war ihr dabei ins Gesicht geschrieben. »Wir haben uns auch seinen Computer angesehen, aber bis jetzt haben wir keine Spur der Drohbriefe gefunden. Ich hoffe, dass die Computerspezialisten etwas ausfindig machen, wenn sie die Festplatte genauer überprüfen, aber darauf will ich mich nicht verlassen.« Sie hob ihre dünne Aktentasche auf die Knie und öffnete sie. »Ich habe die Kopien der Briefe und auch eine Kopie des Flugblatts mitgebracht, das er heute Nachmittag bei der Pressekonferenz ausgeteilt hat.« Sie zog ein paar Plastikschutzhüllen heraus, von denen jede eine Fotokopie enthielt. Sie machte ihre Tasche zu, stellte sie wieder neben ihren Füßen ab und legte die Hüllen auf den Tisch. »Ich glaube, der Stil ist charakteristisch genug, um zu zeigen, dass sie alle von derselben Person geschrieben wurden. Ich habe vor, sie von einem Linguisten begutachten zu lassen, und hoffe, damit einen Zusammenhang beweisen zu können.« Duvall richtete ihren Blick auf Fiona. Von dort kam ihr keine Hilfe, aber sie fuhr trotzdem fort. »Ich hatte gehofft, dass Sie die Schreiben vom psychologischen Standpunkt betrachten und mir sagen könnten, was Sie davon halten.«
»Was ich wovon halte?«
Duvall schürzte die Lippen. Sie hatte nicht erwartet, dass es leicht sein würde. Mit offener Feindseligkeit hätte sie eher umgehen können. Aber Fionas hartnäckige Weigerung, ihr entgegenzukommen, war ihrem eigenen Stil zu ähnlich, als dass sie damit klarkam. »Ob dieselbe Person alle Schreiben verfasst hat. Ob es möglich ist, dass diese Person sich vom Briefeschreiber zum Täter wandeln konnte. Ob das vorliegende Material Hinweise auf Zusammenhänge zwischen den Verbrechen enthält. Was immer Sie finden, es wird mich interessieren.«

Fiona hielt ihren Becher mit beiden Händen und sah Duvall unverwandt an. »Glauben Sie, dass er der Mörder ist?«
Duvall drückte die Brille auf ihre Nase herunter. »Spielt das eine Rolle?«
»Ich bin neugierig. Ich habe schließlich etwas zu verlieren, Sie erinnern sich vielleicht«, sagte Fiona kühl.
Duvall stellte das übergeschlagene Bein auf den Boden. »Ich bin kein Mensch, der sich vom Instinkt leiten lässt. Ich stütze mich auf das Beweismaterial und meine Erfahrung. Auf dieser Basis ist es eher wahrscheinlich, dass er der Mörder ist. Er ist arrogant und übermäßig selbstbewusst. Und eitel, sehr eitel. Er ist überzeugt, dass man ihn betrogen hat. Ich glaube, er hat dies alles sehr sorgfältig geplant, damit ihm die Tat angelastet wird, es zur Verhandlung kommt, er aber nicht für schuldig befunden wird. Dann endlich wird er die Chance bekommen, sich nach Herzenslust wichtig zu machen. Ich glaube, Ihr Partner ist nicht in Gefahr, Frau Dr. Cameron.«
Fiona hatte gehört, was ihr wichtig war. »Ich werde es tun«, sagte sie.
Duvall legte eine Hand auf die Plastikhüllen. »Noch etwas«, sagte sie.
Fiona missfiel Duvalls Vorgehen. Alles, was sie sagte, beruhte auf kalter Berechnung und gab ihr das Gefühl, sie werde benutzt. Hätte sie nicht ein persönliches Interesse an diesem Fall gehabt, sie hätte sich niemals so engagiert. Und es irritierte sie, dass Duvall annahm, sie werde noch mehr aus ihr herausbekommen, weil sie nun einmal schon so weit gegangen war. »Es ist schon spät, Chief Inspector«, sagte sie kalt. »Lassen wir doch das taktische Larifari.«
Duvall blinzelte. »Ich bin nicht hier, um Zeit zu verschwenden, Frau Doktor. Weder Ihre noch meine. Ich kenne Ihre Arbeit über Deliktverknüpfung gut. Wenn wir diesen Fall vor Gericht bringen wollen, muss ich überzeugend darlegen, dass die drei Morde zusammenhängen. Ich habe schon mit meinen Kollegen in Edinburgh und Irland gesprochen, und sie sind bereit, Ihnen das Belastungsmaterial zugänglich zu machen. Das ermöglicht Ihnen die

Erstellung einer gesicherten theoretischen Grundlage, mit der wir vor Gericht belegen können, dass die drei Morde das Werk ein und derselben Person sind.«

Fiona schüttelte ungläubig den Kopf, fast am Ende ihrer Geduld. »Sie sind einfach davon ausgegangen, dass ich zustimmen würde?«, fragte sie.

Duvall wehrte gereizt ab. »Ich hoffte, Sie würden es tun. Wenn Sie Nein sagen, werde ich jemand anderen bitten. Aber man hat mir gesagt, Sie seien führend auf diesem Gebiet. Und wie Sie ja schon betonten, haben Sie ein persönliches Interesse an diesem Fall.«

Fiona starrte Duvall mit widerstreitenden Gefühlen an. Sie war über die Dreistigkeit dieser Frau empört und verärgert, dass sie sich hatte austricksen lassen, fühlte sich aber trotzdem geschmeichelt und war wie immer durch die Aussicht auf eine berufliche Herausforderung fasziniert. Dies war kein Fall, den sie jemand anderem überlassen wollte, sagte sie sich. Aber dass Duvall ihre Zustimmung irgendwie als Triumph für sich verbuchen würde, erbitterte sie. »Die Umstände dieser Morde sind sehr unterschiedlich«, sagte sie und beschloss, Duvall nicht sofort alles zu geben, was sie verlangte. »Es ist unwahrscheinlich, dass ich die Zusammenhänge so konkret herausarbeiten kann, wie Geschworene das gern sehen.«

Duvall setzte ihr knappes, gespanntes Lächeln auf. »Wir glauben beide, dass dieselbe Person Drew Shand, Jane Elias und Georgia Lester getötet hat. Und wenn es so ist, wissen wir beide, dass der Täter irgendwelche persönlichen, charakteristisches Zeichen bei jedem dieser Verbrechen hinterlassen hat. Sie können diese unsichtbaren Zeichen lesen. Und ich weiß, wie man die Spuren in unwiderlegbare Beweise umsetzt. Machen Sie mit oder nicht?«

Die zwei Frauen starrten sich über den Küchentisch an. Fiona wusste, es war Zeit, sich ihr entweder anzuschließen oder gar nichts mehr dazu zu sagen. Und dieser Fall ging ihr zu nahe, als dass sie den Gedanken hätte ertragen können, ihn an jemand anderen abzugeben. Sie griff nach den Plastikhüllen. »Ich mache mit«, sagte sie.

Charles Cavendish Redford lehnte sich gegen die kalte Zellenwand. Er wusste, es war sinnlos, schlafen zu wollen. Sie würden ihn durchs Guckloch beobachten, einfach warten, bis er einnickte, und ihn dann in der Hoffnung, er sei verwirrt genug, ins Vernehmungsbüro bringen. Dort würde er dann unkonzentriert sein und ihnen etwas erzählen, das nur der Mörder wissen konnte. Darauf würde er aber nicht hereinfallen. Das Schöne daran, dass er so viele Krimis und Sachbücher über Kriminologie gelesen hatte, war, dass er alle Tricks ihres Gewerbes kannte. Das Adrenalin würde ihn davon abhalten zu schlafen, und er würde wachsam bleiben. Es gab eine genaue Vorschrift, wie lange sie ihn hier behalten konnten, ohne ihm etwas anzulasten. Was immer sie taten, es würde ihm in den Kram passen. Ob sie ihm etwas vorwarfen oder ob er freigelassen wurde, beides würde in seine Pläne passen, die er sich so sorgfältig zurechtgelegt hatte.
Es lief alles prima. Diese Kripo-Beamtin war ja ein Geschenk des Himmels. Er konnte sie reizen, und je mehr die Abneigung zwischen ihnen zunahm, desto wahrscheinlicher wurde es, dass sie ihm Georgia Lesters Mord zur Last legte. Er würde seine Stunde im Licht genießen.
Er hatte keine Angst, dass er für schuldig befunden werden könnte. Dafür war er viel zu klug. So oder so würde er als freier Mann davonkommen. Und dann würden die Verleger sich um sein Werk reißen.
Er rutschte auf der dünnen Matratze hin und her, passte aber auf, dass es ihm nicht zu bequem wurde. Er lächelte in sich hinein. Allzu lange hatte Charles Cavendish Redford sich damit abfinden müssen, dass man ihn überging, bestahl und betrog. Bald jedoch würde das Vergangenheit und seine Geschichte in aller Munde sein. Genau wie der Tod von Drew Shand, Jane Elias und Georgia Lester.

Kapitel 44

Fiona lehnte sich an den Rahmen der Wohnzimmertür. »Duvall will morgen jemanden vorbeischicken, der dich befragen soll«, sagte sie. »Um zu sehen, ob du dich daran erinnerst, dass ein Typ namens Charles Redford dir Manuskripte oder Briefe geschickt hat.«

»Aber das war nicht der Grund, weshalb sie hier war, oder?«, fragte Kit vom Sofa her, wo er lag.

»Nein, das ergab sich nur nebenbei.« Sie kam ins Zimmer und setzte sich auf den Sessel, von dem aus sie Kits Gesicht sehen konnte.

»Charles Redford. Das ist der Mann, den sie verhaftet haben?«, erkundigte er sich. Er wusste, sie würde ihm den Grund dieses Besuchs nennen, wenn sie so weit war. Bis dann war es ihm recht, das Gespräch so laufen zu lassen, wie es eben lief.

»Richtig. Kennst du ihn?«

Kits Stirn legte sich in Falten, als er in seiner Erinnerung nach dem Namen kramte. »Ich habe ein Gefühl, dass er mir vor vielleicht zwei Jahren ein Manuskript geschickt hat.«

»Was hast du damit gemacht?«

»Was ich immer mit Manuskripten mache, die mir unaufgefordert zugeschickt werden. Ich habe es mit einem höflichen Brief zurückgeschickt, in dem ich erklärte, leider hätte ich weder die Zeit noch das Fachwissen, um anderer Leute Arbeiten zu beurteilen, und ich schlug ihm vor, er solle zu einem Literaturagenten gehen.« Kit gähnte. »Ich erinnere mich nicht, je wieder von ihm gehört zu haben.«

»Du hast es nicht gelesen?«
»Das Leben ist zu kurz.« Er nahm sein Glas, trank den letzten Rest aus und wartete darauf, dass Fiona zum wirklichen Zweck des Besuchs von DCI Duvall käme.
»Ich fliege morgen früh nach Edinburgh«, sagte Fiona.
»Drew Shand?«, fragte Kit.
»Duvall ist der Meinung, es würde sich lohnen, die Zusammenhänge zwischen den drei Morden aufzuspüren und zu dokumentieren. Ich weiß nicht, ob es sinnvoll ist. Sie sind in drei verschiedenen Zuständigkeitsbereichen begangen worden, und wie ich die Vorschriften der Rechtsprechung verstehe, kann ein Fall nur an dem der jeweiligen Gerichtsbarkeit unterliegenden Ort verhandelt werden. Und ich bin nicht sicher, wie entgegenkommend jedes Gericht hinsichtlich einer Erlaubnis wäre, Belastungsmaterial zuzulassen, das wiederum mit anderen Fällen zu tun hat. Aber die betroffenen Polizeidienststellen haben einer Zusammenarbeit zugestimmt. Also gehen sie davon aus, dass sie sich lohnen würde, und sei es auch nur, damit sie die Fälle aus ihren Akten streichen können. Duvall scheint zu denken, dass sie eine bessere Chance hätte, Redford wegen des Mordes an Georgia zu belangen, wenn sie ein sich wiederholendes Tatmuster nachweisen kann.«
Kit drückte sich mit dem Ellbogen hoch. »Wenn die Information, die wir gehört haben, stimmt, haben sie also den richtigen Mann erwischt?«
»Duvall hält den Verdacht, dass er der Täter ist, für sehr begründet. Und sie ist für den hiesigen Bereich zuständig. Es kann jedenfalls kein Zweifel bestehen, dass er der Verfasser der Briefe ist. Duvall sagt, Stil und zum Teil auch Wortlaut seien praktisch identisch. Und für mich war ihre Erwähnung eines Falls aus den USA sehr peinlich, über den ich gelesen habe. Da hat jemand Drohbriefe geschrieben und danach ein halbes Dutzend Leute umgebracht. Ich gebe zu, ich hatte Unrecht, als ich sagte, ich glaubte nicht, dass dieser Briefschreiber sich bis zum Mord steigern würde.«
Kit grinste. »Kannst du mir das schriftlich geben?« Fiona reagierte

darauf genauso kindisch und streckte ihm die Zunge heraus. »Wann fliegst du also?«

»Kurz nach neun gibt es einen Flug.«

»Ich bin froh, dass du dich darum kümmerst. Ich mochte Drew. Und Jane. Ich möchte nicht glauben, dass derjenige ungeschoren davonkommt, der sie ermordet hat, wer immer es war. Wenn jemand die Zusammenhänge klar genug belegen kann, um Geschworene zu überzeugen, dann bist du es.«

Fiona seufzte. »Ich wollte, ich wäre so zuversichtlich wie du. Es wird schwer werden, Beweise hieb- und stichfest zu machen.« Sie wandte den Blick ab. »Ich wäre froh, wenn du mitkommen könntest.«

»Warum? Es besteht doch jetzt keine Notwendigkeit, wo sie Mr. Soundso hinter Gittern haben.«

Da sie nicht richtig ausdrücken konnte, was sie bedrückte, zuckte Fiona die Schultern. »Ich weiß. Ich hätte es einfach lieber, wenn du bei mir wärst, das ist alles.«

»Ich muss doch das Buch zu Ende bringen«, protestierte er.

»Du kannst genauso gut in Edinburgh daran arbeiten. Du kannst im Hotelzimmer sitzen und den ganzen Tag schreiben.«

»So einfach ist es nicht, Fiona. Ich bin ganz durcheinander. Die Sache mit Georgia macht mich total fertig. Ich muss mich im Moment sehr anstrengen, um einfach nur die Worte zu Papier zu bringen. Selbst in meinem eigenen Arbeitszimmer mit meiner eigenen Musik und meinen eigenen Dingen um mich herum. An einem fremden Ort wäre es mir unmöglich, mich zu konzentrieren. Andauernd kommen Zimmermädchen hereingerannt, und als einzige Ablenkung gibt es das Fernsehen. Ich komme nicht mit und damit basta.« Trotzig reckte er das Kinn vor. Sollte sie doch anderer Meinung sein.

Fiona fuhr sich enttäuscht mit der Hand durchs Haar. »Ich will dich nicht allein hier lassen. Nicht, wenn du so aufgewühlt bist. Ich kann dir nicht die Unterstützung geben, die du brauchst, wenn ich vierhundert Meilen weg bin.«

Sie standen auf verschiedenen Seiten des Zimmers und starrten einander an, jeder unnachgiebig auf seiner Entscheidung beharrend. Schließlich schüttelte Kit den Kopf. »Ich kann's nicht. Ich will in meinem Kokon bleiben. Wo ich hingehöre. Außerdem sind meine Freunde hier unten. Wir werden zusammenkommen müssen und auf Georgia trinken. Es ist ein Ritual, mit dem wir sie hinübergeleiten, Fiona. Ich muss hier bleiben, um dabei zu sein.« Er streckte die Hand aus und appellierte an sie mit einem flehenden Blick. »Du musst doch meinen Standpunkt verstehen.«

»Gut, ich seh's ein«, gab Fiona nach. »Ich dachte genauso sehr an mich selbst wie an dich, glaube ich. Ich habe solche Angst um dich gehabt, ich will dich nur bei mir haben, mir vor Augen halten, dass alles wieder in Ordnung ist.« Sie lächelten beide reuig im Bewusstsein, dass ihre Arbeit immer wieder mit der Lebensweise, die sie sich wünschten, in Konflikt kommen würde.

»Für wie lange wirst du weg sein?«, fragte Kit schließlich.

»Ich weiß es nicht genau. Sobald ich in Edinburgh fertig bin, fliege ich wahrscheinlich direkt nach Dublin weiter und erledige den irischen Fall. Morgen ist Freitag. Ich sollte am Sonntag in Irland sein, vielleicht am Montagabend wieder zu Hause? Wenn es länger wird, bekomme ich ziemliche Probleme mit meinen Unterrichtsverpflichtungen.«

»Ich koche für Montagabend etwas Besonderes«, sagte er. »Ein romantisches Dinner. Wir stellen die Telefone ab, nehmen die Batterie aus der Türglocke und erinnern uns gegenseitig daran, was wir so schrecklich anziehend aneinander finden.«

Fiona grinste. »Müssen wir bis Montag warten?«

Fiona stieg bei grauem Sprühregen aus dem Flugzeug. Niedrige Wolken verdunkelten die Pentlands und die Ochils, während der Regen einen grauen Schleier über Landschaft und Häuser breitete. Der Tag hatte schlecht angefangen und schien auch jetzt nicht viel besser zu werden. Ihre Gedanken waren bei Georgia gewesen, als sie ihren Laptop nahm, um ihn in den Koffer zu legen. Sie war zerstreut, er rutschte ihr aus der Hand und knallte zu Boden, wobei das Gehäuse zerbrach und der Bildschirm sich ablöste. »O nein!«,

explodierte sie. Es war keine Zeit mehr, ihn wieder zu richten. Wütend über ihre Unachtsamkeit riss Fiona die Schublade an ihrem Schreibtisch auf und zog einen Hefter mit den CD-ROMs und Disketten heraus, die sie brauchte, um ihre Programme zu nutzen. Sie schob sie in ihre Aktentasche und rannte hinunter.
Kit sah von der Morgenzeitung auf. »Was ist los?«, fragte er.
»Ich habe gerade mein Laptop-Gehäuse zertrümmert«, sagte sie. »Ich kann nicht fassen, dass ich das geschafft hab. Kann ich mir deinen leihen und nach Edinburgh mitnehmen?«
Er war ein paar Augenblicke später zurück, machte den Reißverschluss am Futteral zu und war viel ruhiger, als sie es unter diesen Umständen gewesen wäre. Dass ein so kleiner Vorfall sie so total aus der Ruhe gebracht hatte, zeigte deutlich, wie viel ihr die Ängste der vergangenen Tage abverlangt hatten.
Aber wenigstens hatte sie jetzt einen Laptop, mit dem sie arbeiten konnte. Sie hatte ihn schon während des Flugs benutzt und die Morddrohungen mit dem Flugblatt verglichen, das Redford bei der Pressekonferenz verteilt hatte. Für sie stand außer Frage, dass dieselbe Person alle Dokumente verfasst hatte. Und sie konnte nicht ausschließen, dass der Verfasser der Briefe aus Erbitterung so fanatisch war, dass er seine Worte in Taten umsetzte. Notfalls würde sie dies vor Gericht bezeugen.
Von dem kleinen Flugzeug eilte sie über den feuchten, glatten Teerbelag zum Terminal. Im Gebäude schüttelte sie die glitzernden Regentropfen aus den Haaren und folgte den Schildern zum Ausgang. Der Weg vom Flugsteig zur Ankunftshalle kam ihr unendlich lang vor, endlose Korridore schienen immer wieder in die gleiche Richtung zurückzuführen wie in einem Labyrinth, das Laborratten sicher besser bewältigen konnten als erschöpfte Pendler. Schließlich gelangte sie in die Halle und erblickte im Menschengewühl einen Mann mit einer weißen Pappscheibe, auf der säuberlich CAMERON geschrieben stand. Es war ein drahtiger und dunkelhaariger, kleiner Mann, agil wie ein Windhund, die schicke Anzugjacke auf seinen Schultern wie auf einem Kleiderbügel. Er klopfte ungeduldig mit dem Fuß auf den Boden und ließ die Augen

ruhelos durch das Terminal schweifen, wobei er eher aussah wie ein Gangster, der einen Schläger erwartet, als ein Polizeibeamter. Fiona ging zu ihm hinüber, stellte ihre Tasche ab und berührte ihn am Ellbogen. »Ich bin Fiona Cameron«, sagte sie. »Warten Sie auf mich?«

Der Mann nickte. »Ja, stimmt.« Er faltete die Karte zusammen, steckte sie in seine Brusttasche und hielt ihr die Hand entgegen. »Ich bin Detective Sergeant Murray. Dougie Murray. Freut mich, Sie kennen zu lernen.« Er schüttelte ihr heftig die Hand. »Ich habe meinen Wagen draußen.« Er ließ ihre Hand los und ging voraus.

Fiona verstellte den Schulterriemen des Laptops, nahm ihre Tasche und folgte ihm. Vor der Tür stand eine Limousine, die nicht als Polizeifahrzeug erkennbar war. Murray winkte dem Verkehrspolizisten, der auf dem Gehweg auf und ab ging, und steuerte auf die Tür an der Fahrerseite zu. Fiona öffnete den Kofferraum und legte ihr Gepäck hinein, dann stieg sie vorn neben ihm ein. Schon ließ er den Motor aufheulen. »Der Chef lässt sich entschuldigen. Ein Meeting ist ihm dazwischengekommen, er konnte sich nicht drücken. Ich soll Sie nach St. Leonard's fahren. Das ist die Kreisbehörde, wo die Ermittlungen laufen. Der Chef trifft Sie dann dort. Ist das in Ordnung?«

»Ich möchte auf dem Weg dorthin erst in mein Hotel gehen«, sagte Fiona bestimmt. »Nur um mich anzumelden und mein Gepäck abzustellen. Ich will meine Reisetasche nicht den ganzen Tag mit mir herumschleppen«, fügte sie spitz hinzu.

»Nein, natürlich nicht. Wir haben Sie in Channings untergebracht, da müssen wir also einen kleinen Umweg machen.« Er sagte das sehr zufrieden, als freue es ihn, etwas Kreativeres zu planen, als direkt in die Stadt zurückzufahren.

Beim Jugendstilcasino fuhren sie von der Umgehungsstraße ab und quer durch die Grünanlagen zur Queensferry Road. Fiona sah hinaus auf den Verkehr, ohne etwas wahrzunehmen. In ihren Gedanken war sie bei Kit. Er saß bestimmt an seinem Schreibtisch und arbeitete, im CD-Player lag Verschiedenes, was immer seiner momentanen Stimmung entsprach. REM und Radiohead waren in

dem Stoß bestimmt irgendwo dabei. Vielleicht The Fall, vielleicht die Manics. Er würde abwechselnd auf die Tastatur losdreschen und aus dem Fenster starren, um seine Dämonen in Schach zu halten. Aber sie musste ihn jetzt aus ihren Gedanken verbannen und sich auf das konzentrieren, weswegen sie hierher gekommen war.
Die Bungalows wichen plötzlich hohen Reihenhäusern aus Sandstein, die ein Stück von der Straße entfernt standen, elegante viktorianische Familienhäuser, von denen die meisten mittlerweile in schwer heizbare Wohnungen mit riesigen Fenstern und hohen Decken aufgeteilt waren. Sie fuhren eine scharfe Linkskurve und rumpelten über Granitplatten, bis Murray schwungvoll um die nächste Ecke bog. »Da sind wir«, verkündete er und parkte in zweiter Reihe vor einem Gebäude aus gelbem Sandstein mit einem Vordach und einem Paar verzierter Laternenpfähle. »Ich warte im Auto«, sagte er, was Fiona nicht überraschte.
Die Eleganz im Inneren des Gebäudes entsprach der frisch renovierten Fassade. Fiona meldete sich an und folgte einem jungen Mann eine elegante Treppe hinauf. Ihr Zimmer war im ersten Stock und ging auf die ausgedehnten Grünanlagen hinaus, die die Straße teilten. Durch den Regendunst sah sie das stahlgraue Band des Firth of Forth. Zur Linken überragte ein großes, ehrwürdiges gotisches Gebäude mit zwei gleichen Türmen die Straßen, die sich darunter ausbreiteten. »Was ist das?«, fragte sie den Portier, der sich bereits zum Gehen gewandt hatte.
»Das ist Fettes College«, sagte er. »Wissen Sie nicht? Wo Tony Blair eingeschrieben war.«
Das erklärte einiges, dachte sie.
Sie packte ihre Tasche aus und ging dann hinunter. Zehn Minuten später hatten sie die Georgian New Town hinter sich gelassen, fuhren abwärts, überquerten das Cowgate und flitzten über The Pleasance zu einem modernen Gebäude hinauf, in dem die Abteilung A der Lothian and Borders Police untergebracht war. Sie folgte Murray in das Gebäude und dann einen Korridor entlang. Er öffnete schwungvoll eine Tür und sagte: »Ich sag dem Chef Bescheid, dass Sie da sind. Hier drin arbeiten Sie, richten Sie sich ruhig schon ein.«

Als er sich abwandte, fand Fiona es an der Zeit, mal an sich zu denken. »Eine Tasse Kaffee wäre ganz schön«, sagte sie, ohne zu lächeln.

»Ah ja, Milch? Zucker?«

»Milch, keinen Zucker, bitte.«

Er drehte sich auf dem Absatz um und marschierte so eilig davon, dass seine Jacke zur Seite flog. Fiona wandte sich dem Zimmer zu. Es war überraschend angenehm, wenn auch klein. Vor einem hellen Holztisch stand ein Schreibtischstuhl. An der einen Wand befanden sich zwei Polstersessel ohne Armlehnen und ein kleiner Tisch mit einem Telefon, einem Krug Wasser und zwei sauberen Gläsern. Das Beste war das Fenster, aus dem sie über den Parkplatz zur Mauer, zu den Dächern dahinter und einem Ausschnitt des Salisbury Crag hinübersehen konnte, der auch im Regen seine grüne Farbe behalten hatte.

Fiona stellte den Laptop auf den Schreibtisch und kniete sich auf den Boden, um den Telefonanschluss zu finden. Gerade steckte sie den Adapter für ihr Modemkabel hinein, als die Tür aufging. Zwei stämmige Beine in einer an den Oberschenkeln recht engen Hose kamen auf sie zu. Fiona lehnte sich zurück, damit sie den Mann über den Schreibtisch hinweg sehen konnte. Irgendetwas regte sich in ihrer Erinnerung. Ein Bild entstand in ihrem Kopf, das wie auf Fotopapier, das im Entwickler schwimmt, langsam seine Form annahm. Ein stämmiger Mann mit auffallend rotem Haar und einem sommersprossigen, vom Wind an der Ostküste geröteten Gesicht. Helle, blaue Augen, die von ungewöhnlich dunklen Wimpern eingerahmt waren. Eine Knopfnase und ein kleiner, spitzer Mund. Detective Sergeant Alexander Galloway von der Fife Police. Sofort fühlte sie sich ein Dutzend Jahre in ein dunkles, düsteres Pub in St. Andrews zurückversetzt, wo er sich mit ihr getroffen hatte, damit sie ihn zur Ermordung Lesleys befragen konnte. Er hatte anfangs gar nichts mit dem Fall zu tun gehabt, aber zu der Überprüfung sechs Monate nach der Tat wurde er dem Team zugeteilt, das sich damit befasste. Er hatte ihr nichts Neues sagen können.

Jetzt starrte sie ihn überrascht an. Sie hatte sich nichts dabei gedacht, als Duvall erklärte, Detective Superintendent Sandy Galloway sei Leiter der Ermittlungen in der Mordsache Drew Shand. Aber es konnte kein Zweifel bestehen. Die roten Haare waren zwar zu einem stumpfen, ingwerfarbenen Grau verblasst, und sein rotes Gesicht hatte inzwischen einen bläulichen Anflug, der bestimmt seinem Arzt Sorge bereitet hätte, falls er je Zeit fand, zu ihm in die Sprechstunde zu gehen. Aber die Augen waren noch genauso hellblau und von den außergewöhnlich dunklen Wimpern umrahmt. Die Stupsnase war eine Ansammlung von roten Äderchen wie Jackson Pollocks Spritzer, und der Mund war noch missbilligender verzogen, als sie ihn in Erinnerung hatte. Na klar, dachte sie, ein Dutzend Jahre raue Polizeiarbeit konnten einem Mann ganz schön zusetzen. Er blickte auf sie hinunter und lächelte kurz. »Nein, nein, Frau Doktor, Sie verstehen das ganz falsch. Diesmal haben wir Sie kniefällig zu bitten«, sagte er heiter.

Fiona stand auf. »Ich wusste überhaupt nicht ... ich habe gerade den Telefonanschluss gesucht.«

Galloway sagte missbilligend: »Na, das hätte Murray aber erledigen sollen.«

»Ich glaube, das Erledigen ist nicht Murrays Stärke«, sagte Fiona ironisch. »Wenigstens nicht für ältere Damen. Ich warte immer noch auf meinen Kaffee.«

Galloway warf den Kopf zurück und lachte lautlos. »Aha, Sie sind mit den Jahren aber viel klüger geworden.«

»Beobachtungsgabe, das bringt der Beruf so mit sich, das ist alles. Aber ich bin wirklich überrascht, Sie wiederzusehen.« Fiona streckte ihm die Hand hin. Galloways Händedruck war trocken und fest.

»Ich erwähnte DCI Duvall gegenüber, dass wir uns kennen, ich dachte, sie hätte es Ihnen gesagt.«

»Ich glaube, DCI Duvall hält uns alle gern auf Zack«, sagte Fiona so neutral wie möglich.

»Ja, na ja. Es hat mir so Leid getan, wissen Sie. Dass wir nie jemanden festnehmen konnten wegen der Ermordung Ihrer Schwester.«

Fiona wandte den Blick ab. »Ich werde nicht so tun, als sei ich damals nicht zornig gewesen. Aber heute verstehe ich besser, wie schwer es ist, einen Serientäter zu finden.« Sie schaute ihm wieder in die Augen. »Ich nehme Ihnen das nicht mehr übel. Sie haben Ihr Bestes getan.«

Galloway rieb sich mit dem Zeigefinger seitlich die Nase. »Ja, na ja. Aber ich habe von Ihnen etwas Wichtiges gelernt.«

»Wirklich?«

»Ja. Man darf nie vergessen, dass die Ermordeten Familien haben, die wissen müssen, was passiert ist. Man sollte das immer vor Augen haben.« Er räusperte sich. »Jedenfalls, es ist sehr nett von Ihnen, dass Sie so kurzfristig zu uns gekommen sind. Ich habe veranlasst, dass einer meiner Leute die Akten des Mordfalls herunterbringt. Wollen Sie sonst irgendetwas sehen?«

Fiona machte den Reißverschluss der Laptophülle auf. »Ich möchte gern etwas Zeit in Drew Shands Wohnung verbringen.«

»Sie ist schon gründlich durchsucht worden, wissen Sie.« Stirnrunzelnd beugte er sich vor, die Fäuste auf dem Schreibtisch. Normalerweise wäre es eine aggressive Pose gewesen, aber bei Galloway wirkte sie jetzt wie ein Zeichen von Beflissenheit.

Sie sah ihm fest in die Augen. »Ich möchte nur gern sehen, was für ein Gefühl ich dort habe. Und ich will mich vergewissern, dass nichts dort ist, was Drew Shand und Charles Redford verbindet.«

Wie auf ein Signal klopfte es an der Tür, und ein uniformierter Constable rollte einen Handwagen herein, der mit Akten beladen war. Er brachte sie zum Schreibtisch. »Ist das alles, Sir?«, fragte er.

Galloway schaute Fiona fragend an. »Kaffee«, sagte sie. »Entweder zeigen Sie mir die Richtung, wo es zum besten Kaffee im Haus geht, oder Sie lassen mir jede Stunde eine Tasse bringen.«

»Sie haben es gehört, Constable«, sagte Galloway. »Also rauf in mein Büro, bringen Sie das Tablett mit meiner Filtermaschine und den Kaffee.« Er lächelte Fiona zu. »Ich kann ja runterkommen und mir eine Tasse holen, wenn ich unbedingt eine brauche. Also, ich lasse Sie jetzt allein. Wenn Sie etwas brauchen oder etwas mit mir besprechen wollen, rufen Sie einfach die Zentrale an und bitten, dass man mich sucht. Und wenn Sie so weit sind und in die Wohnung hinübergehen wollen, geben Sie mir Bescheid. Ich organisiere dann einen Wagen für Sie.«

»Danke. Bis ich das hier alles durchgesehen habe, werde ich den Rest des Tages ganz schön zu tun haben«, sagte Fiona. »Ich werde wahrscheinlich am späten Nachmittag so weit sein, aber ich rufe Sie an, wenn ich Licht am Ende des Tunnels sehe.«

Sich selbst überlassen, installierte sie ihre Software auf Kits Computer. Bevor sie zu arbeiten anfing, schickte sie ihm eine kurze E-Mail und teilte ihm mit, sie sei gut angekommen. Dann vergewisserte sie sich, dass ihr Handy angeschaltet war, und machte sich an die Arbeit. Sie war inzwischen mit Polizeiakten vertraut, und obwohl sie nichts ausließ, hatte sie gelernt, durch eine schnelle, gezielte Durchsicht relevantes Material zu finden.

Sie suchte Faktoren, die bei allen drei Morden gemeinsam vorhanden waren, die einzeln gesehen zwar keine Bedeutung hatten, aber zusammen betrachtet zu einer unwiderlegbaren Schlussfolgerung führten. Fiona hatte den Verdacht, dass in diesem Fall nicht viel mehr erreicht werden konnte, als was jeder intelligente Polizeibeamte genauso gut hätte machen können. Aber wenn sie die Arbeit machte, lag für die Polizei der Vorteil darin, dass die Ergebnisse von ihr als unabhängiger Gutachterin und anerkannter Autorität auf dem Gebiet der Deliktverknüpfung aussagekräftiger waren.

Diesmal hatte sie etwas Konkretes, an dem sie ihre Analyse aufhängen konnte. Alle drei Morde waren nach einem bestimmten Abschnitt aus einem Buch begangen worden, das das jeweilige Opfer geschrieben hatte. Die Verhaftung eines Tatverdächtigen durch die irische Polizei hatte davon abgelenkt, aber Duvall hatte Fiona erklärt, dass die Garda ihre Haltung in Anbetracht von Redfords Geständnis revidieren werde. Ihr Tatverdächtiger würde zweifellos bald freigelassen.

Fest stand, dass jedes der Opfer verfolgt und belauert worden war. Fiona musste in den nächsten Tagen herausfinden, wie viel Information über jeden von ihnen leicht und allgemein zugänglich gewesen war. Wenn sie Glück hatte, war dazu schon einiges in den

Akten zum Mordfall enthalten. Und natürlich würden die Abteilungen der Polizei, die damit befasst waren, jetzt nach neuen Zeugen suchen, da sie einen Tatverdächtigen hatten, dessen Foto sie freigeben konnten.

Für Fiona ging es um eine schwierigere Aufgabe. Aber endlich einmal konnte sie dabei ihr eigenes Arbeitstempo bestimmen. Die Chancen waren gut, wie Kit schon betont hatte, dass Duvall Recht hatte. Diesmal drohte keine tickende Zeitbombe, weil es keinen Mörder gab, der sich darauf vorbereitete, wieder zuzuschlagen.

Kapitel 45

DC Joanne Gibb ging so schwungvoll und federnd den Korridor zu Steve Prestons Büro hinunter, dass ihr Gang die langen Arbeitsstunden Lügen zu strafen schien. Über ihren Computer gebeugt, hatte sie viele Akten von Vorbestraften mit jedem Eintrag im Wählerverzeichnis einer Reihe von Straßen am Rand von Kentish Town und Tufnell Park verglichen.

Fast schielend vor Müdigkeit war sie kurz davor, wegen der Vergeblichkcit ihrer Arbeit in Tränen der Enttäuschung auszubrechen, als das Telefon klingelte. Sie hatte am Tag zuvor vergeblich versucht, einen bestimmten Kollegen telefonisch zu erreichen. Dieser war für die Sammlung von Informationen zu Verdächtigen und Komplizen bei der Polizeidienststelle in der Gegend verantwortlich, auf die Terry mit ihren Computerprogrammen gestoßen war. Aber leider hatte Joanne nur herausfinden können, dass der für die Kartei Zuständige in Urlaub war und erst am Montag zurückerwartet wurde. Beinahe brachte dieser Misserfolg für sie das Fass zum Überlaufen, aber sie kämpfte sich weiter durch ihre Listen und hoffte entgegen besserem Wissen, dass doch noch etwas dabei herauskommen würde.

Dann kam am späten Vormittag ein Anruf von Darren Watson. Er war der von Joanne so dringend benötigte Beamte. Als er bei seiner Dienststelle etwas abholte, war er auf Joannes Nachricht mit dem Vermerk »Dringend« gestoßen. Praktisch am Ende ihrer Geduld und Hoffnung, hatte Joanne erklärt, was sie suchte.

»Aha«, hatte Darren gesagt. »Zwei Jungs kommen mir da in den

Sinn. Kommen Sie doch einfach rüber, und wir sehen sie uns mal an.«
»Jetzt gleich?« Joanne konnte kaum glauben, dass sie so viel Glück hatte. Nach ihrer Erfahrung war ein Polizist an seinem freien Tag zu fast allem bereit, um zu vermeiden, dass man ihn zum Dienst holte.
»Sicher. Ich bin gerade mit meiner besseren Hälfte aus Cornwall zurückgekommen, wo wir eine Woche in einem Ferienhaus verbracht haben, und ehrlich gesagt wäre alles von Vorteil, was mich mal eine Stunde oder zwei außer Haus beschäftigt. Kommen Sie her, und wir werden sehen, was wir ausgraben können.«
Joanne ließ sich nicht zweimal bitten. Sie war förmlich die Treppe zu ihrem Wagen hinuntergerannt und hatte auf ihrer Fahrt zu der Dienststelle in North London bei anderen Verkehrsteilnehmern Wutausbrüche ausgelöst. Dort konnte Darren Watson tatsächlich bestätigen, dass ihre Gebete erhört worden waren. Die Spezialisten, die die Täterkartei zusammenstellten und verwalteten, hatten die Aufgabe, den informellen Nachrichtendienst des Reviers aufrechtzuerhalten. In einer gut geführten Zentrale gab es ein Register mit Karteikarten zu jedem im Revier bekannten Straffälligen mit allen Einzelheiten zu den Urteilen, das außerdem Komplizen, Verdachtsmomente und Klatsch verzeichnete. Es gab gute Gründe, warum vieles von dem, was sie da versteckten, nie in einen Computer eingegeben wurde. Eine Karte konnte immer verlegt worden sein, wenn es passte, wogegen selbst gelöschte Eintragungen im Computer Spuren hinterließen. Allwissenheit, kombiniert mit der Fähigkeit, alles abstreiten zu können, war das Kennzeichen eines guten Beamten dieser zentralen Anlaufstelle für Information bei der Kripo. Joanne hoffte, dass sie einen solchen vorfinden würde.
Darren hatte ein kleines Büro im Untergeschoss mit der Atmosphäre eines Kommandobunkers in Kriegszeiten. Eine Wand war mit Karten in großem Maßstab bedeckt, bestimmte Orte darauf waren durch verschiedenfarbige Markierungsnadeln gekennzeichnet. An einer anderen Wand standen Aktenschränke. Die Regale

an der dritten Seite bogen sich unter der Last von Akten in Hängekarteien, die in Boxen über die ganze Länge aneinander gereiht waren. Darren saß auf der Ecke des Schreibtischs, der die vierte Wand einnahm, und war in Zivil, in einem dunkelblauen Fleece-Hemd über einem weißen T-Shirt, Jeans und leuchtend weißen Turnschuhen. Joannes erster Gedanke war, dass, nach seinem Äußeren zu urteilen, Darrens Akten bestimmt makellos waren. Ihr war bewusst, dass sie durch die zermürbende Tagesarbeit und zu wenig Schlaf im Hinblick auf Gepflegtheit von Darren haushoch geschlagen wurde.

Sie stellten einander vor, und Joanne kam gleich zur Sache. »Wie ich Ihnen schon sagte, suche ich einen Tatverdächtigen für eine Serie von Vergewaltigungen. Wir haben Grund anzunehmen, dass er in Ihrem Revier sein könnte. Ich habe das Wählerverzeichnis durchsucht, aber nichts gefunden. Wir glauben, dass sich in seiner Akte leichte Sexualdelikte, vielleicht sogar versuchte Vergewaltigung finden würden. Wir suchen einen Täter, der im Freien agiert und weiße Frauen angreift, gewöhnlich Blondinen. Er flieht hin und wieder auf einem Fahrrad, und bei seinen Überfällen benutzt er ein Messer. Es ist möglich, dass er bei manchen Überfällen von kleinen Kindern gesehen wurde.«

Darren stand auf und ging zu seinen Aktenschränken. »Dann mal los. Hatte ja schon gesagt, dass mir zwei Namen eingefallen sind.« Er zog eine der zwei Schubladen mit Karteikarten auf und blätterte darin herum. »Hier haben wir's.« Er nahm ein kleines Bündel Karten heraus, das von einem Gummiband zusammengehalten wurde. »Gordon Harold Armstrong«. Er gab Joanne die Karte und ging zu einer anderen Schublade.

Gordon Harold Armstrong war fünfundzwanzig, arbeitslos und wegen Einbruchs und Notzucht verschiedentlich im Gefängnis gewesen. Seine Taktik war, dass er von der Arbeit heimkehrende Frauen überwältigte, ihre Brüste streichelte und sich entblößte. Er hatte drei seiner Opfer mit einem Messer bedroht. Ein Fahrrad wurde nicht erwähnt. Aber der ausschlaggebende Faktor, warum er für Joanne nicht in Frage kam, war, dass Gordon Harold Armstrong schwarz war. Und nach Fionas Analyse des Mordes an Susan Blanchard und dem Material zu den Vergewaltigungsopfern war der Mann, nach dem sie suchte, ein Weißer.

Darren wandte sich ihr mit einer einzelnen Karte zu. »Ist dies ein Treffer, was meinen Sie?«

Joanne schüttelte den Kopf. »Es muss ein Weißer sein.«

Darren streckte ihr die Karte hin. »Probieren Sie mal den.«

Gerard Patrick Coyne, siebenundzwanzig Jahre alt. Geboren in Neuseeland, er war als achtzehnjähriger Student nach Großbritannien gekommen. Was erklärte, dachte Joanne, warum er im Wählerverzeichnis nicht aufgetaucht war. Seitdem er an der Kent University mit einem Examen in Sozialwissenschaften abgeschlossen hatte, arbeitete er für diverse Marktforschungsfirmen als Datenanalytiker. Seine erste Verhaftung lag vier Jahre zurück, als eine Frau angegeben hatte, er habe sie in einem Park angegriffen. Er hatte sie zu Boden gestoßen und versucht, sie zu sexuellen Handlungen zu zwingen. Aber sie hatte sich gewehrt und war ihm entkommen. Die Anklage wurde später aufgrund unzureichender Beweise niedergeschlagen. Einige Monate später war er zum zweiten Mal festgenommen worden. Ein Polizist auf Streife hatte ihn gefunden, als er sich im Gebüsch eines anderen Parks versteckte, und diesmal hatte er ein Messer bei sich. Ihm wurde der Besitz einer Angriffswaffe zur Last gelegt, und er bekam zwei Jahre auf Bewährung. Nach den Notizen auf der Rückseite der Karte war Coyne auch nach zwei anderen Überfällen verdächtigt worden. In einem Fall war das Opfer zu traumatisiert, um an einer Gegenüberstellung teilzunehmen. Im anderen Fall war die Frau nicht in der Lage, Coyne aus einer Reihe von Männern als den Angreifer zu identifizieren.

Coyne hatte keine bekannten kriminellen Komplizen, was für einen Täter mit sexueller Motivation nicht überraschend war. Ein Fahrrad hatte er. Darren Watsons sorgfältige Notizen wiesen darauf hin, dass er Mitglied in einem Fahrradclub war und mehrere Straßenrennen gewonnen hatte.

Joanne erlaubte sich ein Lächeln, das langsam auf ihrem Gesicht erschien. »Darren, Sie sind ein Star«, sagte sie und schwang die Karteikarte wie ein Lotterielos mit der richtigen Nummer durch die Luft.

»Mögen Sie unseren Mr. Coyne?«

»Ob ich ihn mag? Ich find ihn toll.« Während Joanne sprach, zog sie ein Notizbuch aus ihrer Handtasche und schrieb die Informationen über Coyne ab. Adresse, Geburtsdatum, Daten der Festnahmen und seiner Verurteilung für das Tragen einer Angriffswaffe. Und den Namen des Fahrradclubs.

Als sie eine halbe Stunde später an Steve Prestons Tür klopfte, war Joanne überzeugt, dass auch ihr Chef von der Aussicht auf Gerard Patrick Coyne begeistert sein würde. Sie betrat sein Büro, und ein Lächeln erschien auf ihrem Gesicht. »Ich hab vielleicht tolle Nachrichten für dich!«, begann sie und setzte sich ihrem Chef gegenüber, ohne auf eine Aufforderung zu warten. Sie schlug ihre Notizen auf und las die Einzelheiten über Coyne vor. Sie blickte auf. »Ich habe seine Vorstrafen überprüft. Sieht so aus, als hätten wir endlich einen Tatverdächtigen, Boss.« Sie sortierte ein Bündel Computerausdrucke und stellte ein Set für ihren Chef zusammen.

»Aber keine Verbindung zu Susan Blanchard«, gab Steve zu bedenken. »Nichts außer Vermutungen aufgrund von Hinweisen und ein bisschen Computeranalyse.« Er nahm den Stoß Papiere und starrte auf das oberste Blatt, auf dem auch Coynes Foto war. »Warte mal«, sagte er und klang plötzlich aufgeregt.

»Was ist, Chef?« Joanne beugte sich voll Eifer über das Blatt, als könne sie dort entdecken, worüber Steve sich gerade klar geworden war.

»Ich kenne dieses Gesicht. Ich habe es schon einmal gesehen.« Er runzelte die Stirn und schloss die Augen, während er sich zu konzentrieren versuchte. Als er sie wieder öffnete, leuchtete sein Gesicht vor Erregung. »Er war an dem Tag, als Blake freigelassen wurde, im Bailey! Ich weiß, dass er es ist, er fiel mir auf, weil er in Fahrradkluft war. Er hielt einen Helm in der Hand. Er war es, Joanne, ich weiß, dass er es war.«

»Bist du sicher?« Es klang, als wagte sie nicht zu hoffen.
»Ganz sicher. Ich habe die Menge auf der Zuschauergalerie beobachtet, weil ich immer noch irgendwie im Hinterkopf hatte, wir könnten den falschen Mann vor Gericht gebracht haben. Ich prüfte die Gesichter, nur für den Fall, dass ich jemand sehen würde, der mich an etwas erinnerte.« Steve sprang auf und ging auf und ab. »Was wir tun müssen ... Joanne, ich möchte, dass du mir die Videoaufnahmen holst, die wir bei Susan Blanchards Begräbnis gedreht haben. Wir hatten volle Einsicht, von allen Seiten. Und sieh zu, was wir von der Presse kriegen können. Was immer sie an Bildern und Filmen draußen vor dem Bailey aufgenommen haben. Und versuche auch, vom Gericht etwas zu bekommen. Du wirst vorsichtig sein müssen, du weißt ja, wie sie sich aufs hohe Ross setzen, wenn wir ihnen zu massiv kommen. Sprich mit ihrem Pressebüro, finde heraus, was sie für dich tun können.«
»Was ist mit Coyne? Holen wir ihn uns?«
Steve breitete frustriert die Hände aus. »Ich habe nicht die Leute dafür, Jo. Lass mich mal überlegen ...« Er sprach halb zu sich selbst und kritzelte auf dem Notizblock auf seinem Schreibtisch herum. »John löst Neil bei Blakes Wohnung um sechs ab ... Vielleicht könnte Neil zu Coynes Adresse gehen und bis um Mitternacht dort bleiben ...« Er schaute zu Joanne auf. »Könntest du vielleicht morgen um sieben kommen und dich den Tag über um Coyne kümmern?«
Joanne nickte, die Begeisterung überwand ihre Müdigkeit. »Natürlich. Das könnte die Chance sein, auf die wir gewartet haben. Aber ... darf ich mal fragen ... Warum überwachen wir Blake noch, wenn wir Coyne packen können?«
Steve nickte resigniert. »Gutes Argument, Jo. Irgendwie kann ich Blake trotzdem nicht loslassen. Ja, ich weiß, er ist nicht der Mörder. Aber wenn Fiona Cameron Recht hat und er wirklich gesehen hat, was damals morgens im Heath-Park geschehen ist, hätte ich gar zu gern etwas gegen ihn in der Hand. Wir wissen es nicht, aber vielleicht steht er in Kontakt mit Coyne. Ich würde ihm gern, solange wir können, auf der Spur bleiben. Aber auf Blake solltest du

dich jetzt nicht konzentrieren. Überlass ihn mir, ich werde alles organisieren. Geh einfach morgen früh zu Coynes Wohnung und bleib dran.«

Sie stand auf. »Wenn das alles ist, gehe ich jetzt und versuche mal auszuschlafen.«

»Du hast es verdient. Prima Arbeit, Jo. Gut gemacht.« Er lächelte. »Das Blatt wendet sich zu unseren Gunsten. Ich habe bei dieser Sache ein gutes Gefühl.«

Bevor sich die Tür richtig geschlossen hatte, war Steve schon am Telefon. Innerhalb einer Viertelstunde hatte er alles arrangiert. Neil hatte zugestimmt, er würde eine Extraschicht übernehmen. Ein anderer Kollege stand bereit, um Blake am folgenden Tag im Auge zu behalten, während Steves Kerntruppe andernorts tätig war. Es war bei weitem keine befriedigende Lösung, aber eine bessere war so kurzfristig nicht zu finden. Und da sich die Dinge jetzt so zu seinen Gunsten entwickelt hatten, konnte er nur optimistisch sein. Vielleicht würden sie endlich Susan Blanchards Mörder erwischen. Es gab nichts, was ihn glücklicher machen würde.

Dann dachte er an Terry Fowler und korrigierte diesen Gedanken.

Jetzt war alles bereit. Es spielte keine Rolle, dass der Transporter, den er mit einem falschen Führerschein gemietet hatte, kein Logo an der Seite hatte. Kurierdienste mieteten oft weiße, unbeschriftete Wagen dazu, wenn sie selbst nicht genug hatten. Und das Auto war ja nur ein weniger wichtiges Requisit. Das wichtige Fahrzeug, den Toyota mit Vierradantrieb, hatte er schon auf dem schmalen Weg hinter der Häuserreihe geparkt, wo die betreffende Person wohnte.

Nur Geduld war nötig gewesen. Er war heute schon ein paar Mal am Haus des Opfers vorbeigefahren. Keine Überraschungen. Selbst wenn es irgendeinen Schutz gegeben hätte, wäre er in dem durch das Geständnis hervorgerufenen Verwirrspiel des gestrigen Tages verschwunden. Als er gestern Abend den Fernseher einschaltete, konnte er kaum glauben, was für ein Glück er hatte. Ge-

rade als er dachte, es würde schwieriger für ihn werden, war die Polizei auf den Schwindler reingefallen. Jetzt würde ihn niemand erwarten, am wenigsten sein Opfer.
Alles war vorbereitet. Sogar das Wetter wirkte zu seinen Gunsten mit. Ein grauer Nachmittag mit Nieselregen, das hieß leere Straßen und schlechte Sicht. Er drehte den Schlüssel im Zündloch und schaltete den Winker an. *Jetzt ging es los.*

Kit starrte auf den Bildschirm, ohne die Wörter wahrzunehmen. Die Zeit war vergangen, ohne dass er es bemerkte, so vertieft war er in die Trauer um seine Freundin und Kollegin. Er ließ die Szenen mit Georgia wie auf einer Reihe von Videobändern vor seinem inneren Auge ablaufen, erinnerte sich an ihre Gesten, ihren Gesichtsausdruck, an ihr Lachen. Ganze Sequenzen aus ihren Unterhaltungen stiegen aus der Erinnerung herauf und liefen in seinem Kopf ab. So oft hatten sie bis spät in Hotelbars gesessen und über ihre Arbeit, ihre Kollegen, das Verlagswesen gesprochen und waren dann allmählich zu privateren Themen übergegangen. Sie sprach liebevoll über Anthony, anzüglich über ihre Lover. Er hatte Georgia die Geschichte anvertraut, wie er sich in Fiona verliebt hatte, und bis zum Schluss hatte er Georgia von seiner Beziehung zu Fiona mehr erzählt als sonst irgendjemandem.
Es war nicht so, dass sie ständig zusammenhockten. Wochen konnten vergehen, ohne dass sie einander begegneten, aber ihre Freundschaft war so, dass sie immer wieder da anknüpfen konnten, wo sie beim letzten Mal unterbrochen worden waren. Schon jetzt fehlte sie ihm, es war ein dumpfer Schmerz, wie langsam aufkommender Hunger. Er wünschte, Fiona wäre bei ihm. Sie verstand, was solch ein Verlust bedeutete. Sie hätte ihm in den unerforschten Gebieten von Kummer und Trauer eine Führerin sein können.
Er schüttelte den Kopf wie ein Hund, der von einer Fliege gestört wird, und öffnete sein E-Mail-Programm. Er lud Fionas Nachricht herunter und las sie. Worte aus weiter Entfernung, aber trotzdem waren sie beruhigend.

Kit sah auf die Uhr und war überrascht, wie spät es war. Der Kripo-Beamte von der City of London Police sollte in einer halben Stunde seine Aussage aufnehmen. Nicht, dass er viel zu sagen hätte. Seine vage Erinnerung an das Manuskript, das Redford geschickt hatte, würde den Fall nicht viel weiterbringen, vermutete er. Er fragte sich, ob Georgia auch unangeforderte Post von Redford bekommen hatte. Wenn ja, dann wäre das wahrscheinlich irgendwo festgehalten. Georgia hatte, anders als Kit, zur Erledigung ihrer Post eine Teilzeitsekretärin beschäftigt. Irgendwo würde es zweifellos eine Kopie des Begleitbriefs geben, der zusammen mit dem Manuskript zurückgeschickt worden war.
Das Quietschen des Tors unterbrach seine schweifenden Gedanken, und er sah aus dem Fenster. Ein Kurier kam mit einer großen Pappschachtel beladen den Weg herauf, wahrscheinlich ein Paket mit Belegexemplaren. Oben auf der Schachtel lag ein Klemmbrett. Kit stand auf und ging in den Flur hinaus. Er machte die Haustür auf, bevor der Kurier klingeln konnte.
»Paket für Martin«, sagte der Mann und schaute über den Schachtelrand.
Kit streckte die Arme aus, um die Schachtel anzunehmen. Sie war so schwer, wie er erwartet hatte, und er trat einen Schritt zurück. Er wollte sich umdrehen und sie auf den Boden stellen, so dass sie nicht direkt vor der Tür stand. Aus dem Augenwinkel sah er, wie sich etwas bewegte. Er hatte sich halb umgedreht, als der Arm des Kuriers in brutalem Bogen herabgesaust kam. Er sah den Schlag kommen und hob den Arm ein Stück, um ihn abzuwehren. Aber sobald er den Aufprall auf seinem Schädel spürte, wusste er, dass es zu spät war. Der Schmerz ließ rote und weiße Flammen hinter seinen Augen zucken. Dann wurde alles schwarz.

Der Kurier ging den Weg wieder zurück und schwenkte dabei sein Klemmbrett. Er stieg in den Transporter und fuhr davon. Zwei Straßen weiter fand er einen Parkplatz. Er streifte die enge Jacke der Kurieruniform ab und schlüpfte stattdessen in eine schwarze Lederjacke. Dann stieg er hinten in den Transporter, zog die Hose

aus grobem blauem Stoff aus und vertauschte sie mit schwarzen Jeans. Danach schloss er den Wagen ab und ging zu Fuß zu dem Weg zurück, der hinter Kit Martins Garten vorbeiführte.
Er stieß das Gartentor auf, an dem er ein paar Minuten vorher den Riegel offen gelassen hatte, und ging in der aufkommenden Dämmerung an den kahlen Zweigen der Pflaumenbäume vorbei über die Veranda zu den bodentiefen Fenstern, die er aufgeschlossen hatte. Praktisch, dass Kit den Schlüssel im Schloss hatte stecken lassen. Durch die Küche und in den Flur. Schönes Haus, wenn man so einen Stil mochte. Er mochte eher traditionelle Farmküchen statt all dieser krassen Modernität.
Und da lag er. Opfer Nummer vier. Zusammengebunden wie ein Brathuhn, an Händen und Füßen mit den zweckmäßigen Plastikbändern gefesselt. Den Mund mit einem breiten Streifen Klebeband verschlossen, der ihm selbst dann noch erlauben würde zu atmen, wenn seine Nase verstopft wäre. Er wollte ja nicht, dass er starb. Noch lange nicht. Gar nicht mehr so mächtig jetzt, Mr. Kit Martin, der Erschaffer falscher Götter, der Zerstörer von Leben. Es wurde Zeit für ihn, seinem eigenen Untergang beizuwohnen. Aber vorher war noch etwas Geduld vonnöten. Dunkelheit war wichtig. Es wäre nicht gut, wenn die Nachbarn sähen, wie ihr netter Promi über den Gartenweg gerollt und wie ein alter, schlapper Teppich hinten in den Geländewagen geworfen würde.
Er sah auf seine Uhr. Eine halbe Stunde sollte genügen. Dann würden sie unterwegs sein auf der langen Fahrt nach Hause.

Kapitel 46

Der Videoraum war so modern und hochtechnisiert wie die Anlage eines Fernsehsenders. Steve wusste zwar nicht, wie es den für die Technik Verantwortlichen gelungen war, die Mittel für eine so raffinierte Abteilung zusammenzubekommen. Aber dieses eine Mal fand er, dass jeder Pfennig sich lohnte, der dafür von konkreteren Formen der Polizeiarbeit abgezogen worden war. Er saß neben einem Techniker, der ihm die Videos von Susan Blanchards Begräbnis erklärte.

Es war ein strahlender, sonniger Tag gewesen, was der trauernden Familie und den Freunden zweifellos grotesk und unpassend vorgekommen sein musste, andererseits aber die Arbeit des Kameramanns von der Polizei leichter machte. Drei Videokameras waren in diskreter Entfernung vom Grab aufgestellt worden. Man hatte die alten Eiben, die den Friedhof säumten, als Deckung genutzt. Gefilmt wurde, wie die Trauernden bei der Kirche ankamen und sich dann zur eigentlichen Beerdigung am Grab versammelten. Auch nachdem die Menge sich zerstreut hatte, blieb eine Kamera noch eingeschaltet, die das Grab für den Rest des Nachmittags filmte.

Steves Augen blickten gebannt auf die Leinwand, als das Video langsam abgespielt wurde. Hin und wieder bat er, das Bild anzuhalten und heranzuzoomen, damit er die einzelnen Trauernden besser erkennen konnte. Das erste Band hatte nichts Konkretes gebracht, obwohl es zweimal Rückansichten einer Person gab, die Coyne hätte sein können.

Als sie halb durch das zweite Band waren, brannten seine Augen vor Ermüdung. »Ich muss eine Pause machen«, sagte er zu dem Techniker, schob den Stuhl zurück und reckte sich. »Geben Sie mir zehn Minuten.«

Er verließ den Videoraum und ging die zwei Treppen zu seinem Büro hinauf. Auf seinem Schreibtisch lag ein dickes braunes Kuvert, auf dem mit schwarzem Filzstift gekritzelt stand: »Dringend, z. Hd. Detective Superintendent Steve Preston«. Er riss es auf und zog ein halbes Dutzend Schwarzweißfotos heraus. Ein kleiner Zettel mit einem Gruß flatterte auf die Tischplatte. Es stammte vom Bildredakteur einer großen Tageszeitung, einem Mann, mit dem er letzte Weihnachten bei einer von Teflons schrecklichen Cocktailpartys zusammen getrunken und ein paar Witze ausgetauscht hatte. In der Grauzone der Zusammenarbeit zwischen Presse und Polizei gab es nichts, was bessere Ergebnisse brachte als der persönliche Kontakt.

Die Fotos waren alle am Tag von Francis Blakes Freispruch außen vor dem Old Bailey aufgenommen worden. Steve suchte in der oberen Schublade nach seiner Lupe und begann die Abzüge systematisch zu betrachten. Als er sich das dritte Bild ansah, stieß er einen Seufzer der Erleichterung aus. Seine Erinnerung hatte ihm keinen Streich gespielt. Am Rand der Menge, die sich um Blake geschart hatte, war unverkennbar das Gesicht von Gerard Coyne zu erkennen. Steve untersuchte die verbleibenden Fotos und fand Coyne noch auf zwei weiteren. Auf einem hatte er das Gesicht voll zur Kamera gedreht, auf den beiden anderen war er im Profil. Es konnte kein Irrtum sein.

Der mit Terrys kriminalgeografischem Profil identifizierte Mann war bei dem Prozess gegen Susan Blanchards mutmaßlichen Mörder gewesen.

Von neuem Schwung beflügelt, rannte Steve die Treppe zum Videoraum hinunter. »Lasst es durchlaufen«, sagte er. »Er ist hier irgendwo, ich weiß es.«

Seine Geduld wurde zehn Minuten später belohnt. Auf dem zweiten Band war Coyne zu sehen, als er unter den Bäumen an der Seite

des Friedhofs hervorkam. Er trug einen dunklen Anzug, Hemd und Krawatte, passend für die Gelegenheit. Er war am Grab hinter der Trauergemeinde zurückgeblieben und stand am Rand der Gruppe. Eine große Anzahl von Menschen hatte die Trauer der Familie respektiert und hielt Abstand, als Susans Zwillinge Rosen auf den Sarg ihrer Mutter warfen und zusahen, wie er in den Boden versenkt wurde. Die Trauergäste hatten sich ziemlich schnell zerstreut, nachdem die Feier vorbei war. Coyne dagegen stand noch hinter den Bäumen, und als die letzten Trauernden verschwunden waren, war er wieder herausgekommen und hatte den Weg überquert, der zu Susan Blanchards Grab führte.
Steve fühlte, wie sein Puls schneller schlug, als Coyne in Zeitlupe den Weg entlangging. Er lief am offenen Grab vorbei, ohne auch nur einmal zur Seite zu blicken. Zwei Gräber hinter Susan Blanchards Begräbnisstätte hielt er plötzlich an und wandte das Gesicht dem Grabstein zu. »Verdammt«, fluchte Steve leise. »Wir können sein Gesicht nicht sehen. Ich wette, er sieht sich ihr Grab an. Das könnte ich wetten.«
Coyne stand zwei Minuten mit leicht gebeugtem Kopf still, dann wandte er sich um und ging den gleichen Weg zurück, den er gekommen war. An seinem Benehmen war nichts, das auf etwas Ungehöriges hingewiesen hätte. Hätte man ihn bedrängt, so hätte er behaupten können, er habe seinen Besuch an der Grabstätte in der Nähe von Susans Grab aufgeschoben, weil eine Beerdigung in Gang war. Aber zusammen mit seiner Anwesenheit vor dem Old Bailey und dem kriminalgeografischen Profil kam dies als ein weiterer belastender Baustein zu den Indizienbeweisen hinzu, die sich allmählich für eine Verhaftung als ausreichend erweisen konnten.
»Ich möchte, dass Sie mir eine Serie von Bildern dieses Videos ausdrucken«, sagte Steve. »Die beste Ansicht von seinem Gesicht. Vergrößern Sie es so, dass wir die beste Bildschärfe bekommen. Ich will nicht, dass es irgendwelche Zweifel in der Sache gibt.«
»Kein Problem«, sagte der Techniker. »Dringend, nehme ich an?«
»Ja, es ist dringend.« Steve wollte schon gehen. Er sah auf die Uhr. Teflon hatte die Angewohnheit, mit irgendwelchen Ausreden

Freitag nachmittags das Büro früher zu verlassen, aber vielleicht konnte er ihn gerade noch erwischen.

Commander Telford wartete tatsächlich gerade auf den Aufzug, aus dem Steve heraustrat. »Ich bin froh, dass ich Sie noch treffe, Sir. Ich muss dringend mit Ihnen über den Fall Susan Blanchard sprechen«, sagte er bestimmt.

»Muss es gleich sein, Superintendent? Ich habe eine Verabredung.« *Mit einem großen Gin Tonic*, dachte Steve zynisch. »Ich fürchte, es kann nicht warten, Sir. Vielleicht könnten Sie anrufen und sagen, Sie seien verhindert?«

Telford schob die Lippen vor und schnaubte durch die Nase. »Na ja, gut. Aber machen Sie's so kurz wie möglich.« Er drehte sich auf dem Absatz um und ging zu seinem Büro zurück. Steve hatte kaum die Tür hinter sich zugemacht, als Telford sagte. »Was gibt es denn so Wichtiges?«

»Wir haben einen brauchbaren Tatverdächtigen im Fall Susan Blanchard, Sir. Ich beabsichtige, ihn zum Verhör herbringen und seine Wohnung durchsuchen zu lassen. Ich dachte, Sie wollten darüber informiert sein.« Er ging zum Besucherstuhl und setzte sich, ohne zu beachten, dass Telford immer noch stand.

»Wo ist das jetzt plötzlich hergekommen?«, fragte Telford, der seine Skepsis nicht verbergen konnte.

»Wenn Sie sich erinnern, Sir, haben Sie Deliktverknüpfung und ein kriminalgeografisches Profil für Fälle mit ähnlichen Faktoren genehmigt. Wir haben die Ergebnisse genutzt, meine Leute haben das Strafregister durchsucht und einen Namen gefunden, der wahrscheinlich in Frage kommt.«

»Das ist alles?«, unterbrach ihn Telford. »Meinen Sie, das wird im Gericht als vernünftiger Grund anerkannt, um jemanden einzukassieren und seine Wohnung zu durchsuchen?«

»Es liegt noch mehr vor, Sir«, sagte Steve und unterdrückte seine Frustration. »Der Tatverdächtige ist Mitglied in einem Fahrradclub, und wir haben zwei Zeugen, die einen Radfahrer am Tatort gesehen haben. Noch aufschlussreicher ist Folgendes: Als ich das Foto des Verdächtigen sah, erkannte ich ihn. Ich hatte ihn schon einmal gesehen, Sir. Er war am Old Bailey, als Francis Blake vor Gericht stand. Ich habe es durch Fotos bestätigt gefunden, die an dem Tag dort gemacht wurden. Und ich habe seitdem die Videos angesehen, die wir bei Susan Blanchards Begräbnis aufgenommen haben. Dort war er auch. Nach dem Begräbnis ging er an ihrem Grab vorbei. Meiner Meinung nach, Sir, haben wir genug Indizienbeweise, um ihn wegen Mordverdachts zu verhaften. Und um eine Durchsuchung nach Absatz zwei des Gesetzes über die Untersuchungshaft durchzuführen.« Er hielt Telfords Blick stand und versuchte seine Zustimmung zu erlangen. Er wusste, seine Kraft müsste eigentlich ausreichen, Telfords Schwäche zu überwinden, aber er hatte es nie in einer direkten Konfrontation getestet. Vielleicht hätte er das vor Monaten schon tun sollen, als Telford die Entscheidung, Fiona fallen zu lassen und Horsforth zu beauftragen, durchgesetzt hatte. Aber er hatte damals nachgegeben, und der Preis dafür war zu hoch gewesen. Deshalb konnte er den Gedanken nicht akzeptieren, er solle sich dasselbe Zugeständnis noch einmal abnötigen lassen.

»Es ist ziemlich schwach«, klagte Telford. »Und Sie sind in dieser Sache schon einmal auf die Nase gefallen. Ich will nicht noch eine Katastrophe damit erleben.«

»Wir können die Angelegenheit unter Verschluss halten, Sir. Wir brauchen gar nichts bekannt zu geben, bis wir ihm die Tat nachweisen können. Niemand braucht von der Verhaftung und der Durchsuchung zu erfahren. Ich kann garantieren, dass nur ich und mein unmittelbares Team davon wissen.«

Telford schüttelte den Kopf. »Sie stellen sicher einen überzeugenden Fall zusammen. Aber ich will die Sache dem Assistant Commissioner for Crime vorlegen, bevor wir die Sache weiter betreiben.«

»Aber der Assistant Commissioner for Crime ist in Urlaub«, warf Steve ein. Er sah, wie sein Fall ihm entglitt, und fühlte sich machtlos, es zu verhindern.

»Er kommt Montag früh zurück. Ich schlage vor, wir treffen uns dann gleich mit ihm. Bis dann sollte nichts unternommen werden, was den Tatverdächtigen aufschrecken könnte.« Telfords Lächeln war frohgemut. Er hatte eine Möglichkeit gefunden, diese schwierige Entscheidung aufzuschieben, und war zufrieden. »Wir haben schon so lange gewartet. Zwei Tage mehr werden nicht schaden.«

»Das geht nicht.« Steve spürte, wie ihm der Ärger die Röte ins Gesicht trieb, während Telfords lächelndes Gesicht sich verfinsterte. »Mein Team hat Tag und Nacht daran gearbeitet, und ich werde jetzt nicht einfach die ganze Sache abbremsen und meinen Leuten den Schwung nehmen. Ich schlage vor, wir sprechen eine Nachricht auf den Anrufbeantworter des Assistant Commissioner, damit er mich anrufen kann, sobald er zurückkommt, und ich ihn ins Bild setzen kann.«

»Wie können Sie es wagen, mir zu drohen, Sie würden mich einfach übergehen? Sie verstoßen gegen die Verfahrensregeln, Superintendent«, rief Telford mit einer Lautstärke, die verriet, dass er kein einziges Argument hatte, auf das er sich stützen konnte.

Steve stand auf. »Das kann sein, Sir. Aber es geht hier um meine Ermittlung, und ich werde sie nicht gefährden. Ich bin bereit, die volle Verantwortung zu übernehmen.«

Als sich Telford mit einer Unnachgiebigkeit konfrontiert sah, die er nicht erschüttern konnte, machte er sofort einen Rückzieher. »Wenn Sie denken, dass es nötig ist, dann tun Sie es eben. Aber ich hoffe, Sie sind sich Ihrer Sache sehr sicher, wenn Sie den Urlaub des Assistant Commissioner for Crime unterbrechen.«

»Danke, Sir«, sagte Steve in einem schon fast unverschämten Ton. Er ging, bevor er die Selbstbeherrschung verlor, und es gelang ihm sogar, nicht einmal die Tür zuzuschlagen. Dieses Ergebnis hatte er zwar nicht erhofft, aber wenigstens war er um Teflon herumgekommen. Der Assistant Commissioner würde nicht gerade begeistert sein, wenn er aus seinem ausländischen Urlaubsort von wer weiß woher zurückkam und eine dringende Nachricht auf seinem Anrufbeantworter vorfand. Doch obwohl er taktische Spielchen genauso gut beherrschte wie jeder Vorgesetzte in höherer Position, war der AC immer ein viel mutigerer Ermittler gewesen als Telford. Er würde Steves Beweggründe verstehen. Und er war sicher, dass der AC ihm seine Zustimmung geben würde. Bis dahin würde er die Überwachung auf Sparflamme betreiben müssen. Niemals war etwas so einfach, wie es aussah, dachte er, als er zu seinem Büro zurückging.

Diesem Gedanken hätte Fiona wahrscheinlich zugestimmt. Sie hatte sich durch die Akte zum Mord an Drew Shand durchgearbeitet, was sich zur Aufdeckung von Zusammenhängen mit den anderen Fällen als außergewöhnlich unproduktiv erwies. Eine der wenigen eindeutigen Aussagen, die sie bisher machen konnte, war diese: Obwohl alles so sorgfältig inszeniert worden war, gab es keinen Hinweis darauf, dass sich die sexuelle Motivation der Morde in den Büchern bei den wirklichen Morden wiederholt hatte, was an sich sehr bedeutsam war. Denn das hieß, dass ganz offensichtlich ein anderes Motiv hinter den Ermordungen von Georgia und Drew stand. Sie waren beide verfolgt und beobachtet, beide entführt und nicht zu Hause, sondern an einem nicht weiter bezeichneten Ort getötet worden. Und beide waren Autoren preisgekrönter Bücher über Serienmörder, die erfolgreich von anderen Medien adaptiert wurden. All dies passte jedoch in den psychologischen Rahmen der Tat. Es gab wenig konkrete Ansatzpunkte, aus denen weitere Hinweise gewonnen werden konnten.
Es war Fiona aufgefallen, dass der Mörder bereit war, von seiner Vorlage abzuweichen. Bei jedem Fall gab es einen wesentlichen Unterschied zu der im Buch geschilderten Vorgehensweise und zu dem Weg, den der Mörder eingeschlagen hatte. Bei Drew Shand war der Fundort der Leiche ein anderer. Obwohl es in der Nähe Orte gab, die besser zu der genauen Beschreibung im Buch gepasst hätten, war die Leiche an einer anderen Stelle hingelegt worden, wahrscheinlich weil es eine besser versteckte Stelle war und der Killer direkt hinfahren konnte. Bei Jane Elias war die an einem lebenden Opfer vorgenommene Folter zu der Verstümmelung einer Leiche umgewandelt worden. Entweder hatte der Mörder sich bei seinem Angriff getäuscht, oder ihm fehlte der Mumm für ein derart sadistisches Experiment. Fiona neigte zur letzteren Ansicht, weil

es zu dem Element pragmatischen Denkens in der früheren Variante passte.
In Georgias Fall bestand die Abweichung darin, dass der Kopf beim Opfer gelassen wurde. Außerdem gab es laut Duvall keine Anzeichen, dass der Killer sich sklavisch ans Buch gehalten hatte. Es gab keinen Hinweis darauf, dass er mit dem abgetrennten Kopf Sex gehabt hatte. Wieder schien eine Mischung aus Empfindlichkeit und Zweckdenken eine Rolle zu spielen. Denn wenn der Mörder sicher sein wollte, dass seine Handlungen als die seinen erkannt wurden, musste er garantieren, dass sich das Fleisch im Lagerhaus unverkennbar als die Überreste Georgia Lesters erkennen ließ. Er hatte also entsprechende Änderungen vorgenommen.
Zwar nicht gerade eine persönliche Markierung, aber ein gewisses Muster lag vor. Mit dieser neuen Erkenntnis vor Augen näherte sich Fiona Drews Wohnung zuversichtlicher als zuvor. Vielleicht würde sich dort neues Material finden lassen.
Am späten Nachmittag war Murray geschickt worden, um sie durch den Verkehr der Rushhour zu Drew Shands Wohnung in der New Town zu fahren. Er schloss ihr auf und verabschiedete sich dann mit der Bitte, sie solle hinter sich abschließen und die Schlüssel am Morgen nach St. Leonard's mitbringen.
Es war eine schöne Wohnung, dachte sie. Die Räume waren elegant geschnitten, das Wohnzimmer und das größere Schlafzimmer hatten kunstvolle Gipsfriese. Das Schlafzimmer ging nach Westen auf den großen Stadtpark mit Rasen und alten Bäumen hinaus, die hinter einem Eisengitter zu sehen und durch die Straße von den umgebenden Häusern getrennt waren. Die Wohnung war aufwendig mit schweren Vorhängen und bequemen Möbeln ausgestattet. Gerahmte Kinoposter von alten Kriminalfilmen schmückten die Wände, und dieses Interesse war auch an der Videosammlung zu erkennen, die das ganze Bücherregal im Wohnzimmer füllte. Trotz dieser Dinge und auch trotz der Bücher, die in dem fast klinisch ordentlichen Arbeitszimmer standen, wirkte die Wohnung eher wie eine Dekoration für einen Zeitschriftenartikel als wie ein richtiges Zuhause. Sogar das Bad war unnatürlich gut aufgeräumt, alles, was

normalerweise herumstand, war in schönen Schränken mit Spiegelflächen und Chrom verschwunden. Nicht einmal eine angefangene Tube Zahnpasta störte die makellose Ordnung.

So viel fand Fiona bei ihrem ersten Gang durch die Wohnung heraus. Aber sie war keine Verhaltenspsychologin. Es war nicht ihre Aufgabe das Verbrechen zu verstehen, indem sie das Opfer verstand. In diesem Fall war es ihr vordringliches Ziel, etwas in Drew Shands Leben zu finden, das ihn mit Charles Cavendish Redford verband. Sie wusste, die Polizei hatte die Wohnung gründlich durchsucht, aber damals hatte man nach einer Verbindung zur schwulen S&M-Szene gesucht, nicht nach dem Schreiben eines frustrierten Autors.

Sie zog den Stuhl vom Schreibtisch an den Aktenschrank heran und fing an, die Akten durchzusehen. In der unteren Schublade waren persönliche Papiere – zur Hypothek aufs Haus, zu Bankkonten, Rechnungen, Autoversicherung, all dem, was üblicherweise im modernen Leben anfiel. Die nächste Schublade enthielt eine Reihe von Hängedateien, die sich auf Drews veröffentlichte Bücher und solche, die er in Arbeit hatte, bezogen. Sie schaute die Unterlagen schnell durch im Hinblick auf die unwahrscheinliche Möglichkeit, dass er wirklich eine Idee von Redford gestohlen haben könnte. Aber es gab nichts, das auf irgendetwas anderes als seine eigene Phantasie als Quelle seiner Stoffe hinwies.

Die obere Schublade war für Korrespondenz. Es gab Aktenordner für seinen Agenten, seinen Verleger, seine Verträge und schließlich einen, der mit »Fanpost« beschriftet war. Er war überraschend dick, dachte Fiona, als sie ihn aus der Schublade zog. Sie hatte lange genug mit Kit gelebt und wusste, wie viel Post ein erfolgreicher Schriftsteller normalerweise bekommt. Aber Drews Ordner überstieg ihre Erwartungen. Das erste Dutzend Briefe enthielt, was sie erwartet hatte: Anerkennung für seinen ersten Roman, Anfragen, um welches Thema es im zweiten Buch gehen würde, Bitten um unterschriebene Exlibris, schließlich hier und da ein leicht verlegener Hinweis auf einen kleinen Fehler in einem Text. Es gab ein paar Briefe, die Widerwillen über die Gewalt in *Copycat* zum Ausdruck

brachten, aber nichts, was beim Empfänger Gefühle großer Sorge ausgelöst haben würde.
Der größte Teil des Ordners bestand jedoch aus Briefen und ausgedruckten E-Mails von Männern, die ihr Interesse zeigten, den Autor von *Copycat* persönlich kennen zu lernen, weil sie ihn attraktiv fanden und fasziniert waren von der Frage, ob sein eigener Geschmack in Sachen Sex sich in dem Roman widerspiegelte. Sie wurden von einer Büroklammer zusammengehalten. Auf dem obersten Blatt klebte eine Notiz, auf der »Sado-Briefe« stand.
Als sie sie durchblätterte, fiel ein einzelnes Schreiben fast am Ende des Stoßes heraus. Es war ein gefaltetes DIN-A4-Blatt. Fiona faltete es auseinander und stieß einen langen Seufzer der Befriedigung aus.

»Drew Shand«, las sie, »deine Karriere hat gerade begonnen, aber sie baut schon auf der gefährlichen Grundlage von Diebesgut auf. Du hast mich bestohlen. Du weißt, dass du meine Arbeit genommen und als etwas ausgegeben hast, das du selbst geschaffen hast. Und deine Lügen nehmen mir, was mir rechtmäßig gehört.
Dein Werk ist ein schwacher Abglanz des leuchtenden Lichts anderer Menschen. Du nimmst, du zerstörst, du bist ein Schmarotzer, der sich aus der Lebenskraft derer ernährt, auf deren Gaben du neidisch bist. Du weißt, dass dies die Wahrheit ist. Prüfe deine erbärmliche, schmutzige Seele, und du wirst nicht leugnen können, dass du mich beraubt hat.
Die Zeit ist reif, du musst bezahlen. Du verdienst nichts als meine Verachtung und meinen Hass. Wenn ich dich töten muss, damit du mir gibst, was mir rechtmäßig zusteht, so sei es. Es ist ein gerechter Preis dafür, dass du meine Seele gestohlen hast.
Die Wahl von Stunde und Tag wird meine Sache sein. Ich hoffe, du wirst keinen ruhigen Schlaf mehr finden, denn du verdienst ihn nicht. Ich werde mich an deinem Be-

gräbnis erfreuen. Aus deiner Asche werde ich wie ein Phönix auferstehen.«

Es gab Unterschiede zwischen diesem Brief und den anderen, die sie schon gesehen hatte. Aber die Ähnlichkeiten waren überwältigend. Es konnte kein Zweifel bestehen, dass Drew Shand einen Brief von demselben Verfasser erhalten hatte, der an Georgia und Kit geschrieben und auch das bei der Pressekonferenz verteilte Flugblatt ausgearbeitet hatte, in dem er seine Schuld zugab.
Es ließ sich kaum ein Argument finden, das dem widersprochen hätte, was Fiona nun als Tatsache zu akzeptieren begann. Es waren einfach zu viele Zufälle. Wer immer Georgia ermordet hatte, hatte auch Drew getötet. Und es sah aus, als sei diese Person tatsächlich Charles Cavendish Redford.

Kapitel 47

Ihre Wohnung war genauso wie sie selbst, dachte Steve. Hell, fröhlich und clever. Schick und selbstbewusst. Terry wohnte im obersten Stockwerk eines alten Backsteingebäudes in der Nähe der City Road. In den drei Stockwerken unter ihr waren ein Büro für Grafikdesign, eine Werkstatt für Lederwaren und eine Firma, die Möglichkeiten zur Postproduktion für unabhängige Filmemacher anbot. Auf dem Schild im Warenaufzug stand beim dritten Stock einfach *Fowler Storage*. Steve vermutete, dass es für das oberste Stockwerk keine Erlaubnis vom Bauamt zur Nutzung als Wohnraum gab. Außerdem vermutete er, dass Terry dies vollkommen egal war.

Ihre Wohnfläche bestand aus einem großen offenen Raum von etwa zwölf mal fünfzehn Metern. Eine Tür am hinteren Ende führte in ein schmales Badezimmer mit Dusche. Der große Raum war weiß, der Fußboden in einem dunklen, glänzenden Terrakotta-Farbton gestrichen. Es gab einen Schlafbereich mit einem Messingbett und Messinggestellen zum Aufhängen von Kleidern, eine Sitzecke mit einem Dutzend Sitzkissen und einer Mini-Stereoanlage, einen Arbeitsbereich mit Schreibtisch, Computer und Bücherregalen vom Boden bis zur Decke. Eine Kochnische mit einem runden Holztisch aus Kiefer und sechs Klappstühlen war in der Fensterecke untergebracht. Ein tragbarer Fernseher und Video auf einem fahrbaren Ständer waren in eine Ecke geschoben. Die Wände waren mit gerahmten Drucken von Keith Haring geschmückt, die mit ihrer Buntheit der Einrichtung hauptsächlich Farbe gaben.

Sie hatte die Tür schwungvoll geöffnet und ahmte mit wie zum Pfeifen vorgestreckten, runden Lippen eine Fanfare nach. Steve blieb auf der Schwelle stehen und überprüfte mit geschultem Blick den Raum. Er nickte. »Sieht toll aus«, sagte er. »Es gefällt mir.«
Dann war er auch schon eingetreten und in ihren Armen, ihre Münder fanden sich im Hunger nach Befriedigung. Keine Zeit zum Ausziehen, die Kleidungsstücke, die im Weg waren, wurden weggerissen, im Bewusstsein körperlicher Nähe schwemmte ihr Verlangen alles andere weg.
Danach lagen sie eng umschlungen übereinander, und ihr Atem vermischte sich in vollkommener Unbefangenheit. »Also, was ist nun das Hauptgericht?«, fragte Steve.
Terry kicherte und steckte ihre Hände unter sein Hemd. »Das war noch nicht einmal die Vorspeise. Fass es als Amuse-gueule auf.«
»Amüsiert hab ich mich schon.«
Terry befreite sich aus seinen Armen und stand mit geschmeidigen Bewegungen auf, denen sein Blick folgte. »Machen wir's uns doch bequem«, sagte sie, zog ihr Kleid über den Kopf und streifte die Schuhe ab.
»Hört sich gut an«, stimmte er zu und stand auf. Er nahm sein Handy und den Piepser aus den Taschen, ging zum Schreibtisch hinüber und legte sie neben die Tastatur. Dann zog er seine Kleider aus und warf sie über den Stuhl am Schreibtisch. »Bad?«, fragte er.
Terry deutete zur Tür: »Da vorne.«
»Geh nicht weg«, sagte er.
»Als ob ich das vorhätte.« Sobald er die Badezimmertür geschlossen hatte, sprang sie auf, ging zielstrebig zum Schreibtisch und sah auf das Handy und den Piepser. Am Abend zuvor hatte ein Anruf die Stimmung verdorben, der nicht einmal einen seiner Fälle betraf und all seine Sorgen und Ängste um seinen Freund an die Oberfläche gebracht hatte. Und was noch schlimmer war: Fiona Cameron hatte sich zwischen sie gedrängt. Terry war nicht sicher, was in der Vergangenheit zwischen den beiden gewesen war, aber ihr Instinkt sagte ihr, es war wohl mehr als einfach nur Freundschaft. Seine

Körpersprache veränderte sich, wann immer Fionas Name genannt wurde, und verriet, was da unter der Oberfläche lauerte. Heute Nacht wollte sie Fiona nicht im Bett dabeihaben. Impulsiv wie immer streckte Terry die Hand aus, und aufgrund eines Augenblicksimpulses waren Telefon und Piepser abgeschaltet. Außerdem, argumentierte sie vor sich selbst, als sie zum Bett hinüberging, war jetzt Freitagabend und das Ende einer arbeitsreichen Woche. Wenn sie eine Beziehung mit diesem Mann haben wollte, war ihr klar, dass sie sein Leben als Workaholic ändern müsste. Und nie war es schöner gewesen als jetzt.

Sarah Duvall stand unter dem schwachen Strahl der Dusche und fragte sich, warum alle Polizeidienststellen, in denen sie zu tun hatte, diese mickrigen Duschen hatten. Die letzte Stunde hatte sie im Computerraum zugebracht, wo die Mitglieder ihrer Kommission geduldig alle Resultate der Befragungen eingaben, die in Smithfield Market schon durchgeführt worden waren und im Umkreis von London noch weitergingen. Da Redfords Verhöre so unproduktiv blieben, hatte sie beschlossen, die Ermittlungen in anderen Bereichen zu intensivieren. Sie war gerade von den Computern zurückgetreten, als sie merkte, dass die Zeilen auf dem Bildschirm vor ihren Augen zu verschwimmen anfingen wie im Wasser eines Schwimmbeckens. Wenn sie noch mehr Koffein zu sich nahm, würde sie wahrscheinlich einen Herzanfall bekommen, daher war sie zu den Damenduschen gegangen in der Hoffnung, das kühle Wasser werde ihr Gehirn wieder einigermaßen funktionsfähig machen.

Die ersten vierundzwanzig Stunden waren bei der Untersuchung eines Mordfalls die wichtigsten. Zu Duvalls Pech waren diese wesentlichen Stunden bereits vor einer Woche abgelaufen. Und es war ihr nun überlassen, eine sehr kalte Spur zu verfolgen. Soweit sie wusste, hatte es keine einzige Zeugenaussage außer der des Literaturagenten gegeben, die auch nur einen annähernd ergiebigen Hinweis erbracht und Redfords Verbindung mit dem Verbrechen eindeutiger herausgestellt hätte. Und dabei ging es nur um die

Motivation und nicht um eine direkte Verbindung mit dem Mord. Das einzig Konkrete, das sie hatten, war ein Autofahrer, der einen metallgrauen Geländewagen gesehen hatte, möglicherweise einen Toyota oder einen Mitsubishi, der am Tag von Georgia Lesters Verschwinden hinter ihrem Jaguar angehalten hatte. Der Autofahrer hatte weder Georgia noch den Fahrer des Geländewagens gesehen. Und es gab keinerlei Hinweis, dass Charles Redford ein solches Auto besaß. Sie hatte schon jemanden beauftragt, die Autovermieter zu überprüfen, ob er in letzter Zeit einen solchen Wagen gemietet hatte.

Duvall drehte das dünne Rinnsal ab und trat aus der Duschkabine. Sie trocknete sich ab und zog die einzigen sauberen Kleider aus ihrem Schließfach an, Jeans und ein Sweatshirt mit der Aufschrift »Chicago PD«. Nicht gerade ideal, aber besser als die zerknitterten Sachen, die sie die letzten 36 Stunden getragen hatte. Der saubere Stoff auf ihrer Haut war erfrischender als die Dusche selbst. Ein flüchtiger Blick in den Spiegel, und sie war wieder einsatzbereit.

Als sie in den Dienstraum zurückkam, spürte sie sofort ein neues Gefühl von Erregung, das über dem Summen der Computer zu vibrieren schien. Sie hatte kaum den Raum betreten, als ein Sergeant schnell auf sie zukam. »Wir haben etwas aus Dorset«, sagte er und konnte dabei eine gewisse Erregung nicht verbergen.

Duvall bemühte sich, trotz ihrer Müdigkeit zu lächeln. »Erzählen Sie es mir«, sagte sie, zog den nächsten Stuhl zu sich heran und setzte sich.

»Es gibt hinter dem Haus am Ende des Gartenstücks ein Nebengebäude. Sie wussten nicht, dass es zum Ferienhaus gehört, deshalb wurde es nicht untersucht. Jedenfalls hat der Ehemann es einem Polizisten gegenüber erwähnt, und sie haben es vor zwei Stunden aufgebrochen. Dort hat er sie verstümmelt. An der Wand stehen Steinbänke, die voller Blutflecken sind. Und noch besser ist, dass er dort sein Werkzeug hat liegen lassen: Messer, Metallsäge, Meißel, Hammer, alles Mögliche.«

Duvall nickte. »Hat wahrscheinlich gedacht, das wäre sicherer, als sie bei sich zu behalten und woanders loszuwerden. Ich nehme an, jetzt haben sie ein komplettes Team für die Spurensicherung dort?«

»Sie untersuchen jeden Zentimeter.«

»Gut. Halten Sie mich auf dem Laufenden.«

Der Polizist entfernte sich, froh, eine bestimmte Aufgabe zu haben. Den besorgten Blick im Gesicht seiner Chefin hatte er vollkommen übersehen. Zum ersten Mal seit Redfords spektakulärem Auftritt war etwas eingetreten, das nicht zu dem passte, was er gesagt hatte. Sie würde seine Angaben noch einmal überprüfen müssen. Duvall war sich vollkommen sicher, dass er gesagt hatte, er hätte Georgia an »einen Ort gebracht, den er seit Jahren kannte, ein Ort, den sie nie finden würden«. Das deckte sich mit dem, was im Buch zu lesen war. Es stand jedoch im Gegensatz zu dem, was die Polizei in Dorset entdeckt hatte.

Duvall spürte ein Unbehagen in ihrem müden Körper, als werde ihr übel. Was wäre, wenn ihr Instinkt sie getäuscht hätte? Wenn Redford nur jemand war, der Aufmerksamkeit auf sich ziehen wollte? Wenn der Killer noch frei herumliefe? Sie schüttelte den Kopf, wollte diese Möglichkeit nicht zulassen. Es konnte nicht sein. Redford passte so gut, das fühlte sie in ihrem Inneren.

Aber was wäre, wenn sie sich irrte?

Zuerst kam der Schmerz. Eine schreckliche Qual, an einer bestimmten Stelle seines Kopfes, rote, gelbe und weiße Wellenbewegungen hinter den Augen. Als Kit zu stöhnen versuchte, merkte er, dass er den Mund nicht bewegen konnte. Dann tauchten andere Schmerzen auf. Seine Schultern taten weh, die Handgelenke brannten. Er versuchte seine Position zu verändern und merkte, dass er hilflos von der Seite auf den Rücken rollte. Seine Hände drückten unangenehm gegen das Rückgrat, und er musste wütend mit den Schultern stoßen, um sich wieder in die weniger schmerzhafte erste Lage zu bringen. Nichts ergab Sinn. Die Augen aufzumachen half auch nichts. Die Dunkelheit war fast noch intensiver, als sie es gewesen war, bevor er sich gezwungen hatte, die Augenlider zu öffnen.

Sein Magen knurrte. Die vom Kopf ausgehenden Schmerzwellen schienen direkt mit dem Bauch in Verbindung zu stehen und verursachten eine unangenehme Übelkeit. Langsam wurde ihm klar, dass er sich in Bewegung befand, wo immer er auch sein mochte. Jetzt hörte er das leise Brummen eines Motors und das Zischen der Räder auf der Straße. Gedämpfte Stimmen hoben sich davon ab, und er begriff, dass ein Radio lief. Es dämmerte ihm, dass er sich in einem fahrenden Auto befand und der Fahrer Radio hörte.

Die Erkenntnis brachte bestürzend schnell die Erinnerung zurück. Der Kurier an der Tür mit dem Bücherpaket. Die schnelle Bewegung, die er aus dem Augenwinkel wahrgenommen hatte. Dann nichts mehr, bis jetzt.

Mit entsetzlicher Klarheit, die ihn für Augenblicke vom Schmerz ablenkte, erkannte Kit das Szenario. Er war in einem Alptraum gefangen, den er selbst erfunden hatte. Er erlebte die Geschichte von Susannah Tremayne, dem zweiten Opfer des Serienmörders, dem er den Namen Blood Painter gegeben hatte. Der Killer hatte sie erwischt, indem er sich als Kurier ausgab, der ein Paket abliefern sollte. Dann hatte er sie in seinen Lieferwagen geladen und zu dem Ferienhaus gefahren.

Vierundzwanzig Stunden zuvor wäre er sich dieser Parallele bewusst gewesen. Niemals hätte er einem Kurier die Tür geöffnet, nicht einmal einem, den er kannte. Aber das war gewesen, bevor man Charles Redford verhaftet und bevor Sarah Duvall Fiona erklärt hatte, der Mörder sei in Haft und das Leben könne in normale Bahnen zurückkehren, ohne dass jeder Augenblick von Angst beherrscht wurde.

Sie waren einem katastrophalen Irrtum erlegen. Schreck und Entsetzen umklammerten sein Herz. Er wusste genau, was ihm bevorstand. Er hatte ja schließlich das Drehbuch geschrieben.

Bevor sie Drew Shands Wohnung verließ, sah sich Fiona die Straßenkarte aus seinem Regal mit den Nachschlagewerken an und beschloss, zu Fuß ins Hotel zurückzugehen. Nach einem zügigen Marsch von zwei Meilen durch die Stadt hätte sie vielleicht einen klaren Kopf. Sie ging durch die Straßen der New Town mit den georgianischen Häusern in Richtung Queensferry Road und spürte die feuchte Luft an ihrer Haut und in ihren Haaren. Sie war fast die einzige Fußgängerin auf den Straßen. Auf der Dean Bridge genoss sie die Sicht auf die Baumkronen von oben. Hier und da blinkte ein Lichterviereck auf der Rückseite der Häuserblocks der New Town blassgelb durch den leichten Dunst. Die Szene hätte einem gruselig erscheinen können, dachte sie, und wenn jemand mit Kits oder Drews Begabung sie beschrieben hätte, wäre eine Atmosphäre aufgekommen, dass sich einem förmlich die Nackenhaare sträubten. Aber nach einem ganzen Tag auf Flughäfen und in einem Büro in St. Leonard's fühlte sie hier eine merkwürdig befreite Stimmung. Es war wie eine kurze Atempause von den Sorgen wegen ihrer Arbeit und um den geliebten Partner.

Bei ihrem Hotel angelangt, zögerte sie fast hineinzugehen. Die kurze Zeit im Freien hatte sie erfrischt und für Angenehmeres bereitgemacht als die Gedanken an Mord. Die einzige angenehme Aussicht, die der Abend jetzt noch zu bieten hatte, war eine Unterhaltung mit Kit.

Fiona fragte an der Rezeption, ob eine Nachricht hinterlassen worden sei. Nichts. Sie hatte gehofft, dass er angerufen hätte, um ihre E-Mails zu beantworten. Macht nichts, dachte sie. Sie würde zu Haus anrufen in der Hoffnung, dass er auf den Anrufbeantworter achten und abheben würde, sobald er ihre Stimme hörte. Sie ging hinauf und rief den Zimmerservice an. Während sie wartete, fuhr sie den Laptop hoch und überprüfte noch einmal ihre E-Mails. Nichts von Kit. Das war gar nicht seine Art, dachte sie. Sie hatten keinen Kontakt gehabt, seit sie am Morgen weggefahren war, was eine ungewöhnliche Unterbrechung des gewohnten Rhythmus ihrer Kommunikation war. Sie sah auf die Uhr, es war kurz nach neun. Er konnte nicht immer noch bei der Arbeit sein. Eigentlich sollte er das Telefon abnehmen.

Schnell wählte sie die vertraute Nummer – und verwählte sich. Sie musste abbrechen und noch einmal anfangen. Das Telefon am anderen Ende klingelte. Drei, vier, fünf Mal läutete es. Dann der Anrufbeantworter. Seine Stimme auf dem Band konnte jetzt keinen Trost spenden. Sie wartete auf den Piepston. »Kit, ich bin's. Wenn du da bist, nimm ab, bitte ... Komm schon, ich muss mit dir reden ...« Sie wartete vergebens.

Während sie die Pasta aß, die sie bestellt hatte, und ein Glas Wein trank, blätterte sie noch einmal die Briefe durch, um zu prüfen, ob sie etwas übersehen hatte.

Als das Telefon läutete, fiel ihr klappernd die Gabel aus der Hand. Hastig ergriff sie den Hörer und sagte: »Hallo?«

»Hier ist DCI Duvall.«

Fiona war tief enttäuscht. »Oh. Hallo. Ich hatte jemand anderen erwartet.«

»Ich wollte wissen, was für Fortschritte Sie gemacht haben«, sagte Duvall unvermittelt.

Fiona erklärte ausführlich, was sie den Tag über getan hatte. Sie übermittelte ihre Ergebnisse, wobei Duvall nur hin und wieder einen unverbindlichen Laut von sich gab, während sie Notizen machte.

Zum Schluss fragte Duvall: »Sie haben also nichts gefunden, was der Theorie widerspricht, dass Redford der Mörder ist?«

Fiona fand, dass sie sich merkwürdig ausdrückte. »Nichts. Warum? Hat sich bei Ihnen etwas Neues ergeben?« Sie fühlte ein nervöses, angstvolles Kribbeln in ihrer Brust.

Das Zögern am anderen Ende der Leitung wurde länger. »Eine unwesentliche Diskrepanz, sonst nichts«, sagte Duvall rasch.

»Wie unwesentlich?«, wollte Fiona wissen.

Duvall erklärte, was die Polizei in Dorset entdeckt hatte und dass es nicht zu dem wenigen passte, was Redford zu dem Thema gesagt hatte. »Wie bedeutend dies ist, werden wir besser beurteilen können, wenn wir die Ergebnisse der Spurensuche im Nebengebäude bekommen.«

»Aber das könnte ja Tage dauern«, protestierte Fiona. »Wenn Sie den falschen Mann festgenommen haben, dann könnten andere Leute in Gefahr sein.« Ganz besonders eine bestimmte Person, dachte sie, und ihr Magen verkrampfte sich vor Angst. »Der Killer wird sich sehr sicher fühlen. Es wird seine Zuversicht stärken, wenn er wieder zuschlagen will.« *Und ich kann Kit nicht erreichen.*

»Das ist mir klar. Wir tun alles, was wir können, um Redfords Aussage zu bestätigen.«

»Ich habe den ganzen Tag nichts von Kit gehört«, platzte Fiona heraus.

»Jemand von meinem Team sollte ihn heute Nachmittag befragen. Ich werde mich danach erkundigen. Vielleicht hat er über seine Pläne für heute Abend gesprochen«, antwortete Duvall mit zuversichtlicher, wenn auch nur gespielter Überlegenheit. »Ich melde mich wieder bei Ihnen.«

»Ich warte auf Ihren Anruf.« Fiona legte sachte den Hörer auf, als könne sie damit Kit schützen. Eine wahnsinnige Angst hatte sie überfallen. Sie sprang plötzlich auf, rannte ins Badezimmer und schaffte es gerade noch rechtzeitig. Die unverdaute Pasta schwamm in einem gallig roten See aus Tomatensoße und Wein. Ihr Magen versuchte reflexartig, sich noch weiter zu entleeren, als schon nichts mehr darin war. Sie setzte sich in die Hocke, Schweiß stand ihr auf der Stirn, ihr Atem kam unregelmäßig und in kurzen Stößen.

Der Gedanke an Sarah Duvall zwang sie aufzustehen. Sie betätigte die Spülung und putzte sich die Zähne. Wieso dauerte es so lange? Sie fuhr sich mit den Händen durch die Haare und starrte sich im Spiegel an. Ihr Blick war gehetzt, die Angst, die sie zerfraß, ließ ihr Gesicht hager erscheinen. »Du siehst beschissen aus«, sagte sie zu ihrem Spiegelbild. »Nimm dich zusammen, Cameron.«

Das Klingeln des Telefons katapultierte sie förmlich aus dem Bad heraus und durch das Zimmer. »Ja, Fiona Cameron, hallo?«

»Es scheint hier ein leichtes Problem zu geben«, sagte Duvall zögernd.

Großer Gott, nein!, schrie es in ihrem Inneren. »Was für ein Problem?«, zwang sie sich zu fragen.

»Offenbar war er nicht zu Haus, als der Mann von meinem Team bei ihm vorbeischauen wollte.«

Fiona stöhnte. »Etwas ist ihm passiert!«

»Sie sollten nicht so voreilige Schlüsse ziehen, Frau Dr. Cameron. Mein Mitarbeiter gab zu, dass er über eine Stunde zu spät zu dem Termin kam. Mr. Martin könnte das Warten aufgegeben haben. Ich höre von Ms. Lesters Mann, dass eine Gruppe ihrer Kollegen plante, heute zu einer Art Totenfeier zusammenzukommen. Wahrscheinlich ist Mr. Martin im Moment dort. Hören Sie, das Geständnis Redfords passt in allen Einzelheiten außer diesem einen Detail. Er hat die Verhöre als eine Art Spiel betrachtet, als Wettkampf der Schlagfertigkeit. Es ist durchaus möglich, dass er uns absichtlich in die Irre geführt hat, weil er sich vorgenommen hat, uns keine konkrete Information zu geben. Er will dadurch ungestraft davonkommen, dessen bin ich sicher.« In Duvalls Stimme war keine Spur von Zweifel zu hören. »Ich bin sicher, Mr. Martin wird sich melden. Versuchen Sie sich keine Sorgen zu machen.«

»Das ist leichter gesagt als getan, DCI Duvall.«

»Ich glaube immer noch, dass wir den richtigen Mann in Haft haben.«

»Das sagen Sie natürlich, weil Sie andernfalls viel zu viel in die Sache reingesteckt hätten.«

»Wenn Mr. Martin sich bis morgen früh nicht bei Ihnen gemeldet hat, rufen Sie mich an.«

»Darauf können Sie wetten.« Sie knallte den Hörer auf die Gabel. Ihre Hand zitterte, als sie sie vom Telefon nahm. »O Gott«, stöhnte sie, »lass nicht zu, dass er der Nächste ist.«

Sie ging im Zimmer auf und ab. Sechs Schritte hin, Drehung, sechs zurück, und wieder von neuem, wie ein Tiger in einem Käfig. Duvalls scheinbare Zuversicht bot ihr keinen Trost. Sie wusste, Kit hätte sie nicht einfach ohne eine Nachricht auf dem Trockenen sitzen lassen. »Denken, Fiona, denken«, spornte sie sich selbst an.

Sie nahm ihr Adressbuch und schlug Jonathan Lewis' Nummer nach. Sie hatte nur von wenigen Freunden Kits die Telefonnummern, aber mit Jonathan und seiner Frau Trish hatten sie in den letzten zwei Jahren oft gegessen, so dass sie auf ihrer Liste standen. Trish antwortete beim dritten Klingeln und klang angenehm überrascht, von Fiona zu hören.

»Ist Jonathan da?«, fragte Fiona.
»Nein, er ist bei der Trauerfeier, die sie für Georgia halten. Ist Kit nicht dabei?«, antwortete Trish.
»Muss er wohl. Ich bin hier oben in Edinburgh und habe versucht, ihn zu erreichen, hab's aber nicht geschafft.«
»Es war geplant, dass sie sich um sechs treffen«, sagte Trish.
»Weißt du, wo?«
»Jonathan hat etwas über einen Club in Soho gesagt, bei dem Adam Mitglied ist. Aber ich weiß nicht, wie er heißt. Ich weiß, dass er damit rechnete, Kit dort zu sehen.«
»Du hast wahrscheinlich Recht«, seufzte Fiona. »Er ist wahrscheinlich inzwischen schon bei der zweiten Flasche. Tut mir Leid, dass ich dich gestört habe, Trish.«
»Du störst mich doch nicht. Wenn es dringend ist, könntest du Jonathan auf seinem Handy anrufen.«
Fiona schrieb sich Jonathans Nummer auf und rief an, sobald die Unterhaltung mit Trish zu Ende war. Das Handy klingelte sechsmal, bevor abgenommen wurde. Das Hintergrundgeräusch hörte sich wie bei einem mittleren Aufstand an. »Hallo? Jonathan?«, rief sie. »Hier Fiona Cameron. Ist Kit vielleicht bei euch?«
»Hallo? Fiona? Nein, wo ist er denn, der Bursche? Er sollte eigentlich hier sein.«
»Er ist nicht da?«
»Nein, das sag ich doch.«
»Er hat sich auch nicht gemeldet?«
»Nein, warte mal.« Etwas unklar hörte sie ihn rufen: »Hat irgendjemand etwas von Kit gehört? Zum Beispiel, warum er nicht hier ist?« Es gab eine kurze Pause, dann kam Jonathan an den Hörer zurück. »Niemand hat etwas von ihm gehört, Fiona. Ich weiß nicht, was er treibt, aber hier ist er nicht.«
Fiona spürte, wie sich ihr Magen wieder zusammenzog. »Wenn er auftaucht, sag ihm bitte, er möge mich anrufen. Bitte, Jonathan.«
»Kein Problem. Reg dich nicht auf, Fiona.« Die Verbindung brach ab, und Fiona war wieder allein mit ihrer Angst, die sie aufwühlte.

Sie hätte schreien mögen. Aber sie zwang sich zu einer rationalen Betrachtung der Situation.
Wenn der Mörder Kit ins Visier genommen hatte, dann wäre das nächstliegende Buch, das er kopieren würde, *The Blood Painter*. Da es im Fernsehen erfolgreich gelaufen war, entsprach es dem bisherigen Muster des Killers. Wenn der Mörder der Handlung des Buchs folgte, musste Kit noch am Leben sein. Die charakteristische Eigenart des *Blood Painter* war, dass er seine Opfer gefangen hielt, ihnen jeden Tag Blut abzapfte und es als Farbe für Bilder benutzte, die er an dem Ort, wo er sie gefangen hielt, an die Wand malte. Wäre Kit also wirklich das nächste Opfer, dann würde derjenige, der ihn in seiner Gewalt hatte, ihn mindestens noch zwei Tage am Leben erhalten, damit er den Mord im Buch so echt wie möglich nachspielen konnte.
Sie musste nur herausbekommen, wo er festgehalten wurde.
Es war schon eine Weile her, dass sie das Buch gelesen hatte, aber sie erinnerte sich, dass die Opfer des *Blood Painter* alle irgendwann in den sechs Monaten vor ihrem Tod einmal abgelegene Ferienhäuschen gemietet hatten. Wenn er kam, um sie zu töten, mietete der *Blood Painter* immer dasselbe Häuschen, in dem er sie eine Woche festhielt, während er sie langsam ausbluten und sterben ließ und dabei seine grotesken Gemälde schuf.
Aber sie und Kit hatten nie ein Ferienhaus gemietet. Sie hatten nicht einmal einen kurzen Wochenendurlaub in Großbritannien gemacht, weil sie ihre Ferien lieber im Ausland verbrachten. Wo konnte er Kit also festhalten? Wo konnten sie sein, wenn der Mörder tatsächlich entschlossen war, dem Buch zu folgen?

Kapitel 48

Die M 6 war so weit nördlich von Manchester praktisch leer. Der größte Teil des Freitagabendverkehrs war auf die M 55 nach Blackpool oder an der ersten Kreuzung abgebogen, die zum südlichen Ende des Lake District führte. Wo die Straße zum Shap hochführte, waren am Wochenende nur noch wenige Autos und ein paar vereinzelte Lkws zurück nach Schottland unterwegs.

Auf der Überholspur fuhr ein metallisch dunkelgrauer Toyota-Geländewagen im bequemen Tempo von 85 Meilen, langsam genug, um die Aufmerksamkeit der Verkehrspolizei nicht auf sich zu ziehen, aber doch flott genug, um die Meilen bis zum Endziel zusammenschmelzen zu lassen. Der Fahrer hatte das Radio abgeschaltet und die gepflegte BBC-Stimme durch eine Hörbuch-Kassette, *The Blood Painter* von Kit Martin, ersetzt. Gelesen vom Autor selbst. Von allem anderen abgesehen, würde der Text ihm helfen, der Vorlage genau zu folgen, falls er Einzelheiten vergessen haben sollte.

Er konnte sich kaum etwas Besseres vorstellen, um die Meilen vorbeifliegen zu lassen.

Detective Superintendent Sandy Galloway hatte sein Feierabendglas Caol Ila halb ausgetrunken. Seine Zwillinge im Teenager-Alter brachten im oberen Stockwerk mittels ihrer Sony-PlayStations Vernichtung über einen fernen Planeten, während seine Frau gerade das Geschirr in die Spülmaschine räumte. Morgen würde er wegen der Sache in London tätig werden müssen. Aber für den heutigen Tag war genug getan, das war sein Motto. Also machte er es sich mit seinem Whisky gemütlich, sah sich einen Krimi im Fernsehen an und freute sich über alles, was da falsch gemacht wurde.

Als das Telefon klingelte, achtete er nicht darauf. Aber das Rufen der Teenager von oben war nicht zu überhören. »Hey Dad, jemand aus England ist dran für dich.«

»Herrje«, murmelte er, erhob sich aus seinem Sessel und ging durch den Flur. Er nahm den Hörer ab und wartete, bis es klickte, als oben aufgelegt wurde. »Hallo, Sandy Galloway hier.«

»Hier ist Fiona Cameron. Es tut mir Leid, Sie zu Hause zu belästigen. Ich habe Ihre Nummer vom Sergeant im Einsatzzentrum. Er wollte sie mir nicht geben, aber ich habe ihn dazu gedrängt, seien Sie ihm also nicht böse.« All dies kam in einem atemlosen Wortschwall.

»Macht nichts, Frau Doktor. Wie kann ich Ihnen helfen? Oder wollten Sie uns helfen? Haben Sie bei Drew Shand zusätzliche Briefe gefunden?«

Eine Pause trat ein. Er hörte, wie sie tief einatmete. »Es mag sich vielleicht übertrieben ängstlich anhören. Sie wissen doch, dass mein Partner Kit Martin ist, der Krimiautor?«

»Ja, das wusste ich.«

»Von Anfang an, als ich meine Theorie entwickelte, war mir klar, dass hier ein Serienmörder am Werk sein könnte und dass Kit perfekt dem Profil des Opfers entspräche. Ich habe mir Sorgen gemacht, dass er eine Zielperson sein könnte. Als die City Police Redford festnahm, waren wir alle erleichtert. Aber ich habe gerade mit DCI Duvall gesprochen, und sie sagte mir, es gibt einen Schwachpunkt im Fall Redford. Und ich kann Kit nicht erreichen. Er geht nicht ans Telefon und hat sich auch nicht über E-Mail gemeldet.«

»Könnte es nicht sein, dass er arbeitet?« Galloway versuchte, ruhig und unbesorgt zu klingen. Wenn es eine ernsthafte Ungereimtheit in dem Fall gäbe, hätte Duvall es ihm mitgeteilt.

»Er war nicht da, als die Polizei kam, um eine Aussage aufzunehmen. Und sonst antwortet er immer per E-Mail. Die Sache ist nur, wenn Kit eine Zielperson wäre, müsste das Buch, dem der Killer folgen würde, *The Blood Painter* sein. Er würde ihn irgendwo festhalten, bis er so weit ist, ihn zu töten.«

Er hörte ihrer Stimme an, dass sie vor Sorge und Angst außer sich war. »Ich verstehe Ihre Besorgnis, Fiona.« Er nannte sie beim Vornamen, weil er hoffte, es könne sie beruhigen. »Das Problem ist nur, wir haben keine Hinweise, dass ihm irgendetwas passiert ist. Er könnte den Abend einfach bei Freunden verbringen. Irgendwo ein Glas auf Georgia Lester trinken.«

»Genau dort sollte er jetzt eigentlich sein. Aber ich habe mit einem seiner Freunde gesprochen, und er ist nicht gekommen. Außerdem hätte er mir Bescheid gesagt, wenn er das geplant hätte«, beharrte Fiona.

»Alles Mögliche könnte vorgefallen sein. Er hätte auf dem Weg dorthin jemanden treffen und zuerst mit ihm irgendwo einkehren können. Vielleicht ist er im Straßenverkehr steckengeblieben. Fiona, wenn es ein wirkliches Problem im Fall Redford gäbe, hätte die Polizei der City of London sich bei uns gemeldet. Da können Sie ganz sicher sein.« Galloway glaubte fest daran, dass es keinen Grund für ihre Angst gebe. Als Polizist wusste er, dass ohne Hinweise auf ein Verbrechen auf keinen Fall eine offizielle Ermittlung gerechtfertigt war. Und als Mann wusste er, dass die Menschen ihre Partner nicht immer so gut kennen, wie sie denken. Nicht einmal, wenn sie Psychologen sind. »Manchmal kommt die E-Mail nicht durch«, argumentierte er. »Die Server sind kurzfristig nicht verfügbar. Vielleicht glaubt er, er hätte Ihnen Bescheid gegeben.«

Er hörte ihren frustrierten Seufzer. »Oder vielleicht ist er in der Gewalt eines Killers. Die Polizei sollte diese Möglichkeit überprüfen.«

Galloway holte tief Luft und wagte sich etwas weiter vor. »Wenn – und es ist ein sehr gewichtiges Wenn – das so wäre, wo sollte die Polizei ihn dann suchen?«

»Nach der Handlung von *The Blood Painter* sollte der Mörder ihn in ein Ferienhaus bringen. Nur haben wir nie ein Ferienquartier in Großbritannien gemietet. Kit hat eine Hütte oben in Sutherland, wo er hingeht, um zu schreiben. Wenn ... dann müssten sie dort sein.«

»In welcher Gegend von Sutherland?«

Er spürte ihr Zögern. »Das ist das Problem. Ich weiß es nicht genau. Ich bin nie dort gewesen, verstehen Sie. Ich weiß nur, dass es in der Nähe von Loch Shin ist.«

»Sie kennen nicht einmal die Adresse?«

»Nein, wir stehen immer per E-Mail in Verbindung, wenn er dort oben ist. Er hat ein Satellitentelefon, nutzt es aber nicht für Telefongespräche. Wir sind beide der Meinung, dass die Zeit der Trennung schwerer zu ertragen ist, wenn wir miteinander sprechen. Irgendwie ist seine wochenlange Abwesenheit mit E-Mail erträglicher.« Plötzlich merkte sie, dass sie abschweifte, und zwang sich, zu dem konkreten Problem zurückzukehren. »Aber sicher muss doch die örtliche Polizei wissen, wo die Hütte ist? Ich dachte, da oben in den Highlands kennt jeder jeden?«

Galloway wischte sich mit der Hand über den Mund. Ihre Angst hatte sich auf ihn übertragen, und er hatte Schweißperlen auf der Oberlippe. »›Am Loch Shin‹, die Angabe ist sehr vage, Fiona, das ist ein Riesengebiet. Der See selbst muss etwa fünfzehn, sechzehn Meilen lang sein. Ich habe Zweifel, dass man heute Abend noch irgendetwas tun kann, selbst wenn wir annähmen, dass tatsächlich ein realer Grund für die Suche nach ihm vorliegt.«

»Es muss etwas geben, was wir tun können! Wir können doch nicht einfach herumsitzen, wenn Kits Leben möglicherweise in Gefahr ist!« Jetzt hatte der Zorn in Fionas Stimme die Oberhand gewonnen.

»Hören Sie zu, Fiona, es besteht die Möglichkeit, dass Sie sich ganz umsonst aufregen. Also, was macht dieser Mörder aus Mr. Martins Buch mit seinen Opfern?«

»Er hält sie eine Woche lang gefangen, nimmt ihnen alles Blut ab und macht damit Wandgemälde.«

»Also das heißt, der Zeitfaktor ist nicht ganz so wichtig, wie wenn der Mörder sein Opfer schnell töten würde, nicht wahr? Außerdem, wenn nicht einmal Sie wissen, wo die Hütte ist – woher könnte der Mörder es wissen? Warum warten wir nicht bis morgen früh? Es kann gut sein, dass Mr. Martin bis dahin aufgetaucht ist. Aber wenn nicht, werden wir gleich morgen früh die Highland Police verständigen. Das verspreche ich Ihnen. Treffen Sie mich bei St. Leonard's um halb acht, und wir werden dann weitersehen, okay?« Seine Stimme klang beruhigend, ohne herablassend zu wirken.

»Nein, es ist nicht okay«, sagte sie erbittert. »Aber dabei müssen wir es wohl belassen, nicht wahr?«

»Ja, ich fürchte, mehr kann ich nicht tun. Und in der Zwischenzeit werde ich mit DCI Duvall reden und herausfinden, ob es wirklich Grund zur Sorge gibt. Versuchen Sie zu schlafen, Fiona. Ich weiß, Sie stellen sich das Schlimmste vor, aber es könnte gut sein, dass Redford doch unser Mann ist und dass Ihr Freund lebendig und wohlauf mit seinen Kollegen unterwegs ist und heute Abend einen trinken geht. Um über Georgia Lesters Tod hinwegzukommen. Sie wissen ja selbst, dass dies die wahrscheinlichste Möglichkeit ist. Ich sehe Sie dann morgen früh.«

Er legte auf und stand eine Minute nachdenklich im Flur. Nein, er hatte Recht. Es hatte keinen Sinn, bei einer so vagen Angelegenheit wie dieser noch heute Abend etwas in Gang zu setzen. Wenn es keine klareren Anhaltspunkte als die von Fiona genannten gab, bestand keine Aussicht, dass die Highland Police die Sache ernst nehmen würde. Morgen früh konnte er sie vielleicht überzeugen, dass vernünftige Gründe zum Handeln vorlagen – falls Kit Martin dann immer noch nicht in Sicherheit war, anstatt wieder gesund aufgetaucht und verkatert in seinem Bett zu sein. Und eigentlich gab es keine guten Gründe, an so etwas zu denken. Überzeugt, dass Fiona wegen des Schicksals ihrer Schwester vor so vielen Jahren überreagiert hatte, kehrte Galloway zu seinem Fernsehkrimi und seinem Whisky zurück.

Fiona sank auf ihrem Stuhl zusammen. Sie hatte alles versucht. Aber manchmal war das nicht genug. Nach Lesleys Tod hatte sie auch alles versucht. Sie konnte nicht ändern, dass ihre Schwester tot war, aber sie hatte alles in ihrer Macht Stehende unternommen, damit der Verantwortliche den Preis für seine Tat zahlte. Damals hatte sie versagt und sie wusste, welchen Preis dieses Versagen von ihr gefordert hatte. Sie konnte Kit jetzt nicht aufgeben, nicht nur seinetwegen, sondern auch ihretwegen. Duvall und Galloway mochten sie für eine hysterische Idiotin halten, aber sie kannte Kit und wusste, dass ihre Sorge durchaus begründet war. Galloway hatte versucht, sie mit dem Gedanken zu beruhigen, dass der Killer nicht wissen konnte, wo die Hütte war. Aber Fiona kannte seinen Einfallsreichtum. Er hatte bis jetzt jedes Opfer gefunden. Sie konnte es sich nicht leisten, sich etwas vorzumachen.
Sie nahm das Telefon und gab eine Nummer ein, die sie auswendig wusste. Dreimal Klingeln, dann der Anrufbeantworter. »Dieser Anrufbeantworter nimmt Nachrichten für Steve Preston entgegen. Bitte sprechen Sie nach dem Piepston, und Ihr Anruf wird so bald wie möglich beantwortet.« Piep.
»Steve, hier ist Fiona. Ruf mich auf dem Handy an, wenn du die Nachricht bekommst. Ich brauche deine Hilfe.« Sie beendete den Anruf, indem sie mit einem Finger auf die Gabel drückte, und wählte sofort sein Handy an. Schweigen. Dann die anonyme Stimme: »Unter der Nummer, die Sie anrufen, meldet sich niemand. Bitte versuchen Sie es später. Unter der Nummer, die Sie ...« Sie hängte auf. »Das ist ja unglaublich«, murmelte sie, nahm ihr Adressbuch und suchte die Nummer seines Piepsers. Als der Piepser-Service antwortete, hinterließ sie eine Nachricht für Steve, er solle sie gleich auf ihrem Handy anrufen.
Es gab eine kleine Chance, dass er noch in seinem Arbeitszimmer war, also wählte sie seine Durchwahl. Sie ließ es zehnmal klingeln, bevor sie aufgab. Wo zum Teufel war er, wenn sie ihn brauchte?
Sie kam überhaupt nicht auf die Idee, die Nummer von Terrys Wohnung zu versuchen.

Gerard Coynes Wohnung hätte direkt für eine Überwachung gebaut sein können. Sie war im ersten Stock eines Reihenhauses, zwei Straßen von der Holloway Road entfernt. Neil nahm wegen der zwei schmalen Türen an der Vorderseite an, dass es keinen Hintereingang gab. Coynes Haustür führte bestimmt direkt zu einer Treppe, die nach oben in den ersten Stock ging. Was die Wohnung für Neils Zwecke so perfekt machte, war das Pub gegenüber. The Pride of Whitby war ein typisches kleines North Londoner Pub. Gemütlich, eng und voller Leute. Aber das altmodische, geriffelte Glas war durch normale Glasscheiben ersetzt worden, die eine gute Sicht über die Straße ermöglichten. Neil war kurz nach halb sieben gekommen, hatte knapp und unauffällig mit dem Wirt gesprochen, der die Lizenz hatte, und ihm klargemacht, dass Diskretion vonnöten sei. Er hatte nicht erklärt, wen oder was er beobachten wollte und warum, nur dass es ihm nicht recht sei, wenn die Stammgäste wüssten, dass er von der Polizei war.
Der Wirt hatte damit kein Problem. Er führte eine ordentliche Kneipe und verließ sich auf die Polizei vor Ort, dass sie bei den seltenen Gelegenheiten erschien, in denen es Schwierigkeiten gab. Was ihn anging, konnte Neil gern am Fenster sitzen, solange er wollte, wenn er nur keine freien Drinks erwartete.
Neil hatte schon festgestellt, dass Coyne zu Haus war. Ein schickes Mountainbike war im Vorgarten angekettet. Er hatte Licht in der Wohnung im ersten Stock gesehen und zur Sicherheit Coynes Telefonnummer angerufen. Als Coyne antwortete, hatte Neil so getan, als hätte er falsch gewählt. Zufrieden setzte er sich mit dem *Evening Standard* und einem Glas alkoholfreiem Bier zurecht.
Um halb acht hatte er sich Lasagne und Pommes von der Imbisskarte an der Bar bestellt. Das Essen kam um zehn vor acht. Er war um fünf nach fertig. Er kehrte zu seiner Zeitung zurück und überprüfte mit einem Blick aus dem Augenwinkel zu Coynes Wohnung hinüber, dass Licht hinter den Fenstern war. Wenn sich irgendetwas bewegte, würde er es bemerken, obwohl er müde war.
Um halb neun war das Pub gepfropft voll. An Neils Tisch waren alle Plätze besetzt, die anderen Gäste drängten sich mit ihren Bier-

gläsern und Zigarettenschachteln um ihn herum. Gelegentlich versuchte der eine oder andere, ihn ins Gespräch zu ziehen, aber er war zurückhaltend, antwortete nur einsilbig und verbarrikadierte sich hinter seiner Zeitung.

Ein paar Minuten vor zehn ging das Licht bei Coyne aus. Plötzlich ganz wachsam, faltete Neil seine Zeitung zusammen und trank sein drittes Glas leer. Er schob den Stuhl leicht zurück und passte auf, was als Nächstes geschehen würde. Das Oberlicht über Coynes Haustür wurde hell, dann ging die Tür auf. Neil konnte Coyne gegen das Licht, das ihn von hinten anstrahlte, nicht sehr gut sehen. Er erkannte nur die Silhouette eines schlanken Körpers von mittlerer Größe. Neil machte sich zum Abgang bereit.

Coyne zog die Tür hinter sich zu und trat auf die Straße hinaus. Gott sei Dank nahm er nicht das Fahrrad, dachte Neil. Coyne sah in beide Richtungen an den am Gehweg parkenden Autos entlang und überquerte die Straße.

O Mist, dachte Neil, er kommt hier rein. Er schlug die Zeitung weit auf und zog seinen Stuhl näher an den Tisch heran. Als er wieder aufsah, ging Coyne auf die Bar zu und grüßte ein paar Männer, die dort mit ihrem Guinness standen.

Die tief liegenden Augen in dem schmalen Gesicht, dazu das Kinnbärtchen und die leicht vorstehenden Zähne waren unverwechselbar. Dies war der Mann, dessen Foto aus dem Vorstrafenregister in Neils Gedächtnis eingegraben war. Zwar mochte es nur Indizienbeweise geben, aber sie hatten ihn überzeugt. Wäre Neil ein Spieler gewesen, hätte er ein Jahresgehalt darauf gewettet, dass er Susan Blanchards Mörder vor sich hatte.

Er unterdrückte seine Erregung und sah zu, wie Coyne sich ein dunkles Bier holte. Neil schob seinen Stuhl zurück. Er lenkte einen eventuellen Verdacht von sich ab, indem er zu den anderen Gute Nacht sagte, als seien sie Freunde, mit denen er getrunken hatte. Dann drängte er sich durch die Menge zur Tür.

Nach dem Mief im Pub ließ die kalte Nachtluft seinen Atem stocken. Aber sie trug nicht dazu bei, die Erregung und Erwartung, die von ihm Besitz ergriffen hatten, zu besänftigen. Es hatte funktioniert. Gute, gediegene Polizeiarbeit, unterstützt von etwas Gespür und Intuition, und er sah den ersten ernst zu nehmenden Verdächtigen für Susan Blanchards Mord seit Francis Blake vor sich. Nur hatten sie es diesmal richtig gemacht. Er spürte es in seinen Knochen.

Eilig ging er die Straße entlang zu der Stelle, wo er das Auto geparkt hatte. Er konnte die Tür des Pubs und in einem Winkel dazu Coynes Haustür sehen. Er schlüpfte hinters Lenkrad und zog sein Handy heraus. Zeit sich zu melden. Er tippte Steves Handy-Nummer ein, traute aber kaum seinen Ohren, als er hörte: »Unter der Nummer, die Sie anrufen, meldet sich niemand. Bitte versuchen Sie es später.«

»Scheiße«, sagte er und versuchte Steves Nummer zu Haus. Als er den Anrufbeantworter hörte, fluchte er leise. »Hier ist Neil McCartney, Chef. Ich bin vor dem Haus des Verdächtigen. Er ist gerade über die Straße in seine Stammkneipe gegangen. Ich weiß, ich soll um Mitternacht Schluss machen, aber ich bleibe, bis Joanne mich ablöst oder bis ich von Ihnen höre. Ich will nicht, dass er uns entkommt.«

Schließlich hinterließ Neil eine Nachricht auf Steves Piepser. Die würde er doch bestimmt kriegen? Der Chef blieb doch sonst immer dran, besonders seit sie diese Operation mit ganz geringen Mitteln durchführten. Er wusste doch, dass Neil ihren neuen Verdächtigen beobachtete, und würde also seinen Anruf erwarten. Früher oder später würde er zurückrufen.

Bis dahin konnte er nicht mehr tun als zuschauen und warten.

Kapitel 49

Warten war etwas, was Fiona nicht ertragen konnte. Nicht wenn sie um Kits Leben fürchtete. Galloway hatte versucht, sie zu beruhigen, aber dadurch war ihre Bürde nicht leichter geworden. Sie wusste, es wäre zwecklos, wenn sie Galloways Rat befolgte und zu schlafen versuchte. Wenn sie zu Bett ginge, würde sie sich nur ruhelos und von Angst gequält herumwerfen. Sie konnte genauso gut aufbleiben und versuchen einen Weg zu finden, wie sie Kit helfen konnte.

Wenn sie nur wüsste, wo die Hütte war. Da derjenige, der Kit gefangen genommen hatte, die ganze Strecke von London herauffahren musste, waren sie möglicherweise noch nicht in der Nähe von Loch Shin angekommen. Wenn sie den genauen Ort finden könnte, wäre es vielleicht möglich, ihnen vor ihrer Ankunft den Weg abzuschneiden.

Auch wenn Galloway gesagt hatte, dass noch viel Zeit sei, so konnte Fiona sich doch nicht darauf verlassen. Bei jedem Mord war der Mörder von dem im jeweiligen Buch vorgegebenen Handlungsmuster abgewichen, wann immer es ihm passte. Kit eine Woche lang am Leben zu lassen wäre für ihn natürlich ein großes Risiko, und nach allem, was sie vom Vorgehen des Mörders wusste, hielt er das Risiko lieber gering. Je früher sie nach Sutherland kommen konnte, desto größer war die Chance, Kit noch lebend vorzufinden. Wenn sie wartete, bis Galloway am Morgen endlich in die Gänge kam und handelte, ging sie ein zu großes Risiko ein. Sie musste alles tun, was in ihrer Macht stand, und zwar so bald wie

möglich. Natürlich würde sie zu diesem späten Zeitpunkt keinen geöffneten Laden mehr finden, wo sie eine amtliche topografische Karte der Gegend um Loch Shin kaufen konnte, um mit ihrer Hilfe alle Möglichkeiten zu überprüfen. Fiona goss sich noch ein Glas Wein nach und ging ins Internet. Sie gab das Schlüsselwort »Loch Shin« in ihre Suchmaschine ein und überflog ungeduldig die Ergebnisse. Auf manchen Webseiten stellten Amateurfotografen ihre Fotos dieser Gegend vor. Es gab Webseiten für Leute, die glaubten, das Monster von Loch Ness habe Verwandte im Loch Shin. Webseiten voller Ferienhäuschen mit Blick auf den See, andere mit Ratschlägen für Angler und sogar eine, die dem Wasserkraftwerk gewidmet war. Aber keine Karte mit großem Maßstab. Die Online-Version der offiziellen topografischen Karte, die das Internet bot, war zu klein, um brauchbare Details zu verzeichnen.
Fiona hatte sich sogar Zeit für die gruseligen Klatschgeschichten von *Murder Behind the Headlines* genommen. Sie wusste sofort, als sie die Seite öffnete, dass sie ihr keinen Frieden bringen würde. Aber sie musste sich ansehen, was Georgias Tod ausgelöst hatte. Das Bedürfnis erinnerte sie an juckenden Schorf, den man abkratzen wollte.

> Endlich kommt aus London die Bestätigung für das, was jeder mit etwas Verstand Begabte schon wusste. Es stimmt, dass ein Serienmörder umgeht und die schrägen und aufgedrehten Typen verfolgt, die ihre Tage damit zubringen, Geschichten über – na, was wohl – natürlich Serienmörder zu schreiben. Es klingt schon ein bisschen so, als würde man den Ast absägen, auf dem man sitzt, aber es ist tatsächlich so!
> Noch viel erstaunlicher war das Geständnis, das eine Pressekonferenz der Polizei durcheinander brachte. Die Polizei gab bekannt, dass die sterblichen Überreste der Autorin Georgia Lester zerstückelt in einem offiziell nicht mehr genutzten Gefrierschrank des Londoner Smithfield-Fleischgroßmarkts gefunden wurden. Ein Mann, der beteuerte, er sei der Mörder, verteilte ein FLUGBLATT an die warten-

den Presseleute, auf dem er seine Motive für die Serie grausamer Morde erläuterte.
Der Bekenner ist ein gewisser Charles Cavendish Redford, der sich gern als Schriftsteller sieht und behauptet, er habe den drei betroffenen Autoren Manuskripte in der Hoffnung zugeschickt, dass sie ihn bei der Veröffentlichung seiner Bücher unterstützen würden. Sie hätten sie aber gestohlen und für sich genutzt. Redford, 47, arbeitete zeitweilig als Krankenpflegehelfer, woher seine brutalen Fertigkeiten stammen könnten. Er ist in Haft, aber bis jetzt konnte ihm nichts zur Last gelegt werden.
Die Entdeckung von Lesters sterblichen Überresten hat eindeutige Beweise für das geliefert, was manche von uns schon vermutet hatten. Um etwas abgewandelt mit Oscar Wilde zu sprechen: Einer – Drew Shand – das ist Pech. Zwei – Jane Elias – sieht sehr nach Zufall aus. Aber drei – Georgia Lester – das ist eine Serie …
Lester wurde seit mehr als einer Woche vermisst. Skeptiker sagten, sie hätte ihr Verschwinden absichtlich als Publicity-Aktion inszeniert wie die Queen of Crime Agatha Christie in den zwanziger Jahren. Und es stimmt, dass Lester sich beklagt hatte, ihr Verlag kümmere sich nicht genug um sie. Sie hatte für ihre geplante Lesereise Bodyguards verlangt, was aber von dem Verleger, der mehr gesunden Menschenverstand als Geld hatte – heutzutage eine Seltenheit –, abgelehnt wurde.
Als wir aber die Details über ihr Verschwinden lasen – das verlassene Auto auf dem Feldweg, das Fehlen von Anzeichen für Gewaltanwendung und jeglicher Zeugen –, kam bereits bei allen, die Sensibilität für solche Dinge haben, Entsetzen auf. Denn sie erinnerten sich an das Schicksal der Opfer in *And Ever More Shall Be So*, Lesters einzigem Roman über einen Serienkiller, der verfilmt wurde.
Es heißt, dass die Londoner Polizei den Tipp, Smithfield Market zu durchsuchen, von einer Psychologin und Profile-

rin bekam – einer jener legendären Clarice Starlings (und wir wissen ja alle, was mit Clarice passierte, nicht wahr???), die austüfteln, was die Verbrecher als Nächstes tun werden. Allerdings braucht man kein Doktor der Psychologie zu sein, um in diesem Fall darauf zu kommen. Man muss nur lesen können.

Trotzdem werden einige Thrillerautoren heute Abend ruhiger schlafen können. Denn wenn Redford nicht geschickterweise gerade jetzt ausgepackt hätte, könnte man seinen letzten Dollar darauf verwetten, dass es noch lange gedauert und noch einige Leichen gegeben hätte, bevor es der Polizei gelungen wäre, ihn einzukassieren.

Denkt daran, ihr habt's zuerst gelesen bei
MURDER BEHIND THE HEADLINES

Fiona ärgerte sich über sich selbst, weil sie der heimtückischen Bosheit der Webseite erlegen war, und meldete sich vom Internet ab. Sie hatte fast eine Stunde damit zugebracht und war nicht weitergekommen.

Frustriert wählte sie noch einmal Steves Nummer. Keine Änderung. Er war immer noch nicht zu erreichen. Fiona schloss die Augen und rieb sich langsam die Schläfen. Irgendwo weit unten in ihrem Gedächtnis musste es etwas geben, musste sie etwas wissen, was sie zur Hütte führen könnte. *Denk an etwas anderes*, sagte sie sich. *Lass dein Unterbewusstsein für dich arbeiten.* Aber das war leichter gesagt als getan in einer Situation, in der sie nur an Kit und die Tortur denken konnte, die ihm vielleicht widerfuhr.

Ein Spaziergang würde helfen. Ein schneller Gang durch die Straßen der Umgebung, bei dem sie sich zwingen konnte, die Einzelheiten der Häuser und Gärten wahrzunehmen. Das könnte ihre Gedanken so frei machen, dass sich die Tür zu der Information öffnete, von der sie wusste, dass sie da sein musste.

Sie war froh, etwas Positives vorzuhaben, sprang auf und nahm ihren Regenmantel, der noch als feuchtes Bündel auf dem Bett lag, wo sie ihn hingeworfen hatte. Sie zog ihn über, ergriff ihr Handy und rannte beinahe zur Tür hinaus, die Treppe hinunter und auf die Straße.

Sie ging nach rechts, kam an Reihenhäusern vorbei und schaute sich jedes genau an, sah in den Souterrainräumen, mit welchen Mitteln die Bewohner sie schön gestaltet hatten. Sie betrachtete die Gardinen, bewunderte einen besonders kräftigen wilden Wein, merkte sich das Aussehen eines verzierten Türklopfers – all dies, um ihre grauen Zellen zu beschäftigen.

Am Ende der Straße bog sie links ab, ging den Hügel in Richtung Stockbridge hinunter und beschrieb dabei für sich selbst die hohen Sandsteingebäude, an denen sie vorbeikam. Am unteren Ende des Hügels starrte sie in das Fenster eines Spirituosenladens und wählte in Gedanken einige Flaschen aus dem Schaufenster für sich aus. Sie überquerte die Straße, ging den Hügel wieder hinauf, und dabei hielt sie nicht einziges Mal bei der Bestandsaufnahme ihrer Umgebung inne.

Sie war die Straße halb hinaufgegangen, als ihr Gedächtnis den Schatz freigab, von dem sie wusste, dass er dort verborgen lag. »Lee Gustafson«, sagte sie erstaunt mit lauter Stimme. Dann lief sie zum Hotelzimmer zurück, um die Erleuchtung, die ihr gerade geschenkt worden war, in die Tat umzusetzen.

Dabei bemerkte sie den entgeisterten Blick des Nachtportiers gar nicht, als sie durch den Empfangsbereich rannte und die Treppe hinaufeilte. Noch bevor die Tür zuschlug, flog ihr Regenmantel als zerknitterter Haufen aufs Bett, und sie saß an ihrem Laptop. Lee Gustafson war ein amerikanischer Schriftsteller, der Thriller über ökologische Themen schrieb. Er hatte in den USA denselben Verleger wie Kit. Sie waren zwei Jahre zuvor einmal auf eine gemeinsame Lesereise geschickt worden, hatten in den Krimibuchhandlungen des Mittelwestens zusammen getrunken und eine Freundschaft geschlossen, die sie über E-Mail weiter pflegten. Gerade ein Jahr zuvor hatte Kit Lee erlaubt, seine Hütte zu benutzen, damit er Recherchen zur Erhaltung seltener Arten in den Highlands machen konnte. Lee Gustafson musste wissen, wo die Hütte war.

Jetzt musste sie nur noch Lee finden.

Über Glasgow stand im Westen ein orangegelber Schein. Aber Kit sah nichts davon. Er hatte einen quälenden Krampf in dem Arm gehabt, auf dem er lag, hatte es aber geschafft, sich auf den Bauch zu drehen. Die Schmerzen in seinen Schultern und das Kribbeln im Bein waren besser geworden, aber das war keine Hilfe gegen den dumpfen Kopfschmerz, der immer noch seinen Schädel fast sprengte.

Er hatte keinen Zeitbegriff mehr. Er wusste nur, dass er in diesem Fahrzeug eingesperrt und mindestens seit zwei Stunden unterwegs war. Und das wusste er nur, weil eine sublime Form der Folter ihn zwang, seiner eigenen Stimme zuzuhören, die mit seinen eigenen Worten das beschrieb, was er als sein eigenes Schicksal erahnte. Nach seiner Schätzung stand ihm noch eine Stunde des Hörbuchs *The Blood Painter* bevor.

Er hatte versucht, wegzuhören, in Gedanken seine Lieblingslieder zu singen. Aber es funktionierte nicht. Die grausame Geschichte drang immer wieder in sein Bewusstsein. Es war die Ironie des Schicksals, dass die Macht seiner eigenen Begabung ihn nicht losließ.

Wenigstens gab es Hoffnung, solange sie noch fuhren. Irgendwann würde sein Peiniger anhalten müssen, um zu tanken. Es würde seine Chance sein. Er könnte versuchen, gegen die Hecktür oder den Kofferraum zu treten, oder was immer sonst ihn daran hinderte, auf die Straße hinauszurollen. Er dachte zurück. Was für Schuhwerk hatte er an den Füßen?

Sein Herz krampfte sich zusammen. Er war den ganzen Tag im Haus gewesen und trug Mokassinslipper. Selbst mit der ganzen Kraft seiner Beine hätte er damit nur ein dumpfes Pochen zu Stande gebracht – kaum hörbar beim ratternden Geräusch der Benzinpumpen.

Und er glaubte nicht, dass ein so vorsichtiger Mann wie der, der ihn gefangen genommen hatte, mitten auf einer belebten Tankstelle parken und Kit allein lassen würde, um einen Hamburger und Kaffee zu sich zu nehmen.

Aber er musste doch etwas tun können! Schließlich hatte er diese

Falle selbst erfunden. Wenn es eine Fluchtmöglichkeit gab, sollte er in der Lage sein, sie aufzuspüren.
Hilfreich wäre allerdings gewesen, nicht immer seiner eigenen Stimme zuhören zu müssen, die ihn zum Sterben verdammte.

Lee Gustafsons Telefonnummer zu finden war für Fiona kein großes Problem. Internationale Auskunftsdienste verzeichneten zwar keinen Eintrag von ihm, was sie nicht überraschte. Sie hatte nur aus Höflichkeit zuerst diese Möglichkeit versucht. Aber prinzipiell hatte sie keine Gewissensbisse, jemanden aus der Gruppe von Autoren anzurufen, deren Nummern in ihrem Adressbuch standen. In diesem Fall machte es nichts aus, dass es schon auf ein Uhr morgens zuging. Trotzdem wählte sie Charlie Thompson bewusst zuerst aus. Charlie lebte allein, und sie wusste, dass er eine Nachteule war. Vielleicht lag er gemütlich ausgestreckt in seinem Sessel und sah sich ein Horrorvideo an, die Katze auf der Brust und ein Glas Armagnac neben sich. Lieber ihn stören als jemanden, der durch ihren Anruf aus dem Schlaf geschreckt wurde.
Das Telefon wurde beim vierten Klingeln abgenommen. »Grüße an dich, Erdling« dröhnte eine tiefe Bassstimme an ihr Ohr.
»Hallo, Charlie. Hier ist Fiona Cameron.«
»Guter Gott. Solltest du nicht zu dieser nachtschlafenden Zeit schon längst in einen Kürbis verwandelt sein? Oder sprichst du tatsächlich aus der Obst- und Gemüseabteilung bei Tesco?«
Fiona biss die Zähne zusammen und zwang sich, ihn nicht anzuschreien. »Es tut mir Leid, dich zu stören, Charlie, aber Kit ist verreist, und ich brauche Lee Gustafsons Nummer.«
»Fiona, Schätzchen, wenn du willst, dass ein Mann dir Zärtlichkeiten ins Ohr flüstert, brauchst du doch nicht das Geld für internationale Ferngespräche zu zahlen. Ich würde das gern übernehmen.« Er lachte leise vor sich hin.
»Ich werde das im Hinterkopf behalten, Charlie. Hast du Lees Nummer?«
»Wieder mal abgeblitzt, hm? Bleib dran, Fiona, sie ist im anderen Zimmer.« Sie hörte Möbel knarren, eine Katze meutern, dann

schwere Schritte, die sich entfernten und leiser wurden. Charlie war der einzige Mann in ihrer Bekanntschaft, der im Haus Bikerstiefel trug. Eine lange Minute verging, dann kamen die polternden Schritte wieder. »Bist du noch da? Hast du was zum Schreiben?«
»Ja, sowohl als auch.«
Er las ihr Gustafsons Nummer vor und wiederholte sie zur Sicherheit.
»Viel Spaß mit Lee«, fügte er hinzu. »Aber nicht so viel, dass du vergisst, wie sehr mein Herz immer noch für dich brennt.«
»Das könnte ich nie vergessen, Charlie.« Fiona zwang sich zu dem üblichen koketten Geplänkel, das zu ihrer Freundschaft gehörte. »Noch mal danke.«
»Kein Problem. Und sag deinem Liebsten, er schuldet mir eine E-Mail.«
»Mach ich. Gute Nacht.«
»Werd's versuchen.« Die Verbindung brach ab, und Fiona rief sofort die Nummer an, die Charlie ihr gegeben hatte.
Das Signal des amerikanischen Telefonsystems, nur ein Klingelton, erklang. Einmal, zweimal, dreimal. Dann ein Klicken und ein Anrufbeantworter. »Hi. Sie haben Lee und Dorothys Nummer erreicht. Aber Sie haben uns verpasst. Wir sind bis Montag früh verreist. Hinterlassen Sie eine Nachricht, und wir werden uns melden, wenn wir zurück sind.«
Fiona traute ihren Ohren kaum. Langsam bekam sie das Gefühl, die Welt habe sich zu einem mächtigen Komplott gegen sie und Kit verschworen. Sie war so überzeugt gewesen, dass Lee Gustafson die Antwort war.
Frustriert rief sie ihr E-Mail-Programm auf und klammerte sich an die letzte, schwache Hoffnung, dass Galloway Recht haben könnte und Kit eine E-Mail geschickt hatte, die irgendwie im Cyberspace aufgehalten wurde. Aber natürlich war nichts da.
Aus einem plötzlichen Impuls heraus und weil sie Kits Laptop benutzte, der für sein E-Mail-Konto eingerichtet war, sah sie in seine empfangene Post. Vielleicht hatte er ihre E-Mail aus Versehen an seine eigene Box geschickt. Sie konnte sich zwar nicht vorstellen,

wie das passieren konnte, aber sie war bereit, sich an jeden Strohhalm zu klammern, wie dünn er auch sein mochte.
Es gab ein Dutzend Nachrichten für ihn. Die meisten schienen von seinen Kollegen, also von Krimiautoren, zu kommen und vorwiegend mit Georgia zu tun zu haben. Es war nichts da, das möglicherweise von Kit selbst hätte kommen können. Noch besorgniserregender war, dass er nach den Zeitangaben im Briefkasten seit dem frühen Nachmittag keine Post mehr abgerufen hatte. Und das war ebenso untypisch für ihn wie die Tatsache, dass er keinen Kontakt mit Fiona aufgenommen hatte. Statt Trost hatte sie also nur noch mehr Gründe gefunden, sich aufzuregen.
Sie unterbrach die Verbindung und starrte weiter auf den Bildschirm. Plötzlich regte sich vage etwas am Rande ihres Bewusstseins. Unmittelbar bevor Lee die Hütte besucht hatte, waren sie und Kit im Urlaub in Spanien gewesen. Kit hatte wie immer seinen Laptop mitgenommen. Er konnte den Kontakt über E-Mail genauso wenig aufgeben wie das Atmen. Und während sie weg gewesen waren, hatten er und Lee Informationen über die Hütte ausgetauscht.
Eilig öffnete sie die Liste von Kits E-Mails, die er geschickt und empfangen hatte. Sie klickte auf »gesendete Objekte«: 2 539 Nachrichten, nach Datum angeordnet. Das Programm gab ihr die Möglichkeit, die Nachrichten in alphabetischer Reihenfolge der Empfänger zu ordnen, und sie wählte diese Option. Sie musste warten, bis der Computer diese Aufgabe erledigt hatte, und trommelte dabei mit den Fingern auf den Tisch. Dann ließ sie die Adressen bis zu Lee Gustafsons Namen durchlaufen und begann die E-Mails an ihn chronologisch durchzusehen. Sie wusste, welchen Monat sie suchte, und fand ihn bald. Kit hatte in dem Monat neun Nachrichten an Lee geschickt. Sie fing ganz vorne an und arbeitete sich nach und nach durch.
Und da war es.

»Nimm die A 839 aus Lairg hinaus. Ungefähr eine Meile außerhalb des Ortes siehst du einen Weg auf der rechten Seite, der als ›Sallachy‹ beschildert ist. Fahr auf dem Weg weiter (es ist ziemlich holprig, du wirst verstehen, warum ich dir meinen Landrover leihe), ungefähr fünfeinhalb Meilen. Du musst eine Schlucht, den Allt a'Claon, überqueren. Weiter vorn ist eine Gabelung, wo du links abbiegen musst. Etwa eine halbe Meile weiter ist noch einmal eine Linkskurve. Der Weg führt dich auf einer Hängebrücke über die Schlucht zurück. Sie ist viel stärker, als sie aussieht, aber fahr lieber nicht schneller als fünf Meilen. Du fährst über den Fluss zwischen den Bäumen hindurch. Die Hütte ist ungefähr eine Meile entfernt. Ich würde sagen, man kann sie nicht verfehlen, aber dann würdest du mich wahrscheinlich erschießen.«

Erleichterung überkam Fiona. Sie wusste, wohin der Killer Kit brachte. Und jetzt wusste sie auch, wie man dahinkam. Zum Teufel mit Duvall und ihrer beschränkten Gewissheit. Und auch Sandy Galloway mit seinen beruhigenden Sprüchen. Und Steve, der nicht da war, wenn sie ihn wirklich brauchte. Sie würde Kit mit oder ohne ihre Hilfe finden.

Kapitel 50

Edinburgh kann von sich behaupten, während des Festivals eine Stadt zu sein, die rund um die Uhr wach ist. Aber Fiona fand bald heraus, dass man einen Wagen lediglich von acht bis acht mieten konnte. Sogar am Flughafen, der vierundzwanzig Stunden offen war, schlossen die Autovermietungen, wenn keine Flüge mehr kamen.

Da alle öffentlichen Beförderungsmöglichkeiten ausfielen, war Fiona auf persönliche Verbindungen angewiesen. Müde nahm sie das Telefon zur Hand und wählte wieder eine Nummer. Sie hörte, wie es weit weg ein halbes Dutzend Mal klingelte. Dann ein undeutliches Murmeln. »Ja?«

»Caroline?«

»Nein. Wer ist denn da?« Die Stimme klang ziemlich verärgert.

»Ah, Julia. Tut mir Leid. Hier ist Fiona Cameron. Kann ich mit Caroline sprechen?«

»Weißt du, wie spät es ist?« Die Verstimmung wurde noch deutlicher. Fiona wusste, es hatte eigentlich nichts mit der späten Stunde zu tun.

»Ja. Und es tut mir Leid. Aber ich muss unbedingt mit Caroline sprechen.«

Das Telefon wurde klappernd hingelegt. Fiona hörte Julias übellauniges Murmeln und wusste, auch dies war beabsichtigt: »Es ist Fiona Cameron. Um zwei Uhr morgens, verdammt, ich weiß nicht …«

Dann Carolines Stimme, schläfrig, aber teilnahmsvoll und besorgt.

»Fiona? Was ist los?«

»Es tut mir Leid, dich aufzuwecken, aber es ist wirklich wichtig.«
»Natürlich. Wie kann ich dir helfen? Was ist das Problem?«
Fiona holte tief Luft. Im Hintergrund hörte sie, wie Julia genervt seufzte. Anders als Caroline nahm sie Unerwartetes nicht so leicht hin. »Ich bin in Edinburgh und muss nach Inverness. Wenn ich warte, bis die Züge gehen, ist es zu spät.«
»Du willst, dass ich dich hinfahre?«
»Das wird nicht nötig sein, ich muss mir nur deinen Wagen leihen.«
Fiona hörte, wie Caroline sich bewegte. »Gut, lass mich sehen ... fünf Minuten zum Anziehen ... Wahrscheinlich eine Stunde, um zu dir zu kommen. Wo in Edinburgh bist du?«
»Ich übernachte im Hotel Channings. Aber, Caroline, hier geht es wirklich um jede Minute. Gibt es irgendeine Stelle auf dem Weg, wo wir uns treffen könnten? Wo ein Taxi mich hinfahren könnte?«
Es folgte eine Pause. Fiona hörte Geräusche, als sammle Caroline ihre Kleider zusammen. »Es gibt eine Raststätte an der M 90«, sagte Caroline. »Ein paar Meilen hinter der Brücke. Halbeath, glaube ich, oder so ähnlich. Es ist an der Ausfahrt Dunfermline und Kirkcaldy, direkt nach dem großen Hyundai-Werk. Lass dich von einem Taxi dorthin bringen. Ich bin dann in ungefähr ... fünfunddreißig oder fünfundvierzig Minuten dort. Okay?«
»Danke, Caroline. Glaub mir, ich bin dir sehr dankbar dafür.«
»Lass nur. Erzähl mir alles Weitere später.« Dann war die Verbindung zu Ende. Fiona lächelte zum ersten Mal seit Stunden. Endlich hatte sie mit jemandem zu tun, der ihr vertraute und ihre Reaktion nicht für übertrieben hielt. Steve hätte sich genauso verhalten. Aber Steve war nicht zu erreichen. Und sie hatte keine Zeit zu warten, bis bewiesen war, dass sie Recht hatte.
Während sie auf das Taxi wartete, kritzelte sie schnell ein Fax an Galloway, in dem sie ihm mitteilte, dass und wann sie weggegangen sei. Sie bat den Nachtportier, es an die Nummer zu schicken, die Galloway ihr als seine persönliche Faxnummer bei St. Leonard's gegeben hatte. Wenigstens würden sie wissen, wo sie zu finden war, wenn sie Unterstützung brauchte.

Fünfundzwanzig Minuten später setzte das Taxi sie an der Raststätte Halbeath ab, die an der M 90 in Richtung Norden lag. Der Nieselregen, unter dem Edinburgh den ganzen Tag düster ausgesehen hatte, war zu einem kräftigen Regen geworden, den die Böen über die Parkplätze trieben. Fiona stellte sich an der Tür des Restaurants unter und starrte durch den Regen auf die helle, neonbeleuchtete Tankstelle, während sie ihre nächsten Schritte plante. Zehn Minuten später tauchten Scheinwerfer in der Dunkelheit der Zufahrtstraße auf, und sie trat erwartungsvoll etwas vor. Unter den Lichtern der Tankstelle erschien eine Honda-Limousine, die ein paar Meter von ihr entfernt spritzend anhielt. Die Tür auf der Fahrerseite ging auf, und Caroline sprang heraus, kam zu ihr hingerannt und legte die Arme um sie. »Hier kommt die Feuerwehr«, rief Caroline.

»Nie hab ich mich mehr gefreut, dich zu sehen.«

»Was ist los? Warum ist es so dringend?« Caroline ließ sie los und stellte sich unter das Vordach an der Tür.

»Hast du die Nachrichten gesehen?«, fragte Fiona.

»Hat es etwas mit der ermordeten Krimiautorin zu tun?« Caroline war nie langsam gewesen, wenn es darum ging, Zusammenhänge zu verstehen. »Ich dachte, sie hätten da jemand geschnappt?«

»Ja. Aber ich glaube, die Person, die sie in Haft haben, ist ein falscher Geständiger, der sich nur wichtig machen will. Wenn ich Recht habe, ist der Serienkiller immer noch auf freiem Fuß. Und ich habe Angst, dass er Kit in seiner Gewalt hat.«

»O mein Gott! Und sie fahren nach Inverness?« Zum ersten Mal klang Caroline geschockt.

»Kit hat draußen in Sutherland eine Hütte. Ich glaube, der Mörder plant, ihn dorthin zu bringen. Kit hat einen Landrover in einer Garage in Inverness untergestellt. Ich muss dorthin, den Landrover nehmen und versuchen, sie abzufangen, bevor sie zur Hütte kommen.«

Caroline runzelte die Stirn. »Verzeih mir, wenn ich naiv bin, aber sollte das nicht die Polizei erledigen?«

»Ja. Aber sie halten den Mann, den sie in Haft haben, für den Mör-

der. Sie sind nicht einmal halbwegs überzeugt, dass Kit wirklich vermisst wird. Sie meinen, er sei mit seinen Kumpels losgezogen, um seinen Kummer über Georgia zu ertränken.«
»Aber du weißt, dass das nicht stimmt?«
Fiona breitete die Hände aus. »Ich kenne doch Kit.«
Caroline nickte, als sei sie überzeugt. »Gut. Steig ein. Ich werde dich hinfahren.«
»Aber ehrlich, das ist nicht nötig. Ich kann selbst fahren. Ich wollte nur dein Auto borgen.«
Caroline streckte die Hand aus und umschloss behutsam Fionas Handgelenk. Es war eine merkwürdig vertrauliche Geste. »Ich hab gesagt, ich fahr dich. Außerdem, wie soll ich nach St. Andrews zurückkommen, nachts zu dieser Zeit?«
»Nein, Caro, das ist doch nicht deine Sache. Ruf ein Taxi. Ich bezahle es. Gib mir einfach die Autoschlüssel, Caro, bitte?«
Caroline schüttelte den Kopf. »Kommt nicht in Frage. Du bist immer für mich da gewesen. Ich lass dich jetzt nicht hängen.« Sie drehte sich auf dem Absatz um und marschierte zu ihrem Auto zurück, zog die Tür auf und setzte sich hinein. Dann ließ sie den Motor an und kurbelte das Fenster herunter. »Ich dachte, du hättest es eilig, Fiona?«

Als sie über die Autobahn in Richtung Perth dahinflitzten, unterbrach Caroline das Schweigen. »Sag mir jetzt, was mit Kit los ist.«
Also fasste Fiona die ganze Geschichte von Drew Shands Ermordung an kurz zusammen. »Es könnte sein, dass ich mich unnötig ängstige«, gab sie zu. »Aber das ist mein Risiko. Und ich bin bereit, es zu tragen. Am Ufer des Loch Shin dumm dazustehen ist meines Erachtens das bestmögliche Ende dieses Abends.«
»Aber tief im Innern weißt du, dass es anders ist«, sagte Caroline bedrückt.
Fiona nickte. »Er würde nicht einfach den Kontakt abbrechen. Er machte sich große Sorgen nach der Sache mit Georgia. Ich bin der einzige Mensch, dem er sich öffnet. Es ist vollkommen unwahrscheinlich, dass er ausgerechnet jetzt sich nicht bei mir melden

würde.« Dann schwiegen sie, und jede vertiefte sich in ihre eigenen Gedanken, während die Scheibenwischer quietschend den Regen wegwischten. Sie fuhren tiefer in die Highlands hinein, wo eine drohende Bergmasse sich rundherum erhob. Caroline brauste zum Gesang der Cowboy Junkies über die Straße in Richtung Inverness. Zu dieser nächtlichen Zeit war wenig Verkehr, der auf dem endlosen Band der A 9 vor ihnen etwas Abwechslung hätte bringen können.

Irgendwo in der Nähe von Kingussie machte Fiona die Augen zu und stützte sich mit dem Ellbogen auf die Fensterleiste. Da Caroline nicht anhalten musste, um zu tanken – wobei es übrigens ohnehin keine Tankstelle gab, selbst wenn sie eine gebraucht hätten –, versank Fiona in einen unruhigen Schlaf, bis sie um halb sieben den Randbezirk von Inverness erreichten.

Fiona war schon zweieinhalb Stunden zu spät, um das Waldgebiet vor Kit zu erreichen.

Joanne Gibb fuhr vorsichtig die Straße entlang, wo Gerard Coyne wohnte. Gott sei Dank schien sich niemand zu rühren. Aber das hatte sie ja in diesem Teil von North London so früh an einem Samstagmorgen nicht anders erwartet. Sie hoffte, es würde noch etwas länger so bleiben. Sie musste das Haus und dann einen Parkplatz finden, von wo aus sie es im Auge behalten konnte. Sie durfte ihn nicht verlieren, nur weil sie keine Stelle fand, an der sie unauffällig stehen konnte. Zum Glück hatte sie einen VW Golf mit schwarz getönten Scheiben. Er war für Passanten nicht einsehbar und hatte den zusätzlichen Vorteil, dass die Jungs aus der Gegend ihn im Allgemeinen schon deshalb nicht anrührten, weil jemand, der eine so scharfe Kiste fuhr, wahrscheinlich um Einiges taffer war als sie selbst.

Gleich als sie das erste Mal vorbeifuhr, fand sie das Haus. Sie sah nicht sofort einen Parkplatz, fuhr also bis zur Ecke, drehte um und kam langsam zurück. Etwa ein Dutzend Meter hinter Coynes Wohnung leuchteten die Scheinwerfer eines Autos auf. Ihre erste Reaktion war der Gedanke, jemand habe ihr Problem bemerkt und wolle ihr signalisieren, dass sein Parkplatz frei werde. Dann erkannte sie Neils Ford, ein Auto, das fast genauso vergammelt wie sein Besitzer aussah. Sie fuhr parallel neben ihn, und beide drehten gleichzeitig die Fenster herunter. Joannes Nase zuckte beim Mief des ungewaschenen Männerkörpers, der ihr entgegenschlug.

»Was machst du hier?«, fragte sie. »Du solltest doch um Mitternacht abbrechen und unseren Freund sich selbst überlassen.«

Neil gähnte. »Ich konnte nicht. Ich wollte es mit dem Boss abklären, aber ich konnte ihn nicht erreichen. Auf seinem Handy komme ich nicht durch, bei seinem Telefon zu Haus läuft der Anrufbeantworter, und er reagiert nicht auf den Piepser. Ich kann's kaum fassen. Sonst ist er doch immer zu erreichen. Und ausgerechnet gestern Abend, wo er doch wusste, dass wir die neue Überwachung anfangen. Es ist mir einfach ein Rätsel. Da hab ich gedacht, ich bleibe hier, bis du da bist, nur für alle Fälle.«

Joanne lächelte schlau. »Ich wette, ich weiß, wo er ist.«

»Wo?«

»Macht sich 'n paar süße Stunden«, sagte sie.

»Ach, Quatsch«, meinte Neil verächtlich. »Er lebt doch wie ein Mönch, der Chef. Er hat vergessen, wie's geht.«

»Das vergesst ihr doch nie, ihr Kerle«, sagte Joanne. »Er ist neulich vom Besuch bei der Assistentin ganz beschwingt zurückgekommen. *Und* er hat mich gefragt, ob ich ihm ein Restaurant empfehlen könnte.«

»Mein Gott, da muss er aber verzweifelt gewesen sein.«

»Danke, Neil. Jedenfalls vermute ich, er ist bei ihr und hat gedacht, dieses eine Mal lässt er den Scheißjob Job sein und will seinen Spaß haben.«

Neil schüttelte den Kopf. »Er würde nie seinen Piepser abschalten.«

»Das denkst *du* vielleicht. Also, was machst du jetzt?«

Neil griff nach unten und drehte den Schlüssel im Zündloch. »Ich hau jetzt ab, geh zum Yard zurück und leg mich zwei Stunden hin, bis er kommt. Wo immer er ist, am Morgen wird er da sein und wissen wollen, was los ist, da wett ich mit dir um jede Summe.«

»Das wär ja ’ne schwachsinnige Wette. Warte, bis ich gewendet habe, dann kann ich deinen Platz nehmen, okay?« Joanne fuhr los. Als sie gedreht hatte, verließ Neil langsam seinen Parkplatz und überließ ihn ihr, damit sie die Überwachung fortsetzen konnte. Sie winkte ihm zu und machte es sich dann bequem. Sie hoffte nur, dass Gerard Coyne an diesem Morgen nicht vorhatte, mit seinem Fahrrad loszufahren.

Kapitel 51

Caroline hielt vor einem Kreisverkehr am Rand von Inverness an und schaltete das Radio ab.

»Wohin jetzt?«, fragte sie.

Fiona gähnte und rieb sich mit den Fäusten die Augen. Sie hatte ein Gefühl leichten Unwohlseins, das von zu wenig Schlaf und zu viel Adrenalin herrührte. Der Regen hatte aufgehört, und ein dünner, grauer Dunstschleier hing in der Luft, der mehr noch als die frühe Stunde Inverness wie eine Geisterstadt erscheinen ließ. »Ich weiß nicht«, gab sie zu. »Das Einzige, was ich weiß, ist, dass der Typ, in dessen Garage Kit den Landrover untergestellt hat, Lachlan Fraser heißt.«

Caroline lachte leise. »Das macht's ja total einfach.«

»Ich vermute, Fraser ist ein ziemlich häufiger Name in der Gegend hier?«

»Das kann man wohl sagen. Der Stammsitz des Clan-Oberhaupts liegt ungefähr zwölf Meilen von hier. Fraser ist in Inverness etwa so häufig wie Smith in London.« Sie legte den Gang ein und fuhr auf die Stadtmitte zu.

»Wohin fährst du?«, fragte Fiona.

»Wenn du nicht weiterweißt, dann frag die Polizei.« Caroline fuhr eine der großen Straßen entlang. »Wir werden entweder eine Polizeiwache oder die Polizisten von der Nachtstreife finden, die sich irgendwo in einer Snackbar ein leckeres Schinkensandwich genehmigen.«

»Du meinst, Inverness leistet sich tatsächlich eine die ganze Nacht geöffnete Snackbar?«, fragte Fiona, die von Berufs wegen Skeptikerin war.

Caroline warf ihr ein sarkastisches Lächeln zu. »Lass dich nicht von der Werbung des Fremdenverkehrsvereins reinlegen. Inverness hat mehr von *Morvern Callar* als von *Local Hero*.«

»Soll das heißen, du weißt, wo du mir ein Päckchen Speed besorgen kannst?«

Carolines Augenbrauen hoben sich. »Ich glaube, da bist du entweder zu früh am Morgen oder zu spät nachts dran, da ist hier nichts mehr los. Ich nehme an, das war ein Witz?«

Fionas Lächeln war grimmig. »Nur theoretisch. Witze sollen ja zum Lachen sein, und jetzt ist mir alles andere als zum Lachen zu Mute. Ich sollte mich besser mit einer Snackbar und einem Schuss Koffein zufrieden geben. Sollte ich tatsächlich den Gesetzeshütern in die Hände fallen, könnte ich es wirklich nicht brauchen, wenn sie feststellen würden, dass ich Amphetamine genommen habe.«

»Warte mal, da ist was.« Caroline kam plötzlich vom Thema ab und zeigte zu ihrer Linken auf einen Baumarkt, der fast das ganze Sichtfeld ausfüllte. Auf dem großen Parkplatz waren ein mobiler Fish-and-Chips-Stand, ein Polizeiauto und das vordere Ende eines Sattelschleppers zu sehen. Sie bog auf eine Zufahrtstraße ab und fuhr zum Polizeiauto hinüber.

»Frag du nach dem Weg. Du hast den richtigen Akzent dazu. Ich hol das Frühstück«, wies Fiona sie an, kroch aus dem Auto und streckte sich. Wie dringend sie die Hütte auch erreichen wollte, so waren Essen und Trinken doch wichtiger als die fünf Minuten, die sie vielleicht sparen konnte, wenn sie jetzt keine Pause machten. Sie stützte sich auf den hohen Tresen und roch die unangenehme Mischung aus altem Fett, billigem Essig, gebratenen Zwiebeln und Dieselöl. Auf einer Tafel, die einmal weiß gewesen war, stand mit Filzstift geschrieben, was es gab. Zur Beschreibung der jetzigen Farbe dieser Fläche fand Fiona nicht die rechten Worte. Altmännerunterhosen – das kam dem Farbton vielleicht noch am nächsten. Angeboten wurden Fisch, Pommes, Hamburger, Wurst, belegte Brötchen und Pasteten. Ein zweites Schild teilte mit, dass es »Tee, Kaffee und divärse Getrenke« zur Auswahl gab. Fiona lächelte dem großen, beleibten Mann hinter dem Tresen zu. Nach seiner Blässe zu urteilen, ernährte er sich von seiner eigenen Ware.

»Zwei Brötchen mit Pommes, bitte«, sagte Fiona. Dabei konnte wahrscheinlich noch am wenigsten schief gehen. Außerdem würden sie all diese schwer verdaulichen Kohlenhydrate ein paar Stunden in Gang halten. »Und zwei Becher Tee, bitte«, fügte sie hinzu.

»Ja, geht in Ordnung«, sagte der Fettkoloss. Er wandte sich ab und bediente seine zischende Friteuse. Fiona drehte sich um und sah nach, wie Caroline mit den Polizisten klarkam. Sie beugte sich durch das offene Wagenfenster zu ihnen, und ihr Gesicht war offen und fröhlich. Ob sie und Lesley wohl zusammengeblieben wären, fragte sich Fiona. Wahrscheinlich nicht. Die erste Liebe hielt selten lang. Und dann hätte sie selbst Caroline als Freundin sicher verloren. Mit einem Gefühl langsamen und staunenden Verstehens wurde Fiona der Widerspruch klar, dass Lesleys Tod ihr tatsächlich auch ein Geschenk gebracht hatte. Sie kratzte sich am Kopf und beschloss, dies bei einer anderen Gelegenheit wieder aufzugreifen, wenn sie richtig darüber nachdenken konnte. Im Augenblick hatte sie genug damit zu tun, sich an ihren Realitätssinn zu klammern, obwohl sie sich immer mehr in einem Alptraum zu bewegen schien.

Caroline richtete sich lächelnd auf, nickte und ging zum Auto zurück. Als sie bemerkte, dass Fiona zu ihr hersah, gab sie ihr mit hochgestrecktem Daumen das Zeichen für Okay. »Hier, bitte schön, junge Frau«, sagte der Mann vom Fish-and-Chips-Stand und klatschte zwei voll beladene Brötchen auf zwei Papierservietten. Fiona gab ihm einen Fünfer, winkte wegen des Wechselgelds ab und konzentrierte sich darauf, die beiden Brötchen und die Styroporbecher mit Tee sicher zum Auto zu jonglieren.

Dort stürzten sie sich darauf wie hungrige Wölfe. Zwischen großen Bissen des überraschend guten Brötchens erklärte Caroline, wohin sie fahren mussten. »Lachlan Frasers Garage ist draußen in Richtung Flugplatz. Die Cops kannten ihn ganz gut. Nicht aus irgendwelchem schlimmen Grund, verstehst du. Nur weil ... sie so was eben wissen.« Sie fuhr konzentriert weiter, das Sandwich in einer Hand und den Tee zwischen den Knien, und passte in den Kurven auf, dass nichts verschüttet wurde.

Auf den Straßen begann sich das Leben zu regen, während sie fuhren, und lange gelbe Lichtvierecke unterbrachen plötzlich die grauen Häuserfronten. Jetzt kam hier und da schon brummend ein Wagen oder Milchauto an ihnen vorbei, und das erste verwaschene Licht begann im Osten den Nachthimmel zu färben. Fiona fragte sich, wo Kit jetzt wohl war. Ob sie es rechtzeitig schaffen würde, oder ob es schon zu spät war? Ob der Killer sich an den Handlungsablauf halten oder sich mit einer nur annähernden Version zufrieden geben würde?

Hätte sie ihrer Phantasie freien Lauf gelassen, anstatt alles, was sie aus *The Blood Painter* kannte, aus ihrem Bewusstsein völlig zu verdrängen, hätte sie wahrscheinlich eine recht genaue Beschreibung dessen geben können, was sich zur Zeit zwei Stunden Fahrzeit entfernt von ihr tatsächlich abspielte.

Kit war sehr mitgenommen und bemühte sich trotz der stechenden, scheußlichen Schmerzen und der erneuten, dumpfen Benommenheit wieder klar zu denken. Er hatte einen zweiten Schlag auf den Kopf bekommen, denn nach der langen Zeit, die er eingesperrt im Dunkeln zugebracht hatte, war es ihm nicht gelungen, dem Hieb seines Peinigers auszuweichen, als dieser die Hecktür öffnete.

Neben dem Schmerz empfand er als Erstes, wie kalt es war. Ihn fror schrecklich. Als er die Augen öffnen konnte, fand er sich an einem Schauplatz wieder, der in ihm ein schlimmes Gefühl von déjà vu auslöste. Er kannte diesen Ort, weil er ihm gehörte, er kannte diese Situation, weil er sie geschaffen hatte. Er saß nackt auf der Toilette, beide Arme waren mit Handschellen an stählernen Haken befestigt, die in die Wand geschraubt waren. Seine Beine waren zusammengekettet, und die Kette lief hinter der Toilettenschüssel herum, so dass er sich kaum bewegen konnte.

Er war allein. Aber er rechnete nicht damit, dass dies lange so bliebe.
Er wusste, was als Nächstes kommen würde.

Caroline hielt vor einem alten zweistöckigen Steingebäude mit einem rot-weißen Schild, dessen Farbe abzublättern begann und auf dem »Frasers Garage« stand. Es sah aus, als stamme es aus Zeiten lange vor der Erfindung des Verbrennungsmotors. Der größte Teil der Fassade bestand aus zwei breiten Holztoren, in die ein kleineres Tor eingeschnitten war. Auf der einen Seite war eine normale Holztür mit der Nummer 31. Im oberen Stockwerk schien hinter einem Milchglasfenster Licht. Fiona lehnte sich zu Caroline hinüber und nahm sie in den Arm. »Ich danke dir«, sagte sie. »Ich schulde dir ein großes Dankeschön.«
»Hey, es ist erst zu Ende, wenn es vorbei ist«, sagte Caroline. »Du glaubst doch nicht, dass ich jetzt abhaue?«
Fiona lehnte sich in den Sitz zurück. »Nein, Caroline. Du musst jetzt heimfahren.«
Caroline schüttelte den Kopf. »Kommt gar nicht in Frage. Ich bin nicht so weit gefahren, damit ich mich jetzt einfach verkrümle und dich allein lasse. Du kannst mich nicht so weit mitnehmen und dann heimschicken, wenn es anfängt, brenzlig zu werden.«
»Es ist kein Spiel, Caro. Wenn ich Recht habe, hat der Mann, der Kit festhält, schon drei Leute umgebracht. Ohne Gewissensbisse. Er überlegt nicht lange, ob er jemanden umlegt, der ihm im Weg steht, wenn er sein Ziel erreichen will. In diese Situation will ich dich nicht bringen.« Fionas Entschlossenheit war deutlich an ihrem Tonfall und ihrem Gesichtsausdruck zu erkennen.
»Wenn er so brutal ist, musst du deine Position ein bisschen verbessern.«
»Nein. Ich weiß schon, was ich tue. Ich kann es nicht riskieren, am Ende daran schuld zu sein, wenn dir etwas passiert. Damit kann ich nicht leben.« Fiona löste ihren Sicherheitsgurt und öffnete die Tür. »Bitte, Caro. Fahr nach Hause. Ich ruf dich später an, ich versprech's. Ich steige jetzt aus und werde nicht weitergehen, bis ich

sehe, dass du umdrehst und wegfährst.« Sie stieß die Tür auf, stieg aus und beugte sich dann noch einmal hinein. »Es ist mir Ernst.« Sie machte die Tür leise zu und trat zurück.

Caroline schlug frustriert mit der Handfläche auf das Steuerrad, legte den Gang ein und fuhr los. Fiona sah zu, wie sie eine volle Kehrtwendung machte und in die Richtung davonfuhr, aus der sie gekommen war. Als die Rücklichter des Honda um die Ecke verschwanden, wandte sie sich der kleinen Tür zu, holte tief Luft und drückte auf den Klingelknopf.

Lange war nichts zu hören, dann kamen schwere Schritte eine Treppe herunter. Die Tür ging auf und ein Mann erschien, der auf die dreißig zuging und Arbeitsstiefel, Jeans und ein gefüttertes, kariertes Hemd trug, das lose über einem grauen T-Shirt hing. In einer Hand hielt er einen Becher Tee. Auf seinem Gesicht lag ein Ausdruck mäßiger, freundlicher Wissbegier.

»Lachlan Fraser?«, fragte Fiona.

Er nickte. »Ja, das bin ich.«

»Tut mir Leid, dass ich Sie so früh störe …«

Er lächelte. »Es ist doch nicht früh. Und Sie stören mich auch nicht. Kann ich Ihnen helfen?«

»Mein Name ist Fiona Cameron …«

Er lächelte noch breiter und unterbrach sie. »Sie sind Kits Mädchen. Natürlich! Ich hätte Sie gleich erkennen können nach dem Bild, das Kit in der Hütte hat. Hey, ist ja prima, Sie endlich mal kennen zu lernen.« Sein Blick ging an ihr vorbei. »Der Mann selber ist wohl nicht dabei?«

»Nein, eine Freundin hat mich raufgefahren. Ich treffe mich später mit Kit. Ich soll den Landrover abholen. Geht das in Ordnung?«

»Ja, klar, kein Problem.« Lachlan griff in seine Tasche und deutete an, sie solle weitergehen. »Ich hol nur die Schlüssel.« Er ging an ihr vorbei und schloss das Tor auf. »Sie sind hier drin. Bin gleich wieder da.« Er verschwand im Haus, und ein Licht ging an. Ein paar Augenblicke später kam er mit einem Schlüsselbund wieder heraus. »Kommen Sie mit. Der Wagen ist hinter dem Haus. Der Tank ist voll, und die Kanister für den Generator sind mit Diesel gefüllt«, fügte er über die Schulter hinzu, während er sie eine schmale Gasse zu einem unbebauten Stück Land hinter der Garage hinunterführte. Ein halbes Dutzend alte Autos standen kreuz und quer geparkt. Lachlan ging auf einen Landrover zu, der wie ein Überbleibsel aus einem längst vergessenen Krieg aussah.

»Hier«, sagte er, schloss die Wagentür auf der Fahrerseite auf und trat zurück, damit Fiona einsteigen konnte. »Sind Sie so einen schon mal gefahren?«

Sie schüttelte den Kopf. »Das Vergnügen hatte ich noch nie«, sagte sie ironisch.

Lachlan erklärte ihr die launischen Eigenheiten und den Vierradantrieb des Landrovers, dann wartete er, während sie ihn aus dem Parkplatz und in die Gasse manövrierte. Schließlich winkte er zufrieden, als sie in den grauen Morgen hinausfuhr.

Im Gebiet, das der City of London Police untersteht, gibt es 385 voneinander unabhängige Überwachungssysteme mit Kameras. Insgesamt sind 1280 Kameras im Einsatz. Smithfield Market ist sehr gut damit bestückt, und fast jeder Winkel wird von der einen oder anderen Kamera beobachtet. Es ist unvermeidlich, dass manche Kameras bessere Bilder machen als andere, da Licht und Sichtwinkel verschieden sind.

Einer der ersten Schritte von DCI Sarah Duvall war, sich jedes Videoband der letzten zehn Tage, das zu haben war, zur Polizeistation der City Police in Snow Hill bringen zu lassen, wo sie ihr Einsatzzentrum eingerichtet hatte. Die ganze Nacht hindurch hatten Beamte stundenlang Videoaufnahmen durchgesehen und sich bei der Suche nach Charles Cavendish Redford um Konzentration bemüht.

Duvall selbst hatte immerhin vier Stunden schlafen können. Nachdem sie einen Richter überredet hatten, ihnen zu gestatten, Redfords Haft zu verlängern, hatte sie sich ein Nickerchen erlaubt. Sie war gar nicht erst nach Hause, zu ihrer Wohnung am Fluss auf der Isle of Dogs, gefahren, sondern in ihr Büro gegangen und hatte sich auf dem Zweisitzersofa hingelegt, das sie dort zu genau diesem

Zweck hatte hinstellen lassen. Vier Stunden waren zwar weniger als das, was ihr Körper dringend verlangte, aber die Ruhepause reichte, um weiterzuarbeiten – wahrscheinlich jedenfalls.

Sie war kurz nach sieben wieder in ihrem Einsatzzentrum und schaute sich interessiert die nachts angefertigten Berichte an, um zu sehen, ob irgendetwas aufgetaucht war, das Redfords Beteiligung an dem Fall bestätigte. Als sie ihn mit dem Widerspruch zwischen seiner Aussage und der Entdeckung des Nebengebäudes konfrontierte, war nicht einmal eine Spur von Unbehagen bei ihm zu bemerken. Er hatte einfach mit den Schultern gezuckt und gesagt: »Wollten Sie nicht genau das? Mich bei einer Lüge ertappen? Verbrecher lügen doch, oder?« Das bestärkte sie in der Ansicht, dass er vorhatte, nichts auszusagen, was sein Bekenntnis bestätigen würde.

Früher oder später würde jemand von ihrem eigenen Team oder einer der Kollegen aus Dorset das entscheidende Detail finden, das Redford unbestreitbar mit Georgia Lesters brutaler Ermordung in Verbindung bringen würde. Was das sein würde, war egal, dachte sie deprimiert. Irgendetwas, denn bis jetzt hatten sie nur eine dicke fette Null.

Als sie einen dicken Stoß anscheinend nutzloser Unterlagen durchsah, rief einer der Männer ihren Namen. Sie blickte auf und bemerkte, dass er den Telefonhörer in der Hand hielt. »Ja?«

»Können Sie schnell mal in den Videoraum runtergehen, Ma'am? Einer der Jungs dort sagt, er hat etwas, das er Ihnen zeigen will.«

Duvall war schon zur Tür hinaus, noch bevor der Hörer aufgelegt war. Sie lief im Eilschritt den Korridor zu dem Raum entlang, wo ihre Leute die Überwachungsvideos vom Markt betrachteten, im Eilschritt entlang. Kaum war sie über die Schwelle getreten, als einer der Detective Constables sich an sie wandte. »Ich hätte gern, dass Sie sich das hier anschauen, Ma'am«, sagte er mit hoher, eifriger Stimme.

»Was ist es denn, Harvey?« Duvall stand hinter ihm und sah über seine Schulter auf die Bildfläche. »Haben Sie ihn gefunden?«

»Ich habe mir die Bänder vom Korridor angesehen, den man passieren muss, wenn man zum Wartungsbereich geht. Man sieht die Tür nicht direkt, aber es gibt keinen anderen Weg dorthin. Jedenfalls ist das hier vom Freitag, zwei Tage nachdem Georgia Lester vermisst wurde.« Er drückte die Play-Taste. Mit den ruckelnden Bewegungen einer Zeitraffer-Aufnahme erschien ein Mann in Rückansicht im Bild. Er hatte einen weißen Kittel und eine dunkle Hose an und den schmissigen Filzhut mit Krempe auf, den alle Metzger aus Hygienegründen trugen. Er schien ein großes Plastiktablett mit verpacktem Fleisch zu tragen. Harvey zeigte auf die Bildfläche. »Er ist mir aufgefallen, weil man etwas auf dem Tablett sieht, das in schwarze Plastikfolie eingewickelt ist. Genau da, sehen Sie, was ich meine?«

»Ich sehe es«, sagte Duvall vorsichtig. »Aber das ist nicht Redford. Die Körperform passt gar nicht. Bekommen wir ihn noch mal auf dem Rückweg?«

»Das wollte ich Ihnen eben zeigen.« Er ließ das Band schnell weiterlaufen, und die Szene setzte sich zuckend in Bewegung. Plötzlich kam ein Mann in Sicht. Harvey hielt das Bild an, als der Mann etwa drei Meter von der Kamera entfernt war. »Das ist die beste Ansicht, die wir von seinem Gesicht bekommen.«

Duvall runzelte die Stirn. An dem Bild auf dem Monitor vor ihr erschien ihr irgendetwas vertraut, aber sie konnte es nicht einordnen. Harvey sah erwartungsvoll zu ihr auf.

Sie starrte angestrengt auf die Bildfläche, als wolle sie das Bild zwingen, schärfer zu werden. Dann klickte es plötzlich tief unten in ihrem Gedächtnis. Es ergab keinen Sinn, aber sie war sich sicher, dass sie Recht hatte. Die Folgen waren fast zu entsetzlich, um darüber nachzudenken. Sie richtete sich auf. »Lassen Sie uns das so bald wie möglich vergrößern. Ich setze mich in dieser Sache gleich mit der Met in Verbindung. Ich bin dann in meinem Büro. Gut gemacht, Harvey.«

Kapitel 52

Als Fiona in nördlicher Richtung aus Inverness hinausfuhr, begann es langsam aufzuklaren. Sie fand die Straßenkarten und die amtlichen topografischen Karten im Handschuhfach des Autos und fuhr die A 9 entlang, die Karte auf dem Sitz neben sich ausgebreitet. Die Straße führte sie über die eindrucksvolle Brücke und die sich vermischenden Fluten von Beauly Firth und Moray Firth, durch das fruchtbare Farmland der Black Isle, wo der Himmel langsam von Grau in Blau überging und der Morgendunst sich unter der schwachen Wärme der Herbstsonne auflöste.

Sie verglich die Ortschaften mit der Karte, während sie die stille Straße entlangfuhr. Nicht dass es viele Möglichkeiten für Fehler gegeben hätte. Hier oben gab es kaum große Straßen, von denen man falsch abbiegen konnte. Alness. Invergordon. Dann die Brücke über den Dornoch Firth mit dem graubraunen nassen Sand unter ihr, bevor sie zur Bonar Bridge ins Land hineinfuhr, wo sie das niedrige Flachland der Küste hinter sich ließ und ins hohe Bergland kam.

Dann ging es an dem schmalen Flussarm des Kyle of Sutherland entlang, wo das dunkle Wasser von dichten Nadelwäldern gesäumt war und vor ihr die sonnenbeschienene, in die Wildnis führende Straße irgendwie unheilvoll erscheinen ließ. Als sie am Loch Shin in Richtung Lairg hinauffuhr, sah sie, dass sie in die nordwestlichen eigentlichen Highlands kam, die plötzliche Ausblicke auf runde, mit braunem Heidekraut bedeckte Berge boten, während hier und da felsige Vorsprünge grau heraustraten. In der

Landschaft lagen die zerfallenen Mauern von Katen verstreut, von denen oft nur noch ein Paar vermoderter Giebel stand. Dies war die Landschaft der Highland Clearances, der brutalen Ausbeutung des Landes, bei der die kleinen Pächter von ihrem Land vertrieben worden waren. Die reichen Landbesitzer wollten auf einfachere Weise zu Geld kommen, indem sie dort Cheviot-Schafe hielten. Jetzt waren die Ruinen der kleinen Häuser das einzige Zeichen, das dieses Land als Anfangspunkt der Highland-Diaspora auswies, die das britische Empire kolonialisiert hatte.

Fiona war nie auf dieser Seite der Wasserscheide gewandert, obwohl die Assynt-Region im Westen von Sutherland auf zwei Wandertouren in der Vergangenheit ihr Ziel gewesen war. Sie wusste, wie sich die weiche Heide unter den Füßen anfühlte, und sie kannte den trügerischen Sog des Torfs und das harte Knirschen der uralten Steinschichten unter ihren Schuhen. Wenn sie sich in das Hinterland vorwagen wollte, wo Kits Hütte war, würde sie in Lairg anhalten müssen. Die leichten Schuhe und Stadtkleider, die sie dabeihatte, würden diesem Gelände nicht standhalten.

Lairg erwachte gerade, als sie die Hauptstraße hinunterfuhr. Die Läden öffneten, ein paar Leute waren schon unterwegs und genossen die schwache Wärme des Morgens. Sie fand einen Parkplatz gegenüber einem Geschäft für Bergtouren-Bedarf und sprang aus dem Landrover. Bevor sie in den Laden ging, überprüfte sie, wie viel Platz hinter den Sitzen war. Zusätzlich zu drei Zwanzig-Liter-Kanistern mit Diesel waren ein leichtes Fleece-Hemd und eine Wachsjacke da. Fiona hob das Fleece-Hemd hoch, hielt es sich ans Gesicht und atmete Kits vertrauten Geruch ein. *Bitte, lieber Gott, mach, dass es ihm gut geht*, betete sie still vor sich hin.

Zögernd legte sie Fleece-Hemd und Jacke wieder hin. Sie waren viel zu groß für sie, aber sie würden es tun, fand sie. Dann ging sie über die Straße zu dem Geschäft. Fünfzehn Minuten später kam sie heraus, trug eine mit Fleece gefütterte Gore-Tex-Hose, einen leichten, aber warmen Pulli mit Rollkragen, eine dunkelbraune Fleece-Mütze, Wandersocken mit extra weichen Sohlen und ein Paar heruntergesetzte Sommerstiefel zum Wandern. Eigentlich waren sie nicht für diese Jahreszeit gedacht, aber so elastisch, dass man sie nicht einlaufen musste, wie es bei einem Paar schwerer Stiefel der Fall gewesen wäre. Eine vernünftige Anschaffung, da sie nicht vorhatte, weit mit ihnen zu laufen. Sie würden bequem sein, wenn sie laufen oder klettern musste, und das war die Hauptsache. Sie hatte auch ein paar Energieriegel, Wärmekompressen und eine Erste-Hilfe-Ausrüstung gekauft. Sie konnte sich ganz gut vorstellen, was sie erwartete, und wollte auf alles vorbereitet sein.

Wieder beim Landrover, packte Fiona Kits Fleece-Hemd und die Jacke zu ihrer Ausrüstung und warf ihre abgelegte Kleidung hinter den Sitz. Es gab noch ein Letztes zu tun. Die Zeit war gekommen, sich in allen Einzelheiten an *The Blood Painter* zu erinnern. Sie musste für das ausgerüstet sein, was sie vorfinden könnte. Sie kaufte einen Bolzenschneider, einen Meißel und einen kleinen, schweren Hammer in der Eisenwarenhandlung. Für alle Fälle nahm sie noch ein Allzweck-Taschenmesser dazu.

Als sie zum Landrover zurückkam, sah sie, dass sie nicht mehr allein war. Hinter ihr parkte der vertraute Honda. Caroline stand mit starrköpfigem Lächeln und verschränkten Armen an die Motorhaube gelehnt. Fiona schloss frustriert die Augen. Als sie auf Hörweite herankam, sagte sie: »Das ist überhaupt nicht lustig, Caro.«

»Ich weiß. Deswegen bin ich ja hier. Wenn du mich nicht mitkommen lässt, dann erlaube mir wenigstens, dich zu decken. Lass mich dableiben und aufpassen, dass du wieder lebendig da rauskommst. Bitte, ja?«

Fiona machte den Landrover hinten auf und verstaute ihre Einkäufe. Als sie sich umdrehte, sagte sie. »Hast du ein Handy?«

Caroline grinste. »Meinst du vielleicht, hier oben könnte man irgendetwas auch nur einigermaßen empfangen?« Und sie zeigte auf die Berge, die um die Stadt herum aufragten.

Fiona lächelte betreten. »Dumme Frage. Okay. Wir machen es so: Du folgst mir bis zu dem Punkt, wo ich abbiege. Es ist ungefähr eine Meile außerhalb der Stadt. Es hat keinen Sinn, dass du versuchst weiterzufahren. Nach dem, was Kit sagt, ist die Straße zu schlecht für Fahrzeuge ohne Vierradantrieb. Gib mir eine Stunde.« Sie öffnete ihre Handtasche, nahm einen Notizblock und Stift heraus und kritzelte die Nummer von Sandy Galloways Büro und seine Privatnummer darauf. »Wenn ich nicht innerhalb einer Stunde zurückkomme, heißt das, ich brauche wahrscheinlich Hilfe oder ich habe es geschafft, auf Kits Satellitentelefon zur Polizei durchzukommen. In beiden Fällen rufst du diese Nummer an und verlangst Superintendent Galloway. Sag ihm, wo ich bin und was ich mache. Ich habe ihm ein Fax geschickt, aber vielleicht hält er es nicht für dringend. Moment, ich geb dir gleich die Wegbeschreibung.« Sie machte die Fahrertür auf und griff unter die Karte, um die E-Mail herauszunehmen, die sie ausgedruckt hatte – seit jenem Zeitpunkt schien ein halbes Leben verflogen zu sein. Sie hielt Caroline das Blatt Papier hin, dann zog sie es schnell zurück. »Warte«, sagte sie. »Du musst mir versprechen, dass du, egal, was passiert, nicht versuchen wirst, mir zu folgen.«

Caroline nickte zögernd. »Ich verspreche es. Okay?«

»Aber du musst es auch ernst meinen.«

Caroline sah Fiona fest und lange in die Augen. »Ich schwöre es bei Lesleys Leben.«

Fiona senkte zustimmend den Kopf. »Das genügt mir. Wie ich schon sagte, ich sollte in der Lage sein, Hilfe zu rufen, wenn es nötig ist, aber vielleicht kann ich das Satellitentelefon nicht benutzen. Du bist meine Rückendeckung.« Sie gab ihr die Wegbeschreibung und holte tief Luft. »Los geht's.« Sie stieg in den Landrover und ließ den Motor an. Ihre Hände am Steuerrad waren feucht, ihr Magen verkrampfte sich. Sie wusste, die Chancen standen nicht gut für sie. Der Mörder und Kit hatten einen Vorsprung und hätten es schon vor einer Stunde oder mehr zur Hütte schaffen können. Und wer weiß, wo der Mörder von seiner Vorlage abweichen würde. Vielleicht würde er Kit schnell alles Blut auf einmal abnehmen, statt ihn tagelang zu quälen und die damit verbundenen Risiken einzugehen.

Vielleicht war es bereits zu spät.

Kaffeegeruch weckte Steve. Er blinzelte, rieb sich den Schlaf aus den Augen und war einen Moment verwirrt, wie man es ist, wenn man an einem ungewohnten Ort aufwacht. Er setzte sich auf und sah Terry mit einem Becher in der Hand am Tisch sitzen. »Ich habe mich schon gefragt, ob das vielleicht zu viel für dich war letzte Nacht und du in ein Koma gefallen bist«, neckte sie ihn.
»Wie spät ist es?«, fragte er. Ihm war nicht bewusst, dass er so lange geschlafen hatte.
»Zwanzig nach neun.«
Steve schwang die Beine aus dem Bett und sprang auf. »Du machst Witze«, rief er aus und klang eher verstört als glücklich.
»Es ist Samstag, Steve. Da schläft man lang.« Sie grinste. »Sogar Cops ...«
»Ich kann nicht glauben, dass niemand angerufen hat. Die Überwachung ... Neil hätte mich verständigen, hätte sich abmelden sollen«, sagte er und sprach mehr zu sich selbst als zu ihr. »Und der Assistant Commissioner, er müsste doch vor zwei Stunden schon angekommen sein.« Er ging zu seinem Handy und Piepser hinüber und starrte fassungslos auf die leeren Displays. »Was ist passiert?«, sagte er, nahm sein Handy und sah es stirnrunzelnd an.
Terry kam von hinten näher und legte die Arme um seine Mitte. »Ich hab sie abgeschaltet. Du musst auch mal loslassen, Steve.«
Er riss sich los und drehte sich um, sein Gesicht war eine Mischung aus Wut und Ungläubigkeit. »Du hast *was?*«, rief er. Sein Mund ging auf und zu, ihm fehlten tatsächlich die Worte.
»Die Welt wird nicht untergehen, wenn du einmal eine Nacht nicht zu erreichen bist«, sagte Terry, klang jedoch schon etwas unsicher.
»Ich bin mitten in einer wichtigen Ermittlung«, schrie er. »Ich habe ein Team, das hinter einem Mordverdächtigen her ist. Mein Gott, Terry, alles Mögliche hätte passieren können. Wie kannst du nur etwas so verdammt Unverantwortliches tun?« Während er sprach, griff er seine Kleider und zog sich Boxershorts und Hose über.
»Das hast du mir nicht gesagt«, feuerte sie zurück. »Wie soll ich

das wissen? Letztes Mal, als wir unterbrochen wurden, ging es nicht mal um deinen Fall. Du hast mir keinerlei Hinweise gegeben, dass du etwas Wichtiges laufen hast.«
Steve hielt beim Zuknöpfen seines Hemds inne und warf ihr einen empörten Blick zu. »Es ist vertraulich, deshalb hab ich nichts gesagt, ich rede über meine Arbeit nicht mit Unbeteiligten.«
Seine Worte waren schneidend wie Peitschenhiebe. Aber Terry zuckte nicht zusammen; vielmehr fiel ihre Antwort noch bissiger aus. »Außer man heißt Fiona Cameron?«, fragte sie aufgebracht.
»Darum geht es also hier? Du bist eifersüchtig auf Fiona?« Steve konnte kaum glauben, was er da hörte.
Terrys Stimme wurde leiser, und sie schaute ihn reglos an. »Nein, es geht um Vertrauen, Steve. Es geht um Offenheit. Es geht darum, dass du mich nicht wie ein kleines Kind behandelst. Du hättest nur irgendwann einmal zu sagen brauchen, dass wir durch wichtige laufende Ermittlungen unterbrochen werden könnten, wenn wir zusammen sind. Verdammte Scheiße«, explodierte sie wieder. »Wie wär's mit ganz normalem Entgegenkommen?«
Steve fuhr mit den Armen in sein Jackett und packte seinen Mantel. »Ich bin nicht irgendein normaler Polizist. Man muss mich nach Dienstschluss erreichen können.«
»Mister Unentbehrlich. Du willst keine Freundin, Steve. Du willst ein Publikum.«
Er steckte Handy und Piepser in die Tasche und ging kopfschüttelnd zur Tür. »Verdammt, ich kann's nicht fassen.«
»Du hättest mir Bescheid sagen sollen, Blödmann«, rief sie, aber ihr Zorn richtete sich genauso sehr gegen ihre eigene Unüberlegtheit wie gegen seine Verschwiegenheit.
Seine einzige Antwort war, dass er die Tür zuknallte und ging. Als er zum Auto kam, zitterten seine Hände immer noch von dem Adrenalinstoß, den die pure Wut in ihm ausgelöst hatte. »Wirklich unglaublich, verdammt noch mal«, murmelte er halblaut, als er sich auf den Fahrersitz warf. Er schaltete den Piepser an. Fünf Kontakte. Steve fluchte leise, während er die Nummern durch-

laufen ließ. Zwei von Fiona vom späten Abend. Eine von Neil kurz vor elf. Eine von Neil ein paar Minuten nach sechs. »Scheiße, Scheiße, Scheiße«, rief er, als die letzte Nummer sich als die des Assistant Commissioner erwies. Er hatte ihn vor über einer Stunde auf dem Piepser zu erreichen versucht.
Er schaltete sein Handy an und rief seine Nummer zu Hause an, gab dann die Zahlenkombination ein, mit der er die Nachrichten auf seinem Anrufbeantworter abhören konnte. Noch einmal Fiona, die ihn dringend bat, sie zurückzurufen. Neil, der Bescheid gab, er habe sich entschlossen, die Nacht über Coyne zu beobachten, nur für alle Fälle. Noch einmal Neil, der berichtete, er habe an Joanne abgegeben und sei dann im Yard, wenn er für eine Verhaftung oder Durchsuchung gebraucht würde. Und eine Botschaft vom AC, der sagte, er erwarte Steves Anruf.
Er fuhr sich mit der Hand übers Gesicht und versuchte sich so weit zu beruhigen, dass er seine Argumentation zur Verhaftung Gerard Coynes vorbringen konnte. Nach einer Minute tiefen Durchatmens fand er, er sei einigermaßen bereit. Er würde eben lügen müssen, seine Batterie im Piepser sei leer gelaufen, ohne dass er es bemerkt hatte. Die Stunde, die er verloren hatte, würde wahrscheinlich keinen großen Unterschied machen. Aber sie hätte einen Unterschied machen können.
Als er die Nummer des AC wählte, fühlte er plötzlich Bedauern. Er hatte so viel Hoffnung für sich und Terry gehabt. Und wie immer war die Sache abgestürzt und im Feuer untergegangen.
Er konnte nur hoffen, dass er mit Coyne mehr Glück haben würde.

Vierhundert Meilen entfernt biss Sandy Galloway in der Kantine von St. Leonard's in ein Brötchen mit Speck. Er wartete schon seit fast zwei Stunden auf Fiona Cameron und war nicht gerade erfreut. Die Frau war in voller Panik gewesen, als sie ihn am Abend zuvor angerufen hatte, aber jetzt machte sie sich nicht einmal die Mühe, pünktlich zur verabredeten Zeit zu kommen. Sie hatte ihm auch keine Nachricht hinterlassen, weder in der Polizeizentrale

noch an der Rezeption ihres Hotels. Das Hotel, für dessen Kosten sein Budget aufkam, erinnerte er sich verärgert.
Er hatte, wie versprochen, mit Sarah Duvall geredet, hatte sie nach dem Ende des Krimis in Wood Street angerufen. Ein kluges Mädchen war sie. Ausführlich hatte sie berichtet über den Widerspruch zwischen Redfords Aussage und dem, was die Polizei in Dorset gefunden hatte. Sie hatte erklärt, warum sie das ursprünglich nervös gemacht hatte, legte aber dann die Gedanken dar, die sie sich seitdem gemacht hatte. Offensichtlich beruhigte es sie, darüber zu sprechen, und er neigte dazu zu glauben, sie habe sich richtig entschieden.
Was natürlich hieß, dass Fiona Cameron total auf dem Holzweg war. Galloway war aufgebracht, dass sie sich nicht einmal die Mühe gemacht hatte, ihn über ihre Pläne zu informieren.
Auf die Idee, im Faxgerät nachzusehen, das neben dem Schreibtisch der Sekretärin im Vorzimmer stand, war er nicht gekommen.

Kapitel 53

Die Wegbeschreibung war in ihr Gedächtnis wie die Schrift auf einem Grabstein eingraviert. »Nimm die A 839, wenn du aus Lairg herauskommst.« Aus der Stadtmitte hinaus, über die engen Stellen des Shin, bevor er breiter und zu einem der zwei Flussmündungen am unteren Ende des Sees wurde. Eine kurze Strecke ging es am Flussufer entlang, dann eine Wendung nach Westen, ein runder Hügel lag zu ihrer Rechten. Fiona überprüfte im Rückspiegel, ob Caroline noch hinter ihr war.

»Ungefähr eine Meile außerhalb des Ortes siehst du einen Weg auf der rechten Seite, der als ›Sallachy‹ beschildert ist.« Ja, da war der asphaltierte Weg. Praktischerweise war auf der anderen Straßenseite eine Telefonzelle. Fiona hielt an und zeigte übertrieben deutlich auf das Häuschen. Caroline gab ein Okay-Zeichen mit dem Daumen, deutete auf ihre Uhr und parkte direkt neben der Telefonzelle. Fiona sah nach, wie spät es war. 9.37 Uhr. Sie hatte eine Stunde Zeit. Sie fuhr los und drehte scharf nach rechts auf den abbiegenden Weg.

»Fahr auf dem Weg weiter (es ist ziemlich holprig, du wirst verstehen, warum ich dir meinen Landrover leihe), ungefähr fünfeinhalb Meilen.« Sie folgte der Anweisung. Die Straße, die bald zu einem buckligen Weg aus losen Steinen mit einer festen Mitte wurde, lief etwa zwölf Meter oberhalb des Loch entlang; an der steilen Uferböschung wuchsen hie und da Baumgruppen. Zu ihrer Linken säumte eine Pflanzung von Nadelbäumen den Weg, die sich über den Hügel hinauf erstreckte, bis der flacher werdende Kamm den Horizont verdeckte. Aber Fiona, die sich jetzt völlig auf das konzentrierte, was ihr bevorstand, hatte keine Augen für die Schönheit der Landschaft um sie herum. Sie kam an einigen kleinen Häusern vorbei, und die Pflanzung lief in einen frei gelegenen, mit Heidekraut bedeckten Abhang aus. Kein Lebenszeichen war zu sehen außer der dünnen Rauchfahne eines Torffeuers, die aus einem Kamin stieg.

Nach etwa einer Meile wurde der Weg steiler, und der Baumbewuchs fing wieder an. Aber hier war Mischwald statt der ordentlichen Reihen von Nadelbäumen. Ebereschen, Birken, Erlen und große Gruppen verkrüppelter Föhren wuchsen in dem wie zufällig wirkenden Chaos eines gut gepflegten Waldstücks durcheinander, das vom Weg durch einen hohen Wildzaun abgetrennt war und hier und da hohe hölzerne Tore hatte.

Nach einer Kurve hörten die Bäume plötzlich auf. Vor ihr lag eine Schlucht, über die eine stabil aussehende Holzbrücke mit beidseitigem Geländer aus Rohren führte. »Du musst eine Schlucht, den Allt a'Claon, überqueren.« Es konnte kein Zweifel bestehen, sie war auf dem richtigen Weg. Als sie halb auf der Brücke war, fuhr Fiona ganz langsam und blickte die fünfzehn Meter an dem zerklüfteten Felsen entlang auf das wild wirbelnde Wasser des Flusses hinunter. Es floss schnell durch die enge Passage, die es sich selbst geschaffen hatte, und wurde zu weißem Schaum, wo es auf Felsbrocken stieß, die ihm in den Weg gefallen waren. Vom strahlenden Sonnenlicht durch die hohen Wände der Schlucht abgeschirmt, hatte es die dunkle, trüb braune Farbe unpolierten Bernsteins.

Fiona ließ die Kupplung los und fuhr weiter, die Spannung ihres ganzen Körpers übertrug sich auf die Hände, die das Steuerrad wie Klauen umklammert hielten. »Weiter vorn ist eine Gabelung, wo du links abbiegen musst.« Sie bog ab und musste das Steuerrad des Landrovers energisch festhalten, als die Reifen auf dem losen Schiefer rutschten. Es wurde Zeit in den Vierradantrieb zu wechseln, dachte sie, und führte die Prozedur durch, die Lachlan ihr gezeigt hatte. Der Landrover bebte leicht, dann griffen die Räder fester, und sie rollte leicht über die raue Oberfläche hin.

»Etwa eine halbe Meile weiter ist noch einmal eine Linkskurve. Der Weg führt dich auf einer Hängebrücke über die Schlucht zurück. Sie ist viel stärker, als sie aussieht, aber fahr lieber nicht schneller als fünf Meilen pro Stunde.« Fiona folgte der Anweisung und fuhr auf die Brücke zu, eine Konstruktion aus schmalen Holzplanken. Diese wurden von Tauen gehalten, die an dicken Pfosten auf beiden Seiten der Schlucht befestigt waren. Ihr Herz klopfte wild. Das Gebilde sah viel zu schwach für das Gewicht eines Landrovers aus. Aber sie musste Kits Worten vertrauen. Sie ließ den Landrover rollen, hielt am Anfang der Brücke an und legte vorsichtig den ersten Gang ein. Dann ging es mit kaum mehr als Schritttempo vorwärts. Die Brücke knarrte unheilvoll unter dem vollen Gewicht des Wagens, aber obwohl Fiona spürte, wie sie unter ihr schwankte, hielt die Konstruktion, während sie langsam über die mehr als dreißig Meter breite Schlucht fuhr.

Als sie wieder auf festem Boden war, stieß sie erleichtert die Luft aus, die sie, ohne es zu merken, angehalten hatte. Sie nahm ihre feuchten Hände vom Steuerrad und wischte sie an den Oberschenkeln ab. »Mist, ich hoffe, ich irre mich nicht«, sagte sie laut vor sich hin. »Und ich hoffe, ich komme rechtzeitig.«

»Du fährst über den Fluss zwischen den Bäumen hindurch. Die Hütte ist ungefähr eine Meile entfernt.« Das Ende war fast in Sicht. Sie fuhr weiter zwischen den Bäumen entlang, die sich am Weg drängten. Zweihundert Meter weiter kam sie um eine Kurve und überfuhr zu ihrem Erstaunen fast einen Mann, der ihr auf dem Weg mit einer langstieligen Axt über der Schulter und einem Bündel Reisig unter einem Arm entgegenkam. Sie hielt schlitternd an und kurbelte das Fenster herunter. Der Mann, der in einen Anorak, eine über den Kopf gezogene Wollmütze und einen um den Hals gewickelten Schal eingehüllt war, hob eine Hand zum Gruß.

»Ich suche Kit Martins Hütte«, sagte sie. »Bin ich auf dem richtigen Weg?«

Seine dunklen Brauen zogen sich zusammen. »Der Schriftsteller? Ja, auf dem Weg hier ist es ungefähr eine Meile.« Nach seinem Akzent zu schließen war er nicht hier geboren und aufgewachsen,

aber er kannte sich offensichtlich in der Gegend aus. Zweifellos war er einer der Zugezogenen wie Kit, die, von den niedrigen Preisen und dem friedlichen, ländlichen Lebensstil angelockt, viele Häuser aufgekauft hatten, die hier auf den Markt kamen.
»Danke«, sagte sie. »Sie haben ihn heute nicht zufällig gesehen, nehme ich an?«
Der Mann schüttelte den Kopf. »Ich bin jetzt nur zum Holzhacken rausgekommen.«
Fiona winkte und fuhr weiter. Bald kam sie zwischen den Bäumen auf die offene Flanke des Hügels hinaus. Die drahtigen, braunen Stämmchen des Heidekrauts in seinem Winterkleid überzogen den Berg, unterbrochen von Felsvorsprüngen, die in der Größe von einzelnen Brocken bis zu ungleichen, fast dreißig Meter langen Platten variierten. Vor ihr lag eine weitere Baumgruppe. Sie vermutete, dass das der Windschutz für Kits Hütte war, und hielt am Wegrand an, bevor sie das Wäldchen erreichte.
Das war's. Jetzt gab es kein Zurück mehr. Fiona war vor Angst ganz übel, aber sie musste ihren Weg fortsetzen. Sie nahm die Plastiktüte mit ihren Einkäufen vom Bergsteigerladen und Eisenwarengeschäft und steckte sie in die Wachsjacke. Dann atmete sie zitternd tief durch, öffnete die Wagentür und kletterte auf den Weg hinaus.
Fiona wusste, sie konnte sich der Hütte nicht von vorn nähern. Wenn der Killer mit Kit dort war, würde er bestimmt den Weg beobachten, der darauf zu führte. Sie betrachtete gründlich die Beschaffenheit des Geländes und traf dann ihre Entscheidung. Vom Weg aus ging sie schräg waldeinwärts zwischen den Bäumen hindurch, zog die jungen Schösslinge weg und trat die Brombeeren, die ihr im Weg waren, zu Boden. Das Laufen war hier nicht leicht, besonders da sie so wenig Geräusch wie möglich machen durfte.
Nach etwa zehn Minuten endeten die Bäume plötzlich am Rand einer großen Lichtung. In der Mitte stand ein einstöckiges Steingebäude mit einem Schieferdach. Fiona stand der hinteren Mauer gegenüber, die keine Fenster hatte. Perfekt für ihre Pläne. Beunruhigt blickte sie suchend nach beiden Seiten, denn es war kein

Fahrzeug zu sehen. Wenn der Mörder mit Kit da war, mussten sie mit einem Fahrzeug gekommen sein. Was, wenn sie schon zu spät dran war? Was, wenn er seine Absicht bereits ausgeführt und Kit getötet hatte? Sie hatte noch nie solche Angst gehabt. Oder sich so allein gefühlt.

»Nicht überreagieren«, murmelte sie halblaut. Im schlimmsten Fall hatte der Killer nur zwei Stunden Vorsprung. Es war ihm wichtig, dass er das Mordritual so durchführte, wie es im Buch beschrieben war. Er hatte noch nicht genug Zeit gehabt, um Kit das Blut abzunehmen und die Wände zu bemalen. Entweder waren sie noch nicht da, oder der Killer war nach Lairg gefahren, um Vorräte zu holen.

Oder sie hatte sich bei ihren Vermutungen völlig getäuscht.

Fiona ließ diesen Gedanken erst gar nicht aufkommen und beschloss zu handeln. Vom Adrenalin angetrieben, rannte sie geduckt von den Bäumen zur Giebelseite der Hütte und ging dort, dankbar für die federnden, leichten Stiefel, in Deckung. Ganz langsam kroch sie an der hinteren Mauer entlang und wagte einen raschen Blick um die Ecke. Kein Lebenszeichen. An der Wand waren drei Fenster, wie sie bemerkte. Sie wischte sich den Schweiß von der Stirn und ging mutig um die Ecke herum.

Fiona spürte, wie ihr Herz in der Brust hämmerte, als sie zum Rand des ersten Fensters schlich und vorsichtig hineinspähte. Der Raum, der vor ihr lag, war offensichtlich Kits Schlafzimmer. Nichts schien sich zu rühren. Es war eine merkwürdige Empfindung, einen Blick auf ein Leben zu werfen, das so vertraut und doch so fremd war. Ein heftiges, schmerzliches Gefühl ließ sie tief Luft holen.

Sie schluckte und ging schnell am Fenster vorbei, wurde aber wieder langsamer, als sie sich dem zweiten Fenster näherte. Es schien zu einem späteren Anbau zu gehören und hatte eine von den beiden anderen Fenstern deutlich abweichende Größe und Form. Als sie näher kam, sah sie, dass es ganz von einem Rollo verdeckt war. Sehr wahrscheinlich war dies das Bad. Wenn sie Recht hatte, war das der Raum, wo Kit gefangen gehalten wurde. Sie drehte den Kopf in verschiedene Richtungen und versuchte einen Blick am Rand des Rollos vorbei zu werfen, konnte aber nichts sehen.

Frustriert schlich sie zum dritten Fenster weiter. Wieder bestätigte ein kurzer Blick, dass sich drinnen nichts bewegte. Da sie niemanden sah, betrachtete sie die Einrichtung. Das Zimmer enthielt einen großen Tisch, zwei Sessel an jeder Seite eines Holzofens, eine kleine Kochnische und zwei Schränke, die bis zur Decke reichten. Ein schmales Metallschränkchen stand offen, aber die Tür verdeckte den Inhalt, und auf dem Boden in der Nähe der Tür lagen zwei Plastiktüten von einem Waitrose-Supermarkt. Sie sahen nicht aus, als lägen sie schon lange dort, da sie staubfrei zu sein schienen. Fiona wusste, dass es im Umkreis von dreihundert Meilen kein Waitrose-Geschäft gab. Dieser winzige Hinweis reichte, um sie zu überzeugen, dass sie die richtigen Schlüsse gezogen hatte.

Dann erblickte sie etwas, das ihre schlimmsten Befürchtungen bestätigte und ihren Magen sich schmerzhaft verkrampfen ließ. In der hinteren Ecke, halb vom Kaminvorsprung verdeckt, war ein kleiner Tisch, der schief stand. Auf dem Boden daneben ein unordentlicher Haufen aus zertrümmertem Plastik und Metall. Es waren unverwechselbar die Überreste eines Satellitentelefons.

Sie waren also hier. Und da kein Auto da war, musste der Mörder vorübergehend weg sein. Er war offensichtlich ein vorsichtiger Typ, das Zerschmettern des Telefons war ein klares Zeichen, dass er die unwahrscheinliche Möglichkeit, sein Gefangener könnte ausbrechen, bedacht hatte. Die Frage schoss ihr durch den Kopf, ob es der Mann gewesen war, den sie im Wald gesehen hatte. Aber er hatte vollkommen harmlos gewirkt mit seinem Bündel Holz und der Axt. Und außerdem war er zu Fuß gegangen. Sie wünschte, sie hätte ihn gefragt, ob er ungewohnte Fahrzeuge in der Gegend gesehen hatte.

Aber Denken war Zeitverschwendung. Fiona entfernte sich vom Fenster und rannte um die vordere Ecke. Sie kam an einem kleinen Steinschuppen vorbei, in dem der Dieselgenerator stand, dann ging sie an der Vorderseite des Hauses entlang. Die hölzerne Doppeltür war abgeschlossen, wie sie bald entdeckte. Sie drückte mit der Schulter dagegen, aber die Tür rührte sich nicht.

Sie würde einbrechen müssen, und hinten war es am besten. Sie rannte zurück zum Schlafzimmerfenster und zog unten am Holzrahmen. Abgeschlossen. Fiona holte den Hammer aus der Tüte, die sie innen in ihrer Jacke verstaut hatte, und wog ihn in der Hand. Es würde nichts bringen, nur das Glas zu zerschmettern. Sie würde die Strebe aus Holz zerbrechen müssen, die mitten durch das untere Schiebeteil verlief. Sie holte tief Luft, hob den Arm und ließ den Hammer in einem glatten Bogen heruntersausen. Das Holz splitterte, das Glas auf beiden Seiten zerbarst und flog nach allen Seiten. Auf der stillen Bergflanke klang es recht laut. Zwei Eichelhäher, deren Schreie sie zusammenzucken ließen, flogen aufgeschreckt aus dem Wald hinter ihr auf.

So schnell sie konnte, brach Fiona die Strebe weg und entfernte dann das restliche Glas vom Rahmen, um sich beim Durchsteigen nicht zu schneiden. Behutsam streckte sie ein Bein durch das Loch, zog sich über den Fenstersims und stieg so ins Schlafzimmer ein. Es war still im Haus, obwohl es nicht die undefinierbare Stille war, die man gewöhnlich spürt, wenn ein Gebäude vollkommen leer ist. Fiona blieb einen Augenblick bewegungslos stehen und horchte auf ein Anzeichen von Gefahr.

Misstrauisch durchquerte sie das Zimmer und machte die Tür weit auf. Links von ihr im dunklen Flur war die geschlossene Tür zum Bad. Sie legte zögernd die Hand auf den Türknopf, ihre Angst vor dem, was sie dahinter vorfinden könnte, war fast zu groß. Sie kniff die Augen zusammen, nahm alle Kraft zusammen, umklammerte mit den Fingern den Knopf, drehte ihn und riss die Tür mit einem Schwung auf.

Kapitel 54

In London, sechshundert Meilen entfernt, beglückwünschte sich Steve Preston. Es war ihm gelungen, den Assistant Commissioner zu überzeugen, er habe genug Anhaltspunkte und Gründe für die Durchführung seines Plans. Jetzt musste er nur noch sein Team anweisen, das Joanne und Neil bei der Festnahme unterstützen sollte, und die Gruppe der Spurensicherung informieren, die bei der Durchsuchung von Coynes Wohnung half.
»Ich habe mir die Sache gründlich überlegt. Ich will ihn nicht in seiner Wohnung verhaften, weil wir dann, wie ihr alle wisst, aufgrund der gesetzlichen Bestimmungen nur eine eingeschränkte Durchsuchung nach Absatz 32 machen können. Ich möchte warten, bis er die Wohnung verlässt, und ihn im Freien fassen. Wir werden ihn dann zum Yard bringen, ihn wegen Mordverdachts verhaften und können danach eine komplette Durchsuchung vornehmen. Um sicherzugehen, dass er uns nicht entkommt, soll einer von euch sich mit dem Fahrrad und ein anderer sich mit dem Motorrad bereithalten. Er ist ein ausgezeichneter Radfahrer, und es ist gut möglich, dass er auf dem Rad wegfährt.«
Er bemühte sich, ernst auszusehen und seine Begeisterung etwas zu dämpfen. »Ich will ihn unversehrt hier haben«, sagte er energisch. »Keine Unfälle, kein Sturz auf der Treppe, keine grundlosen Schnittverletzungen, Kratzer oder gebrochenen Knochen. Ich will, dass er mit Glacéhandschuhen angefasst wird.
Sobald wir Coyne hier haben, wird er wegen Mordverdachts verhaftet. Wir sorgen dafür, dass er gleich Respekt kriegt. Aber keine

Verzögerungen, wenn er seinen Rechtsanwalt anrufen will. Auch in dieser Hinsicht will ich, dass alles exakt nach Vorschrift abgewickelt wird. Es darf nichts passieren, von dem später jemand sagen könnte: ›Moment mal, Freunde, hier sind die Vorschriften nicht beachtet worden.‹ Hat noch jemand Fragen?«

Ein junger Constable hob die Hand. »Nach was genau sollen wir in Coynes Wohnung suchen?«

»Gute Frage«, sagte Steve. »Nach allem, was ihn mit Blanchards Ermordung oder den Vergewaltigungen in North London in Verbindung bringen könnte. Das bedeutet also Zeitungsausschnitte, Stadtpläne, auf denen Tatorte eingezeichnet sind, Terminkalender, Fotos. Und ich will alle Messer haben, die es in der Wohnung gibt. Dazu Kleidung, die zur Beschreibung der Fahrradmontur des Radfahrers im Heath-Park passt, oder zu dem, was der Vergewaltiger trug. Ich weiß, nach so langer Zeit ist das so, als klammerten wir uns an Strohhalme. Aber ich will Coyne, und gemeinsam werden wir ihn kriegen und Susan Blanchard endlich Frieden verschaffen.«

Er blickte in die Runde – keine weiteren Fragen. Dann drehte er sich zum schwarzen Brett um und zeigte auf ein Foto von Susans Zwillingssöhnen. »Ich will keine Gerechtigkeit für mich persönlich. Ich will nicht einmal Gerechtigkeit für die Met. Ich will Gerechtigkeit für die beiden da. Jetzt geht und holt sie ihnen.« Er hasste den billigen Appell an die Emotionen, aber seine Leute mussten motiviert sein, und er wusste genau, wie er sie dazu kriegte.

Steve sah zu, wie seine Mitarbeiter den Raum verließen, und fragte sich, wie viel Zeit er hätte, bevor sie ihren Gefangenen bringen würden. Er musste herausfinden, was Fiona vorhatte, verdammt noch mal. Seit er wieder im Yard war, hatte er mehrmals ihr Handy probiert, aber nur eine Stimme zu hören bekommen, die ihm mitteilte, es sei nicht möglich, die Verbindung herzustellen. Dank Sarah Duvall wusste er, dass sie nach Schottland gefahren war, um die Indizien im Fall Drew Shand zu studieren. Ein Anruf bei dem Leiter der Ermittlungen wäre wahrscheinlich kein schlechter Anfang.

Er nahm das nächste Telefon und bat die Zentrale, ihn mit der Lothian and Borders Police zu verbinden. Es dauerte nicht lange herauszufinden, dass der Mann, mit dem er sprechen musste, Superintendent Sandy Galloway war. Aber Galloway war nicht im Haus. Frustriert ließ ihm Steve eine Nachricht übermitteln, er möge ihn so bald wie möglich zurückrufen.
Was zum Teufel dachte Fiona sich eigentlich dabei, ihm Nachrichten zu hinterlassen, auf die er nicht antworten konnte? Bei der Stimmung, in der sie gewesen waren, als sie sich das letzte Mal gesehen hatten, musste es schon etwas Ernstes sein. Vielleicht sollte er es einmal bei Kit versuchen. Aber als er die Nummer bei ihm zu Hause anwählte, wurde er wieder nur mit dem Anrufbeantworter verbunden.
Mehr konnte er nicht tun. Er musste jetzt einen klaren Kopf behalten und überlegen, wie er Gerard Coyne anpacken sollte. Die Sache war zu wichtig, als dass er sich von irgendetwas ablenken lassen durfte.

Es war schlimmer, viel schlimmer als die entsprechende Szene des Fernsehspiels. Schlimmer, unendlich viel schlimmer als das, worauf ihre Vorstellungskraft sie vorbereitet hatte. Ihr erster Gedanke war, er sei tot. Kit saß nackt und zusammengesunken auf der Toilette, seine Arme waren an der Wand, die Beine mit Fußfesseln an der Toilette angekettet und nach hinten gezogen. Seine Haut war weiß, der Kopf auf die Brust gesunken. Er wurde nur von den Fesseln aufrecht gehalten. Sie konnte kein Zeichen von Atmung oder Puls entdecken. In der Vene des linken Arms steckte eine Kanüle. Und an den Wänden um ihn herum waren amateurhafte Klecksereien, Bilder von Bäumen und Blumen in schauerlichen Schattierungen von Dunkelrot bis Rostbraun. Etwa die Hälfte der Wände des kleinen Badezimmers war bedeckt. Sie konnte nicht schätzen, wie viel Blut er dazu gebraucht hatte. Ihre Brust zog sich vor quälender Angst und Verzweiflung zusammen.
Mit einem wortlosen Stöhnen, das fast schon ein Schluchzer war, eilte Fiona zu ihm, ließ sich auf die Knie fallen und schlang die

Arme um seinen kalten Körper. Ihre Augen waren tränennass. Zu ihrem Erstaunen fühlte sie eine kleine Bewegung an ihrem Gesicht. Dann spürte sie kitzelnd einen Atemzug wie ein leises Ächzen an ihrem Ohr.

»Kit?«, stammelte sie. »Kit? Kannst du mich hören?« Sie legte eine Hand an seinen Hals und konnte einen schwachen, unregelmäßigen Puls fühlen. Sie fasste mit den Händen seinen Kopf und hob ihn sanft zu sich hoch. Seine Augenlider zitterten, das Weiß der Augäpfel schimmerte durch die Wimpern. »Ich bin hier, Kit. Ich bin's, Fiona. Es wird alles wieder gut.«

Seine Augen öffneten sich einen Spalt, und er stöhnte. Sie hielt ihn fest und wollte verzweifelt ihre Wärme an ihn abgeben. Schock, das war's. Blutverlust und die Kälte hatten eine Schockwirkung ausgelöst. Als Erstes musste sie ihn wärmen. Fiona trat behutsam zurück und rannte ins Schlafzimmer. Sie ergriff einen Schlafsack, zwei Flanellhemden und ein Paar Jeans und lief ins Bad zurück. Sie legte den Schlafsack über seine Schultern und sprach dabei pausenlos beruhigend auf ihn ein. Dann zog sie die Plastiktüte aus ihrer Jacke und nahm den Bolzenschneider heraus. Sie brauchte ihre ganze Kraft, aber schließlich gelang es ihr die Kette durchzuschneiden, die seine Beine hielt, und sie von den Fußgelenken abzunehmen. Seine Beine fühlten sich in ihren Händen steif und kalt an, aber sie zerrte sie vor die Toilette, steckte die Füße in die Jeans und zog sie bis zu den Knien hoch.

Als Nächstes nahm sie den Meißel und den Hammer und machte sich über die Fesseln her, mit denen er an die Wand gekettet war. Sie begann mit dem rechten Arm, schon nach zwei Schlägen war der Eisenhaken aus der Wand gerissen. Der Arm fiel schlaff zur Seite, und Kit stöhnte wieder.

Fiona ging auf die andere Seite und überlegte. Sie wollte nichts an der Kanüle in seinem Arm verändern, weil sie Angst hatte, beim Herausziehen würde es wieder zu bluten anfangen. Sie nahm eine Rolle Leukoplast aus dem Erste-Hilfe-Kasten, band den Klebestreifen sorgfältig über die Kanüle und klebte sie damit fest. Dann wiederholte sie die Prozedur mit Hammer und Meißel und befreite

Kits linken Arm. Kit fiel nach vorn und sank wie eine leblose schwere Masse auf die Knie. Fiona hatte alle Mühe mit seinem massigen Oberkörper, aber sie schaffte es irgendwie, ihm die Hemden anzuziehen, indem sie die Ärmel abschnitt und diese über die Ketten und Handschellen streifte.

Dann zog sie ihn hoch, bis er stand. Vor Anstrengung ächzend, lehnte sie ihn gegen die Wand und zog ihm die Hose hoch. All das dauerte ihr zu lang, und plötzlich stieg Panik in ihr auf. Der Entführer konnte nicht weit weg sein. Sicher würde er nicht das Risiko eingehen, Kit allzu lange allein zu lassen.

Fiona ließ Kit auf die Toilette zurücksinken. Sie nahm die Kompressen heraus, bog sie hin und her, damit die chemische Reaktion ausgelöst wurde, die die lebensrettende Wärme produzieren würde, und steckte sie in die Hemden, wo sie an seiner Haut lagen. Dann ging sie wieder ins Schlafzimmer und suchte, bis sie ein paar dicke Socken und ein Paar ausgetretene Turnschuhe fand.

Als Nächstes machte sie im Wohnzimmer Halt, wo sie in einem der Schränke zwei Dosen Cola fand. Perfekt. Flüssigkeit und Zucker. Das Koffein würde wahrscheinlich kein Problem für einen Mann sein, der gewohnheitsmäßig so viel Kaffee zu sich nahm wie Kit. Als sie sich umdrehte, fiel ihr Blick auf das schmale Metallschränkchen. Der Platz, wo Kits Schrotflinte hätte sein sollen, mit der er Kaninchen schoss, war leer. Eine Schachtel mit Patronen stand offen und halb leer da. Neue Panik überfiel sie. Wo immer Kits Entführer war, er hatte eine doppelläufige Schrotflinte. Ihre ohnehin schon hoffnungslose Lage erwies sich plötzlich als noch katastrophaler.

Fiona rannte wieder ins Bad und steckte Kits Füße in die Socken und Turnschuhe. Dann zog sie ihn aus seiner zusammengesunkenen Haltung hoch, bis er aufrecht stand. »Komm, Kit, los. Du musst zu Bewusstsein kommen, Lieber, du musst selbst funktionieren.«

Die Wärme hatte angefangen zu wirken. Mit einem fröstelnden Zittern öffnete Kit die Augen jetzt ganz. Er sah sie verständnislos an. »Fiona«, krächzte er.

»Ja, ich bin's, du hast keine Halluzination. Ich hab dich gefunden, Schatz. Jetzt musst du das hier trinken.« Sie hielt ihm die Coladose an die Lippen und zwang sich zur Geduld, während er mit trockenen, aufgeplatzten Lippen trank. »Wir kriegen dich hier raus, ich versprech's dir«, sagte sie.

»Wo ist Blake?«, fragte er undeutlich mit versagender, seltsamer Stimme.

»Blake?« Fiona fragte sich, aus welcher Ecke seines phantasierenden Gehirns er diesen Namen hervorgezerrt hatte.

»Francis Blake«, beharrte er. »Er hat mich hierher gebracht. Er hat das alles gemacht.«

Es hätte eigentlich keinen Sinn ergeben, aber plötzlich tat es das doch. Der Mann, an dem sie auf dem Weg zur Hütte vorbeigekommen war. In ihrem Gedächtnis rastete ruckartig etwas ein. Sie hatte Blake nie getroffen, aber im Fernsehen seine Stimme gehört. Die Erinnerung an den Klang brachte auch das optische Bild zurück. Sie hatte nicht viel von dem Gesicht des Fremden gesehen, aber da sie jetzt ein Muster hatte, mit dem sie es vergleichen konnte, wusste sie, dass er es gewesen war. Francis Blake war der Mann mit der Axt. Aber obwohl sie anfing, dieses Wiedererkennen zu akzeptieren, sträubte sich ihr logischer Verstand dagegen. Warum zum Geier sollte Blake Kit entführt haben? Wie konnte er dieser ganz besondere Serienmörder sein? Es war einfach nicht zu verstehen, es war absurd.

Außerdem konnte sie es sich jetzt nicht leisten, darüber nachzudenken. »Er ist fort«, sagte sie mit einer Zuversicht, die nur gespielt war. Aber wo war Blake, und was machte er jetzt? Die Axt deutete darauf hin, dass er Feuerholz sammeln wollte. Oder aber er wollte die Schrotflinte verstecken, indem er sie mit Zweigen zudeckte. Offensichtlich hatte er seinen Wagen irgendwo anders versteckt und war auf dem Rückweg zur Hütte gewesen. Aber dann hatte er sie kommen hören. Selbst wenn er nicht wusste, wer sie war, war ihm doch klar, dass sie in die Richtung der einzigen Behausung an diesem Weg fuhr. Er hatte sich wohl umgedreht, damit es so aussah, als ginge er weg.

Eine einfache List, aber sie hatte funktioniert. Keinen Augenblick hatte Fiona einen Verdacht gehegt. Und jetzt wusste er, dass sie hier war. Er konnte sie nicht einfach gehen lassen, oder? Es war unvorstellbar.

Sie schüttelte den Kopf, versuchte, ihre Gedanken zu ordnen. »Ich hole den Landrover«, sagte sie und bemühte sich, schwungvoll zu klingen und die Angst, die ihr im Nacken saß, zu verbergen. »Ich will, dass du hier bleibst. Wenn du den Rest der Cola trinken kannst, wäre das gut. Aber mach dir keine Sorgen, wenn deine Finger noch nicht richtig funktionieren. Es wird eine Weile dauern, bis die Durchblutung wieder da ist. Weißt du, wie viel Blut du verloren hast?«

»Mehr als einen halben Liter«, seufzte er und klang immer noch wie ein Betrunkener. »Dann bin ich bewusstlos geworden. Ich nehme an, er hat dann aufgehört.« Er blinzelte, schaute sich zum ersten Mal richtig in seiner Umgebung um und sah das blutige Werk an den Wänden. »Scheiße«, sagte er mit einem Lachen, das zum Husten wurde. »Er malt verdammt schlecht.«

Fiona stand auf und drückte seinen Kopf an ihre Brust. »Ich mache so schnell ich kann.« Sie ließ ihn los und nahm das Taschenmesser aus der Tüte, klappte die Klinge auf und steckte es dann vorsichtig in ihre Jackentasche. Ihn zurückzulassen war das Schwierigste, was sie je getan hatte. Aber die einzige Möglichkeit, von hier zusammen wegzukommen war der Landrover. Sie konnte es sich nicht erlauben zu warten, bis Caroline Alarm schlug, jedenfalls nicht jetzt, da sie wusste, dass Blake eine Schusswaffe hatte.

Sie ging zur Haustür, öffnete sie langsam und spähte über die Lichtung zu dem Weg zwischen den Bäumen hinunter. Keine Bewegung. Ihre Haut kribbelte vor Anspannung. Er konnte irgendwo zwischen diesen Bäumen sein und sie mit der Flinte aufs Korn nehmen. Er konnte mit erhobener Axt hinter dem Landrover sitzen, um sie auf Fionas Kopf niedersausen zu lassen. Bei dieser Aussicht verkrampfte sich ihr Magen. Argwöhnisch öffnete sie die Tür noch ein Stückchen, ihre freie Hand schlüpfte in die Tasche und packte den Griff des Messers. Immer noch rührte sich nichts. Falls er sie gerade mit der Flinte beobachtete, würde es schwieriger sein, sie zu treffen, wenn sie sich bewegte, als wenn sie still stehen blieb und hin und her überlegte. Daher sagte sie sich energisch: *Jetzt oder nie*. Aus dem Stand lief sie über die Lichtung und dann den Weg hinunter. Sie erreichte den Landrover in so kurzer Zeit, dass sie selbst erstaunt war. Sie hatte vergessen, wie viel kürzer dieser direkte Weg war als ihre vorherige Route zur Hütte. Sie riss die Tür auf und sprang hinein, legte dann den Kopf einen Moment auf das Steuerrad, und ein Schluchzer der Erleichterung entrang sich ihrem keuchenden Mund. *Nimm dich zusammen*, ermahnte sie sich und richtete sich auf.

Als sie den Schlüssel ins Zündloch steckte, durchzuckte sie erneut ein panischer Schreck. Was war, wenn Blake den Motor außer Kraft gesetzt hatte? Schnell drehte sie den Schlüssel um und weinte fast vor Erleichterung, als der Motor startete und dann ansprang. Sie legte hastig den Gang ein, raste den Rest des Weges entlang. Auf der Lichtung drehte sie heftig an dem schweren Steuerrad und fuhr mit dem Auto einen Kreis, damit es mit der Hecktür zum Eingang der Hütte zum Stehen kam.

Sie ließ den Motor laufen, machte die Hecktür des Landrovers auf und eilte wieder ins Haus. Kit saß jetzt etwas aufrechter gegen die Kloschüssel gelehnt. Er war immer noch totenbleich, aber seine Augen waren offen, und er schien etwas wacher. Fiona wühlte im Schlafzimmer herum und förderte zwei Decken und ein Kissen zu Tage. Sie nahm Kits restliche Hemden und brachte das Bündel zum Landrover hinaus, dazu kam beim zweiten Mal der Schlafsack. Sie machte eine Art Bett auf dem Boden und ging wieder zu Kit hinein.

»Ich werde deine Hilfe brauchen«, sagte sie. »Ich kann dich nicht tragen.«

Kit nickte. »Ich glaube, ich kann jetzt aufstehen. Im Wohnzimmer ist ein Spazierstock, vielleicht hilft der.« Seine Stimme war schwach, kaum hörbar.

Fiona fand den Stock in einer Ecke an die Wand gelehnt. Es war ein moderner Aluminiumstock, ausziehbar wie ein Teleskop und mit einer Feder ausgestattet, die Stöße auffing. Sie verlängerte ihn etwas, damit Kit ihn so halten konnte wie ein Schäfer einen Krummstab.

Wieder im Bad, schob sie Kits Hand durch die Stoffschlaufe und half ihm, den Griff zu fassen. »Es kribbelt überall«, murmelte er.

»Glaub mir, das ist ein gutes Zeichen«, sagte Fiona. Sie stützte seinen Arm, und zusammen schafften sie es, ihn auf die Füße zu bringen.

»Mein Gott, was für einen Krampf ich habe«, stöhnte er, und sein rechtes Bein gab nach, als er das Gewicht darauf verlagerte.

Es kam ihnen wie eine Ewigkeit vor, bis er einen Fuß vor den anderen setzen konnte. Fiona spürte, wie sich an ihrem Kreuz der feuchte Angstschweiß sammelte. Langsam stolperten sie die wenigen Meter zur Tür. Dann waren sie am Landrover. Fiona drehte Kit um, so dass er auf der Ladefläche sitzen konnte. Dann hob sie seine Beine hinein und bettete ihn so bequem wie möglich. »Bist du in Ordnung?«, fragte sie.

Er lächelte matt. »Im Vergleich wozu? Mein Kopf tut wahnsinnig weh, alles dreht sich und mir ist hundeelend.«

»Das kommt nur davon, dass du dehydriert bist und einen niedrigen Blutdruck hast. Glaub mir, Kit.«

Eine gewaltige Woge der Euphorie ergriff Fiona, als sie endlich die Tür schloss und den Gang einlegte. Sie hatte es geschafft. Trotz aller ungünstigen Umstände hatte sie ihn noch rechtzeitig gefunden. Sie würden es schaffen! Sie fuhr los und war so froh, dass sie hätte singen mögen. In den Wald, dann hinaus ins freie Gelände, und sie sah den Gürtel der Nadelbäume vor sich, der die letzte Strecke vor der Brücke verdeckte.

Als sie auf die Bäume zu fuhren, kam von hinten Kits schwache Stimme. »Er wird uns nicht so einfach wegfahren lassen, Fiona«, sagte er kraftlos. »Halt an.«

Sosehr es auch ihrem Instinkt widersprach, schnellstmöglich von hier zu verschwinden, tat sie, was er verlangte. Sie fuhr auf ihrem Sitz herum und sah ihn an. »Was ist los, Kit?«

»Wenn die Brücke unten ist, stecken wir fest«, sagte er. »Im Handschuhfach – Fernglas. Geh und schau weiter vorn nach. Bitte.«
»Er hat deine Flinte, Kit. Er könnte uns im Moment beobachten.«
»Er hätte uns schon erschossen. Bitte!«
Fiona dachte einen Augenblick nach. Was Kit gesagt hatte, war richtig. Wäre Blake auf dieser Seite der Schlucht, dann hätte er sie leicht treffen können, als sie in den Landrover stiegen. Und wenigstens hatte sie den Nadelwald als Deckung. Angesichts von Kits Schockzustand konnte sie keine unnötigen Risiken eingehen. Sie stieg aus, blieb so nah wie möglich am Waldsaum und ging bis zur Kurve der Straße, von der aus man die Brücke sehen konnte. Als sie um die Biegung kam und hinter ein paar eng nebeneinander gepflanzten Fichten Deckung suchte, lächelte sie, denn sie sah die unversehrte Brücke. Kits Befürchtungen waren grundlos gewesen, dachte sie froh.
Aber da er darauf bestanden hatte, dass sie das Fernglas mitnahm, beschloss sie trotzdem nachzusehen. Es würde nicht schaden, sich zu vergewissern, dass keine Planken lose waren. Sie hob das Glas an die Augen und richtete es auf die Brücke. Zuerst schien alles in Ordnung. Dann schlug ihr Herz in wilder Panik. Sie setzte das Fernglas ab, holte tief Luft und sah noch einmal hin. Sie hätte losheulen mögen.
Auf der anderen Seite der Brücke waren beide Stricke teilweise durchgeschnitten, der Schaden war durch das starke Fernglas deutlich zu erkennen.
Es gab keinen Ausweg. Die Brücke hatte sich von einem lebensrettenden Ausweg in eine Todesfalle verwandelt.

Kapitel 55

Caroline überprüfte noch einmal die Nummer, die Fiona ihr gegeben hatte, und blickte nervös auf die Uhr. Einundsechzig Minuten waren vergangen, seit sie Fiona zum Abschied gewinkt hatte. Was immer ihre Freundin am Ende ihrer Fahrt angetroffen hatte, war jedenfalls wohl nicht harmlos. Caroline war wütend auf sich selbst, weil sie zugelassen hatte, dass Fiona sich der Gefahr allein stellte. Aber sie sah ein, dass die Anweisungen, die sie ihr gegeben hatte, sinnvoll waren. Wenn Fiona nicht allein fertig wurde, war es wahrscheinlich, dass Caroline eher eine Belastung als eine Hilfe gewesen wäre. Diese Erkenntnis konnte jedoch weder ihr Schuldgefühl noch ihre Angst beschwichtigen.

Hastig steckte sie alle Münzen, die sie hatte, in den Telefonschlitz und gab die Nummer ein. Am anderen Ende klingelte es dreimal, dann hörte sie, wie das nächste Klingeln abgewürgt und der Anruf zu einem anderen Apparat weitergeleitet wurde. Diesmal wurde nach dem zweiten Klingeln abgenommen. »Kriminalpolizei, DC Mullen«, brummte eine heisere männliche Stimme.

»Ich muss mit Superintendent Sandy Galloway sprechen«, sagte Caroline.

»Er ist im Moment nicht da. Kann ich Ihnen helfen?«

Womit sollte sie anfangen? »Arbeiten Sie an dem Fall Drew Shand?«, fragte sie.

»Haben Sie Informationen, die sich auf die Ermittlungen beziehen, Madam? Kann ich Ihren Namen notieren?«

»Nein, ich habe eigentlich keine Informationen, ich rufe wegen

Dr. Fiona Cameron an. Sie hat sich mit Superintendent Galloway wegen des Falls beraten. Hören Sie, es ist sehr wichtig, dass ich mit ihm spreche.«

»Leider ist er nicht im Dienst. Kann ich ihm etwas ausrichten?«

Verzweifelt versuchte Caroline, dem Kripobeamten irgendwie möglichst schnell klarzumachen, was los war, denn sie sah ihr Guthaben im Apparat dahinschwinden. »Sie verfolgt eine Spur und dachte, sie würde sich vielleicht in eine gefährliche Situation begeben müssen. Sie glaubt, dass der Mörder noch frei herumläuft, verstehen Sie. Und sie hat mich gebeten, Superintendent Galloway anzurufen, wenn sie nach einer Stunde noch nicht zurück ist«, sagte sie hastig, war sich aber bewusst, dass dies keine gute Beschreibung der Lage war. »Ich glaube, sie braucht Unterstützung.«

»Unterstützung wobei?« Er klang verwirrt.

»Sie glaubt, der Killer hat sich mit seinem nächsten Opfer verschanzt. Niemand wollte auf sie hören, deshalb ist sie jetzt allein hinter ihm her.«

»Passen Sie auf, Miss, ich glaube, es gibt da ein Missverständnis. Wir glauben, dass Drew Shands Mörder in Haft ist. Von wo aus rufen Sie an?«

»Außerhalb von Lairg. Am Loch Shin.«

»Lairg? Leider sind Sie da ein bisschen weit ab von unserem Einzugsgebiet«, sagte er und klang belustigt. Er hatte offensichtlich beschlossen, sie in die Schublade für Spinner einzuordnen.

»Vielleicht sollten Sie mit der Highland Police sprechen?«

»Warten Sie, hängen Sie nicht auf!«, rief Caroline. »Ich weiß, es klingt verrückt, aber ich bin nicht übergeschnappt. Fiona Cameron ist in Gefahr. Ich brauche hier Hilfe.«

»Wenden Sie sich an die Polizei in Lairg. Das sind die Zuständigen vor Ort. Oder hinterlassen Sie bei mir eine Nachricht für Superintendent Galloway.«

»Sie werden Sie ihm sofort geben?«, verlangte Caroline.

»Ich werde dafür sorgen, dass er sie bekommt.«

»Okay. Sagen Sie ihm, Fiona ist in Kit Martins Hütte. Es ist in der Nähe des Allt a' Claon am Ufer des Loch Shin.« Sie buchstabierte den Namen der Schlucht. »Sie hat ihm ein Fax geschickt, aber ich weiß nicht, ob er es bekommen hat. Bitte sagen Sie ihm, wir brauchen Hilfe, es ist dringend.« Eine elektronische Stimme sagte an ihrem Ohr, sie habe noch zehn Sekunden Zeit. »Es ist wirklich wichtig«, schärfte sie ihm noch ein, bevor die Verbindung abbrach.

Caroline knallte den Hörer auf. »Verdammter Mist!«, rief sie laut, so frustriert war sie. »Das hast du wirklich versaut, du Döskopf.« Sie schlug mit der flachen Hand gegen die Glaswand der Telefonzelle. Sie hatte ihre einzige Chance bei der Polizei von Edinburgh verspielt, und jede Minute, die verging, konnte Fionas Leben in noch größere Gefahr bringen.

Sie hatte das schreckliche Gefühl, die Polizei vor Ort würde noch weniger geneigt sein, sie ernst zu nehmen. Aber es half nichts. Sie würde sowieso nach Lairg zurückfahren müssen, um Wechselgeld für weitere Anrufe zu holen.

Noch immer über ihre eigene Unfähigkeit fluchend, ging Caroline zu ihrem Wagen und betete unablässig, Fiona möge noch unversehrt sein. »Aber das wäre nicht dir zu verdanken, du Stümperin«, sagte sie laut, als sie das Auto herumriss und eine Kehrtwendung in Richtung Stadt machte.

Als Gerard Coyne an diesem Morgen aus seiner Wohnung kam, seufzte Joanne vor Erleichterung hörbar auf. »Er nimmt nicht das Fahrrad«, sagte sie, während sie in den Rückspiegel sah.

»Gott sei Dank«, antwortete Neil. Er beobachtete Coyne durch den sorgfältig eingestellten Seitenspiegel, als der sich ihrem Wagen näherte und dann weiter die Straße entlangging. Bevor er die Ecke erreicht hatte, waren zwei Kripobeamte hinter ihm her, einer auf jeder Straßenseite. Joanne ließ den Motor an und fuhr aus dem Parkplatz heraus. Die Anweisung war klar. Warten, bis Coyne stehen bleibt, dann näher heranfahren. Den beiden Verfolgern zu Fuß folgte jeweils ein weiterer Beamter, und Joanne und Neil im Auto waren bereit, in der Endphase dazuzustoßen.

Coyne ging durch das Labyrinth schmaler Straßen und kam auf

der Caledonian Road dort heraus, wo diese sich mit der Holloway Road kreuzt. Als er zu einem Fahrradgeschäft kam, dessen Räder den größten Teil des Gehwegs davor versperrten, ging er langsamer, blieb stehen und schaute sich ein Rennrad an. »Zeit einzugreifen?«, fragte Neil Joanne, während sie ganz langsam auf das Geschäft zu fuhren.

»Ich glaube schon«, sagte sie, bremste, hielt an und schaltete die Warnleuchten an.

Neil sprach in die Funkanlage: »Achtung an alle. Umringt den Verdächtigen jetzt.« Er sprang aus dem Wagen und ging über den Gehweg. Die anderen Beamten umringten Coyne, der mit dem Rücken zu den ausgestellten Fahrrädern stand und die Augen vor Erstaunen aufriss.

»Gerard Patrick Coyne?«, fragte Neil.

»Ja, wen interessiert das?«, sagte Coyne, der vergebens cool wirken wollte.

»Ich bin Detective Constable Neil McCartney von der Metropolitan Police. Bitte kommen Sie mit zur Polizeiwache, um uns bei der Ermittlung in einer wichtigen Sache zu helfen.«

Coyne schüttelte den Kopf. »Sie müssen sich irren. Ich hab nichts getan.« Sein Blick irrte hin und her, als suche er ein Schlupfloch. Aber der Weg war ihm von den Polizisten und zusätzlich von Fußgängern versperrt, die stehen geblieben waren, um zu sehen, was hier los war.

»Dann wird es Ihnen ja nichts ausmachen, ein paar Fragen zu beantworten, nicht wahr, Sir?« Neil trat einen Schritt näher.

»Bin ich verhaftet?«, fragte Coyne.

»Das hängt jetzt von Ihnen ab, Sir. Wir würden es vorziehen, wenn Sie uns freiwillig begleiten würden.«

»Ich habe ja keine Wahl, oder?«, fragte Coyne im vorwurfsvollen Tonfall derjenigen, die sich als Opfer fühlen.

»Ich habe einen Wagen hier«, sagte Neil nur.

Die Polizisten bildeten einen geschlossenen Ring um ihn und geleiteten ihn zum Rücksitz des Autos, wo Neil und ein Kollege ihn zwischen sich nahmen. Coynes schmales Gesicht war bockig und

starr wie eine Maske, die Arme hielt er fest vor der Brust verschränkt. »Sie machen einen großen Fehler«, beklagte er sich.
»Sie werden genug Gelegenheit haben, uns zu korrigieren«, sagte Neil freundlich. Er konnte sich die Höflichkeit leisten, alles war nach Plan gelaufen.

Fiona legte den Kopf aufs Steuerrad. »Was machen wir also jetzt?«, fragte sie. »Ich habe Unterstützung – Caroline hat jetzt wahrscheinlich schon die Polizei angerufen. Aber dort wird man die Sache nicht als dringende Angelegenheit behandeln, ich weiß es genau. Außerdem wird es ewig dauern, bis jemand hier ist. Du sagst, es gibt keinen anderen Weg hier raus?«
»Nicht auf einer Straße«, sagte Kit. Er hatte sich aufgestützt und saß jetzt. Die Krämpfe und das Kribbeln waren vergangen. Der Eindruck, dass er bald am Himmelstor stehen und anklopfen würde, hatte sich ein wenig verflüchtigt. Sein Kopf fühlte sich an, als sei er halb betrunken oder verkatert, aber nach und nach gewöhnte er sich daran. »Zu Fuß. Es gibt einen Fußweg. Es sind ungefähr sechs Meilen über den Berg. Ich glaube nicht, dass ich das schaffe. Aber du könntest losgehen und Hilfe holen.«
»Ich kann dich nicht hier zurücklassen«, widersprach Fiona, und ihre Stimme war gedämpft, als sie zu Boden sah und vor sich hin sprach. »Nichts würde Blake davon abhalten zurückzukommen. Wir wissen nicht, ob er weggegangen ist. Ich an seiner Stelle wäre im Wald auf der anderen Seite der Schlucht und würde warten, bis wir in den Tod gestürzt sind. Und wenn die Zeit vergeht und wir das nicht tun, wird er sich wahrscheinlich die Karte ansehen und heraustüfteln, was wir machen. Dann wird er zurückkommen und dich holen. Selbst wenn er auf der Straße zur Brücke am See zurückgehen und dann wieder durch den Wald heraufkommen muss, kann er dich immer noch erreichen, bevor ich es zur Straße schaffe.«
»Welche andere Wahl haben wir dann? Außer auf deine Unterstützung zu warten?«
»Du musst in ein Krankenhaus, Kit. Und außerdem, was wird passieren, wenn diese Unterstützung eintrifft? Entweder sehen sie,

was mit der Brücke los ist, und sitzen auf der anderen Seite der Schlucht fest. Oder sie sehen es nicht und stürzen in die Tiefe, wie es für uns geplant war.«
Eine lange Pause folgte. Dann sagte Kit. »Es gibt etwas, das könnte funktionieren. Aber es ist nur eine ganz vage Möglichkeit …«
»Eine vage Möglichkeit ist besser als gar keine.«
»Vielleicht denkst du das nicht mehr, wenn du erst mal gehört hast, worum es geht.«

Steve geizte nicht mit Lob für sein Team. »Ihr habt eure Sache prima gemacht. Wie am Schnürchen hat es geklappt und alles genau nach Vorschrift. Nichts, woran die Verteidigung etwas auszusetzen haben könnte. Gut gemacht. Heute Abend geb ich 'ne Runde aus. Er ist doch jetzt offiziell verhaftet, oder?«
Neil nickte. »Wegen Mordverdachts. Er hat völlig fassungslos ausgesehen. Aber er weiß, worum es geht. Das Einzige, was er geäußert hat, war der Wunsch, seinen Rechtsanwalt dazuhaben.«
Steve nahm ein Blatt Papier vom Schreibtisch. »Gut. Ich habe die Genehmigung für eine komplette Durchsuchung nach Absatz 18 aufgesetzt. Ich will, dass du das in die Hand nimmst, Neil. Du weißt, was wir suchen. Also, dann sollen John und Joanne mit dem Verhör anfangen. Ich sehe vom Beobachtungsraum aus zu. John, du lässt Joanne den Anfang machen. Der Typ hat Probleme mit Frauen. Ich will, dass er in Rage gerät, und Joanne als energische Polizistin wird genau das bewirken. Ist das für dich in Ordnung, Joanne?«
Sie lächelte grimmig. »Es wird mir ein Vergnügen sein, Chef.«
Bevor sie noch etwas sagen konnte, klingelte Steves Telefon. Er nahm ab und sagte: »DS Preston.«
»Steve? Hier ist Sarah Duvall. Ich wollte Sie fragen: Gibt es eine Möglichkeit, dass Sie zur Wache Snow Hill rüberkommen? Ich würde Ihnen gern etwas zeigen.«
»Sarah, ich stecke bis über die Ohren in der Arbeit mit unangenehmen Zeitgenossen. Kann das nicht warten?«
»Ich fürchte, nein. Lassen Sie es mich erklären. Ich habe ein Team

die Videos vom Smithfield Market durchsehen lassen, und wir denken, wir haben den Mann ausfindig gemacht, der Georgia Lesters Überreste in den Gefrierschrank gelegt hat.«
»Das hört sich gut an. Aber wieso rufen Sie mich an?«, fragte Steve ungeduldig.
»Wir glauben, es ist Francis Blake.«
»Was?« Steve traute seinen Ohren kaum.
»Ich habe es mir selbst angesehen. Ich habe das Video mit Blakes Fotos aus seiner Akte verglichen. Meiner Ansicht nach kann kein Zweifel bestehen.«
Verwirrt sagte Steve: »Aber was ist dann mit Redford?«
Eine Pause trat ein, bevor Duvall weitersprach. »Vielleicht haben wir uns mit Redford geirrt.«
In seinen Ohren war ein merkwürdig klingelndes Geräusch. Wenn Redford nicht der Killer war, wie konnte es Francis Blake sein? Und noch wichtiger, wenn Redford nicht der Mörder war, wo waren Kit und Fiona?
»Können Sie also rüberkommen und es sich ansehen?«, hörte er Duvall sagen, als sei sie sehr weit weg.
»Ich habe gerade … nein, ich bin gerade dabei … Sarah, schaffen Sie es nicht herüberzukommen?«
Eine lange Pause. »Wir sind hier mitten in einer Mordsache, Sir. Können Sie nicht eine halbe Stunde erübrigen?« Der Vorwurf lag mehr im Tonfall als in ihren Worten.
»Und wir haben gerade jemanden im Fall Susan Blanchard verhaftet«, sagte Steve kalt. »Ich kann hier nicht weg. Warten Sie einen Moment.« Er hielt das Mundstück zu und winkte mit der freien Hand in Richtung Tür. »Gebt mir fünf Minuten, dann seh ich euch im Vernehmungsbüro.« Als sie gingen, wandte er sich wieder an Sarah Duvall. »Passen Sie auf, Sie sollten wissen, dass Fiona Cameron verschwunden zu sein scheint. Sie sollte heute früh Superintendent Galloway treffen und ist nicht erschienen. Jetzt sagt er mir, sie wäre gestern Abend fast durchgedreht, weil sie glaubte, Redford sei nicht der richtige Mann. Sie war überzeugt, der Killer sei noch frei. Und sie war auch überzeugt, dass er Kit Martin ent-

führt hat. Ich kann weder Fiona noch Kit erreichen. Ich glaube, wir haben hier ein echtes Problem.«
»Das glaube ich allerdings auch«, sagte Duvall.
»Aber ich verstehe nicht, wie es Blake sein kann. Nach meinen Überwachungsberichten hat er gestern den ganzen Tag seine Wohnung nicht verlassen.«
»Es ist Blake, Steve. Dafür würde ich mein Leben verwetten.«
Steve bereitete es Sorgen, dass es eben nicht um Duvalls Leben ging, das in Gefahr war. »Sie müssen mit Galloway reden«, sagte er.
Aber Duvall hatte ihre eigenen Vorstellungen davon, was Priorität hätte. »Mit Francis Blake muss ich reden.«

Von seinem Aussichtspunkt zwischen den Bäumen auf der anderen Seite der Schlucht aus starrte Francis Blake auf die Stelle, wo der Weg auf die Lichtung kam. Warum brauchten sie so lange? Sie musste es doch inzwischen geschafft haben ihn, freizubekommen. Im Schuppen mit dem Generator war ein Werkzeugkasten, das wusste er. Dort hatte er die Axt gefunden, mit der er das Vorhängeschloss an dem Schränkchen mit der Flinte abgeschlagen hatte. Er konnte sein Pech kaum fassen. Er war gerade losgegangen, um seinen Geländewagen auf die andere Seite der Schlucht zu bringen. Aber eine innere Vorahnung hatte ihn die Flinte mitnehmen lassen, die er in einem Bündel Feuerholz versteckte. Gott sei Dank hatte er gehört, dass sie im Landrover näher kam, und war so schlau umzudrehen, damit es so aussähe, als ginge er aus dem Wald hinaus. Wäre er etwas länger vorgewarnt gewesen, wäre er bereit gewesen und hätte auf das Aas gewartet. Damit wäre zwar das Muster durchbrochen worden, aber Fiona Cameron aus nächster Nähe zu töten, das wäre die Krönung gewesen.
Er lehnte die Flinte an einen Baum und steckte die Hände in die Taschen, um sie zu wärmen. Die Sonne mochte ja scheinen, aber es war Oktober und hier unter den dichten Bäumen war es wie mitten im Winter. Aber es würde sich lohnen zu warten, bis das Paar in die Schlucht stürzte. Das würde sie erledigen – ohne weitere Pfuscherei.

Dann wäre er frei, wieder zu töten oder aber es sein zu lassen. Er glaubte nicht, dass ihm von der Polizei Gefahr drohte. Fiona Cameron hatte allein gehandelt, da war er sich ganz sicher. Sie hatte ihre Getreuen bei der Polizei nicht davon überzeugen können, sie bei einer Aktion zu unterstützen, die nur auf einer Ahnung beruhte. Und schließlich hatten sie den Verrückten Redford in Gewahrsam. Sie mussten ziemlich sicher sein, dass der Killer unter Verschluss war. Andernfalls wäre bei dem Einfluss, den sie bei der Polizei hatte, bestimmt ein ganzer Haufen aufgetaucht – wenn sie wirklich an die Chance geglaubt hätten, einen Serienkiller seines Kalibers zu erwischen. Es lag eine schöne Ironie in dem Ganzen. Profiler und Psychologen wie sie hatten sein Leben zerstört, und er hatte sich aufgemacht, die Leute zu vernichten, die dazu beigetragen hatten, solche Profiler zu Göttern zu erheben. Jetzt konnte die Profilerin selbst bei niemandem mehr Glauben finden. Bedeutete das vielleicht, dass er seinen Zweck erreicht hatte?
Blake nahm seine Hand aus der Tasche und kaute an seinem Daumen herum. Scheißprofiler. Sie hatten ihm die Falle gestellt, um zu beweisen, wie clever sie waren. Aber er hatte sie ausgetrickst. Er hatte den Spieß umgedreht, und jetzt kam keiner an ihn ran.
Er hatte jede Menge Zeit gehabt, um seine Pläne auszuarbeiten. Er hatte immer gewusst, dass er freigesprochen würde, wenn sein Fall vor Gericht käme, und er hatte in der Untersuchungshaft über die Ungerechtigkeit gegrübelt, die ihm zugefügt worden war. Es wäre zu offensichtlich gewesen, sich die Cops und den Psychologen vorzunehmen, die diese Sache gegen ihn ausgeheckt hatten. Außerdem hätten sie nicht genug leiden müssen, um für das, was sie ihm angetan hatten, zu büßen. Er hatte sein Zuhause, seine Arbeit, seine Freundin und seinen Ruf verloren. Sie selbst würden nur ihr Leben verlieren.
Nein, jemand anders musste dafür bezahlen. Wer war verantwortlich dafür, dass die Welt glaubte, psychologische Profiler wüssten auf alles eine Antwort? Ganz einfach. Krimischriftsteller. Besonders solche, deren Bücher zu Filmen und Fernsehstücken gemacht und von Millionen von Zuschauern gesehen wurden. Sie waren die

wirklich Verantwortlichen für das, was Francis Blake passiert war. Und sie sollten dafür auch büßen.
Es war leicht gewesen, sich ihre Bücher zu beschaffen, als er noch im Gefängnis saß, und relativ einfach, die Fakten über ihr Leben herauszufinden. Diese Autoren sprachen ja ständig mit Journalisten. Und die britischen standen alle in einem Buch mit ausführlichen Interviews, das irgendein merkwürdiger Kauz gerade veröffentlicht hatte. Als er dann herauskam, hatte er das Internet zur Verfügung. Es hatte nicht lange gedauert, bis er alles beisammen hatte. Am schwersten war es gewesen, den genauen Standort von Kit Martins Hütte ausfindig zu machen. Er wusste aus verschiedenen Interviews ungefähr, wo sie lag, aber durch eine Anfrage beim Liegenschaftsamt hatte er die genaue Adresse erfahren und dann mit der offiziellen Karte alles Übrige erledigt.
Niemand hatte ihn beobachtet, während er in Spanien war, dessen hatte er sich vergewissert. Und von Spanien aus war es einfach gewesen, über die europäischen Grenzen zu fahren und eine Fähre zu nehmen. Der erbärmlichen Überwachung durch die Met nach seiner Rückkehr zu entgehen hätte gar nicht leichter sein können. Solange er jeden zweiten Tag die Nase aus der Tür steckte und den Anschein erweckte, als führe er das Leben eines Einzelgängers, kümmerten sie sich nicht weiter um ihn und ließen ihm Zeitspannen von achtundvierzig Stunden, in denen er alles tun konnte, was zu tun war – in Dorset und dann später in Sutherland. Er hätte wetten können, sie waren nicht einmal darauf gekommen, dass es einen Hintereingang zu seiner Wohnung gab, der auf die Zufahrt zu den Geschäften hinausging.
Eines würden sie nie verstehen, nämlich wie sich sein Leben nach dem, was er im Hampstead-Heath-Park gesehen hatte, veränderte. Damals hatte er begriffen, wie leicht es war, einem anderen Menschen das Leben zu nehmen. Es dann selbst zu tun hatte sich als ein Kinderspiel erwiesen.
Bis Fiona Cameron auftauchte und seine sorgfältig ausgearbeiteten Pläne über den Haufen warf. Na ja, sie würde bald ihre Quittung kriegen.

Er dachte noch einmal daran, wie er von der Hütte weggegangen war. Sobald Kit ausgeladen und fest angekettet war, hatte er den Toyota in einer gewissen Entfernung von der Hütte geparkt. Es erregte seiner Meinung nach viel weniger Aufmerksamkeit, wenn jemand aus der Gegend ihn auf der Straße unterhalb der Abzweigung zur Hütte sah, als wenn er direkt davor stünde. Er hatte fünf Minuten von seiner jetzigen Position entfernt weiter unten in Richtung See geparkt. So würde er ganz schnell auf der Straße nach Süden sein.

Wieder hörte er den Landrover. Der Motor lief hochtourig, zu sehen war noch nichts. Er kam um die Biegung und fuhr ganz langsam. Durch die Windschutzscheibe waren die Umrisse zweier Figuren zu sehen. Dann rollte er langsam auf die Brücke zu, und der Motor heulte bei der hohen Drehzahl im ersten Gang klagend auf. Sobald die Vorderräder auf die Brücke fuhren, rissen die Stricke. Während Holz und Metall hinunterkrachten, fuhr der Landrover weiter und stürzte in einem Chaos aus Planken und Kabeln in die Tiefe. Ein kurzer Moment der Stille wurde von einem entsetzlichen Krach zerrissen, als Holz und Stahl auf die Steine unten im Tal aufschlugen.

Blake drängte sich durch das Unterholz und kam am Rand der Schlucht heraus. Er tastete sich langsam vorwärts, weil er Angst hatte abzurutschen und seinen Opfern in die Tiefe zu folgen. Er blickte hinunter und hoffte, ihre zerschmetterten Körper unter den Trümmern zu sehen.

Der Sturz in die Schlucht hatte das Dach des Landrovers abgerissen, der übel zugerichtete untere Teil lag im rauschenden Fluss. Aber wo er Kit Martin und Fiona Cameron zu sehen erwartet hätte, war nichts außer verstreuten Kleidungsstücken und etwas, das wie zwei Kochtöpfe aussah.

Blake fluchte vor sich hin. Die Scheißkerle dachten wohl, sie könnten ihn überlisten? Na ja, das konnten sie vergessen. Wütend rannte er zum Toyota zurück und zog die Karte aus dem Handschuhfach. Er würde ihr Blut so oder so an seinen Händen haben, bevor der Tag zu Ende ging.

Kapitel 56

Caroline sah den Constable hinter dem Schalter auf der Polizeiwache von Lairg verzweifelt an. Er wirkte, als sei er ungefähr zwölf. Und ein schlaksiger, ungeschickter Zwölfjähriger noch dazu. Er hatte dunkelblonde Haare, die offenbar von jemandem ohne jegliche Begabung geschnitten worden waren. Sein Gesicht war eine bleiche Mondlandschaft aus Kratern – eine unebene Stirn, vorstehende Wangenknochen, eine dünne Nase mit einem knochigen Rücken und einer merkwürdig runden Spitze, Kinnladen knubbelig wie Kastanien, ein scharf vorstehendes Kinn und ein Adamsapfel so groß wie eine reife Feige. Er war tatsächlich rot geworden, als sie hereinkam und sagte, sie bräuchte seine Hilfe.

»Das wird sich jetzt wahrscheinlich merkwürdig anhören«, sagte sie. »Aber es geht um Leben und Tod.« *Ach Scheiße, ich klinge ja schon ganz übergeschnappt.*

Er nahm einen Stift und sagte: »Name, bitte.«

»Dr. Caroline Matthews.« Manchmal half es, einen Titel zu haben. Manchmal halfen sogar fälschliche Annahmen, die damit verknüpft wurden. »Hören Sie, ich will Ihnen keine Schwierigkeiten machen, aber können wir die Formulare jetzt mal weglassen? Das Leben meiner Freundin ist in Gefahr und ich meine, Sie sollten die Sache als dringende Angelegenheit behandeln.«

Sein Mund verzog sich zu einer störrischen geraden Linie, aber fünf Sekunden später hatte ihn der kalte Blick aus Carolines blauen Augen bezwungen. »Ja. Also. Wo liegt das Problem, Frau Doktor?«

Ihr war klar, dass es keinen Sinn hatte, die ganze Geschichte zu erzählen. »Ein Freund von mir hat hier in der Gegend ein kleines Haus. Kit Martin. Der Krimiautor.«

Auf dem Gesicht des jungen Polizisten erschien ein Lächeln. »O ja, beim Allt a' Claon.«

»Es ist nur so – er hat Drohbriefe bekommen, und seine Freundin machte sich Sorgen, weil sie ihn nicht erreichen konnte. Sie hat Angst, dass jemand ihn verfolgt und ihm etwas passiert sein könnte. Jedenfalls ist sie vor ungefähr eineinviertel Stunden hingegangen. Sie sagte, wenn sie nicht in einer Stunde zurück wäre, sollte ich zur Polizei gehen.« Sie schenkte ihm ihr gewinnendstes Lächeln. »Hier bin ich also. Und ich glaube wirklich, Sie sollten da rausfahren und nachsehen, was los ist.«

Er schien skeptisch. »Ich werde erst mit jemandem darüber reden müssen«, sagte er in einem Ton, der andeutete, er spreche von einer wahnsinnig schwierigen Angelegenheit.

Na, dann los, hätte Caroline am liebsten geschrien. »Können Sie es gleich tun? Bitte?«

Er kratzte sich mit seinem Stift an der Stirn. »Ich gehe und rede mit jemand.« Er erhob seinen langen, dünnen Körper und ging zu einer Tür an der hinteren Wand. »Warten Sie einfach hier, ich komme wieder.«

Caroline schloss die Augen. Am liebsten hätte sie geweint. Mit jedem Augenblick, der verstrich, wuchs ihre Angst. *Bitte, lieber Gott, schütze sie*, betete sie zu einem Gott, an den sie eigentlich nie geglaubt hatte. Er hatte Lesley nicht beschützt, und tief im Inneren wusste sie, er würde auch Fiona nicht behüten.

Aber sie konnte nichts anderes tun.

Die Neuigkeiten von dem Team, das Gerard Coynes Wohnung durchsuchte, waren ausgesprochen ermutigend. Steves Nervosität legte sich etwas, als er sich den vorläufigen Bericht des Teamleiters anhörte.

Unter dem Läufer im Bad hatten sie einen Ausschnitt im Holzboden gefunden, der sich als zusammengeklebtes Stück herausnehmen ließ. In dem Zwischenraum darunter hatten sie eine verschlossene Plastiktüte voller Zeitungsausschnitte gefunden. Die Artikel hatten mit allen Vergewaltigungen zu tun, die Terry als Teil eines Faktorenbündels aufgespürt hatte. Auch zwei allgemeine Kommentare aus North Londoner Stadtteilzeitungen waren dabei, die sich mit dem häufigen Vorkommen sexueller Gewaltdelikte befassten. Noch bedeutsamer war ein dicker Stoß von Ausschnitten, in denen es um den Mord an Susan Blanchard ging. Sonst waren keine Berichte über Verbrechen in dem Beutel.

In der Vertiefung war auch ein Sabatier-Messer mit einer scharf geschliffenen Klinge. Es war schon unterwegs zu den Laboren des Innenministeriums, wo es ausgiebig auf die winzigste Spur von Susan Blanchards Blut untersucht würde. »Ich kann es kaum glauben, dass er das Messer behalten hat«, hatte Steve gesagt, der immer noch über die Dummheit – oder Arroganz – mancher Täter staunen konnte.

»Wir wissen noch nicht, ob es *das* Messer ist«, warnte er seinen Kollegen. »Es könnte auch das sein, das er bei den Vergewaltigungen benutzte. Es muss nicht unbedingt das gleiche sein, das er bei Susan Blanchard hatte.«

Bei Coynes Kleidern hatten sie mehrere Bekleidungsstücke von Fahrrad-Outfits aus Lycra gefunden, die alle in Beutel verpackt und zur Untersuchung geschickt worden waren.

Sie stießen auch auf mehrere Trophäen und Auszeichnungen, die Coyne bei Fahrradrennen gewonnen hatte. Es gab keinen Zweifel, dass er der Radfahrer hätte sein können, der an jenem Morgen die Wege von Hampstead Heath heruntergeflitzt war. Er besaß sowohl die Fähigkeit als auch die Ausdauer für eine solche Flucht, ohne dabei auch nur ins Schwitzen zu geraten.

Steve kam in den Beobachtungsraum und setzte sich, um den beiden Mitarbeitern zuzusehen, die er für das Verhör von Gerard Patrick Coyne ausgewählt hatte. Sie hatten gerade mit der Arbeit begonnen, als der Anruf von Sarah Duvall kam.

Als Blake sich die Karte anschaute, sah er nur eine Möglichkeit. Sie würden auf keinen Fall auf die Straße am See zusteuern. Sie wussten, dass er motorisiert war, und sie hätten keine Chance, ihm aus dem Weg zu gehen. Ihre einzige Alternative war, über die Bergseite zu entkommen. Dort würden sie in der Nähe von ein paar kleinen Häusern auf die Straße nach Lairg treffen, wo vermutlich jemand ein Telefon haben würde.

Er konnte nicht glauben, dass Martin genug Durchhaltevermögen und Kraft hatte, so weit zu laufen. Sie würde ihn wahrscheinlich in der Hütte zurücklassen und sich allein aufmachen, um Hilfe zu holen. Das wäre ihm gerade recht, dachte er zufrieden. Wenn er ans Ende ihrer Fluchtroute fuhr, konnte er dann höher oben einen Aussichtspunkt finden, von wo er mit der Flinte auf sie zielen konnte. Es gab in einer so wilden Landschaft jede Menge Stellen, wo man sich verstecken konnte.

Dann könnte er wieder über den Berg zur Hütte zurückfahren und zu Ende bringen, was er angefangen hatte. Es wäre ein zusätzlicher Bonus, dass er sich wieder an den *Blood Painter* halten konnte. Viel befriedigender, als wenn sie in der Schlucht zu Tode gekommen wären.

Es sah aus, als hätten die Götter sich entschlossen, ihn für seine Geduld zu belohnen. Er verdiente es, aber es war im Leben nicht oft so, dass man bekam, was man verdiente. Er hatte in letzter Zeit dafür gesorgt, dass sich dies änderte, und es war schön zu sehen, dass die Welt sich auf seine Seite schlug.

Blake drehte den Zündschlüssel um und lächelte zufrieden, als er sich wieder in Bewegung setzte und den Berg hinunter auf die dunklen Wasser des Loch Shin zu fuhr.

Nur wenige Mitarbeiter von Steve Preston hatten ihn je wütend gesehen. Aber sein Zorn war augenscheinlich gewaltig, als die Pechvögel vor ihm standen, die für die Überwachung von Francis Blake verantwortlich waren. Joanne und John, die aus Coynes Verhör abgezogen wurden, bevor es überhaupt angefangen hatte, und Neil, der vor dem Ende der Durchsuchung zurückgerufen wurde, waren sich im Klaren, dass sie bei dieser Aufgabe gründlich versagt hatten und vor einem Scherbenhaufen standen.

»Es ist unfassbar«, wütete Steve mit blassem Gesicht, in dem nur zwei Stellen auf den Wangenknochen leuchtend rot waren. »Ihr solltet diesen Mann strengstens observieren, aber nach Auskunft der City Police ist er in seiner Wohnung aus und ein gegangen, wie ihm beliebte, ohne dass irgendeiner von euch es wusste. Ihr habt keine Ahnung, was er wirklich getrieben hat, oder?«

»Niemand hat uns etwas von dem Fahrrad gesagt«, antwortete John störrisch.

»Die ganze Zeit hatte Blake ein Zehngangfahrrad im Hinterhof, einen Schlüssel zur Hintertür, Zugang zu dem Weg an der Hinterseite der Häuserreihe. Hat in der ganzen Zeit, in der ihr ihn angeblich beobachtet habt, keiner von euch einmal daran gedacht, sich die Hinterseite der Häuser anzusehen?«

Neil starrte zu Boden. Joanne zuckte hilflos mit den Schultern. »Wir wussten nicht, dass man die hintere Tür von Blakes Wohnung aus erreichen kann, Sir«, machte sie einen schwachen Versuch.

»Ihr seid doch angeblich Geheimpolizisten«, fuhr er sie wütend an, und seine Stimme war voller Verachtung. »Ein Anwärter bei den Uniformierten hätte ja mehr Grips gehabt als ihr drei zusammen. Jetzt hält man uns bei der City Police für einen total vertrottelten Haufen.« Er schlug mit der flachen Hand auf den Schreibtisch. »Hat irgendjemand eine Ahnung, wo Francis Blake im Moment ist?«

Niemand gab eine Antwort. Steve schloss die Augen und ballte die Fäuste. Das konnte er jetzt überhaupt nicht brauchen. Kit schien auf der Liste der Vermissten zu stehen, Fiona war weiß Gott wo in den schottischen Highlands und tat Gott weiß was, und er konnte nichts unternehmen, weil der Fall Susan Blanchard plötzlich zu neuem Leben erwacht war. Es war ein Alptraum. Er machte die Augen auf und knurrte: »Wann habt ihr ihn zum letzten Mal beim Verlassen oder bei der Rückkehr zu seiner Wohnung beobachtet?«

»Er ist am Freitagmorgen zum Zeitungshändler gegangen«, sagte Neil. »Es war miserables Wetter, als er nicht wieder herauskam, war ich nicht weiter überrascht. In seiner Wohnung war den ganzen Tag das Licht an.«

»Er hätte einen Timer benutzen können, oder?«, schnauzte Steve. »Alles zusammengenommen haben wir also keine Ahnung, wo sich Blake seit gestern früh aufhält? Und wir haben keine Ahnung, wann er zurückkommt?«

Wieder antwortete niemand.

»Hat irgendjemand *irgendeine* Idee, wo er hin ist?«

Sie sahen sich an. Keiner sagte etwas.

»Ist ja spitze.« Steve holte tief Luft und versuchte, seine Wut in den Griff zu bekommen. Er nahm eine Zigarre aus der Schreibtischschublade, wickelte sie aus und zündete sie an. Die vertraute Wirkung des Nikotins schien sich direkt auf seine Stimmung auszuwirken und beruhigte ihn. »Neil, ich will, dass du zu Blakes Wohnung hinübergehst. Sprich mit den Nachbarn, sieh zu, ob du etwas aus ihnen herauskriegst, was die von der City Police nicht mitbekommen haben. Und ihr zwei – geht und trinkt 'nen Kaffee, nehmt eure Gedanken zusammen und seid dann in zwanzig Minuten wieder hier. Wir haben einen Tatverdächtigen zu vernehmen, sei es, wie es wolle.«

Als sie hinausgingen, ließ er die Schultern sinken. Dieser Tag entwickelte sich allmählich zu dem schlimmsten seines Lebens. Und es konnte noch sehr viel schlimmer werden.

Fiona kam um den Felsvorsprung herum, wo sie Kit fünfzehn Minuten zuvor zurückgelassen hatte. Er saß an einen Felsen gelehnt auf einem flachen Stein und trank langsam eine Dose Cola. Sein Gesicht war immer noch gespenstisch blass, aber er schien wacher zu sein als vorher, als sie ihm geholfen hatte, die paar Meter vom Landrover zu seinem Ruheort zu gehen.

»Wie ist es gelaufen?«, fragte er.

Fiona rieb sich die Schulter, auf die sie ungeschickt gefallen war. »Sagen wir mal, im Kino sieht es viel leichter aus«, sagte sie.

»Aber es hat geklappt?«
Sie nickte. »Ich hab die Fahrertür offen stehen lassen, den ersten Gang eingelegt, den Steinbrocken aufs Gaspedal geklemmt und bin rausgesprungen. Und wie du vorausgesagt hast, fiel die Tür hinter mir zu und der Landrover fuhr geradeaus weiter. Auf die Brücke und in die Schlucht hinunter. Ich glaube, er kann nichts gesehen haben.«
Kit gelang es, matt zu lächeln. »Das hast du gut gemacht, Fiona.«
»Ich hatte verdammte Angst, kann ich dir sagen.«
»Bist du verletzt?«
Sie verzog das Gesicht. »Die Schulter. Ich bin damit gegen einen Felsen gestoßen, als ich weggerollt bin. Nichts Ernstes, glaube ich, aber ich werde einen ganz schönen Bluterguss kriegen. Jetzt müssen wir aber los.«
»Ich weiß nicht, ob ich kann«, sagte Kit. »Mir ist immer noch so schwindlig.«
»Ich weiß auch nicht, ob du es kannst«, sagte Fiona. »Aber ich lasse dich nicht hier. Wenn Blake unsere kleine List durchschaut hat, wird er hinter uns herkommen. Und ich lasse dich nicht allein und schwach zurück. Lass uns, so weit es geht, am Berg entlanggehen. Und wenn du nicht weiterkannst, suchen wir uns einen Platz, wo es sicher ist und du dich hinlegen und warten kannst, bis ich Hilfe geholt habe. Aber hier sind wir viel zu nahe bei der Hütte. Wir müssen uns weiter von Blake weg bewegen.«
Sie faltete die Landkarte auseinander, und sie sahen sie zusammen an. Nachdem sie das Problem mit der Brücke entdeckt hatte, war Fiona mit dem Landrover zur Hütte zurück und dann, so weit sie konnte, über das unebene Gelände dahinter gefahren, wo sie Kit ausgeladen hatte. Seiner Ansicht nach war es möglich, von da aus zur großen Straße zu gelangen, nicht weit von der Stelle entfernt, wo Fiona sich von Caroline getrennt hatte. Es war zwischen fünf und sechs Meilen weit weg, schätzte sie. Wäre sie allein, würde sie dafür etwas mehr als zwei Stunden brauchen. Mit Kit in seinem jetzigen Zustand konnten es eher vier oder fünf werden. Aber sie mussten es versuchen. Wenigstens schien er keine starke Gehirn-

erschütterung zu haben, was die ganze Unternehmung indiskutabel gemacht hätte.

Sie ließ sich die Route von ihm erklären und überprüfte dann alles selbst noch einmal. Der größte Teil des Weges würde mehr oder weniger eben sein, sie würden sich an den Rand oberhalb der Waldpflanzung halten. Kit sagte, es gebe einen schmalen Pfad, kaum mehr als ein Schafweg – jedenfalls für den größten Teil der Strecke.

»Also, lass es uns versuchen«, sagte Fiona, zog die Wachsjacke aus und half Kit, sie anzuziehen. Sie würde ihm helfen, seine Körperwärme zu halten. Sie selbst würde schon ziemlich bald keine zusätzliche Wärme mehr brauchen. Sie stützte Kit unter der rechten Achsel und zog ihn hoch. Mit dem Stock in der linken Hand schleppte er sich langsam den Pfad entlang. Fiona lief auf dem Heidekraut neben dem schmalen Weg, die Augen auf ihre Füße gerichtet, damit sie sich auf lose Steine und trügerische Wurzeln einstellen konnte. Wenigstens war das Wetter auf ihrer Seite, dachte sie. In Kits Zustand hätte ein kalter Wind oder selbst ein Schauer tödlich sein können. Aber der Himmel war mehr oder weniger klar, die Sonne schien noch, und es war kaum ein Windhauch in der kühlen Luft zu spüren.

Sie konnte nur das angestrengte Keuchen von Kits Atem hören, das Gewicht seines Körpers neben ihrem spüren und das leise Pochen seiner nervösen Angst. Sie verschwendeten keine Energie mit Sprechen, konzentrierten sich einfach nur darauf, einen Fuß vor den anderen zu setzen.

Nach einer halben Stunde legten sie an der ersten passenden Stelle eine Pause ein. Es war ein langer niedriger Hang aus gefurchtem Schiefer mit einem Dutzend verschiedener Grauschattierungen vor dem Braun der Heide. Fiona ließ Kit in eine sitzende Position sinken und setzte sich neben ihn. »Fünf Minuten«, sagte sie. »In deiner Jacke sind Energieriegel. Schaffst du es, einen zu essen?«

Kit nickte, zu müde zum Sprechen. Er nestelte an einem Schokoriegel aus seiner Jackentasche herum, aber seine Finger konnten ihn immer noch nicht auswickeln, daher nahm ihn Fiona und machte ihn auf. »Du kommst schon wieder in Ordnung«, beruhigte sie ihn. »Jetzt funktioniert einfach alles noch nicht richtig. Es ist die Schockwirkung auf den Körper.«

Er aß langsam, kaute jeden Bissen vorsichtig, bevor er ihn hinunterschluckte. Er bot auch Fiona davon an, aber sie schüttelte den Kopf. Als er fertig war, stand sie auf. Zeit weiterzugehen. Nach ihrer Schätzung hatten sie eine halbe Meile hinter sich gebracht, und das war nicht genug.

Wieder stapften sie weiter. Fiona nahm so viel seines Gewichts auf sich, wie sie konnte. Die Fähigkeit des menschlichen Körpers, auf eine Krise zu reagieren, war erstaunlich, rief sie sich ins Gedächtnis zurück. Wie fabelhaft wirkte dabei das Adrenalin. Sie wusste, sie würde völlig zusammenbrechen, wenn diese Situation überstanden war, aber bis dahin würde ihr Durchhaltevermögen größer sein, als sie für möglich gehalten hätte.

Noch eine halbe Stunde, dann wieder eine Pause. Fiona sah, wie schnell Kit müde wurde, und hielt es für ausgeschlossen, dass er auf diesem schwierigen Gelände noch vier Meilen gehen konnte. Wenn sie ihn noch eine Meile weiterbringen konnte, würde sie dort ein Versteck suchen, wo sie ihn lassen konnte. Mit ihrer eigenen gesammelten Energie konnte sie die restlichen drei Meilen in einer halben Stunde bis vierzig Minuten schaffen, wenn sie sich anstrengte. Hilfe konnte nicht weit sein, so nah bei Lairg. Mit etwas Glück könnte Caroline Sandy Galloway überzeugen, irgendeinen Einsatz durch die örtliche Polizei zu mobilisieren. Die konnte dann den Rest für sie tun.

Sie brachte Kit wieder auf die Beine und drängte ihn weiterzugehen. Die Landschaft änderte sich jetzt, anstelle der mit Heidekraut bewachsenen Bergflanke kamen Felsen. Der Pfad war fast verschwunden, und sie mussten auf dem Weg vorsichtiger sein. Die Route war noch deutlich, aber schwerer zu begehen. Auf losem Geröll drohten sie auszurutschen und hinunterzustürzen. Nach etwa zwanzig Minuten sagte Kit: »Ich muss anhalten. Ich kann nicht mehr ...«

»Kein Problem.« Fiona sah sich nach einem passenden Sitzplatz um. Ein paar Meter vor ihnen waren zwei flache Steine, die sich als Sitz eigneten. Sie steuerte Kit darauf zu und half ihm sich zu setzen. Sein Atem ging schnell und flach, und Schweiß glänzte auf seinem Gesicht. Er sah nicht gut aus. Fiona atmete tief ein und aus und versuchte, ruhig zu bleiben. Sie mussten fast die Hälfte des Weges geschafft haben, dachte sie. Es war Zeit, dass sie für Kit ein Versteck fand. Sie lehnte sich gegen den Felsen und blickte an dem Hang vor ihnen hinauf.

Plötzlich fiel ihr etwas ins Auge. Ungefähr eine halbe Meile entfernt, etwa fünfundzwanzig Meter am Hang über ihnen kam über dem Grasland wippend etwas wie ein Rohr in Sicht. Es dämmerte ihr mit entsetzlicher Klarheit, dass es der Lauf eines Gewehrs war. Blake war nicht vom Land. Er wusste offenbar nicht, dass die Flinte, auch wenn er sie niedrig hielt, genauso sehr auffiel wie eine Dogge in einem Dackelrudel. »Kit«, sagte sie, »ich will nicht, dass du dich beunruhigst. Aber ich glaube, da ist jemand vor uns. Am Hang. Könnte es vielleicht einer aus der Gegend hier sein? Oder ein Wanderer?«

»Wo?«, fragte er lethargisch.

»Ich will nicht auf ihn zeigen, falls es Blake ist. Aber er ist ungefähr da, wo ein Mann mit normaler Kondition angekommen wäre, wenn er zur Landstraße zurückgefahren und dann vom anderen Ende aus zu Fuß gegangen wäre. Da drüben links, ungefähr fünfundzwanzig Meter über uns. Da ist eine Kuppe des Höhenzugs hinter ihm. Er ist vielleicht vierzig oder fünfzig Meter rechts davon.«

»Ich sehe nichts«, sagte Kit. Fiona bemerkte mit Schrecken, dass er wieder ganz undeutlich sprach.

»Ich habe etwas gesehen, das wie ein Gewehrlauf aussah und auf und ab schwankte. Könnte es jemand aus der Gegend hier sein?«

»Ich glaube nicht. Es gibt für niemanden einen Grund, hier oben zu sein. Es gibt hier nichts zu schießen.«

»Mist«, schnaufte Fiona jetzt, als sie ihn besser sehen konnte. »Er verfolgt uns. Lass uns ein bisschen weitergehen und sehen, was er macht.«

Müde kamen sie wieder auf die Beine und gingen mühsam zum

nächsten Platz, wo man sich hinsetzen konnte, das heißt, sie schleppten sich etwa fünf Minuten weiter.
»Ist er uns gefolgt?«, fragte Kit.
Fiona drehte den Kopf so, dass es aussah, als schaue sie geradeaus am Berg hoch. Aber aus dem Augenwinkel beobachtete sie die Stelle, wo sie den Gewehrlauf gesehen hatte. »Ich hab ihn«, schnaufte sie. »Ich kann sogar sein Gesicht durchschimmern sehen. Ich glaube, er ist nicht weitergegangen.«
»Gut«, sagte Kit. »Ungefähr fünf Minuten weiter ist eine Art Spalte. Sie ist etwa eineinhalb Meter breit, aber von dort oben sieht sie nur wie ein dunkler Strich am Felsen aus. Nach etwa einer halben Meile wird die Spalte wieder breiter. Er wird uns da drin nicht sehen können. Lass mich dort und geh weiter, du hast einen guten Vorsprung. Es ist nicht so weit bis zur Straße, du kannst entkommen.«
»Und was ist mit dir?«
Kit seufzte. »Es ist ausgeschlossen, dass ich es hier raus schaffe. Ich bin praktisch jetzt schon am Boden. Viel weiter kann ich nicht gehen. Er braucht uns nicht beide zu kriegen. Bitte, Fiona. Lass mich hier.«
Sie schüttelte den Kopf. »Ich geh nicht weg, Kit. Ich kann nicht. Nicht nach Lesley. Zu sterben wäre leichter für mich, glaub mir. Aber ich habe auch nicht vor zu sterben. Gib mir die Karte.«
Kit zog die Karte aus seiner Tasche, und sie breitete sie auf ihren Knien aus. »Also – wir müssen ungefähr hier sein?« Sie deutete auf eine Stelle.
»Nein, noch nicht ganz so weit.« Er korrigierte sie, indem er ungeschickt den Finger auf die Karte stieß.
»Da gibt es einen Bach, der über den Pfad herunterkommt«, sagte sie. »Wie weit ist das von der anderen Seite des Hohlwegs entfernt?«
»Ein paar Meter. Vielleicht zehn.«
»Wie tief ist er am Ufer?«
»Ich nehme an, sechzig Zentimeter ...« Seine Stimme wurde leiser, seine Kraft nahm ab.

Fiona nickte. »Ich kann also durch das Bachbett hinaufgehen, ohne dass er mich sehen kann, ich müsste dann über und hinter ihm herauskommen. Ich kann auf ihn springen. Ihn mit einem Stein erschlagen. Jedenfalls irgendwas mit ihm machen.«
»Das kannst du doch nicht. Er ist ein großer, starker Kerl«, widersprach Kit. »Und er hat eine Schusswaffe.«
»Ja. Aber ich würde um viel Geld wetten, dass mein Lebenswille ein ganzes Ende stärker ist als seiner. Und das, mein Liebster, ist die Meinung einer Expertin.«
»Du bist verrückt. Er wird dich umbringen.«
Fiona steckte die Hand in die Tasche ihres Fleece-Hemds und zog das Taschenmesser heraus. »Ich bin nicht ganz unbewaffnet. Und ich habe vor, es einzusetzen. Es ist unsere einzige Chance, Kit. Ich werde nicht hier herumsitzen und warten, bis ich umgebracht werde.«
Kit legte seine Hand auf ihre. »Sei vorsichtig.« Er runzelte die Stirn, die Worte erschienen ihm ganz unpassend. »Ich liebe dich, Fiona.«
Sie beugte sich zu ihm und küsste seine Wange. Seine feuchte, kalte Haut machte ihr noch klarer, dass sie keine Zeit zu verlieren hatte. Sie sah nach, ob Blake noch an derselben Stelle war. Sie stand auf. »Also, dann los.«

Kapitel 57

Caroline sah auf die Uhr. Eine Ewigkeit schien verstrichen zu sein, seit sie im Vorraum der Polizeiwache saß. Was immer geschah, es dauerte zu lange.

Endlich ging die Tür an der hinteren Wand wieder auf, und der Constable kam zurück, gefolgt von einem Mann, der so grau und riesig aussah wie manche der Felsvorsprünge an den Bergen der Gegend. Sein hellgrauer Anzug war an allen Stellen zerknittert, wo er glatt sein sollte, und es gab keinerlei Anzeichen, dass er über Carolines Anwesenheit erfreut war. »Ich bin Sergeant Lovat«, sagte er. »Sie haben Glück, dass ich da bin. Ich bin nur mal schnell mit einer Nachricht für Sammy hier vorbeigekommen.«

»Hat er Ihnen die Lage erklärt?«

»Na ja, er hat mir gesagt, was Sie ihm erzählt haben, aber ich finde, das klingt eigentlich nicht wie eine Erklärung.« Er lehnte sich gegen den Schalter und hielt den Kopf schief, als beurteile er sie und möge das, was er vor sich sah, nicht besonders.

Caroline war sich darüber im Klaren, dass sie im Moment keinen besonders reizvollen Anblick bot. Ihre Haare waren zerzaust, und wahrscheinlich sah sie genauso zerknittert aus wie Sergeant Lovat. Trotzdem musste sie auf ihn Eindruck machen. »Noch nie im Leben ist mir etwas ernster gewesen, Sergeant«, sagte sie. »Ich glaube wirklich, dass Fiona Cameron etwas Schlimmes zugestoßen ist.«

»Schlimm, hm?«, sagte Lovat und drehte das Wort im Mund herum wie Kaugummi.

»Hören Sie, ich weiß, es hört sich seltsam an, aber Dr. Cameron ist keine Frau, die zulassen würde, dass die Polizei ihre Zeit verschwendet. Sie arbeitet seit Jahren als Beraterin mit der Metropolitan Police zusammen, und ich glaube, dort wäre man nicht ...« Sie verstummte, als ihr plötzlich die mögliche Lösung des Dilemmas einfiel. Sie war so damit beschäftigt gewesen, ihre Erklärung verständlich zu machen, dass sie an die Möglichkeit einer Nebenroute nicht gedacht hatte. Sie holte tief Luft und lächelte Lovat zu.

»Detective Superintendent Steve Preston«, verkündete sie. »New Scotland Yard. Bitte rufen Sie ihn an. Berichten Sie ihm, was ich Ihnen gesagt habe. Er wird wissen, dass es hier nicht darum geht, die Polizei zu ärgern.«

Lovat sah sie leicht belustigt an. »Ich soll Scotland Yard anrufen, weil Sie mir das sagen?«

»Es dauert nicht länger als ein paar Minuten. Und es könnte zumindest ein Leben retten. Bitte, Sergeant Lovat.« Sie zwang sich zu einem coolen Lächeln. »Es würde sich viel besser machen, wenn es von Ihnen käme als von mir. Aber wenn Sie nicht anrufen wollen, werde ich es tun müssen.«

Lovat sah den Constable an und hob die Augenbrauen. »Worauf wartest du, Sammy? Das dürfte amüsant werden.«

Die Felswände schlossen sie ein, sie waren etwa vier Meter hoch und bildeten einen schmalen Tunnel, der eine Biegung nach links machte. Sobald sie in dem schützenden Hohlweg waren, drängte Kit Fiona zu gehen. »Geh jetzt. Lass mich einfach hier. Ich werde schon einen Platz finden, wo ich mich hinsetzen kann.«

Sie umschlang ihn in einer schnellen Umarmung. »Ich hab dich lieb«, sagte sie. Dann war sie fort, ging schnell durch den Hohlweg. Von der Notwendigkeit angetrieben, bewegte Fiona sich mit dem festen Schritt und der Leichtigkeit und Sicherheit eines Wanderers, der an raues Hügel- und Bergland gewöhnt ist. Schon nach ein paar Minuten wurde der Hohlweg breiter und öffnete sich zu einem felsigen Hang, von dessen heidekrautbewachsenen Flächen Adlerfarn aufragte. Sie hielt inne und besah sich das Terrain.

Der Bach hatte sich einen Weg durch den Torf gebrochen, seine

Ufer waren tief schokoladenbraun und von dem gelben, steifen Hochlandgras und dem Zimtbraun des Farns gesäumt. Er war, wie Kit gesagt hatte, etwa zehn Meter vom Ende der Schutz bietenden niedrigen Klippe entfernt. Es gab keine Möglichkeit zu überprüfen, ob Blake herausgefunden hatte, wo sie schließlich wieder auftauchen würden, oder ob er frustriert die Bergflanke absuchte und sich fragte, wo sie geblieben waren.

Sie überlegte einen Augenblick. Wenn sie zu dem Bach hinüberrannte, könnte sie durch die schnelle Bewegung seine Aufmerksamkeit auf sich ziehen. Das Fleece-Hemd war kräftig rot, aber der Rollkragenpulli mittelgrau und ihre Hose dunkelolivgrün. Wenn sie das Fleece-Hemd auszog, wäre sie auf dem Felsen ziemlich gut getarnt. Es war einen Versuch wert.

Fiona streifte das Fleece-Hemd ab und warf es auf den Boden. Dann fiel ihr das Messer ein, sie nahm es heraus und vergewisserte sich, dass die Klinge gesichert war, bevor sie es in die Hosentasche steckte. Sie ließ sich auf die Knie nieder und legte sich mit ausgestreckten Gliedern auf den Felsen. Mit quälend langsamen Bewegungen robbte sie voran wie beim Militär und fühlte sich schrecklich schutzlos und ausgeliefert. Aber so überquerte sie die zehn Meter zum Bach, drehte sich auf den Rücken, als sie das Ufer erreichte, und ließ sich mit den Füßen voran hinunterrutschen. Das Wasser war so kalt, dass ihr für einen Augenblick der Atem stockte. Sie kauerte bis zur Mitte der Waden im Bach, und ihr Kopf reichte knapp über den Uferrand. Sie ließ den Blick schweifen und suchte den Hang nach Blakes Aussichtspunkt ab.

»Hab ich dich«, sagte sie leise. Auf dieser Seite war er ohne Deckung. Sie konnte die Umrisse seines Körpers vor dem Hang sehen, der Gewehrlauf ragte wie eine obszöne Prothese auf. Er hielt die Hand über die Augen, als schaue er durch ein Fernglas. Fiona schätzte ab, wo sie über und hinter ihm herauskommen müsste. Der Bach machte ein paar Meter jenseits der Stelle, an der sie landen sollte, eine scharfe Linksbiegung. Sie merkte sich diese Stelle, bückte sich bis unterhalb der Uferböschung und fing an, sich stromaufwärts den Bach entlangzuarbeiten.

Es war ein riskanter Anstieg, die Steine im Bachbett waren schlüpfrig, algenbedeckt und uneben, so dass sie darin nur äußerst langsam und unter Schwierigkeiten vorankommen konnte. Mehr als einmal verlor Fiona den Halt und fiel der Länge nach in das kalte Wasser. Nach dem dritten oder vierten Untertauchen fand sie, dass sie ohnehin nicht mehr nasser werden könnte, setzte die Hände und Arme ein und krabbelte auf allen vieren den Bach entlang. Sie konzentrierte sich so eisern auf ihr Vorankommen, dass sie an der Biegung des Bachs erst merkte, wie weit sie schon war. Sie ging in die Hocke und versuchte, wieder zu Atem zu kommen. Sie würde keine Chance haben, sich leise anzuschleichen, wenn sie wie ein Hund an einem heißen Sommertag hechelte.
Langsam und vorsichtig spähte sie über den Rand der Böschung. Sie runzelte die Stirn. Sie war ziemlich sicher, dass sie in die richtige Richtung sah. Aber von Blake war nichts zu sehen. Sie blickte den Bach hinunter, um sich zu vergewissern, dass sie weit genug heraufgekommen war. Es konnte kein Zweifel bestehen. Sie war genau da, wo sie hinwollte, was bedeutete, dass Blake etwa fünfunddreißig Meter von ihr entfernt stehen müsste, vielleicht fünf Meter bergabwärts. Aber da war er nicht.
Panik legte sich wie eine eiserne Klammer um Fionas Brust. Sie stand auf und überblickte den ganzen Berghang. Kein Zeichen von Blake. »Verdammt«, murmelte sie und kletterte aus dem Wasserlauf an der felsigen Seite des Ufers hinauf. Auch von diesem erhöhten Standpunkt aus nichts Neues: Blake war wie vom Erdboden verschwunden.
Das konnte nur eines bedeuten, dachte sie. Ihn hatte Panik ergriffen, als sie verschwanden, und er war zu dem Ort gegangen, wo er sie zuletzt gesehen hatte. Und dort lag Kit, ihm hilflos ausgeliefert und kraftlos wie das schwächste Junge eines Wurfs.
Fiona preschte wie ein Gebirgshase los. Ohne Rücksicht auf ihre Sicherheit rannte sie über den steilen Hang in einem Winkel, von dem sie hoffte, dass er sie zum Anfang des Felsentunnels zurückführen würde, wo sie Kit zurückgelassen hatte. Ihre nassen Stiefel quietschten, rutschten und schlitterten beim Laufen, und nur ihre

schnellen Reflexe bewahrten sie davor, kopfüber den Hang hinabzustürzen.

Während sie den Berghang hinunterrannte, war das, was zuerst wie ein dunkler Strich im Felsen ausgesehen hatte, allmählich als Lücke zu erkennen. Wie ein riesiger Riss in einem massiven Steinkoloss. Je näher Fiona kam, desto klarer wurde ihr, dass sie die Richtung falsch eingeschätzt hatte. Sie würde in Wirklichkeit etwa über der Mitte des Tunnels ankommen. Sie korrigierte ihren Kurs ein wenig, aber es war hier zu steil für eine radikale Änderung.

Sie stieg jetzt seitlich ab und lief langsamer, bis sie am Rand des Hohlwegs war. Sie suchte ihn mit den Augen ab, aber die Biegung war zu scharf, als dass sie ganz bis zu der Stelle sehen konnte, wo sie Kit zurückgelassen hatte. Da sie sich nicht mehr so konzentrieren musste wie beim Bergablaufen und diese Anspannung bis jetzt alles andere verdrängt hatte, durchzuckte sie jetzt heiße Angst wie ein elektrischer Strom.

Fiona zwang sich, tief durchzuatmen, und begann mit der gefährlichen Klettertour am Rand des Felsens bis zum Anfang der Spalte zurück. Als sie den halben Weg bis zu ihrem Ziel zurückgelegt hatte, hielt sie plötzlich inne. Sie hörte eine Männerstimme, die zornig und sehr erregt klang. Sie kroch vorwärts, um über den Rand sehen zu können.

Was sie sah, krampfte ihr den Magen zusammen. Da unten lag Kit, etwa fünf Meter von ihr entfernt, auf dem Boden ausgestreckt, halb sitzend gegen eine Felswand gestützt. Mit dem Rücken zu ihr stand Francis Blake über ihm, die Schrotflinte in beiden Händen. Sie konnte nicht verstehen, was er sagte, aber seine Absicht war klar. Er trat einen Schritt zurück und hob die Flinte.

Ohne innezuhalten und nachzudenken, schoss Fiona los. Sie nahm einen kurzen Anlauf am Rand des Hohlwegs und warf sich durch die Luft nach unten.

Als die Flinte im Anschlag war, stürzte Fiona auf Francis Blake hinunter, und der Aufprall ließ sie beide wie ein Knäuel auf Kit landen.

Der Schuss hallte durch die stille Bergluft.

Kapitel 58

Die Stadt glitzerte unter ihr wie eine kitschige Galaxis – gewöhnliches Zirkonium im Vergleich zu den Diamanten der Sterne, deren Glanz vom Lichtschein über der Stadt verwischt wurde. Fiona dachte, wahrscheinlich verdiene sie nichts Besseres. Sie war trotz der kalten Nachtluft an ihren Lieblingsaussichtspunkt im Heath-Park heraufgekommen, weil sie so allein sein wollte, wie dies im Herzen der Großstadt überhaupt möglich war.
Sie zog den Brief aus der Tasche und faltete ihn mit ihren behandschuhten Händen ungeschickt auseinander. Es war kaum hell genug, um den Briefkopf lesen zu können, aber sie musste sich vergewissern, dass er tatsächlich und wirklich da vor ihr war. Die Staatsanwaltschaft hatte entschieden, dass sie nicht wegen Totschlags angeklagt werden sollte. Es würde also kein offizielles Nachspiel zu dieser Minute des Chaos geben, als das Gewehr losgegangen war und den größten Teil von Blakes Kopf weggerissen hatte. Endlich hatte man akzeptiert, dass sie nicht vorsätzlich gehandelt hatte. Ein paar Sekunden früher oder später – und die Sache wäre ganz anders ausgegangen. Wäre Fiona früher gesprungen, dann hätte sie vielleicht den Kampf um die Flinte nicht gewonnen. Und später, hätte Blake das Gewehr abgefeuert und Kit getötet. Irgendwie war sie wunderbarerweise genau im richtigen Moment gelandet. Das Gewehr war hochgerissen worden, Blakes Finger am Abzug, und plötzlich war alles vorbei gewesen.
Fiona und Kit waren beide auch verletzt, was vermutlich dazu beitrug, dass die Polizei ihr glaubte, sie habe nicht die Absicht gehabt,

Blake zu töten, als sie vom Rand des Hohlwegs auf seinen Rücken sprang. Ihrer Meinung nach wäre ihre Darstellung viel weniger glaubwürdig gewesen, wenn sie beide nicht auch Schaden genommen hätten.
Sie konnte der Polizei wegen ihrer skeptischen Reaktion jedoch keinen Vorwurf machen. Sie musste einen absurden Anblick geboten haben, als sie blutbesudelt, schlammbedeckt und nass bis auf die Haut den Berg heruntergestolpert kam. Obwohl sich nach dem Schock des Geschehens alles in ihrem Kopf drehte, war sie kaltblütig genug gewesen, dem toten Francis Blake die wattierte Jacke auszuziehen, um es Kit damit so bequem wie möglich zu machen. Dann hatte sie sich losgerissen und die letzten paar Meilen in einem Taumel aus Angst und Schmerzen zurückgelegt. Jeder Schritt verursachte ihr ein quälendes Stechen in der Schulter, die im entscheidenden Augenblick eine Ladung Schrot abbekommen hatte. Adrenalin allein hatte sie den ganzen Weg bis zur Straße aufrecht gehalten. Als sie endlich aus dem letzten Baumgürtel herauskam, schimmerte die Telefonzelle, wo sie Caroline zurückgelassen hatte, wie eine Fata Morgana im Nebel ihrer Erschöpfung. Sie war hinübergetorkelt und hatte die Notrufnummer gewählt. Die Erleichterung, als sie mit der Polizei verbunden wurde, ließ sie fast in die Knie gehen.
Ein Polizeiauto war nach wenigen Minuten bei ihr. Irgendwie hatte sie es geschafft, ihre Geschichte zusammenzubekommen. Und weil Caroline die Polizei dazu gebracht hatte, mit Steve zu sprechen, nahm man sie ernst. Trotzdem waren die Polizisten misstrauisch.
Aber sie hatten einen Rettungshubschrauber gerufen und Kit ins Krankenhaus bringen lassen. Fiona blieb keine Zeit, Erleichterung zu empfinden. Während Sanitäter das Bleischrot aus ihrer Schulter entfernten, warteten die Polizeibeamten schon mit grimmigen Gesichtern und ohne Mitgefühl und Verständnis. Man bereitete sich darauf vor, ihre Aussagen zu zerpflücken.
Aber schließlich hatte man ihr geglaubt. Alle – angefangen von Steve bis Sandy Galloway – hatten beteuert, es käme nicht in

Frage, dass Anklage gegen sie erhoben würde. Und doch hatte es lange Wochen der Anspannung gedauert, bis die offizielle Mitteilung sie erreichte.
Sie war sich nicht sicher über ihre Gefühle. Teils glaubte sie, sie verdiene irgendeine Strafe dafür, dass sie ein Menschenleben zerstört hatte. Aber ihr Verstand sagte ihr immer wieder, wie töricht es sei zu erwarten, dass irgendeine offizielle Maßnahme ihr dieses Schuldgefühl nehmen könne. Und sie konnte die Erleichterung darüber nicht leugnen, dass es ihr erspart blieb, jene schrecklichen Sekunden noch einmal erleben zu müssen, in denen sie eine Entscheidung über Leben und Tod hatte treffen müssen, dabei im Grunde jedoch gar keine Wahl gehabt hatte.
Ironie des Schicksals war, dass die einzige Person, die in Verbindung mit Francis Blakes Mordtaten jemals vor Gericht stehen würde, der falsche Bekenner Charles Redford war. Sehnsüchtig wartete er im Gefängnis auf seinen Prozess wegen Behinderung der Justiz, Morddrohungen und Belästigung – im selben Trakt wie Gerard Patrick Coyne, der sich vor den Geschworenen wegen des Mordes an Susan Blanchard zu verantworten hatte. Die Nähe der beiden Männer, zwischen denen durch die Verbrechen des Francis Blake eine gewisse Verbindung bestand, ergab eine Symmetrie, die Fiona Befriedigung verschaffte.
Der Klang von Schritten unterbrach ihre Gedanken. Sie wandte den Kopf und sah eine vertraute Gestalt näher kommen. Dann blickte Fiona jedoch wieder auf die Lichter der Stadt hinunter, denn sie wollte nicht den Anschein erwecken, sie sei über Gesellschaft sehr erfreut.
Steve räusperte sich. »Ich dachte, ich würde dich hier finden. Kit sagte, du seist spazieren gegangen.« Er stand mit unsicherem Gesichtsausdruck neben der Bank.
»Hat er auch erwähnt, dass ich allein sein wollte?«
Steve schien verlegen. »Seine genauen Worte waren: ›Damit riskierst du dein Leben, Kumpel. Sie macht auf Greta Garbo.‹«
Sie seufzte. »Na ja, wenn du schon mal da bist, dann setz dich doch.« Sie hatten in den zurückliegenden Wochen die meisten

abgebrochenen Brücken wieder aufgebaut, aber das Gefühl, dass Steve sie irgendwie verraten hatte, saß noch tief in ihrem Herzen. Sie wünschte, dass es verschwinden würde, genau wie die Erinnerung an Blakes Tod.

Steve setzte sich neben sie, hielt aber einen gewissen Abstand. »Ich bin gekommen, weil ich endlich erreicht habe, dass Sarah Duvall mir eine Kopie von Blakes Tagebuch gegeben hat. Er fing damit an, als er im Gefängnis war, und schrieb daran bis zwei Tage vor seinem Tod immer weiter. Es war verschlüsselt, aber mit einem ziemlich einfachen Code, und Sarah hat es dechiffrieren lassen. Ich dachte, es würde dich interessieren, es zu lesen.«

Fiona nickte. »Danke.«

»Alle praktischen Aspekte sind beschrieben, wie er seine Pläne gemacht und sie ausgeführt hat. Wie er der spanischen Polizei entwischt ist, als er angeblich da unten in Fuengirola war. Es ist rausgekommen, dass er einen Cousin hat, der in Spanien lebt. Dieser Cousin lieh Blake sein Auto und blieb weiter in dem Ferienhaus, als Blake bereits nach Schottland oder Irland fuhr, um Drew Shand und Jane Elias umzubringen. Sie sahen sich ähnlich, und weil die spanischen Cops jemanden sahen, der Blakes Beschreibung entsprach, wenn sie zweimal am Tag an dem Haus vorbeifuhren, kamen sie nicht darauf, dass er es gar nicht war.«

Fiona nickte teilnahmslos. »Aha.«

»Er konnte problemlos auf der Fähre nach England und Irland fahren, weil es natürlich keine allgemeine Fahndung nach ihm gab. Er hatte sich alle erforderlichen Hintergrundinformationen über seine Zielpersonen besorgt – aus dem Internet und aus veröffentlichtem Presse- oder Buchmaterial. Er hat es sogar geschafft, Kits Hütte über das Liegenschaftsregister zu finden. Er war ein cleverer Kerl. Er hat sich immer überall abgesichert. Den einzigen Fehler machte er, als er die Überwachungskameras in Smithfield Market nicht genügend in Betracht zog.«

»Das ist schon faszinierend, Steve. Aber beantwortet dieses Tagebuch auch die eigentliche Frage?«

»Du meinst das Motiv?«

»Was sonst?« Der Versuch, es zu verstehen, hatte sie mehr Nächte wach gehalten, als sie zählen konnte. Sie wusste, hinter Blakes Taten musste eine zusammenhängende Motivkette stehen, selbst wenn sie niemand außer ihm selbst schlüssig erschien. Aber warum er sich an Thrillerautoren für das rächen wollte, was ihm zugestoßen war, war ihr bisher unverständlich geblieben.

»Es ist wirr, aber macht schon irgendwie Sinn«, sagte Steve.

»Schließlich tut es das doch bei allen, oder?« fragte Fiona ironisch. »Also, worum geht es?«

»Blake war ganz zerfressen von dem Wunsch nach Rache für das, was ihm widerfahren war. Aber er wusste, wenn er direkt Rache nähme, würde er nie ungestraft davonkommen. Je mehr er darüber nachdachte, desto klarer wurde ihm, dass es außer der Polizei andere gab, denen er die Schuld geben konnte.«

»Doch nicht etwa Krimischriftstellern?«, wandte Fiona ein. »Ich versteh es immer noch nicht.«

»Er dachte, wenn die Polizei nie einen Profiler zu Hilfe gerufen hätte, wäre sein Leben nicht zerstört worden. Aber den Hauptgrund, warum Profiler ernst genommen werden, sah er darin, dass man sie zu unfehlbaren Helden hochstilisiert hat. Und wer hat sie zu Helden gemacht?«

Fiona seufzte tief auf. »Alle seine Opfer schrieben Romane, in denen Profiler dafür verantwortlich waren, dass man den Mördern auf die Spur kam. Und ihre Werke waren die Grundlage für Filme, die den Gedanken einem noch viel breiteren Publikum bekannt machten. Also trugen letzten Endes sie die Schuld.«

»Das kommt ungefähr hin«, stimmte Steve zu.

»Und als er Susan Blanchards Mörder sah, wurde ihm klar, dass Mord für ihn kein schwer zu brechendes Tabu sei«, sagte Fiona halb zu sich selbst. Sie schaute zu Steve auf. »Spricht er über ihre Ermordung?«

»Ohne Ende. Wie sehr sie ihn erregte. Wie er verstehen lernte, dass man durch Töten die größte Macht über einen anderen gewinnt.«

»Es läuft letzten Endes immer wieder auf Macht hinaus«, sagte

Fiona leise. Sie stand auf. »Danke, Steve. Es ist wichtig für mich, das zu wissen.«

»Das dachte ich mir.«

»Willst du mit zum Essen kommen? Ich bin sicher, Kit erwartet dich schon.«

Steve stand auf. »Würd ich gern, aber ich kann nicht.« Er starrte zu Boden, dann blickte er auf und begegnete ihrem fragenden Blick. »Ich werde Terry auf einen Drink treffen.«

Fionas Lächeln drückte aufrichtige Freude aus. »Das wurde auch Zeit«, sagte sie, trat näher und umarmte ihn. »Es wurde mir wirklich langsam lästig, euch beiden immer wieder zu sagen, wie sehr ihr euch missversteht.«

»Ja, na ja. Ich sage nicht, dass ich ihr verzeihe, was sie getan hat. Aber wir denken beide, wir sollten uns wenigstens anhören, was der andere zu sagen hat, jetzt, da die Wogen sich geglättet haben.«

Fiona schaute auf Hampstead Heath hinunter. »Haben sie das?«

»Ist es nicht immer so, wenn alles im Chaos versinkt?«, sagte Steve. »Auch wenn es eine Weile dauert, die Wogen glätten sich immer.«

Epilog

Liebe Lesley,
ich schreibe dir, um mich von dir zu verabschieden.
Wenn du noch da wärst, wüsstest du, dass ich die Art Psychologin bin, die eigentlich nicht an solche therapeutischen Mittel glaubt. Aber da ich zugestimmt hatte, eine posttraumatische Stresstherapie zu machen, fühle ich mich verpflichtet zu tun, was der Experte befiehlt, wie töricht und unsicher ich mich dabei auch fühlen mag.
Es ist erstaunlich, wie wenig wir verstehen, was unsere Reaktionen auslöst. Selbst ausgebildeten Fachleuten wie mir fehlt das Verständnis, wenn wir mit unseren eigenen Motivationen zu tun haben. Aber ich habe jetzt erkannt, dass dein Tod und die Art und Weise, wie er geschehen ist, mir immer gegenwärtig geblieben sind, wie sehr ich mir auch vorzumachen versuchte, es sei nicht so. Sein Vermächtnis sind Schmerz und Schuldgefühle gewesen. Ich fühlte mich schuldig, weil ich dich ermutigt hatte, nach St. Andrews zu gehen, anstatt zu mir nach London zu kommen. Ich fühlte mich schuldig, weil ich weiterlebte und du nicht. Ich war deine ältere Schwester und hatte die Aufgabe, dich zu beschützen, und habe versagt. Ich fühlte mich schuldig, weil ich es nicht schaffte, die Polizei so zu drängen, dass sie deinen Mörder fand. Und ich fühlte mich schuldig, weil ich das nicht aufhalten konnte, was mit Dad geschah, nachdem du gestorben bist.
Außerdem war da natürlich der Schmerz, dich verloren zu haben. An jedem Meilenstein des Lebens wird mir wieder bewusst, dass du nicht mehr da bist. Ich frage mich, was du erreicht hättest und wie

dein Leben verlaufen wäre. Ich sehe, wie Caroline sich verändert und entwickelt, Fehler begeht und bei anderen Dingen alles richtig macht. Dann denke ich daran, wie anders du diese Dinge angepackt hättest.

Manchmal sehe ich Kit an und wünsche mehr als alles auf der Welt, dass ihr zwei euch kennen gelernt hättet. Ich weiß, ihr hättet einander gemocht. Die zwei Menschen auf der Welt, die ich am meisten liebe. Wie könnte es anders sein? Ich spüre die Zeit, die wir nicht zusammen verbringen konnten, das Glück, das uns verloren gegangen ist, und der Schmerz zerreißt mich. Du fehlst mir so sehr, Lesley. Bei so vielen meiner besten Erinnerungen stehst du im Mittelpunkt. Du hattest die Gabe des Lebensmuts, du konntest Güte geben. Ich war so stolz auf dich, und ich habe es dir nie gesagt. Ich habe dich so gern gehabt und es dir nie gesagt. Du bist gestorben, ohne zu wissen, wie sehr du geliebt wurdest, und auch das bedeutet für mich bitteres Bedauern. Weil die Schuld und der Schmerz so stark sind und schon so lange anhalten, hatte ich jedes Gefühl dafür verloren, welcher Segen du für mich warst, als du noch am Leben warst. Jetzt versuche ich, die guten Dinge aus der Erinnerung auszugraben und sie in den Vordergrund zu stellen, und hoffe, dass sie allmählich den Schmerz zudecken und ihn hindern, meine Weltsicht zu formen.

Wichtig für mich ist auch anzuerkennen, dass das andere Vermächtnis deiner Ermordung mein berufliches Leben ist. Deinetwegen habe ich mich entschieden, diese Richtung einzuschlagen. Da ich bei dir versagt hatte, glaubte ich, alles in meiner Macht Stehende tun zu müssen, um zu verhindern, dass anderen Ähnliches passiert. Ich nehme an, ich suchte nach einer Art Wiedergutmachung.

Ich muss daher zugeben, dass Kits Rettung, als er vermisst wurde, meinem Unterbewusstsein wahrscheinlich als eine Gelegenheit erschien, mich selbst zu retten. Rückblickend glaube ich, ich hätte mehr tun können und müssen, um die Polizei zum Handeln zu zwingen. Aber auf einer anderen Ebene gebe ich jetzt zu, dass ich mir fast wünschte, sie würden mich abweisen, damit ich den Drahtseilakt allein ausführen musste.

Ich rechnete allerdings nicht damit, dass ich selbst Blut an den Händen haben und mich mit einer anderen Art von Schuld beladen würde.

Als ich sah, wie der Mann, den ich liebe, dem Tod ins Auge sah, waren alle diese Betrachtungen belanglos. Ich handelte einfach, ohne zu denken oder zu zögern, und tat das Einzige, was mir zu tun möglich war.

Aber nachts wache ich immer noch von dem Gewehrschuss und dem grauenvollen Anblick von Francis Blakes Kopf auf, der vor meinen Augen zu explodieren schien.

Die einzige wichtige noch unerledigte Sache ist nach Ansicht meines Therapeuten die Notwendigkeit, mich mit dir auszusöhnen. Darum geht es in diesem Brief. Ich musste begreifen, dass ich die Vergangenheit nicht ändern kann. Ich musste akzeptieren, dass das, was dir und uns als Familie geschehen ist, nicht in meiner Verantwortung, sondern in der Verantwortung des Mannes lag, der dir dein Leben genommen hat. Ich glaube, ich hatte Angst, dies vor mir selbst zuzugeben, weil ich dann keinen Grund mehr hätte, weiterhin das zu tun, was ich so gut mache.

Ich habe mich geirrt. Meine Arbeit lohnt sich um ihrer selbst willen. Ich hätte mich wahrscheinlich niemals für sie entschieden, wenn du nicht zu diesem Zeitpunkt und auf diese Art und Weise gestorben wärst. Aber das darf keine Belastung für mich sein. Meine Arbeit ist wie die Freundschaft mit Caroline ein Geschenk, das ich durch deinen Tod erhalten habe.

Das zu verstehen und auch zu akzeptieren sind natürlich zwei verschiedene Dinge. Aber das eine wird fast sicher zum anderen führen, und dieser Brief ist ein Schritt auf diesem Weg.

Und so nehme ich jetzt Abschied von dir. Ich werde dich nie vergessen oder aufhören, dich zu lieben. Aber ich hoffe, dass ich nicht mehr das Gefühl haben muss, ich schuldete dir etwas, das ich nie geben kann.

In Liebe,

deine Schwester
Fiona

Danksagung

Viele haben mir ihr Fachwissen in der Hoffnung zur Verfügung gestellt, dass es mich davor bewahren würde, allzu zahlreiche Schnitzer zu machen. So danke ich Dr. Sandra Truscott dafür, dass sie mich bei linguistischen Besonderheiten ihrer schottischen Muttersprache beraten und mir geholfen hat, das Eis bei Karin Slaughter zu brechen. Ich bedanke mich bei Ron Mockay für alles, was ich über moderne Methoden der Deliktverknüpfung und der Erstellung geografischer Täterprofile weiß, bei Dr. Sue Black für die gerichtsmedizinische Fachkenntnis, Peter N. Walker und Roger Forsdyke für die Erklärung von Details der Polizeiarbeit, Sue Cragg für die Beratung bei wichtigen juristischen Fragen, Mary Carter für ihre unermüdlichen, hervorragenden Recherchen zum Hintergrund und bei Daphne Wright für ihre grenzenlose Geduld. Vor allem bin ich Brigid Baillie für ihre gewohnt kompetente Beratung in juristischen Fragen verbunden und dafür, dass sie immer zur rechten Zeit zur Stelle war.

Und natürlich Dank an Lara Croft, ohne deren Hilfe ich ganz gewiss verrückt geworden wäre.